韓国古代文学の研究

岡山善一郎 著

金壽堂出版

はじめに

山河は変わらないが、国の興亡隆替によって、そこで生活を営む人々が属する民族や地域の名称は変わってきた。現在、韓国・朝鮮と呼ばれる地域の歴史を遡ってみれば、朝鮮王朝（李氏朝鮮とも）↓高麗↓統一新羅↓三国時代↓三韓時代↓古朝鮮へと辿りつく。これらの国の歴史や文学を伝えている最古の文献が『三国史記』（一一四五年）と『三国遺事』（一二八一年前後）である。『三国史記』の三国とは、高句麗、百済、新羅を指している。これに対し『三国遺事』は、古朝鮮の檀君神話に始まり、高句麗、百済、伽耶（駕洛）、新羅、後百済などの国々の歴史までも扱っている。つまり『三国遺事』は、高句麗、百済、新羅の三国に伝わる古朝鮮からの歴史の記録とみることが可能である。そこで『三国遺事』の文学をここでは古代文学と称する。

古代文学とは、古代の出来事に関する人々の心情を表したものである。『三国遺事』に最初に記されているのは檀君神話である。そして伽耶、後百済などの建国神話や新たに即位する君王の氏族起原話などの叙事文学が収められている。また『三国史記』には漢文表記の古代歌謡が、『三国遺事』には漢文表記の古代歌謡や漢字の音訓を借りた郷札（ヒャンチャル）で歌謡を表記した郷歌（ヒャンガ）などがある。郷歌という名称は、『三国遺事』巻五「月明師兜率歌」条の「亡き妹の命日に郷歌を作って祀る、新羅人は郷歌を尚う」という記述に由来する。これらの古代歌謡や郷歌は、僧均如の『均如伝』（一〇七四年）の仏教郷歌を除き、ほぼすべてが歴史記述や物語と結びついている。ゆえに、古代の歌謡研究と歴史記述および叙事文学研究とは不可分の関係にあるといえる。本書の内容が歌謡文学および叙事文学中心となっているのも、その所以である。

筆者が古代文学の研究において常に心がけているのは、古代歌謡および古代文学がどのような場でうたわれ、また語られてきたのか、そしてその目的は何かという問題意識を持つことである。単なる叙情詩としての詩歌なのか、あるいは聞き手がいる歌謡なのかを区分する作業から研究は始まる。たとえば、古代歌謡の「黄鳥歌」は、「寂しし我が身は、誰と一緒に帰ろうかな」とうたっている。これを叙情詩とみるならば、ただ歌い手の気持ちを述べたものと考えられる。しかし、聞き手がいて、さらにその聞き手を異性とみるならば、歌い手が独りであることを強調している歌詞がある意味を持ってくるだろう。つまり誘っている、あるいは誘ってほしいと暗に自分の気持ちを相手に伝える謡となり得る。叙情詩が誘い歌に変貌するのである。このように「場」を意識するという研究姿勢に基づき、古代歌謡では「亀旨歌」や「献花歌」、そして民謡では「カンガンスォルレ」、「韓国の情恋謡」、「アリラン」などの解釈を試みた。

「場」を意識した一連の歌謡研究において、最大の難関は郷歌の「兜率歌」や「彗星歌」における天文の異変記事であった。前者は二つの太陽が現れた「二日並現」を、後者は彗星出現と日本軍の出現を語る記事である。こうした記事は、単なる天文の動きを書き記したものではなく、天文の異変は地上の歴史事件に感応して現れるという「天人感応思想」（『高麗史』には「天人感応の理」とあり、一般的には天人相関思想ともいう）が内在していることを知り、異変と歴史事件との関係究明に力を注いだ。その両歌が歌われた場、儀式、歴史事件などを究明する上で、筆者が大きな影響を受けたのは天人感応思想であった。

天人感応思想が生まれたのは紀元前五～紀元前六世紀の古代中国である。この理論を集大成した学者は董仲舒（とうちゅうじょ）（紀元前一七六～紀元前一〇四年）で、彼の思想は『漢書』「董仲舒伝」・「五行志」、『春秋繁露』

などに伝わっている。その内容を簡略に示せば、天は王政に感応し、悪政や悪事を行えば、邪気を生じさせ、妖しい禍い・災を起こし、譴（とが）め告げる、それでも君王が自ら省みることをしなければ、さらに異を現わしてこれを警め懼れさせ、それでもなお異変を悟らなければ、破滅させるのである。とくに災異は、天の威厳であるという。しかし君王たる者が心を正して朝廷を正せば、盛徳により、陰陽が調和して諸々の祥瑞が現れ、王道が完成するという。基本的に王道の完成を目的とする考え方であるといえる。このような天人感応思想を穿鑿する過程で、『高麗史』の童謡が、現代の童謡とは違い、天人感応思想を表していると考えた。『高麗史』には五行論による生成理論が記されていた。そこでまず『高麗史』の童謡の解釈に挑戦し、次に郷歌「薯童謡」を五行論に基づいて解釈し、歴史事件との関係究明も試みた。また同じ論理で『朝鮮王朝実録』の童謡にも挑戦した。これら韓国の各時代の童謡観を検討し、まとめたものが「韓国の史書に表れた童謡観」である。ゆえにこの論考は韓国古典童謡史でもある。

韓国の建国・王建神話に天人感応思想のいう祥瑞思想が表れているのか、神話はいかなる目的で作られたのか、単に起原を記しておくためか、あるいは祭典儀式という場を意識して作られたのか、という「場」の問題意識も持ちながら神話をひもといていった。とくに古代の三国は「始祖廟」制度が確立しており、それが後代の高麗や朝鮮王朝になると「宗廟」制度へと発展していく。建国の始祖神話と廟の祭典との関係について追究したものが、「韓国の王建神話に表れた祥瑞思想」である。これに筆者の研究初期の論文である「処容（チョヨン）伝承と三輪山伝承」、「居陁知（コタチ）と八岐大蛇」を合わせて古代の「叙事文学」編に収めた。

韓国の古代文学を研究しながら、中国や日本との関係が文献や民俗にいかに投影されているのかを検討したのが「新羅の詩歌に表れた対唐・対日本意識」である。とくに新羅と日本の関係は、初期は敵対、不仲でありながらも交流を続けたため、後半期に至って和睦関係が維持できていたことがわかった。

そして、近畿地方の民俗の中で韓国古代の叙事文学の影響を受けたものとして三輪山祭神の由来話が有名だが、歌・楽・舞においても、「百済人味摩之が桜井で少年らに伎楽の舞を伝授した」（推古紀二十（六一二）年）と記されているほど、韓国古代の影響は少なからずあっただろう。現在、奈良豆比古（ならずひこ）神社をはじめ、近畿地方各地の神社の秋祭で演じられている「翁舞」は、高麗時代の宮廷舞の「動動」と類似していることを「高麗歌謡〈動動〉考」で明らかにしたが、「翁舞」は高麗歌謡「動動」の始原的な姿を見せてくれるものであった。

韓国の古代文学に投影されている天人感応思想は、儒教思想の一部である。『三国史記』に比べ『三国遺事』は文学作品が多く、また編者が僧侶であるため、仏教的な霊験譚が多く収められている。面白いのは、世界的分布を示している童話「王様の耳は驢馬の耳」が新羅第四十八代景文大王の話として伝えられていることだ。

本書はこれまで執筆した研究論文に新たに書いた論文も加え一冊にまとめたものである。研究資料や論述が重なる箇所もあるが、個々の論述性を活かすため、そのままにした。

二〇一六年十一月

天理大学の研究室にて

岡山善一郎

目次

目次

第1章　韓国文学史における時代区分　―古代を中心に―

はじめに

文学の歴史的展開を把握するために時代的な体系を付与したものが文学史における時代区分である。この時代区分は、絶えず変化してきた文学の実情を正確に把握する枠組みとしての機能、また、文学と社会全般の関係を把握するための役割としての機能を持っている。そのため、時代区分論はすべての歴史叙述の出発点であり、帰結点でもあるといえる。

韓国において近代的時代区分が最初に導入されたのは、林泰輔の『朝鮮史』（一八九二年）であり、文学史では安自山の『朝鮮文学史』（一九二二年）をもって嚆矢とする。この『朝鮮文学史』では、中古や近世といった時代の遠近を表す時代区分の方法として、王朝の変遷に対応した時代区分法を取っており、基本的には政治史の変遷に準拠している。その後は一九九五年度に刊行された李家源の『朝鮮文学史』に至るまで、約二十種余りの文学史が刊行されているが、どの文学史もそれぞれに異なった時代区分法が提示されており、時代区分の用語をはじめとして各時代区分の範囲に至るまで、文学史によってかなりの違いが見られる。

時代区分にこれほどまでに混乱をきたすほど、韓国文学は複雑ではないはずである。混乱の原因は、時代区分の基準に問題があったのであり、この問題を解決するには、文学史の時代区分の統一基準の確立が求められる。近い将来、南北の文学史が統合されれば、またさらに東アジア文学史の相互関係およびその定立までを念頭に置いた場合、何よりも韓国文学史の時代区分の統一案が求められるだろう。そこで、文学史の時代区分の基準の実態を、まずは古代に限って検討してみようというのが本章の出発点である。

これまで韓国文学界での時代区分に関する議論は、主に近代文学に基点が置かれてきた。その理由は、古代文学や中世文学は今日の文学とは直結しないため、広く関心を集めることができなかったからだという。[1] しかし、古代文学は民族文学・伝統文学の淵源であり、韓国文学史の持続的な展開を把握するうえでは、他のいかなる時代よりも初期の文学史の確立が要求されるだろう。このことが、本考察が古代に重点を置く理由である。

ここでいう古代とは、はるか昔の古代ではなく、古今という言葉もあるように、今（現代）を意識した古代に他ならない。すなわち、文学の歴史においての古代とは、伝統文学の淵源をそこに求めることができる時代として設定されなければならない。[2] 具体的には、文学作品の表記や舞台などで自国化の芽生えが見られる時代が含まれていなければならない。文学の歴史において自国化の芽生えが見られる時代とは、つまり社会全般的に自国化が進んだ時代のことをいうが、この自国化の過程で最も中心的な役割を担うものは律令制ではないかと考えられる。この律令制を古代の基準として導入することが可能であるならば、律令制は中国で形成されたものではあるが、三国と古代日本が共有していたという点で、東アジア的な規模の時代区分基準となり得る。そこで、本考察では、まず韓国文学史の時代区分において、律令制を古代の基準として設定できるのかを試してみた。そして文学史の時代区分であるので、さらに時代区分の基準である律令制とその思想が文学作品にどのように反映されているのか、文学と律令の関係の様相についても考察を行った。

一　既存の文学史における時代区分とその研究

既往の二十冊余りの文学史の叙述において提示されている時代区分法は、おおむね次のような類型に分けることができる。

1　王朝交代と時代遠近の混合

この時代区分法は韓国文学史の嚆矢である安自山の『朝鮮文学史』から始まるが、王朝の交代を基本とし、甲午更張（一八九四年）までを上古から近世に分けて四等分している。このような時代区分法に準じて文学的根拠を提示している、ウリ語文学会の『国文学史』（一九四八年）では古代を上古と中古に分けて、上古を文学の始動期とし、中古を文学の形成期としている。その後、具滋均（一九六五年）、金東旭（一九七四年）、金錫夏（一九七五年）、朴ソンイ（一九七八年）なども王朝交代に時代遠近法を利用し時代区分しているが、時代区分と時代の名称が一致するのはウリ語文学会と朴ソンイの文学史のみで、それ以外は各々策定がまちまちである。このような理由の一つには、金錫夏を除くすべての文学史で、時代区分論を扱っていないためということがあるかもしれない。

羅末麗初 （935年）	ハングル制定　　壬丙両乱 （1443年）	甲午更張 （1894年）
近　古	近　世	現　代
中　世	近　世	現代（1894年から）
近　古	中　世　　近　世	新文学
	19世紀中葉	19世紀末〜1925年
高　麗	15〜16世紀　17〜18世紀	
高　麗	李 朝 時 代	19世紀後半〜現代
		近代（1919年）
高　麗	近朝文学	近代的文学（19世紀末）
高　麗	李　朝　　近　世	新文芸運動発芽（現代）
高　麗	朝　　鮮	
高麗（中世）	朝鮮（近世）	近代（1870年代）
高　麗	李　朝	
中　世	近　世	
中　世	近　世	近代（1894年〜現代まで）
	近　世	近　代
中　世	近　世	
10〜14世紀（終）		
蘇生時代（近　古）　育成時代（近　古）	発展時代（近　古）　反省時代（近　代）　運動時代（近　代）	維新時代（最近世）　再建時代（現　代）
（儒仏思潮の合流）	（庶民の抵抗意識）　（新儒学の東漸）	（斥仏崇儒の開場）
（2　期）	（3　期）　　失権時代（1919年）	分断時代

韓国文化史の時代区分表

		三国建国（前1世紀頃）	三国統一（668年）
①安自山（1922年）	上　古	中　古	
②ウリ語文学界（1948年）	上　古	中　古	
③具滋均（1956年）	上　古		中　古
④李明善（1948年）	古　代　原　始		中世期（封建）
⑤北朝鮮（1977年）	原始　古代	中　世	（封建社会）
⑥北朝鮮（1991～1994年）	古　代	三　国	渤海および後期新羅
⑦卞宰俊（1985年）	古　代	三国時代	（封建社会）
⑧趙東一（1982年）	原始　古代	中　　世	
⑨李秉岐・白鉄（1957年）	古　代	三　国	統一新羅
⑩金思燁（1948年）	上　古	三国時代	
⑱文日煥（1996年）	上　古	三　国	統一新羅
⑪張徳順（1982年）	（口碑）	古代前期（古代歌謡）	古代後期（郷歌）
⑫金台俊（1932年）（漢文学）	上　代		
⑯車溶柱（1995年）（漢文学）	古　代		
⑬金東旭（1974年、日文）	上　代		
⑭金錫夏（1975年）	古　代		中　世
⑮朴晟義（1978年）	上　古		中　古
⑰イ・ウンス（1956年）	1世紀～9世紀		
⑲趙潤済（1949年）（1963年）	胎動時代（上　古）	形成時代（上　古）　萎縮時代（中　古）	潜動時代（中　古）
⑳李家源（1995年）	（遂古時代）（北方の抵抗意識）（南方の浪漫的思潮）（南北思潮の交流）		
黄浿江	東北亜時代（1期）	（2期）	半島時代（1期）

一方、韓国史学会の時代区分の類型には、①時代の遠近による時代区分、②社会発展の段階による時代区分（奴隷社会、封建社会など）、③民族の成長過程による時代区分（胎動、成長など）、④主題別に区分する時代区分法（民族統一、武人独裁など）などがある[3]が、現在韓国で最も中心的なものは①時代の遠近による時代区分で、実際には一つの王朝を時代遠近の一単位としている混合型である。この場合、古代と中世の分岐点を羅末麗初期とするものが多くの支持を得ているが、その理由について金哲埈は、高麗の光宗時代の科挙制度や成宗時代の唐宋の制度を模倣した中央集権的政治制度と、新羅社会の骨品制度を主軸とする支配体制とは、その組織の原理上、各時代の体制が本質的に違っているからだという[4]。また①の時代区分については、大部分の韓国史概説書の叙述や具体的な研究書において、また大部分の大学での歴史学系の学科の時代史講座分類が、この時代区分法を前提に、あるいはこの時代区分法に立脚して行われているという[5]。

だからといって韓国史学会の時代区分基準を文学史の時代区分にそのまま当てはめることはできない。史学系の基準を文学史の時代区分に当てはめようとするならば、少なくとも時代区分の基準と当代の文学との関連性を明らかにしなければならない。

ウリ語文学会および金東旭などの文学史時代区分と韓国史学会系の①の時代区分が近接しているという点から、文学史の時代区分の論理がさらに補完されれば、韓国時代区分法の統一案として最も有効な時代区分法となると思われる。

2 王朝交代による区分

金思燁が『国文学史』(一九四八年)で試みた時代区分法である。この時代区分法に対し、文学的事件がまったく考慮されておらず文学史の時代区分としてはその意義を喪失しているという指摘[6]があるが、王朝交代がもたらす社会の変化を鑑みれば、このような時代区分法も無視できないだろう。そのような理由から多くの文学史の時代区分法に部分的に使用されているが、北朝鮮の文学史(一九九一～一九九四年)もその代表的な例の一つである。

王朝交代による時代区分法は、韓国の何倍も数多くの王朝交代の歴史を持つ中国と、これに比べ中国や韓国のような兵革による王朝交代がなかった日本とを比較すると、王朝交代それ自体の性格と意味とが違ってくる。東アジア的な見地からみれば、王朝交代時代区分法は一つの国や地域に限られた狭小的な方法であるといえる。

3 社会経済史的区分

朝鮮社会経済史の唯物史観による時代区分法[7]を文学史に援用したのは李明善(一九四八年)である。この文学史では奴隷制社会を古代、封建性社会を中世と時代区分しているが[8]、古代と中世の分岐点を新羅統一の時期としている。これに対し任軒永は政党マルキシズム的な立場を固守しようとする理論的接近の姿勢が感じられる著書で、このような時代区分が金日成総合大学の文学史にそのまま表れていると指摘しているが[9]、金日成総合大学の『朝鮮文学史』の時代区分は一九六〇年代初期の時代区分に対する大論争の結果、採用されたもので、実際には古代と中世の分岐点を三国時代としている[10]。北朝鮮の時代区分法は日本で刊行された卞宰洙『朝鮮文学史』（一九八五年）でも踏襲されているが、中世期の封建社会を約二十世紀間に策定しているため「朝鮮文学史」（社会科学院文学研究所　一九七七年）のように世紀別に細分化する時代区分法なども出てくる。

唯物史観による社会経済史的な時代区分法が文学史にも通用するという論理は、奴隷制社会などが反映された文学作品が存在する場合には説得力を持ってくるが、現在ではその可能性を期待することは難しい。

4　精神史および文芸思潮の変遷

趙潤済の時代区分は、国文学を中心としながら漢文学も考慮し、民族精神の変遷に重点を置いている（一九四九年）。このような文学史の時代区分は唯一のものだが、ほぼ同じ時期に孫ジンテも精神史的時代区分を『国事大要』と『韓国民族史概論』で試みていることから[11]、趙潤済独自の時代区分法ではないと思われる。このような精神史的分類については、文学の実情を根拠にして把握したという成果が少なくないということから、文学史の理解に具体的な進展が見られるとする肯定的な指摘がある一方で[12]、いわゆる〈形成〉や〈反省〉・〈復帰〉といった文学運動の標準をどこに置いて論じたものなのか、その核心がつかめないという、政治的運動と文学をあまりにも混同している感を否めない[13]といった評価もある。

呂増東の『韓国文学史』は基本的に世紀別に時代区分をしながらも、八世紀から十七世紀までを感性主義韻文時代、十八世紀を知性の開発というなど名称を付けて分類しているが[14]、時代区分についての解説がないため、各時代をそのように名称した理由についてはわからない。李家源は『韓国漢文学史』[15]において文芸思潮を基準に時代区分をしているが、『朝鮮文学史』（一九九五年）でも同一の方法を選択している。

古典文学を文芸思潮を基に叙述して特徴的だが、一つの時代を一つの思潮に規定できるものなのか疑問である。

5　その他の主要論文

文学史の叙述の中で、時代区分問題を取り上げて論じながら特徴的な時代区分の基準を提示した文学史として、次の三つを挙げることができる。まず、李秉岐、白鉄の時代区分（一九五七年）の特徴は、ハングル制定を中心の基準として捉えている。ハングル制定以前の文学は王朝別による細分であり、それ以後の文学は詩歌と散文とに両分される。ハングルの創製で各種の諺解本が出てくるようになり、『龍飛御天歌』のような言葉と文が一致する詩歌が作られたように、ハングル創製が韓国文学史において一大変革をもたらしたことは間違いない。しかし、言葉と文とが一致する詩歌はすでに新羅時代の郷歌にも見られ、郷札やハングルを創案しながらも途切れることなく漢文でも文学活動をしてきたという点で、表記の違いによる時代区分はその意義を失くしてしまう。次に、張徳順の『韓国文学史』（一九八二年）は、文学の様式史的な面を重要視した時代区分である。記録文学以前から口碑文学が伝承されてきた歴史的な現象を考慮し、文学史の最初の章に口碑文学を設定しているのが特徴である。しかし、口碑文学とは文学の伝承形態を指しているのであって、一時代を代表する文学様式にはなり得ない。

趙東一によって本格的な文学史の時代区分論が展開されるが、まず既存の韓国文学史の時代区分に関して検討[16]した後に、『韓国文学通史』（一九八二年）で明らかにした時代区分の方法と実際において卓越した方法論が提示されている。そして『東アジアの文学史比較論』では、文学史叙述においての時代区分方法の比較考察、東アジア共通の時代区分の模索など、幅広く時代区分を扱っている。[17]とくに『韓国文学通史』で提示した時代区分法は、その基準として言語の選択、文学の系列大系の形成、文学担当層の交代、社会経済構造の関連様相などを取り上げており、相当な説得力を持っている。しかし、文学の変遷過程を六期に区分しながらも、どのような理由からなのか、三分法の時代区分に対応させている。韓国文学史の時代区分において、果たして三分法が有効な方法なのかについては検討すべきだが、何よりも普遍的な宗教が現れ文明圏全体に通用する共通の文語が使われるようになって古代とは区別される中世が始まったようであるといった、古代と中世の概念の違いについての論述は再考の余地がある。古代を文語がなかった時代と定義するなら、古代は自国の歴史や文学に対し記述さえできなかった時代となり、現代・近代とは断絶した時代であったということになってしまう。伝統文化や民族文学は中世以後になって初めて認められるといった、断絶した時代区分になってしまう。

また、特定の時代の研究になるが、韓国古典文学会が、近代という一時代を重点的に取り上げて論じた文学史の時代区分論を挙げることができる。韓国古典文学会が、近代文学の基点と形成、そしてその概念問題についての共通主題を選定し近代文学についての共通認識を試みたこと[18]は画期的なことであった。しかし、近代という時代区分を設定する前に、まず韓国文学史の時代区分が妥当なものなのかについての検討がなく、単純に西欧の三分法を前提として近代文学の基点と形成などについて議論することは、韓国の歴史の変遷を度外視したものではなかったかという疑問が生じる。

その後、文学史の時代区分についての論述が何編か発表されているが、議論の収斂のための努力は見られない。しかし、黄浿江は、地域の変化を基準にした時代区分でもって分断の文学史を渉猟しようとして

いて関心を集めている。(19)

ところで、韓国文学史の時代区分法には古代、中世、近代という三分法をはじめ（趙東一　一九八二年）、中世と近代の間に近世を入れる四分法（金錫夏　一九七五年、張徳順　一九八二年）、また古代を二期（朴ソンイ　一九七五年）あるいは三期（安自山、具滋均　一九五六年）に分けるなど、多様な方法があるが、筆者は四分法を前提とする。その理由は、既存の文学史でもこのような四分法が使用されており、韓国史概説書の大体の傾向が近代までを四分法で時代区分している(20)という点で他の分野の時代区分との歩調も合わせられ、何よりも王朝変遷を渉猟できるという強みがあるからである。また日本のほとんどの文学史が四分法に準じているため（古代を上代と中古に分けているが）、四分法の時代区分は東アジアの比較文学史的見地からしても有効な方法といえる。

二　古代の範囲

元来、西欧においての三分法の時代区分は、燦然たるギリシャ・ローマ時代が古代として第一の文化時代であり、古代と今の自分たちの時代との間には暗黒期である中世が存在することで、自分たちの時代が前の時代とは明らかに違う、あくまでも古代を継承した第二の新しい文化時代であることを強調するためのものであった(21)という。このような概念を東アジアの時代区分にそのまま適用することはできないが、少なくとも東アジアにおいても、国家および社会制度のみならず、文学においても古代を継承した現代としての姿を発見することができる古代でなければならない。具体的にいえば、現代の法治国家に対して古代の律令国家、現代の韓国語表記に対して古代の郷札などを例として挙げることができる。とくに漢字で自国語を表記する郷札を考案し、郷歌を作ったということは、本格的な文学の自国化が現れたものと判断される。またこれは、中国の漢文化圏内においても自国化を意識した強力な民族意識・国家意識の産物と理解できるが、このような時代までを古代とみなさなければならないだろう。しかし現在の韓国文学史では、古代と中世の分岐点を次のように多様に提示している。

Ａ　三国鼎立期以前（社会科学院、趙東一など）
Ｂ　統一新羅以前（李明善、金錫夏）
Ｃ　羅末麗初期（ウリ語文学会、金東旭など）
Ｄ　麗末鮮初期（安自山、具滋均など）

論者によって古代末期をＡからＤまで多様に捉えており、時期的な差は十五世紀に及ぶ。このような差は文学史叙述者の歴史観に起因するものであって、韓国の歴史や文学の流れに問題があるからではない。文学は、当時の有機的な関係を持つものを考えれば、文学史だけの孤立した時代というものがあり得るはずがない。したがって、韓国文学史の時代区分であっても他の分野の時代区分とも共有できる普遍性がなければならない。

右記のＡＢＣの古代文学作品はほとんどが『三国史記』と『三国遺事』に収録されているが、文学史の叙述者は各作品の制作年度を推定し、各時代に配しているというのが実情である。現存する文献が少ない

ために このような方法論が採られるのであるが、いくら歴史の古い作品であろうと、文献に収録される際に当時の時代相が反映される、または編者によって新しい意味が付与されるなどの潤色があることを考え合わせれば、作品個々の制作年度については文献の編纂年度ないし文献の中の歴史意識を基に最終的な制作年度を割り出すべきだと思われる。文献に準じた作品の最終的な制作年度の推定は、論者の恣意的な解釈を許さない歴史上の絶対的な年代となるため、すべての分野において共通の年代として使えることになる。

『三国史記』（一一四五年編纂）は新羅滅亡の二百十二年後に編纂された。そこに記述されている国家と時代は、表題のとおりの三国に限定されてはいないようである。三国時代とは三国が鼎立していた時代を指すのであり、百済が滅亡した六六〇年、高句麗が滅亡した六六八年をもって終焉となり、その後は統一新羅と渤海という新しい時代となる。しかし『三国史記』では三国時代後の統一新羅時代も一貫して三国時代とみなして扱っている。この問題について李佑成は、当時の歴史的事情を鑑みるに、半島国家としての立場に満足するほかなかった高麗が、半島国家だった新羅の継承者を自認することになったためだと指摘している。[22] ここには歴史継承問題があったようだが、金富軾を中心とした『三国史記』の編者たちは高麗建国以前の国家史（渤海を除く）を記述したという意識があったようである。

このような意識は『三国遺事』（一二八一～一二八九年編纂）においてはさらに拡大され、古朝鮮から始まって後百済に至るまでの全史を新羅中心に通史的に記述している。決して三国に限定された通史・遺事ではない。高麗建国前までの全時代の歴史と遺事を三国という表題に編入させ扱っているのである。このような『三国遺事』編者の歴史意識・時代意識を見過ごしてはならないだろう。

そのため、二つの史書の表題が称す三国とは、三国鼎立の時代を指しているのではなく、高麗建国前を一つの時代としてまとめて三国といっているのであり、文学作品においても最初に制作された時期がどの時代であれ、編者は三国という表題の下で扱っていたことは間違いない。このような見地からみれば、前述のＡＢＣの時代区分によって区分された文学作品はすべてＣ羅末麗初期までを古代とする範囲に収斂される。それと同時に文学史の時代区分だけでなく、他分野の時代区分の範囲とも一致を期することができるようになる。

このように『三国史記』、『三国遺事』の歴史・時代意識に従い、Ｃ羅末麗初期までを古代と設定すれば、東アジアの文学史、とくに日本の文学史においての古代とも接近が可能になる。

日本文学史においての時代区分は政治史によるもので、京師の名を付けた区分（奈良、平安、鎌倉、南北朝、および室町、江戸）、時間の遠近による区分法がある。最も一般的なものは、時間の遠近法に政治史の区分を置き換えた混合型で、古代を例に挙げると、平安朝（一一九二年）までを古代とし、奈良朝（七九四年）までを上代、平安朝までを中古と分けている。[23]一八九〇年に日本文学史が刊行された初期から古代を二期に分ける区分法を使用してきたが、[24]これは単純に京師の変遷という歴史的事件だけを主としたのではなく、物語文学が平安朝時代に台頭したという文学的事件も勘案した時代区分であるため、今日の文学史においても踏襲されている。しかし、各時代を区分する分岐点については意見が入り乱れている。古代の場合、すなわち中古と中世との分岐点をどこに置くかについての論点を久松潜一は次のようにまとめている。「封建制度の確立という点からみれば鎌倉幕府ができた建久三（一一九二）年が分岐点となるが、武士が勢力を持つようになり封建社会が形成された時期を分岐点とするなら保元の乱が起こった保元元（一一五六）

年頃である。また、平氏の全盛時代を中世とみなすべき点も多いが、平氏が滅亡した文治元（一一八五）年頃を、または承久の乱（一二二一年）を分岐点とする説もある。[25] このように、中古と中世の分岐点の偏差は六十五年にしかならないため、とりあえずは統一された時代区分を形成しているといえる。『日本文学史辞典』（古典編）でも時代区分による文学史の辞典が可能となり、学会や論文の紹介においても時代区分により区分されている。

このように日本の古代を平安朝までとしているため、韓国の古代末期を羅末麗初期とすることで両国の文学史の古代は近接することになる。

三　古代と律令社会

羅末麗初期までを古代とする場合、この時代における東アジア世界の共通要素として漢字文化・儒教・仏教・律令制が挙げられる。[26] この中で律令制は、精神世界のみならず国家の統治体制を法体系によって運営されたものであるため、東アジアの国家形成発展に至大な影響を与えたと考えられる。古代中国で始まった律令制は秦・漢時代に起こり、魏晋南北朝時代を経て、隋・唐の時代に整備された。律令制度が目的とするものは、公地公民の原理で国民に対しての専制的支配を貫徹しようとするところにある。さまざまな支配組織や政府組織を令と規定し、これに逆らうものを律という法で裁くというのが律令制である。この法体系は律・令・格・式の四つから成り、主権者の統治手段として教令懲戒を目的とする根本法であった。[27]

三国の鼎立は、国家体系を備えていた以上はそれぞれ固有の法令によって統治していたであろうが、中国の律令制度を導入・頒布することにより、さらに強力な専制政治の基盤を確立していくことになる。『三国史記』の律令頒布記事は次のとおりである。

高句麗、小獣林王三（三七三）年　始頒律令
新　羅、法興王七（五二〇）年　春正月　頒示律令[28]

律令を頒布した後、高句麗は広開土王（在位三九二〜四一三年）・長寿王（在位四一三〜四九一年）の時代を経て国土を拡張していく全盛期を迎えることになり、新羅の場合は後代の文武王（在位六六一〜六八一年）の代に至って三国統一が成される。このように律令制の頒布と専制国家としての全盛期とは不可分の関係にあることがわかるが、筆者が注目したいのは、律令制の頒布以後に史書類の編纂が行われたという点である。

『三国史記』によれば、新羅は律令頒布をした約二十年後の真興王六（五四五）年に「国史」を編纂することになる。高句麗は律令頒布の約二、三十年後の嬰陽王十一（六〇〇）年に大学博士の李文真によって古史を整理し「新集五巻」を作ることになるが、この本は伝来の「留記」という史書を删修したものである。百済については律令頒布の記録は見あたらないが、近肖古王代（在位三四六〜三七五年）に博士の高興によって「書記」が作られている。[29]博士という制度は律令にあるものなので「書記」の編纂はやはり律令頒布後に行われたとみるべきだろう。

このような史書類の編纂により漢字文化が発達した。同時に漢文と自国語との語順の不一致を克服する

ための漢文の土着化が進み、新羅では郷札を考案し自国語で歌を表記することになる。『三国遺事』によれば、真平王代（在位五七九～六三二年）に初めて郷歌「薯童謡」と「彗星歌」が制作されたという。このような郷歌が、前掲の「国史」が編纂されてから間もなく制作されていることを考えれば、新羅においての律令制の頒布が自国の国史編纂と文学生産の原動力となったといっても過言ではない。

しかし中国の官僚国家体制である律令制度が、そのまま三国で長期間通用するものでもなく、また年代が経過するにつれ時代の移り変わりにも対応できなくなり、文武王の遺詔に表れているように君主にも問題視されるようになる。[30] また景徳王十七（七五八）年には律令博士の官職を設けるという記録があるが、この記事は律令制の自国化のため官職として専門家を置いたものと理解できる。田鳳徳は、新羅の律令制度は景徳王代に最も完成され、その後、興徳王までの約百年間は律令政治の全盛時代であり、興徳王の後を継いだ僖康王の代以降は外患と内乱が頻出し、律令政治大系が崩壊しはじめたと指摘している。[31] すなわち中央集権的専制体系を支えていた律令制がその実効性を失くしたのと同時に、新羅は滅亡することになったのである。（九三五年）このように古代国家の特徴を律令制とみれば、日本と中国を含む東アジア地域において時代範囲の近接が可能となる。

日本は、三国と同じように中国の律令を受け入れ頒布することになる。

大宝二（七〇二）年十月　戊申、頒下律令于天下諸国[32]

律令頒布の時期は高句麗より約三百三十年後であり、新羅より約百六十年後のことである。もちろん律令頒布以前にも律令に関する記事が散見されるが、[33] 三国と同じように律令頒布後に史書類の編纂が活発に行われている。

和銅六（七一三）年五月甲子、古老相伝旧聞異事、載于史籍言上

養老四（七二〇）年五月癸酉、一品舎人親王奉勅修日本紀、至是功成奏上[34]

和銅六年の史籍は現存する常陸国『風土記』であり、養老四年の日本紀は現存する『日本書紀』として知られている。そして『古事記』はその序文から和銅五（七一二）年正月に撰上されたということがわかる。[35] これら現存する三つの文献の編纂は律令頒布が行われてからわずか十余年後のことで、律令頒布と史書類の編纂が不可分の関係であったことがわかる。また上記の史書類は多くの歌謡と説話を掲載しており、古代文学の宝庫でもある。とくに歌謡の表記法は漢文と自国語の語順不一致を克服しており、郷札表記と類似していて注目される。そして自国化された「万葉仮名」表記法の発達により歌謡文学を集大成した『万葉集』（約四千五百首を収録）が編纂されるに至った。

日本での国家建設においても、律令制の導入で強力な中央集権制の統一国家が形成されたが、年代の経過と時世の推移に応じ法律の改定が必要であった。平安時代には法制時代といえるほど、弘仁格式（八一九年成立）、定観格式（格は八六九年成立、式は八七一年成立）、延喜格式（九〇八年成立、式は九二七年成立）などが施行されたが、延喜式が成立した時代は国家の根本法であった大宝令の時代は過ぎ、法文の形式だけはよく整っていても実際には拘束力を持たない時代になってしまう。中央集権的統一国家から地方

分権的へと移行していたからである。したがって、延喜式の完成によって古代統一国家は終結を告げることになるという[36]。結局、律令国家は崩壊し、新しい貴族制の時代を迎えることになるのだが、この律令国家時代を日本では古代と設定している。

中国は、三国や日本とは比較にならないほど悠久の歴史を持つが、律令を中心に見ると、秦・漢から唐までを一つの時代、つまり古代としてみることができる。堀敏一によれば、秦・漢に始まる律令は唐の開元二十五（七三七）年に行われた律令改定を最後に律令法典体系が完成した。後代には唐の律令を模範とする新しい法の形式を作り出すも、唐代の律令格式体系のようなものは出てこなかったという[37]。そうであるならば、唐代が古代律令の終焉となり、同時に律令が古代という時代区分の基準となるといえる。

しかし、中国文学史においては、古代を紀元前一一〇〇年から後漢まで（紀元前二一五年）であるとか[38]、仏教文学が大量に流入した東晋（紀元前三一七〜四二〇年）以前であるとする見解があるが[39]、律令と文学との関係において時代区分を行っている文学史はまだ発見されていない。

東アジアにおいて、自国の国家建設と支配体制の確立、社会秩序などを維持する基となる律令制がその実効性をなくすと同時に唐（九〇六年）と新羅（九三五年）が滅亡し、日本では平安時代が終焉（十二世紀末）を迎えることになったのは決して偶然ではないだろう。

四　古代文学と律令思想

前掲のとおり、高句麗と新羅については律令頒布とその思考に関する記事が断片的に伝わっているが、文献の散逸により律令の具体的な内容については今では知ることができない。しかし、現存する唐と古代日本の律令条文の内容や体系が類似していることから、三国の律令も基本的に唐の律令を模して制定したであろうと推定される。このような仮定の下で律令の理念と中心思想が韓国古代文学にどのように反映されているのかみてみたい。唐の時代の刑法である『唐律疏議』[40]と日本の『養老律令』[41]を概観すると、律の最初の章に出てくる罪名（十悪または八虐）は「謀反」「謀大逆」「謀叛」で始まり、二つ目の章の「衛禁律」は天子が行幸するとき、または宮城に対する警護律から始まっている。これらのことから君主の地位に絶対性を付与していることがわかる。そして「官位令」「職員令」で始まる令では、君主の権力体系が組織的に構成されている。このように君主を頂点とした支配体系を法令で支えている律令の基本思想が表れている箇所は〈議制令〉であると考えられる。

天子祭祀所称天皇詔書所称肯定華夷所称陛下上表所称[42]

天子とは、天命を受けて国君となる人で、国を治めるべき天に代わって天下を治める天帝の子のことである[43]。このように、君主に対する天命思想が律令の基本思想となっていることがわかるが、これは中国と日本に限られたことではなく、『三国遺事』の国造り神話にも表れている。高句麗の始祖である東明聖帝は、日光を浴びて懐妊した母、柳花から生まれ、自らを「我是天帝子」といい、天帝の息子であることを強調している。「駕洛国記」条では、首露をはじめとする六伽耶の君主たちが「皇天が私に命令するに、この場所に新しい国を建てて君主になれというので降臨した」と記し、君主たちが皇天の命令によって降誕したといっている。「古朝鮮」条でも、桓因（帝釈）が庶子である桓雄を「（人間の世に行って）治めさせた。よって雄は群れ三千を率い太伯山の頂上神壇樹の下に降誕した」[44]と記してあり、古朝鮮の檀君の父親も天の息子として表現されているのである。このように、国祖が天の命令によって降臨し国を治めるという神話は、まさに天命思想の影響によって形成されたものと考えられる。だからといってこのような神話が律令頒布後に形成されたというのではない。中国大陸で生み出された天命思想を古朝鮮・高句麗・伽耶などが早くから国祖神話として受容したとみるのが妥当だろう。そして〈儀制令〉には災異・祥瑞に関する次のような記事があり、注目される。

凡太陽虧　有司預奏　皇帝不視事　百官各守本司　不理務　過時乃罷（以下省略）[45]

凡祥瑞応見　若麟鳳亀龍之類　依図書合大瑞者　隋即表奏（以下省略）

前者は日食が起こったときに皇帝と百官が守るべきことを、後者は祥瑞を見たときにはその種類を報告する義務について、それぞれ規定している。これらのことから、王政に天人感応思想が反映されていたことが確認できる。

天人感応思想によれば、日食などを含むすべての天文の異変は「陰陽の精であり、政治を失敗すると起こる。明君・天子がこれを悟り、間違いを謝罪すれば禍はなくなる」[46]という。そのため　上掲の〈儀制令〉では日食が起こった時に天子が「不視事」をするものと考えられている。

そして漢の時代の儒学者、董仲舒は「人君が心を正しくし、百官と万民を正しく治めれば、結局は陰陽が調和して五穀が実りすべての福がもたらされ、多くの祥瑞が表れる」[47]といっている。祥瑞が表れるのは正しい政治に対する天の評価であると受け止められていたからで、その評価を知るために前掲の〈議制令〉で「隋即表奏」といっていると考えられる。このような天人感応思想が新羅の王政に反映されていたことは次の記事から確認できる。

味鄒尼師今七（二六八）年、春夏不雨　会群臣於南堂、親問刑得失

不雨の原因を刑罰の得失に問うているのだが、その理由に対しては『三国史記』には説明がない。しかし『漢書』董仲舒条によれば、「刑罰が公正でないと邪悪が生まれ、邪気が下に積もり怨悪が上に集まる。上下が不和合すれば、陰陽が調和せず禍が起こる。これが災異によって現れるのである」[48]という。これにより、味雛尼師今が自ら刑罰の得失を調査した理由を知ることができる。また同時に新羅が律令頒布以前から天人感応思想を王政に反映させてきたことが確認できる。そして景徳王十五（七五七）年には災異が多く現れたため上大等の金思仁が上疏し、時政の得失を極論した[49]という記事から、天人感応思想が新羅後代にも存続していたことがわかる。

このような災異に対し、王政に対する天の褒美として受け取られていた祥瑞の出現は儒教の独特な思想といえるが、『三国史記』には多くの事例が掲載されている。その代表的なものは次のとおりである。

訥祇麻立干二十五（四四一）年史勿県　進者長尾白雉　王嘉之　賜県吏穀[50]

尾の長い白雉を王に進呈したということは、上掲の〈儀制令〉にもあったように祥瑞が表れれば「隋即表奏」せよという規定があったからこそ可能であったと考えられる。このような記事から新羅では災異とともに祥瑞に関する思想も律令頒布以前に王政に反映されていたことがわかる。『三国史記』に掲載されている多くの祥瑞に関する記事に対し、李熙徳は「三国の祥瑞に関する記事を通じ、三国が各各中国の典型的な祥瑞観を受容し王者の聖徳を誇示しようとしたことが把握できる。そうして古代国家の王権を天命説によって正当化すると同時に王権強化のための象徴性を増大させていた」という。(51)

このように、天人感応思想が王政に反映されていたことから、新羅の律令にも〈儀制令〉のような条目があったと判断してもいいだろう。

律令の基本思想としての天命思想・天人感応思想が当時の新羅文学にどのように反映されていたのかという問題を考えるとき、次の『三国遺事』巻二「処容郎・望海寺」条はそれを示唆している。

于時山神献舞　唱歌云　智理多都波都波等者　蓋言以智理国者　智而多逃　都邑将　破云謂也、地神山神知国将亡　故作舞以警之　国人不悟　謂為現瑞　耽楽滋甚　故国終亡(52)

山神地神が歌舞で国の滅亡を警告しているという点が注目される。歌舞で国家的な事件に対する警告をしており、歌のとおりに事件が展開されたという点で歌は讖謡的な童謡となる。このような讖謡的な童謡の存在を明らかにしているのが『高麗史』「五行志」からである。この「五行志」に掲載されている童謡は「天人感応之理」すなわち天人感応思想に依拠しているため、すべて歌のとおりに事件が展開している。(53)もちろんこのような童謡は『漢書』「五行志」にも見られること[54]から天人感応思想に由来したものであることは間違いないだろう。

『三国遺事』にも、このような讖謡的な童謡と思われる歌として「薯童謡[55]」、「完山歌[56]」、「智理多都波都波」などが掲載されている。「薯童謡」は百済の武王と新羅の善花王女の結婚を予兆した歌で、歌のとおりに事件が展開するため讖謡的な童謡である。「完山歌」は後百済の甄萱が長男によって王位をはく奪され抑留生活をしているときの歌で、涙を流すという内容で後百済の滅亡を予兆している。これら二つの童謡は君主と関連しているが、天人感応思想それ自体が天と君主との関係であるため当然であるといえる。とくに「完山歌」は『増補文献備考』像緯「童謡」条にも掲載されていて[57]、その当時でも天人感応思想に依拠した讖謡的な童謡として分類されていたことがわかる。「智理多都波都波」は上掲の「処容郎・望海寺」条で国の滅亡を予兆した歌であるが、歌がうたわれた憲康王（在位八七五～八八六年）時代は新羅が滅亡する約五十～六十年前で、当時の時代相をうかがわせる歌でもある。

天人感応思想の災異は君主の失政に対する天の譴告として現れたものだが、同時に災異それ自体が国家的な事件の前兆としての意味を持っているため、後漢時代になると災異は讖緯思想の影響を受け、予占化されたという[58]。災異が国家的事件の前兆・予兆として表れている文学作品は、『三国遺事』の郷歌と関連した記述に見られる。

新羅の真平王の代（在位五七九～六三二年）に「彗星が現れ、心大星を犯した。花郎徒たちは訝しく思い、楓岳に行くのを取りやめた。このとき天師が歌を詠んだところ、星怪はただちに滅した。日本兵も国に還ったため反対に慶事となった。大王は歓喜し、郎徒たちを、歌を奏でる場所へと遊びに行かせた[59]」このときに融天師が詠んだ郷歌が「彗星歌」である。彗星が滅すると日本兵も還っていったという部分から、本来、彗星の出現は日本兵が出現する前兆だったのだが、本文ではその部分が省略されているものと思われる。そのため花郎徒たちは楓岳に行くのを中止したとみるべきである。彗星は孛星・長星・妖星ともいうが、『三国史記』では他にこのような星の出現が日本兵の侵攻や直接的な戦争を予兆したという事例は見られない。しかし『漢書』の「五行志」では「五星が伸縮して色が変わり、逆行することが著しい場合は」敗星となり、敗星は「簒殺之表[60]」であるといっていることから、新羅で彗星と日本兵とを結びつけることは可能となるだろう。彗星の出現が国家的事件と結びついていること自体が、まぎれもない天人感応思想である。

そして新羅の景徳王十九（七八〇）年に「二つの太陽が現れ十日間消えなかった。日官が申すには、縁僧を招き散花功徳を行えば禍を追い払うことができるという。朝元殿に壇を設け、縁僧を待つ間、月明師が現れたので王は使いを遣って呼び寄せ、開壇作啓せよと命令を下した。これに対し月明師は兜率歌を作り献上した。しばらくして日怪は消えてなくなった[61]」という記録がある。『三国史記』には、いくつかの太陽が現れたという記事が恵恭王二（七六六）年と文聖王七（八四五）年にも書かれているが、どの事件のことを指し示しているのかという説明はない。しかし、いくつかの太陽が出現したという記事の後に反乱事件が続出した[62]という記事があることから推測するに、この天変地異に関する記事は反乱事件の前兆としての意味を持っていたことは間違いない。天変地異によって国家的事件の前兆を表そうとする歴史記述の手法それ自体が天人感応思想によるものである。しかし、景徳王の時代には国内が混乱していた、あるいは反乱事件が起こったという記事は見あたらないことと、当時唐で起こった安禄山の乱の前兆が新羅の望徳寺で現れたという記事などを考え合わせれば、景徳王の時代に二つの太陽が現れたという日怪は唐で起こった安禄山の乱の前兆であったと考えられる。[63] 新羅の唐に対する意識をうかがい知ることができる天変地異として興味深いが、いくつもの太陽が現れるという象として反乱事件を予兆する事例は新羅的なもので独特である。

災異ではなく祥瑞が文学作品に反映されている事例として『三国遺事』の「新羅始祖赫居世王」条の誕生神話がある。白馬が現れ、紫色の卵を一つ運んできて、王を得た。鶏龍が祥瑞を表し、閼英が生まれたという。[64] ここで白馬や龍などは中国古来の祥瑞だが、[65] 鶏龍は新羅的な祥瑞だと思われる。天命により始祖が誕生したことを強調するために祥瑞を取り入れたものと考えられる。

このように、律令の中心思想である天命思想・天人感応思想が文学作品に反映されているのが古代文学の特徴と考えられる。とくに天変地異の現象についての歌謡が制作されたのは、天人感応思想が文学制作に関与していた事実を立証しているのである。

むすびに

これまで述べたことをまとめると次のとおりである。

1　韓国文学史の時代区分は四分法（古代・中世・近世・近代）が有効なものと考えられる。四分法は他分野の時代区分とも歩調を一にすることができ、王朝の変遷を渉猟できる特徴を持つ。そして日本文学史が四分法を採用しているため東アジアの比較文学史的見地からも有効な方法となる。

2　国家および社会制度だけでなく、文学においても現代の姿から原型である古代の姿を発見できる。古代は現代とつながっていなければならない。漢字で自国語を表記する郷札で作った郷歌は韓国詩歌文学の最も古い姿であり、本格的な文学の自国化が始まったものとして中国に対応しようとする強力な民族意識・国家意識の産物と理解できる。

3　古代文学を掲載している文献は、主に『三国史記』と『三国遺事』だが、これらの史書の表題が指示している三国とは、『三国遺事』が古朝鮮から始まり後百済に至るまでの通史・有史を扱っているように、高麗建国以前を一時代として総括したものと考えられる。そのため二つの史書に載っている文学作品は最初の制作時期がどの時代であったかに関わらず、編者は「三国」とひとまとめにして扱っている。このような編者の歴史意識・時代意識によって筆者は羅末麗初期までの全時代を一つの古代として設定した。

4　羅末麗初期までの国家社会が最も大きな影響を受けたのは律令であると考えられ、律令で古代社会を規定していた。律令の頒布以後に史書類の編纂が活発に行われ、文学においても漢字の自国化を大成した自国の文学、とくに詩歌文学の隆盛期を迎えることになる。このような文学の発達過程は韓国と日本で相似している。

5　律令制の中心思想である天命思想は、『三国遺事』の建国神話にみられる。

6　〈儀制令〉には君主の徳政と刑罰の公正性の指針が天人感応思想として表れている。日食に代表される災異については君主と百官の謹慎を、徳政に対する天の評価として現れる祥瑞については報告の義務をそれぞれ規定している。

7　天人感応思想の現象には国家的事件についての前兆が歌として現れた讖謡的な童謡があるが、『三国遺事』にはこのような童謡と思われる歌として「薯童謡」、「完山歌」、「智理多都波都波」などが収録されている。

8　天人感応思想の現象では国家的事件の前兆として天変地異が起こったりもするが、『三国遺事』に収録されている郷歌「兜率歌」と「彗星歌」は、ただ単に天変地異を消滅させるだけでなく、同時に国家的事件も鎮圧しようという意識から制作された歌と思われる。天変地異で国家的事件の前兆を表そうとする歴史記述の手法それ自体が、天人感応思想である。

9　天人感応思想の現象には祥瑞の動物の出現があるが、『三国遺事』の「新羅始祖赫居世王」の誕生神話に出てくる白馬と鶏龍は、その典型的な事例である。天命による始祖誕生であることを強調するため祥瑞を取り入れたものと思われる。

10　このように、律令の中心思想と考えられる天命思想・天人感応思想が古代の文学作品に反映されていることを確認できることから、律令制とその中心思想を韓国古代文学史の基準として設定できる。

11　東アジアで、支配体制の確立や社会秩序などを維持する上で基本となった律令制が、その実効性を失うのと同時に、唐は九〇六年に、新羅は九三五年に滅亡することになり、日本は平安時代の終焉（十二世紀末）を迎え、中世へと移行することになった。

【注】

（1）趙東一「韓国近代文学の形成と定論の研究史」韓国古典文学研究会編『近代文学の形成過程』文学と知性社　一九八三年

（2）古代以前に原始文学時代を置く場合があるが、口承文学から出発したであろうと考えられる文学が発生した時代の文学が、そのまま伝わっているのではなく、『三国史記』や『三国遺事』などの文献に記載されて伝わっているため、昔の様子そのままの形が伝わったと見ることはできない。そのため原始時代を特別に設定する必要はないと考えられる。基本的に文字で記載された文学を対象にしなければ、文学としての歴史の推定が不可能となるからである。

（3）このような類型の分類は一九六〇年度末の李基白によるものだが、李基東氏は、現在（一九九四年）まで出ている歴史概説書はこのような類型分類に包括されるとし、この分類による時代区分の概観と問題点を提示している。（李基東「韓国史時代区分のいくつかの類型と問題点」車河淳他『韓国史時代区分論』収録、ソファ　一九九五年）

（4）金哲埈「韓国古代社会の性格と羅末麗初の転換期について」韓国経済史学会編『韓国時代区分論』乙酉文化社　一九七〇年

（5）李景植「韓国史研究と時代区分論」金ヨンソプ教授定年記念韓国史学論刊行委員会『韓国史の認識と歴史理論』一九九七年

（6）張徳順『韓国文学史』東化文化社　一九六九年　一九頁

（7）白南雲『朝鮮社会経済史』改造社　一九三三年

（８）李明善『朝鮮文学史』任軒永解説　凡友文庫　一九九〇年　八頁
（９）時代区分についての本格的な論争は、奴隷社会の存否を中心に北朝鮮で一九五九年から一九六二年まで約二十回に渡って論争され、その結果、原始－奴隷制社会（古朝鮮、扶余など）－封建制社会（三国時代以降）とする時代区分が確定される。その後一部の修正案が出たが、一九七九年から発刊された『朝鮮伝史』（三三巻、一九八二年完結）においても時代区分についての基本的骨組みは変化しなかった。（朴ソンボン「南北韓の古代史時代区分論について」参照『国史論叢』五〇　一九九三年）
（10）金日成総合大学編、任軒永解説『朝鮮文学史』（複写本）天地　一九八九年
（11）『孫晋泰先生全集』一巻　太学社　一九八一年
（12）趙東一「韓国文学史の時代区分」『韓国文学史研究入門』知識産業社　一九八二年　七九頁
（13）張徳順『国文学通論』新旧文化社　一九六九年　五〇頁
（14）呂増東『韓国文学史』ヒョンソル出版社　一九七三年
（15）李家源『韓国漢文学史』民衆書館　一九六一年
（16）注（12）に同じ
（17）趙東一『東アジアの文学史比較論』ソウル大学校　一九九三年
（18）韓国古典文学研究会編『近代文学の形成過程』文学と知性社　一九八三年
（19）洪基三「韓国文学史時代区分論」『韓国文学研究』一二　東国大　一九八九年
宋喜復『韓国文学史論研究』文芸出版社　一九九五年
黄浿江『韓国古典文学の理論と課題』檀国大学校出版部　一九九七年

(20) 李基東「韓国史時代区分のいくつかの類型と問題点」『韓国史時代区分論』 一九九五年

(21) 車河淳「時代区分の理論と実際」 注(20)に同じ

(22) 李佑成「三国史記の構成と高麗王朝の正統意識」『歴史学報』三八号 一九七四年十月

(23) しかし、「国文学解釈と鑑賞」の別冊『日本文学新史』(集文堂 一九八五年)のように、古代Ⅰ、Ⅱに分ける方法もある。

(24) 芳賀一、立花銑三郎『国文学読本』 富山房書店 一八九〇年

(25) 久松潜一『日本文学史』一六頁 全六巻 至文堂 一九六四年

(26) 西嶋定生「序説―東アジア世界の形成」『中国古代国家と東アジア世界』 東京大学出版会 一九八三年

(27) 朴ビョンホ『韓国の法』二六輯 教養国史叢書 第一〇集 一九七四年を参照

(28) 『三国史記』巻第十八 高句麗本紀第六 小獣林王三年。巻第四 新羅本紀第四法興王七年(『訳註三国史記1』韓国精神文化研究院 一九九六年)

(29) 『三国史記』新羅本紀第四、真興王六年秋七月(本文省略以下同じ)。高句麗本紀第八、嬰陽王十一年正月。百済本紀第二、近肖古王。

(30) 注(28)に同じ 文武王二一年秋七月一日条

(31) 田鳳徳『韓国法制史研究』ソウル大学校出版部 一九六八 年 二六九頁

(32) 『続日本紀』一 新日本古典文学大系 一二巻 岩波書店 一九八九年

(33) 代表的な事例として天武十(六八一)年二月「詔之曰、朕今更欲定律令改法式、倶修是事」が挙げられる。

(34) 注(33)に同じ

（36）「和銅五年正月二十八日　正五位上勲五等太朝臣安萬侶」（『古事記祝詞』日本古典文学大系一巻　岩波書店　一九六七年）
（36）田村實『日本古代国家と古典文化』　関書院出版　一九五六年　四〇一～四〇二頁参照
（37）堀敏一『中国古代の時点』二集　九二頁参照
（38）吉川幸次郎　黒川洋一編『中国文学史』　岩波書店　一九七四年
（39）鄭振鐸『挿図本中国文学史』四冊　北京人民文学出版社　一九八二年
（40）律令研究会編『訳注日本律令』「唐律疏講」　東京堂出版　一九七九年
（41）『律令』日本思想大系三巻　岩波書店　一九七六年
（42）上掲書、儀制令
（43）上掲書、「補注」　六三〇頁
（44）（高句麗）告水曰　我是天帝子　河伯孫
（駕洛国記）皇天所以命我者　御是処　惟新家邦　為君后　為茲故絳矣
（古朝鮮）遣往理之　雄率徒三千　降於太伯山頂神壇樹下　（崔南善編『三国遺事』　民衆書館　一九四六年）
（45）注（41）に同じ　儀制令　三四五頁
（46）比皆陰陽之精　基本在地　而上発于天者也　政失於比則変見於彼　猶景之象形　郷之応声　是以明君覩之而寤飭身正事　思其咎謝　則禍除而福至自然之符也（和刻本正史『漢書』巻二六「天文志第六」汲古書院　一九七二年）

(47) 上掲書、故為人君者正心以朝廷正朝廷以正百官（省略）天地之間被潤沢　而大豊美四海之内聞盛徳　而皆倈臣　諸福之物可致之祥寞不畢至　而王道終矣（「董仲舒伝第二六」）
(48) 上掲書、刑罰不中　則生邪悪　邪気積於下　怨悪畜於上　上下不和　則陰陽繆盭　而妖欱生矣　此災異所縁而起也（「董仲舒伝第二六」）
(49) 注（28）に同じ　景徳王十五年春二月　上大等金思仁以年災異屢見　上疏極論時政得失王嘉納之
(50) 注（28）に同じ　新羅本紀　第三
(51) 李熙徳「三国時代の祥瑞説」『李基白先生古稀記念韓国史学論叢』（上）―古代篇・高麗時代篇　一潮閣　一九九四年
(52) 注（44）と同じ　巻第二　処容郎・望海寺
(53) 『高麗史』で「五行志」を作った理由は次のとおりである。「天人感応之理　豈易言哉　今但拠史氏所書当時之災祥」そして収録されている童謡は「忠烈王二五年正月　童謡云　萬寿山烟霧藪　未幾　世祖皇帝訃　至」「辛禑一四年　童謡　木子得国之語　軍民無少老　皆歌之」などがある。前者は世祖の訃報の予兆で、後者は木子、つまり李成桂が朝鮮王朝建国を予兆する歌である。（『訳注　高麗史』五　東亜大学校出版社　一九七一年）
(54) 注（46）に同じ　巻之二七「五行志第七上」
(55) 注（44）に同じ　巻第二「武王」
(56) 注（44）に同じ　巻第二「後百済の甄萱」収録
(57) 『増補文献備考』巻一一　像緯考一一「童謡」（明文堂　一九五九年）

（58）松本卓哉「律令国家においての災異思想―その政治批判の要所の分析―」薫弘道編『古代王権と祭儀式』吉川弘文館

（59）注（44）に同じ　有彗星犯心大星　郎徒疑之　欲罷其行　時天師作歌歌之　星怪即滅　日本兵還国反成福慶　大王歓喜　遣郎遊岳焉（巻第五融天師彗星歌　真平王代）

（60）注（46）に同じ　孛者悪気之所生也謂之孛者言其孛孛有所妨蔽闇乱不明之貌也（省略）孛星乱臣之類簒殺之表也（巻二七　五行志　第七　下之下）

（61）注（44）に同じ　二日丙現　挟旬不滅　日官奏　請縁僧作散花供徳　則可禳於是潔壇於朝元殿　駕行青陽楼　望縁僧　時有月明師　行于阡陌時之南路。王使召之　命開壇作啓　明奏云　臣僧但属於国仙之徒只解郷歌　不閑声梵　王曰　既卜縁僧　雖用郷歌可也　明乃作兜率歌賦之（省略）既而日怪即滅　王嘉之（巻第五月明師　兜率歌）

（62）注（28）に同じ「恵恭王二年春正月　二日並出」以後、恵恭王代には五件の反乱事件が起こっていて（新羅本紀　第九）「文聖王七年冬一二月朔三日兵出」以後、文聖王代には三件の反乱事件が起こっている。（新羅本紀　第一一）

（63）拙稿「『兜率歌』と歴史記述」『朝鮮学報』一七六・一七七合集　朝鮮学会　二〇〇〇年十月

（64）注（44）に同じ　異気如電光垂地　有一白馬跪拝之状（省略）有鶏龍現而佐脇誕生童女（巻第一　新羅始祖　赫居世王）

（65）安居香山編『讖緯思想の総合的研究』図書刊行会　一九八四年　六八～六九頁参照

第2章　古代歌謡「亀旨歌」

一　亀旨歌とその問題点

『三国遺事』に収録されているいわゆる亀旨歌とこれにまつわる物語を要約すれば次のごとくである。

亀よ亀よ
あたま出せ
出さなきゃ
焼いて食うぞ
（亀何亀何　首其現也　若不現也　燔灼而喫也）

巻二の「駕洛国記条」によれば、天地開闢の後、駕洛国においてはいまだ国号も君臣の称号もなく、九人の首長（九干）が民を従えて山野に住んでいた。この頃、北方の亀旨峰で誰かを呼ぶ何か不思議な声がした。九干と民らがその峰に集まってみると、姿は見えずただ人を呼ぶような声がしていた。よく聴いてみると、その声は、「ここには誰かおるか」というものであった。そこで九干は「我々はここにおります」と答えてみた。すると声が「ここは何という処じゃ」と言うので「亀旨と申します」と答えた。するとまた「ここに国を造り君になれと皇天に命じたられたので降臨する。お前たちは峰の頂を掘り、その土を撮（つま）みながら（亀旨歌を）うたい踊れ。そうすれば大王を迎えられるだろう」という声がした。九干は声の言うとおりにし首露大王を迎えることができた、というのである。

「駕洛国記条」によれば、亀旨は天孫である首露大王の降臨を迎えるためにうたったとされている。だが、天神でもある大王の祖先に対して、歌にいうような命令的でしかも威嚇的な表現が果してできるのかという素朴な疑問が湧いてくることも禁じ得ない。本考察はこの疑問を出発点とする。

天孫降臨の神話の物語に亀旨歌が置かれるのはふさわしくないと、早くから先学により指摘されてはいるが、この先学を含め従来の研究は、亀旨歌を神話の物語に属せしめて把握することを通例とする。説話は伝承の過程において、話者や編者による意図的な添削が行われたり、記憶のあり方によって加減される場合がある。今のように歌と物語が結合している場合もそのようなことが起り得るであろうと考えられる。亀旨歌が神話の物語にふさわしくないものであるならば、これと結びつく以前の歌の原初的な意味はどうであったのか。また、亀旨歌のような強制的、威嚇的な表現が、可能な儀礼の場とは如何なる祭祀儀礼においてであったのか。そして、首露大王の天孫降臨神話の物語に亀旨歌が紛れ込むのは、亀旨歌と大王とがどのような関係を持つことから生じてきたのかというような問題点が生じる。本考察では、先学の研究業績をふまえ、この問題三点を巡って考えてみたい。

二　従来の研究

従来の研究業績を要約すれば次のごとくである。

〈歌　名〉

亀何亀何の歌（土田杏村[1]）、亀旨歌（趙潤済[2]）、迎神君歌（梁柱東[3]）、亀旨峰迎神歌（金東旭[4]）、亀何歌（李家源[5]、黄浿江[6]）など、いろいろな歌名を付している。

〈解　読〉

「何」の字を論議の対象とし、「亀」「首」の字を郷札式表記ともみている（朴智弘[7]）

〈歌の意味及び性格〉

「土を撮みながらうたい踊れ」という記録に基づいて、亀旨歌を蹈舞歌[8]、労働謡[9]などとみている。歌詞の「焼いて食う」とは亀トーテムの祭儀の表現であり、歌を含む説話は亀トーテムの祭儀において巫覡が朗誦した一種の巫神ボンプリである（黄浿江[10]）。物語に従って亀旨歌は、神君を現わせる呪力に用いられた歌（梁柱東[11]）、神霊の出現を強請する意味の歌（三品彰英[12]）、王の正常出生を促す誕生祭儀にうたわれた呪詞（金学成[13]）強請的に地霊たる亀神を迎えるための呪願歌（蘇在英[14]）などとみている。物語と歌を分離して、亀旨歌の原初的な意味は、女性が男性を誘う歌（鄭炳旭[15]）あるいは朝鮮のわらべ唄（土橋寛[16]）とする見解があり、その他、構造論的研究（金烈圭[17]）などがある。

いわゆる亀旨歌は『三国遺事』に歌名が明記されていないので様々な歌名をもって呼ばれているが、韓国国文学史上ではほぼ亀旨歌という名で定着されているようである。ここではそれに従い亀旨歌と称する。従来の歌の解読に異論を提起した朴智弘の見解には黄浿江の反論があり、現在亀旨歌の解読は論者によって若干の表現技巧の差はあっても前掲のような亀旨歌の解読を通例とする。韓国の詩歌において、詩歌の前半のみを郷札式（表意と表音兼ねた漢字の借字）表記をした例は存在しない。それゆえに亀旨歌は漢詩的に書かれた歌謡とみるべきである。従来の亀旨歌に対する意味及び性格の研究に対しては、本来歌謡の研究であるにも拘らず神話の物語の研究が先行されて来たことが指摘できる。

三　諸伝承との関係

亀旨歌は、対象に呼び掛けて、歌い手の願望、意思を述べており、願望を聞いてくれなければ、対象を威嚇する意志を表わした内容の歌である。表現は対象に喚び掛けて「何かなしてくれなければ、何かをするぞ」という表現形式に基づいている。この表現形式に基づいている歌は次のようなものがある。（下に付した番号は任東権の『韓国民謡集』(18)の歌番号である。日本語訳は筆者による、以下同じ）

①トンボ止まれ、ここに止まれ、遠く行ったら死ぬぞ、後ろに飯つけてやるから、ここに止まれ。（１３９６）

②鵲よ鵲よ、俺の眼のほこり出せ、出してくれなきゃ、お前の子ちぎって殺すぞ。べっべっべっ。

（1298）

③蜘蛛よ蜘蛛よ女郎蜘蛛よ、晋州徳山の女郎蜘蛛よ、お前は天竜俺は武士、天竜山に青岩、竜湯竜湯、ぷかりぷかり女郎蜘蛛よ。(19)

三つの例はわらべ唄である。①においての子供の願望は止まれということであり、「止まってくれなきゃ、死ぬ」とは願望を保証するために威嚇する表現である。後半の「飯やるから、止まってくれ」は前半の裏返しの表現であるから、歌は反復法によって構成されている。②は眼にほこりが入ったときの呪い歌であり、うたった後、べっべっべっと唾を三回吐くことは唾のように出ろという言葉のみならず模倣呪術的な行為が伴っていると思われる。「眼のほこり出してくれなきゃ、お前の子を殺す」と威嚇して願望を述べている。③は朴智弘によって採録された嶺南地方のわらべ唄であるが、地神祭のとき、地神を威嚇し鎮めるための歌でもある。言葉には顕著に出ないが、歌意の前半は「お前が天竜であっても俺はもっと強い武士である」と捉えられ、後半は「鎮まらなかったら、捕まえて竜湯にする」であると考えられる。竜湯という意味あいは、亀旨歌にいう「焼いて食うぞ」ということである。(20)

歌において威嚇する内容はいろいろあって、要するに歌い手の願望を保証するための言葉の仕掛けであるが、一体このような呼び掛のわらべ唄とは何なのか。早く土橋寛は、わらべ唄を分類して、呼び掛け歌、呪い歌、遊び歌、その他知識教訓を与える歌などとした。その中で呼び掛け歌は次のように定義している。「呼び掛け歌は呪術的なものと遊戯的なものとの未分化な状態にあるもので、私はここにわらべ唄の本領を認めると共に、呪詞以前の呪詞ともいうべき先呪術的なコトバの姿を見ることができる」。(21)これは呼び掛けのわらべ唄は、たとえ遊戯的なものであってもコトバによる呪術が内在しているともみて取れる。藤田徳太郎はこうした呼び掛けのわらべ唄の中で「かたつむりの歌」がイギリス、フランス、ドイツ、ロシア、中国などでうたわれている例を紹介しているので[22]、呼び掛けのわらべ唄は世界的に分布していることがわかる。その中には、日本で一八〇年頃に雑芸の詞章を集成した『梁塵秘抄』に次のような「かたつむりの歌」があることを示している。

舞へ舞へ蝸牛、舞うはぬものならば、馬の子や牛の子に蹴ゑさせてん、踏み破らせてん、実に美しく舞うたらば、華の園まで遊ばせん。[23]

この歌の後半「実に美しく舞うたらば」以下は威嚇する前半の裏返しの表現と捉えられるから、これは反復法による構成である。このような構成を持つ歌の外に単純に呼び掛けて威嚇する素朴な歌として、日本においては「おどし型」のわらべ唄の名をもって伝承されている次のようなものがある。

こらこら梨の木、生(な)っか生んねいか、生んねいなら切っぞ。[24]

世界的に分布を持つこのようなわらべ唄が国々の神話と結びついて報告された例は管見にない。また、亀旨歌を物語から切り離してみれば亀旨歌は単なるわらべ唄にすぎない。こうした観点からも、土橋寛が亀旨歌を「始祖の名が首露王で、首を表すという文字であるから、首を出せという童話が利用されている」[25]と論じたのは、亀旨歌の本質を見事に捉えた卓見であった。だが、亀旨歌と同じ表現形式を根本に持つ韓国の諸伝承が、古くから祈雨祭、地神祭など、災厄をもたらす荒ぶる神を鎮める儀礼と深い関連があったことにも注意を払いたい。例を掲げると次のとおりである。

④天が雨を降らせ、沸流王の国を滅亡させなかったら、俺はお前を放さない、この酷い目から逃れたいならば、お前が天に訴えよ。

（天不雨沸流、漂没其都鄙、我固不汝放、汝可助我憤[26]）

⑤トカゲよトカゲよ、雲を起し霧を吐いて雨を降らせ、そうすればお前を放してやる。

（蜥蜴蜥蜴、興雲吐霧、俾雨滂沱、放汝帰去[27]）

⑥亀よ亀よ、水路夫人を出せ、人妻奪った罪は大きいぞ、逆らって出さなきゃ、網で捕まえて焼いて食うぞ。

（亀乎亀乎出水路、掠人婦女罪何極、汝若悖逆不出献、入網捕掠燔之喫[28]）

⑦年二回村の人達が清潔なお祭を山神に捧げているにもかかわらず、近頃罪なき我が村の人々に害を与えていることは甚だけしからん。今後、我が村の人々に害を与えることがあったら、兵隊を出兵させて虎を殺し、山神堂も燃やしてしまうから格別に留意しろ。[29]

④は『東国李相国集』巻三の高句麗の東明王の物語に伝承されている言葉であるが、物語によると、東明王が狩猟に出かけたとき、捕獲した雪色の大鹿を木にくくりつけておいて呪いながら言ったものである。

これによって鹿の泣き声が天に届いて雨が七日間も降り続き沸流王の都を水没させたという。この記録は高句麗の初代王である東明王にまつわる祈雨祭の伝承であると思われる。「沸流王の国を滅亡してくれなければ、放さない」という言葉には威嚇的な表現は見えないが、鹿に直接の行為をもって威嚇しているから、言葉は威嚇の内容と同じ意味を持っており、表現形式は亀旨歌と同じである。⑤は『慵斎叢話』巻二によれば、朝鮮王朝時代の祈雨祭のとき、トカゲを水瓮の中に浮かべておいて、青衣を着た子供達数十名が柳の枝で水瓮を打ち、ほらを鳴らしながら大声で言った言葉である。「雨を降らしてくれれば、放してやる」という言葉においても威脅的な表現ではなく、内に含み持つこと④と同じである。この表現形式は「何かをしてあげるから、何かをしてちょうだい」といういわゆる「だまし型」でもあるが、これは「何かをしてくれなければ何かをするぞ」という「おどし型」の裏返しの表現であるから、亀旨歌の表現形式と変りがない。⑥は亀旨歌と近似しているゆえに亀旨歌の研究のとき必ずとり上げられる歌であり、『三国遺事』巻二の「水路夫人条」に収録されている。物語によれば、海辺で水路夫人が東海の竜神に掠奪されたとき、ある老翁が現れて、大勢の人が歌をうたい、杖を持って岸を打つと夫人をとり返すことができると教えたので、人びとは「海歌詞」を作ってうたい、竜宮から夫人をとり返したという。物語の背景が海辺であるために網で捕まえるとか、水路夫人を掠奪したことから、「水路夫人を出せ、人妻を奪った罪は大きいぞ」などは物語によって新しく添えられた編集句であろう。この記録伝承に関する文献批評は本考の目的ではないので、例示だけにとどめるが、注目すべき所は歌い手の対象になる神は人妻を掠奪する、つまり災厄をもたらす荒ぶる神であることにある。従来、「海歌詞」は亀旨歌と同様に神迎えの歌として意味づけられているが、水路夫人を神霊とする論述がない限りそうした意味づけは再考の余地があると思う。これらの伝承において大勢の人がうたい、あるいは大鹿、水瓮、杖などが登場することはコトバのみならず、呪術の効果を高めようとする呪具であると捉えられる。⑦は最近採録されたもので、江原道栗峠の村祭り（山神祭）のとき読み上げる「祝文」である。この「祝文」は要するに我が村の人々に害を与えることがあったら山神を殺し山神堂も燃やしてしまうぞということで、亀旨歌のような表現形式に基づいており、山神を威嚇して鎮めようとする内容の「祝文」であることは明らかである。採録者である崔承旬は村祭の「祝文」としては例がないものとみて近代のものであると推測しているが、[30] 江原道大関嶺の山神に関する伝説の中で、山神が怒れば虎を放って人畜を殺すというものがあり、[31] 亀旨歌と表現形式が同じであることから、この「祝文」はかなり古いものとみてよい。とりもなおさず、「祝文」の表現形式は祭神に関わる問題として捉えるべきである。

四　呪術と原初的亀旨歌

前掲した諸例における威嚇的な表現は願望を遂げるための手段であり、言葉の仕掛けである。こうした言葉は祭祀儀礼を伴って様々な呪力と結びついているが、記録された亀旨歌伝承のように、果して国王の天孫降臨の始祖の誕生を祈願するコトバにおいてもそうした威嚇的な表現が有効に働くものなのであろうか。ここで神霊を対象にする呪術の場合、如何なる神霊に対して命令かつ威嚇的な表現が可能であるのか、という問題について考えてみよう。

日常的、経験的枠を越えた世界にある種の力を認め、これを実際的目的のために統御し利用しようとするのが呪術といえよう。[32] そして、J・G・フレーザは呪術と宗教の差について「呪術は宗教のするように、それを宥和したり慰撫したりする代りに、強制したり強迫したりするのである。かくて、人間的なものであれ神的なものであれ、すべての人格的存在は、一切を支配してはいるがそれにも拘わらず適当な儀礼や呪文によってそれを駆使する術を知っている者によって利用され得る此等非人間的な力に、結局は服従してしまうと呪術は仮定しているのである。たとえば、古代エジプトでは呪術師は最高の神々に向かってすらその命令に従わしめる力を要求し、そして実際その要求に服従しない場合には破滅をもって彼らを脅迫したのである」[33] と述べている。これは呪術と対象に関わる問題でもあるが、呪術といって最高の神々までも強制的かつ威嚇的な表現が有効であるとすることは従い難い。これに対してJ・A・ロニーは、呪術は神々よりもダイモン（精霊、化物、霊鬼など）を好み、特にそれほど人格化されていないダイモンを好んで相手にするとし、また、呪術は神々に無差別な命令をすることはできないと論じている。[34] この、J・A・ロニーの論は中国の祝詞の本質をみても妥当であると思う。『文心雕龍』によれば

> 凡そ群言葉を発き、降神実を務む。辞を修めて誠を立つるは、媿づる無きに在り。祈祷の式は、必ず誠にし以て敬、祭奠の楷は、宜しく恭にして且つ哀なるべし。此れ其の大較なり。

と記されている。[35] これは要するに神霊の降臨を求めるときには慚つる無きこそ大事なことであることを示している。このような観念は韓国においても村祭りを行う際の禁忌条項及び「祝文」などにもよく表われている。[36] つまり祈願、呪術において命令かつ威嚇的な表現は限られた神霊を対象にしているといえる。こ

の『文心雕龍』の記録から考えても亀旨歌が天孫の降臨を願望するコトバとして意味づけられるというのはあり得ないことである。とすれば、亀旨歌と物語との関係は本来別のものであったが、伝承の過程において、編者のある意図をもって二次的に結びつけられたのが、『三国遺事』にまさに遺事的に残されたものであったと考えられるのである。そして亀旨歌のように命令かつ威嚇的な表現によって鎮まる神霊は、天神とか始祖神ではなく、前挙の例が示しているように雨を降らさないとか村民に害を与えるとかする災厄をもたらす荒ぶる神霊に限ると思う。このことは荒ぶる神であるがゆえに力をもって鎮めるという観念から生まれたものであろう。たとえば、定期的に行われる地神祭のときの土地踏み、狂病の患者に桃の枝とか柳の枝などで身体を叩いて疫病神を体内から追い出す作法の民間信仰[37]もその軌を一にするものである。こうした観念は韓国のみならず、中国、日本、ヨーロッパの民間信仰の中からも窺い知ることができる。中国の祈雨祭のとき、雨が降らなければ贋の龍はずたずたに引きさかれるし、また、脅迫して打擲することもある[38]。日本でも祈雨祭のときに行われる「縛り地蔵」などは純然たる暴力に訴えている[39]。ヨーロッパでは悪霊を燃やすとか棒で叩いて追放する「女魔法使い焼き」が代表的な伝承であったと考えられるが、この儀礼では女魔法使いに向って命令かつ威嚇する歌が報告されている[40]。諸国の伝承をみても、威嚇かつ暴力的な表現が可能にならしめる対象の神霊は雨神、悪霊に限られていることがわかる。

原初的な亀旨歌は歌の性格、表現形式からみて災厄をもたらす神霊を鎮めるためのコトバであったと思われるが、元来の亀旨歌は如何なる祭祀儀礼においてうたわれたものであろうか。亀旨歌は現在の慶尚南道金海市の盆山であるが、金宅圭の民俗調査報告によれば、この地域は古くから祈子神、祈雨神の信仰が盛んであり、亀旨峰とはクツ（巫祭）を行う山であるという[41]。この調査報告は多くの示唆を与えてくれた。

亀旨峰で祈子神信仰が行われていることは天孫の降臨の祈願の場が亀旨峰であったという記録と附合している伝承であるが、前述したように天神たる始祖神に向かって命令かつ威嚇することは認知できない。また、祈子神の民間信仰でそのような事例は管見にない。それゆえに亀旨峰における祈雨信仰と亀旨歌との関係が最も有力視される。他の地域での祈雨祭のとき、神霊に発せられるコトバは亀旨歌の表現形式と一致しており、威嚇あるいは暴力をもって祈願する事例とも重なり合うことから、古代亀旨峰で行われる祈雨祭のとき亀旨歌がうたわれた可能性は強い。金海地方は今でも穀倉地帯であり、農業を基盤にする地域だから祈雨祭が盛んに行われたはずである。また韓国における祈雨祭が、恩山、昌原、慶山などの事例[42]のように、多くの場合山上で行われたのも看過できないことである。『三国史記』巻三十二の祭祀条によれば、伽耶（駕洛）地方の岬岳は地鎮（神）祭を行う場所の一つであり、岬岳とは現在の徳山[43]で、例③の地名と一致していることから、③の例はその起源が古代まで遡ることができる。韓国の古代においては地神と雨神とは同一視されたこともあり[44]、古代亀旨峰を中心とする伽耶国には、祈雨祭、地神祭が盛んに行われたとみてよい。

首露王の伝承において、首露王と脱解王の呪術力のくらべなどから、首露王が呪術師であったことはよく知られている。黄浿江は「金首露王は亀トーテムの外来出身の能力者（呪巫師）で、司祭を兼ねた君主に推戴されて伽耶中心の部族連合である大伽耶という国家を造った人である」[45]と述べている。亀旨歌は天神が教えた歌であり、これに従って九干らがうたったと『三国遺事』に記されている。ここでいう天神とは天孫降臨の首露王であるから、亀旨歌は首露王が教えたことになる。つまり、亀旨歌と首露王の関係は次のように把握できる。伽耶の祭祀共同体に災厄をもたらす神霊を鎮める祈雨祭、地神祭などの祭祀儀礼において、司祭、王として祭祀共同体の願望、意志を託すコトバが亀旨歌であり、これを首露王がうたい、それに従って九干らがうたったことである。こうした祭祀儀礼が首露王によって始まったのであり、対象が災厄をもたらす荒ぶる神であるから、大勢の人がうたい、力をもって威嚇かつ命令して鎮める仕掛けが亀旨歌に表れている。このように亀旨歌は首露玉の位格にかかわる歌であったが、伝承過程で、記憶のあり方によって文献記録では彼の誕生神話に結合されたのであろう。

五　亀旨歌と亀の関係

亀旨歌における亀に関して従来象徴的表現とする見解が出されたが、林基中が指摘したとおり、隠喩的表現ではなく呪獣であり、神である亀そのものを示すもの[46]であるとみるべきであろう。わらべ唄において呼び掛ける対象は対象そのものであることは前に挙げた例からも明確である。亀は竜、麒麟、鳳凰とともに四霊の一つであり、大昔から占いに用いられてきた霊物である。韓国では現在も亀卜が行われており、民間芸能では秋夕を祝う遊びの一つに亀遊びが中部地方に伝承されている。[47]亀が神秘視されてきたのは、亀卜から窺えるように、神の言葉を伝える神と人間の媒介物であるところにあると考えられる。『三国遺事』巻二「太宗春秋公条」及び『三国史記』巻二十八「百済本記義慈王条」に、亀神は百済の亡びを予見しており、亀の甲に「百済円月輪、新羅如新月」と書かれていた記録は、亀卜および亀が神の言葉を伝える神と人間の媒介物であったことをよく表わしていると思う。また、古代日本においても亀卜部によって亀トは専修されたのであり、彼らは朝鮮半島から渡来人であるとされていること[48]は、古代韓国でも亀卜が盛んに行われたとみてよい。亀卜をするとき亀は焼かれるので、亀旨歌における「焼く」という発想はこうした亀卜からきたかも知れない。

一方、亀は水神、地神とも結合されて伝承されたことも看過できないことである。かつて出石誠彦は『晏子春秋』の「河伯水をもって国を為し、魚鼈をもって民を為す」などの記録から、中国の上代に亀類を河伯もしくはそれに関係深いものとする思想が確かに存在したであろうとし、また、高句麗の朱蒙の伝説において、朱蒙が河伯の外孫だといって魚亀を集めるのも亀を河伯に関連させた思想の表れだと考えている。(49) 河伯は水神であることは言うまでもないが『東国輿地勝覧』巻十六の「清安の亀石寺条」には、亀は水神であることがはっきり示されている。(50) 亀が水神とされたことは霊物たる亀の住処が水である関係であろう。そして、亀は地神とも関係している伝承もある。亀は大地を支える神とされており、そうした伝承は中国、印度、北アメリカなどに散見しているが、(51) これは亀と地神とが深い関係にあることを表しており、韓国においても、前掲した亀神が百済の亡びを予見した伝承で、土の中から亀を出したことは、亀が地神であることを示している例である。

亀は絶対的な神格ではない。亀卜における亀は神の言葉を伝える霊物とされても、亀は焼かれ、捌かれるものである。亀が水神および地神とされても、呪術の対象になるときは人間に威嚇される存在である。亀旨歌の表現形式は明らかに人間に災厄をもたらす神霊に用いるコトバであるが、亀が水神及び地神と結びついていることは、元来亀旨歌の意味は祈雨祭または、地神祭などで神鎮めのためにうたわれたものであるとする筆者の見解と一致しているのであろう。

六　鼻荊郎伝承と祝詞

亀旨歌は願望を述べて威嚇的に意思を表して災厄をもたらす神霊を鎮めようとするコトバであるが、威脅的な表現の代わりに対象が恐れる存在つまり対象より高位の神霊をもって願望を達成しようとする伝承もある。要するに威権をもって威嚇することであるから亀旨歌と同様のものである。最も代表的なのに鼻荊郎伝承がある。そのコトバと物語を要約すれば次のごとくである。

聖帝の魂が生んだ子
鼻荊郎の家だ
飛び馳る鬼神よ
ここには留まることなかれ
（聖帝魂生子。鼻荊郎室亭。飛馳諸鬼衆。此処莫留亭。）

『三国遺事』巻一「桃花女、鼻荊郎条」によれば、亡くなった真知大王の王霊が桃花女の前に現れ妻問いをして生まれた子が鼻荊郎である。鼻荊郎は、夜毎宮中から抜け出しては鬼神たちを引き連れて遊んでいる。王の命に従って鬼神達に命じて橋を作り、鬼神の中で吉達という名の者を選んで国政に補佐させた。ある日、吉達という鬼神は、その姿を狐に変え、どこかに逃げて行ってしまったので、鼻荊郎は鬼神たちを使って吉達を捕まえて殺してしまった。このことがあってから鬼神たちは鼻荊郎という名を聞くだけでも恐れをなして逃げるようになったという。そこで当時の人達は、詞を作って貼り、鬼神を避けたという。この物語はいわゆる鼻荊郎呪文を説明する縁起伝説といえる。如何なる鬼神であるかは示されていないが、人々に災厄をもたらす鬼神であるには違いない。呪文の表現形式は亀旨歌とは違いがあるが、「聖帝の魂が生んだ子鼻荊郎」は鬼神より高位の神霊であり、鬼神が最も恐れをなす神霊である。より高位の神霊をもって鬼神を威嚇しているのが鼻荊郎呪文の構成である。このような構成をなしているものはわらべ唄、民間信仰謡にも見られる。

⑧燕よ燕よ巣を作るな、今晩猫が登って行って、お前の子皆喰うよ。（１２８５）

⑨左青龍は右伏し、右青龍は左伏し、青龍黄龍は占めている、黄龍青龍は占めている、雑鬼雑神は水の底へ、そりや地神よ。（４５１）

⑧は呼び掛けのわらべ唄である。巣を作るなという願望の保証のために燕を喰う猫をもって燕に威嚇している。⑨は民間信仰謡として分類されている歌であり、地神踏みのときにうたわれる歌の一部分であるが、雑鬼雑神たる地神を鎮めるために地神踏みをし、かつコトバには地神より高位の神である青龍黄龍をもって地神を威嚇しているのである。これらの歌は鼻荊郎呪文と同じ構成をなしていることは明らかである。このような呪術は井之口章次が示した「対抗祈願」であり、[52] M・モースによれば、対立物は対立ないしその象徴によって駆逐されるという呪術の「対立原則」に属するものでもある。[53] こうした呪術はコトバ

のみならず高位の神霊を表す文字や図、モノによって表わすこともある。たとえば、韓国では『三国遺事』巻二に記されている疫神除けの「処容画」、平南地方の疫病除けの民間信仰として門頭に貼る「蘇民将来の子孫海州后人」という文字などがあり[54]（この民間信仰は日本でも伝承されており、蘇民将来に関しては『備後国風土記逸文』の記録が最も古いが、日・韓の相互関係は今のところ不明である）、中国では疫病神が最も恐れをなす方相氏、神茶、鬱塁の画などを門頭に貼って災厄を免れようとする事例がそれである。

鼻荊郎呪文の構成は日本の平安朝時代の祝詞からも見出せる。『延喜式』に収録されている祝詞は平安朝の宮廷儀礼の場で唱えられたものであるがゆえに非常に文芸化されているが、その原初的なものはもっと簡単で素朴であったと推定される。たとえば、「遷却崇神」の祝詞[55]は崇りを為す神霊を鎮めるために唱えられたものであるが、その内容は、八百万の天つ神の神議りから始まって、『記紀』の記述に基づく天孫降臨に至る過程が詳細に語られており、最後には崇り神は山川の広く清い地に遷り鎮まるように祈願している。これは要するに、水穂の国は天つ神の命令によって皇御孫が治める地であるから崇り神の住み地ではないこと示して崇り神の遷り却りを命じているのであり、天つ神の権威をもって崇り神を威嚇し鎮めよう与る構成をなしている。確かにこの祝詞は高位の神をもって崇り神を鎮めようとするものであり、これは鼻荊郎呪文と同じ構成を成している。また、「鎮火祭」の祝詞[56]にも火神に対して、水神、匏、埴山姫、川菜の四種のものをもって鎮めようとするのが見られる。「鎮火祭」の場合は、松前建が指摘したとおり、神話の呪術的機能が表れており、また、火神の素性をあばき出し、これを鎮める側の諸材料の神話的起源をも述べ、火神を威嚇しその荒びを鎮めようとする意図が強く表れているが[57]、一方、火神に対して水神などを持ってくることは儀礼の表れのみならず、対象より強いあるいは高位神をもって威嚇し災厄をもたらす神霊を鎮めようとする一表現でもあろう。

むすびに

記録されている亀旨歌は天孫降臨神話と結合し、首露王の降臨を祈願するコトバとして意味を持って記されているが、これは物語と歌が結合する段階で付加された第二次的な記述である。亀旨歌そのものは呼び掛けのわらべ唄に属すると同時に、素朴な祈雨祭、地神祭などの祭祀儀礼における強請のコトバとも重なり合うが、これは両者が呪術的効果をねらうという共通点を持つからである。

呪術といってもすべての神霊に無差別に威嚇し強制することはできない。威嚇かつ命令の表現が可能ならしめる対象は祭祀共同体にもたらす荒ぶる神霊に限る。荒ぶる神霊であるがゆえに、力をもって威嚇し、対象に恐れを感じさせて鎮めようとするコトバの仕掛けが亀旨歌と表現形式を同じくする諸伝承であり、その祭祀儀礼は今までみてきたように祈雨祭、地神祭が最も多い。亀旨歌も元来そうした意味を持った歌であったに違いないし、古代伽耶地方の祭祀儀礼の中心地である亀旨峰で行われた祈雨祭、地神祭で唱えられたものである。それが祭祀を司る首露王と深い関係にあったので彼の物語に入れられているのであるが、伝承の過程で、記憶のあり方あるいは編者の意図的な結びつけによって、亀旨歌を首露大王の天孫降臨の神話に紛れ込ませたのであろう。

亀旨歌は発する人が対象に直接的に威嚇しているのに対して、鼻荊郎呪文は対象より強いかつ高位の神霊をその場に持ってきて下位の神霊を威嚇して鎮めようとする仕掛けのものであると認知できる。このような鎮め方は日本の祭祀儀礼で唱えられた祝詞にもみられる。すなわち、「遷却崇神」「鎮火祭」の基層には高位の神霊をもって災厄をもたらす神霊を鎮めようとする鼻荊郎呪文と一致しているのであった。

【注】

（1）土田杏村『上代の歌謡』第一書房　一九二九年
（2）趙潤済『韓国文学史』東国文化社　一九六三年
（3）梁柱東『古歌研究』博文堂　一九六〇年
（4）金東旭『朝鮮文学史』日本放送出版局　一九七四年
（5）李家源『韓国漢文学史』民衆書館　一九六一年
（6）黄浿江「亀何歌攷」『国語国文学』29号　国語国文学会　一九六八年八月
（7）朴智弘「亀旨歌研究」『国語国文学』16号　国語国文学会　一九五七年四月
（8）注（1）に同じ
（9）注（2）に同じ
（10）注（6）に同じ
（11）注（3）に同じ
（12）三品彰英『日鮮神話伝説の研究』柳原書店　一九四三年
（13）金学成『韓国古典詩歌の研究』円光大学出版部　一九八〇年
（14）蘇在英『韓国説話文学研究』崇田大学出版部　一九八四年
（15）鄭炳旭『韓国古典詩歌論』新丘文化社　一九七七年
（16）上田正照編『日本古代の研究　風土記』社会思想社　一九七五年
（17）金烈圭「郷歌の文学的研究」『新羅歌謡研究』正音社　一九七九年

(18) 任東権『韓国民謡集』1　集文堂　一九六一年
(19) 注(7)に同じ　八頁
(20) 注(7)に同じ
(21) 土橋寛『古代歌謡の世界』高書房　一九六八年　三九五頁
(22) 藤田徳太郎『日本民謡論』万里閣　一九四〇年
(23) 注(22)に同じ
およぴ『和漢朗詠集、梁塵秘抄』歌番号408　日本古典文学大系　岩波書店　一九六五年
(24) 今井昌子「わらべ唄の発想と表現」『同志社国文学』20号　一九八二年三月
(25) 注(16)に同じ　二八五頁
(26)『新増東国李相国集』古典国訳叢書　民族文化推進会　一九八〇年
(27)『慵斎叢話』韓国名著大全集　大洋書籍　一九七八年
(28) 崔南善編『三国遺事』民衆書館　一九四六年
(29) 崔承旬「韓国部落祭祝文と日本の祝詞に就て」第36回日本民俗学会発表要旨　一九八四年十月六日
(30) 注(29)に同じ
(31) 村山知順『部落祭』朝鮮総督府　一九三七年
(32) 浦生正男、祖父江孝甫編『文化人類学』有斐閣　一九六九年　八九頁
(33) J・G・フレーザ著　永橋卓介訳『金枝編』上　生活社　一九四三年　一二一頁
(34) I・A・ロニー著　吉田禎吾訳『呪術』クセジュ文庫　白水社　一九五七年

（35）『文心雕龍』新釈漢文大系64　明治書院　一五五頁
（36）禁忌に関しては朴桂弘『韓国の村祭』国書刊行会　一九八三年
祝文に関しては注（31）の附「各地洞祭祝文」に収録
（37）村山知順『朝鮮の鬼神』朝鮮総督府　一九二九年
（38）注（33）に同じ
（39）井之日章次『日本の俗神』弘文堂　一九七五年
（40）注（33）に同じ
（41）金宅圭『韓国民俗文芸論』一潮閣　一九八〇年
（42）『釈奠・祈雨・安宅』朝鮮総督調査資料第45輯　一九三八年
（43）金鍾権訳『三国史記』広曹出版社　一九七四年
（44）井上秀雄『古代朝鮮史序説―王者と宗教―』寧楽社　一九七八年
（45）注（6）に同じ　四二頁引用
（46）林基中「新羅歌謡の原始宗教思想」『韓国文学の思想的研究』太学社　一九八一年
（47）金両基『朝鮮の芸能』民俗民芸双書16　岩崎美術社　一九六七年
（48）松前健『日本神話と古代生活』有精堂　一九七〇年
（49）出石誠彦「上代支那の巨鼇負山説話の由来について」『支那神話伝説の研究』中央公論社　一九四八年
（50）注（26）に同じ
（51）注（49）に同じ

(52) 注(39)に同じ
(53) M・モース著　有地亨ほか共訳『社会学と人類学』弘文堂　一九七三年
(54) 注(37)に同じ　三四七頁
(55)『古事記　祝詞』四四七~四五一頁　岩波書店　一九五八年
(56) 注(55)に同じ　四二九~四三一頁
(57) 松前健「神人の交流」『講座日本の古代信仰4―呪祷と文学―』学生社　一九七九年
『国文学』解釈と教材23の14　一九七八年十一月

第3章　郷歌「献花歌」

はじめに

「献花歌」(1)は、『三国遺事』巻二、水路夫人条に、漢字の音訓を借用して古代朝鮮語を表記した郷札によって収められている郷歌(ヒャンガ)であり、他の郷歌と同じく、歌謡にまつわる譚(はなし)と共に伝えられている。このような歌謡にまつわる譚のことを朝鮮では背景説話・縁起説話・紀事・散文記録などと称しているが、本考察では背景譚と呼ぶことにする(2)。

郷歌の各作品の研究にあって、この背景譚は必要かつ不可欠のものと考えられてきた。このような両者の関係は、たとえば、黄浿江が「郷歌は背景説話に該当する叙事形態がともにあるが、郷歌に対する附帯説話というよりは、むしろ郷歌が叙事形態の中の一つの構成要素であるか、あるいは附加された要素であるとみた方が事実に近いだろう。このような郷歌の条件は、郷歌のすべてのものが叙事形態の構造の中で正当に解明されなければならないことを意味しているといえよう。これが他ならぬ文学的な理解になると思う(3)」と論じてもいる。こうした見解が郷歌研究の主流であったがために、従来の研究はまず背景譚を分析し、その分析に基づいて郷歌各作品の解釈と性格究明を行ってきた。

しかし、郷歌がうたわれていた歌謡であるならば、『三国遺事』に収められているとおりに、郷歌と背景譚が共に伝えられているありかたが郷歌本来のものであるとは到底思えない。歌謡はもともと歌謡として独立してうたわれていたものであっただろうし、そうした歌謡に背景譚が結びついているのは、背景譚の述作者による附加的なもので、歌謡にしての附加的意味づけ以上のものではあり得ないからである。[4] したがって、歌謡に対する解釈と性格究明を背景譚に頼りきる現状は、歌謡の散文的な考察といわざるを得ない。その実は、背景譚の述作者によって附加された第二次的な意味についての考察だったのである。

郷歌も、実際うたわれているときの生きた姿があったはずである。ところが、不思議なことに、その実態の究明はいまだ行われていないのが現状である。歌謡の実際うたわれるときの生きた姿は、①歌の場の空気、②歌い手と聞き手の関係、③歌がその場で果たす機能にあるので、この三点は歌謡研究では留意しなければならない重要な点である。[5] この点を考慮せず、論者の抒情観に基づいた歌詞の考察や背景譚にのみ頼る歌謡への接近方法は歌謡本来の研究とは言いがたい。

本考察は、郷歌の実態把握の一環として、「献花歌」を対象にし、「献花歌」の歌謡としての生きた姿を追究することを目的とする。そのために、背景譚に頼った解釈は排除し、まず「献花歌」と類似する歌謡の探索から始めてみた。その際、類似歌謡の類推方法は様々想定されるが、[6]「献花歌」の場合は、文体の構成と歌詞の表現の形式がはっきりしているから、ここから一定の枠組を取り出して、この枠組みに基づいた歌謡をまずは類似歌謡とみなしてみた。そして、これらの類似歌謡のありかたを検討した上で、「献花歌」との比較を行って実態を可能な限り追求してみた。その結果、「献花歌」とそれにまつわる背景譚の関係についても指摘し得る点が多々でてきたゆえ、両者の結びつきに関する考察も試みてみた。

一　従来の研究と問題点提示

先学による「献花歌」に関する論究は、おおよそ次のごとくである。[7]

①「献花歌」を民謡と捉える説

「献花歌」は、郷歌の中で最も単純な形式である四句体で、民謡の原初的形式であり、[8]作家とされている無名の老翁が創作したのではなく、当時うたわれていた民謡を老翁が借用したものであるとか、[9]あるいは老翁が即興的に作った創作民謡と推定している。[10]こうした民謡説はあくまでも歌謡の形式と作家の身分から推定した歌謡の性格究明である。

②「献花歌」を宗教・呪術的な歌謡と捉える説

作家とされている老翁を禅僧か、[11]あるいは観音の変身[12]であるとみて、仏教歌謡と推定している。あるいは水路夫人をシャーマンとし、花の儀礼における巫歌とみなしている。その花の儀礼として考えられているのは、死霊祭、[13]鎮撫祭[14]などである。その他、事件を呪力的な作用によって解決しようとした呪歌的叙事歌謡であり、[15]不浄を払うための呪祝詞とみて、新羅時代の貴重な巫歌の実例として位置づけている。[16]こうした見解は、歌謡そのものの研究を行わず、背景譚の中の登場人物である老翁と水路夫人、そして純貞公に関する説話的解釈から推定した歌の性格究明である。

③「献花歌」を愛情表現の抒情詩と捉える説

老翁の水路夫人に対する愛情を示した愛情の抒情詩であり(17)、自己犠牲を覚悟してまでも捧げる愛のエクスタシーを窺わせるものであるとみなす(18)。これらの見解が提出されるのは、背景譚の中の、老翁が人の登れない所にあるツツジの花を危険も顧みず登り、手折ってきて捧げたという行為を恋心の表現であるとし、《吾をはずかしいと思わなければ、花を手折って献じましょう》という句節を、愛の告白の表現と読み取っていることにある。その他、水路夫人の積極性の表れた誘惑の歌謡であり(19)、女の性愛的欲求不満からの求めに、男が応諾したことをうたったものであるという見解もある(20)。

④その他の説

背景譚を神話的に解釈することから、水路夫人の美しい姿態に魅惑された老翁（神）の愛と、これによる「生生力」を表象した歌であり(21)、シャーマンを指向する水路夫人の入社式を表したものであるという(22)。または、水路夫人のために、自然との対立・葛藤を克服することに協力するという老翁の意思表明であると推定している(23)。

「献花歌」の性格を民謡として捉える場合、単に恋の民謡であろうという程度の推定では、歌謡の実態推定としては不十分である。特に民謡の場合には必ず歌の場があり、また何らかの意図ないし機能を持っているのであるから、民謡であろうという推定は、当然歌の場や意図にまで及ぶことが必要で、それを欠いた推定は、実態推定の条件を欠いたものといわなければならない(24)。こうした推定はあくまでも類似歌謡としての民謡の提示が必要であり、それらの民謡との比較検討によって、はじめて民謡としての位置づけに説得力を持つものである。

「献花歌」を宗教歌および呪術歌謡として位置づけている場合、歌謡そのものの考察は行わず、背景譚の解釈に合わせて歌謡の性格規定を行っている。特に水路夫人条の記録を古代朝鮮における儀礼の説話とみなして、歌謡を儀礼歌謡として位置づけるときは、その儀礼が伝承されている限り、何らかの形で類似歌謡も伝承されているはずであるから、そうした類似歌謡の提示がない限り、やはり推論は説得力に欠けるものになる。

「献花歌」を抒情詩的なものとする論者は、歌謡の内容分析を行っているが、その解釈は背景譚に基づいたものとなって、背景譚において老翁が水路夫人に花を献じることと、歌謡の第四句の《花を手折って献じましょう》は、老翁の愛情の表現とみなして、「献花歌」を求愛・愛情表現の抒情詩としているのである。こうした見方は、背景譚において、なぜ老翁が水路夫人に花を捧げたのか、という疑問に対する説明にはなるかもしれないが、歌謡の研究に大切な「献花歌」そのものの検討はなされていない。「献花歌」の歌詞を検討すればわかるように、第三句と第四句は〈何かをすれば、何かをあげましょう〉という表現形式になっている。この場合は、何かをすればが目的の句である。つまり「献花歌」の目的の句は第三句であり、花を献じましょうという第四句は第三句の目的を達成するための手段として用いられている交換条件の句なのである。それにもかかわらず、第四句を歌の目的の句句として捉えている抒情詩論者は、歌謡を背景譚に合わせて読み取っていて、ここに疑問点がでてくる。ある条件をを前提にする恋の抒情詩・歌謡が果たして存在し得るだろうか、私は疑問に思う。

また、郷歌の類似歌謡を類推する方法において、郷歌の素材を中心にして、現代の抒情詩を取り上げて比較を行う論者もいる。実際「献花歌」においては花が素材になっている点から、金素月の「ツツジの花」と「山有花」などが比較の対象になっている場合である。[25]こうした方法は郷歌の歌謡性がまったく論じられていないと思う。郷歌が民衆によってうたわれているのならば[26]、単なる自己の抒情表現の詩歌とは違って、当時うたわれていた歌謡としての、歌の場、歌い手と聞き手の関係、そして歌謡の機能などを考えなければならない。これを考慮せず、論者の自己の持っている抒情観念から歌謡を類推することは歌謡研究の基本的姿勢とはいえない。

歌謡の生きた姿が正確に把握でるのは民謡である。特に民謡は時代が変わっても本質なところは変化しないのであるから、古代歌謡の生態を研究するためには現在の民謡研究も必要である。[27]郷歌が民衆によってうたわれていたならば、民謡の中で類似歌謡が伝承されているはずである。その類似歌謡の生態を踏まえることこそ、郷歌の研究といえよう。ここで問題になるのは類似歌謡の類推方法である。郷歌と現在の民謡との歌詞内容が一致することはまず考えられないが、歌謡が歌の場を異にしたとき、歌詞の内容は変わっていても、歌謡本来の持っている性格と機能などは変わらないものがある。そしてそれを支える枠組があるはずであるという推論の下に、本稿では表現形式からその枠組を認定するという方法を取った。つまり、同一の表現形式に基づいている歌謡群を類似歌謡とみなすのである。

二　「献花歌」の類似歌謡の探索と比較考察

①紫の岩のところに
牽いて来た牝牛を放させてくださって
②吾をはずかしいとお思いでなければ
③花を手折って献じましょう[28]
（紫布岩乎邊希執音乎手母牛放教遣、吾肹不喩慚肹伊賜等、花肹折叱可献兮乎理音如[29]）

「献花歌」は、他の四句体の郷歌のごとく[30]、その内部に一つの終結語尾だけを持っているので（風謡は例外）、実際において歌詞全体が一つの文になっている。無論、短文ではなく、二つの短文を連結した複合文の形態になっていることが形式の特徴である。[31]第一句と第二句は歌の場を連想させる一つの短文であり、第三句と第四句は歌い手の意思と目的が一つの短文となって綴られていると考えられるから、第一句と第二句を合わせた前半と、第三句と第四句を合わせた後半とを分けて考察してみたいと思う。

「献花歌」がどういう状況の下でうたわれたのか、という問題を考えるとき、数ある歌謡の中にはその歌詞の中に、歌の場を示している歌謡も存在するゆえ、まずは歌の場を明らかに提示していると考えられる次の民謡から検討してみたいと思う。（括弧内の番号は任東権『韓国民謡集一』の歌の番号であり[32]、歌詞は紙面の関係上筆者によって改行した。なお日本語訳と傍線・記号は筆者による。以下同じ）。

A①尚州の山村　汚れた水で　蓮の実を採るあの娘、③蓮の実鷹の餌、俺が採ってあげる、②俺の胸の中で眠ってくれよ。（596）

Ｂ①黄海道蓬山　九月山の下で　薬草を採るあの娘よ、あなたの家はどこだろう、太陽が沈んでも帰らないのか、……②心にあればついて来いよ、心になければやめてくれよ。（５９９）

Ｃ①ベナム村のべ座首の娘　頭よくてよい娘　婚約して死んだよ、③七銭八銭皆あげるから、②あなたの頭　私におくれ、……（１２４５）（筆者注：座首とは朝鮮王朝時代の村の長）

Ａは〈情恋謡〉と分類され、「蓮の実を採る娘の謡」と題されている大邱地方の民謡である。この民謡は尚州（大邱からそう遠くない地域）の山村で、蓮の実を採る娘を見てうたう民謡であるので、①の部分は、この民謡がうたわれるときの周りの状況を示している。《俺の胸の中で眠ってくれよ》という歌詞からみて、この民謡は蓮の実をとる娘を誘うためにうたわれるものであると考えられる。Ｂも〈情恋謡〉と分類されており、京畿道の牙山地方の「薬草をとる娘の謡」と題されている民謡である。山の下で薬草を採っている娘を見てうたわれる民謡であるから、やはり最初の①の部分は歌の場を示している。黄海道蓬山という他地域の有名な山を歌詞に用いているのをみると、民謡に用いられている固有名詞は必ずしもその地域に限らず、象徴的なものをも含まれているのがわかる。《ついて来いよ》という歌詞からみて、Ｂも娘を誘うためにうたわれるのであると考えられる。

〈情恋謡〉と分類されているその他の民謡もおおむね最初の部分に娘の仕事の様子を示している。(33) このことは、民謡の中において冒頭で聞き手の様子、あるいは周りの状況を示すことにもなるから、導入として歌の場を示していると考えていい。

③は〈説話謡〉と分類されているソウル地域の「べ座首の娘の謡」の一部分である。《ベナム村のべ座

首の娘、頭よくてよい娘、婚約して死んだよ》の句と、民謡が長いので、ここでは省略したが、《もう少し生きていれば、（結婚式の）見物客が庭いっぱいになるのに、葬中客とはどういうことなのか》の句などを考え合わせると、この民謡は嫁入りする前に死んだ若い娘を偲ぶものであろう。「ベ座首の娘の謡」は平原・宣川・黄州の各地域で口伝されており、[34]若死にしたことを哀れに思うことをうたっているのをみると、この民謡は若い娘が死んだときか、あるいは葬式のときにうたわれるものであると思われる。ということは、導入の①の部分の〈死んだ〉というところで歌の場を示していることになる。

これら〈情恋謡〉と〈説話謡〉を踏まえて、「献花歌」における前半部の《紫の岩のところに、牽いて来た牝牛を》を考えてみるに、これは、前掲の民謡における①の部分のごとく、歌がうたわれるときの、歌の場の周囲の状況を示していると考えていい。そして《放させてくださって》という句は歌い手の願望をいうものであるから、前半の全体は歌い手を中心にした歌の場が示されているといえよう。このようにみてみると歌い手を中心に歌の場が示されているのが「献花歌」であり、聞き手を中心に歌の場の状況が示されているのが前掲の民謡であることが知れてくる。ここで注意しなくてはならないのは、共に、歌謡がうたわれるときの、周りの状況・歌の場を示している点である。とすれば、「献花歌」の前半部は、牝牛を牽く歌い手が紫の岩があるところに来て、聞き手に轡（たずな）を放させてくれ、という歌の場における周りの状況と歌い手の様子をうたっていると捉え直すことができる。

「献花歌」後半部の文体・表現的特徴[35]は、第三句は《……（し）なければ》という仮定の表現が用いられている点であり、第四句は《……（して）あげましょう》という意思表示が示されている点である。一般的に郷歌の語学的解読は未解決の問題があるといわれているが、「献花歌」においては、解読に細かい音読の違いはあるにしても、右のような表現形式はほぼ一致している。[36]これは、聞き手に「……（し）なければ」という仮定を前提とした表現形式の句と、歌い手が「……（して）あげましょう」という意思表示を示した表現形式の句によって構成されたものであるといえる。〈何か〉は歌によって変わっても《（しなければ》と《（して）あげましょう〉という表現の枠組は変わらないものである。

この表現形式は、言い換えれば、何かをしてもらいたいという願望達成のための手段として、何かをしてあげるという交換の条件を出いものであり、この交換の条件によって願望達成は保証されるという仕組みに基づいている。願望達成のための交換条件を出している点からいえば、「何かをしてやるから、何かをしてくれ」という表現形式もまったく同じ意味を持つものであり、こうした表現形式に基づく典型的な民謡が前掲Ｃの「べ座首の娘の謡」である。

③の《七銭八銭皆あげるから》と②の《あなたの（よい）頭私におくれ》の部分がそれである。この民謡における歌い手の願望は、よい頭を私におくれということであり、この願望達成の手段としてお金をあげるという交換の条件を出しているのである。そういう面ではＡの民謡「蓮の実を採る娘の謡」も同じである。つまり、③の《俺が採ってあげる》という意思表示は、②の《俺の胸の中で眠ってくれ》という願望達成のための手段であり、何かをしてあげるということは交換条件であるに過ぎない。Ａの民謡の歌詞の中には、理由を表す「―から」、あるいは仮定形の「―すれば」の表現は見あたらないが、条件を出して願望を表している意味あいで、Ｃの民謡の表現形式と基本的には変わってはいない。

これらの民謡において、お金をあげるとか、蓮の実を採ってあげるとかは、実際の行為を表しているのではなく、社会でよく知られた甘い言葉であり、願望達成の手段として用いられている表現であるに過ぎない。これは「献花歌」についても同様である。

「献花歌」の第三句、《吾をはずかしく思わなければ》は、吾をはずかしく思わないでくれという歌い手の願望の句であるに違いない。第四句の《花を手折って献じましょう》は、あくまでも第三句の願望を聞いてくれればその代価として、花を献じるということであると思う。つまり、吾をはずかしく思わないでくれ、という願望を表すために「献花歌」はうたわれたのであり、この願望達成のために、手段として花を手折って献じるという意思表示をしているのである。したがって、「献花歌」の目的の句は第三句なのであり、第四句は願望達成の手段として交換条件が用いられているのである。これは前掲の民謡とまったく同じ意味を持つ歌謡である。それにもかかわらず、第四句を歌の目的句として捉えて、「献花歌」を題目のごとく、花を献じるための歌として意味づけられてきた従来の見解は誤解である。こうした見解は、歌謡そのものよりも、歌謡の背景譚に中点を置き、背景譚に沿って歌謡の解釈を行ったためである。モノをあげるのに、何かをしてくれればというある条件が付いておれば、その条件こそが目的であることはいうまでもない。

前掲の民謡は、最初の部分に歌の場を示す句があり、そして願望を表す句とその願望達成の手段としての交換条件の句がある。だが、次のわらべ唄のように、歌の場を示す句は直接的ではなく、歌い手の願望とその願望達成の手段としての交換条件を出すことだけで形成されているものもある。願望と交換条件を表している歌謡の類の中では最も始源的ものと思われる。

D 鵲よ、鵲よ、③水に溺れたお前の子助けてやるから、②俺の目治してくうれ、3肉と飯やるから、2

俺の目治してくうれ。（１２９９）

Ｅ蟹よ、蟹よ、③白飯やるから、②早く放せ。（１４７２）

Ｆ③胡麻やるから、②照らせ、③荏胡麻やるから、②照らせ。（１７００）

Ｇトントン婆ちゃん、③煙草一つあげるから、②水とっておくれ。（２１３０）

Ｄは目にほこりが入ったときにうたうわらべ唄である。手で擦りながらうたい、その後、唾を三回吐くという。③の句において、鵲に子を助けてやるとか、飯をやるとかは、あくまでも目を治してもらうための手段としての交換条件を出しているのであり、実際行う行為ではないから、単なる甘い誘いの言葉である。目を治してくれという②の句が歌い手の願望の句であり、このわらべ唄がうたわれる目的と理由が表われている。Ｅは蟹に手を咬まれたときにうたわれる。③は甘い誘いの言葉をうたった句であり、早く放せという②が願望の句である。Ｆは太陽が雲の中に隠れたときにうたわれる。③の句で、胡麻をやるからというのは願望達成の手段としての甘い誘いの言葉である。②の句の照らせというのが歌い手である子供の願望である。Ｇは水浴びした後に濡れた体を叩きながらうたう。煙草をあげるという甘い誘いの言葉を出して（③）、水とっておくれ（体を早く乾かしておくれ）（②）という子供の願望を表している。

これらのわらべ唄において、歌い手の願望はみな②の句に集約されている。これに対して③の句は、実際ものを与えるとか、何かをしてやることではなく、何かをしてあげるというただの甘い誘いの言葉である。この言葉は、願望を達成するための手段として用いられており、願望が達成すれば、その代価としての意味を持つ交換条件であることもわかる。前掲のわらべ唄は、〈何かをしてあげるから（③）、何かをしてくれ〈②〉という表現形式に基づいている。しかし、願望の句である②を冒頭に出せば、仮定文になり、その表現は何かをしてくれればになる。そして、③の句は単に何かをあげるという意思表示の文になる。これは「献花歌」の第三句と第四句の表現形式と同じである。ただし「献花歌」の場合、第三句の願望を表す句は否定文の仮定法を用いているが、これは願望を遠隔的に表現したのであって、意味そのものには変わりがない。

「献花歌」の類似歌謡の事例として掲げた民謡とわらべ唄は、歌い手の願望と、その願望達成のための手段として交換条件を出すことであった。歌い手の願望と、そして願望達成のために出された手段としての交換条件は、歌の場における歌い手の目的によって様々な表現となっている。特に交換条件として出されているものは、甘い誘いの言葉も含まれているが、歌謡としての本質はみな同一であることも確認できたと思う。「献花歌」が前に掲げたAからGの民謡とわらべ歌と同じ表現形式になっていると確認できるのであるから、「献花歌」は、歌い手の願望を表し、その願望達成の手段として交換条件を出している歌謡であるというのがその本質であると判断すべきである。

これらの歌謡において、願望達成のための手段として交換条件があり、この交換条件はモノをあげるか、何かをしてあげることを前提にしている。そうした歌謡の深層には、贈与には必ず返しがあるという贈与論的呪術[37]、また、言葉どおりになるという言霊信仰に基づいている歌謡であるといえよう。

「献花歌」と表現形式を共にする歌謡は、民謡・わらべ唄として伝承されていると確認できたが、歌詞の目的の句である《吾をはずかしく思わなければ》だけからの判断では、実際、「献花歌」がどういう意図でうたわれたのかを問うとき、不十分な材料であると言わざるを得ない。そもそも歌謡の場合、歌詞の内容とうたう目的とは異なる場合がある。例えば〈情恋謡〉を例を挙げれば、《太陽が沈んでも綿花を採るとは》のように（593番）、歌詞では夜遅くまで仕事をする娘を心配していることしか読み取れない。けれども、この民謡はそういう目的でうたわれるのではなく、男が女に恋心があることを表明するためにうたわれるものであることを考えなければならない。前掲のAとBの民謡においても、《俺の胸の中で眠ってくれ》とか、《心にあればついて来いよ》とが目的の句であるが、〈情恋謡〉というタイトルからみてもわかるように、実際は、恋心を表明し付き合いを願うためにこれらの民謡がうたわれるのである。

「献花歌」の歌い手は、牛を引っ張っている人であり、聞き手に花を捧げることを条件にしていることからみて、まず男が女にうたった歌謡であったと想定される。その上、吾をはずかしく（慚じ・嫌い・厭い）思わないでくれと願望を表していることは、〈情恋謡〉のように、恋心を表明するためにうたったものであると思われる。実際、男が女を誘う場合において「献花歌」はうたわれたものと思うが、誘い謡と思われる、いわゆる〈情恋謡〉の中には、《綿花は俺が採ってやるから、俺の胸の中で眠ってくれ》（588番、592番など）、《桑の葉は俺が採ってやるから、服（結婚式の）を作っておくれ》のように（600番、602番など）、仕事を助けてやるから俺と一緒になってくれと、ある条件を手段として出して、歌い手の願望を述べる表現形式を多く取るものであり、「献花歌」と同じ表現形式を持つものである。これは、「献花歌」が本来〈情恋謡〉のような誘い謡の民謡であったことを示していると考えられる。なお、〈情恋謡〉は、前掲の民謡のように、男の欲望を明ら様に出しているものと、《太陽が沈んでも綿花を採るとは》のように、夜まで仕事をする娘を心配するもの、そして家の所在を尋ねるもの（589番、605番）など様々な表現があるが、これらの民謡は歌詞の内容とは直接的には関係なく、みな異性に抱いている恋心をそのように表現したものであり、若き男女が付き合いを願ってうたったものである。言い変えれば、自分の恋心の表明を民謡に託しているものである。
前述のように、「献花歌」においては、花を献じることをうたっている以上、謡の場の周りに花が咲いていたことになる。歌詞からその花は岩に咲いていたと読み取れるが、歌詞だけではそれがどういう花なのか判断しかねる。しかし、朝鮮の民謡において岩に咲く花として考えられるのはツツジである。

⑧花よ、花よ、ツツジの花よ、陸地平地みな捨てて、高い岩に、汝は咲いてる、陸地平地、吾はいや、
　高い岩は、木の色だよ。

この民謡は、高晶玉が分類した〈花謡〉の中の「ツツジの花」である。(38) 民謡は高い岩の上に咲いているツツジの花についてうたっているが、管見によれば、岩に咲く花の謡はこの一首のみである。昔からツツジは岩に咲く花として親しまれていたのであろう（背景譚にもツツジの花となっているのをみると、「献花歌」の対象になった花はツツジの花であっただろうと思われる）。

三　献花歌と背景譚との関係

「献花歌」は、歌謡そのものの考察から、はずかしく思わないでくれという願望を述べ、その願望達成のための手段として花を献じるという交換条件を出してうたう歌謡であり、うたう目的・意図は、男が女

を誘うためであることが知れてきた。こうした歌謡が『三国遺事』の中ではどのように描写されているのか検討してみたいと思う。「水路夫人」条の、前半は「献花歌」と直接に関係する部分であるが、後半は「海歌詞」にまつわる話と水路夫人と神々との出会いに関する譚なので、まず前半の部分から検討してみる。

新羅の聖徳王代のとき、純貞公が江陵太守に任ぜられて赴任する途中、海辺で昼食をとっていた。そばには石山がそそり立っていた。その上にツツジ花が咲き乱れていた。公の夫人である水路がそれを見て、まわりの者に、誰かあの花を摘んで持ってきてくれないか、と言ったが、従者たちは、人の登れないところだといって応じる者はいなかった。そのとき牝牛を引っ張って通りがかった老翁が、夫人の話を聞いて、その花を折ってきた上に、謡まで作って献じたのが「献花歌」である。(39)

『三国遺事』では、歌謡の題目のごとく、花を献じる歌であると意味づけられている。そして、老翁が水路夫人に花と共に歌を献じたというが、歌詞では《献じましょう》と未来形になっていて、歌の内容と背景譚との話のつじつまが合わない。この点について、歌の時制からみて、花を手折る以前の歌であり、(40)花を捧げたのは現在完了的事実ではなく、あくまでも仮定的事実として受けとめるべきであると考えられている。(41)

私は、歌謡と背景譚との間に話のつじつまが合わないのを、単に記録の誤りとして処理することには賛同できない。むしろ、なぜそういったつじつまの合わないことが生じたのか、その理由を考えるべきだと思う。

「献花歌」と類似歌謡の考察から明らかにしたように、歌い手が願望達成のための手段として用いた交換条件そのものは、聞き手側の何らかの受諾の表明がない限り、歌い手の行為として表れることは考えられない。つまり、「献花歌」では、花が献じられることが交換条件であるので、「献花歌」がうたわれた後、水路夫人がその交換条件に対して何らかの受諾意思を示さない限り、歌い手である老翁が花を献じることは有り得ないこととなるのである。背景譚で語っているように花が献じられたならば、「献花歌」に対する水路夫人の受諾意思が何らかの形で示されたとみるべきである。その受諾意思は、現存している〈情恋歌〉は問答形式の歌謡が通例であるから[42]、おそらく、水路夫人の受諾意思も回答歌という形を取っていた可能性が高い。ところが、背景譚では、水路夫人の受諾意思に関して何も触れていない。私はこれについて、背景譚の述作者は「献花歌」を花を献じる歌として意味づけするための意図的な省略ではないかと考えている。水路夫人の受諾表示を背景譚に収録すれば、「献花歌」は私のいう誘い謡の意味を持つことになる。しかし、それとは別の意味づけをしようとしたところに、「献花歌」の背景譚と歌との間に内容の不一致が生じたものと考えられる。

「献花歌」は老翁が水路夫人に献じたという。これは、本来の「献花歌」が誘い謡で、歌い手が男であり、聞き手が女であるという私の見解と基本的には一致している。だが、誘い謡は本来若き男女の歌謡であることから考えると、誘う側である歌い手が老翁であることには疑問がでてくる。背景譚の主人公である水路夫人は人妻であるので、歌い手もそれに相応する者として、若い男ではなく、老翁に変貌させたかもしれない。これは「献花歌」を花を献じる歌にするために、ふさわしい歌い手として想定されたのかもしれない。

こうした「献花歌」の新たなる意味づけは背景譚の後半部分にも展開されていく。

二日程の後、海辺で昼食事をしていると、突然海の竜が現れて、夫人をさらって海の中に入ってしまった。公は動転し足を踏みならしながら騒いだけれどもこれといった妙案は出てこなかった。そのとき、また一人の老人が来て、昔の言葉に、大勢の口は鉄をも溶かすといっているから、海中のものだって大勢の口を畏れないはずがない。人々を呼び集めて、歌を作り唱えながら杖で岸を打てば、夫人を見つけだすことができよう、と言った。公がこのとおりすると、竜が夫人を捧げてきて献じた。竜宮殿から戻ってきた夫人は、宮殿の食べ物は甘く香りがあって、この世のものとは違ったという。そして夫人の着物からは不思議な香りがただよっていた。夫人は絶世の美人であったので、深い山と大きな沢を経過するごとにしばしば神にさらわれるのであった。海から夫人を連れ戻すために唱したのが「海歌詞」である。

この後半の記録は、水路夫人が竜にさらわれたとき、「海歌詞」をうたって夫人を取り戻せたことと、夫人が絶世の美人であったのでしばしば神々にさらわれたことに重点が置かれている。夫人が神にさらわれたことは、神の妻になるという神話的な解釈も可能であるが[43]、歌謡の由来を語っているので、一応、後半の記録は「海歌詞」の由来説明であるといえる。「海歌詞」は「献花歌」と違って漢文式の表記になっているが、日本語に訳せば次のごとくである。

亀よ、亀よ、水路夫人を出せ、人妻を奪った罪は大きいぞ、逆らって出さなきゃ、網で捕まえて焼いて食うぞ。

「海歌詞」において、《網で捕まえて焼いて食うぞ》の威嚇的な表現は願望を成し遂げるための手段である。このような歌、すなわち、願望達成のために威嚇的な表現を手段として用いた歌謡はみな命令の句に歌い手の目的が示されている。[44]「海歌詞」の場合は、《水路夫人を出せ、人妻を奪った罪は大きいぞ》までが目的の句であるが、この句では、水路夫人を出せという願望の表現と同時に他人の妻を奪うのは罪であることを訴えている。つまり、「海歌詞」の目的は、人妻を奪うべからずという教化の点にあるといえよう。水路夫人と人妻を奪うことなど、背景譚と歌句一部が一致している点からみると、「海歌詞」は背景譚に合わせて新しく編集されたものであると思われる。これは他ならず、前半の「献花歌」が本来誘いの歌謡であったので、この誘い謡に対して警戒心を呼び起こし教化的な意味を付与させるために挿入された歌謡であると考えられる。

こうしてみると、背景譚の述作者は、なぜ「献花歌」と「海歌詞」が同じ編題の下で一緒に織り込まれたのか、という素朴な疑問が解けてくる。すなわち、背景譚の前半は、「献花歌」を中心として、誘い謡と誘われることについて語っており（花を献じるという交換条件が実際に歌い手によって行為として行われたということは、聞き手の受諾意思があったことを意味し、誘いに応じたことになる）、後半の記録は、誘う側は異なるが、前半の延長線として、誘いに応じた結果の話と誘いに対する教化的な「海歌詞」を中心にして構成されていると考えられる。これによって、背景譚の述作者は、なぜ「献花歌」と「海歌詞」

を同じ水路夫人条に収録したのか、また、その結びつきの意図とが、はじめてみえてくる。

水路夫人が神々にさらわれることについて、本文では、「攬る」と「掠める」、歌謡では「奪う」という字を用いているが、人妻を誘うのであるからそうした文字を当てたものである。背景譚においても、夫人が神にさらわれて帰って来て純貞公にいう話、夫人の様子を語る句節などは、夫人は強奪されたのではなく、誘われたとみなす方がより適当であると思う。人妻を誘うことは罪であると訴えている「海歌詞」の存在は、誘う側の歌謡である「献花歌」と対立させたものであり、それは誘い謡に対する対抗的かつ教化的な意味を持たせるためであった。「献花歌」が郷札で書かれていることからわかるように、民衆によってうたわれていたので、背景譚の述作者は『三国遺事』巻二駕洛国記条の「亀旨歌」を援用して水路夫人条に合わせた「海歌詞」を作り、そうした誘い謡に対する警戒心を呼び起こしたかったのである。『三国遺事』の編者一然は僧侶であったから、そうした誘い謡は異様に映ったと思われる。竜が夫人をさらっていったにもかかわらず、歌には亀になっているのも、「亀旨歌」が本になっていたことを語っている。

『三国遺事』に収録されている郷歌に対する編者一然の七言絶句をもって、郷歌に対する讃を付したところが四首ある。[45] 主に仏力の霊験や異跡などに感動を受けて詩的表現で讃歌を作ったのであるが、その反対の意図として、自分の思想に合わない歌謡に対しては教化的歌謡をも創作した一面が「海歌詞」から窺える。

むすびに

古代の郷歌も、実際うたわれていたときの、歌謡としての生きた姿があったはずである。本考察は、それを前提にし、「献花歌」を対象にその実態推定を試みたものである。そのために「献花歌」の類似歌謡を探索し、その類似歌謡との比較考察した結果、次のようなことを明らかにした。

「献花歌」の本質は、歌い手がある願望を述べており、この願望達成の手段としてある交換条件を示している歌謡である。こういう類の歌謡は、主に男が女を誘うためにうたわれる民謡の中にある。最も始源的な歌謡と思われるものは子供達のわらべ唄にも伝承されている。「献花歌」の場合は、歌い手の願望は吾をはずかしく思わないでくれであり、交換条件は花を献じることである。わらべ歌における交換条件は単なる甘い誘いの言葉に過ぎないときもあるが、歌い手が示した交換条件が実際の行為として表れるのは、歌い手の願望・目的が達成されたときである。つまり、聞き手がそれに応じたときに限られる。したがって、老翁が水路夫人に花を献じたということは、「献花歌」に対して水路夫人が受諾の意思表示があったことを意味する。それは吾をはずかしく思わないでくれという誘いの遠隔的な表現に水路夫人が応じるからであって、現在伝わる伝する誘い謡は男の欲望を明ら様に表現しているものも多くあるが、「献花歌」は遠隔的な表現であったので文学的な価値を有し、郷歌に採録されたと考えられる。

しかし、背景譚においては、花を献じる歌として意味づけられて、夫人の受諾の意思表示は省かれてしまう。そして、民衆に流行している「献花歌」のような誘い謡に対して対抗的かつ教化的な意味を与えるために「海歌詞」が編集されて背景譚の中に織り込まれていくのである。これが『三国遺事』の水路夫人条の全貌である。

【注】

（１）献花歌は「老人献花歌」（小倉進平『郷歌及び吏読の研究』京城帝国大学法文学部紀要第一　一九二四年）、「水路花」（鄭烈模『郷歌研究』社会科学院出版者　一九六五年）、「花ささげの歌」（金善琪）、「花ささげの歌」（洪基文）など多くの異称があるが、ここでは「献花歌」とする。

（２）背景説話、縁起説話などの名称を用いる場合、郷歌の製作年代、作家などの推定も架空の説話の記録に頼ることになるので、ここでは説話という用語を避けて背景譚とする。

（３）黄浿江「郷歌研究七〇年の回顧」『韓国学報』第三十輯　二〇八頁　一志社　一九八三年三月、この論文は『郷歌・古典小説関係論著目録』檀国大学出版　一九八四年にも収録

（４）金宅圭は「回顧と展望」で《後世に伝説と歌謡が結合したり、後代の人によって伝説が歌謡の起源に結びつけられた結果である》とすでに指摘している。韓国語文学編『新羅時代の言語と文学』蛍雪出版社　一九七四年

（５）土橋寛『古代歌謡の世界』一六頁　塙書房　一九六八年

（６）注（５）に同じ　土橋寛は、歌の主題、素材、発想法、用語などの上に類型を認め、これらの類型から類似歌謡を推定している。

（７）「献花歌」の歌謡の研究ではなく、背景譚の説話的研究論文は省いた。たとえば、林治均「水路夫人説話小考」（『冠岳語文研究』一二　ソウル　大学校国語国文学科　一九八七年十二月）などである。

（８）土田杏村（『上代の歌謡』第一書房　一九二九年）、趙潤済（『韓国詩歌史綱』乙酉文化社　一九六〇年）、金学成（『韓国古典詩歌の研究』円光大学出版部　一九八〇年）、全圭泰（『韓国詩歌研究』高麗

苑　一九八六年)、注（1）に同じ　鄭烈模、（4）に同じ　金宅圭注　など
（9）任東権『韓国民謡史』　集文堂　一九六四年
（10）金東旭『韓国歌謡の研究』　乙酉文化社　一九六一年
（11）金鐘雨『郷歌文学研究』　三友社　一九七五年
（12）金雲学『新羅仏教文学研究』　玄岩社　一九七六年
（13）徐廷範「ミル（龍）語を通じてみた龍神信仰」　金学成（8）三四四頁
（14）趙東一『韓国文学通史一』　知識産業社　一九八二年
（15）洪在烋「献花歌新釈」『韓国詩歌研究』　白江徐首生博士還甲記念論叢　蛍雪出版社　一九八一年
（16）金思燁『郷歌の文学的研究』　啓明大学校出版部　一九七九年
（17）尹栄玉（『新羅詩歌の研究』　蛍雪出版社　一九八〇年)、ほぼ同じ見解としては、朴魯淳（『新羅歌謡の研究』悦話堂　一九八二年)、金光淳（「献花歌」『郷歌文学論』　セムン社　一九八六年）などがある
（18）注（8）に同じ　全圭泰
（19）蔡洙永「色彩と献花歌」『韓国文学研究』十号　東国大学校韓国文学研究所　一九八七年九月
（20）成鎬周「献花歌とその説話の新考察」『韓国文学論叢』第三輯　荷西金鍾雨博士停年退任記念号　韓国文学会　一九八〇年十二月
（21）崔喆『新羅歌謡研究』　開文社　一九七九年
（22）芮昌海「献花歌についての一試考」『鄭炳旭先生還甲記念論叢』　新丘文化社　一九八三年
（23）李殷鳳「献花歌試考―背景説話の象徴体系を中心として―」『雪苔朴堯順先生華甲記念論叢』　韓南文学

会　一九八七年
(24) 注（5）に同じ　三五頁
(25) 朴魯埻は郷歌作品の接近方法にその必要性を主張しており（注（17）に同じ）、成鎬周（注（20）に同じ）なども比較の対象にしている。
(26) 郷歌の民謡性は崔喆などによってしばしば指摘されているが（注（21）に同じ）、何よりも歌謡としての口語性を重要視するために、歌詞が郷札によって綴られていた点から考えても、すべての作品は何らかの形で、民衆によって歌唱されていたと推定できる。
(27) 土橋寛は、その必要性について次のように述べている。古代歌謡の研究において、今日の歌謡の観察が必要であるが、特に必要なのは、今日の民謡である。これは古代において民衆の社会はもちろん、氏族社会や宮廷社会でも、共同体的性格が強いから、そのような古代社会の産物である古代歌謡の研究には、今日共同体的性格が最も強く残っている農漁村の民謡研究がまず必要視される。（五）に同じ五五頁参照、
(28) 歌の日本語訳と傍線および記号は筆者による。
(29) 崔南善編『三国遺事』巻二水路夫人条　民衆書館　一九四六年
(30) 「献花歌」を四句とみなすことには異論が提示されている。たとえば鄭琦鎬は三行詩に、鄭烈模氏は八句としてみなしているが、ここでは通説にしたがって四句に並べて置いた。鄭琦鎬「所謂四句体の郷歌形式について」『国文学論文選一　郷歌研究』民衆書館　一九七七年　注（1）に同じ　鄭烈模
(31) 兪昌均氏「韓国詩歌形式の基調」『国文学論文選一　郷歌研究』民衆書館　一九七七年
(32) 任東権『韓国民謡集一』集文堂　一九六一年

(33) 注（32）に同じ　一六三〜一六七頁
(34) 注（32）に同じ　三〇八〜三〇九頁
(35) 郷歌研究において李在銑氏の語法と修辞論的アプローチがあるが、本考察とは性格が異なる。『郷歌の理解』三星文化文庫一三〇　一九七九年
(36) 次の論者の解読を確認した。小倉進平、梁柱東、池憲英、金善琪、徐在克、金俊栄、金完鎮（以上は金完鎮『郷歌解読法研究』ソウル大学校出版部　一九八一年に収録）、洪起文（『郷歌解釈』社会科学院　一九五六年）、鄭烈模（『郷歌研究』社会科学院　一九六五年）など
(37) M・モース著　有地亨など共訳『社会学と人類学』1　弘文堂　一九七三年
(38) 高晶玉『朝鮮民謡研究』三一〇番謡　首善社　一九四七年
この歌は「植物謡」と分類され、歌番号一五二五で『韓国民謡集一』に再収録されている
(40) 注（29）に同じ　日本語訳は筆者による、以下同じ
(40) 注（16）に同じ　尹英玉、朴魯埻など
(41) 注（35）に同じ　李在銑
(42) 「問答謡」となっている。注（32）に同じ　一六三〜一六七頁　任東権
(43) 拙稿「供犠のトポロジー」、廣川勝美編『伝承の神話学』人文書院　一九八四年
(44) 拙稿「亀旨歌伝承の一考察」『朝鮮学報』一一九・一二〇輯、朝鮮学会　一九八六年七月
(45) 巻三の「千手大悲歌」、巻五の「兜率歌」、巻五の「怨歌」、巻五の「遇賊歌」など四首について讃が付いている。

第4章　郷歌「薯童謡」考　―五行思想を中心に―

はじめに

『三国遺事』巻二に収録されている郷歌「薯童謡」は、薯童（百済武王の児名）と新羅真平王（五七九～六三二年）の娘の善花公主との結婚を予言した童謡であり、この童謡の効験によって二人は結婚できたという。また薯童謡は真平王代の童謡であるため、韓国文学史上、最古の童謡となる。

この童謡という名称は、古代中国の『漢書』「五行志」をはじめとして諸々の史書の「五行志」では文学用語ではなく、歴史用語として取り扱われていて、韓国の『三国遺事』、『高麗史』、『朝鮮王朝実録』、『増補文献備考』「象緯考11」などに散見できる。こうした歴史用語としての童謡は、必ずと言っていいほど、歴史事件と結びついて伝わっているのが、他の歌謡と異なる特徴といえる。したがって「薯童謡」が童謡である以上、「薯童謡」と関連されている武王と善花公主との結婚記事も歴史事件として存在していたはずであろうが、従来の研究(1)では、古代からの童謡観を踏まえずに「薯童謡」をみていたので、歴史記事への穿鑿を等閑視していたといえよう。

童謡は文字どおり児童が謡うという意味を持つが、史書における童謡の意味はそれのみならず、五行思想と関連づけられ、「五行志」では天の戒め・譴告としての意味を持っていたことも見過ごしてはならないだろう。童謡と五行思想との関係は古代中国の『漢書』「五行志」に由来し、その後の史書においても「五行志」は継承され、童謡が伝えられていたのだが、韓国の史書においては『高麗史』に至って唯一「五行志」が設けられ童謡が扱われていた。筆者は、『高麗史』「五行志」で論じている童謡の発生論や童謡観を確認し、それに基づいて『高麗史』の童謡を検討したことがある。(2) これは現代の童謡論者の主観的な童謡観から古典童謡をみる視点ではなく、『高麗史』に童謡を記述した当時の童謡観に基づく童謡研究といえる。

このような韓国の童謡史上、初めて童謡観が確立された『高麗史』「五行志」の論理に基づいて「薯童謡」を再検討するのが本考察の狙いである。その際、童謡を生み出す基本思想は何か、なぜ百済の武王の歴史記述に童謡があるのか、武王と善花公主との結婚があったならば、果たしていつ行われたのか、そして善花公主は武王の王后なのか、といった問題などに注意し、考えを巡らせてみたい。同時に、古代韓国の童謡の本質をより的確に把握するために古代中国の童謡とも比較考察を試みた。

一　「薯童謡」関連記述の再検討

『三国遺事』巻二の「武王」条は内容上、次のように分類できる。（再検討に必要なため原文は常用漢字で全掲し、日本語訳は簡略にした）

①第三十代武王の名は璋で、寡婦の母親が池龍と通じて生まれた。

（第三十武王名璋、母寡居、築室於京師南池辺、池龍交通而生）

②（武王は）小さい頃、掘った薯（いも）を売ることを家業にしていたので、国の人々は薯童と名づけた。薯童は新羅真平王の三女善花公主が美しいということを聞くと、剃髪して都に行き、謡を作って子供たちにうたわせた（歌後掲）。童謡は都に広まり、やがて宮中にまで聞えるようになった。百官が諫めて、結局、公主は遠くに島流しされることとなった。

（小名薯童、器量難測、常掘薯蕷、売為活業、国人因以為名、聞新羅真平王第三公主善花（一作善化）美麗無双、剃髪来京師、以薯蕷餉閭里群童、郡童親附之、乃作謡・誘群童而唱之云、（歌後掲）、童謡満京、達於宮禁、百官極諫、竄流公主於遠方）

③公主が発つ時、王后は一斗の純金を贈った。公主が向かう途中に薯童が現れて、公主の一行を護衛したいと申し出た。公主は喜んで随行を許した。二人は密かに相通じる仲となった。後に、薯童の名前を知り、童謡の霊験を信じた。

（将行、王后以純金一斗贈行、公主将至竄所、薯童出拝途中、将欲侍衛而行、公主雖不識其従来、偶爾信悦、因此随行、潜通焉、然後知薯童名、乃信童謡之験）

④二人が百済に至り、公主は母后が贈ってくれた金を取り出し、生計の手立てにしようとしたところ、薯童は大いに笑い、それと同じ物が自分が薯を掘っていたところにたくさんあるという。公主は驚き、黄金は天下の至宝だから、黄金の在所を知っているのなら、その宝物を父母の宮殿に贈ってはどうかと尋ね、薯童がよいという。

（同至百済、出母后所贈金、将謀計活、薯童大笑曰、此何物也、主曰、此是黄金、可致百年之富、薯童曰、

吾自小掘薯之地、委積如泥土、主聞大驚曰、此是天下至宝、君今知金之所在、則此宝輸送父母宮殿何如、薯童曰可）

⑤あつめて積み上げられた黄金は丘陵の如くになった。知命法師が神通力でそれを一夜のうちに新羅宮中に運び込んだ。真平王はそれ以後、常に安否を問う書を薯童に送った。薯童は人々の心を得て王位に即いたのだった。

（於是聚金、積如丘陵、詣龍華山師子寺知命法師所、問輸金之計、師曰、吾以神力可輸、将金来矣、主作書・并金置於師子前、師以神力、一夜輸置新羅宮中、真平王異其神変、尊敬尤甚、常馳書問安否、薯童由此得人心、即王位）

⑥ある日、王が夫人を伴い、師子寺に行幸しようと龍華山麓の池の辺にやってくると、弥勒三尊が池の中から現れた。夫人がこの地に大伽藍を創りたいと願うと、王はこれを許した。知命は真通力でもって一夜にして池を埋めたて平地にした。そこに弥勒の尊像三体を安置し、三カ所に会殿、塔、廊を創った。額には弥勒寺と記した（国史では王興寺という）。真平王も百工を遣り助力した。

（一日、王与夫人、欲幸師子寺、至龍華山下大池辺、弥勒三尊出現池中、留駕致敬、夫人謂王曰、須創大伽藍於此地、固所願也、王許之、詣知命所、問填池事、以神力一夜頽山填池為平地、乃法像弥勒三・会殿塔廊各三所創之、額曰弥勒寺、（国史云王興寺）、真平王遣百工助之、至今存其寺）

（『三国遺事』巻第二より。(3) 翻訳及び番号と下線は筆者による、以下同じ）

①は、母親が池龍と通じて生んだと武王の神異的な出生を語っている。このような出生譚は、建国始祖

などの英雄譚にみられるもので、百済の第三十代武王の出生譚としてはふさわしくないというのが、馬韓の武康王や、(百済の)武寧王などの出生の説話と考える人々の論拠になっている。[4] しかし①はあくまでも武王の出生譚である。『三国史記』百済本紀第五武王紀に、武王は「法王之子」[5] と明記されているのを勘案すれば、法王が潜龍のときに寡婦と結ばれて生まれた子が武王だとする見解が現実的で説得力に富んでいる。

②は、武王の児名が薯童で、その名は薯を掘って生計を立てていたことに由来するという。薯童が作った薯童謡が原因で善花公主は宮中から追い出されたのであるから、厳密に言えば薯童謡は訛言(流言飛語)であったといえる。③で、薯童と善花公主が結ばれ、訛言が予言であったことがわかる。④で、善花公主が持参した黄金を見て、薯童が黄金の価値を知り、⑤で、多くの黄金を手に入れたことにより、人心を得て王に即いたと語っている。薯を掘る薯童の、②から⑤までの話の展開は多分に説話的であるため、薯を掘る子どもを主人公とする説話との比較研究も多く行われている。[6] 崔雲植によれば、[7] 韓国で全国的に分布している「追い出された女人の発福説話」と酷似している。この説話は、A女の主人公が家から追い出される、B男の主人公と邂逅する、C金塊を発見する、D二人は長者になって幸せに暮らすという類型であるという。このような説話は韓国に限らず、伊藤清司の研究によれば、アジアでは男の主人公の家業としては、芋掘り、炭焼き、乞食、樵、猟師などがあり、分布地域は日本をはじめ、中国の湖南の苗族、雲南の彝族、ミャンマー、台湾、カンボジアなどである。とくに日本の場合は韓国と類似した説話が分布しているが、男が芋を掘るという「芋掘長者」の話は、男が炭焼きの「炭焼長者」型に含まれるもので、両説話は内容上類似しているという。[8]

このような類似した説話の比較研究において説話の本質、分布地、伝承集団、また『三国遺事』に記載されているくらい歴史が古いことが究明されているが、なぜ武王の歴史記述に「追い出された女人の発福説話」・「芋掘長者」のような民間説話が結びつくのかという問題について納得できる論述は未だ出されていないようである。上掲の『三国遺事』武王条を歴史の記述と前提するなら、歴史記述に民間説話が結びついた理由を明らかにするには当時の歴史的背景をより正確に把握することが要求されるだろう。この歴史的背景を把握するための鍵となるのが童謡「薯童謡」である。そのように考える理由は、古典の童謡が必ず歴史的事件と結びついて伝わっているからである。

武王条において薯童謡がなければ、物語において善花公主が宮殿から追い出される理由が欠けてしまうので、ストーリーの展開が理解できなくなる。「薯童謡」は以下のとおりである。

⑦善化공주님은　타인과　은밀히　얼어두고
　薯童房을　밤에　물래　안고　가다.
善化公主様は他人に密かに嫁に行き、薯童様を夜に密かに抱いて行く。
（善化公主主隠　他密只嫁良置古　薯童房乙　夜矣卯乙抱遣去如）
（梁柱東解読の現代語訳[9]）

楊熙喆は既存の三十三人の「薯童謡」解読を紹介しているが、これによれば論者によって相当な見解の違いはあっても、訓表記である「他密嫁」（他人に密かに嫁に行く）の解釈においては一致している。[10]つまり結婚前の公主が密かに薯童と野合をするという内容の歌とみて間違いないだろう。善花公主が薯童と出会う前の歌であり、この歌によって善花公主は宮廷から追い出されるので、歌はあくまでも讒言（流言飛語）的な性格を持つものと考えられる。その後、歌のとおり二人は結ばれるため、薯童謡は結婚を予言した歌とされているのである。

前掲の民間説話「追い出された女人発福説話」においても、女主人公は何らかの理由で家から追い出されることになっている。その理由はいろいろであるが、一例を挙げると、父親が娘達に、誰のお陰で暮らせているのかと尋ね、娘達がはお父さんのお陰と答えるのだが、末娘だけは自分のお陰だと答え、父親の怒りを買って家から追い出されるという具合である。追い出される女人は身分が高く、大概の場合、巨富の娘、長者の娘、丞相の娘などとなっている[11]ため、善花公主との身分の類似性が認められる。家から追い出された女人と男の主人公が結婚し、女人の教えによって男主人公が黄金の価値を知り、巨富や長者になるという話である。武王条においては家が宮中に替わり、主人公の薯童は王になったという話の違いはあるが、基本的には「追い出された女人発福説話」と武王条は軌を一にする説話であることがわかる。

だからといって善花公主と薯童・武王との結婚を虚構の説話とみなすことはできない。その理由は、②と③の下線部のように薯童謡が童謡である以上、童謡が虚構の話と結びつく事例は存在しないため、善花公主と薯童（武王）との結婚は歴史事実として認めなければならないからである。童謡が歴史用語として歴史書の中に伝わっている所以でもある。ただ二人の結婚を野合による結婚のように扱い、善花公主は宮中を追われ祝福されずに結婚したという表現は嫁側（新羅）からの見方話であって、嫁をもらう側（百済）の表現ではないので、新羅側にとっては望ましい結婚ではなかったということだろう。この二人の結婚に関する歴史的背景については後述する。

⑥は弥勒寺の縁起説話である。武王と弥勒寺との関係は上掲の武王条に「額曰弥勒寺（国史云法興寺）」という脚注があり、また『三国史記』にも「武王三十五（六三四）年春二月王興寺成」と記されているので、弥勒寺の縁起説話が武王条に挿入されたのであろう。しかし元来、弥勒寺の縁起説話と「追い出された女人発福説話」・「芋掘り長者説話」とは無関係だろうが[12]、『三国遺事』の中で百済王の歴史記述は武王条しかないため、武王時代の出来事として善花公主との結婚、弥勒寺創建の話が一緒に収められたのであろう[13]。

しかし、公主の名前が善花（善化とも記す）なので、弥勒寺の弥勒信仰と関連付け、公主を弥勒下生化身である現世の弥勒仙花、あるいは弥勒善花の象徴的存在であるとする説[14]や仏教の観音とする説[15]もある。また薯童が龍の息子と記されているのは、仏法を弘布し大普請の役を与えられたことを暗示するという見解[16]などがある。このような薯童や善花公主に対する弥勒寺縁起説話的な解釈は「薯童謡」の内容を度外視した見解といわざるを得ない。なぜならば、仏教信仰の対象である弥勒仙花や観音などが人目を盗んで野合するといった内容の歌があり得たとは考えられないからである。やはり⑥の弥勒寺縁起説話と「薯童謡」とは切り離してみるべきだろう。

二　童謡と五行思想

1　『三国遺事』と『高麗史』の童謡

前掲②と③の下線部分の「童謡満京」や「童謡之験」と表現があるように、『三国遺事』の編者は薯童謡が童謡だという認識の下で武王条を記述したに間違いないだろう。しかし「童謡満京」について、従来は童謡の伝播性と民謡の属性を表す意味として捉え[17]、男女関係を揶揄する現代の口伝童謡（民謡）「オルレコルレ　オルレコルレ　얼레컬레、얼레컬레」から「薯童謡」の原初形態を考えたりした[18]。そして「童謡之験」については、童謡の効験によって結婚ができたと捉え、薯童謡に呪術性があるとみて、「薯童謡」は、恋を成功的に終わらせた恋の呪歌であり[19]、身分の差という愛の障害物を呪歌の呪力で克服しようとする詩歌[20]とする見解などが出された。また薯童謡を薯童と善花公主の結婚を予言した童謡と捉えている論者は、薯童謡を讖謡とみている[21]。

論者によって童謡の様々な属性を見出しているが、歴史的事件を予言している童謡の場合、事件の前兆・予言があったにもかかわらず、未然に防ぐことができず起きてしまったという歴史認識の下で、その前兆・予言を歌や言葉に求めているのが童謡だと思われる。前兆や予言が求められるほど、事件は歴史的大事変であったことを示しているのであろう。実際に大事件が起こった後に、その事件に合わせて謡を作ったり、既存の謡が事件に結びついたりして、事件を予言していたかのように解釈され、史書に収められているのが童謡と考えられる。それゆえに薯童謡は薯童と善花公との結婚を予言した歌となっているが、実は二人の結婚を予言するための童謡ではなく、その結婚によって惹き起こされた歴史的事件を予言するための童謡であると考えられる。

次の童謡「完山謡」も、童謡の内容を予言するのではなく、その内容によって惹き起こされた歴史事件を予言するための童謡だったと考えられる。「完山謡」は次のとおりである。

⑧憐れな完山の児、父を失って涙流す
（可憐完山児失父涕連洒）(22)

「後百済甄萱（けんけん）」条によれば、後百済の王甄萱（八九二～九三六年）の末年に、王位継承をねらう長男神剣らが謀反を起こし、父親を抑留したとき（九三五年）の童謡とされている。この謀反事件の一年後に甄萱は死に、後百済は高麗に統合されてしまうことになる。こうした歴史的事件が背景となっているのが完山謡で、童謡は謀反を起こした長男神剣に対して「憐れな子ども（完山の児）よ、父を失って泣くよ」とうたっている。この童謡の目的は父親を失うことよりも、父親を失うことによって国までも亡びるということを予言することにあったと思われる。つまり「完山謡」は後百済の滅亡という歴史的大事件を予言した童謡という意味で『三国遺事』に掲載されていると考えられる。

しかし『三国遺事』には歴史的事件を予言する童謡だけではなく、歴史事件を批判する童謡も存在していたようである。新羅の真興王（五三九～五七五年）のときに、「原花」である姣貞娘が嫉妬心から南毛娘を殺すという事件が起こるが、この陰謀を知った人が謡を作って小童達にうたわせ、屍も見つけ出し、殺した者も探し出したという。歌の内容は伝わっておらず、いわゆる「不伝歌謡」であるが、小童達にうたわせたという点で「薯童謡」の場合と唱者が同じであるので、この歌を童謡とみても差し支えないだろう。この童謡は事件後の歌であり、この謡によって屍や殺人者を見つけ出したので、歌は事件を批判し、告発するものであったと推定できる。

『三国遺事』に掲載されている童謡の記述は、これらの三つと後掲する新羅の「智理多都波」謡があるが、古代三国の正史である『三国史記』には皆無である。[23]

このように、ごく限られた資料を基に古代三国時代の童謡観をより正確に把握するためには『三国遺事』が編纂された高麗時代の童謡のあり方を検討することが有効であろう。

すでに筆者は『高麗史』に掲載されている童謡について検討しており、詳細な資料の検証はその小考に委ねるが、『高麗史』童謡の大きな特徴は「五行志」に五行論と結びついて掲載されていることである。「五行志」とは、「天文志」と併せて『高麗史』「五行志」の冒頭に記されているように、基本的には「天人感応の理」（天人相関思想ともいう）を基調とし、地上や天文に現れる様々な異変を五行論に基づいて論理化・体系化したものである。「五行志」に掲載されている異変記録の一例を挙げると、

「成宗八年九月甲午に彗星が現れたので、赦し、王が自責して修行し、老弱を嗜（たしな）み、孤寒を恤（あわれ）み、勳旧を進んで用い、孝子・節婦を褒賞し、未納税を放ち、欠負を蠲免（けんめん）すると、彗は災を為さぬ[24]」

と記されている。彗星が現れたので、王が囚人を赦すなど、様々な徳政を施して災異を免れたという記事である。これは彗星の現れを災異と判断し、その原因を君主の失政に求め、反省や徳政を行えば災異は免れられるという天人感応の理・天人相関思想（後掲）の表れであると考えられる。

したがって『高麗史』「五行志」は単なる童謡を掲載しているのではない。童謡が発生する原因を、五行の「金」がその本性を失うような王者の失政があれば、その異変として現れると次のように記している。

五行の四は金であり、従革は金の本性であるが、金がその本性を失うと沴(れい)となる。時には冶鋳が成さず、変怪を為す者あり、時に詭言、毛蟲の孼(げつ)、犬の禍などがある。その徴は恒暘で、その色は白である。これが白眚白祥を為す。(25)

王者がどういう失政を行うと、金の本性を失わせるのか、具体的には記されていないが、五行論からいうと、「好戦攻」で民の命を軽くみる行為である。(26)こういう政治をすれば、「金」行が損なわれ色々な禍が起こるが、その中の「詭言」に注目したい。ここでいう「詭言」の中に「妖言」や「童謡」などが収められている。これによって高麗時代の童謡は単なる子どもの歌ではなく、災異の一形態である「詭言」や「妖言」として扱われていたことがわかる。こうした童謡と「五行志」との関連は、従来の童謡研究において穿鑿できなかったところである。

『高麗史』には合わせて八首の童謡が掲載されているが、歴史的事件を予言する童謡が五首あり、事件を批判する童謡や時の世相に対する批判の童謡などもある。(27)こうした高麗時代の童謡の性格やあり方は、高麗時代に形成されたとみるよりは、古代の三国時代の童謡観の流れを汲んでいると考えるべきであろう。なぜならば、前掲の、後百済の滅亡を予言したと考えられる「完山謡」と、『高麗史』「五行志」所収の、高麗の滅亡を予言した「木子得国謡(28)」とは予言の性格が同じだからである。また結婚前の善花公主と薯童の男女の野合を歌っている薯童謡は、詭言的性格の童謡といえるが、これは詭言と童謡を同一視する高麗時代の童謡観と一致している。その他にも三国時代に殺人事件を告発した謡（原花の不伝歌謡）と高麗時代に売官買職を批判した「都目謡(29)」とはともに社会批評の童謡であり、三国時代と高麗時代の童謡観はほぼ一致していたといえる。

このような『三国遺事』と『高麗史』に収められている童謡のあり方や童謡観は、古代韓国で生まれたのではなく、古代中国の影響を受けたものだと言える。『漢書』「五行志」の童謡に『高麗史』「五行志」の童謡の淵源を求めることができるからである。

2 『漢書』「五行志」の童謡

史書の中で「五行志」を設け、童謡を収めている最初のものは『漢書』であるが、童謡という名称は、『漢書』以前の文献にも散見する。串田久治の調査[30]によれば、文献上最初に見られる童謡は、太古の聖王堯を讃えた『列子』「仲尼篇」の童謡（原文は児童謡と表記）であり、それに続いて周王朝の滅亡を予言した春秋時代の『国語』「鄭語」の童謡、戦勝を予言した『春秋左氏伝』の「僖公五年」の童謡、災いを予言した「昭公二十五年」の童謡などがある。その他にも亡国を予言した『史記』の「周本紀第四」の〈童女謡〉と「晋世家第九」の〈児乃謡〉などがあるが、『史記』の〈児乃謡〉が『漢書』「五行志」に転記されると〈童謡〉という名称に変わっているので、『漢書』に成帝時の詩妖に〈謌謡〉という名称はあるものの[32]、童謡に関する様々な名称が「五行志」に掲載されるとき、童謡という名称に収斂されたのではないかと推測される。

このように童謡は『漢書』「五行志」に掲載される前からも、主に歴史的事件の予言、とくに亡国を予言するものとして伝わっていたが、「五行志」に取り入れられて天人相関思想に基づく五行思想をもって理論化された。歴史的事件を天の意思であったかのように予言し、その原因を王政の失政と理由づけたのである。

『漢書』「五行志」は童謡のみを掲載するのではなく、童謡発生の原因や掲載の理由などを五行思想に基づき論理的に説明していて、『高麗史』「五行志」の童謡を理解する上で示唆的である。『漢書』に「五行志」を設けた理由は、その序文にも記されているとおり、「天、象を垂れ、吉凶を示して、聖人これに象る[33]」ためである。天が示す吉凶の異変とは、王者の徳政に対してはめでたい象として祥瑞が表れ、失政・悪政に対しては災異や怪異の象が現れることであり、聖人（君主）がこれに象るとは感寤り、身をつつしんで事を正し、その咎を謝びようと思うことである。これにより災異は退けられ、もろもろの福が致す祥瑞が表れ、王道の完成を致すという天人感応の理が「五行志」の序文に表れているのである[34]。このような考え方が天人感応の理であるが、童謡を災異の一つとして捉え、その発生原因を「言」の禍に求めている場合もある。「五行」と「五事」（貌・言・視・聴・思）の相関関係において「金行」は五事の「言」に充てはまるからである。実際『漢書』「五行志」には「五事」の「言」の項目で、次のように記されている。

> 言の不従を「不艾」という。その咎めはちぐはぐ。その罰は日でりつづき。その窮極のまがことは悩みごと。ある時には詩妖がおこり、ある時にはからをつけた動物の孽がおこり、（中略）、これらは「木」が「金」をそこなったのである[35]。

ここでいう「詩妖」の中に童謡が収められているが、童謡は王者の「言」が不従だったので、その咎めとして出現するという。さらに「言」の不艾と「金」の本性を失う関係について、「君主が言の過失で人々が離れると天下を治めることはできない。それで刑罰がみさかいなく加えられ、陰に属するもろもろのものがばらばらになると、陽の気が勝つ。だから旱が続き百穀を損なうと動乱が起こり、上下ともども心を悩ませる。だから君主が炕陽で暴虐となり、臣下が刑罰を恐れて口をつぐめば、怨みつらみの気が歌謡となって発散する。だから詩の妖が起こる。およそ言葉に傷害が生ずると「金」の気が病み、「金」の気が病むと「木」がそれを損なう」という。[36] このように五行説による、言と「詩妖」（童謡）、そして五行の「金」との関係を解いているが、そうした古代中国の童謡観の影響を受けて『高麗史』「五行志」の「金」の項目に童謡を入れたのであろう。

『漢書』「五行志」の童謡は合わせて七首が収められているが、その中の一例を挙げると次のとおりである。

恭太子さまの改葬だ。あとは十とせと四年間、晋もこれではさかえまい。さかえるときは兄ぎみの御世。

（恭太子更葬兮、後十四年晋亦不昌、昌廼在其兄）

この童謡に関する歴史記述を簡略すれば以下のとおりである。晋の恵公（紀元前六五〇〜紀元前六三七年）は秦の力によって即位することができたが、即位してから秦に叛き、国内では二人の大夫を殺したので、国人はこころよく思わなかった。また兄の恭太子申生を改葬したが、恭敬をつくさなかった。そのため詩妖が起こったのである。その後、恵公は秦との戦いの末に生け捕りにされ、即位十四年で死に、晋の人々はその血すじを絶って、あらためて恵公の兄の重耳を即位させた。これが文公であるという。童謡が起こった原因は、恵公が秦に叛き、二人の臣下を殺す暴虐を行い、兄の改葬を恭敬にしなかったためで、そのために恵公は死に至ったが、その死を予言しているのが右掲の童謡であるという。つまり童謡は予言をもって反省するよう譴告したにもかかわらず悔い改めず却って秦に叛いたため、結局死に至ったと伝えているのである。

その他に、『漢書』「五行志」には、晋の献公（紀元前六七六～紀元前六五一年）のときに、虢が臣国の道理にはずれ侵攻することを予言した童謡、この侵攻に対して晋の戦勝とその期日を予言したという童謡、文公（紀元前六二六～六〇九年）から成公（紀元前五九〇～紀元前五七三年）にかけて、昭公（紀元前五四二～紀元前五一〇年）が戦争を起こしたが、敗れて外地で死に、帰葬を予言したという童謡、漢の元帝（紀元前四六～紀元前三三年）のときに、王莽による帝位の簒奪（紀元前八年）を予言したという童謡、成帝（紀元前三三～紀元前七年）のときに、成帝の寵愛を受けた趙飛燕姉妹の末路を予言し、淫行による皇孫の断絶を予言したという謌謡、そして成帝時の童謡に、漢の王室には世継ぎがなく、王莽の台頭を予言したという歌謡などが収められている(37)。これらの童謡は歌の内容を予言することが目的ではなく、予言があったにもかかわらず、悟らず、悔い改めなかったので、君主が殺されたり、簒奪されたという大事件などが起こったと伝えているところに目的があるだろう。それゆえに童謡は必ず歴史的事件と結びついて存在し、歴史書に掲載されているのである。

しかし『漢書』には、また土橋寛が指摘しているように(38)「翟方進伝」の「鴻隙陂」のような批評の童謡もある。

陂を壊(やぶ)る者は誰ぞ、そは翟子威。我をして豆食を食(くら)はしめ、芋魁を羹にせしむ。反せか覆せんか、陂当(まさ)に復すべし。誰かさ云ふ、両黄鵠ぞさ云ふ。
（壊陂誰、翟子威。飯我豆食、羹芋魁。反乎覆、陂当復。誰云者、両黄鵠。）

童謡の関連記述によれば、汝南には灌漑用の堤があって農作はいつも豊作であったが、成帝のときしばしば洪水が起こり、そのために堤の水が溢れて人民に害を及ぼした。当時の宰相であった翟方進が堤をなくしたところ、土地も肥え堤の費用も省くことができ、洪水の心配もなくなった。ところが王莽の時代になって旱が続いたため郡中の者が方進の事跡を怨んだ童謡だという[39]。この童謡は予言ではなく、翟方進の施策に対する批判であることがわかる。

『漢書』「五行志」に収められている童謡はみな王者に関連する歴史的事件を予言する歌だが、王者ではない宰相が関与した社会的事件については予言ではなく、事件後の批判の童謡として、関連人物の「列伝」に収められている。こうした『漢書』の童謡のあり方は『高麗史』所収の童謡にも類似した点があるといえるだろう。前述のように、『高麗史』掲載の七首の童謡の中で、「五行志」にある童謡は王者に関連した歴史的事件を予言する歌であるが、「列伝」に収められている童謡（前掲の都目謡）には世相を批判する歌もあるからである。

三　童謡の東漸

中国の史書における『漢書』以降の童謡の扱い方をみると、「五行志」の中では「詩妖」(『漢書』、『宋書』)や「謡妖」(『後漢書』)の項目に入り、『新唐書』や『宋史』においては「詩妖」と「訛言」がある中で、「詩妖」の項目に入っている。『元史』に至っては「訛言」の項目はなくなり、「詩妖」だけになるが、この「詩妖」に童謡が収められている。(40) このように中国の史書の中では『漢書』以来、一貫して童謡を「詩妖」・「謡妖」の歌とみており、「訛言」の部類とは区別していたことがわかる。とくに『宋書』には〈歌謡〉・〈民間謡〉・〈謡語〉・〈童児歌〉と共に童謡が掲載されていて、(41) 中国の史書における童謡は古代以来、歌・謡に限られていた名称だったと考えられる。これに比べて『高麗史』「五行志」には「詩妖」がなく、「訛言」という項目の中で、〈訛言〉・〈妖言〉・〈誦讖〉などとともに童謡が収められ、童謡にはウタのみならず「言」も含まれていたという違いがある。

こうした『高麗史』の童謡観は、前述したように、三国時代にまで遡及できるが、古代中国の童謡観が果たしていつ頃、三国に流入したのかは不明である。ただ韓国最古の童謡である薯童謡が百済の武王（六〇〇〜六四一年）や新羅真平王（五七九〜六三二年）時代の歌であり、原花の無念の死を子ども達にうたわせたという歌は真興王（五三九〜五七五年）時代の童謡と推定されるため、少なくとも新羅では六世紀中葉に、百済では七世紀初葉には童謡観が確立していたといえるだろう。そして童謡観の確立には天人相関思想や陰陽・五行思想の確立が前提となるため、天人相関思想や五行思想の流入期をもって童謡の流入期と判断することが可能だろう。『三国史記』新羅味鄒尼師今七（二六八）年の記事が新羅における天人相関思想の現れと判断できるので、新羅では三世紀中葉には天人相関思想や五行思想が王政に取り入れられていたと考えてもよいだろう。(42)

古代韓国では、『高麗史』「五行志」でみたように、童謡を「訛言」や「妖言」と同一視していたと考えられるので、『三国史記』「義慈王」二十（六六〇）年六月、〈百済如月輪、新羅如新月〉と百済の滅亡を予言した亀の背文も童謡の範疇に入るだろう。

四　武王と善花公主の結婚

1　唐太宗の和平勅命

武王条が掲載されている『三国遺事』巻二の記述は、古朝鮮（檀君）をはじめとして駕洛国記に至るまでの歴史を通史的に編んだ歴史書であることを看過してはならない。武王条の記述の中の、武王と善花公主との結婚を歴史的事実として受け止めた場合、果たしてその結婚はいつ頃行われたのか、どういう性格の結婚なのか、という問題については未だ言及されていない。これまでの研究は、二人の結婚は単純な説話、つまり架空の話としてみる見解(43)、武王条の結婚話は信じるしかない(44)とし、東城王（四七九～五〇一年）のような、武王ではなく、他の百済王と新羅王族の娘との結婚話を武王に付会したとみる見解(45)などに大別される。武王と善花公主の結婚を立証できる直接的資料がないため、二人の結婚話については多様な見解があるが、先ずは百済と新羅の間で行われていた結婚の性格から検討してみたい。

『三国史記』によれば、百済と新羅の王族間の最初の結婚は東城王十五（四九三）年春三月に百済が要請し、新羅の伊飡の娘が百済に嫁いでいる。その後、百済と新羅は、互いに軍隊を派兵して高句麗の侵略に対抗しているように（東城王十六年、十七年）、友好関係を維持するが、結婚は東城王が即位して十五年目に行われていたことに注目したい。この結婚は通常の結婚ではなく、東城王の小妃として迎え入れる結婚で、両国が友好的関係を維持するための政略結婚であったと推定される。そして二回目の結婚は百済の聖王三十一（五五三）年（新羅では真興王十四年）年冬十月に百済の王女が小妃として嫁いだと『三国史記』新羅本紀に明記されている。この結婚も通常の結婚ではなく、娘を小妃として嫁がせる百済側の思惑による政略結婚であったと推定できる。実際、新羅が百済の東北の辺境を侵攻し信州を置いた（七月）直後に結婚が行われたし、一年後の七月に百済の聖王が自ら新羅を襲撃するが新羅の伏兵によって殺害される事件が起きる（真興王十五年秋七月）ほど、両国は仇敵関係にあった。この結婚も政略結婚であったことは間違いないだろう。それゆえに両国間の王族結婚は友好関係にあるときにのみ可能であるという主張は説得力を失うし、両国の対立が尖化されても高等政略による婚姻政策を使うことがあるだろう(46)という崔来沃の見解は当を得ていると思われる。

『三国史記』によると、武王三（六〇二）秋八月、王は出兵して新羅の阿莫城を侵攻したが、勝利をえられず、帰国したという記事をはじめ、武王は在位中、新羅と十三回も戦いを繰り返している（武王六年秋八月、十二年冬十月、十七年冬十月、十九年、二十四年秋、二十五年冬十月、二十七年秋八月、二十八年秋七月、二十九年春二月、三十四年秋八月、三十七年春五月）。こうした戦いが続く状況の下で武王と新羅公主との結婚が行われたならば、若い二人のロマンチックな結婚ではなく、前掲の東城王と真興王の結婚のように、武王の在位時で、百済と新羅の仇敵関係について唐の太宗が介入して、両国が一時和睦になる武王二十八（六二七）年頃ではないかと推測できる。当時、唐太宗が武王に送った親書と百済の対応について『三国史記』には次のように記されている。

（武王）二十八年七月〈（前略）朕はすでに、王の姪の福信及び高句麗・新羅の使者に対し、具体的に和平を実行し、悉く和睦しあうことを命じた。王も必ず新羅とのこれまでの怨みを忘れ、朕の本懐を知って、共に好隣の情を篤くして直ちに戦争をやめなさい〉といった。そこで王は使者を派遣し、上表文を奉って陳謝したが、表面では（太宗に）順命を称したが、内実は昔どおりの仇敵関係にあった。

唐の太宗は、和平を実行して戦争をやめるよう命じているが、和睦に関する具体的な事例は示されていない。筆者は、この和睦のために王族間の結婚が行われたのではないかと推察する。最初は新羅の方から百済東城王に嫁ぎ、次は百済の方から新羅真興王に嫁ぎ、今度は新羅の王女（善花公主）が百済武王に嫁ぐことで、両国間の和睦を図ろうとしただろう。

しかし太宗の和平を実行し戦いをやめ、和睦せよという勅令は武王によって破られ、勅令があった翌年の二十九（六二八）年春二月、三十二年秋七月、三十四年秋八月にも新羅侵攻を繰り返している。当然、和睦のための結婚の効力も失われることになる。新羅側からすれば、新羅の意志ではなく、唐の太宗の意向に沿うための結婚であり、しかも武王に善花公主を小妃として嫁がせるものであったから、最初から好ましくない結婚と考え、揶揄する気持ちもあっただろう。それで善花公主の嫁入りを、祝福された結婚ではなく、宮中から追い出された公主が自分勝手に野合して結ばれたとしたのだろうし、結婚によって百済は国威が一時維持できたので、薯童が武王になったといった表現になったのだろう。

このような新羅側にとって望ましくない善花公主の結婚を代弁してくれる最適な話が、人口に膾炙されていた「追い出された女人発福説話」や「芋掘り長者説話」であったので、こうした説話が武王の結婚にまつわる歴史記述と結びついて『三国遺事』に収められたのであろう。武王条は百済の歴史記述であるが、百済は新羅に統合されたので、善花公主の結婚に関する新羅側の思いが武王条に反映されたことは充分考えられる。

前掲の下線部分である「(太宗に) 順命を称したが、内実は昔どおりの仇敵関係にあった」という武王の背信行為は、五行思想からみると、言葉に従わない「言不従」に該当する行為となる。前述したように、「五事」の中の「言」に従わないと咎徴として「詩妖」・「訛言」(童謡) が生ずるという「五行」思想に立脚すれば、武王の「言不従」の行為によって薯童謡という童謡が生まれたのは当然の理かもしれない。

また『三国史記』によれば、武王は在位期間中、合わせて十一回も新羅侵攻を敢行しているように (新羅の百済侵攻は、六年秋八月と十九年の二回)、好戦的で新羅との辺境を侵犯する王者と記述されている。前掲の五行思想によれば、《好戦侵》の行為は五行の「金」を害することで、これによっても「詩妖」(童謡) が生じるとされている。武王の好戦的な性格や辺境侵攻の行為が天の戒めを受けるのは当然で、その災異として詩妖・訛言が現れたのが薯童謡だったのかもしれない。いずれにしても唐の太宗から勅令が出されたにもかかわらず、新羅侵攻を続ける武王の「言不従」や「好戦侵」の行為は、唐や新羅側からすれば、放置しておくことはできなかっただろう。とくに和睦のために娘まで嫁がせた新羅側からすれば、新羅侵攻を続ける武王の行為は許せなかったはずである。結局、唐と新羅によって百済は滅ぼされるが、その滅亡の因果関係に薯童謡という童謡を取り入れることによって、その滅亡はあたかも天の意志であるかのようになる。こうした考えが天人相関思想であり、五行思想である。つまり勅令が出されても従わない武王の行為に対して、天の戒めとして薯童謡が現れたにもかかわらず、反省なしで新羅侵攻を続ける武王は天罰を受け百済は破滅した。このような歴史認識から薯童謡は生まれ、『三国遺事』の武王条に記されたと思われる。天の戒めとしての童謡であるがゆえに、薯童謡は予言の歌となるが、結婚を予言したのではなく、（和睦のための結婚であったにもかかわらず武王が破った）結婚によって惹き起こされた国滅びを予言したのが薯童謡だといわざるを得ないだろう。

結局、唐の太宗によって和平や和睦のための勅令が出された武王二十八（六二七）年七月から約三十三年後、武王の嫡子である義慈王二十（六六〇）年に、百済は唐と新羅によって滅ぼされる。その百済滅亡を予言する童謡が他ならぬ薯童謡だったと考えられる。新羅の場合、国亡びを予言する歌「知理多都波」[47]が現れるのは憲康王（八七五〜八八六年）時代であり、新羅が滅亡する（九三五年）約五十年前の出来事として『三国遺事』に記されている。

前掲の古代中国の童謡においても、内容は様々だが、究極的には国家間の信義に背き戦争を起こした君主の死や国亡びを予言する童謡が最も多く、古代韓国においても前掲の「完山謡」も父を失うという童謡の内容よりは、父の死によって惹き起こされた国亡びを予言するための童謡である考えられる。

2　善花公主と「舎利奉安記」との関係

二〇〇九年一月十九日に発見された弥勒寺址西院の石塔から金製の「舎利奉安記」が発見されたが、そこには武王の王后の名前が「沙乇積徳の女」と明記されていた。これにより武王条における善花公主を考える際、王后と善花公主との関係についても考える必要が生じた。ここでは両者の関係について考えを巡らせてみる。

「舎利奉安記」には百済の王后「沙乇積徳の女」によって伽藍が造られたと次のように記されている。

（前略）我が百済王后は沙乇積徳の女で、長い間、善因を種え今生に勝報を受け、万民を撫育し三宝の棟梁になったので、能く浄財を謹捨し伽藍を造り立て、己亥年正月廿九日に舎利を奉迎する。（後略）(48)

全百九十三字で造られた「舎利奉安記」には弥勒寺や武王、善花公主に関する言及はない。しかし弥勒寺の石塔から出現したので、ここでいう百済王は武王であり、伽藍は弥勒寺を指していることは間違いないだろう。そして武王の王后は沙乇積徳の娘で、王后の発願によって弥勒寺は造られ、己亥年を武王四十（六三九）年と比定し(49)舎利を奉迎したと記されている。しかし前掲の『三国遺事』武王条には、「夫人（善花公主）がこの地に大伽藍を創りたいと願うと、王は許した」と弥勒寺の発願者は善花公主になっているため、両記録は相違する。とくに武王の王后が沙乇積徳の娘と記されていることから善花公主の存在が疑問視され活発な議論が行われた。両者の関係については、①沙乇積徳の娘は歴史上の人物であるが、善花公主は説話上の人物とみる見解[50]、②沙乇積徳の娘は正室の王后であるが、善花公主は小妃とみる見解[51]、③沙乇積徳の娘と善花公主を同等な人物とみる見解[52]などに分かれる。一方では「舎利奉安記」が西塔で発見されたという点から、④善花公主は中院と東院の発願者であり、王后の沙乇積徳の娘は寺院を発願したという見解[53]、または⑤善花公主は弥勒寺の創建発願者であり、王后の沙乇積徳の娘は西塔の舎利奉安を発願したという見解[54]などがある。①の見解だけが善花公主を説話上の架空の人物とみているが、他の見解は実在の人物とみている。

前述のように、筆者は、童謡は歴史的事件と結びついているため、武王と善花公主の結婚は歴史的事実であり、善花公主は実在の公主であると考えている。そういう意味合いにおいて善花公主を実在の人物とする見解に賛同する。また、②の沙乇積徳の娘が王后で、善花公主は小妃だろうという推論は本考察と同じである。実際、『三国遺事』には善花公主を小妃と意識していたためか、王后と称せず、「王与夫人」、「夫人謂王曰」（前掲）のように「夫人」と記されていて、看過できない。

そして「舎利奉安記」には弥勒寺の発願者は王后沙乇積徳の娘と記されているが、武王条の記述のとおり、善花公主が発願者であったとしても、小妃である以上、歴史の表には王后の名前が記されるのが当然であろう。弥勒寺の伽藍の財源が王后から出たことや伽藍も王后によって造られたという「舎利奉安記」の記録は表向きの歴史記録であろう。

あるいは武王条において、宮中から追い出された公主を嫁にもらうという話は嫁側（新羅）からはあっても、もらう側（百済）の発想ではない点、百済側の弥勒寺創建時に新羅真平王が百工を派遣して助けたという記述などから勘案すれば、武王条の歴史記述には新羅側の考えが反映されているかもしれない[55]。それゆえに百済の弥勒寺創建の発願者が善花公主である可能性も排除できないだろう。

むすびに

今までの論述を集約すれば次のとおりである。

1　童謡は古代中国の天人相関思想や五行思想の下で生まれたもので、五行の「金」がその本性を失うような王者の失政があれば、その戒め・災異として詩謡（童謡）が発生すると解釈されていた。こうした童謡観は古代韓国に伝わり『三国遺事』や『高麗史』には数々の童謡が収められた。中国では童謡が『漢書』以来、一貫して「詩妖」・「謡妖」の歌とみられているが、『高麗史』「五行志」では、「訛言」や「妖言」と同類のものと扱われていた違いがある。

2　歴史事件を予言する童謡は、事件が起きる前兆があったにもかかわらず、未然に防ぐことができず事件が起きてしまったという歴史認識の表れであり、その前兆を歌や言葉に求めているのが童謡だと思われる。

3　唐の太宗は武王に戦いをやめ、和睦するようにと勅令を出すが（武王二十八（六二七）年七月）、このとき、武王が善花公主を小后に迎え入れる結婚があったと思われる。新羅側からすれば、新羅の意志ではなく、唐の太宗の意志に沿うための結婚であり、しかも善花公主を小妃として嫁がせる結婚であったため、好ましくない結婚と考えただろう。それで善花公主の嫁入りを、祝福される結婚ではなく、宮中から追い出された公主が自分勝手に野合して結ばれたとし、結婚によって百済は国威が一時維持できたので、薯童が武王になるといった表現になっただろう。

このような新羅側にとって望ましくない結婚を都合良く代弁してくれる最適な話が人口に膾炙していた「追い出された女人発福説話」・「薯童説話」であったので、こうした説話が武王の結婚にまつわる歴史記述と結びついて『三国遺事』に収められたのであろう。

4 しかし武王は勅令を破り、新羅侵攻を繰り返したため、ついに息子の義慈王の代に唐と新羅によって百済は滅ぼされることになるが、この滅亡の因果関係に天の意志があったかのように解釈し、五行思想による童謡観を取り入れたのが薯童謡であると思われる。つまり天の戒めがあったにもかかわらず、反省せず新羅侵攻を続ける武王についに天罰が下されたと解釈している。こうした歴史認識から薯童謡という童謡が生まれ『三国遺事』の武王条に記されたと思われる。天の戒めとしての童謡であるがゆえに、薯童謡は予言の歌となるが、歌は薯童と善花公主の結婚を予言したのではなく、結婚によって惹き起こされた国滅びを予言したと考えられる。

5 「舎利奉安記」では弥勒寺の発願者は王后沙乇積徳の娘となっている。武王条の記述にあるように、善花公主が発願者であったとしても、小妃である以上、歴史の記録には王后の名前で記されるのが当然であろう。弥勒寺の伽藍の財源は王后から出たもので、伽藍も王后によって造られたという「舎利奉安記」の記録は表向きの歴史記録であろう。

6 あるいは武王条において、宮中から追い出された公主と結婚するという話は嫁側（新羅）からはあっても、嫁をもらう側（百済）の発想ではない点、百済側の弥勒寺創建時に新羅真平王が百工を派遣して助けたという記述などを勘案すれば、武王条の歴史記述には新羅側の考えが反映されているかもしれない。それゆえに百済の弥勒寺創建の発願者が善花公主である可能性も排除できないだろう。

【注】

（1）「薯童謡」の研究については、崔来沃「薯童の正体」（『韓国文学史の争点』集文堂　一九八六年）、安大会「薯童謡」（『郷歌文学研究』黄浿江教授定年退任記念論叢Ⅰ　一志社　一九九三年）などに詳細掲載。

（2）拙稿「高麗時代の童謡について」（『東アジア比較文化研究』東アジア比較文化国際会議日本支部二〇〇九年五月）

（3）崔南善編『三国遺事』巻二「武王」民衆書館　一九四〇年

（4）徐大錫『韓国神話の研究』集文堂　二〇〇一年

（5）金煐泰「弥勒寺創建縁起説話考」（『馬韓百済文化』一　円光大学校百済馬韓文化研究所　一九七五年）

（6）史在東「薯童説話研究」『池憲英先生回甲論文集』一九七一年

黄浿江「薯童謡研究―説話的再構を通した解釈への接近」『新羅文化』三　一九八七年

ミン・チャン「薯童説話形成説説話的論理」（『韓国言語文学』五〇　韓国言語文学会　二〇〇三年

チョン・ヨンシン「追い出された女人発福説話研究」（『韓国言語文学研究』二三　韓国外国語大学校韓国言語文学研究会　二〇〇六年など

（7）崔雲埴「追い出された女人発福説話考」（『韓国民俗学』6　民俗学会　一九七三年　十月）、説話の名称に関しては〈自分の福で生きる〉（金大淑『韓国説話文学研究』集文堂　一九九四年）などがあり、韓国の説話分類名称としては「715―1」炭焼くチョンガの生金蔵」（『韓国口碑文学大系』（韓国精神文化研究員、一九八九年）と「炭焼き金持ち―自分の福―」（崔仁鶴『韓国民譚の類型研究』仁荷大学出版部　一九九四年）などとなっている。

（8）伊藤清司『昔話伝説の系譜―東アジアの比較説話学―』参照　第一書房　一九九一年
済州道の巫歌「三公ボンプリ」のように男主人公の家計が芋を売って生計を立てる場合があり、炭焼きもある。
（9）梁柱東『古歌研究』　博文書館　一九六〇年
（10）楊熙喆『三国遺事郷歌研究』　太学社　一九九七年
（11）（5）の崔雲埴
（12）金煐泰によれば、法王二年に創ったという王興寺は扶余の白馬江辺にあり、武王三五年に成ったという王興寺は益山龍華山下の弥勒寺であるという。
「弥勒寺創建縁起説話考」（『馬韓百済文化』一　円光大学校馬韓百済研究所　一九七五年
（13）すでに朴魯埻によって主張された。「薯童謠の歴史性と説話性」『語文論集』17　高麗大学国語国文学研究会　一九七五年二月）
（14）黄寿永「百済の建築美術」（『百済研究』二　忠南大学校百済研究所　一九七一年）、李来沃「弥勒寺と薯童説話」（『歴史学報』一八八　歴史学会　二〇〇五年十二月）などがある。
（15）金鐘雨『郷歌文学研究』　三友社　一九七五年
（16）注（1）の崔来沃
（17）任東権『韓国民謡史』
（18）朴魯埻、姜恵善は本来の〈薯童謠〉は求愛の民謡で、公開的求愛謡とみた（「求愛と民謡でみた「薯童謡」『韓国古典詩歌作品論』一　集文堂　一九九五年）

(19) 金烈圭「郷歌の文学的研究の一斑」一四〇頁(金烈圭、申東旭など『国文学論文選、郷歌研究』 民衆書館 一九七七年)
(20) 林基中「新羅歌謡発想と記述物の挿話」『郷歌麗謡研究』 半島出版社 一九八五年
(21) 任東権「古代人の童謡観」『无涯梁柱東博士華誕紀念論文集』 探求堂 一九六三年
尹栄玉『新羅歌謡の研究』 蛍雪出版社 一九八一年
金文泰『三国遺事詩歌と叙事文脈の研究』 太学社 一九九五年など
(22) 注(2)の『三国遺事』巻二 後百済甄萱
(23) 論者によっては真聖女王時代の「陁羅尼」や崔致遠の「鶏林謡」を童謡とみるが、前者は仏教の呪文であり、後者は一個人の詩句で、童謡の流布性が欠けているので、童謡の範疇に入れることはできないだろう。
(24) 『訳注高麗史』第五 「天文一」一一頁、「成宗八年九月甲午彗星、見、赦、王、責己修行、耆老弱、恤孤寒、進用勳旧、褒賞孝子・節婦、放逋懸、蠲欠負彗、不為灾」(東亜大学校出版社 一九七一年)
(25) 注(24)に同じ 「五行二」八三頁 「五行、四曰金、従革、金之性也、失其性、為沴、時則冶鋳不成、為変怪者、有之、時則有訛言、時則有蟲之孽、時則有犬禍、其徴恒暘、其色白、是為白眚・白祥」
(26) 董仲舒『春秋繁露』「五行順逆六十」四〇五頁 「金者秋殺気之始也(中略)人君好戦侵陵諸侯貪城邑之賂軽百姓之命云々」 自由文庫 二〇〇五年
(27) 注(2)に同じ
(28) 朝鮮王朝の太祖李成桂の即位を予言した童謡とされているが、これは高麗王朝の滅亡を預言する童謡に

もなる。「木子得国」謡は、注（24）に同じ　二九五頁
（29）『訳註高麗史』第十、東亜大学校出版社　一九七一年
（30）串田久治『王朝滅亡の予言歌』大修館書店　二〇〇九年
（31）『漢書』「五行志」三四七頁　汲古書院　一九七二年
（32）注（31）に同じ　三四八頁
（33）注（31）に同じ　巻二七「五行志　第七上」
（34）『漢書』「天文志第六」序文参照。天人感応の理（天人相関思想）については『漢書』の「天文志」や「五行志」、列伝の「董仲舒伝」、そして董仲舒の『春秋繁露』などに詳細あり。
（35）注（31）に同じ　翻訳には富谷至・吉川忠夫『漢書五行志』東洋文庫　平凡社　一九八六年参照。「五行志」一二四頁参照
（36）注（36）に同じ　一二四～一二五頁参照
（37）注（31）『漢書』「五行志」三四七～三四八頁
（38）土橋寛『古代歌謡の世界』塙書房　一九六八年　二九一頁
（39）注（31）に同じ　『漢書』翟方進伝
（40）金一権『『高麗史』自然学と五行志訳註』韓国学中央研究院出版部　二〇一一年　参照
（41）『宋書』（上）五四八～五五三頁　（宋蜀大字本　台湾商務印書館印行）
（42）拙稿「郷歌と天人相関思想」（『大谷森繁博士古稀記念論文集』白帝社　二〇〇二年
（43）「史在東薯童説話研究」『池憲永先生回甲論文集』一九七一年

金烈圭「郷歌の文学的研究の一斑」一四〇頁（金烈圭、申東旭など『国文学論文選、郷歌研究』民衆書館　一九七七年）
崔喆『郷歌の本質と詩的想像力』セムン社　一九八三年
宋在周「薯童説話の形成年代について」『藏庵池憲英先生華甲記念論叢』一九七一年
金思燁『郷歌の文学的研究』啓明大学校出版部　一九七三年　など
(44) 崔来沃「薯童の正体」『韓国文学史の争点』集文堂　一九八六年
(45) 李丙燾「薯童説話に対する新考察」『歴史学報』1　一九五三年
朴魯埻（『新羅歌謡の研究』悦話堂　一九八二年など
(46) 崔来沃（40）に同じ
(47) 注（2）に同じ　『三国遺事』巻二「処容郎・望海寺」条
(48)「我百済王后沙乇積徳女　種善因於曠劫受勝報於今生撫育万民棟梁　三宝　故能謹捨浄財造立伽藍　以己亥正月が九日　奉迎舎利」金相鉉の翻訳文参照（『連合新聞』二〇〇九年一月十九日）、その後、鄭真原によって詳しい解読が試されるが、大意は変わらない。（益山弥勒寺の西塔〈金製舎利奉安記〉の解読と争点『韓国語文学研究』五八　韓国語文学研究会　二〇一二年）掲載
(49) 注（48）に同じ
(50) 金相鉉「弥勒寺西塔の舎利奉安記の基礎的的検討」、「大発見舎利荘厳弥勒寺趾の再照明」での発表文、二〇〇九年四月二四～二五日、百済学会・円光大学馬韓百済文化研究所共同主催、金栄洙「舎利奉安記の出現と「薯童謡」解釈と「薯童謡」解釈の視点」九〇～九一頁から再引用　チョン・ゼユン、シン・チョ

ンウォンなど『益山弥勒寺と百済』　一志社　二〇一一年

(51) イ・ヨンヒョン「寺弥勒寺塔の建立と沙乇氏」、「益山弥勒趾出土遺物に対する総合的検討」での発表文　二〇〇九年三月二十一日　新羅史学会　国民大学韓国学研究所共同主催46　金栄洙　八六頁から再引用

(52) 朴賢淑「百済武王の益山経営と弥勒寺」、「益山百済弥勒寺趾の再発見」での発表文　二〇〇九年五月十六日　円光大学　シン・チョンウォン「舎利奉安記を通してみた〈三国遺事〉武王条の理解」七三頁から再引用

(53) キル・キテ「武王代の弥勒寺西塔の舎利奉安と仏教界」、「益山百済弥勒寺趾と百済仏教」での発表文　二〇〇九年三月二十一日、新羅史学会50　金栄洙　八六頁から再引用

(54) ホン・ユンシク「益山弥勒寺創建と善花公主の歴史的意味」、「大発見舎　利荘厳弥勒寺趾の再照明」での発表文　二〇〇九年四月二十四〜二十五日　百済学会・円光大学馬韓百済文化研究所共同主催　注(50)　シン・チョンウォン　七一頁から再引用

(55) すでに注(14)での黄寿永の主張があり、金東旭「郷歌歌唱の〈場〉について」などによって支持されている(『新羅文学の新研究』七　書景文化社　一九八六年二月)。

第5章　郷歌「彗星歌」

はじめに

『三国遺事』に収められている郷歌（ヒャンガ）には、いつ、誰によって、どのような目的で制作されたかが記されている。

「彗星歌」の場合は、新羅の真平王（在位五七九～六三二年）のときに、彗星が「心大星」を犯したという星変が起きたため、融天師が歌を作ってうたうと星変は滅び、日本兵も国に還ったという。これは単に彗星の出現という天文の記述だけではなく、天体の動きに連動した日本兵の動向が記されていて、彗星と歴史的事件が密接に結びついていることがわかる。「彗星歌」の内容においても倭軍の動向についてうたっているのをみると、「彗星歌」の背景記述から日本兵の動向を切り離すことは考えにくいし、また歌は彗星の消滅だけではなく、日本兵の不侵略ないし撃退をも祈願する歌であったと推定できる。

しかし、七十文字ほどの「彗星歌」の背景についての短い記述は、当時の状況を理解するに欠けている部分が多い。たとえば背景の理解に最も重要な日本兵の侵略の有無が記されていないし、歌の制作された場に関する説明も省かれている。加えて、『三国史記』の真平王条には、彗星の出現の記事をはじめとして日本軍の動向や融天師に関する記述が一切存在せず、「彗星歌」やその背景の記述に関する見解を多岐にわたらせる要因になっている。たとえば、多くの論者は日本兵が国に還ったという記述を拡大解釈し、日本兵の侵略を新羅の「花郎」が撃退する展開となった部分が省略されているとみている。(1)あるいは日本兵との関連は歌謡の効験を説明するためのものであり、むしろ歌の歴史的背景は真平王時代の国内事情にあるというまったく異なる見解(2)や、史料の限界があるので歴史的事実として無理に付会するよりは説話的事実として受け止めるべきだという主張(3)もある。しかし、こうした研究は、「彗星歌」の背景の記述に関する歴史意識が欠如しているといわざるを得ない。なぜなら日本兵の動向が記されている以上、日本の史料の検証も不可欠だからである。

本章では、従来の研究成果を踏まえつつ、そもそも彗星の出現と戦争のような歴史的事件との結びつきはいかなる考え方、思想に由来するのか、その根本的な問題からひもといていきたいと思う。その際、日本兵が国に還ったという歴史的事件の実体についても追究してみたい。とくに、日本兵の動向に関する実体究明は「彗星歌」の制作年度の推定を可能にすると同時に、郷歌の生成年代を明らかにする作業に関わるので、史実に基づいて考えを巡らしてみることにした。そして最後に、こうした考察の結果を踏まえて「彗星歌」の分析を試みた。

一　「融天師彗星歌　真平王代」条の検討

『三国遺事』の全文を挙げれば次のとおりである。

①第五の居烈郎、第六の実処郎、第七の宝同郎らの三人の花郎が楓岳に遊びに出かけるとき、②彗星が現れて心大星を犯した。郎徒はこれを怪しく思い、遊行をやめた。

（第五居烈郎・第六実処郎・第七宝同郎等三花之徒、欲遊楓岳、有彗星犯心大星、郎徒疑之、欲罷其行）

③そのときに（融）天師が歌を作りうたうと、星怪がただちに消えた。そして日本兵も国に還り、④反（かえ）ってめでたい（福慶）ことになった。大王は歓喜し、花郎たちを遊行に赴かせた。（以下省略）

（時天師作歌歌之、星怪即滅、日本兵還国、反成福慶、大王歓喜、遣郎遊岳焉、〈以下省略〉）

（番号・改行・翻訳は筆者による）[4]

1　三花之徒と天文官

右の条文には記されていないが、③の日本兵の還国は、①の「三花之徒」によって撃退されたためであるとする見解は金善琪の指摘以来[5]、多くの論者に支持されている。こういう見解に立つと、新羅の「花郎」は日本兵と対戦したことになり、「三花之徒」は三人の花郎ではなく、三個部隊とみなす場合もある[6]。しかしこのように攻めて来た日本兵が花郎によって撃退されたことになると、③の「彗星歌」によって彗星が即滅し日本兵が国に還ったという条文の内容とは異なる。そして何より歌の効験・霊力によって彗星出現や日本兵の来侵の異変が鎮まったと『三国遺事』の編者が信じていたために巻五の「通感」条にその記述を掲載しただろうと思われる。そうした理由から、右の条文から日本兵の侵略を想定することや「三花之徒」によって日本兵が撃退されたという見解には賛同できない。私はむしろ「三花之徒」によって彗星が発見されたことが①と②の条文のすべてであると思われる。

①と②の条文を素直に読めば、「三花之徒」が楓岳（今の金剛山）に山遊びに行くとき、彗星が「心大星」(7)を犯している星変を発見すると同時に、この星変に異変を感じ山行きをやめたという内容であろう。彗星を発見することは、二十世紀初頭においても、星座を充分に知り尽くした人が、手なれた機器で勤勉に天を二百時間ないし三百時間捜して一つの彗星を発見できれば大成功であるというほど非常に難しいことのようである。(8)その上「心大星」の星座がわかっているということは、決して普通の花郎ではなく、天文に熟知した専門家であることを物語っている。さらに彼らは彗星の発見と同時にその現象を怪しく思い、山行きをやめたということなので、天文の運行に関する解釈・占星術もできる花郎だったと考えられる。

『三国史記』や『三国遺事』には彼らのように天文に熟知している専門家や占星術者に関する記述は少なく、いまだその実体は明らかではない。『三国史記』には新羅において天文博士が職官として設置されるのは景徳王八（七四九）年と記されているが、(9)これより百余年前頃の善徳王代に（在位六三二～六四七年）すでに「瞻星台(せんせいだい)」が築造されているので、(10)少なくとも瞻星台が築造される段階では天文官や暦者、占星術者など、天文に対応できる専門家集団が整備されていたとみて間違いはないであろう。その瞻星台を築造した善徳王の父王が真平王なので、この真平王代に「三花之徒」のような天文術や占星術に熟知した人物達がいたとしてもおかしくはないと思われる。

2　彗星出現と天人感応思想

彗星が消滅すると日本兵は国に還ったという③の条文によって、彗星の出現は日本兵の出現、つまり日本兵が攻めて来る徴(しるし)であったことがわかる。②の「郎徒はこれを疑って、山行きをやめた」理由は彗星出現の方位から日本兵の来侵の兆しがあると判断したところにあると思われる。このように彗星の出現が歴史的事件と結びついているのは『三国史記』や『高麗史』においても多くの事例がみられるが、林基中によれば、彗星の出現は王の薨去、亡国、兵革ないし新王朝の出現などの予徴として認識されていたという。[11] 彗星のそうした象徴的意味はこれまで多くの論者によって論破されているが、なぜ彗星の出現と地上の歴史的事件とが結びついているのか、またその記述の目的はどこにあるのか、という問題についてはいまだ論及されていない。この問題は彗星と歴史的事件との関係、とくに歴史的事件の基本的な受け止め方にかかわることなので、その追究が何よりも必要であろう。

彗星の出現が地上の歴史的事件と結びついて史書に記されているのは古代朝鮮に限ることではない。元来は古代中国で生まれた考え方で、『漢書』「五行志」などに数多くの事例が収められている。彗星は孛星・長星とも称されているが、その出現の方位によって大戦・反乱などのさまざまな歴史的事件と結びついている。古代中国の事例を挙げると次のとおりである。

昭公十七年冬、孛星が大辰に現れる。董仲舒は次のように考える。大辰とは心宿のこと。心宿は明堂にあたり、天子の象徴であるところに孛星が現れて、その後王室が大混乱におちいり、三人の王が分かれて抗争したのは、その応現であるという。[12]

孛星の出現は、五年後、周の景王が崩御し、王位の継承を巡って大混乱におちいった事件の予兆として意味づけられている。『漢書』「五行志」には彗星に限らず日月乱行や星辰逆行などの数多くの天体の異変と歴史的事件とを結びつけ記しているが、そもそも「五行志」を設けた理由は、その序文に「天、象を垂れ、吉凶を見して、聖人これを象る」とあるように、天と聖人・王者との関係が象によって結ばれているという天人感応思想（天人相関思想・天人合一思想ともいう）にあると考えられている。[13] この思想によれば、天体の異変は単なる自然系の現象ではなく、天から王者に示される象である。それゆえに天体の異変は「陰陽の精で、その根本は地にあり、天によって発見するものである。政治が失敗すればかしこに現れるが、明君がこれを見て悟り身を慎み、事を正し、その咎を謝るならば禍が除かれ福が来る」[14] と説かれている。つまり王政の得失によって災異が起こるとし、究極的には王者に徳政を促す思想であるといえる。とくに災異の因果関係を政治の得失に求めていたためか、後漢時代になると讖緯思想の影響を受けて予占化されたという。[15]

こうした天人感応思想によれば、天体の異変と結びついている歴史的事件はまず史実として受け止めなければならないし、その歴史的事件は禍をもたらした事件で、その原因は王者が天によって示された象に悟りがなかったゆえであるとされている。このような天人感応思想がいつごろ新羅に入ってきたのかは定かではないが、少なくとも「彗星歌」がうたわれたという真平王の時代には王政に取り入れられていたことが次の記述から確認できよう。

真平王七（五八五）年春三月、旱、王は正殿を避け、日常の膳を減じ、南堂に出向いて、親しく罪人の罪状を再調査した。[16]

旱に際してなぜ「減常膳」や王自ら囚人の刑罰に関する再調査を行っているのか、その理由について『三国史記』には何も記されていない。しかし漢の明帝が旱のときに、「避正殿、減常膳」を行っているが[17]、これは災異について王君が身を慎んでいることで、天人感応思想に基づいてその咎を謝る行為であると判断できる。そして旱に際して刑罰の再調査を行う理由は、「刑罰が公正でなければ、邪気が生じ、邪気が下に積もって怨恨憎悪が上に集まる。上下が和合しなければ陰陽が調和せず、禍が生じる」[18]という天人感応思想によって説明できる。右に掲げた記事は『三国史記』味鄒尼師今七（二六八）年条[19]の記事にも見られるので、新羅では早い時期から天人感応思想を王政に取り入れていたことがわかるし、真平王代は天人感応思想がより盛況であったことが示されているのであろう。また、この真平王代の出来事として記されている前掲の『三国遺事』「彗星歌」条文もそうした天人感応思想に基づく歴史的事件やその対策が講じられていた証として考えるべきであろう。それ以後になると、王の政治に関する反省や身を慎む行為は省かれ、彗星の出現の予占化・占星術だけが記された記事も多く現れている。往々にして新羅の敵国たる百済や唐が攻めて来る予兆として意味づけられるようになるが、それは次の事例によって確認できよう。

真徳王元（六四九）年八月、彗星が南方に現れる、また多くの星が北に流れた、冬十月、百済兵が茂山、甘勿、桐岑の三城を包囲した。

文武王十六（六七六）年秋七月、彗星が北方と積水の間に出た、長さが六、七歩ばかりもあった、唐兵が来襲して来て、道臨城を攻撃して攻め落とした[20]。

3　日本兵の還国の事件と「彗星歌」の制作背景

天人感応思想の観点からみると、彗星出現と結びついている歴史的事件はまず史実として受け止めなければならないだろう。前掲のすべての歴史的事件は歴然とした史実だからである。したがって、前掲の条文③の「日本兵還国」は史実として受け止めなければならないことになる。

従来、その史実として最も有力視されていたのは『日本書紀』推古紀三十一（六二三）年に記されている日本兵の新羅侵攻であるが、[21]その根拠は示されていない。条文に日本兵が攻めて来たことは記されていないが、日本兵が国に還ったというのが、新羅を侵略した後であろうと推測したためであろう。しかし日本兵が新羅を侵略した後に国に還ったと考えると、④の「反えって福慶になる」という条文の理解に苦しむ。対戦の後、新羅にとって慶福になることがあり得たのか、甚だ疑問である。対戦があったならば、当然新羅兵の死傷者が出るのは必至であり、勝利によって日本兵を撃退させたとしても、戦いの終焉に対する歓びや安堵感のみで新羅にとって慶福になることはないはずであろう。それにもかかわらず従来、④の「反生福慶」を彗星の出現や日本兵来侵の災難などが「彗星歌」により鎮まったので、すべて慶事に変わったのだという解釈[22]は再考を要する。

やはり条文のとおり、日本兵は攻めて来なかったが、ただ国に還る事件のみがあったとみるべきであろう。言い換えれば、日本兵が新羅侵攻の途中で国に引き返すような事件である。この場合であれば「反えって福慶になる」という表現は可能になるだろう。実はそのような事件が『日本書紀』推古天皇条に次のように記されている。

十年春二月己酉の朔に、来目皇子をもって新羅を撃つ将軍とす。……（省略）……併て軍衆二万五千人を授く。

夏四月の戊申の朔に、将軍来目皇子筑紫に到ります、……（省略）……

六月の丁未の朔己酉に、……（省略）……来目皇子、病に臥して征討つことを果たさず。

十一年春二月の癸酉の朔丙子に、来目皇子、筑紫に薨せましぬ。……（省略）……

夏四月壬申の朔に、更に来目皇子の兄当摩皇子をもって新羅を征つ将軍とす。……（省略）……

秋七月の辛丑の朔癸卯に、当摩皇子、難波より発船す。丙午に、当摩皇子、播磨に致る。

時に従ふ妻舎人姫王、赤石に薨せぬ。……（省略）……遂に征討つことをせず。[23]

真平王代（在位五七九～六三二年）は日本の敏達天皇八年より推古天皇を経て、舒明天皇四年までに当たるが、とくに右に掲げた推古朝の新羅侵攻の大義名分は新羅と任那の戦いに対して任那を助けるためだと『日本書紀』に記されている。右の事件は日本兵が新羅の侵攻途中、将軍の病死や将軍の妻の死などによって越境できず日本国内で新羅侵攻を断念したことを記している。この事件は新羅側からすれば、正に戦わずしての「日本兵還国」になると思われる。当時、そうした日本の情勢を新羅が察していたと思わせる記述がある。

（推古紀）九（六〇一）年秋九月の辛巳の朔戊子に、新羅の間諜の者迦摩多、対馬に到れり、則ち捕へて貢る、上野に流す。[24]

当時の緊迫した新羅と日本の情勢を反映している記述であろうが、諜者を送ること自体が日本の情勢を把握しなければならないほど重大な事件が起きていることを察していた証であろう。とくに推古紀十（六〇二）年の新羅への侵攻は兵力二万五千人ほどの大規模なものであったので、新羅にその情報は伝わっていたはずである。緊迫した状況の中で、彗星も現れ一層戦争の危機は高まり、彗星の即滅を願う儀式とともに敵を倒すための降伏呪術[25]の儀式も行われたのではないかと思われる。

ところが、日本兵の将軍の死による突然の侵攻中止は、新羅側からすれば、その儀式でうたわれた「彗星歌」の効験・霊力によるものだと信じられたであろう。この事件はまさしく戦わず「彗星歌」によって日本兵を撃退したことになり、新羅にとって慶福に値する出来事である。「彗星歌」の背景の記述に日本兵の来侵の言及がなく、ただ帰還のみが記されているのは、そうした日本兵の新羅侵攻の突然中止の史実が反映されているためであると思われる。

そうであるならば、「彗星歌」の制作時期は最初の新羅侵攻のために出発した推古紀十年、すなわち真平王二十四（六〇二）年二月前後と推定できる。「彗星歌」は郷歌「薯童謡」とともに最も古い郷歌として知られているが、「彗星歌」の制作年度が推定できたことにより、少なくとも七世紀初頭には新羅化された表記体である郷札の確立とともにその表記体による郷歌の制作が行われていたといえる。

既存の「彗星歌」制作年度の推定において、真平王代に当たる百済の威徳王四十一（五九四）年十一月に角亢（東方）に現れたという孛星が「彗星歌」の背景になっている彗星と出現方向が一致しているとみて、「彗星歌」が五九四年に制作された[26]とする主張があるが、今のところ日本兵の出没に関する検証はできていない。そして三国時代に出現したとされる彗星はハレー彗星と同定される記述がないので、古天文学計算の対象にならない[27]という。それゆえに実在した彗星なのかという検証は難しい。

4　融天師と儀式

融天師の人となりについては前掲の③の条文のみであるが、融天師が歌を作って歌い彗星を消滅させたということから呪術師[28]、または巫覡・巫堂[29]ともいわれる。そして後掲の「彗星歌」の中で「乾達婆」という仏教と関連する語彙があり、花郎に関する言及があるので、融天師は僧侶でかつ花郎徒であるともいわれている。[30]こうしたさまざまな見解があるが、「彗星歌」がどういう場で作られたのか、その実体を追及できれば融天師の実像が浮き彫りにされるだろう。なぜなら歌の場に適合する人物こそがその場に迎え入れられるからである。

天人感応思想の観点からみると、彗星の出現は天が王者のために示す象なので、その消滅の儀式が行われるならば、儀式は当時の王君である真平王が主管するのが当然であろう。しかし前に掲げた③④の条文には彗星の消滅のために儀式が行われたという言及はない。ただ歌によって彗星が消滅したという③の条文から、彗星の消滅のために行われた儀式の中で「彗星歌」がうたわれたと推測できるのみである。そして条文④に彗星が消滅したことに対して「大王が歓喜した」と記されているのは、少なくとも歌の場に真平王が臨席していたことを表しているのであろう。

天体の異変に対して王者自ら儀式を主管している新羅の代表的な事例がある。景徳王十九（七六〇）年に「二日並現」という太陽の異変に際して行われた儀式がそれであるが、簡略すれば次のとおりである。

景徳王十九年四月に、二つの太陽が現れた。日官が僧を招いて散花功徳を作れば禳われると奏した。時に月明師が現れ、王は壇を開いて啓を作るように命じるが、月明はただ国仙の徒に属し、郷歌はわかるが梵声はよくわからないと奏した。王は郷歌を用いてもよろしいというので、月明師は兜率歌を作って賦した。すると太陽の異変は消滅し、王は嘉して月明師に品茶と水精念珠百八箇を賜った。(31)

二つの太陽が現れるという異変に対して景徳王は親しく儀式を主管し、「月明師」に対して郷歌「兜率歌」を作らせて異変を消滅させたという。「二日並現」に対する歴史的事件は唐で起こった安禄山の乱であると考えられているが、(32)ここで注目すべき点は、景徳王は儀式の主管者であり、「月明師」は儀式における司祭者・祈祷師として迎え入れられた人物であるということである。

こうした役割関係は真平王代の彗星の出現に際しても同じことがいえる。つまり真平王は消滅儀式の主管者であり、融天師はその儀式の司祭者・祈祷師として迎え入れられた人物と思われる。さらに真平王が儀式を主管するとともに、天人感応思想に基づいて、天から示された象に対処するために身を慎み事を正し、その咎を謝る行事も行ったと推測されるが、そうした儀式や行事に関することはすべて省略されて前に掲げた条文になったのであろう。

かつて「彗星歌」は「営壇作梵」の仏教的儀式の中で作られたと、儀式を意識した注目すべき見解が示されたが、その論拠は示されていない。そういう場であるならば、融天師は仏僧となる。(33)しかし仏教式儀式であるならば、仏教の読経・修法が行われたはずであり、わざわざ新羅固有の郷歌が用いられることはなかっただろう。『三国史記』によれば、天体の異変に対して仏教式儀式の対応は、恵恭王十五（七七九）

年三月に「太白入月」に際して「百座法会」が開設されたのが最初であろう。「二日並現」の異変に際して散花功徳という仏教式儀式が要求されるが、月明師は梵声はよくわからないと奏して郷歌「兜率歌」を用いることになったという。おそらく天体の異変に関する儀式が在来式から仏教式に移って行く過渡期だったのであろう。「兜率歌」よりは約百五十余年以前の「彗星歌」が仏教式儀式の中でうたわれたとは考えにくい。むしろ古くから王政に取り入れられていた天人感応思想に基づいた儀式の中で「彗星歌」がうたわれた可能性は大いにあると思われる。

『三国史記』には彗星の出現が数多く記載されており、それが国家的事件・歴史的事件と結びついている以上、挙国的な消滅儀式や行事が行われていたはずであるが、不可解にも『三国史記』祭祀条においては彗星に関する祭祀は見あたらず、ただ星に関する祭司として「零星」「霊星祭」と「五星祭」があるのみである。それもいかなる性格の祭祀なのかは記されていない。かつて尹栄玉は「彗星歌」の背景になっている儀式は、彗星と関連する儀式だから星祭だろうと推測しているが[35]、いかなる星祭であったかは示していない。しかし古代中国の考え方によれば、彗星の出現は「五星がのび縮み、色を変えて運行を逆にし、甚だしい場合には彗星となる[36]」と、正常でない五星の運行が原因としている。つまり五星の異常運行から彗星が出現するというのである。この考え方によってはじめて『三国史記』新羅祭祀条に掲載されている「五星祭」と彗星との関連が浮き彫りにされる。五星とは木星（歳星）・火星（熒惑）・金星（太白星）・水星（辰星）・土星（鎮星）を指すが、いつ、何の目的で「五星祭」が行われたのか、祭祀条にはその具体的な説明が欠けている。おそらく五星の異常運行が発見されたときに祭祀が行われたであろうが、「五星」の観念が中国に由来する以上、新羅の「五星祭」も天人感応思想に基づく祭祀であると考えられる。五星の異常運行によって彗星が現れるという考え方に基づくと、五星の運行を正常化させることによって彗星は消滅することになる。それゆえに彗星の消滅のための儀式とは五星の運行を正常化させるための祭祀であるゆえ、五星祭がその役割をも担っていたと思われる。五星祭が行われた場所は「霊廟寺」の南であると「祭祀」条に記されている[37]。

このように彗星そのものに関する考え方や祭祀が天人感応思想に基づいている以上、その儀式の司祭者・祈祷師は天人感応思想に詳しい人物でなければならないだろう。とくに、天体の異変は「王君失政により邪気が生まれ、その邪気により陰陽の調和が崩れて生じる[38]」という考え方からすれば、その儀式を司る人物は陰陽道にも熟知していなければ務まらないので、融天師は陰陽師であり、名前のとおり天文師でもあると思われる。

二　「彗星歌」の分析

昔日、東方の水際に乾達婆の	旧理東尸汀叱　乾達婆矣
遊ぶ城を眺め	遊烏隠城叱肹良望良古
倭軍も来たと	倭理叱軍置来叱多
烽火をあげた辺境があった	烽焼邪隠辺也藪耶
三花の山遊びを聞いて	三花矣岳音見賜烏尸聞古
月も明るく辺を照らす	月置八切爾数於将来尸波衣

道掃く星を眺めて　　道尸掃尸星利望良古
彗星なりと申す人有り　　彗星也白反也人是有叱多
後句、月の下へ昇り去る　　後句　達阿羅浮去伊叱等邪
これ何の彗星があろうか。(39)　　此也友物比所音叱彗叱只有叱故

郷歌「彗星歌」の解読は論者によって一様ではないが、右掲の日本語訳は梁柱東の解読を基にした。『三国遺事』には第一句の「乾達婆矣」が第二句に入り、第三句と第四句が結合して、歌の形式は九句体になっているが、一般的には右掲のような十句体の郷歌とみなされている。

歌は内容の構成によって、①倭軍の来侵に関するもの（第一句から第四句まで）、②彗星の出現に関するもの（第五句から第八句まで）、③後句の月と彗星に関するもの（第九句と第十句）と三段落に分類することができる。第一段落について小倉進平は「東海のほとり、かつて乾達婆の遊べる城を得んとて倭軍の攻め来れば、烽火を揚げて戒むるに」と意訳し、(40)倭軍が攻めて来たのは現在形となっている。それゆえに第三句と第四句は、うたった当時に倭軍侵略があることを表しているとされ、(41)日本兵来侵の根拠になっていた。これに対して梁柱東は、右掲のように倭軍侵略をも昔の出来事として捉えており、尹栄玉によって支持されているが、基本的には日本兵の侵略を前提にして解釈を行っている。つまり「現在現れている（侵略）現象を間違って認知したと否定することによって、現象的な事実を否定する。これが祈願の内容である」(42)という。

しかし、前述のように「彗星歌」の背景には実際に日本兵が攻めて来たのではなく、侵攻の途中で引き

返したという史実に基づいていると思われるので、第一段落を過去の出来事と捉えている梁柱東の意訳は正しいと思われる。ただし、第一段落から当時の日本兵来侵の事実を求めようとする姿勢には賛同できない。それでは実際に日本兵の来侵がなかったにもかかわらず、蜃気楼を見て日本兵が攻めて来たと間違って知らせたという昔の出来事が歌の冒頭に用いられた理由として考えられることは、彗星の出現によって予兆された日本兵の侵略の知らせが昔のように誤認であってほしいという祈願の表れであろう。何とかしてほしいという祈願が表れている点で、第一段落の呪術性を認めることができる。知らせ（烽火）が強調されている点からもう一つ考えられるのは、日本兵の来侵の知らせは単なる彗星の出現によって得られた予言というよりは、確かで現実味を帯びた知らせであったのではないかということである。

そして第一句の「乾達婆」は、「彗星歌」や融天師に仏教的な性格が求められる唯一の根拠になっている箇所である。つまり「乾達婆」は梵語【gandharva】の音写で、食香・寿香などに漢訳される天界の楽神で、帝釈天の前で音楽を奏でる、四天王に仕える八部衆の一人であるとされている。[44]これに由来して「彗星歌」から新羅の仏縁国土思想[45]までも見出されており、融天師は密教系の実修僧であったと推測する論者もいる。[46]しかし歌の中の「乾達婆」は、梁柱東の意訳によれば、誤認のもとになっており、何よりも「乾達婆」の霊力を借りて日本兵の来侵を防ごうとする積極的な意味の「乾達婆」の役割を見出せない限り、「彗星歌」に仏教との関わりを求める作業は疑問である。むしろ天体の異変に対して新羅固有の郷歌が用いられた点から儀式や歌謡の土俗性に力点をおくべきであろう。

第二段落の小倉進平の意訳は「曾、三花の徒の山に遊ばんとて其の地に至れるあり、月もこれを聞き共に憩はんとしければ、星はそが為に道を掃（きよ）めんとて現はれ出でたるを、あはれ彗星なりと申す人もありけり」[47]であり、梁柱東の意訳と大きく違いはない。第五句の「三花」は「彗星歌」の背景記述の「三花之徒」を指すのであろうが、この句についても、日本兵の来侵があったことを前提にし、第五句と第六句は日本兵を撃退した花郎らの偉大さを称頌し讃歎する句であり[48]、または花郎を美化させた句で、このような修辞的語法を通して相対的に倭国と倭兵を卑下ないし圧倒できる歌謡的な効果を得ることができた[49]という。しかし前述したように、「彗星歌」の背景に日本兵と新羅の花郎との対戦がなかったとすれば、そのような花郎の賛美云々という解釈は説得力を失ってしまう。前掲の背景の記述を素直に読めば、「三花之徒」は彗星の発見者であり、かつ彗星出現の方位から日本兵の侵略を予測した者として受け止められる。そして歌においても第八句の「彗星なりと申す人」とは第五句の「三花」の人を指していると見受けられる。そして第六句の「月も明るく辺りを照らす」とは、その発見の時刻が夜中であることが示されていると考えられる。

そして第七句と第八句において、星の発見者が道掃く星を見て彗星だというとうたっているので、道掃く星と彗星とは違う星になっていることがわかる。彗星を道掃く星としているのは、「言葉は即ち現実である。無くさなければならない現実を言語によって先行的に描写し模倣している[50]」ためであり、「厳然たる彗星を道掃く星と歌うことによって彗星ではなくなり、道掃く星となるのである。これが詩的メカニズムによって実現された歌謡の呪術的原理である[51]」という。このように第七句と第八句から呪術的性格が求められているが、道掃く星とは小倉進平の意訳のように、単に三花の山遊びの道を掃くために現れた星とみなされていた。しかし道を掃く星とは実は彗星そのものであったらしい。なぜならば、古代中国では彗星の「彗（ほうき）」は古いものをとり除いて新しいものを散布する道具である[52]というように、彗星はほうき星であったからである。要するにほうきは道掃くものであるから、道掃く星とは、ほうき星であると同時に彗星でもあろう。それにもかかわらず彗星を道掃く星だとわざわざ区別してうたっている理由として考えられるのは、彗星に対してその徴である簒奪や殺害[53]をなくし、彗という名称のような働き、つまり道掃く星となってほしいという願望が託されているからであろう。そうした意味で第七句と第八句の呪術性を認めることができる。

第三段落の小倉進平の意訳は「月は既に昇り去れり、何処にかまた箒を求むべき」であるが、「今は月も姿を隠した。今にして何ぞ箒の必要があらうかと、彗星の出現に対して世人の迷蒙を釈いたものである」と解釈も付けてある。「彗星歌」は儀式謡であるという観点からみると、小倉進平の意訳は単に叙事詩的な歌になっているので適当とは思えない。そして日本兵の侵略を前提にし、「倭軍が海に浮かんで行く、それが何の彗星だろうか」と読み取る論者[54]もいるが、前述のように「彗星歌」の背景に花郎と日本兵の対戦はなかったのであり、日本兵が侵攻の途中で帰還する史実が背景にあるという考えには賛同できない。そして彗星の出現に際して行った儀式の中の歌である点を勘案すると、前掲の梁柱東の「月の下へ（彗星が）昇り去る、これ何の彗星があろうか」という意訳は、当時現れている彗星に対してうたう歌としては最も説得力があると思える。梁柱東の意訳である第十句の「これ何の彗星があろうか」という修辞的疑問法は「彗星はいない」という断定的叙述の意味を持ち、この「いない」という言葉で、無くなってほしいという祈願を表している[55]とし、呪術的意味を求めている。確かに「彗星歌」は出現した彗星に対してその消滅を祈願する歌であることを考えると、彗星に対して消え去ったとか、いないという表現でその存在を否定するような歌をうたっているのは、そうなってほしいという歌い手の願望の表れであろうから、第三段落からも呪術性を認めることができる。

むすびに

今までの論述をまとめると次のとおりである。

1 「三花之徒」は彗星の発見者であり、その上「心大星」の星座についてもわかっているということは、彼らは決して普通の花郎ではなく、天文に熟知している専門家であると思われる。さらに彼らが彗星の発見と同時にその現象を怪しく思い山行きをやめたというのは、天文の動きに関する解釈・占星術もできる花郎だったと考えられる。

2 新羅は早くから王政に天人感応思想を取り入れていたが、真平王代になると、それはさらに盛んとなった。天体の異変と歴史事件とを結びつけて解釈し、彗星の出現を敵国である百済や唐が攻めて来る予兆とみていた事例もある。こうした彗星の出現に対する予占化・占星化は、本来天人感応思想に基づくものであるが、なぜ彗星が出現したのかという原因についての解釈は省かれ、予兆という結果の解釈だけが記されたものだと言えるだろう。

3 「彗星歌」の背景の記述になっている事件は、『日本書紀』推古紀十（六〇二）年の新羅への侵攻であると判断する。緊迫した状況の中で、彗星も現れ一層戦争の危機は高まり、彗星の即滅を願う儀式とともに敵をたおすための降伏呪術などが行われたと思われる。ところが、日本兵の将軍の死による突然の新羅侵攻中止は、新羅側からすれば、そうした儀式でうたわれた「彗星歌」の効験・霊力によるものだと信じられたであろう。この事件はまさしく戦わず「彗星歌」によって日本兵を撃退したのであり、新羅にとって慶福に値する出来事である。「彗星歌」の記述に日本兵来侵の言及がなく、ただ帰還のみが記されているのは、そうした日本兵が新羅侵攻を突然中止した史実が反映されているためであろう。

したがって「彗星歌」の制作時期は、日本が最初に新羅侵攻に出発した推古紀十年、すなわち真平王二十四（六〇二）年二月前後であろうと推定できる。よって少なくとも七世紀初頭には新羅化された表記体（郷札）の確立や郷歌の制作が行われていたと考えられる。

4　五星の異常運行によって彗星が現れるという古代中国の考え方に基づくと、彗星の消滅ための儀式とは五星の運行を正常化させるための祭祀であるため、『三国史記』「祭祀」条の「五星祭」がその役割を担っていたと推定した。その場所は「霊廟寺」の南であったという。

天体の異変は、王君失政により邪気が生まれ、その邪気により陰陽の調和が崩れて生じるという天人感応思想からすれば、その儀式を司る人物は陰陽道を熟知していなければ務まらないため、融天師は陰陽師であり、名前のとおり天文師でもあると思われる。

5　「彗星歌」の第一段落は、彗星の出現によって予兆された日本兵の侵略の知らせが昔のように誤認であってほしいという祈願を表しており、第二段落は、彗星に対してその徴である簒奪や殺害をなくし、彗（ほうき）という名称のような働き、つまり道掃く星となってほしいという願望が託されており、第三段落は、彗星に対してその存在を否定するような歌をもって歌い手の願望を表している。このように「彗星歌」は歌い手の願望を表し、その願望のとおりになることを祈願している呪術謡で、歌は真平王が主管する「五星祭」でうたわれたものと推定される。

【注】

（１）朴魯埻（『新羅歌謡の研究』悦話堂　一九八二年）、崔喆（『新羅歌謡研究』開文社　一九七九年）、金承璨（『郷歌文学論』セムン社　一九八六年）、洪起三（『郷歌説話文学』民音社　一九九七年）など。

（２）李承南（「彗星歌の背景的意味と文学的形成化」『国語国文学』一二三　韓国国語国文学会　一九九九年五月）、高恵卿（「彗星歌の詩歌的性格」『梨花語文論集』梨大韓国文学研究所　一九九〇年）、楊熙喆（『三国遺事郷歌研究』太学社　一九九九年）

（３）黄浿江（「彗星歌研究」『中斎張忠植博士華甲記念論叢』建国大学出版部　一九九二年）

（４）崔南善編『三国遺事』巻五「融天師彗星歌　真平王代」一九四九年

（５）金善琪「길쓸별（ほうき星）研究」（『現代文学』１４５　１９６７年１月号）

（６）崔鶴旋（「郷歌解釈試攷」『白性郁博士頌寿記念仏教学論文集』東国文化社　一九五七年

張珍昊『新羅郷歌の研究』蛍雪出版社　一九九七年

（７）心宿中の大星である心星を示すが、東方に位置し、兆候が現れると国家の安危・国王の身辺に関係するという。注（１）の金承璨参考。

（８）日本天文学会『天文月報』九巻―三号　一九一六年一月

（９）景徳王八年（七四九）三月、置天文博士一員、漏刻博士六員（『三国史記』新羅本紀第九、民族文化推進会発行　一九七三年）、西暦は魚允迪の『補増東史年表』（東国文化社　一九五九年）による。

（10）『三国遺事』巻第一「善徳王知幾三事」、『増補文献備考』には善徳王一六年（六四七）築造されたとある。

（11）林基中「新羅歌謡発想と記述物の話素」八三頁『郷歌麗謡研究』半島出版社　一九八五年

(12)「五行志第七下之下」三七九頁「昭公一七年冬、有星孛于大辰、董仲舒以為大辰心也、心為明堂天子之象、後王室大乱、三王分争、此其効也」(和刻本正史『漢書』二　汲古書院　一九七二年)

(13)注(12)に同じ「五行志第七上」三二七頁「天人相関思想」については「董仲舒伝　第二十六」参照。『高麗史』「天文志」における天人相関思想については李熙徳の詳論がある(「高麗時代の天文観と儒教主義的政治理念」『韓国史研究』一七　韓国史研究会　一九七七年七月)

(14)注(12)に同じ「天文志第六」三二四頁「此皆陰陽之精、其本在地、而上発于天者也、政失於此即変見於彼、猶景色之象形、郷之応声、是以明君覩之而寤飭身正事、思其咎謝則禍除而福至自然之符也。

(15)松本卓哉「律令国家における災異思想—その政治批判の要素の分析」(黛弘道『古代王権と祭儀』吉川弘文館　一九九〇年)参照

(16)注(9)に同じ『三国史記』新羅本紀第四「真平王七年春三月、旱、王避正殿減常膳、御南堂親録囚」

(17)『続事始』「漢明帝以天避正殿、減常膳」(諸橋轍次『大漢和辞典』大修館書店　一九六八年)

(18)注(12)に同じ「董仲舒伝　第二十六」六一六頁「刑罰不中、則生邪気、邪気積於下、怨悪畜於上、上下不和、則陰陽繆盭而妖孽生矣。此災異所縁而起也」

(19)味鄒尼師今七年(二六八)春夏、不雨、会羣臣於南堂、親問政刑得失。

(20)注(9)に同じ『三国史記』新羅本紀第五「真徳王元年八月、彗星出於南方、又衆星北流、冬十月、百済兵囲茂山、甘勿、桐岑三城」、新羅本紀第七、「文武王十六年秋七月、彗星出北河積水之間、長六七許歩　唐兵来攻道臨城抜之」

(21)魚允迪『東史年表』一九五九年度版　東国文化社　六一三年条に「融天下大師作彗星歌郷歌之伝始此」

の記事から始まる。

(22) 趙東一「彗星歌の創作年代」六五頁『白影鄭炳旭先生還甲記念論叢』新丘文化社　一九八二年

(23)『日本書紀』巻第二十二　原文省略　日本古典文学大系　岩波書店　一九六七年

(24) 注(23)に同じ

(25) 渡辺照宏『日本の仏教』九八頁　岩波新書二九九　岩波書店　一九七〇年

(26) 注(22)に同じ

(27) 斎藤国治『古天文学の道』二〇七頁　原書房　一九九〇年

(28) 注(11)に同じ　林基中、注(21)に同じ　趙東一

(29) 金円卿「郷歌とシャーマニズムに関する考察」(『郷歌文学研究』黄浿江教授定年退任記念論叢刊行委員会、一志社、一九九三年)、尹栄玉『新羅歌謡の研究』蛍雪出版社　一九八一年

(30) 注(1)に同じ　金承璨、注(3)に同じ　黄浿江、注(1)に同じ　朴魯埻

(31) 注(4)に同じ『三国遺事』巻五「月明師兜率歌」

(32) 拙稿「兜率歌」と歴史記述」(『朝鮮学報』第一七六・一七七輯　一九九九年)

(33) 金東旭『韓国歌謡の研究』乙酉文化社　一九八一年

(34) 注(9)に同じ『三国史記』新羅本紀第九「恵恭王十五年三月、太白入月、設百座法会」

(35) 注(29)に同じ　尹栄玉

(36) 注(12)に同じ『漢書』「五行志第七之下」三七九頁「五星　縮変色逆行甚則為孛」

(37) 注(9)に同じ『三国史記』雑志第一　祭祀、「霊廟寺南行五星祭」

(38) 注(12)に同じ
(39) 梁柱東『増訂古歌研究』 博文書館 一九六〇年
(40) 『小倉進平博士著者集(二)郷歌及び吏読の研究』二二五頁 京都大学文学部編 一九七四年
(41) 注(3)に同じ 黄浿江
注(1)に同じ 朴魯墩
(42) 注(29)に同じ 尹栄玉
(43) 筆者は天理大学朝鮮学科の海外文化実習の引率のために、二〇〇二年九月十四日、慶州吐含山の展望台を訪れたとき、偶然に東海の海に大都会がうつし出される蜃気楼現象を見た。私たちは不思議現象に心を奪われていたが、おそらく「彗星歌」でいう蜃気楼も類似するものだったと推測する。
(44) 注(3)に同じ 黄浿江
(45) 注(1)に同じ 金承璨
(46) 注(3)に同じ 黄浿江
(47) 注(40)に同じ 小倉進平 二二五頁
(48) 注(5)に同じ 金善琪
(49) 注(1)に同じ 朴魯墩
(50) 金烈圭「郷歌の文学的研究の一斑」一四〇頁(金烈圭、申東旭、李相澤『国文学論文選、郷歌研究』民衆書館 一九七七年)
(51) 注(3)に同じ 黄浿江 六四頁

(52) 注(12)に同じ『漢書』「彗所以除旧布新也」三七九頁
(53) 注(12)に同じ『漢書』「孛星乱臣類簒殺之表」三七九頁
(54) 注(3)に同じ　黄浿江
(55) 注(50)に同じ　金烈圭　一四〇頁

第6章　郷歌「兜率歌」

はじめに

『三国遺事』は遺事という独特な形式によって編まれた史書で、『三国史記』とともに三国時代の歴史を伝えているが、巻第一と第二は王暦や古朝鮮をはじめとする三国鼎立の歴史、さらに後百済、駕洛国記などについても触れており、実質的には三国以外の遺事も記述している。しかし新羅に限っては始祖赫居世王から最後の金伝大王に至るまでを通史的に編んでいるので『三国遺事』は新羅中心の史書であるともいえる。そして巻第三から巻第五までについては、「興法」「塔像」「感通」などの編目からわかるとおり、仏教的色彩が濃く、質的によく整理された仏教文化史だという評価がなされている。(1) このように通史的で仏教文化史的な『三国遺事』は国内外の多くの史書を典拠に編纂されたことが、かつて崔南善によって検証された。(2)

したがって『三国遺事』に収録されている詩歌・郷歌（ヒャンガ）や説話などが歴史記述の中で伝承されていることは文学研究においても留意すべき点である。

「兜率歌」は、『三国遺事』巻第五「感通第七」に新羅の景徳王時代の歴史記述とともに収められている。

これによると、この歌の誕生には二つの太陽が現れたという「二日並現」の異変に対する禳いが深く関わっている。それゆえに「二日並現」の解釈の仕方次第で「兜率歌」の意味と、歌それ自体の性格も異なってくる。「二日並現」の記事は、『三国遺事』において「兜率歌」以外には事例が確認されておらず、また『三国史記』の景徳王条にも類似する記事が存在しないため、多様な解釈を可能にした。

しかし「二日並現」のように複数の太陽が現れたという記事は、先行の研究において指摘されているように、『三国史記』や『高麗史』、そして後代の『増補文献備考』などにも見られる。これによると「二日並現」のような記事は新羅時代以後、歴史上で綿々と継承され、また歴史記述の一つの手法であったことが確認できる。とはいっても、従来の研究では『高麗史』「天文志」に分類され収められている理由や意味については論及されていない。

『高麗史』「天文志」はその序文で、「易曰、天、象を垂れ、吉凶を見して、聖人これに象り(3)」と示されているように、単なる天文の動きのみを書き記したものではなく、天人感応思想を基調とした天文志であることがわかる(4)。さらにその序文は『漢書』「五行志」の序文にもみられるもので(5)、古代中国の天変地変に関する天人感応思想の影響を受けていたことをうかがい知ることができる。このことから複数の太陽が出現したという記事も天人感応思想に基づいていたことを表していると思われる。『三国史記』や『三国遺事』の天文に関する記述には、天人感応思想との関係を明らかにしてくれる直接的な記述は見当たらないが、両書は高麗時代に編纂されたので、そうした天人感応思想との結びつきは充分に考えられる。このような天人感応思想の観点から「兜率歌」とそれに関連する歴史記述の検討をするのが本章の目的である。

一 「月明師兜率歌」条の検討

まず『三国遺事』で「二日並現」という異変が消滅するまでの記述を検討する（番号は筆者による）。

①景徳王十九年庚子四月一日に二つの日が並んで現れ、十日間不滅だった。
（景徳王十九年景徳王十九年庚子四月朔、二日並現、侠旬不滅）

②日官が縁僧を招いて、散花功徳を作らせば祓うことができると奏する。
（日官奏請縁僧・作散花功徳則可禳）

③朝元殿に潔壇を設け、青陽楼に駕幸し、縁僧を望むと、時に月明師あり、阡陌時の南路に行くので、招いて壇を開き、啓を作るよう命じたが、月明は王に、臣僧は但、国仙の徒に属し、ただ郷歌を解くだけで、声梵にはなれていないと奏すると、王はすでに。縁僧にトったので、たとえ郷歌を用いてもよいという。月明師は「兜率歌」を作り、これを賦した。
（於是潔壇於朝元殿、駕幸青陽楼門、望縁僧、時有月明師、行于阡陌時之南路、王使召之、命開壇作啓、明上奏云、臣僧但属於国仙之徒、只解郷歌、不閑声梵、王曰、既卜縁僧、雖用郷歌可也、明乃作兜率歌賦之、其詞曰（省略））

④すでに日の怪は滅び、王はこれをよしとし品茶一襲と水精の念珠百八箇を賜った。
（既而日恠即滅、王嘉之、賜品茶一襲、水精念珠百八箇[6]）

1　二日並現

①の記述だけでは「二日並現」の意味の把握が困難であるが、『三国史記』景徳王十九（七六〇）年前後の記述でも①に類するものはない。それゆえ「二日並現」に関する見解は多様になるが、従来の見解はおおむね二つの類型に分けることができる。

第一に「二日並現」という異変がなくなり、太陽が現状に戻ったところに重点を置き、原型的説話と儀礼とを推定しようとする研究である。最初の主唱者である玄容駿によると、二つの太陽が現れ消滅したということは、天地開闢神話の一部である射陽説話の定着であるという。射陽説話とは穀物栽培民の文化を背景にした説話で、中国、蒙古、日本、インドネシアなどをはじめとし、韓国の巫俗神話にも見られる。最初に複数の日月が出現するが、英雄によって撃ち落とされて以来、現在のような日月の秩序になったというのである。このような射陽説話が「月明師兜率歌」条の背景説話であり、①の四月朔はその射陽儀礼が行われた時期で、この儀礼は正月の新年祭と同様に宇宙の秩序を反復更新し、夏期の天候の調節をはかって夏期の作物の豊作を祈願する季節祭だという。[7] これと類似する見解としては、農耕文化圏で旱魃の継続によって生まれたものが「二日並現」説話とみる尹敬洙の研究、[8] そして玄容駿論を継承している洪起三の考察[9]などがある。

「二日並現」と農耕儀礼との関係について金承璨は、古文献にそのような儀礼に関する論及は見られないことなどを取りあげて反論し、「二日並現」は太陽にある異変現象が発生してできた表現で、占星術的用語ではないかと推測している。[10] このような反論に対して玄容駿は、「二日並現」は実際にはあり得ないことであり、多くの民族の射陽説話を王権維持と結びつけて解釈することはできないと反論している。[11] しかし、開闢神話のモチーフをもって天人感応思想による歴史記述の象徴的意味を説明できるのか甚だ疑問である。

第二に太陽を王者の象徴とし、「二日並現」を二人の王者の出現と解釈する見解である。この見解は新羅の景徳王（在位七四二〜七六五年）の時代に王党派と反王党の政治的軋轢があったという李基白の指摘に影響を受けて崔喆が主張して以来、[12] 論証と主張に差異はあるが、尹栄玉、[13] 趙東一、[14] 林基中など多くの論者によって展開された。林基中は『三国史記』で複数の太陽が出現する記事と比較し、景徳王時代の「二日並現」は王権に対する挑戦の前兆として認識され、同王二十二年の「上大等」と「侍中」の免職は王権への挑戦に由来すると指摘している。[15]

このように「二日並現」は反王党派の台頭、または王権に対する挑戦の前兆とし、その歴史的論拠として景徳王時代の宰相や「侍中」などの退任・免職を挙げている。「二日並現」を二人の王の出現とみるならば、この王権への挑戦は反乱であると考えられる。しかしその場合、果たして反乱の首謀者たちを、ただ退任や免職だけに終わらせるであろうか、という疑問が残る。宰相「上大等」や「侍中」などの退任・免職の理由について史書は何も語っていないが、新羅史の中に多く見られる「侍中」らの免職を反王党派の台頭や王権に対する挑戦などと関連づけて考えることは不自然である。井上秀雄によれば、新羅史に多くみられる「侍中」らの免職は、実はその理由が天災地変による農業生産不振に対する責任追及であったようである。実際、地震、雹、旱魃などによって凶作になり、侍中が免職になった事例だけでも三十二件にもなるという。景徳王二十二年の「上大等」と「侍中」の免職もそのような事例に含まれている。[16]『三国史記』によると、景徳王二十二年の免職の理由には「桃李再花」という異常気象しか見あたらないので、井上の主張は当を得ていると思う。

「二日並現」を二人の王出現という象徴的意味として受け止めた場合、それに相応する政治的事件の提示は必要不可欠であるが、ここではまず『三国史記』において「二日並現」のように複数の太陽が現れた記事をどのように取り扱っているのか検討したいと思う。

『三国史記』には複数の太陽が現れた事例は二件があるが、最初の関連記事は次のとおりである。

恵恭王二（七六六）年春正月に、二つの日が並んで出た、大赦を行った。(17)

簡略な記述であるので、「二日並出」が太陽のどのような異変なのか、またはどのような事件と関連づけているのかは明らかにされていない。しかし大赦を行い異変を治めようとしたことは読み取れる。つまり重大な事件として受け止めていたことに間違いはない。この恵恭王代（在位七六五～七八〇年）と父王である景徳王代の歴史記述を比較してみると、恵恭王代は反乱事件が目立つ。『三国史記』によれば、恵恭王四年秋七月の反乱事件を筆頭に五件の反乱事件が起こっており、結局王と王妃らは反乱軍によって弑逆されている。(18)恵恭王の王位継承年齢が八歳であったために太后が摂政をすることになる。これと関連させ「二日並出」は統治者が二人になったことを警告したというが、(19)この見解は景徳王代の「二日並現」には適用されないので説得力を失う。そして井上秀雄は、「二日並出」とは日光の反射現象で、この王代の混乱を示す凶兆記事だと考えている。(20)ここでもやはり反乱事件との関係は否めないだろう。そして二件目は次のとおりである。

文聖王七（八四五）年冬十二月朔、三つの日が並んで出た。[21]

今度は三つの太陽が出現しているが、どのような事件と関連しているのかは明らかにされていない。文聖王代と景徳王代の歴史記述を比べると、右の記述を起点にして文聖王八年、九年、十一年に反乱が起こっている。[22]

『三国史記』には複数の太陽が出現した事例は前掲の二件だけであるが、恵恭王代と文聖王代の歴史記述の共通点は、複数の太陽が出現した後に反乱事件が続いて起こっているということである。このような点から『三国遺事』「月明師兜率歌」条の「二日並現」を王権挑戦の前兆と考えている前掲の林基中の主張は妥当であるだろう。しかし宰相らの人事異動の理由を王権挑戦の結果とし、これに対する前兆としての「二日並現」と捉えることには賛同しがたい。なぜならば、「上大等」や「侍中」の免職と景徳王に対する王権挑戦とを繋ぐ論拠がないからである。何よりも景徳王代には景徳王の王権に挑戦するような事件は歴史上存在しないことに留意しなければならない。たとえ二人の王者が現れるほどの王権への挑戦があったとしても（反王党派台頭も含む）、結果的にその首謀者たちを免職などの処分だけに終わらせるはずがない。反乱者にはただ誅殺があるのみである。かりに景徳王の政策や人事異動に不満があったとしても、それを安易に「二日並現」と結びつけることはできない。少なくとも「二日並現」という形として記されている以上、不満が事件として表出しないかぎり、それを事件として扱うことはできないからである。景徳王代の「二日並現」に関する政治的関連事件については後述することにし、次に②の記述について検討したいと思う。

2　日官と天人感応思想

「月明師兜率歌」条の中で②の日官の存在は重視されていなかった。「二日並現」の異変が起こると日官が対処方法を景徳王に上奏しているが、このような日官の役割については新羅憲康王のときにも見られる。『三国遺事』によれば、新羅の憲康王（在位八七五〜八八六年）が開雲浦に行幸したときのことを、「たちまちに雲と霧が出て周りが暗くなり、道を失い迷ってしまった。怪しんだ王が、左右の者にその訳を聞くと、日官が、此れは東海龍の所変である。どうか勝事を行いこれを解きになるのが宜しいかと思うと奏上した。王はこの近辺に龍のために仏寺を建てるよう命じた(23)」と記している。ここでの日官は、雲霧による異変の原因とその消滅方法について憲康王に上奏している．王の側近で異変に対し対処方法を王に上奏している点では、②の景徳王代の日官の役割と同様である。

これらの日官を土着信仰的職責とみなす指摘もあるが(24)、やはり文字どおり天文官を称していると考える。天文官という立場であるゆえ王の側近にあって、しかも天文や天気の異変に対し王に上奏することができたであろう。新羅において天文の観測に必要な瞻星台（せんせいだい）が築造されたのは善徳王代(在位六三二〜六四七年)であり(25)、天文学の根幹になる暦法が唐から伝学したものへと改用されたのが文武王十四（六七四）年である。さらに景徳王八（七四九）年には天文博士と漏刻博士の制度が設置されるなど(26)、景徳王代は天文学の完成期だといえる。②このことから、この日官は天文博士であったのかも知れない。

ところでこのような日官・天文官は、天文や天気などの異変、つまり天変地変が発生したとき、それに対する対応策を王に上奏した際の内容からもわかるように、単なる自然現象ではなく、因果関係による自然現象として受け止めていたことがわかる。新羅において天変地変に関した因果関係を記した最初のものとしては、次のような記事がある。

味鄒尼師今七(二六八)年、春から夏に雨が降らなかった。群臣を南堂に集め、王自ら刑の得失を尋ねた。又、使者を五人派遣し、百姓の苦しみや憂いを巡り歩いて慰問させた。(27)

「不雨」に対する刑罰の得失を王自ら調査しているのは、干魃が刑罰の得失に起因すると判断したからであろう。新羅の初期なので日官・天文官については触れていないが、天人感応思想が新羅の政治に反映されている最初の事例であると思われる。天人感応思想を簡単にいえば、天変地異を「王者の政治に対する天の評価」と受け止める考え方である。前述の事例のように天変地変の原因が刑罰にあるとする例は『漢書』にも見られる。

刑罰が公正ではないと、邪気を生じ、邪気が下に積もって、怨悪が上に集まる。上下が和合しなければ、陰陽が調和せず、妖孽(災い)が生しる、此が災異よって起るところである。(28)

刑罰が公正でないことは災異が起こる原因の一つであるが、こうした古代中国の天人感応思想がいつ新羅に流入されたのかは定かでないものの、前述の事例からみて、味鄒尼師今代(在位二六二~二八四年)には王政に反映されていたことが確認できるだろう。とくに「二日並現」が発生したとされる景徳王の時代は、天文制度の確立と同時に天人感応思想も盛行していたことが次の事例からも確認できる。

　景徳王十五（七五六）年春二月、上大等の金思仁が、最近災異がしばしば現れるので、上疏して、時の政治の得失を厳しく論じた。王は嘉んでこれを納めた。(29)

災異が見られることで王政に対する得失を極論するほどである。このように天人感応思想を前提にした天変地変は単なる自然現象というだけではなく、王政に対する天の評価として発生したことになる。『三国史記』には様々な天変地変が記されているが、日食、彗星出現などのように自然現象をそのまま表すことがある一方で、龍や白紅の出現、「井水為血」のように象徴的な表現も多くある。(30)「二日並現」はこの象徴的表現の一つである考えられる。

『高麗史』においても「二日並現」を天人感応思想による天変地変の事象として扱っていたことが確認できる。高麗時代の天変地変は『高麗史』の「天文志」と「五行志」に収録されているが、「二日並現」のように複数の太陽が現れた事例は「天文志」に収められている。(31)この「天文志」を設けた理由は、前掲のとおり、天が現す天変地変に対して王者に悟りを促すところにある。また天人感応思想を後代に伝えるためでもあっただろう。『三国史記』と比べると、『高麗史』「天文志」は天変地変とそれに関連する政治的事件とを併記している点を特徴として挙げられるが、一例は次のとおりである。

　献宗元（一〇九四）年正月戊戌、日に暈（かさ）あり、両方に彗星あり、太史は近臣が乱れ、諸侯の中で反する者あると奏した。(32)

しかし、複数の太陽が現れたことに関しては政治的関連記述がない。不思議なことに「天文志」と「世家」の歴史記述とは一致していないということである。つまり複数の太陽が現れたという記事は「天文志」だけであって、「世家」には見あたらない。ただここで確認できるのは、高麗時代においても複数の太陽が現れるという記事が歴史書に継承されていたことである。管見によれば、朝鮮王朝時代の『朝鮮王朝実録』には複数の太陽が現れたという記事は見あたらない。しかし後代の『増補文献備考』には三国時代から朝鮮王朝時代まで複数の太陽が現れたという記事が収録されている。(33) ただ、朝鮮王朝時代の記事についてはどの文献を基にして作成したのか、あるいは編纂の際にどのように解釈されたのかについては今のところ定かではない。いずれにせよ複数の太陽が現れたという記事は朝鮮王朝の時代まで天変地変の記事として用いられ、『増補文献備考』においても「像緯考の日月変」条に収録されていることから、天人感応思想に基づく天変地変の咎徴として取り扱われていたことは確認できる。

「二日並現」のように複数の太陽が現れたという記事は、『漢書』の「天文志」「五行志(34)」や、日本の天変地変の咎徴を網羅した『日本災異志(35)』にも見られないので、韓国特有の天変地変に関する記事であると考えられる。

3　月明師と儀式

③の「月明師兜率歌」条によれば、儀式が行われた場所は宮中の朝元殿であり、景徳王が月明師を迎えて儀式歌として「啓」を作らせたのが郷歌「兜率歌」である。この儀式によって「二日並現」の異変が消滅し景徳王が嘉(よみ)したというのが④である。ここで儀式の主宰者は景徳王であることが確認できる。天人感

応思想を前提にすれば、天変地変の咎徴は王者の失政により出現する。そうすると、その消滅の儀式を王者が主催するのは当然のことであろう。

月明師は「二日並現」という天変地変の消滅儀式に「縁僧」として迎え入れられ「開壇作啓」する命令を受けた。ということは、月明師自信も天変地変について熟知した人物であったと考えられる。天文や天変地変に関して知識のない僧侶に「二日並現」の消滅儀式で司祭者的役割を担当させることは考えにくい。月明師が僧侶でありながら「国仙之徒」に属していたことは月明師は花郎であり、道教の影響を受けていたことを物語っている。三国時代の僧侶の中で天文や遁甲・方術などに優れた人物は、しばしば見うけられる。日本側の資料によれば、推古天皇十（六一〇）年に日本に渡来した百済僧観勒は、暦法、天文、遁甲、方術などを熟知していた人物であった[36]。そして皇極天皇四（六四五）年条の学問僧鞍作得志は、高（句）麗で方術を習得した天文・遁甲・方術の専門家であったということである[37]。日本の僧侶が高句麗で方術などを習得したことから、高句麗においても僧侶らによって方術や天文学などが伝授されていたと考えられる。月明師が宮廷の儀式に迎え入れられるほどの高僧であったにもかかわらず「不関声梵」といわれたのは、仏教のみならず天文や道教なども熟知した僧侶であった由縁からと考えられる。

二　天変地変と対唐意識

『三国史記』には対唐、対日本に関する記述も多く見られるが、とくに新羅景徳王代の対唐の関連記述は注目を引く。唐で起こった事件をただ伝えることに終始せず、天変地変と結びつけた事件として伝えているからである。

景徳王十四（七五五）年望徳寺の塔が動いた。（その国は唐のためにこの寺を建てるゆえに名づけた。両塔が相対し、高さが十三層であった。たちまち塔が震動して、数日間（扉が）開閉し、傾き倒れようとした。この年（安）禄山の乱があった。あるいはその反応かも知れない。[38]）

（景徳王一四年望徳寺塔動（唐令狐澄新羅国記曰、其国為唐立此寺、故以為名、両塔相対、高十三層、忽震動開合、如欲傾倒者、数日、其年禄山乱、疑其応也））

括弧内の記述は分注であるが、安禄山の乱（七五五～七五七年）に対する前兆として望徳寺の塔が振動したというのである。塔の振動は自然現象ではなく、安禄山の乱に対する前兆として現れており、振動の大きさからみて天変地変の咎徴として位置づけることができる。唐で起こった反乱事件に対する前兆が新羅の望徳寺に現れたということは、新羅の親唐意識の表れであり、同時に考えられることは新羅の天変地変には唐の政治的な事件も含まれているということである。安禄山の乱と望徳寺の塔の振動に関しては『三国遺事』にもほぼ同じ記述が収められている[39]ほど、新羅側においても重大な事件として受け止められていたようである。

とくに景徳王は、玄宗が蜀に避身しているときも使者を派遣し朝貢する[40]ほど、親唐政策を重要視していた。このような親唐政策を取っていたので、望徳寺の振動記述についても頷ける。そして唐のために創建された望徳寺であるがゆえに、安禄山の乱に際し、平定のための祈願儀式が行われていたということは充分に考えられる。こうした祈願儀式に対する正当な理由づけのために塔の振動という前兆が必要であったと考えられる。

ところで景徳王時代の「二日並現」の記述である『三国遺事』「月明師兜率歌」条は、望徳寺を中心とする記述の中にあることも見過ごすことができない。つまり「月明師兜率歌」条は望徳寺の落成会の記述である「真身受供」条と望徳寺の僧善律に関する記述である「善律還生」条との間に位置している。これは少なくとも『三国遺事』の編者が「月明師兜率歌」条に望徳寺との関連があるとみていたからであろう。とすれば、その関連性は景徳王時代に唐で起こった安禄山の乱としか考えられない。このような推測が有効であるとするならば、景徳王代の「二日並現」と望徳寺の塔の振動は同じ安禄山の乱に対する前兆としての出現であり、同じ事件に対する天変地変の咎徴として位置づけられる。換言すれば、安禄山の乱に対する前兆が望徳寺に現れたのが塔の振動であり、宮中で現れたのが「二日並現」であると考えられる。

唐の政変に関する新羅の記述は、安禄山の乱だけではなく、徳宗が崩御したときにも見られる。

哀荘王五（八〇四）年九月　望徳寺の二塔が戦う。
同六（八〇五）年　この年、唐の徳宗が崩御した。(41)

やはり望徳寺の塔の異変でもって表現している前掲の安禄山の乱のように、単に崩御の政変を伝えるだけではなく、天変地変と共に唐の政変を伝えているのは親唐政策の表れであろう。

このように『三国史記』と『三国遺事』は、新羅の政変のみならず、唐の政変に対しても天変地変を記述していた。新羅の景徳王時代に新羅国内では「二日並現」が出現するほどの政変は起こっていない。景徳王時代に起こった反乱事件としては唐の安禄山の乱だけであることから、この事件が本来の「二日並現」の意味と一致していると思われる。前述のように、ことの重大さのためか、新羅の望徳寺において天変地変の形で現れているが、この望徳寺の記述から、唐の政変が天変地変を伴って新羅の歴史にくい込んでいることを確認することができる。景徳王の親唐政策では、宮中において安禄山の乱の平定のために祈願儀式を実行したと見られるが、『三国遺事』では安禄山の乱を「二日並現」と表現したのではないかと思われる。景徳王時代の「二日並現」が景徳王の王権に対する挑戦であるとすると、儀式よりはまず武力による鎮圧が行われるはずである．しかしそういう記述はまったく見られない。とすると宮中で消滅儀式を行っていた理由は他ならない唐の事件であったのではないかと思われる。

しかし、次の二つの問題点が指摘される。まず、安禄山の乱は景徳王十四（七五五）年に起こったが、「月明師兜率歌」の「二日並現」の出現は景徳王十九年とされる時間差の問題である。複数の太陽が出現し、消滅するまで記されているのは「月明師兜率歌」条だけであるが、これは安禄山の乱に対する前兆としての「二日並現」と、実際に行われたと思われる消滅儀式、そして乱の終結などを一緒に記述しようとしたことから生じた問題であろう。次に、天変地変が王政に対する天の評価とするならば、唐の事件に対して新羅で現れる天変地変は果たしてどう考えたらよいのかという問題である。唐の事件に対して新羅に現れた天変地変は、基本的には親唐政策の表れであると考えられるが、新羅の王からみれば、対内的には唐の天子に現れるべきものが新羅にも現れたのであるから、天子と対等な立場であることを表し、対外的には咎徴の天変地変に何らかの儀式をもって対処するということは、両国は非常に緊密な関係にあるということを示していると考えられる。いずれにせよ、新羅の王にとっては自国の天変地変のごとく受け止めていたのではないかと考えられる。

三　「兜率歌」の分析

今日ここに散花（歌）を唱いて
撒く花よ、汝は、
直き心の命を使い奉りて
弥勒座主に仕うべし
（今日此矣散花唱良巴宝白乎隠、直等隠心音矣命叱使以悪只、弥勒座主陪立羅良）[42]

郷歌「兜率歌」の解読は、論者によって一様ではないが、右の歌は梁柱東の解読を基にした日本語訳である。[43]歌の形式は、『三国遺事』では三句体に分けられているが、一般的には四句体の郷歌とみなされている。「兜率歌」の第一句と第二句は、散花の儀式を描写したもので、前掲②の散花功徳と一致しており、「兜率歌」がうたわれたそのときの状況・雰囲気を表している。散花儀式と「兜率歌」との関係については多くの論述があってそれに委ねるが、[44]「二日並現」の消滅儀式に散花儀式が取り入れられたのは、散花儀式において魔鬼を降伏させるという毘沙門散花があったからであろう。[45]

第四句は弥勒座主に仕えなければならないという祈願・願望を直接的に表現している目的句であり、この祈願・願望を達成せんがために第三句では命令という強圧的な手段を用いている。

このように「兜率歌」は、うたう場所の状況を描写しながら歌い手の祈願・願望を表しているという点で郷歌「献花歌」と同じ形式の歌で[46]、民謡形式の郷歌といえる。しかし「兜率歌」は強圧的手段を用いながら弥勒座主に仕えなければならない立場で祈願・願望している点から「献花歌」形式の民謡とは区別され、宗教的な儀式歌としての性格が色濃く表れている。

また儀式歌としての「兜率歌」というよりは呪術歌としての呪術性が強調されている。「兜率歌」の様式が呪術的であるという点で[47]、さらに創作や歌唱が呪歌的発想であるという指摘もされている[48]。しかし「兜率歌」が儀式に伴われた歌である以上、歌自体の呪術性よりは儀式の目的や性格の究明が先決である。なぜならば儀式には目的があり、儀式歌はその目的に応ずる形で存在するからである。このような観点からみると、儀式の目的が反映されている部分は「兜率歌」の第四句であると思われる。儀式の目的である「二日並現」の消滅が「兜率歌」の目的句である第四句〈弥勒座主に仕うべし〉と一致するから、「兜率歌」は弥勒座主に仕えることが「二日並現」の消滅に繋がるという信仰心に基づいた歌であるということは明らかである。しかし第四句については、弥勒座主は優位の花郎である花主を示す語句であるとか[49]、花郎勢力・王党派に仕えることが国に平穏をもたらすという花郎勢力の意志の表れであるという見解もある[50]。しかし政治的軋轢や勢力の争いを宗教的儀式でもって解決しようとする見解には賛同しがたい。もし「二日並現」が新羅ではなく唐で起こったことであれば、歌に対する新羅国内の事件や事情との結びつきは説得力を失ってしまうからである。

前掲②で示したように「兜率歌」は散花功徳という仏教儀式の中で作られたものであるから、第四句も仏教的な用例としての意味を見出すのが妥当であろう。幸いに『三国遺事』では第四句に類似する語句が見られる。すなわち僧真慈が弥勒像の前で誓いの言葉を捧げ祈願していうには「願我大聖化昨花朗、出現於世、我常親近　容、奉以□（ママ）周施」である。[51] 一字の欠字はあるが、ここで注目されるのは〈常に親しく近くにお仕えし、ご奉仕いたします〉[52]と訳される後半部である。お仕えする対象は大聖（弥勒）であるが、その前提として弥勒の出現を祈願している。つまり、弥勒が下生し花郎となった後に所在がわからなくなったというのである。第四句においても、弥勒座主に仕えることは弥勒下生を祈願するのであるが、相手に命令していることから弥勒座主に服従することをも指示していると受け止められる。かつて金東旭は「兜率歌」について、祈願を通して弥勒仏に対して将来仏・メシアとしての救援と帰依を願う精神の現れであると披瀝した。[53] 筆者とは接近方法は違うが、軌を一つにする見解である。そして弥勒座主は、やはり弥勒に対する新羅的表現としてみるべきであろう。[54]

　つまり「兜率歌」というのは、「二日並現」の消滅を弥勒下生の信仰という立場から祈願する郷歌であるが、実質的には唐で起こった安禄山の乱に対して弥勒の下生による平定を祈願する歌であり、また反乱者に対して弥勒に帰依せよと命令語法で願望を表した儀式歌であると思われる。

　天変地変の対策として仏教的儀式が最初に行われたのは、景徳王の「二日並現」よりも遡るようである。『三国史記』聖徳王十四（七一五）年六月条によれば、大旱のときに林泉寺の池の上で祈雨祭を行った祭司者は龍鳴嶽の居士理暁であった。[55] 祭司者の居士という名称から純粋な仏教式儀礼とはいえないが、祭場が寺であったことから仏教の介入が認められる。恵恭王十五（七七九）年春三月条には、地震が起き太白星が月を犯したことで百座法会を開設した。[56] そして景徳王十九（七六〇）年の「二日並現」のときには「散花功徳」という仏教儀式を行っていることから、八世紀後半は天変地変に対する儀式が仏教式で定着した時期と考えられる。

むすびに

以上、述べてきたところをまとめると次のようになる。

「二日並現」のような記事は新羅時代以後、歴史上で綿々と継承されたこと、また歴史記述の一つの手法であったことが確認できた。

『三国史記』では複数の太陽が出現した事例は恵恭王代と文聖王代の歴史記述において二件見られるが、その共通点は次のとおりである。複数の太陽が出現した後に反乱事件が連続して発生している事から、『三国遺事』「月明師兜率歌」条の「二日並現」も王権への挑戦・反乱事件の前兆として受け止められる。しかし、その事件は新羅国内ではなく、唐で起こった安禄山の乱を指し示したものである。よって、望徳寺に前兆として現れたのが塔の振動であり、宮中に現れた前兆が「二日並現」であると解釈できる。

日官は文字どおり天文官を称しているとすれば、景徳王代は天文学の完成期であるといえるので、当時の日官は職官としての天文博士だった可能性が考えられる。

天文や天変地変に関する知識のない僧侶が「二日並現」の消滅儀式において司祭者的役割を担う困難さを考慮すると、当然自然な流れとして月明師は天変地変に熟知した人物であったと考えられる。それを裏付けるのが、三国時代の僧侶達の中に天文や遁甲・方術などに優れた人物がいたという事実である。

「兜率歌」の第四句は、弥勒座主に仕えなければならないという祈願・願望を直接的に表現している目的句であり、この祈願・願望を達成するために第三句では命令語法でもって強圧的手段を用いている。このような形式の「兜率歌」は、「二日並現」という天変地変に対する弥勒下生の信仰の表れで、その消滅を祈願する郷歌であるが、実質的には唐で起こった安禄山の乱に対して弥勒の下生による平定を祈願する歌であった。同時に、反乱者に対して弥勒に帰依せよと命令語法で願望を表した儀式歌でもあった。

【注】

（1）李基白「三国遺事の史学史的意義」（李基白・姜万吉編『韓国の歴史認識』上　一二三頁　創作と批評社　一九七六年）
（2）崔南善「三国遺事解題」（崔南善編『三国遺事』　民衆書館　一九四六年）
（3）『訳注高麗史』第五巻　一頁　（東亜大学校出版社　一九七一年）
（4）天人感応思想は「天人合一思想」ともいうが、『高麗史』「天文志」における天人感応思想については李熙徳の詳論がある「高麗時代の天文観と儒教主義的政治理念」（『韓国史研究』17　韓国史研究会　一九七七年七月）
（5）『漢書』「五行志第七上」三三七頁　和刻本正史『漢書』2　汲古書院　一九七二年
（6）注（2）の『三国遺事』巻5「月明師兜率歌」条
（7）玄容駿「月明師兜率歌の背景説話考」（金烈圭、申東旭、李相澤『国文学論文選、郷歌研究』民衆書館　一九七七年）
（8）尹敬洙『郷歌・麗謡の現代性研究』　集文堂　一九九三年
（9）洪起三『郷歌説話文学』　民音社　一九九七年
（10）金承璨「兜率歌研究」『月山任東権博士頌寿記念論文集』　同刊行委員会　一九八六年
（11）玄容駿「兜率歌」（華鏡古典文学会研究会編『郷歌文学研究』　一志社　一九九三年）
（12）崔喆『新羅歌謡研究』　開文社　一九七九年
（13）尹栄玉『新羅歌謡の研究』　蛍雪出版社　一九八一年

（14）趙東一『韓国文学通史』1　知識産業社　一九八二年
（15）林基中「郷歌の呪術性」（注（11）の『郷歌文学研究』）
（16）井上秀雄『古代朝鮮史序説―王者と宗教』一六〇～一六三頁　寧楽社　一九七八年
（17）『三国史記』新羅本紀第九（民族文化推進会発行　一九七三年）、西暦は筆者による。以下同じ
（18）恵恭王四（七六八）年秋七月、六（七七〇）年秋八月、十一（七七五）年秋八月、十六（七八〇）年二月、同年夏四月に反乱が起こる。
（19）申瀅植『三国史記研究』一八九頁　一潮閣　一九八一年
（20）井上秀雄訳注『三国史記』1　三一四頁　東洋文庫　平凡社　一九八〇年
（21）注（17）に同じ　新羅本紀第十一
（22）八（八四六）年春、九（八四七）年夏五月、十一（八四九）年秋九月などに反乱が起こる。三（八四一）年の反乱は事前発覚。この事前発覚も入れると文聖王代には五件の反乱事件がある。
（23）注（2）の『三国遺事』巻二「処容郎望海寺」条
（24）金孝錫「呪術的郷歌と密教呪言の関係様相」一三四頁（『新羅歌謡の基盤と作品の理解』ポコ社　一九九八年
（25）注（23）に同じ　巻第一「善徳王知幾三事」条「是王代、錬石築瞻星臺」
（26）『三国史記』によれば、文武王十四（六七四）年春正月、入唐宿衛大奈麻徳福伝、学暦術還、改用新暦法。景徳王八（七四九）年三月、置天文博士一員、漏刻博士六員。
（27）注（17）に同じ　新羅本紀第二

(28) 注(5)に同じ 「董仲舒伝第二十六」
(29) 注(17)に同じ 新羅本紀第九景徳王条
(30) その代表的な事例として、阿達羅尼師今立十一(一六四)年春二月「龍見京都」、真平王五十三(六三一)年秋七月「白虹飲于宮井」、太宗武烈王八(六六一)年六月「大官寺井水為血」などがある。
(31) 注(3)に同じ 「志第一、天文一」仁宗七年正月の「三日並出」をはじめとして恭愍王二十三年十月の「日覇又有大小二日」までに複数の太陽が現れたという記事は五件ある。
(32) 注(3)に同じ 「志第一、天文一」 二頁
(33) 『増補文献備考』「象緯考日月変」 明文堂 一九五九年
(34) 注(5)に同じ
(35) 小鹿島果編『日本災異志』 思文閣 一九七三年復刻版
(36) 『日本書紀』巻第二十二 推古天皇「十年冬十月、百済僧観勒来之、仍貢暦本及天文・地理書、遁甲・方術之書也」(日本古典文学大系 岩波書店 一九六七年)
(37) 村山修一『日本陰陽道史話』 一九〜二〇頁参照 大阪書籍 一九八七年
(38) 注(17)に同じ 新羅本紀第九
(39) 注(23)に同じ 巻五「真身受供」条「後景徳王十四年、望徳寺塔戦動、是年、有安史之乱、羅人云、為唐室立茲寺、宣其諡也」
(40) 注(38)に同じ 十五(七五六)年春二月、「王聞玄宗在蜀、遣使入唐、浙江至成都、朝貢」
(41) 注(17)に同じ、新羅本紀第十

（42）注（6）に同じ、

（43）既往の解読については楊熙喆『三国遺事の郷歌研究』参照。日本語訳は梁柱東『古歌研究』（博文書館一九六〇年）の解読を基にした。

（44）金東旭『韓国歌謡の研究』乙酉文化社　一九六一年、金鍾雨『郷歌文学研究』三友社　一九七五年、金雲学『新羅仏教文学研究』玄岩社　一九七六年、徐首生「兜率歌の性格と詞脳格」（注（7）に同じ）、金承璨『郷歌文学論』セムン社　一九八六年、李淑「兜率歌研究」（『国語国文学』119　韓国国語国文学会　一九九七年五月）などがある。

（45）韓国仏教大辞典編纂委員会『韓国仏教大辞典』宝蓮閣　一九八二年

（46）拙稿「郷歌「献花歌」研究」（『天理大学学報』百六十九輯　天理大学　一九九二年三月）

（47）金烈圭「郷歌の文学的研究の一斑」注（7）に同じ

（48）注（15）に同じ

（49）注（44）の金鍾雨

（50）金学成「郷歌に表れた花郎集団の文化意味論的象徴」（『成均語文研究』30　成大国語国文学会一九九五年）

（51）注（23）に同じ　巻第三「弥勒仙花未尸郎真慈師」

（52）村上四男撰『三国遺事考証』下之三参照。朝鮮語の訳本である『三国遺事』（李載浩訳注　韓国自由教養推進会　一九六九年）、『三国遺事』（李丙燾訳注　広曹出版社　一九七三年）などをはじめとして最近の朴性鳳・高敬植『三国遺事』（瑞文文化社　一九九六年）に至るまで朝鮮語の訳においてもほぼ同じである。

(53) 注(44)の金東旭

(54) 前掲の金鍾雨や金学成などは花郎の意味としてみなしているが、鄭烈模『郷歌研究』(社会科学院出版社 一九六五年)のように、弥勒の指すのは間違いないだろう。

(55) 注(17)に同じ 新羅本義第八「十四年六月、大旱、王召河西州龍鳴岳居士理暁祈雨於林泉寺池上、則雨浹旬」

(56) 注(17)に同じ 新羅本義第九「十五年春三月、京都に地震あり民屋を壊す、死者は百余人、大白が月に入る、百座の法会を開く。」

第7章　郷歌と天人感応思想

はじめに

『三国遺事』所収の十四首の郷歌（ヒャンガ）については、その制作動機を語る記述が新羅の歴史の中で伝えられている。その記述には、彗星の出現や二つの太陽が現れるという天変に関することや、王の若いときの婚姻譚や婦人を疫神に奪われる話などがあり、様々な事件と歌謡が結びついている。これらの歌謡とそれに関連する記述について、従来の研究は、作家の身分や制作動機、歌謡の内容などから仏教思想、巫俗思想、花郎道思想、呪術性などからアプローチしていた。[1]しかし、天文の異変に関する歴史記述や童謡と歴史事件との関連をひもといていくと、これらの記述には天が王の政治や行為に感応するという天人感応思想[2]が横たわっているのがわかった。

本章では、『三国遺事』所収の郷歌とそれに関連する記述をとおし、天人感応思想との関連様相を明らかにする。

て考察を行う。

一　新羅における天人感応思想

『三国遺事』所載の郷歌は皆、新羅の歴史記述と関連しているので、三国の天人感応思想も新羅に限って考察を行う。

『三国史記』によれば、「赫居世四年（紀元前五四）夏四月辛丑朔に日食あり[3]」、をはじめとして様々な異変の記事が収められている。しかし、こうした異変の記事が単なる天文の観察記録なのか、それとも天によって王者に示されるという天人感応思想に基づくものなのか。確認はしがたいが、次の『三国史記』の記事は異変に関する因果関係を明記したものとして注目されよう。

「味鄒尼師今七（二六八）年、春夏に雨が降らなかったので、群臣を南堂に集め、王自ら政治や刑罰の得失をたずねた」。これによると王は干魃の理由が政治や刑罰の得失にあると判断したので、自ら調査しているのである。

このように異変の原因が政治や刑罰の得失にあるとし、その原因を王政に求めている事例は次の景徳王条にもみられる。すなわち、「景徳王十五（七五六）年、春二月に、上大等金思仁がこの年に災異がしばしば見えるので、上疏し、時の政治の得失にあると極論したが、王は嘉して受け容れた」という。災異が現れると、なぜ新羅では政治や刑罰の得失と結びつけて考えていたのか、その理由について『三国史記』『三国遺事』は言及していないが、『漢書』「董仲舒伝」には次のような具体的な説明がある。

「刑罰が公正でないと、邪気を生じ、邪気が下に積って、怨悪が上に集まる。上下が和合しなければ、陰陽が調和せず、妖しい禍いが生じる。これが災異のよって起こるところである」[4]。このように災異が現れる原因を地上の政治や刑罰の得失に求めつつも、「国家がまさに政道を失ひ敗亡に陥ろうとするとき、天はまず災害を出してこれを譴め告げ、それでも自ら省みることを知らなければ、また怪異を現わしてこれを警め懼れさせ、それでもなお異変をさとらなければ、破滅を来すのである。これをもって見れば、天の心は人君を仁愛してその乱れを止めようとすることがわかる」[5]と、災異の現れは政治の最高責任者である王への譴めであり、警告であり、究極的には国家の存亡に関わる事柄として受け止めていたことがわかる。この董仲舒（紀元前一七六～紀元前一〇四年）の考え方は新羅においても同様であったと思われる。それゆえに干魃のときには味鄒尼師今（在位二六二～二八四年）自ら政治や刑罰の得失を問い、災異がしばしば現れたときには宰相たる上大等金思仁が景徳王と時の政治の得失について極論できるのである。また『三国遺事』巻2の「処容郎望海寺」に「地神や山神は、国が亡びようとしているのを察知し、舞を舞って警告したのに、国の人たちは覚らず、かえって祥瑞が現れたものと思いこみ、安逸に耽ることがますます甚だしくなったために、ついに国は亡びてしまった」[6]とあるのは、まさに前述の董仲舒の話と酷似した内容である。

以上、数少ない新羅の事例ではあるが、古代中国の天人感応思想が新羅の王政に反映されていたことを認めることができよう。そして天人感応思想がいつ新羅に流入したのかは定かでないが、前掲の事例からみて味鄒尼師今代の三世紀後半から王政に反映されていたと推定できる。

二　郷歌に表れた天人感応思想

1　「薯童謡」

「薯童謡」とそれに関する記述は『三国遺事』巻2「武王」条に収録されているが、概略すれば次のごとくである。「新羅の真平王（在位五七九～六三二年）時代に薯童が謡を作って群童にうたわせたのだが、謡のとおり薯童は善花公主と結婚し、後に百済の武王となる（歌などの詳細については、第4章　郷歌「薯童謡」考を参照)。

「武王」条に「童謡満京」と記載されているのをみると、編者が「薯童謡」を童謡だと捉えているのは間違いないだろう。『三国遺事』には「薯童謡」の他にも、甄萱が自分の子どもに抑留されたときの童謡、すなわち「可憐完山児、云々」といういわゆる「完山歌」が収録されているが（巻2「後百済甄萱」条)、これらの童謡は単に子どもたちによってうたわれたというだけではなく、天によって流行らされた謡としての意味もあることを考えなければならない。『三国遺事』の童謡が果たしてそういう意味があったのかは定かではないが、少なくとも『高麗史』「五行志」に収められている童謡は五行論によって発生した謡としての意味を持っている。

『高麗史』には「志巻第8五行2」[7]「訛言」と共に「童謡」が収められているが、「五行志」を設ける理由は、その序文に「孔子が春秋を作るとき、災異を必ず書き、天と人の感応の理を容易く言うことはできないが、今ただ史氏が記録した当時の災祥に拠って五行志を作る」とあるように、当時の童謡を天と人の感応のウタとして捉えていたからである。このように童謡の捉え方は後代の『増補文献備考』にも引き継がれ、「象緯考11」には前掲の「完山歌」などの童謡が収められている。(8)

童謡を天と人の感応の理として捉えていたのは、古代中国の天人感応思想の影響であると思われる。『漢書』「五行志」に童謡が収められているが、(9)「五行志」を設けた理由はその序文に記されているように、「天、象を垂れ、吉凶をしめして、聖人これに象る」(10)ためである。つまり天が見せる異変に対して王者に覚りを促すところにその目的がある。それゆえに童謡はみな国家的な事件と結びついている。このような童謡観が新羅に伝わっていたのだろう。

こうした見地からみれば、「薯童謡」は百済の武王と、「完山歌」は後百済の王甄萱と結びついているのは、童謡本来の伝承形態からみて当然のことである。しかし『三国史記』百済の武王条には新羅と百済の婚姻関係を表わす記事がなく、前掲の『三国遺事』に記されている武王と善花公主との結婚話を立証できなかったので、「薯童謡」とその記述について様々な見解を可能にした。だが最近、筆者は五行論でいう童謡の発生論を踏まえつつ、『三国遺事』武王条と『三国史記』の武王記を再検討し、以下のような結論を導き出した。(11)

『三国史記』によれば、武王は十一回も新羅に侵攻している。このことは武王の好戦性を端的に表しているが、五行思想においては、この「好戦攻」と「侵攻辺境」の行為は「金行を損なう」行為で、五行の逆理として示されている。このような百済と新羅の仇敵関係を憂慮した唐の太宗は直接介入し（武王二十八（六二七）年七月）、武王に璽書（じしょ）を送って和睦し戦争を止めるよう命じた。これに対し、武王は「使者を派遣し、上表文を奉って陳謝したが、表面では（太宗に）順命を称しながら、内実は昔どおりの仇敵関係にあった」という。この『三国史記』の記録に着目すると、この和睦のために、新羅真平王の公主と武王の結婚が行われたと推定できる。しかし和平のための新羅や唐の努力にもかかわらず、武王はその翌年から新羅侵攻を繰り返し、背信行為を行っている。唐の太宗の勅令に従わない行為は、「五事」の中の「言に従わない「言不従」に該当する。「言不従」によって「詩妖」、「訛言」、「童謡」が発生するという「五行」思想に立脚すれば、武王の「好戦攻」や「言不従」の行為によって「薯童謡」という童謡が生じたのは当然の理である。天人感応の理に立脚して解釈すれば、「薯童謡」は天の警告・譴告であったが（現実的には太宗の勅令）、武王は「修省警」せず、その後も新羅侵攻を繰り返したため天罰を受けて滅びたのである（現実は新羅と唐の同盟軍による敗北）。

「薯童謡」は予言の歌であるが、結婚を予言したのではなく、（和睦のための結婚であったにもかかわらず、武王が約束を破ったため）結婚によって国が滅びることを予言した童謡である。結局、唐の太宗が和睦のための勅令を出した武王二十八年七月から約三十三年後、武王の嫡子である義慈王二十（六六〇）年に、百済が滅亡したことを史書は伝えている。

2 「彗星歌」

「彗星歌」とそれに関連する記述は『三国遺事』巻5「融天師・彗星歌・真平王代」条に収録されている。概略すれば次のごとくである。「新羅真平王のときに彗星が心大星を犯したので三人の「花郎」は楓岳行きをやめる。時に融天師が歌を作ってうたうと彗星はなくなり、日本兵も国に還り大王は大いに歓んだという（歌謡などについては、第5章　郷歌「彗星歌」を参照）。

彗星の消滅により日本兵が国に還ったということから、本来、彗星の出現は日本軍の来侵を予兆する徴（しるし）として記されていたはずであるが、この部分が『三国遺事』では省略されているとみるべきであろう。『三国遺事』には他に彗星と戦争との関連を示してくれる事例は見当たらないが、『三国史記』にはいくつかの事例が存在している。「真徳王元（七四二）年八月に彗星が南方に出現、冬十月に百済兵が茂山・甘勿・桐岑の三城を囲む」、「文武王十六（六七六）年秋七月に彗星が北河と積水の間に出現、唐兵の来襲」などである。これら彗星出現の記事と後続する記事との関連は明らかではないが、「彗星歌」の関連記述のように、彗星の出現は戦争の予兆としての意味合いを持って史書に織り込まれていると見受けられる。そして「脱解尼師今二十三（七九）年春二月に彗星が東方に出現、二十四年秋八月に王の薨去」のように、彗星の出現は王の薨去の予兆と思わせる事例もある。

以上のように、彗星出現は国家的事件と結びつけられている場合もあれば、「文武王八（六六八）年夏四月に彗星が天船（天の川）に出た」のように、単なる天文記録に止まる場合もある。そして後代の高麗時代になると、「成宗八（九八九）年九月甲午に彗星見える、王は己を責めて修行し、老弱の人を養う」のように、彗星の出現は事件の予兆ではなく、王政の不徳の結果として記されている場合もある。

彗星は長星・孛星・妖星などの異称を持つが、彗星の出現が歴史的事件と結びついている場合、『三国史記』にはその因果関係についての説明が省かれているが、『漢書』はその因果関係について明記しているので参考になる。

『漢書』「天文志」の序文によれば、「彗星・流星、日月の薄食、（省略）、これらはみな陰陽の精で、その根本は地にあり、天に上って発現するものである。政治がここに失敗すれば、異変がかしこに現れる。

なお影が形に象ていて、響きが声に応ずるようなものである。されば明君がこれをみて覚り、身をつつしみ事を正し、その咎を謝びると、禍が除かれ福が来るのは、自然の符である[12]」という。彗星出現を含むあらゆる天文の異常現象は、天人感応思想からみれば、政治の失敗から起こるし、それを王君に覚らせるためであると記されているが、次のように古代中国では国家的事件の予兆として意味づけられている事例もある。「文公十四年七月、孛星が現れて北斗星に入る、董仲舒の思うよう、孛は悪性のものが生み出すもの。（省略）北斗星は大国の象である。その後、斉、宋、魯、莒、晋ではすべての君主が弑害される。（省略）五星が伸び縮み、色を変えて運行を逆にし、甚だしくなると孛星となる、北斗は人君の象、孛星は乱臣の類であって、奪い殺す表である[13]」という。前掲の新羅の彗星出現と戦争との関連は、こうした天人感応思想もの影響を受けて事件の予兆として意味づけられていたのであろう。

このような天人感応思想の観点から「融天師・彗星歌・真平王代」条をみると、三人の「花郎」が心大星を犯している彗星を発見したということは、彼らは天文の動向を熟知した専門家であるとまず認められよう。そして彗星を発見し、楓岳行きをやめたのは、彗星の出現方向から日本兵の来襲を予知したからであろう。

融天師が歌を作った場の雰囲気については何も記されていないが、天人感応思想は天と王者の関係であるので、彗星の消滅に関する行事は、王が主催する国家的儀式の場であることが推定できる。彗星が消滅すると大王が大いに歓んだという記述は真平王が儀式に参加し、またその儀式を主管していたという脈絡で理解すべきであろう。そして融天師が「彗星歌」を作ったのは個人的な呪術行為によるものではなく[14]、王命によって儀式に参加して歌を作ったことになる。

前述の『漢書』に記されているように、五星の異変から孛星・彗星が現れるとするならば、『三国史記』の「祭祀」条に「霊廟寺の南で五星祭を行う」という記事から、彗星出現の際にも寺院で儀式が行われていたことは考えられる。融天師は名前のとおり、天文の異変を融合・消滅させる儀式を司る僧侶であったと考えられる。『三国史記』によれば、真平王の父王である真興王二十六（五六五）年に仏教の経典千七百余巻が陳より送られており、真平王三十五（六一三）年には皇龍寺に百高座を設けるほど、仏教が盛況だったので、天変に対する仏教儀式が行われることは十分考えられる。新羅時代に彗星が現れたことで読経・修法が行われたという記述は見当たらないが、日本の平安時代に彗星の出現に際して行われていた読経は仁王経・大般若経などであり、修法は仁王経法・孔雀経法などが行われていた[15]ことから推察すると、新羅においても融天師の「彗星歌」は仏教的儀式の中で作られたと考えられる。こうした意味において、かつて金東旭が「営壇作梵」し祈禳してうたった仏教的儀式であると指摘したのは卓見であるといえる[16]。ただそういう場で郷歌がうたわれたことから祭すれば、仏教式の中に新羅在来式のものも入っていたと考えられる。

3 「兜率歌」

「兜率歌」とそれに関連する記述は、『三国遺事』巻5「月明師兜率歌」条に収録されているが、概略すれば次のごとくである。「景徳王十九（七六〇）年四月に、二つの太陽が現れた（二日並現）、日官が僧を招いて散花功徳を作れば禳われると奏した。時に月明師が現れ、王は壇を開いて啓を作るように命じるが、月明はただ国仙の徒に属し、郷歌はわかるが梵声はよくわからないと奏した。王は郷歌を用いても宜しいというので、月明師は兜率歌を作って賦した。すると太陽の異変は消滅し、王は嘉して月明師に品茶と水精念珠百八箇を賜った（歌謡などについては、第6章　郷歌「兜率歌」を参照）。

「二日並現」の天文異変は、実際あり得ない現象であるが、『三国史記』には複数の太陽が現れた事例が二件もある。「恵恭王二（七六六）年春正月に、二つの太陽が出たので大赦した」と「文聖王八（八四五）年冬十二月朔に、三つに太陽が出た」という記事である。両方とも簡略な記述なので、太陽のどのような異変なのか、どのような事件と関連づけているのか定かではない。ただ『三国史記』によれば、恵恭王代（在位七六五～七八〇年）は四年の反乱事件を筆頭に五件の反乱事件が起こっており、結局王と王妃らは反乱軍によって弑逆されるし、文聖王代（在位八三九～八五七年）は三件の反乱事件が起こっていることから推察すれば、複数の太陽が出現したという記述が反乱事件と深い関連があるのは間違いないだろう。それで多くの論者は、景徳王時代の「二日並現」は王権に対する挑戦の前兆として認識し、同王二十二（七六三）年の「上大等」と「侍中」の免職は王権への挑戦に由来するとみなしている。[17] 王権への挑戦は反乱であると考えられるが、この場合、果たして反乱の首謀者たちをただ退任や免職だけに終わらせるであろうか、という疑問が残る。歴史上明白なのは反乱の首謀者たちには誅殺があるのみである。また反乱が起こっているのに、宮廷で儀式を行い、「兜率歌」をもって鎮静しようとすることはあり得ないだろう。まず武力をもって鎮圧するのが普通の解決策だろう。その他、二つの太陽が現れ消滅したということは、天地開闢神話の一部で、最初には複数の日月が出現するが、英雄によって撃ち落とされて以来現在のような日月の秩序になったという射陽説話とみなす論者もいるが、[18] 開闢神話のモチーフをもって、次のように韓国の史書に収められている複数の太陽出現の多くの記事について説明できるであろうか、甚だ疑問である。

複数の太陽が出現したという記事は、『高麗史』に引き継がれているので、歴史記述の一つの手法であったことがわかる。それらの事例は「天文志」に収められているが、[19]「天文志」を設けた理由は、その序文に記されているように、「天、象を垂れ、吉凶をしめして、聖人これに象る」[20]ことを教示するためである。つまり天が見せる異変に対して王者に覚るを促すところにある。これらの事例は補完され後代の『増補文献備考』「像緯考七日月変」[21]条に収録されているが、これらによって複数の太陽が出現したという記事は単なる天文に関する記事ではなく、天人感応思想に基づく天文異変の一つであることが確認できると思う。このように複数の太陽が出現したという歴史記述の手法は『漢書』の「天文志」「五行志」や、日本の天変地変の咎徴を網羅した『日本災異志』[22]にもみられないので、韓国特有の天変地変に関する記事であると思われる。

問題は景徳王代の「二日並現」をどういう事件に比定できるかである。景徳王代に反乱事件は新羅では起こっていない。ただ景徳王時代の新羅の天人感応思想は新羅社会に限らず、唐の社会の政変についても記されている。『三国史記』によると「景徳王十四（七五五）年望徳寺の塔が動く。（省略）その年安禄山の乱あり、それに感応したかも知れない」と、安禄山の乱（七五五～七五七年）に対する感応として望徳寺の塔が振動したという。そして唐の徳宗が崩御したときにも、「哀荘王五（八〇四）年九月に望徳寺の二塔が戦うように揺れる。六（八〇五）年に唐の徳宗が崩れる」のように、唐の政変に対しても予兆としての異変を記述している。筆者はこうした事例に着目して、景徳王時代の「二日並現」は、国内の事件ではなく、安禄山の乱の予兆として意味づけられていると捉えた。そしてその乱の平定のために新羅の宮中において祈願儀式を行っている記述が『三国遺事』の「月明師兜率歌」条であると考えている。[23]

4　「安民歌」

「安民歌」とそれに関連する記述は『三国遺事』巻2「景徳王・忠談師・表訓大徳」条に収録されているが、概略すれば次のごとくである。「徳経などが唐から送られてきたので、大王は威儀を正してこれを受け取った。王が国を治めて二十四年に五岳や三山の神々が、時々御殿の庭に現われた。王は忠談師に出会うが、朕のために、民を安らかに治めるための歌を作ってくれと命ずる。忠談は直ちに歌を作り、王に差し出した。王はこれを嘉みして王師に封じたが、忠談は辞退した。「安民歌」は次のとおりである。

君は父よ
臣はいつくしむ母なり
民はいとけない子にすれば
民はいとしみを知る
うごめいて生きる民草
これを食べさせ治め
この地を捨てていづこに行こうと思うだろうか
国の保つを知るだろう
アウ、君らしく臣らしく民らしくすれば
国は太平になる。

（梁柱東解読(24)、筆者訳）

(君隠父也、臣隠愛賜尸母史也、民焉狂尸恨阿孩古為賜尸知民是愛尸古如、窟理叱大肹生以志支所音物生此肹喰悪支治良羅、此地肹捨遣只於冬是去於丁、為尸知国悪支持以、支知古如、後句、君如臣多支民隠如、為内尸等焉国悪太平恨音叱如。)

景徳王二十四(七六五)年に五岳や三山の神々が御殿の庭に現われたことは尋常ではない。神々が何故宮殿に現れたのか明記されていないが、同じく『三国遺事』巻2「処容郎・望海寺」条の後半にも神々が宮廷に現れるという事例があるが、その目的は国の滅亡を警告するためであったという。恐らく景徳王二十四年に神々が御殿の庭に現われたのも王に何らかの警告を発するためであっただろう。とすれば、景徳王二十四年の国家的事件は王の薨去(こうきょ)であるので、これを予告するために神々が来臨したと考えられるが、王の薨去に関する内容になるので、その部分は省略したのであろう。こうした見地からみれば、冒頭に徳経を受け取ったことや民を安らかに治めるための歌を作ってくれと命じたということは、景徳王が徳を修めて死という最大の災難を克服しようとしたことを表わしているのではないかと考えられる。ここにおいても天人感応思想は認められる。

「安民歌」は君・臣・民の関係を家庭の父・母・子にたとえてうたっているので、郷歌の中で儒教的なものとして知られている。特に後句の「君らしく、臣らしく、民らしく」という句節は『論語』「顔淵篇」の「君は君らしく、臣は臣らしく、父は父らしく、子は子らしく」の援用であることはよく知られている。しかし実際に君・臣・民らしくする具体的なことについて論語は語っていないが、『漢書』「董仲舒伝」には王者と天下の人々の務めについて次のような言及がある。「徳は人君が民を養う所以である」とし、「いにしえは教訓の官を備え、徳をもって善く民を教化することに務め、すでに民が大いに徳化された後は天下には常にひとりのつみも訟もなかった」と君に徳教・徳行を求めており、そして天下の人々は王者に対して「心を同じくして王者になつくこと、父母になつくようであるゆえに、天の瑞祥はその誠に応えて至るのである」と説いている。[25] こうした務めこそ王者らしい、天下の人々（臣や民）らしいことであり、この務めをまっとうすれば祥瑞が表れ、天下は太平になるというのである。こういう董仲舒の天人感応思想が「安民歌」に影響を与えたと推察される。「安民歌」は景徳王のために作られた歌なので、王者に「民を食べさせ治め」と具体的な政治倫理が示されているが、この政治倫理こそ「安民歌」の作家忠談師が求めている王らしさであるかも知れない。

5 「処容歌」

「処容歌」とそれに関連する記述は『三国遺事』巻２「処容郎・望海寺」条に収録されているが、概略すれば次のごとくである。「第四十九代の憲康大王が開雲浦に行って帰るとき、たちまち雲と霧で辺りが暗くなり道に迷ってしまった。これは不思議なことだと怪しんだ王が、側近のものに問うたところ、日官が、東海の竜が異変を起こしたので、竜のためによいことを行えば解かれると奏上した。王は近辺に竜のために仏寺を建てるように命じた。雲も霧もすっかり消え失せてしまった。喜んだ東海の竜は、七人の子をひきつれて王の前に姿を表わして王の徳を賞めたたえて舞を献じ楽を奏でた。その内の一人の子は王の列に随って都に上り、以後王政を輔けることになり、名は処容と呼ばれた。処容の妻は美しかったので、疫病神が彼女を慕うあまり人の姿と化して、夜そっとその家に訪ねていき、ひそかに一夜をともにした。処容は家に戻ってきて部屋にいる二人を見て、歌をうたい舞を舞いながらその場から退いた。歌は次のとおりである。

東京の明らけき月に
夜に至るまで遊びて
入りてぞ寝所にみれば
脚は四つなり
二つは我れのにして
二つの誰れのぞ
下のは我れのなれど
奪はんとするのを如何にすべきか　（小倉進平の解読(26)）

（東京明期月良、夜入伊遊行如可、入良沙寝矣見昆、脚烏伊四是良羅、二隠吾下於叱古、二隠誰支下焉古、本矣吾下是如馬於隠、奪叱良乙何如為理古。）

冒頭で憲康大王は、雲と霧で辺りが暗くなる異変に対して、望海寺を建てるということで対処している。天と人の相関関係が、ここでは龍と人（王者）の相関関係になっているが、望海寺を建てることに龍は徳行と受け止めて大王を讃えたというのは、やはり天人感応思想に基づいている。ただ天の代わりに龍になっているのは、当時信仰していた護国仏教・護国龍の反映と考えられるので、天人感応思想の新羅的表現であろう。

「処容郎・望海寺」条の後半は、前述のごとく、地神山神が現れ国の亡びを警告したが、国の人たちは気がつかなかったので、結局国は亡びてしまったという内容である。こうした記述が憲康大王（在位八七五〜八八六年）と結びついているのは、憲康大王代は新羅の末期で、約五十年ほど後に新羅は滅亡するため、この時代は天人感応思想に基づく讖緯思想、つまり国亡を予兆する歌や妖言などが流行していたことを表しているのではないかと思われる。こうした見方に立つと、「処容郎・望海寺」条の構成は、最初は異変を悟って、仏寺を建てると約束したことで異変はなくなり、この徳行で王政を補佐する龍の子処容も得るという内容である。次に処容と婦人、疫神との関係は、婦人をとられるけれども怒らない処容の寛容、つまり徳行によって「僻邪進慶」の方法を教えてもらうという内容であると思われる。ただ疫神と婦人の交媾を描写している「処容歌」は、当時代の堕落性、言い換えれば国亡の原因を表すために、編者が「処容郎・望海寺」条に挿入したのかも知れない。最後は、王の前に神々が出現し、歌舞を舞って国亡の予言をするが、王が気づかなかったので遂に国が滅びるという内容になっている。このように三つの内容によって構成されている「処容郎・望海寺」条は、神々が現した異変の象に対して王が悟り望海寺を建てるという徳行を行えば、異変はなくなり、神のご褒美として龍の子処容を得られるが、堕落し神々の予告にも耳を傾けなければ、国は滅ぼされるという典型的な天人感応思想に基づいていることがわかる。

むすびに

古代中国で生まれた天人感応思想が新羅に導入されていたことは、『三国史記』「味鄒尼師今」条の記述によって確認できるが、災異は天人感応思想からみれば、天から王者に示す象であって、その発生の原因は王政の得失にある考えられていた。さらに天人感応思想は讖緯思想と融合して予占化されもして歴史記述や歌謡に織り込まれている。

『三国遺事』所収の郷歌十四首とそれに関連する記述の中で、王者や国家的事件と結びついているものは次の理由により天人感応思想と深い関連があると認めることができる。①「薯童謡」とその関連記述は天のウタとして扱われていたことから、②「彗星歌」とその関連記述は彗星の出現が戦争の予占とされていたことから、③「兜率歌」とその関連記述は天変が歴史的な事件と結びついているから、④「安民歌」は王者に徳行を求めていることから、⑤「処容歌」は異変に対する徳行による対処、そして神々の予告のことなどから、天人感応思想の影響が認められる。

【注】

（1）『郷歌文学研究』（黄浿江教授定年退任記念論叢刊行委員会　一志社　一九九三年）に郷歌と諸思想との関連について詳論がある

（2）天人感応思想は、天人感応の理・天人相関思想・天人合一思想なども称され、古代中国で生まれ、天地で起きる異変は天による象として受け止める考えである。象は祥瑞か災異によって現れるが、災異の因果関係を王者の政治の得失に求められていたためなのか、後漢時代になると讖緯思想の影響を受けて予占化される。祥瑞と郷歌との関係は見当たらないので、ここでは祥瑞に関しては省略する。（松本卓哉「律令国家における災異思想」―その政治批判の要素の分析」参照（黛弘道『古代王権と祭儀』吉川弘文館　一九九〇年）

（3）『三国史記』新羅本紀第１（民族文化推進会発行　一九七三年）西暦は魚允迪の『補増東史年表』（東国文化社　一九五九年）による。『三国史記』からの引用文は、筆者による日本語の訳文を掲載し、紙面の関係上原文は省略する。その他の文献についても以下同様

（4）『漢書』「董仲舒伝第二十六」　和刻本正史『漢書』２　汲古書院　一九七二年

（5）注（4）に同じ

（6）崔南善『三国遺事』　民衆書館　一九四六年

（7）『訳註高麗史』第五巻　東亜大学校出版社　一九七一年

（8）『増補文献備考』「象緯考11童謡」条　明文堂　一九五九年

（9）注（4）に同じ「五行志第7中之上」

(10) 注（4）に同じ「五行志第7上」
(11) 拙稿「薯童謡の研究」、「薯童謡研究―五行思想を中心にして―」（東方文学比較研究会2014年冬季企画学術大会発表誌など参照）
(12) 注（4）に同じ「天文志第6」
(13) 注（4）に同じ「五行志第7下之下」
(14) 林基中「郷歌の呪術性」(1)『郷歌文学研究』
(15) 大谷光明「平安時代の天文資料と讖緯」参照（安居香山『讖緯思想の総合的研究』国書刊行会　一九八四年）
(16) 金東旭『韓国歌謡の研究』　乙酉文化社　一九八一年
(17) 注（1）に同じ　代表的なものに林基中「郷歌の呪術性」がある。
(18) 玄容駿「月明師兜率歌の背景説話考」（金烈圭・申東旭『国文学論文選、郷歌研究』　民衆書館　一九七七年）
(19) 仁宗七年正月の「三日並出」をはじめとして恭民王二十三年十月の「日覇又有大小二日」まで複数の太陽が現れたという記事は五件ある
(20) 注（7）に同じ「志巻第1　天文1」
(21) 注（8）に同じ『増補文献備考』「象緯考7　日月変」条
(22) 小鹿島栗編『日本災異志』　思文閣　一九七三年
(23) 拙稿「兜率歌」と歴史記述」『朝鮮学報』第176・177輯　一九九九年
(24) 梁柱東『古歌研究』　博文書館　一九六〇年
(25) 注（4）に同じ「董仲舒伝第二十六」

(26) 京都大学文学部編『小倉進平著作集（一）郷歌及び吏読の研究』一九七四年

第8章　新羅の詩歌に表れた対唐・対日本意識

はじめに

『三国史記』と『三国遺事』には、新羅と唐との関係および新羅と倭・日本との関係を表す詩歌がある。対唐関係が表れている詩歌は、真徳王（在位六四七～六五四年）四年に唐の皇帝に献じた五言「大平頌」、景徳王（在位七四二～七六五年）十五年に唐の玄宗が景徳王に賜った「五言十韻詩」、唐で起きた安禄山の乱の平定を願う詩歌と思われる郷歌「兜率歌」などである。対倭・日本関係が表れている詩歌は、真平王（在位五七九～六三二年）代に日本兵の動向に関して融天師が作ったという郷歌「彗星歌」、訥祇王（在位四一七～四五八年）の弟である味斯欣が人質として留まっていた倭から帰国したときに王が再会の喜びをうたったという「憂息歌」（不伝歌謡）などである。

これらの詩歌はすべて歴史事件と結びついて伝わっている。言い換えれば、詩歌が作られた背景に歴史事件が関連しているのである。したがって、これら詩歌の意味を解釈するには、まず歴史事件および当時の状況を正確に把握しなければならないだろう。しかし従来の研究では、歴史についてはあまり検証されていないようである。[1] そこで本章は、これらの詩歌が制作される背景となった歴史事件を再検討したうえで、詩歌に反映された新羅の対唐・対日本関係についての意識を把握することを目的とする。

一　新羅の対唐関係

唐は西暦六一八年に興り、九〇七年に滅亡する。この時期は、新羅では第二十六代の真平王四十年から第五十二代の孝恭王十一年に該当する。新羅は唐が建国された二年後の真平王四十三年秋七月に朝貢を行い、これに唐の高祖が答礼使を通じ「璽書」を賜ることで両国は正式に修交を結んだ。[2] その後、新羅は善徳王九（六四〇）年に唐に留学生の派遣の受け入れを要請し、真徳王三（六四九）年に初めて朝廷で唐の衣冠を着用した。神文王六（六八六）年二月には使臣を唐に派遣し、『礼記』および『文章』を請い求めた。孝成王二（七三八）年夏四月には唐が新羅に使臣を派遣し、老子の『道徳経』などの書籍を新羅王に献上したという。このように新羅は積極的に唐の文物を取り入れているが、特に新羅の対唐関係において、新羅が高句麗および百済の度重なる侵略の解決策として、善徳王十二（六四三）年秋九月に唐に使臣を派遣し、軍隊の派遣を要請していることが注目される。つまりこのときから新羅は唐の力を借りて百済および高句麗の侵略を防ぐと同時に領土拡大への意欲を表していることがわかる。

1　太平頌

『三国史記』真徳王四（六五〇）年六月条によれば、真徳王は金春秋の子である法敏（後の太宗武烈王）を派遣し、唐の高宗に「五言太平頌」を献じている。その内容は次のとおりである。[3]

大唐開洪業　巍巍皇猷昌　止戈戎衣定　修文継百王　統天崇雨施　理物体含章　深仁諧日月　撫運邁時康　幡旗何赫赫　鉦鼓何鍠鍠　外夷違命者　剪覆被天殃　淳風疑幽顕　遐邇競呈祥　四時和玉燭　七曜巡万方　維獄降宰輔　維帝任忠良　五三成一徳　昭我唐家皇（正徳本では、傍点の文字は欠字となっている）

大唐は建国の大業をなしとげ、高くて大きな天子のはかりごとはますます盛んである。戦いが終り、軍服が収められ、文運の隆昌が百王までも継承されようとしている。天子は天を統べ治め、雨を降らせ、人民に崇拝されている。外では物事を始め、内には徳を蔵する。その深い仁愛は日月とならび、時運をとらえて、次代に太平をもたらす。天子の旗のなんとさかんなことよ。その鉦や太鼓はなんとよい音をたてているのだろうか。外夷の中で、天子の命に従わないものは、覆り滅び、天帝のとがめをうける。淳朴な風習は、内外にゆきわたり、近くでも遠くでも、あいきそって吉祥があらわれています。また四時の季候が調和し、日・月と五星とは天上をくまなく巡っている。（このようにすべてが順調にいっているのは、）四方の名山の神々が宰相を世に送り、皇帝がそれら忠良な臣下に政務をまかせたからである。すべての皇帝たちの徳行が、一つの徳に凝集して、わが唐の皇室を照らしています。

（井上秀雄訳注『三国史記1』[4]より引用）

この頌詩は、『三国史記』だけでなく『全唐詩』にも掲載されている。李家源は、頌詩について、高麗時代の文臣で文人である李奎報は「高古雄渾」と評し、朝鮮時代の文臣で小説家である金万重は「全篇典

雅　絶無夷裔気」と評していると指摘しながら、阿諛追従の文学の嚆矢ではあるが、外交文学としては傑作であると評している[5]。しかし、実は金万重は「金で中国人から買ったのではないか[6]」という酷評を附言している。このような酷評について、車柱環は、この詩を真徳女王作だと考えるからこのような発想になるのであり、昔から国際的な文書はその国を代表する者の名で交換するもので、表面上は真徳女王の名前で献じられた詩であるが、実際の作者は当時の一流文士の中の一人に違いない、真徳女王が書いた詩であることを前提にして、このように疑う必要はないと思われる、と述べている[7]。当を得た指摘である。国際的な文書の作者について論じることは意味がないことといえるだろう。

詩風については、近代に至るまで、誰もが惜しみない賛辞を贈っている。金台俊の次のような評はその代表例である。詩風は雅麗で初唐の風致があり、朝鮮の漢詩もここに至って体裁が整ってきたことを知ることができる[8]。詩の内容を見れば、大唐の開国を讃え、文治主義によって百王まで継承されようとし、深い徳で太平の世を成し、三皇五帝の徳が一つになって我が唐の皇室を照らしていると言っている。この頌詩を献じられ、唐の高宗は大変喜んだと『三国史記』は伝えている。これについて、尹栄玉は、たとえ主体的な面では低姿勢を見せているといっても、統一への計略として唐の協力が不可欠な状況では、むしろ高度な外交文書だといえる、と評している[9]。また車柱環は、阿諛追従の文学というが、当時の両国の国力の違いと、また外国との関係で両国間の友好増進を図ろうとすれば、相手国の感情を良くする必要があり、単純に阿諛追従するために献じたものではないだろうと指摘している[10]。果たして新羅はどのような理由から惜しみない称賛の言葉で綴られた頌詩を唐に献じなければならなかったのか、という問題は歴史的な検証によってのみ明らかにすることができるだろう。

前掲の頌詩を献じるに二年前の真徳王二（六四八）年に、使臣として唐に派遣された金春秋が、百済が唐に入朝する路を塞いでいると言って、唐の天兵（軍隊）の出兵を要請したところ、唐の太宗は軍隊を出すことを許したという記事があり、注目される。新羅が百済よりも弱かったから唐軍の援助を要請したのではないことは、真徳王元年十月に百済軍三千余名を惨殺したという記事からもわかることである。唐軍要請は何よりも善徳王十一（六四二）年に百済と高句麗が手を組んで新羅が唐に通じる路を塞ごうとしたためだと思われる。そのため唐は新羅の要請を聞き入れるしかなかったのだろう。唐軍と同盟を結び、百済を攻略することになったのであるから新羅の喜びは計り知れなかっただろう。この喜びを表現したのが前掲の五言「太平頌」だと考えられる。だとすれば、頌詩が阿諛追従の文学であるとか、低姿勢であるといった否定的な見解は是正されなければならないだろう。唐軍を出兵させるという約束への答礼として、その喜びを、唐の開国と太平天下を称賛し、唐皇室の発展を祈願する文に表したものが「太平頌」なのである。[11]

2　五言十韻詩

「五言十韻詩」は、『三国史記』によれば、景徳王十五（七五七）年二月に、王が唐の玄宗が蜀に行幸していることを聞き、使臣を派遣して朝貢したところ、その答礼として玄宗が賜ったものである。その内容は次のとおりである。[12]

四維分景緯　万象含中樞　玉帛遍天下　梯航帰都　緬懐阻青陸　歳月勤黄図　漫漫窮地際　蒼蒼連海隅　興言名義国　豈謂山河殊　使去伝風教　人来習典謨　衣冠知奉礼　忠信識尊儒　誠矣天其鑑　賢

哉徳不孤　擁旄同作牧　厚貺比生蒭　益重青青志　風霜恒不渝

世界は昼夜に分れ、万物には中心がある。玉や帛は天下にひろくあるが、(これは新羅から）海山をこえてはるばる唐の都にやってきた。月の道をへだててはるかに(唐を）おもい、歳月(を重ねて唐の)宮室に仕えている。(新羅は)遠くはるかな地のはてにあり、あおあおとした海のはてに連なっている。(新羅は)礼義の国と聞いているが、どうしてその山河が他と異なっているというのであろうか。(唐の)使者が帰って、その気風や教学を伝え遺し、(新羅の）人が来て経典を学んだ。(新羅の人は）衣冠をつければ礼を奉ずることを知っており、忠義や信義を学び儒教の尊さを知った。誠なるかな、天は照覧し、賢なるかな、徳は孤ならず。(新羅王が天子の）旗を家臣（のように忠実に）守り、(天子から王への)賜り物の多いことは刈ったばかりの蒭(牧草)ほどもある。(新羅の)青々の志はますます重く、(きびしい）風霜にもつねにかわらない。

(井上秀雄訳注、前掲書)

この詩は、唐の玄宗の作となっているので新羅の作品ではない。しかし、当時の新羅と唐の関係を表している詩であることに違いはない。詩の背景となっている、唐の玄宗が蜀に行幸した年は、景徳王十五年二月、すなわち西暦七五七年二月で、このとき、玄宗は安禄山の乱（七五五～七五七年）を避けるため蜀に身を逃れていたのである。そのときに千里を遠しとせず、駆けつけ朝貢をしたのであるから、玄宗はその誠意をほめたたえ、この詩を賜ったと『三国史記』は伝えている。

詩の内容は、唐と新羅の関係を回顧しながら、新羅は礼義を知り、忠義と信義を守る国であり、それゆえ自身は孤独ではないとうたっている。特に最後の二句について『三国史記』の編者である金富軾は、「豈古詩疾風知勁草　叛蕩識貞臣之意乎[13]」と解釈を付け加えている。疾風に勁草を知るように、反乱が起こった有事にこそ忠臣を知るといった内容の詩として評価している。反乱のため苦しむ玄宗の心情が表れているが、この詩から唐と新羅の関係が厚い友好関係で結ばれていたことがわかる。

唐の皇帝が新羅王に賜った詩はこの他にもある。孝成王二（七三八）年に唐に派遣した使臣が帰国するときに、皇帝が詩歌集の序を書き、太子以下の百官が詩歌を作り、金銀宝物や薬とともに与えたと『三国史記』は伝えている。この詩歌集は現存しないが、使臣が唐から帰国するときにはこのように詩を作り、朝貢の答礼として多くの品物を贈るのが常例だったようである。前掲の詩も答礼の詩であることは間違いない。

3　兜率歌

景徳王代の新羅と唐との厚い友好関係は前掲の詩だけではなく、郷歌「兜率歌」にも表れている。『三国遺事』巻5「月明師兜率歌」条には次のような記述がある[14]。

景徳王十九年庚子四月一日に二つの日が並んで現れ、十日間消えなかった。日官が縁僧を招いて、散花功徳を作らせせば、払うことができると王に奏する。朝元殿に潔壇を設け、青陽楼に駕幸し、縁僧を望むと、時に月明師あり、阡陌時の南路に行くので、招いて壇を開き、啓を作るよう命じたが、月明は王に、臣僧は但、国仙の徒に属し、ただ郷歌を解くだげで、声梵にはなれていないと奏すると、王はすでに。縁僧に卜ったので、たとえ郷歌を用いてもよいという。月明師は兜率歌を作り、これを賦した。すでに日の怪は滅び、王はこれをよしとし品茶一襲と水精の念珠百八箇を賜った。[15]

「兜率歌」の現代語訳は次のとおりである。

今日ここに散花（歌）を唱いて
撒く花よ、汝は、
直き心の命を使い奉りて
弥勒座主に仕うべし[16]
（今日此矣散花唱良巴宝白乎隠、直等隠心音矣命叱使以悪只、弥勒座主陪立羅良）

この記述は、景徳王十九（七六〇）年に「二日並現」、つまり二つの太陽が現れ、月明師に「兜率歌」を作ってうたわせたところ、日怪が消えたという内容である。『三国遺事』で複数の太陽が現れた事例は、この記述の他にはないが、『三国史記』には恵恭王二（七六六）年春正月と文聖王七（八四五）年冬十二月一日にも複数の太陽が現れたという記事があり、このような日怪があった後に反乱事件が起きたという記事（七六八年七月、八四六年春）があることから、「二日並現」という事件は王権への挑戦、つまり反乱事件を象徴的に表現しているもので、この反乱事件の平定のために弥勒信仰に基づく「兜率歌」が制作されたものとする見解が学界の主流であった。しかし筆者は景徳王代の新羅は安定した社会で反乱が起きた事実がないという点と、『三国史記』に安禄山の乱についての前兆と唐の徳宗の崩御についての前兆が新羅の望徳寺で現れたという記事があることなどから、「二日並現」の反乱事件は新羅国内の事件ではなく唐で起きた安禄山の乱と推測する。(17) 問題は「二日並現」の事件が起きた年と実際に安禄山の反乱事件が起きた年（七五五〜七五七年）とは三年から五年の差があるという点である。これは安禄山の反乱についての前兆としての「二日並現」と実際に行われたと思われる消滅の儀式、そして反乱事件の終結を一つの記述で表そうとしたために起こってくる問題であろう。そして何よりも『三国遺事』は政事を扱っていないため、年代の記述を歴史的年代として捉えることは難しいという事実も留意しなければならないだろう。

景徳王代は唐との関係が特に友好で前述のとおり玄宗から詩歌を贈られてもいる。唐の異変に関する前兆が新羅でも現れたということは、新羅の対唐意識が親唐政策であったことを表しているのである。このような状況であったから唐で起きた安禄山の反乱事件についてもその前兆が現れ、新羅では平定を願う儀式が行われたのである。このことは前掲の記述からも知ることができる。唐の反乱事件であるから祈願儀式だけで済んだが、もし新羅国内の反乱事件であったならば、祈願儀式ではなく武力による鎮圧が必要であっただろう。

一方、新羅と唐とはこのように友好関係だけにあったわけではない。「望徳寺」の創建に由来する記述は、新羅が唐と敵対関係にありながらも友好関係を維持しようとする外交的努力が見られる貴重な資料である。『三国遺事』巻2「文虎王法敏」条によれば、新羅では唐の侵略を阻止するため四天王寺を建立したが、これを唐の高宗には皇寿万年を祈願する寺であると偽りの報告をしたところ、唐から使臣が来ることになったので、新羅側は急いで望徳寺を建立し、皇寿を祈願したと言う。そして四天王寺は対唐戦争を勝利に導くための護国寺院で、三国統一直後の二回にわたる唐軍との大戦ではこの寺院の効験があって大勝利したという。このように新羅は、唐が新羅を侵犯したときには四天王寺の護国仏教の効験があり抗戦の結果、勝利を収めることができたし、また両国の関係が平和なときには望徳寺で唐の皇寿万年を祈願していたのである。だからこそ時には望徳寺で唐の皇帝の崩御の前兆が見られたと『三国史記』は伝えているのである。(18) このような外柔内剛の政策を行ったからこそ新羅は千年の王朝を維持することができたのかもしれない。

二　新羅の対日関係

1　「倭」から「日本」へ

『三国遺事』の日本に関連する記述は「延烏郎・細烏女」（巻1）や「奈勿(なこつ)王・金堤上」（巻1）、そして「融天師彗星歌・真平王代」（巻5）などが代表的である。その中で歌謡と結びついているのは「融天師彗星歌・真平王代」であり、「彗星歌」が掲載されている。「彗星歌」で注目されるのは「日本兵」という表記で、国名を「倭」ではなく「日本」と記している。史書の日本に関連する記事を見てみると、表記を「倭」とする場合と「日本」とする場合とでは、対日本観の変化がうかがえる。

まず『三国遺事』を見ると、阿達羅王代（在位一五四〜一八四年）に「たちまち一岩有り、（延烏郎を）負って日本に帰る」(19) という記事がある。つまり二世紀頃にはすでに「日本」という国名を用いている。一方、奈勿王代（在位三五六〜四〇二年）には、王子が日本に連れて行かれるという記事があるのだが、「倭王は使を遣わし来朝して曰く」と「倭」という国名を使っている。同じ奈勿王代の記録で『三国史記』「奈勿尼師今」を見ると、王子の関連記事は見あたらないが、「倭兵来攻」・「倭人侵攻東辺」と「倭」という名称を使っている。[20] 以上の『三国遺事』の二つの記事からは、「倭」と「日本」という表記の違いから新羅の対日本の意識の違いは見出せない。

続いて『三国史記』を見てみると、「倭」の国名が最初に出てくるのは次のとおりである。

始祖赫居世居西干八（紀元前五〇）年、倭人兵を行かして辺境を犯そうとしたが、始祖には神徳ありと聞いて還った。[21]

新羅の歴史上、初出の「倭」である。神話的な存在である「赫居世居西干」の時代の出来事を事実として認めるか否かの問題はあるが、「倭」の最初の侵攻記事でもある。それ以後、南解次次雄十一（一四）年「倭人は兵船百余艘を遣わして海辺の民戸を掠めた、云々」の記事に続き、筆者の調査によれば、新羅の律令頒布（法興王七（五二〇）年）までに、おおよそ三十五件も倭人（兵）が新羅を侵攻している。倭を敵対視していたことは間違いないであろう。

そして文武王十（六七〇）年十二月に「倭国は国号を日本と改めた。自ら日の出る所に近いといって国名とした」と伝えているが、井上秀雄は誤った記事だという。[22] 確かにこの年次は日本が律令頒布をした大宝二（七〇二）年より三十二年前のことであり、日本と題した『日本紀』（現存の日本書紀と推定）が編纂された養老四（七二〇）年よりは五十年前であるから井上秀雄の指摘は妥当だと思われる。

新羅に「日本」という国名が伝わるのは、聖徳王二（七〇三）年秋七月の「日本国使至　総二百四人」

という記事である。大勢の使節団が新羅を訪問しているが、これは日本国内の事情も反映されているように思われる。つまり、この時期は日本において律令が頒布（大宝二（七〇二）年十月）[23]された翌年であるから、「倭」から「日本」へと国名が変わった新しい日本を宣揚し、日本という国名を正式に宣布するための訪問であったと考えられる。その後、聖徳王三十（七三一）年夏四月「日本国の兵船三百艘が海を越え我が東辺を襲った。大いに撃破した」という記事が見られる。

「倭」から「日本」に国名が変わった後、新羅と日本の外交上の問題として、次の記事が目をひく。

景徳王元（七四二）年冬十月　日本国使が至る、納めなかった。

同十二（七五三）年秋八月　日本国使が至る、慢り無礼だったので、王はこれを見ず廻した。

何が原因でこのような事件に発展したかは記されていないが、井上秀雄によれば[24]、『続日本紀』聖武天皇天平七（七三五）年二月癸丑条に新羅国名の改称から対立が激化し、互いに使者を放還したという。しかし五十年後には、

哀荘王四（八〇三）年秋七月　日本と国交を開き、友好を結んだ[25]。

という記事があり、その後も哀荘王五（八〇四）年夏五月の「日本国使を遣わし、黄金三百両を進献した」という記事と九（八〇八）年春二月の「日本国使至り、王厚くこれを礼待した」という記事からもわかる

ように、非常に友好的な関係を維持している。こうした友好関係は、憲康王四（八七八）年八月の「日本国使至り、王が朝元殿において引見した」や、同じく八（八八二）年夏四月の「日本国王使を遣わし、黄金三百両と明珠十箇を進献した」という記事にも表れている。これらの記事から、新羅と日本に友好関係が継続していたことがわかる。これ以後の日本との記事は見あたらないが、おそらく友好関係は保たれたと考えられる。

以上のように新羅の前半は倭の侵攻が多く見られるが、後半の統一新羅時代には、新羅が強大であったためか、倭の侵攻記事は見られなくなる。八世紀に『三国史記』の中の国名表記が「倭」から「日本」に変わり、同時に本格的な外交が行われようになり、日本軍の侵攻記事は見られなくなる。そして九世紀以後は友好関係が定着していた。

こうした新羅と日本の関係を踏まえて『三国遺事』の「彗星歌」にまつわる真平王時代（在位五七九〜六三二年）の日本軍に関する記事を見ると、これは互いに敵対視していた時期の事件であったことがわかる。

2　彗星歌

『三国遺事』によれば、文武王は常々「死後、わが身は願わくば護国の大竜になり、仏法を崇めいただいて、この国を守護していたい」と語り、倭兵の鎮圧を願い、感恩寺の建立を発願したという。しかし、その完成を見ることなく崩御し、海竜になったので、その子の神文大王（在位六八一〜六九二年）が感恩寺を完成させ、金堂の階下に東向きの穴を掘り、海竜が寺に入れるようにしたという。また、神文大王は、文武王が化身となって現れた竜の姿が望見できた場所（利見台）に行幸した際に竹を得、これで笛を作った。この笛は「万波息笛」と呼ばれ、吹くと「敵兵が退き、病は癒え、旱天には恵みの雨が降り、長雨のときは晴天がもたらされた、云々」（『三国遺事』巻二「万波息笛」という。[26]ここでいう敵兵とは東海に現れる敵兵であるから倭兵を指すのであろう。元聖大王代（在位七八五～七九八年）に「日本王が兵をおこして新羅を伐とうと思い立ったが、新羅に万波息笛という笛があり、この笛が賊兵を退けてしまうということを耳にし、使をよこして笛を分けてほしいと頼み込んで来た」（『三国遺事』巻２「元聖大王」）という記事がある。この笛は敵兵を退ける呪物として日本にも知られていたようである。

以上のように、文武王と神文大王代の記事に倭兵の侵攻から国を守ろうという強い意識が表れているのは、おそらく三国を統一した直後であったため、国の安全と平和を保つためには倭兵の侵攻を防ぐことが喫緊の課題だったからであろう。しかし、ここで注目すべきは、倭兵侵攻を防ぐために感恩寺を建てたこと、文武王の化身としての海竜を信仰していたこと、そして国家的な呪物としての万波息笛が吹かれていたことである。武力だけでなく宗教・信仰の力を借りて倭兵の侵攻を防ごうとしたことがわかる。しかし、感恩寺で倭兵を退かせるためのいかなる儀式が行われていたのか、国をあげての海竜信仰にどのような儀式が伴われていたのか、そして万波息笛はいつ、どこで、どういう場で吹かれていたのか、これらの問いに答えてくれる記録は今のところ発見されていない。

宗教的儀式には楽が伴なうものだが、倭兵の侵攻に備えて行われていた儀式の中でうたわれていたと思われる新羅歌謡の「彗星歌」が遺されているので、当時の儀式の一端を窺い知ることができる。「彗星歌」にまつわる記述は次のとおりである。

第五の居烈郎、第六の実処郎、第七の宝同郎等の三人の花郎が楓岳に遊びに出かけるとき、彗星が現れて心大星を犯した。郎徒はこれを怪しく思い、遊行をやめた。そのときに（融）天師が歌を作りうたうと、星恠が即に消えた。そして日本兵も国に還り、反（かえ）ってめでたい（福慶）ことになった。大王は歓喜し、花郎たちを遊行に赴かせた。融天師の作った歌は以下のとおりである[27]。

昔日、東方の水際に乾達婆の
遊ぶ城を眺め
倭軍も来たと
烽火をあげた辺境があった
三花の山遊びを聞いて
月も明るく辺を照らす
道掃く星を眺めて
彗星なりと申す人有り
後句、月の下へ昇り去る
これ何の彗星があろう。

旧理東尸汀叱　乾達婆矣
遊烏隠城叱肹良望良古
倭理叱軍置来叱多
烽焼邪隠辺也藪耶
三花矣岳音見賜烏尸聞古
月置八切爾数於将来尸波衣
道尸掃尸星利望良古
彗星也白反也人是有叱多
後句　達阿羅浮去伊叱等邪
此也友物比所音叱彗叱只有叱故[28]

この記述の「日本兵還国」は、花郎によって撃退されたとする見解[29]、説話的とする見解[30]、または「彗星歌」の性格と関連させて国内の政治的な動きと解釈する見解[31]などに分かれている。「日本兵還国」が新羅との戦いの後であるならば、歌をうたうことによって敵兵が国に帰ったということにはならない。また新羅も何らかの被害を受けたはずであるから、敵兵が帰ったことで、返って慶福になったという意味の「反成福慶」の表現も理に合わない。そこで筆者は「日本兵還国」という記事は、次の『日本書紀』推古天皇条の事件を指していると推定した。(32)


十年春二月己酉の朔に、来目皇子をもって新羅を撃つ将軍とす。……（省略）……併て軍衆二万五千人を授く。

夏四月の戊申の朔に、将軍来目皇子筑紫に到ります、……（省略）……

六月の丁未の朔己酉に、……（省略）……来目皇子、病に臥して征討つことを果たさず。

十一年春二月の癸酉の朔丙子に、来目皇子、筑紫に薨せましぬ。……（省略）……

夏四月壬申の朔に、更に来目皇子の兄当摩皇子をもって新羅を征つ将軍とす。……（省略）……

秋七月の辛丑の朔癸卯に、当摩皇子、難波より発船す。丙午に、当摩皇子、播磨に致る。

時に従ふ妻舎人姫王、赤石に薨せぬ。……（省略）……遂に征討つことをせず。(33)


推古天皇の時代は、新羅では真平王代（在位五七九～六三二年）に当たり、前掲の推古朝の新羅侵攻の大義名分は新羅と任那の戦いに対して任那を助けるためだと『日本書紀』に記されている。しかし日本兵の新羅の侵攻途中、将軍の病死や将軍の妻の死などによって越境できず日本国内で新羅侵攻を断念している。特に推古紀十（六〇二）年の新羅への侵攻は兵力二万五千人程の大々的なものであったから、新羅にもその情報は伝わっていたはずである。緊迫した状況の中で、彗星も現れ一層戦争の危機感が高まり、彗星の即滅を願う儀式とともに敵を倒すための降伏呪術の儀式も行われたのではないか。そのような中で日本兵の将軍の死による新羅侵攻の突然の中止は、新羅側からすれば、その儀式で歌われた「彗星歌」の効験・霊力によるものだと信じられたのであろう。「彗星歌」の効験により、戦わずして日本兵を撃退したことになり、新羅にとっては、まさしく慶福に値する出来事である。「彗星歌」には、背景の記述に日本兵の来侵の言及がなく、ただ帰還のみが記されている。これは、日本兵の新羅侵攻が突然中止されたという史実が反映されているためだと思われる。

倭兵の侵攻を退けるために行われた儀式でうたわれたと考えられる「彗星歌」は内容の構成によって、①倭軍の来侵に関するもの(第一句から第四句まで)、②彗星の出現に関するもの(第五句から第八句まで)、③後句の月と彗星に関するもの（第九句と第十句）と三つの段落に分類することができる。従来は倭兵の来侵を前提に解釈されていたが[34]、前述のように、新羅兵と戦うことなく、出兵の途中で引き返したとすれば、彗星歌の意味や解釈も変わってくるのは必至である。研究史を踏まえたこの歌の意味や解釈についての詳論は筆者の郷歌「彗星歌」に委ねるが、前述の「彗星歌」は次のように解釈される。第一段落は、彗星の出現によって予兆された日本兵の侵略の知らせが昔のように誤報であってほしいという願いを表し、第二段落は、彗星が徴(しる)す簒奪や殺害をなくし、彗という字のような働き、つまり道掃く星となってほしいという願望が託されており、第三段落は、彗星に対してその存在を否定する歌い手の願望を表している。このように「彗星歌」は歌い手の願望を表し、その願望のとおりになることを祈願している呪術謡である。そして、五星の異常運行によって彗星が現れるという古代中国の考え方に基づくと、彗星消滅の儀式とは五星の運行を正常化させるための祭祀であるゆえに、『三国史記』「祭祀」条の「五星祭」に掲載されていたと推定できる。その「五星祭」は「霊廟寺」の南で行われていたと記されている。そして勝利呪術の儀式は国家的な行事であるため、「彗星歌」は真平王が主管する「五星祭」でうたわれたものと推定される。

3　憂息歌、鵄述嶺曲

日本と関連した新羅歌謡は、他にも納祇王代（在位四一七〜四五八年）に作られたという「憂息曲」と「鵄述嶺曲」があるが、両方とも歌詞が伝わっていない、いわゆる「不伝歌謡」である。

①憂息曲

『三国史記』によれば、新羅の納祇王の弟未斯欣が倭の人質となっていたのだが、朴堤上の知略によって帰国し、王と再会することができた。そのときの喜びを歌にしたのが「憂息曲」だという。「（納祇）王自ら歌舞を作り、以て其の意を宣べる、今の郷楽憂息曲は是れなり」（『三国史記』巻45、列伝第五「朴堤上」）と記されているが、歌詞は伝わっていない。未斯欣と朴堤上の記事は『三国遺事』（巻1　奈勿王・金堤上）にもあり、『日本書紀』にも収録されていることから[35]、歴史的事実であったことがわかる。歌の題名と朴堤上に関する記述から推測すれば、憂いが終息した喜びをうたったものだろう。

②鵄述嶺曲

史書ではなく、『増補文献備考』楽考に曲名と制作動機が伝わっている。「納祇王の時、朴堤上は倭国に使わしたが返らぬ、其の妻が悲慕に勝てず、三娘子を率いて鵄述嶺に上り、倭国を望んで慟哭して死ぬ、因って鵄述嶺の神母と為す。東都楽府に鵄述嶺曲ある」[36]と記されている。尹栄玉によれば、東都楽府に収録されている〈鵄述嶺〉は新羅のものではなく、朝鮮朝時代の作品であるが、元来の「鵄述嶺曲」は神母の祭儀で捧げられた儀式歌であったかもしれない[37]という。

『三国史記』によれば、実聖王元（四〇二）年に、日本との講和をする際、王子未斯欣の人質が要求されたというが（巻45　列伝第五「朴堤上」）、具体的な理由は記されていない。この人質事件をめぐって「憂息曲」や「鵄述嶺曲」が作られたことになるが、「憂息曲」は再会の喜びをうたった歌であり、「鵄述嶺曲」は悲痛のあまりに死んで神母になった朴堤上の妻に関する歌である。

その他の歌謡では、『高麗史』楽志に、新羅の歌謡に「利見台」（不伝歌謡）があると記されているが、日本との関連は記されていない。利見台は、前述のように、文武王の化身である竜の姿を観望する場所であるため、歌は神文大王の作である可能性がある。ところが「或為質子、未可知也[38]」と人質との関係も記されているので、前掲の「憂息曲」を指しているのかもしれない。

むすびに

前述の論述をまとめると次のとおりである

1　真徳王二（六四八）年、唐の太宗に軍隊の出兵を要請したところ、許しを得る。唐軍と同盟を結び、百済を攻略することになったのであるから新羅の喜びは計り知れなかった。その答礼の一つとして、その喜びを、唐の開国と太平天下を称賛し、唐皇室の発展を祈願する文に表したものが「太平頌」である。決して阿諛の文学ではない。

2　景徳王十五年に唐の玄宗が答礼として賜ったという「五言十韻詩」は、唐と新羅の関係を回顧しながら、新羅は礼義を知り、忠義と信義を守る国であり、それゆえ自身は孤独ではないとうたっている。この詩から唐と新羅の関係が厚い友好関係で結ばれていたことがわかる。

3　唐に派遣した新羅の使臣が帰国するときに、皇帝が詩歌集の序を書き、太子以下の百官が詩歌を作り、金銀宝物や薬とともに与えたのが外交上の慣例であったようである。

4　景徳王十九（七六〇）年に「二日並現」、つまり二つの太陽が現れた怪変とは、新羅国内の事件ではなく、唐で起きた安禄山の乱を象徴的に表した記事と推測される。そして新羅ではその平定を願う儀式が行われ、その場でうたわれた儀式歌が「兜率歌」と考えられる。

5　新羅は、唐が新羅を侵犯したときには「四天王寺」で勝利の祈願をし、両国の関係が平和なときには「望徳寺」で唐の皇寿万年を祈願していた。

6　新羅の統一以前は倭の侵攻が多く見られる。しかし八世紀以後（七〇三年）、倭は国名を日本に変え、新羅と本格的な外交が行われるようになり、日本軍の新羅侵攻の記事は見られなくなる。そして九世紀以後は友好関係が定着していた。

7　文武王と神文大王代は、武力以外にも宗教・信仰の力を借りて倭兵の侵攻を防ごうとした。感恩寺の創建、大王岩、「万波息笛」などがそれである。

8　「彗星歌」の制作動機は推古紀十（六〇二）年の新羅遠征にある。しかし出陣の途中、将軍の死によって日本兵の新羅遠征は中止になった。新羅側からすれば、このことは儀式でうたわれた「彗星歌」の効験・霊力によるものと信じられたであろう。新羅にとっては慶福に値する出来事である。

9　「彗星歌」は倭兵の侵攻を退けるため行われた儀式でうたわれた歌である。歌い手の願望を表し、その願望どおりになることを祈願している呪術歌・儀式歌である。

10　新羅の王子が倭の人質となっている事件をめぐり、納祇王と人質だった弟の未斯欣との再会の喜びをうたったのが「憂息曲」である。しかし人質を救出した朴堤上は日本で殺され、それを嘆き悲しんだあまり死んで神母になった妻に関する歌が「鵄述嶺曲」である。

【注】

（１）郷歌については、筆者の歴史検証がある（拙稿「郷歌兜率歌と歴史記述」『朝鮮學報』１８７輯２００３年４月、「郷歌彗星歌と歴史記述」『朝鮮学報』１８７輯朝鮮学会　２００３年４月）。その他の漢文詩歌については、金台俊（『朝鮮漢文学史』　朝鮮語文学会　一九三一年）、李家源（『韓国漢文学史』　民衆書館　一九六一年）、車柱環（『韓国漢文学史』　景仁文化社　一九九五年）、尹栄玉（『韓国詩歌の研究』　蛍雪出版　一九八一年）、チ・ヌンモ（「新羅漢詩の発展過程」『新羅文学の新研究』　新羅文化宣揚会　一九八六年）などの論述を参照した。

（２）『三国史記』新羅本紀第５　民族文化推進会　一九七三年。西暦は魚允迪『補増東史年表』（東国文化社一九五九年）による（『三国史記』の出処は省略する。以下同じ）。

（３）注（２）に同じ　新羅本紀第４　四六頁

（４）井上秀雄訳注『三国史記』１　一四九〜一五〇頁　平凡社　一九八〇年

（５）注（１）に同じ　李家源　四〇〜四一頁参照

（６）金万重著　洪寅杓訳註『西浦漫筆』三五二〜三五三頁「無乃以金購於華人耶」　一志社　一九八七年

（７）注（１）に同じ　車柱環　四八頁

（８）注（１）に同じ　金台俊　一七頁

（９）注（１）に同じ　尹栄玉　三〇六頁

（10）注（１）に同じ　車柱環　四八頁

（11）現存する作家未詳の「新羅上唐高宗皇帝陣情表」『東文選』Ⅳ　第39巻　二一七頁　民族文化推進社

一九七〇年）にも、百済に朝貢の路を塞がれたと唐の皇帝に陳情している。

(12) 注（2）に同じ『三国史記』新羅本紀第9　八二頁
(13) 注（2）に同じ　新羅本紀第9　八二頁
(14) 崔南善編『三国遺事』巻5　月明師兜率歌　民衆書館　一九四九年
(15) 景徳王十九年庚子四月朔　二日並現　挟旬不滅　日官奏請縁僧作散花功徳　則可禳　於是潔壇於朝元殿　駕幸青陽楼　望縁僧　時有月明師　行于阡陌時之南路　王使召之　命開壇作啓　明奏云　臣僧但属於国仙之徒　只解郷歌　不閑声梵　王曰　既卜縁僧　雖用郷歌可也　明乃作兜率歌賦之　其詞曰　今日此矣散花　唱良巴宝白乎隠花良汝隠　直等隠心音矣命叱使以悪只　弥勒座主陪立羅良　解曰　龍楼此日散花歌桃送　青雲一片花　殷重直心之所使　遠邀兜率大僊家　今俗謂此為散花歌　誤矣　宜云兜率歌　別有散花歌　文多不載　既而日怪即滅　王可知　賜品茶一襲　水精念珠百八箇
(16) 日本語訳は梁柱東『古歌研究』（博文書館　一九六〇年）の解読を基にした。
(17) 拙稿「郷歌兜率歌と歴史記述」『朝鮮学報』176～177輯　2000年4月
(18) 注（2）『三国史記』新羅本紀第10　哀荘王五年九月、六年の記事
(19) 注（14）に同じ　『三国遺事』巻1　「延烏郎・細烏女」
(20) 注（2）に同じ　『三国史記』新羅本紀第三　「奈勿尼師今」九年四月、三八年五月の記事
(21) 注（2）に同じ　『三国史記』新羅本紀第1　「始祖赫居世居世干」
(22) 注（4）に同じ　二〇四頁
(23) 『続日本紀』「頒下律令于天下諸国」　新日本古典文学大系12巻　岩波書店　一九八九年

(24) 注（4）に同じ　三一一頁
(25) 新羅と日本が最初に国交を結んだのは、脱解尼師今三（五九）年夏五月（「与倭国結好交聘」）であるが、度々国交を結んだ記事がある。
(26) 注（14）に同じ　『三国遺事』巻2「文虎王法敏」と「万波息笛」条参照（原文省略）
(27) 注（14）に同じ　第五居烈郎・第六実処郎・第七宝同郎等三花之徒、欲遊楓岳、有彗星犯心大星、郎徒疑之、欲罷其行、時天師作歌歌之、星恠即滅、日本兵還国、反成福慶、大王歓喜、遣郎遊岳焉、歌曰（『三国遺事』巻5「融天師彗星歌・真平王代」）
(28) 注（16）に同じ
(29) 金善琪「길쓸별（ほうき星）研究」（彗星歌）（『現代文学』145　1967年1月号）以来、多く論者によって支持されている。
(30) 黄浿江「彗星歌研究」『中斎張忠植博士華甲記念論叢』　建国大学出版部　一九九二年
(31) 李承南「彗星歌の背景的意味と文学的形成化」『国語国文学』123　韓国国語国文学会　一九九九年五月
高恵卿（「彗星歌の詩歌的性格」『梨花語文論集』　梨大韓国文学研究所　一九九〇年
楊熙喆『三国遺事郷歌研究』　太学社　一九九七年
(32) 拙稿「郷歌「彗星歌」と歴史記述」『朝鮮学報』187　二〇〇三年四月
(33) 『日本書紀』巻第二十二　一七九～一八一頁　日本古典文学大系　岩波書店　一九六七年
(34) 従来の解読や解釈については、注（32）参照

（35）注（33）に同じ　神功皇后五年　三四九～三五〇頁
（36）『増補文献備考』中　二七九頁　明文堂　一九八一年
（37）注（1）に同じ　尹栄玉　二五二～二五四頁
（38）『高麗史』中　五五九頁　亜細亜出版社　一九七二年

第9章　高麗歌謡「動動」考 ―日本の翁舞「十二月往来」との比較―

はじめに

『高麗史』楽志の俗楽条には「動動（どんどん）」詞の唱法と舞の順序などが記載されており、『楽学軌範』には「動動」の詞も掲載されていて高麗俗楽「動動」が、歌（詞）・舞・楽が一つになった総合芸術として伝承されてきたものであることがわかる。朝鮮王朝初期には「動動」の名称が「牙拍」舞と変わり、末期には歌詞が七言絶句の四行詩として改編されてうたわれたが[1]、現在では途絶えてしまった宮中歌舞である。

宮中歌舞として伝承されてきた高麗俗楽「動動」が高麗時代のいつ頃からどのような目的で演じられてきたのかについては正確にはわからないが、朝鮮王朝の成宗の代に「郷楽呈才」として宮中で中国の使臣を歓迎する場で「動動」の舞が演じられたという記録[2]があることから高麗でも外国からの使臣を接遇するときに演じられた歌舞であったと考えられるだろう。このような見解が可能となるのは、「動動」の歌と舞の順序が高麗俗楽においても朝鮮王朝時代の郷楽呈才においても変わらないため、「動動」の意図、あるいは目的についても変わらないものと考えられるからである。

このように中国の使臣を接遇する場で「動動」の歌舞が演じられたのは、『高麗史』楽志条でも「其歌詞多有頌祷之詞」[3]と指摘しているように、使節団を頌祷するためであったと考えられる。外国の使臣を歓迎する宴席で頌祷歌舞が演じられていたことは極めて自然なことだろう。しかし、従来の研究では「動動」の詞において各月の内容の解釈に重点が置かれてきたため抒情性のみが強調され、片思い、[4]または死んだ人への恋慕の歌とする見解が主流をなしていた。[5]果たして個人の叙情的な歌が国家行事に「頌祷之詞」として使われていたのか疑問ではあるが、何よりも一年十二月をうたうタルコリ[6]それ自体が持つ祝歌としての性格とその機能を見過ごしてはならないだろう。

現在、日本の伝統芸能である「能」で「翁」という曲目が演じられているが、それとほぼ同じ内容の「翁舞」が神社で行われており、秋祭の宵宮で奉納される祭礼として伝承されている。ところで「能」の「翁」の中には一年十二月の年中行事や景物をうたう「十二月往来」がある。まだ韓国の学界ではあまり知られていない歌だが、この詞章には「トウトウタラリ」という一節があって「動動」詞のリフレーンを連想させる。そしてタルコリである「十二月往来」は祝祷の歌舞という点で高麗俗楽「動動」とも類似している。また二つの歌は景物（素材）においても同一点が見られるなど、相互に密接な関係があったことを示唆している。そこで本章では「翁」の「十二月往来」の詞章と伝承の様相を渉猟する中で「動動」が演じられる目的、詞の構成と機能を追求し、「十二月往来」の形成に及ぼした「動動」の影響についても考えてみたい。

一　日本の「翁舞」の祝祷性

奈良地方は「能」の故郷と呼ばれ、興福寺や春日大社といった大寺院や神社を中心に「能」が伝承されてきた。少なくとも十四世紀中葉には「能」の初期形態である「猿楽の能」を演じる大和猿楽四座という専門家集団が形成されていたことが、世阿弥（一三六三～?年）の『風姿花伝』[7]にその名称があることから確認できる。大和猿楽四座とは外山（宝生座の古称）、結崎（観世座の古称）、坂戸（金剛座の古称）、円満井（金春座の古称）を指しており、大寺院に拠点を置き活躍した芸能集団である。この大和四座は各地の寺社の祭礼に参加し「猿楽の能」を奉納したが、世阿弥の『世子六十以後申楽談儀』によれば、南都興福寺の〈薪御神事〉に参加しなければならないという規定などがあった。特に結崎座に関する規定には「若宮会の中心行事である馬場渡に参加しなければ百文の過怠料を出さなければならない」、「指定された地域の中にありながら、多武峰の八講猿楽に参加しなければ座を追放する」などといった規定があったことか[8]ら、奈良地域の守護職を担ってきた興福寺の〈薪猿楽〉、春日大社の〈若宮御祭〉、多武峰寺の〈八講猿楽〉などに参加する義務があったことがわかる。現在も毎年五月十一日と十二日の二日間、興福寺と春日大社で〈薪御能〉が行われているが（明治維新で一時途絶えたが一九四三年に復興され、現在は奈良市指定文化財に指定されている）、「呪師走りの儀」と呼ばれる「翁」が金春流によって最初の舞台で演じられる。「能」において最も中心的役割を担う演目は「翁」だという。「能」において「翁」は「能にして能にあらず」といわれるほど、特殊な演目として扱われている。その理由は、翁が天下泰平と国土安穏を祈祷する舞と考えられ、演奏形式も他の演目とはまったく違っているためだろうか、観世流では「翁」の詞章集を「神歌」と呼んでいる。[9]このように、「翁」を特殊な「能」として扱っているのは、金春流においても同じで、「翁」の演者は出演の七日前から手ずから作った食事を摂り、別室に籠り、精進潔斎して出演の日を待つという。[10]このように、「能」において「翁」は単なる芸能というよりは一種の神事として受け止められていることがわかる。

また「翁」は「能」だけでなく、各地の神社でも奉納されているのだが、その中で最も古式舞の形態を保っていて注目されるのが、奈良市にある奈良豆比古神社の「翁舞」である。国の重要無形民俗文化財に指定され（二〇〇〇年十二月指定）、毎年十月八、九日の秋祭の初日の夕方に奉納されている。秋祭以外に二十年毎の式年造替の際にも、また一九〇〇年には雨乞の儀でも演じられたという[11]。この神社の「翁舞」の面の一つである「べし見面」の裏面に「応永廿季二月二十日」という制作年月日が刻まれており[12]、少なくとも応永二十（一四一三）年にはすでに翁舞が奉納されていたことがわかる。この神社に伝わる「翁舞」の詞章調査から、「翁舞」が奉納された目的は、天下泰平と国土安穏、そして地域住民たちの長寿と富貴栄華を祝祷することであることが確認できる[13]。この「翁舞」と「能」で演じられる「翁」とを比較すると、天下泰平と国土安穏を祈願するという共通性を持っているが、神社で奉納される「翁舞」は地域住民に密着した祝祷性が表れていることが特徴と言える。このような地域住民に密着した祝祷的な性格ゆえに、小規模神社においても連綿と「翁舞」が伝承されてきたのだろう。山路興浩の調査[14]によれば、奈良県だけでも、最近まで十一箇所の神社で「翁舞」が奉納されているという。しかし、各神社で伝承されている「翁舞」は現在、神社の氏子や保存会によって伝授されているが、本来は、大和四座所属の専門家たちに伝授され、各神社に定着したものだという[15]。

ところで、「翁」の初期形態である「翁猿楽」が日本で形成された時期については多くの異見があるが、その論拠として提示されている文献はおおよそ次の二種類である。先に提示されたものは『法華五部九巻書』[16]（大治元（一一二六）年）である。その理由は現在「翁」の序章で、共通してうたわれている「とうとうたらり」という歌と「翁」の順番を「父叟形仏、翁形文殊、三番形弥勒」と記録しているからである。この資料を最初に提示した能勢朝次は、文献の制作時期と編者については、真偽のほどは定かではないが、「翁」にまだ「延命冠者」が登場しないという点から、『法華五部九巻書』の制作時期は平安時代末期から遅くとも鎌倉時代初期までと推測していて、[17]「翁猿楽」の成立時期もこの時期とみている。その後、呪師と猿楽との関係、翁と三番猿楽との関係などが究明されると、『法華五部九巻書』の編纂時期を十二世紀初期まで遡ることはないとし、「翁猿楽」の具体的な姿を直接伝えている最も古い文献資料は弘安六（一二八三）年に編纂された「春日臨時祭礼記」だという。[18] これによれば、興福寺の衆徒が中心となって開催された春日若宮祭の臨時祭で演じされた「翁猿楽」は〈児翁面、三番猿楽、冠者、父允〉で構成されていて、[19] 祭礼が始まった保延二（一一三六）年から「翁猿楽」が演じられていたとは断言できないが、少なくとも一二八三年に「翁猿楽」が演じられていたことは確かだという。

前述のような文献的考証により、少なくとも十三世紀末期には「翁猿楽」が上演されていたことが確認できるが、だからといって「翁猿楽」の形成時期をこの時期とすることはできない。後述するが、「翁舞」が祝祷の歌舞であるという見方をすれば、高句麗の大陸文化の影響を受けただろうことが考えられ、また影響を受けた時期は古代にまで遡ることができると思われる。

二　「十二月往来」

「翁猿楽」には、いつからのことであるかは定かではないが、一年十二月の年中行事と景物をうたう「十二月往来」が伝来している。天野文雄の〈翁詞章の伝存状況〉調査リストによれば、「十二月往来」が収録されている文献は、活字化されていない『享禄三年二月奥書能伝書（観世新九郎家文庫蔵、一五三一年）』、『五音三曲』（観世文庫蔵、一五三五年）などを含め、活字本として翻刻刊行されている「翁口伝書」（幸王家文書）などの六種類に至る。[20]その他に、現在の「翁」の台詞本として「神歌」（観世流）と『翁・弓矢立合』（金春流[21]）が挙げられる。

「十二月往来」は基本的に神事猿楽用の演出と考えられているが、南都（奈良）神事で伝統的に行われる「呪師走り」（法会で行う呪法の意味を演舞として解説）や興福寺の南大門で行われる薪能の「翁」、また春日若宮祭の「翁」において大和猿楽四座がともに演じたのが「十二月往来」である。神事用の演出だったために世阿弥伝書など「能」の伝書でもほぼ言及されることがなかったが、その形成時期は南都神事で四座が義務的に奉納するようになった鎌倉期（一一九二〜一三三一年）まで溯ることができるという。[22]現在は観世流と金春流において特殊な演出で「十二月往来」が伝来されているのみで、他の流派や小さな神社で演じられる「翁舞」には伝承されていないようである。「十二月往来」は前掲のとおり一五三〇年代の詞章が最も古い稿本として現存しているが、「春日大宮若宮御祭礼図」（一七四二年）の「猿楽一村神前、式三番、翁三人、十二月往来有[23]」という記録にも見られるように、「十二月往来」が伝統的な南都神事として演じられていたことは間違いないだろう。

三　「十二月往来」と「動動」詞

「十二月往来」の異本に対する詞章の対照は表章により初めて行われた。それによると、現行の観世流「十二月往来」詞章は観世大夫である元章の時代（一七六四～一七七二年）に改訂された明和改正謡本『九祝舞』の詞章と同一のもので、観世宗家所蔵の『五音三曲』（一五三五年）とはまったく違うという。また『五音三曲』は江戸初期の金春座の詞章である安喜（一六六一年没）本と基本的に一致するという。[24]天野文雄は「十二月往来の変遷」という表題の下、最も古い詞章と推定されている『享禄三年二月奥書能伝書』（前掲）を中心に『五音三曲』や『翁口伝書』などの詞章と対照した結果、現在の金春流の詞章は近世以前の能座の「十二月往来」の詞章を継承したものではなく、一九四七年に南都の薪能で復興したのを契機に幸王家の詞章を自分たちのものにしたと思われると指摘している。その理由として、一九四一年に刊行された金春流の『翁・弓矢立合』には収録されていない「十二月往来」や「延命冠者」が、一九五五年から一九五九年の間に刊行された金春流昭和正本には収録されているからだという。[25]管見によれば、「十二月往来」詞章に関する異本研究は、これら二つの研究のみであるが、これだけ異本研究の例が僅かな理由は、異本のほとんどが個人の所蔵で、詞章が活字化されて普及していないためだと思われる。

以下に筆者が掲載する「十二月往来」は、①観世流の古文献である『五音三曲』[26]（一五三三年）、②観世流と金春流の現行本である『神歌』、③金春流の最も古い資料の一つである『神道秘密翁大事』[27]（一六五九年頃）、④『翁・弓矢立合』である。①は表章により「十二月往来」部分のみ全文が翻刻されており、③は天野文雄により翻刻され学会に紹介されたものを引用した。また論理の展開上観世流の古本と現行本を①②と羅列表記し、金春流の古本と現行本を③④と羅列表記し、最後に⑤『楽学軌範』[28]に収録されている「動動」の詞を併記して対照しやすくした。（各章の詞章に表示されている唱者及び発音についての説明は省略し、

①の詞章の括弧内の漢字と日本語は翻刻者が参照用に添付したものである。⑤「動動」詞のリフレーン部分「アウドンドンダリ」は紙面の都合上、省略した）

Ａ①かかる目出度御きうたには十二月のわらひこそ目出たう候へ　それこそ尤もめでたう候へ
②（省略）かかるめでたきみぎんにハ。十二月の往来こそめでたう候へ　それこそ尤もめでたう候
③（省略）かかるめでたきミぎんにハ。十二月のわうらいこそ誠にめでたう候へ　尤もめでたう候
④かかる目出たきみぎんには。十二月の往来こそ目出とう候え。それこそ尤もめでたう候え。
⑤徳をば後杯にささげ持ち、福をば前杯にささげ持ちて、徳よ福よ、いでましませ

Ｂ①正月の松のかぜ　きんのことをしらむ
②睦月乃松の風　八紘の琴をしらへたり
③正月の松のかぜ　きんのことをしらべたり
④正月の松の風。君のことをしらべたり。
⑤正月の川の水は、アウ、凍ったり解けたりすれど、世に生まれいでて、我ひとり暮らすべきか

Ｃ①二月のつばめハ　やうなり舞をはやむ
②如月乃霞ハ　天つ少女の羽衣よ
③二月のつばめ　東なりいわひをはやめたり

④二月のつばめ　よわいよわいをはやめたり。
⑤二月の十五日（燃灯会）に、アウ高く灯した灯のように、万人を照らす君の貌貌（かお）

D①三月の霜（霞）ハ　四方の山にたな引
②弥生乃桃の花　三千歳もなほ栄うる
③三月のかすミ　しほうのやまにたなびく
④三月の霞。四方の山にたなびく。
⑤三月花開き、アウ晩春の李の花、ひとが羨む貌をもって生まれる

E①四月の郭公　所によき事をつげ渡る
②卯月の橘ハ　常世乃国も変わらじ
③四月の郭公　所に吉キ事をつげわたる。
④四月のほとゝぎす　所によき事をつげわたる
⑤四月に忘れず、アウ来る鶯の鳥よ、なんぞ君は、昔のことを忘れたか

F①五月（の）あやめ草　玉の御ほうでむをふきかざる
②皐月乃菖蒲草　大御殿に葺きたり
③五月のあやめ草　玉の御殿をふきかざる

④五月のあやめ草　玉の御殿をふきかざる。
⑤五月の五日に、アウ端午の日の朝の薬、千歳を長える、薬とて献げます

G①六月の扇は　とくわかの（常若）かぜを出す
②水無月乃氷ハ　仙の伝へなりける
③六月のあふき　とくわかに風を出す
④六月の扇。とくわかに風をいだす。
⑤六月の十五日（流頭の節句）に、アウ川辺に捨てた櫛のように、かえりみる君を、しばらく追って行きます

H①七月の蝉の声　林て（に）うたう也
②文月の梶の葉ハ　幸を求むる種とかや
③七月のせミのこえ　林にうたふたり
④七月の蝉声。林にうたうたり
⑤七月の十五日（百種の節句、中元）に、アウ百種の供物を供えて、君といっしょになることを、祈っています

I①八月のかりがねハ　ミほうじやうへ（御放生会）にまひる
②葉月の月ハそも　尽きせぬ秋と照らすなり

③八月の雁金　はうぜうゑにまいる
④八月のかりがね。ほうじょうえにまいろう
⑤八月の十五日（嘉排の節句、お盆）に、アウ嘉排の日は、君に仕えに行って、嘉排のよき日ぞ

J①九月の菊のはな　いわうほうやく（医王方薬）のミくすりとなる
②長月の菊乃花　老いせぬ薬なるかも
③九月の菊の花　御はうほうやくの御薬となる
④九月の菊の酒。ふろうほうやくのみくすりとなる
⑤九月の九日に、アウ薬だと召す黄花、家の中に入り、今年もはやく暮れていく

K①十月の時雨ハ　木の葉を染渡る
②神無月の龍胆草ハ　うち日さすなへ笑まはし
③十月のきたしくれ　木の葉をそめハたる
④十月のしぐれ。　木の葉を深めたり
⑤十月にアウ切られた菩提樹のように、折って捨てられた後は、誰ひとり持たない

L①十一月のあられは　ふどうのじくげに（不動慈救偈）ことならず
②霜月の梅乃花　新嘗祭る心葉

③十一月のあられは　ふどうのしらげにことならす
④十一月のあられ。ふどうのしらげにことならず。
⑤十一月に土間に、アウ単衣物被り臥し、悲しいことだよ、愛しい君を亡くし独り生きることは

M①十二月の氷は　ます鏡をろうす
②師走のみ雪ハ　豊年知らす吉き祥
③十二月の氷は　ますかがミ
④十二月の氷。ますかがみ
⑤十二月に山楲の木を削って、アウ膳の上の箸ように君の前に並べて置いたら、客がとって咬みます

N①さいしょほつぼふ並びほつぼう（省略）そやいと（づ）くのをきなども　そよや
②やあ万歳千歳　ちとせの千歳（省略）千秋万歳の　祝ひ乃舞なれば　一舞舞はう万歳楽　万歳楽
万歳楽　万歳楽
③さいしやうほツはう　井ニ北方（省略）そやいづくのおきなともつね翁也
④大にほつぼう。ならびにほつぼう。（省略）千秋ばんぜいの。喜びの舞なれば。一舞舞おう万歳楽
万歳楽　万歳楽　万歳楽

前掲のとおり②観世流の現行本を除けば、①観世流古本、③金春流古本、④金春流の現行本は、誤写や

小異はあるが、基本的に同一の詞章であることがわかる。観世流現行本だけが異なっているのは、観世大夫の元章時代に詞章が改訂されて現在に至っているからで、両流派の古本の詞章が同一である理由は、元々四座の大夫（長）がともに舞うものが「十二月往来」の本来の形態だったからだという。[29] 元章による詞章の改訂以後に両流派の詞章が異なって現在に至っているということは四座がともに歌舞を舞う「十二月往来」の形態に変化が起きたとみるべきであろう。つまり現行の観世流の「十二月往来」に登場する二人の「翁」は同じ流派に属する人であることを考えれば、元章時代から「十二月往来」の形態が変化し、両流派はともに演じることをせず、座単独の形態に変化したものではないかと推測される。現在二人の「翁」が問答形式で「十二月往来」を演じているが（金春流は三人）、これは以前に二座または三座がともに演じていた元の姿が残っているものと考えられる。実際に「春日大宮若宮御祭礼図」（一七四二年）によれば、春日若宮祭で演じられていた「十二月往来」は「猿楽一村」と記録されている。ここで言う「一村」とは一座という意味で、「十二月往来」が一座で演じられていたことがわかる。このように一座によって「十二月往来」が演じられることが定着し、両流派はまったく異なった②と④の詞章に分離されたのだろう。

「十二月往来」の詞章に比べ、高麗俗楽「動動」の詞は、現在では『楽学軌範』に収録されているものが残っているのみである。朝鮮王朝末期に至って七言四句の漢詩体に改編された歌詞（前掲）はタルコリとはまったく関係がないためここでは省略する。

1　歌舞の性格と対象

「十二月往来」の詞章Aは序章の部であるが、現行本②がもっとも長く、分量は全詞章の半分ほどにもなる。Bの詞章で注目される節は「十二月の往来こそめでたう候へ」である。これは①から④まですべての詞章でうたわれているが、「十二月往来」をうたう理由は祝うということにあり、また十二月往来という年中行事がまさに慶祝行事であることを表している。そして終章であるNの②では「千秋万歳の祝ひ乃舞なれば一舞舞はう万歳楽」、④では「千秋ばんぜいの。喜びの舞なれば。一舞舞おう万歳楽」とうたっていることから、「十二月往来」の歌舞はAの慶祝の歌であるとともに、Nの千秋万歳つまり長寿を願う歌舞であることがわかる。このような慶祝と祈願が込められた「十二月往来」の歌舞が終わると演者（翁）は「長久円満息災延命今日の御祈祷なり」と唱え、[30]祈りを捧げる。無病息災と長寿を祈っているのだが、現行観世流②の「初日之式」や「二日之式」などの「翁」と④金春流の「翁」では「天下泰平国土安穏今日の御祈祷なり」と国家的な次元での祈祷をしている。以上のことから「十二月往来」は基本的に年中行事を中心とした慶祝、長寿、天下泰平などを祈る祝祷の詞章で構成されていると言うことができる。

ところが、年中行事のBからMまでの内容からは祝祷の詞章と直接的に関連のあるものは見られないため、内容よりも年中行事の形式でうたわれていること自体に意味があると言える。ここで年中行事の機能について推測すれば、年中行事の慶祝性が担う役割が歌舞の目的である祈祷内容を保証する機能があるのではないかと考えられる。言い換えれば、年中行事としての機能により「十二月往来」の祈祷内容は一年間の保証を受けることになり、それによって「十二月往来」が祝祷の詞章としての機能を持つことができたと考えられる。

このような年中行事の意味と機能は「動動」の詞でも同じだと考えられる。前掲の「動動」の詞の序章Aは「徳をば後杯にささげ持ち、福をば前杯にささげ持ちて、徳よ福よいでましませ」とうたっていて、これは祈願を表す節であることに間違いなく、この節を「動動」の詞の目的節とみることができる。この目的節から、年中行事の慶祝性がもつ機能によって目的の達成が保証されるという構成の祝祷の詞章が「動動」の詞であるとみることができる。このように、序章と年中行事の章との構成上の違いは「動動」の歌唱法においても表れている。「動動」では、Aの序章（「動動」では起句と表現）をうたうと、一度膝をついて牙拍を取り上げ腰紐の間に差す、次に手を合わせて起き上がり足踏みをするという動作をすると諸妓が正月をうたい始める。[31]このような唱法から序章と年中行事の章をはっきりと区別していることがわかる。

このように「十二月往来」と「動動」の詞は本来、いつ、誰のためにうたわれた歌であったのかという対象についても考える必要がある。対象によって歌舞の性格が変わることもあるからである。「十二月往来」の場合、Aの②の序章での省略部分を見ると次のとおりである。

所千代までおはしませ、我等も千秋さむらはう、鶴と亀と乃齢にて、所ハ久しく栄え給ふべしや、鶴は千代経る君ハいかが経る、万代こそ、経れありとうとうとう

上掲の節から君（当時の統治者である幕府の将軍）の長寿と繁栄を祈願していることがわかる。金春流現行本④の「翁」では「所千代までおはしませ、われらも千秋さむらおう、鳴るは瀧の水、日は照るとも、たえずとうたりあいうどうどう」（三頁）とうたい、鶴と亀の代わりに「瀧の水」と「日は照る」に喩えている違いがあるだけで、君に対する祈願の意味は同じである。このように「猿楽の能」が君に対する慶祝の席で祈願する歌舞であったため、足利義満（一三五七〜一四〇八年）将軍時代から江戸時代に至るま

で武家政権の保護を受け、日本の伝統芸能として成長してきたのだろう。

一方で高麗俗楽「動動」が高麗時代のいつ、誰のために演じられたという記録は発見されていないが、前述したとおり、「動動」の歌と舞の順序が高麗俗楽でも朝鮮王朝の郷楽呈才でも変わらないため、朝鮮王朝期に中国使節団を歓迎する宴席で「動動」が演じられたという記録を、そのまま高麗時代まで遡って、高麗時代にも中国使節団を歓迎する宴席で演じられたとみても問題はないだろう。

そうだとすれば、「動動」詞の慶祝と祈願の対象は中国使節団であり、遠くからやって来た外国使節団の徳と福を祝祷する儀典の歌舞が高麗俗楽「動動」であっただろう。しかしここで確認しておかなければならないことは、高麗時代に国王に対する慶祝と祝祷の歌は「風入松」(32)であり、「動動」が宮中歌舞といえども国王のための歌舞には決して成り得なかったということである。「十二月往来」が、天皇ではなく君を祝祷する歌舞であったように「動動」も高麗時代には中国使節団くらいを対象に祝祷する歌舞であっただろう。

2　年中行事の対照

「十二月往来」の観世流現行本②では一月から十二月までを日本固有の名称でうたっているのが特徴だが、「十二月往来」は正月から十二月までの年中行事とその月の景物をうたっていて、これは韓国語のタルコリである。「十二月往来」に年中行事として明確に表れているのは、五月の端午の節句に菖蒲草を屋根に挿すと火災を除けるという宮中行事（全詞章）、六月は一日を氷の朔日といって氷を下賜した宮中行事②、八月には生物を池川山林に送り返す仏教的行事である放生会①③④、九月は九日の重陽節に菊花酒を飲む風俗（全詞章）、十一月には天神地祇に新穀の収穫を感謝する新嘗祭②などで五か月に過ぎない。このような日本の「十二月往来」に比べ「動動」詞に表れている年中行事は、二月の燃燈会、五月の端午の日、六月の流頭の日、七月の百種、八月の秋夕、九月の重陽節などで六か月である。これらのことからわかるように「十二月往来」と「動動」詞は年中行事を表現した歌ではない。正月から十二月までの各月の景物をうたう過程で年中行事が表現されているとみなければならないだろう。日本の場合、正月の初詣や七月のお盆などの重要な行事が表現されておらず、「動動」詞の場合は、韓国の四大祝日のうち元旦と寒食が抜ける点も考慮しなければならないだろう。

「十二月往来」と「動動」詞の詞章において注目すべき点は四月と九月の歌である。まず四月は②を除く「十二月往来」の素材として郭公が登場するが、これを偶然の一致とみるのは難しいだろう。日本の都だった奈良と京都、高麗と朝鮮の都だった開城とソウルという地域において四月になると同時に郭公が現れるのかという点については生態学的な調査が必要かも知れないが、四月の多くの景物の中から郭公が素材としてうたわれているのは、偶然というよりは歌自体の伝播による影響ではなかったかという考えが浮かぶ。また九月と菊花に関しては、元々中国の汝南で桓景が菊花酒を飲んで災難を免れたという重陽節の伝説[33]に由来するだろうが、「十二月往来」と「動動」詞で菊（黄花は異称）を素材にうたっているのは、二つの歌が年中行事を表す歌でない以上、影響されたという関係を示唆する根拠とも考えられる。

ところで「十二月往来」と「動動」詞が大きく違う点は、君に関連する歌が「十二月往来」には一つもないのに対して「動動」詞には四月や六月をはじめ、半分以上の月に君と関連する歌が入っているという点である。「動動」詞の叙情性を高麗的な特徴と考えることができるが、林基中が指摘しているように「動動」が中国文学「十二月相思」に由来するとすれば[34]、タルコリの叙情性は朝鮮半島を含む大陸的特徴とみることができる。しかし「動動」詞に祝祷性が認められる以上、「動動」詞においての抒情性だけでなく年中行事自体が持っている意味や機能についても重要視されるべきだろう。

3　頌祷之詞

「動動」については高麗時代に「其歌詞多有頌祷之詞」と指摘されている。演じられていた当時の記録であるだけに「動動」詞は多くの頌祷之詞であるとみるべきだろう。しかしこれまで、徳と福を捧げるという序章で頌祷之詞であることを認める見解がある[35]一方で祈願という一面[36]、または外見は祷だが内面に込められたものは怨だ[37]などの意味として解釈されてもいる。筆者は前述のように序章Aは「動動」詞の目的節で祈願する内容が込められているため頌祷之詞とする見解には賛同できないが、祈願を表しているという点で「祷之詞」に該当すると考える。また三遇恭太郎によれば、十二月をうたうことは一種の呪歌で、その目的は一年間の生活の事象をうたうことによってその年の生活を神に保証してもらうことにあるという[38]。年中行事の呪歌的な性格を示唆した卓見と思われるが、筆者は、年中行事によって目的達成が保証される「十二月往来」と「動動」詞の構成から年中行事の呪術性を支持するが、このような呪歌的な性格だけでなく祝歌的な性格も見過ごしてはならないと考える。この祝歌的な性格は前掲のAの「十二月の往来こそめでたう候へ」という節に見られる。この呪歌的な祝歌的性格により、「十二月往来」に出てくる「天下泰平、国土安穏、延命」といった祈祷は単なる祈祷に終わらず祝祷となり、祈りは保証されるのである。

前記のような解釈は「動動」詞においても可能であろう。正月から十二月までをうたう年中行事の呪歌的な祝歌的性格により、序章の「徳と福を与えたまえ」という祈りも保証されるのである。このような年中行事の呪歌的な祝歌的性格を高麗時代には「頌之詞」と見ていたようである。そのため「動動」詞において、祈願を表している序章は「祷之詞」で、年中行事の祝歌的性格を「頌之詞」として記述したのではなかっただろうか。このような意味では、「動動」詞は「頌祷之詞」と言えるのである。だからといって、すべての年中行事を「頌之詞」と見るのではなく、少なくとも祈願や祈祷と結びついた年中行事に限って「頌之詞」と見ているのである。

「動動」は朝鮮王朝後期に至って、国王や大王大妃の誕生日あるいは還暦の祝宴でよく演奏されたという。[39]成宗の代に中国の使臣を歓迎する宴席で演じられた歌舞が国王や大王大妃のために演じられたということは、楽学軌範上、革新的な変化と見ることができる。理由はわからないが、徳と福を頌祷する「動動」詞の性格から福がより強く反映されたと考えられる。何故なら国王や大王大妃の誕生日または還暦の祝宴では長寿を祈願したであろうが、この長寿というのは五福の中で一番の福であり、福を頌祷している「動動」詞の内容と一致しているのである。またこれは「動動」詞が徳と福を祈願し慶祝することを目的とした歌であるという筆者の見解を立証する事例と思われる。

4 「仙語」

『高麗史』では「動動之戯、其歌詞多有頌祷拏之詞、盖效仙語而為之、然詞俚不載」と、「動動」詞と「仙語」との関係を指摘している。この「仙語」について風流な言語表現あるいは風流に関する言葉で正月詞から十二月詞までを表現、[40]あるいは亡者に対する歌と解釈している。[41]またそうかと思うと、軽率な言葉でできた歌詞としての意味で年中行事の歌詞[42]とする見解もある。しかし、すでに指摘したように、高麗俗楽の歌詞を「仙語」と関連付けて記録しているものは、『高麗史』楽志「紫霞洞」の「作此歌、今家婢歌之、詞皆仙語、盖托紫霞之仙[43]」にも見られる。歌の歌詞を「仙語」と見ているという点で「動動」が「仙語」と同じ意味で書かれていることがわかる。そのため「仙語」を解釈するときには、両方の記録の意味を渉鮮しなければならない。だとすると、二つの歌詞の共通点から「仙語」の意味を探し出すのも有効的な一方法だろう。

高麗俗楽「紫霞洞」は『高麗史』楽志によれば侍中の蔡洪哲が作った歌だが、洪哲は紫霞洞に暮らし、毎日のように元老たちを迎え入れ、相当に楽しんで宴を終えたと言うが、その歌詞は次のとおりである。[44]

> （前略）今日元老の方々が集まったという知らせを聞き、嬉しくなって訪ねて行き一杯の長命酒を差し上げます。
> 一杯で千年の長寿を得るというから、一杯飲んでまた一杯召し上がりくださいませ。（中略）
> 丁重に諸公のために一曲差し上げます。それは何の曲かといえば万年歓なり。（後略）

歌詞の内容から見るに元老たちのための歌であることは間違いない。歌はまず皆が集まった宴席を慶祝しながら元老たちの長寿を祝祷している。千年万年の長寿を祈願する思想が道教の神仙思想と不可分の関係にあるため長寿を祈る言葉や文章を儒家たちが「仙語」と表現したのであろう。ところで前述したとおり高麗俗楽「動動」が朝鮮王朝末期に国王と大王大妃の誕生日と還暦の宴席で演じられていた事実から「動動」は徳と福を頌祷する歌舞であるが、特に福が強調されるときに、五福の中で一番の福である長寿を頌祷する意味も包まれていると考えられるため「動動」は長寿を頌祷する歌舞と成り得るのである。このような「動動」の性格は、おそらく高麗時代においても福の観念の中に内在していたであろう。高麗時代の「動動」は中国の使臣たちのための歌舞だったと考えられるため、遠くから来た使臣たちの長寿を包む福を頌祷することは儀典上、不自然なことではないだろう。それならば『高麗史』楽志に収録されている「動動」と「紫霞洞」の共通点として長寿を祈願していることが挙げられる。そのため当時の儒家たちは長寿を祈願する意味を持つ歌詞を「仙語」に喩えて表現したものと考えられる。

四　頌祷歌舞の東漸

高麗俗楽「動動」に関する記録は『高麗史』に初めて見られる。そのため一般的に韓国文学史では高麗時代の俗謡・歌謡と規定している。しかし朝鮮王朝の成宗時代でも「動動」は高句麗に由来するものと思われていたようである。つまり成宗十二（一四七六）年八月に中国の使臣を迎えた宴席で「動動」舞が演じられたとき、使臣がこれは何の舞なのかと尋ねたところ、王が「高句麗時代からの舞で名称は「動動」舞という」と答えているのである。（原文前掲）「動動」の由来を記述しているのはこの記録だけだが、国王の言葉として残っている以上、当代の専門家たちの見解と理解すべきだろう。これによると「動動」は元々高句麗に由来する歌舞で、高麗時代になって『高句麗』楽志に収録されたものと見るべきだろう。古代社会においても頌祷儀式になくてはならない重要な歌舞としての位置を確保していただろう。

こうした「動動」歌舞が東漸し、日本に伝来して伝統芸能「能」の一演目である「翁」の「十二月往来」になったと推測する理由は次のような類似点と同一点があるからである。

一つ目の理由としては「動動」詞のリフレーン「アウドンドンダリ」と似た節が「十二月往来」「翁」でうたわれている点が挙げられる。

前掲した「十二月往来」の序章Aの②（観世流現行本）で省略した部分なのだが、最初の節で「とうとうたらりたらりら、たらりあがりららりとう」「ちりやたらりたらりら、たらりあがりららりとう」とうたっている。この節は順番が違うが、前掲した『法華五部九巻書』に掲載されていて、最初から「翁」でうたわれていたことは間違いないだろう。長く見えるこの節は実は「とうとうたらり」が基本の音節となり（四十三音）、基本の音節の後半部の「とうとうたらりたらりら」（十一音）を形成する。音律的な効果を考えてか「あがり」「ちりや」などに置き換えられる節があるが、すべて日本語ではないと思われる。また基本の音節が単独でうたわれるときは「とんどや」「とうとうとう」などとうたわれてもいるが、「動動」の日本語の発音が「どうどう」となるのを考え合わせれば、基本の音節である「とうとうたらり」は韓国語の「ドンドンダリ」の日本式表現と考えられる[45]。しかし上記の歌の節を陀羅尼的呪文として笛鼓、笙などの楽譜を口でうたう声歌とみる見解もあり[46]、拍子を合わせる擬声語[47]とみる見解もある。

二つ目の理由としては「動動」と「十二月往来」の詞章は年中行事が中心となっており頌祷・祝祷儀式での歌舞として演じられていた点が挙げられる。

風土が違う韓国と日本において前述のとおり詞章で四月と九月の景物（郭公と菊の花）が同一なのは二つの年中行事が偶然の一致というよりは伝播の影響によって形成された可能性を示唆していると考えられ

る。また歌舞の対象は「十二月往来」の場合は君（幕府の将軍）だが、高麗時代の「動動」は中国の使臣であり、朝鮮王朝後代に至っては国王と大王大妃に変わるという大変化が見られるが、特定の人を頌祷する歌舞であったことは間違いない。

三つ目の理由として、「十二月往来」が演じられていた中心地が奈良の興福寺と春日大社（元々寺の鎮守神が春日大社であるため興福寺とは一体化していた）だったのは「十二月往来」の形成に、興福寺専属の楽人である高句麗系渡来人が関与していた可能性が大きいという点が挙げられる。

興福寺は南北朝（一三三一～一三九二年）の戦乱に巻き込まれる前はなり地域の守護職を担うほど莫大な勢力を持っていたため大和四座に大寺社の行事に参加する義務を与え庇護もしていた。この興福寺には専属の楽人がいて法会に従事していたが、この中には南都楽所の中核を成す狛氏がいた。この家系は高句麗王の後裔で、日本に渡来した初代から四代までは太宰府庁の首席舞踊師を務めながら唐・高句麗・新羅・百済の舞踊を受容・伝授した。五代の狛光高（九五九～一〇四八年）は興福寺に定着し、左方奉行となって家格を確立したという[48]。前述のとおり、「動動」が元々高句麗の歌舞であったことを考え合わせれば、高句麗の狛氏の日本への渡来とともに「動動」が日本に伝来し、祝祷の歌舞として興福寺を中心に伝授されたのだろう。実際に興福寺の法会で雑芸が演じられたのは寺伝である『皇年代記』によれば、貞観十一（八七〇）年の修二月会で唐の舞曲が演じられたのだが、演者は腰に獣皮を付け昼夜に亘って演じたという[49]。修二月会（修二会ともいう）とは毎年二月に天下泰平と五穀豊穣、国家の安寧を祈願する法会であり、その法会に参加した高貴な人々のために「動動」のような頌祷の歌舞が演じられたのではないかと考えられる。しかし興福寺の衰退とともに狛氏の楽人としての地位もなくなり、彼らの芸能は大和四座により継承され「十二月往来」という祝祷歌舞として現在に至ったものと考えられる。

むすびに

これまで叙述した内容を要約して整理すれば次のとおりである。

1　「十二月往来」は元々四座の大夫（長）がともに舞う形態だったが、元章以降は一座単独で演じる形態に変わり、詞章も異なって現在に至っている。

2　「十二月往来」は基本的に年中行事を中心に慶祝と長寿、天下泰平などを祈願する祝祷の詞章として構成されている。

3　年中行事は、祝祷の詞章との直接的な関連性を見つけられないことから、内容よりも年中行事形式をうたうこと自体に意味があると言える。年中行事の慶祝性により祈祷の内容が保証される。このような年中行事の機能により「十二月往来」の祈祷内容は一年間の保証を受けられ、「十二月往来」が祝祷の詞章としての機能を持つことができるようになったと考えられる。

4　「動動」詞の序章は祈願を表している節で、「動動」詞の目的節となる。この目的節は年中行事の慶祝性が持つ機能により目的達成を保証される。このような構成の祝祷詞章が「動動」詞であると言える。

5　「動動」詞の慶祝と祈願の対象は中国の使臣で、遠くから来た外国使臣に徳と福が与えられるよう祝祷する儀典の歌舞が高麗俗楽「動動」である。

6 「十二月往来」と「動動」詞は年中行事を表現した歌ではない。正月から十二月までの各月の景物をうたう過程で年中行事を表現しているとみるべきである。

7 「十二月往来」と「動動」詞において四月と九月が同じ素材をうたっているのは二つの歌の影響関係を示唆する根拠とみることができる。

8 「動動」詞の祈祷性が認められる以上、「動動」詞において抒情性のみならず年中行事が持つ意味や機能についても重要視されなければならない。

9 「動動」詞において祈願を表現している序章は「祷之詞」として、年中行事の呪歌的で祝歌的な性格を「頌之詞」として記述したものではないだろうか。このような意味で「動動」詞は「頌祷之詞」だと言える。だからといってすべての年中行事を頌之詞と考えるわけではない。少なくとも祈願や祈祷と結びついた年中行事のみを「頌之詞」と考えるものである。

10 高麗時代の儒家たちは長寿を祈願する意味がある歌詞を「仙語」に喩え表現したと考えられる。

11 「動動」歌舞が東漸して日本に伝来し、伝統芸能「能」の一演目である「翁」の「十二月往来」になったと推測する理由として、「動動」詞のリフレーン「アウドンドンダリ」と似た節が「十二月往来」でうたわれている点と、年中行事が中心となっている詞章で頌祷儀式の歌舞として演じられていた点を挙げることができる。

「動動」が元々高句麗の歌舞であった点を考え合わせれば、高句麗系狛氏の日本への渡来とともに「動動」が日本に伝来し、狛氏の拠点であった興福寺を中心に伝承されたと考えられる。

【注】

（1）張師勛「宮中呈才舞図笏」『韓国伝統舞踊研究』一志社　一九七七年　付録五五四頁

（2）『成宗実録』巻二三二　二二年八月「月山大君婷行酒時、童妓起舞、上使曰是何舞耶、上曰比舞自高句麗時己有之名曰動動云云」　東洋文化研究所刊　『李朝実録』第一六冊　五六一頁

（3）車柱環訳『高麗史楽』　乙酉文化社　一九七二年　二九〇頁

（4）林基中「動動と十二月相思」『古典詩歌の実証的研究』　東国大学出版部　一九九二年　二八九頁

（5）崔美貞「死んだ人を想う歌〈動動〉」『高麗俗謡の伝承研究』　啓明大学出版部　二〇〇二年　二〇八頁その他の寡婦の絶叫とする見解（尹栄玉『高麗詩歌の研究』　嶺南大学出版部　一九九一年　一九三頁）などが挙げられる。

（6）달거리（タルコリ）という用語は、韓国民謡史で青孀歌について論じる際に初めて使われたようである。すなわち「青孀歌「タルコリ」は毎月の節気に死んだ夫を想う歌で」（高晶玉『朝鮮民謡研究』首善社一九四九年　四〇八頁）という文があり、これより先には李殷相の「青孀民謡小考」（日本語翻訳文）でタルコリを十二月歌と翻訳している（市山盛雄『朝鮮民謡の研究』　坂本書店　一九三五年　一〇〇頁）。

（7）田中裕校注『世阿弥芸術論集』　新潮社　一九七六年　五九頁

（8）注（7）に同じ　二五一〜二五七頁参照

（9）観世流『神歌』　檜書店　二〇〇三年刊行　二頁解説参照

（10）『翁・弓矢立合』金春刊行会　一九七七年刊行　一頁解説参照

(11) 西瀬英紀「奈良阪・奈良豆比古神社の翁舞とスモウ」『奈良市民族芸能調査報告書―田楽・相撲・翁・御田・神楽―』奈良市教育委員会　二〇〇〇年　一九頁
(12) 村田昌三『奈良阪町史』共同精版社　一九九六年　六二頁
(13) 拙稿「奈良豆比古神社の翁舞と高麗歌謡「動動」について」竹原威滋編『奈良市民間説話調査報告書』奈良教育大学　二〇〇〇年　一九三頁
(14) 山路興造『翁の座』平凡社　一九九〇年　二二五～二二六頁
(15) 奈良地域における伝承過程は注一一の一～一六頁に事例が紹介されている。
(16) 翻刻と異本の研究は落合博志『法華五部九巻書』（芸能史研究会編『芸能史研究』一〇九号　一九九〇年四月）
(17) 能勢朝次『能楽源流考』岩波書店　一九七二年　一七〇頁
(18) 「翁猿楽」の成立時期に関する研究所は山路興造「翁猿楽成立期の研究をめぐって」参照要（注一六『芸能史研究』一～一三頁収録）
(19) 芸能史研究会編『日本庶民文化史料集成』第二巻　一一頁
(20) 天野文雄『翁猿楽研究』和泉書院　一九九五年　七八～八〇頁
(21) 注（9）（10）と同じ
(22) 天野文雄「翁猿楽の変遷」二五頁　注一六『芸能史研究』に収録
(23) 『日本庶民生活史料集成』二一巻に収録　三一書房　一九七九年　三三七頁
(24) 表章「十二月往来について」『能楽新考二』わんや書店　一九八六年　五八五～五九〇頁参照

(25) 注(20)と同じ　九二～九四頁参照
(26) 注(24)と同じ　五八八～五八九頁
(27) 注(20)と同じ　二〇頁　二三八～二三九頁
(28) 「時用郷楽呈才図説」『楽学軌範』巻之五　八頁　民族文化文庫刊行会　一九七九年
(29) 注(24)と同じ　五八九頁
(30) 「翁口伝書」神戸教育委員会編『神戸民俗芸能―灘・葺合・生田編』一七四頁　一九七六年
(31) 『国訳楽学軌範』Ⅱ　二二頁　民族文化推進会　一九七九年
(32) 高麗時代に国王を頌祷するときに演じられた「風入松」にある「海東の天子は今の帝仏であられる。(省略)ただ我が王聖寿万歳永遠にあの山の頂と空の果てまで無限に生きられよう」(注３『高麗史』二三七～二三八頁)という一節から知ることができる。
(33) 鈴木棠三『日本年中行事事典』五八〇頁　角川書店　一九七七年
(34) 注(1)と同じ　三三三頁
(35) 注(4)と同じ　二六八頁
(36) 任東権「〈動動〉の解釈」金烈圭・申東旭編『高麗時代の歌謡文学』新文社　一九八二年　一～四五頁
(37) 尹栄玉　注(5)と同じ
(38) 三隅恭太郎「幸十二月往来」民俗芸能の会『芸能復興』創刊号　九頁　一九五二年十月
(39) 『国訳楽学軌範』の注と許南春の論説で『進饌儀軌』の記録を引用している。許南春「〈動動〉と礼楽思想」、「高麗歌謡研究の現況と展望」三六八頁　集文堂　一九九六年

(40) シン・ウンキョン「〈動動〉の形成過程および作者層についての検討」『国語国文学』一二三　五二頁
国語国文学会　一九九九年三月
(41) 崔美貞　注(5)と同じ　二二四頁
(42) 注(4)と同じ　二六八頁
(43) 注(3)と同じ　二九六頁
(44) 原文省略、注(3)と同じ　二四七〜二四八頁
(45) 拙稿　注(1)と同じ　一八四頁
(46) 注(17)と同じ　二一三頁
(47) 注(24)と同じ　三五五〜三六〇頁　新編日本古典文学全『謡曲集①』小学館　一九九七年　二一一頁
(48) 徐淵昊『韓国仮面劇研究』(ウォリン　二〇〇二年)に詳論がある。また彼らの家系図は日本思想体系
二三『古代中世芸術論』岩波書店　一九七三年　二〇八〜二一一頁
(49) 二月三興福寺西金修二月始行。西金堂庭大唐非人畜皮ヲ腰ニ付乎皮敷、薪焼法会之晝夜庭伺公、大唐舞
曲成。(以下省略)興福寺本『皇年代記』筆写本、奈良教育大学校所蔵

第10章　高麗歌謡「動動」と奈良豆比古神社の翁舞

はじめに

奈良阪町の奈良豆比古（ならずひこ）神社の秋祭りに行う「翁舞」には、日本語とは思えない「とうどうたらり」云々の謡（うた）があるが、韓国の高麗時代（九一八〜一三九二年）の宮廷歌舞である「動動（どんどん）」にも、それと類似する「動動タリ」という畳句が見られる。両詞章にはそれらの囃子詞だけではなく、謡の内容においても頌祷の詞が見られるなどの共通点があるのは、いまだあまり知られていない。ここではまず奈良豆比古神社の翁舞の形成過程を踏まえながら、「動動」の詞章（『楽学軌範』一四九三年）との比較考察を試みたいと思う。

一　奈良豆比古神社と翁舞

奈良豆比古神社は、宝亀二（七七一）年正月二十日に光仁天皇の尊父「施基（しき）親王」を奈良山春日離宮に祀ったことから始まるが、祭神の奈良津彦神はこの施基親王で、後の田原天皇と諡（おくりな）をし奉ったものである。さらに同十一（七八〇）年十一月二十一日に田原天皇の第二皇子春日王が、春日大社の第四殿「姫大神」

を当社に勧請し「大宮」と称するに至った。これが中の御社に当たり、その後春日若宮を左座に移し、ここに「奈良坂春日三社」と号したという。(1)奈良豆比古神社は『延喜式』（巻九、神名上）にも大和国添上郡三十七座の一座として見られるほど、その歴史は古い。

こうした縁起を持つ奈良豆比古神社の秋祭りに奉納される翁舞が、いつから始まったのかは定かではないが、『奈良坊目拙解』（一七三〇年）には祭神と関連づけて次のように記されている。春日王が白癩病を患い、平安城を退去して奈良山の当社に密居した。時に子二人あって、兄の浄人と弟の秋王の二人が孝養に励んだ。浄人は散楽俳優を好み、この芸術をもって春日明神に祈ると霊験あって春日王の白癩病が平癒した。世にいう申楽能芸翁三番叟などの面は、浄人に起こったとされている。(2)多分に伝説的な起源話であろうが、現存している翁舞の木造仮面の中の「べし見面」の裏面に「千草左衛門大夫作、応永廿季、二月廿一日」と刻まれているのを見ると、(3)少なくとも応永二十（一四一三）年にはすでに翁舞が行われていたことは明らかである。

現在この神社の氏子のうち、六十歳以上の男子は通称「老中」と呼ばれ、神社の祭典を担当する宮座の中心構成員がおり、無形文化財の翁舞の奉納を担当する「翁講中」の人たちがいる。翁講中の家筋は決まっていて、左回りで三人が当屋をつとめ、年々の祭事の当番をする（一九九三年の調査時点で二十四戸であった）。翁講中に伝わる書類入れの古い箱が神社収蔵庫に保存されているが、箱蓋の表面に「寛政三辛亥九月良日　翁講中　奈良坂町」と記されているのを見ると、(4)寛政三（一七九一）年に翁講中はすでに結成されていたことになる。

だからといって翁舞が最初から氏子の翁講中によって伝承されていたとか、奈良豆比古神社から翁舞が始まったとはいえない。奈良豆比古神社は大和・南都の猿楽の中心地である興福寺や春日大社の近辺にあり、とくに奈良豆比古神社の祭神の中には、春日大社の第四殿「姫大神」を当社に勧請するほど春日大社と深い関係があるものもあった。このように、翁舞の定着において春日大社などで翁舞を奉納する専門家集団が関与していたと考えられる。

西瀬英紀によれば、大和には観世（結崎）・金春（円満井）・金剛（坂戸）・室生（外山（とび））の大和猿楽四座があったが、奈良豆比古神社の翁舞の構成や三人立ちの翁は近世期の南都両仏神事の室生・金春・金剛の三座の「年預衆（ねんによしゅう）」の翁を模倣した形態をとっており、中世的な宮座の祭祀組織が確立していた近世以降、氏子たちが専業の猿楽者に代わって奉納するようになったものだという。[5] 後述するように、各地に散在する翁舞の詞章が酷似している点から考えてみても、専業者によって各地に伝播されたとみる見解は間違いないだろう。

仮面舞は隣国の韓国においてはクワンデ（広大）という専業者集団によって伝えられていた。例えば慶尚北道の河回仮面ノリ（戯）のように、村祭りで上演される仮面ノリ（戯）は元来クワンデ（広大）であったが、現在は地元の保存会によって伝えられている。

二　翁舞の詞章とその機能

奈良豆比古神社の翁舞は口伝によるものであるが、翁講中には明治三十一年筆の翁舞詞章がもっとも古いものとして伝わっている。この明治本と現在口演されている詞章との異同については、天野文雄の詳論によってその異同は僅少であることが判明されている。[6]ここでは『奈良市民俗芸能調査報告書―田楽・相撲・翁・御田・神楽―[7]』に収録されている詞章を用いる。

翁舞の詞章は内容上次のように分類できる。

①まず大夫が「とうどうたらりたらりら　たらりあかりららりとう」とうたうと、地謡は「ちりやたらりたらりら　たらりあがりららりとう」と掛け合いで前謡が始まる。

②「所千代までおわしませ、われらも千秋さむらう、云々」と、神（または君）が千代までおはしませという祝祷の詞と〈我らも千秋の長寿を保ってお仕えする〉とうたう。

③千歳（せんざい）が舞を演じながら「座していたれるども　まいろうれいちゃん、云々」と、ともに祝福に参ろうとうたっている。

④千年の鶴、万代の池の亀、滝の水などの譬え「天下太平、国土安穏」が今日の祈祷であるとうたっている。

⑤大夫と脇が「これも当社明神のご威光により千ざいなるかな、千ざいなるかな、富貴栄華と守らせ給う、これ喜びの万歳楽」などとうたい、神の威光と町内の守護を祝祷する。

⑥最後には三番叟と千歳の問答の舞いがあるが、問答は千秋万歳のめでたい舞を奉納にするという主旨である。とくにこの舞いに注目されているのは、三番叟が問いかければ千歳は正面を向き、千歳が問いかければ三番叟が正面を向き、両者は決して対面して問答することがないということである。近代の能狂言が側面をなるべく見せないのに対し、全く逆の手法であり、翁舞の古さを現している一つで

あるといわれているが、天野文雄によれば、三番叟の問答は室町後期にまで遡る由緒ある文句である[8]という。

前述の仮面に刻まれている応永二十（一四一三）年とも近接していることと考え合わせる、と奈良豆比古神社の翁舞の詞章は十五世紀初め頃には確立していたといえる。

この翁舞の詞章とほぼ同一の詞章が、江戸期の金春座年預で権守だった長命茂兵衛旧家の「翁」の詞章や、奈良市東部の山間地域（東山中）に残る翁舞詞章などに見られるという[9]。現在毎年十月八日・九日に行われる秋祭において八日の宵宮に翁舞が、九日には相撲が奉納される。翁舞はその他に二十年毎の社殿の造宮時に臨時に奉納されるが、明治三十三年には雨乞いの祈願においても上演されている。造宮時に翁舞が演じられるのは、新しいお宮に神の来臨を願う目的であろうが、雨乞いにおいて翁舞が奉納されることは、実際に奈良豆比古神社の翁舞の詞章に「国土安穏」のための祈願と一致しているからであり、他の南都の翁舞の詞章には「長久円満息災延命今日の御祈祷なり[10]」と、地域住民の幸せに密着している祈祷文からも確認できるように、翁舞の目的の中に「国土安穏」や「息災」があるからであろう。このように仮面舞の機能の中に雨乞いの祈雨祭があるのは、日本に限らず韓国の仮面ノリにおいても見いだせる。つまり村祭りとは関係がなく、主に都会の節句のときに（四月八日、五月五日の端午、八月十五日の秋夕など）上演されていた「楊州別山台ノリ」は、祈雨祭のときに上演されることもあったという[11]。また前掲の「河回仮面ノリ」が、村に災難が起こるときに行う別神祭（五年、十年の間隔）で演じられていたのは、本来仮面舞に厄払いや無病息災の祈願があったからであろう。このように、韓国の仮面ノリと翁舞は地域を異にしても、機能面において共通のものがある。

奈良豆比古神社のように、翁舞が奉納される時期が秋祭りであることから、一般に豊穣の祈願を捧げる「翁猿楽」といわれているが、秋に豊穣を祈願するとは理解に苦しむ。本来の翁舞の奉納時期は「薪猿楽伝聞記」などによれば、春日神社では二月五日に猿楽が奉納されていた[12]ように、春の予祝的な「翁猿楽」だったので、豊穣祈願と結び付いていたのではないかと考えられる。現在行われている秋祭りの翁舞はむしろ感謝祭の性格のもので、翁舞の詞章においても「富貴栄華と守らせ給う」と何度も繰り返しうたっている事は、収穫祭であるから可能な詞であろう。

三　「とうどうたらり」と「動動たり」

奈良豆比古神社の翁舞の詞章において筆者が注目している箇所は、冒頭の「とうどうたらり」云々である。この謡は他にも、神戸市須磨区の大歳神社などの翁舞にみられるが、神戸市灘区在住の幸王家（祖先は能役者）所蔵文書[13]の「薪猿楽伝聞記」「国櫟由来記」「翁口伝書」などにも見られる。この「とうどうたらり」云々について、既往の解釈も紹介しながら詳論した能勢朝次氏によれば、平安時代の「法華五部九巻所」に記載されている〈千里也多楽里（チリヤタラリ）　多良有楽（タラアリヤラ）　多良有楽（タラアリヤラ）　我利利有（ガリリアリヤ）　百百百（トウトウトウ）　多楽里（タラリ）　多良有楽（タラアリヤラ）〉が最も古いもので、唱え方の順序が崩れて現行のごときのものとなり、その意味は陀羅尼呪文説、声歌説、西蔵語説の三つに大別されるが、陀羅尼的な呪文的な意義づけを与えられた声歌であると見るのが、最も穏当であろうと述べている[14]。現行の「とうどうたらり」は、「とうどうたらりたらりら、らりあかりららりとう」

が基本音節であり（「法華五部九巻所」記載の謡についても同様にいえる、[15]残りの部分は音の繰り返しや派生語的なものと考えられるが、日本語でないことは確かであろう。

「とうどうたらり」と類似する謡が、韓国の高麗時代の歌謡といわれている「動動」に見られる。この歌謡についての最初の言及は『高麗史』楽志にあるが、当時はまだハングル表記がなかったためか歌舞に対する説明だけが記されている。詞章はハングルが創られた後になって『楽学軌範』（一四九三年）に収録されるが、その詞章は次のとおりである。

徳をば後にささげ持ち、福をば前にささげ持ちて、徳よ福よ、いでましませ、アウ動動タリ。正月の川の水は、アウ、凍ったり解けたりすれど、世に生まれいでて、我ひとり暮らすべきか、アウ動動タリ。二月の十五日（燃灯会）に、アウ高く灯した灯のように、万人を照らす君の貌貌（かお）、アウ動動タリ。三月花開き、アウ晩春の李の花、ひとが羨む貌をもって生まれる、アウ動動タリ。四月に忘れず、アウ来る鶯の鳥よ、なんぞ君は、昔のことを忘れたか、アウ動動タリ。五月の五日に、アウ端午の日の朝の薬、千歳を長える、薬とて献げます、アウ動動タリ。六月の十五日（流頭の節句）に、アウ川辺に捨てた櫛のように、かえりみる君を、しばらく追って行きます、アウ動動タリ。七月の十五日（百種の節句、中元）に、アウ百種の供物を供えて、君といっしょになることを、祈っています、アウ動動タリ。八月の十五日（嘉排の節句、お盆）に、アウ嘉排の日は、君に仕えに行って、嘉排のよき日ぞ、アウ動動タリ。九月の九日に、アウ薬だと召す黄花、家の中に入り、今年もはやく暮れていく、アウ動動タリ。十月にアウ切られた菩提樹のように、折って捨てられた後は、誰ひとり持たない、アウ動動タリ。十一月に土間に、アウ単衣物被り臥し、悲しいことだよ、愛しい君を亡くし独り生きることは、アウ動動タリ。十二月に山楲の木を削って、アウ膳の上の箸ように君の前に並べて置いたら、客がとって咬みます、アウ動動タリ。（楽、舞などに関する説明文は省略、日本語訳は筆者による）

「動動」のうたい方は、最初に二人の妓女が歌の序詞を唱し足蹈した後に、歌だけうたう諸妓らによって、正月から十二月までの歌がうたわれる。このうたい方や舞い方は『高麗史』楽志とほぼ同じであるから、高麗時代の「動動」詞と朝鮮王朝の初期の「動動」詞は同一であると認めてもよい。ただし朝鮮王朝の初期には、舞に用いられた打楽器の名になぞらえて「動動」を「牙拍」舞と称した。

「動動」は各章ごとに〈アウ動動タリ〉と畳句がある。〈アウ〉は感嘆詞であるから問題はない。〈動動タリ〉については定説がないが、一応〈動動〉は太鼓の擬声音〈dungdung〉の音写で、〈たり〉は未詳とある。ハングル文は基本的に日本文のように漢字混じりであるが、この〈動動〉をなぜ漢字表記にしたか意味不明である。現在〈動動〉は〈ドンドン〉と発音する（トンとドンのハングル表記の区別は困難である）。

この畳句の〈アウ動動たり〉を考える際、『高麗史』楽志「動動」の記述の中に、「蓋し仙語を効って之を為す」とあるが、ここでいう「仙語」とは神仙の言・神力の言で、おそらく〈アウ動動たり〉を指すであろう。そして〈動動たり〉の日本式表現が〈とうどうたらり〉ではないかと今は考えている。

「動動」の詞章と、奈良豆比古神社の翁舞の詞章を比べると内容の違いはあるが、「動動」の〈徳と福〉云々の序詞は明らかに頌祷の内容であるが、翁舞では〈所千代までおわしませ、われらも千秋さむらう〉や〈いずれの願いも成就せざらん富貴栄華と守らせ給う〉など、多くの頌祷の詞に綴られているのが特徴である。

そして翁舞では〈千秋万歳の喜び〉や〈鶴と亀のよわいにて〉などのように長寿祈願の謡があるが、「動動」では「五月の五日に、アウ端午の日の朝の薬、千歳を長える、薬とて献げます」と薬を捧げて長寿を祈願する謡になっている。両方の表現は違うけれども長寿の祈念は同じである。さらに注目すべきことは、「南都翁舞」[16]の詞章の中には、「動動」のように正月から十二月までうたう「十二月往来」がある。これは偶然の一致ではなく、何らかの影響関係によって形成されたと思われる。

ただ、「十二月往来」が翁でうたわれていたことを勘案すれば、「動動」において正月から十二月までの節句の行事や、相思の情などをうたっていることそのものが、天下太平を頌祷するのではないかと考えることもできる。なぜならば節句を祝い、相思の情を述べることは、太平な世の中だから可能であると考えるからでる。これによってはじめて『高麗史』に、「動動」の「歌詞は頌祷の詞が多く有る」と記されている意味や、また「動動」が宮廷歌舞として演じられた理由が、天下太平を頌祷するところにあったこともわかるようになる。

むすびに

〈とうどうたらり〉や〈動動たり〉という類似する謡から、翁舞と「動動」はおそらく両方とも大陸系の歌舞であったと推測できる。そして〈とうどうたらり〉や〈動動たり〉という謡は、元来無病息災や長寿祈願、そして国家的次元においては、天下泰平や国土安穏などの頌祷の詞と一緒にうたわれるもので、呪文的な詞だっただろう。それで『高麗史』では「仙語」と記したようである。

日本では、地方の村祭りで様々な祝言や祈願と結び付く翁舞に定着し、韓国では早くから宮廷歌舞として定着したので、月令体形式の謡になったのではないかと考えられる。

【奈良豆比古神社の翁舞】

大夫　とうどうたらりたらりら　たらりあかりららりとう
地謡　ちりやたらりたらりら　たらりあがりららりとう
大夫　所千代までおわしませ
地謡　われらも千秋さむらう
大夫　鶴と亀とのよはいにて
地謡　さいわい心にまかせたり
大夫　とうとうたらりたらりら
地謡　たらりあがりららりとう
千歳　なるは瀧の水　なるは瀧の水　日は照るとも　絶えずとうたり　絶えずとうたり
〈千歳の舞（前段）〉
千歳　所千代までおわしませ　われらも千秋そうらわん　鳴るは瀧の水　日は照るとも
地謡　絶えずとうたり　絶えずとうたり
〈千歳の舞（後段）〉

大夫　あげまきやとんどうや
地謡　ひろわかりやとんどうや
大夫　座していたれど
地謡　まいろうれいちゃん　とんどうや
大夫　ちはやふる　神のひこさの昔より　わがこの所久しかれとぞ　いわいそうようや、
地謡　れいちゃん　とんどうや
大夫　千年の鶴は万歳楽とうたうとうたり　また万代の池の亀は　甲に三極を戴いたり　滝の水
　　　れいれいと落ちて　夜の月あざやかにうかんだり　渚のいさごさくさくとして　あしたの
　　　日の色をろうず　天下泰平　国土安隠の　今日の御祈祷なりありわらや　なじょの翁ども
地謡　あれはなじょの翁ども　そよや　いづくの翁　どうどうどう
　　　〈大夫の翁舞〉
大夫　千秋万歳の喜びの舞なれば、ひと舞い舞おう、万歳楽
地謡　万歳楽
大夫　万歳楽
地謡　万歳楽
大夫・脇　あげまきや　とんどうや
地謡　いろはかりや　とんどうや
大夫・脇　天地長久御満円満　とぎゃくすぐれば　いずれの願いも成就せざらん　富貴栄華と　守ら

せ給う　これ喜びの万歳楽
地　謡　万歳楽
大夫・脇　万歳楽
大夫・脇　あげまきや　とんどうや
地　謡　いろばかりや　とんどうや
大夫・脇　棟に棟を並べ　門に門を立て　富貴栄華と守らせ給う、これ喜びの万歳楽
地　謡　万歳楽
大夫・脇　万歳楽
地　謡　万歳楽
大夫・脇　あげまきや　とんどうや
地　謡　ひろばかりや　とんどうや
大夫・脇　これも当社明神の威光により　千ざいなるかな　千ざいなるかな　富貴栄華と守らせ給う
これ喜びの万歳楽
地　謡　万歳楽
大夫・脇　万歳楽
地　謡　万歳楽
三番叟　おおさようさよう　喜びありや　喜びありや　わが所より他へはやらんじとおんもうす
〈三番叟の前舞〉

三番叟　あらめでたやな　おのに心得たるとの　大夫との見参申そう

千　歳　ちょうど参って候　年頃の朋輩つれ友達　御宮殿の為に罷り立って候　三番猿楽きりきり

三番叟　尋常におん舞さうて　座敷ざっと御直り候へ尉どのぅ

のう　この色黒い尉が所の御祈祷千秋万歳と　めでたいように舞納めやうばやうす候　先

ほどの大夫殿は元の座敷におもうもうとおん直りそうて　この尉が舞おうずるを　いかに

も　おもしろうおん囃し候え

千　歳　我らか直ろうずるは　尉どんの舞よりもって安う候　まずおん舞い候え

三番叟　ただ御直り候え

千　歳　さらは鈴を参らしょう

三番叟　あらようがましや候

（以上）

【注】

（1）村田昌三『奈良阪町史』五六～五七頁　共同精版印刷株式会社　一九九六年
（2）村井古道著　喜多野徳俊訳注『奈良坊目拙解』四〇四頁参照　綜芸舎　一九七七年
（3）注（1）に同じ　六二頁
（4）注（1）に同じ　一二一頁
（5）西瀬英紀「翁―秋祭神事芸としての猿楽の定着をめぐって―」『奈良市民俗芸能調査報告書―田楽・相撲・翁・御田・神楽―』奈良市教育委員会　一九九〇年
（6）天野文雄『翁舞猿楽研究』一二六～一二八頁　和泉書院　一九九五年
（7）注（5）に同じ　一九～二二頁
（8）注（6）に同じ　一四七頁
（9）注（6）に同じ　一三〇頁参照
（10）灘・葺合・生田編『神戸の民俗芸能』一七四頁「翁口伝書」神戸市教育委員会　一九七六年
（11）李杜鉉、張籌根ほか著　崔吉城訳『韓国民俗学概説』二四六頁　学生社　一九七七年
（12）注（10）に同じ　一五九頁
（13）注（10）に同じ
（14）能勢朝次『能楽源流考』岩波書店　一九七二年
（15）謡を①千里也多楽里、②多良有楽、③多楽有楽、④我利利有、⑤百百百多楽里、⑥多楽有楽と分類すれば、①⑤の「多楽里」から③④⑥に派生していると推測できる。「翁舞」においては「とんどうや」「ど

うどうどう」「とうたり」などが畳語として用いられるように、これは「とうとうたらり」が基本音節であるといえる。

(16) 注(10)に同じ「国櫟由来記」「翁口伝書」

第11章　韓国の史書に表れた童謡観

はじめに

韓国文学史上、最古の童謡は『三国遺事』巻二（百済）武王条に収録されている郷歌（ヒャンガ）「薯童謡」である。この歌は薯童（百済武王の児名　六〇〇～六四一年）と新羅真平王（五七九～六三二年）の娘の善花公主との結婚を予言した童謡と記されている。この童謡をはじめとする三国時代の童謡は『三国遺事』に、高麗時代（九一八～一三九二年）の童謡は『高麗史』[1]に、そして朝鮮王朝時代の童謡は『朝鮮王朝実録』[2]（以下『実録』という）、『龍泉談寂記』[3]、『燃藜（ねんれい）室記述』[4]などの史書や文集などに散在しており、これまで学界で発表されている童謡を合わせると七十余篇ある。[5]本研究の資料として用いる童謡は、既存の研究成果に負うところが大きい。

これらの童謡は、必ずといってよいほど歴史事件と結びついており、さらにその事件に対する予言や社会批判の謡（うた）として意味づけられている点が、現代の子供の歌である童謡や他の歌謡と異なる点である。現在の学界では童謡の予言性のみが強調され、童謡を讖謡とも称している。[6]これは童謡の歴史からみても社会批判の童謡を度外視した呼び方であり、賛同できるものではない。童謡はあくまでも童謡であるべきであろう。

そもそも童謡という名称は、韓国に限ったものではない。古代中国では『史記』をはじめとする『漢書』、『新唐書』、『元史』などの史書の「五行志」の中で童謡が「詩妖」として扱われているし、また一方では、特定の人物の「列伝」に収められてもいる。『高麗史』をみると、こうした古代中国の童謡のあり方が朝鮮半島でも受容されていたことがわかる。『高麗史』には韓国の歴史上唯一「五行志」が設けられ、童謡が理論的に説明されている。また特定の人物と結びついた童謡は「世家」や「列伝」などに収められている。

とくに筆者が注目するのは、『高麗史』「五行志」における童謡論である。「五行志」とは、「天文志」と同様に、地上や天文に現れたさまざまな異変を時代順に記録したものであり、その異変は君主の行動や政治行為に天が感応して現す象（しるし）だという、いわゆる天人感応の理（天人相関思想ともいう）に基づく解釈を記したものである。この「五行志」の中に、童謡とは五行論の「金行」を損なう政治をすれば発生するものと明記されている。(7)しかし、既存の童謡研究は、童謡が「五行志」で扱われていることを指摘しながらも、童謡の扱われ方や童謡論については等閑視してきた。(8)

本章では、まず『高麗史』の「五行志」における童謡論を検証し、同時に「五行志」以外の童謡との関係をも明らかにした上で、『高麗史』の童謡観を抽出することを試みた。そして『高麗史』の童謡論が古代中国の童謡論をいかに受容していたかを把握するため、『高麗史』の童謡および童謡論と『漢書』を中心とした古代中国の童謡および童謡論を比較分析し、両国の童謡観の同異点を明らかにした。(9)高麗時代の童謡観を中心に据えて『三国遺事』をみると、童謡と判断できるものが、さらにいくつかみえてきたため、これらの童謡も合わせて三国時代の童謡観を抽出することに努めた。

朝鮮王朝時代（一三九二～一九一〇年）に至ると、さらに多くの童謡が現れるが、まずこれらの童謡の資料を朝廷側と民間側とに分け、時代順に検討した。資料を分けた理由は、朝廷では童謡を天人感応の理に基づいて解釈・対応していたのに対し、民間は童謡を伝える側であったため、童謡に対する両者の受け止め方は自ずと異なっていただろうと判断したからである。そして朝廷および民間の童謡や童謡に関する記述から朝鮮王朝時代の童謡観を導き出した。

以上のように通史的な観点から各時代の童謡観を抽出することを目的とし、さらに童謡の予言性や社会批判性はいかにして生まれたものなのか、また予言や天罰といった信仰的な用語が歴史書に用いられた意図は何だったのか、という童謡そのものに対する根本的な問題についても考えを巡らせてみた。なお、童謡と結びついた歴史事件とその童謡がどのように関係しているのかという点が重要な研究対象であるため、両者の関係が不確実な口伝童謡は本章の対象から外したことを断っておく。

一　高麗時代の童謡観

『高麗史』には童謡とそれに関する記述が「世家」、「五行志」、「列伝」などに散見される。これらの童謡はどのように受け止められていたのだろうか、「世家」や「列伝」に記されている関連記事を例示すれば次のとおりである。

A 高宗十五（一二二八）年、清塞鎮の戸長が妄（みだ）りに童謡を作り、龍州の人々と与（とも）に反乱を起そうとしたため、

兵馬使蔡松年が按べて之を誅す。(10)

B令曰く、能く童謡及び図讖を説く者を捕えると、爵と貨をもって賞する。(11)

C（金仁存は）ある日、官府に赴く時、街上で童謡を聞いて落馬したため、家に帰って臥して免職を求める。遂に宰相を罷免され、（中略）反乱事件から命拾いした。(12)

（翻訳および下線は筆者による、以下同じ）

Aの童謡は、内容が記載されていないため実態はわからないが、記事からわかることは、童謡が反乱を予言するもので、社会秩序を乱すものと判断されたため、作者が誅されたと解釈できる。

Bの記事を伝えている「列伝」によれば、当時は童謡と図讖が盛行していたという。それを良しとしないBのような布令が出されていたということは、やはり童謡は社会を乱すものとして捉えられていたということがわかる。

Cについても童謡の内容は記載されていないが、金仁存（?～一一二七年）が童謡から反乱事件を予知し、未然に対応したため事件に巻き込まれずに済んだという内容である。ここでいう反乱事件とは、仁宗四（一一二六）年に起きた李資謙による反乱事件のことであると思われる。当時、巷間に「十八子之讖」(13)が流行していたが、李字を破字すれば「十八子」となり、李資謙が王になるだろうという予言の歌であることを、おそらくこれを聞いた金仁存が気づいたのであろう。

これらの事例から、童謡は反乱事件を予言していたものであり、人為的に作られたものもあることがわかる。ところで、君王にとって謀反は決して許されないことであり、謀反者が極刑に処されるのは当然だが、ではなぜ童謡と反乱事件が結びついていたのか、なぜ童謡を作る行為や解説を加える者が許されなかったのか、という理由についての記述は見あたらない。その理由を「五行志」の記述から紐解いてみたい。

1 『高麗史』「五行志」の童謡論

『高麗史』の「天文志」や「五行志」には、地上や天文の異変が年代順に詳しく収められており、童謡は異変の一つとして「五行志」で扱われている。まず「五行志」を設けた理由について、序文には次のように記されている。

天には五運があり、地には五材があって、それを用いるに窮まりなく、人が生まれるに五性が具わり、五事をなして著す、これを修めれば、則ち吉で、修めなければ、則ち凶なり、吉たる者は休徴の応ずる所なり、凶たる者は咎徴に応ずる所なり。これは箕子が洪範の疇を推演して天と人の際をよく勤めた所以である。

その後、孔子が春秋を作るとき、災異を必ず書き、天人感応の理を容易くいえないが、今ただ史氏が当時の災祥を記した所に拠って五行志を作る。(14)

前半部分では、天に五行の運行があり、人には五事（貌、言、視、聴、思）が具わっているのだが、それらをよく修めれば吉の休徴（祥瑞）が現れ、修めなければ咎徴（災異）が現れるのだと記している。後半部分では、したがって天と人（君王）の感応の理（天人合一・天人相関思想ともいう）によって現れるあらゆる災異と祥瑞を記録すると記している。つまり地上に現れた異変は単なる自然現象ではなく、君王の行為に天が感応して示したものという考え方である。童謡も人為的なものではなく、天によって示された異変の一つであると考え、具体的には五行論の「金行」に配属し、次のように記している。

五行の四は金であり、従革は金の本性であるが、金がその本性を失うと沴となる。時には冶鋳が成さず、変怪を為す者あり、時に訛言、毛蟲の孽、犬の禍などがある。その徴は恒暘で、その色は白である。これが白眚白祥を為す。[15]

五行の「金」が自由に変形することを従革というが、その本性を失うと沴の禍が生じ、「訛言」(流言飛語)や「毛蟲の孽」(虎・熊・鹿などのように毛の生えた動物の禍)などがあると記している。しかし、君王のどのような行為が「金」の本性を失わせるのかについては記されていない。前掲の「金」に関する記事は、五行説でいう「五行の順理と逆理」を簡略化したものであるが、君王が戦争を好み他国を侵攻する行為は百姓(人民)の命を軽視することで、金の逆理に当たり、すなわち金を損なうことになるという。[16]そして五行説の「五行五事」においては「王者の言が従わなければ、すなわち金が革に従わない」[17]とあるので、「金」の本性を失うことは王の言の行為と関係があるものと解釈できる。実際、『漢書』「五行志」では、童謡を「五行」ではなく、「五事」の「言」の項目で取り扱っていて、次のように記している。

言の不従(素直でないこと)を不艾という。その咎めはちぐはぐ(僭)。その罰は日照りつづき。

その窮極のまがことは悩みごと。ある時には詩妖がおこり、ある時にはからをつけた動物の孽がおこり、ある時には犬の禍がおこり、ある時には口舌の痾がおこり、ある時には白眚・白祥がおこる。これらは「木」が「金」をそこなったのである。(18)

前掲の『高麗史』「五行志」の序文と『漢書』「五行志」を比べると、前半部分では前者と後者の記述が異なる。つまり前者は、「金」の失性により訛言が生じると記しているのに対し、後者は「言」の不従により詩妖が生じると記している。後半部分については前者と後者の記述は同様である。五事は君王がなすべき行為で、不従すれば五行の逆理が起こるという。つまり「水」は「聴」に、「火」は「視」に、「木」は「貌」に、「金」は「言」に、「土」は「思」にそれぞれ相関関係を持ち、言（言葉）が素直でなければ、その禍として「詩妖」が生じ、「金」を損ねることになるという。ここでいう「詩妖」が童謡であり、『漢書』「五行志」には七篇の童謡が収録されている。(19)

以上のことから、童謡は、君王の言葉が素直でない不従によって起こる禍の一つで、五行思想によって理論化されていたことがわかる。また前掲の『高麗史』「五行志」の童謡で注目すべき点は、童謡を訛言の類と扱っていたことである。「五行志」の訛言の項目には、「訛言」七篇、「妖言」二篇、「詩」一篇、「童謡」三篇、「讖書」一篇、その他に「夢話」などの三篇が収録されているが、(20)これは童謡を訛言や妖言の類と扱ってたことを表している。つまり政権を維持したい君王側からみれば、社会を混乱させる童謡・訛言・妖言を広める行為は許すことのできない行為である。こうした行為に対し律をもって処罰していたことは、Aの事例からも確認できる。朝鮮王朝時代に刑法の一般法に適用されていたという『大明律直解』

「刑律」巻第十八「盗賊」〈造妖書妖言〉に「おおよそ、造讖緯・妖書・妖言造り、及び伝用し衆を惑わせる者は皆斬すころ[21]」とあるように、後代においてもこのことは変わることがなかったようである。童謡や訛言もこの刑律に適応させていたと思われる。

童謡に限らず、異変が生じたときに、君王がどのように対応したのかを、次の事例で確認してみたい。

成宗八（九八九）年九月甲午に彗星が見あらわれたので、赦ゆるす。王が己を責め修行し、老弱を耆たしなみ、孤寒を恤あわれみ、旧の勲臣を進用し、孝子・節婦を褒賞し、未納税を放ち、不足を免ゆるすと、彗星の災いは現れなかった。（「天文一」[22]）

明宗七（一一七七）年三月、（中略）二月十二日より三月九日まで霧気が昏濁し、日月に光りが無いので、旧の諸占（文）を調べたが讃告が詳しくわからない。少しの祷禳では能く消去することはできないので、当に聖祖の遺訓に従って、身を慎み、徳を修めた後にこそ能く災変を休ませることができると太史が奏した。（「天文二」[23]）

彗星の出現や濃霧によって日月が見えなくなった自然現象を天による讃告と判断し、王は己を責め修行し、身を慎み、さまざまな徳政を行い、災変を防ぐことができたという記事である。これらの記録から自然現象の異変を、近いうちに到来するだろう天災の予兆や讃告だと受け止めていたことがわかる。童謡もそのような異変の一つであり、予言や讃告であると受け止め「五行志」の中に編入していた。このように天人感応の理の下で童謡は扱われていたのである。この天人感応の理を天人合一・天人相関思想ともいう。古代中国でこの思想が生まれたのは紀元前五～六世紀であることが『書経』や『春秋』から確認できる。この論理を集大成した学者は董仲舒（とうちゅうじょ）（紀元前一七六～紀元前一〇四年）で、彼の思想は『漢書』「董仲舒伝」・「五行志」、『春秋繁露』などにも伝わっている。その内容を簡略に示せば次のとおりである。天人相関（感応）しうる根拠は自然界と同じように人間界にも「陰陽」の二気があり、これが媒体となって天人相関が可能になる。陽は徳であり、陰は刑罰である。刑罰が公正でないと、邪気を生じさせ、陰陽が調和せず、妖しい禍いが生じるという。とくに災異は天の威厳であるという。国家がまさに政道を失い敗亡に陥ろうとするとき、天はまず災害を起こしてこれを譴め告げ、それでも人君が自ら省みることをしなければ、さらに怪異を現してこれを警め懼れさせ、それでもなお異変を悟らなければ、破滅させるのである。天の心は人君を仁愛してその乱れを止めようとする。人君たる者が心を正して朝廷を正すことで、陰陽が調和して王道が完成するという。この思想は基本的に王道の完成を目的とする考え方である。

二　『高麗史』「五行志」の童謡

「五行志」の「童謡」には次のようなものがある。

D高宗三十六（一二四九）年十一月、童謡に云う、瓢（ひさご）の枝を切って、水を交ぜたご飯一杯、陋台木の枝を切って、水を交ぜたご飯一杯。去れ去れ遠く去れ、あの山の嶺、遠く去れ、霜が降りなければ、鎌を磨き麻を刈って去れ。(24)

E忠烈王二十（一二九四）年正月、童謡に云う、「満寿山に烟霧（えんむ）蔽う」。未だ幾ばくせず、（元の）世祖皇帝の訃至る。(25)

F辛禑十四（一三八八）年、童謡に、木子が国を得る語有り、軍民老少と無く、皆之を歌う。(26)

これら「五行志」に収録されている童謡についての従来の研究は、詩として考え、論者の恣意的な解釈に止まっていた。しかし本来は五行論に沿って解釈すべきである。

Dの童謡は意味不明なところがあり、関連する事件も記されていないが、『増補文献備考』「象緯考」(27)にも収録されている。これまでの研究では、民衆の苦しい生活を嘆き、幸せな暮らしを願う謡、あるいは流民が出ることを予言した讖謡(28)といった見解などがある。しかし「五行志」の童謡は特定の人物を対象としている。童謡の対象は、天の譴告を受けるのであるから、君王もしくは丞相以上の地位にある人物でなければならないだろう。そうした条件に見合う人物として、この童謡の対象は、高宗三十六年十一月壬申に死亡した武臣政権の最高権力者として悪名高かった崔怡であり、呪詛と批判の内容で彼の死を予言した童謡だと思われる。(29)

Eの童謡は元の支配下の時代であったためか、皇帝の訃音を予言している。「世家」に忠烈王二十年春正月の癸酉のとき、世祖皇帝が崩御したという記事があることから、歴史事件を反映した童謡であることは間違いない。これまでの研究の中には、この童謡は衰えを知らない皇帝も去っていったという意味を暗示しているとする見解がある。(30)しかし皇帝の死を「五行志」で扱っている以上、その死は天によって示された災異となり、天罰によるものであることを意味することになる。皇帝による高麗の支配を五行でいう

「好戦侵」に当て、「金」を損なう行為と解釈したものと考えられる。

Ｆの童謡の「木子」とは、木と子を合わせると李の字になるので、「李」の破字である。李成桂の易姓革命による新しい朝鮮王朝の建国を予言する童謡であり、易姓革命が天の意志であることを示すため「五行志」に記載している。これに対し、同じく李の破字で童謡を流行らせた李資謙の「十八子之讖」（前掲）は、反逆者の列伝に伝わっている。童謡は『高麗史節要』（第33巻辛禑4）や『実録』（太祖一年）にも収録されている。

この「木子謡」は、天が人（君王）の政治や行為に感応し象を現すという天人感応の理とは無関係に、ただ政権奪取を予言するだけの童謡であるため、本来ならば「五行志」に記載される童謡ではない。「五行志」に記載されるとすれば、高麗を破滅させた政治を行った高麗末期の王に関する童謡でなければならないが、そのような童謡は伝わっていない【最後の恭譲王（一三八九〜一三九二年）は李成桂によって即位させられている】。天人感応の理とは関係なく天の意志による予言の童謡であっても、「五行志」の範疇に入っているのが『高麗史』「五行志」の特徴である。

「木子謡」は、李成桂が起こした易姓革命があたかも天の意志であったかのように装った童謡である。このように政権奪取のために利用された童謡の歴史は古い。古代中国においても漢王朝を簒奪した王莽（紀元前四五〜紀元前二三年）の童謡「安漢公莽、皇帝に為れ」(31)に初見されるし、破字を利用した童謡は蜀地方に成家国を建てた公孫述（?〜三六年）が伝えたという童謡「西太守、乙卯金」（西方の太守〈孫述〉が卯金〈劉の破字、劉の漢家〉を乙絶する）(32)などに見られる。無論これらの童謡は「五行志」に収録されず「列伝」に伝わっている。このような童謡が後漢時代の初期に生まれ、それが高麗時代にも存在していたと考えられる。

3　『高麗史』その他の童謡

『高麗史』には「五行志」以外にも次のような童謡が伝わっている。

G先に童謡に云う、「何れの処が普賢の刹か、ここでみな殺そうとする」。(「列伝」反逆2[33])

毅宗(きそう)二十四(一一七〇)年に普賢刹(寺)で起きた武臣らによる反乱事件を予言する童謡であるが、殺されることを前もって知らせている内容からみて、反乱側が作ったものではなく、これを好ましく思わない体制側の謡と思われる。だとすれば、この童謡は、予言で讖告をしたにもかかわらず毅宗が反省しなかったため結局反乱が起き、王が死ぬという惨劇を招いたという意味を持つ。それゆえに朝鮮王朝時代にも王が亀鑑とすべきものと考えられ(後述)、『増補文献備考』(象緯考)に収められているのだろう。他にも『高麗史節要』(第11巻毅宗荘孝大王)や『東国通鑑』(巻25毅宗)にも収録されている童謡である。

H(忠粛王の時)童謡に云う、綜布に書くと都目になる、政事はまるで墨冊だ、我れ油を塗ろうとするが、今年の麻子は少なくて、やめるのだ。(「列伝[34]」)

この童謡は忠粛王(在位一三一四〜一三三一年、復位一三三二〜一三四〇年)時代の臣下、金之鏡の「列伝」

に収められている。当時は売官買職が横行していて、官吏任命台帳である「都目」—君主の批准を受ける文書—の作成過程および登用過程において賄賂を受け取っては一晩に何度も台帳を書き換えたので、まるで墨で塗りつぶしたようだと当時の世相を批判する童謡である。この批判を天の意思だと受け止めたため、童謡という名称を用いたのだろう。

このように予言の童謡ではなく、失政や世相を批判する童謡は童謡の歴史上早くから現れている。後掲する新羅の「原花謡」にも見られるが、古代中国の『漢書』「翟方進伝」の「鴻隙陂」にまつわる童謡も社会批判の童謡としてよく知られている。おそらくは郡中の者が翟方進（?~紀元前七年）の事跡を怨んで作ったのだろうが、次のような童謡が流行ったという。

陂を壊る者は誰ぞ、そは翟子威。我をして豆食を食はしめ、芋魁を羹にせしむ。反せか覆せんか、陂当に復すべし。誰かさ云ふ、両黄鵠ぞさ云ふ。(35)

汝南には灌漑用の堤があって、農業は例年豊作であったが、成帝の代にしばしば洪水のため堤の水が溢れ、人民に害を及ぼした。そこで当時の宰相であった翟方進が堤をなくしたところ、土地も肥え、堤の維持費用もいらなくなり、水の憂いもなくなった。ところが、王莽の代になって旱が続いたため、郡中の者が翟方進の事跡を怨んでうたった童謡である。施策に対する批判の童謡であるが、ここで注目すべき点は、童謡の対象は君王ではなく、丞相や長などの責任を負った人に限られているこである。それゆえに童謡は「列伝」に伝わっている。おそらく史書に「五行志」が確立されてから、予言は君王に関する童謡、社会批判は丞相などに関する童謡と分ける考え方があったのではないかと思われる。

I忠恵王五（一三四四）年、初めに宮中及び道路に歌曰く、「阿也麻古之那（アヤマコジナ）、今行けばいつ帰るのか」、
当時の人がこれを解して曰く、岳陽で死ぬ災難があるが、今日去れば何時還るかと。（「世家」）(36)

この童謡は、王の「世家」に収められている。忠恵王が元に向かう途中、岳陽県で薨去（こうきょ）する事件が起こるが、この事件を予言した謡である。『高麗史』には童謡ではなく、「歌」と記されているが、『増補文献備考』には「童謡」と記されている(37)。なぜ童謡と記したのか、その理由は明らかではないが、忠恵王は放蕩王で、新宮殿を造るなどして人民を苦しめたため、訛言が現れたこともあり(38)、王の薨去の知らせを聞いた人民は悲しむどころか欣躍する人が出るほどであったという(39)。そのため『増補文献備考』編纂者達は王の死を当然の報いと考え、「象緯考」に分類したと思われる。本来ならば、童謡をもって譴告したにもかかわらず、放蕩を続けたので、罰が当たって死んだと五行論で解釈すべきところだが、自国の王の死を「五行志」で扱うことはさすがに避けたのだろう。朝鮮王朝になって再解釈され『増補文献備考』に童謡と記載されたと思われる。

J先に童謡に曰く、西京城の外の火色よ、安州城の外の烟りだよ、その間を往来する李元帥よ、民を救済することを願うよ。（「列伝」）(40)

この童謡は「列伝」の「辛禑五」に「讖」として収められている。Fの「木子謡」と同様に、朝鮮王朝を建国した太祖李成桂と関連のある童謡だが、人民救済を願う内容からみて、易姓革命を起こした側の童謡であることは間違いないだろう。このような民の声があったから革命が起きたのだと、革命を正当化するための童謡である。この童謡も政権奪取のために利用されたのだろうが、『増補文献備考』「象緯考」では童謡として扱われていて、民意を天意化させようとしたことがわかる。

K恭愍（きょうびん）王十年十一月乙未、「牛は吼え、龍は海を離れ、浅水の青波を弄（もてあそ）ぶ」。古にその言は聞いたが、今その験（しるし）を見る。[41]

Kの童謡は『高麗史』には童謡と明記されず「讖」となっているが、『増補文献備考』「象緯考」では童謡として扱われている。恭愍王十（一三六一）年に紅巾賊が侵入して来たため、福州（今の安東）に避難していた王が映湖楼に行幸し船に乗って遊覧したときに多数の見物者が誦したというこの謡は、讖書に書かれていた予言の謡である。恭愍王十年が辛丑（かのとうし）、つまりウシ年なので、外賊の侵略によって国が大変なことになっている様子を「牛は吼える」と表現し、王（龍）がいるべきところ（海）から離れて暎湖（浅水）で遊覧していると解釈している。[42]この謡は予言をもって王に譴告している。しかし王が悟らず修省しなかったため、結局は予言どおりになったと伝えている。予言どおりになることを「験を見る」と記しているが、これは謡の効験の意ではなく、予言された事（事件）が実際に起きることを見ると解釈すべきである。そして外賊の侵略も防げず、大変な事態にのんびりと船遊びをしている王に向かって誦される謡の予言内容は王への辛辣な批判にもなっている。

前掲の『高麗史』「五行志」では童謡を訛言の類と扱っている。訛言とはいかなるものなのか、次の事例から検討してみたい。

顕宗五（一〇一四）年十一月庚寅に訛言が流行り、北山の諸僧が挙兵して来る、というので、京の城中の人々が大いに驚き、厳戒した。(43)

どういう経緯で僧侶が挙兵するといった噂が立ったのかは不明である。「世家」顕宗五年にも同じ記事が掲載されているが、その内容の前後に関連記事がないため、単なる偽りの流言飛語に過ぎない「訛言」となっている。この訛言に歴史事件が結びついていれば、訛言は童謡となり得る。これが、童謡と訛言・謡言との違いだと考えられる。

『高麗史』「五行志」には、天人感応の理の基本理念の下で自然界に起こるさまざまな異変や童謡が収められている。そして、それらの童謡は訛言や妖言と同類のものと考えられていた。君王が五行の「金」を損なう失政や五事の「言」を修めず、不従する言行を行えば、その逆理によって童謡が生まれる。しかし、実際に「五行志」に収められている童謡には、「木子謡」のように、単なる予言（天の意志）を示すだけの童謡もある。これは本来の天人感応の理の考え方が変化したことを表している。従来の童謡は、天が君王の政治に感応して未来を予言し、反省がなければ破滅をきたすこともあると譴告することに重きをおいていたが、「木子謡」は新しく君臨する君王に感応し、新しい君王が天の意志であることを示している。これは広い意味での天人感応の理の表れであり、高麗型の天人感応の理であるといえる。ところで童謡には、もう一つの論理として『論衡』の「熒惑星」の論理がある。王充（二九〜九一年）は次のように論じている。

鬼の見(あらわ)れは人の妖である。天地の間に禍福が至るとき、皆予兆の象で現れる。（中略）世間では、童謡は熒惑星が子供にうたわせるといっているが、それは当然のことである。熒惑星は火星であり、火星には有毒の光がある。熒惑星が心宿を侵すときは、国家に禍が起こる。（中略）言と火とは共に気を同じくするので、童謡や詩歌を妖言という。(44)

童謡は熒惑星が子供にうたわせるもので、それは国に禍が起こるときに、予兆・予言として現れるというのである。この王充の童謡論は李成桂の「木子謡」にも当てはまるが、天と熒惑星の違いはあっても天の感応・天の声であることに変わりはない。ただ、五行論でいう童謡発生の因果関係は熒惑星論では見出せないという違いはあるだろう。

『高麗史』「五行志」に収められている童謡のみならず、他の童謡においても、童謡は王の薨死、反乱、侵略からの避難などの歴史事件と結びついている。童謡の予言どおりの事件が起こってしまったということは、予言の意味を悟らず、讉告に耳を貸さず、反省しなかったからだと語っている。こうした予言・讉告をする理由は、前述のように天が王を仁愛し守ろうとしているからであり、修省しなければ恐ろしい災難に遭うと諭しているのである。それが天人感応の理である。もう一つの童謡の特徴は、朝廷・権力側が行う不正腐敗の政治に対する批判である。朝廷という大きな力に対抗するには、天の声である童謡の力を借りるしかなかったのであろう。

二　三国時代の童謡観

ここでいう三国時代とは、高句麗・百済・新羅という三国が鼎立していた時代だけを指すのではなく、『三国史記』や『三国遺事』に記録されている時代、つまり三国の鼎立から新羅滅亡（九三五年）までの時代を指す。

1　新羅

a「原花謡」

新羅の童謡と記された謡は現存していない。しかし真興王（五三九〜五七五年）の代に、「原花」である姣貞娘が嫉妬心から南毛娘を殺すという事件が起きたとき、この陰謀を知った者が謡を作って小童たちにうたわせ、屍も見つけ出し、殺した者も捜し出したという[45]。

歌の内容は伝わっておらず、いわゆる「不伝歌謡」であるが、小童たちにうたわせたという点、謡によって屍や殺人者を見つけ出したという告発の謡である点から、この謡は童謡といえるだろう。

このように社会的事件を批判あるいは告発をする童謡は、前掲の『高麗史』の童謡「墨冊謡」でも確認できるため、新羅から高麗へと継承されていったと考えられる。こうした批判の童謡の歴史は古く、そのことは前掲の古代中国の『漢書』「翟方進伝」でも確認できる。

b「知理多都波謡」

『三国遺事』では、新羅の末期の憲康王（八七五〜八八六年）のときに山神が出現して国の滅亡を予言した謡があったと次のように伝えている。

「語法集」には、ときに山神は舞を奉り歌を唱ったが、その歌は《知理多都波都波等者》と云ったと伝えている。けだし知恵でもって国を治めている者は、(国の成り行きを) 知って多くの人が逃ようとするので、都は破れていくようになるという。それで地神や山神が国が滅びるのを知り、舞を作り警告したのに、国の人たちは悟らず、かえって祥瑞が現れたと思い、耽楽が甚だしくなり、ついに国は滅びてしまった。(46)

「処容郎・望海寺」条の末尾部分に、神々が出現し歌と舞をもって国亡びの予言をしたが、その讃告を国の人は悟らなかったため、遂に国は滅びたとある。典型的な天人感応の理に沿った記述であり、(47)実際に憲康王の薨去から四十九年後の九三五年に新羅は滅亡する。童謡と明記されてはいないが、歌で国の滅亡を予言しているので、童謡とみて間違いないだろう。

その他、『三国史記』「崔致遠伝」の詩句に「鶏林」があり、「鶏林謡」と称され、讖謡・童謡とみなされているが、童謡の条件としては大衆性が求められるため、内容に予言性があっても単なる詩句と判断し、本章では対象外とする。

2　百済

a「薯童謡」

『三国遺事』巻二「武王」条に収められている「薯童謡」は次のような童謡である。

善化公主様は他人に密かに嫁に行き、薯童様を夜に密かに抱いて行く。　（梁柱東解読の現代語訳[48]）

（善化公主主隠　他密只嫁良置古　薯童房乙　夜矣卯乙抱遣去如）

楊熙喆氏が紹介している既存の三十三人の「薯童謡」解読は、論者によって相当な違いはあっても、訓表記である「他密嫁」（他人に密かに嫁に行く）の解釈においては全員一致している。つまり結婚前の公主が密かに薯童と野合をするという内容である。「童謡満京」や「童謡之験」などの記事から、薯童謡が童謡であることは間違いない。従来の研究は、歴史、民謡、説話、呪術などの諸側面から行われてきたが[49]、最大の難問は百済の武王と新羅の善花公主の結婚に関する記事が他に存在しないため、童謡と歴史事件の関係を確認できないという点であった。筆者は童謡の性格や五行論から「薯童謡」研究を試み、次のような結論を導き出した[50]。

『三国史記』によれば、武王は十一回も新羅に侵攻している。このことは武王の好戦性を端的に表しているが、五行思想においては、この「好戦攻」と「侵攻辺境」の行為は「金行を損なう」行為で、五行の逆理として示されている。このような百済と新羅の仇敵関係を憂慮した唐の太宗が直接介入し（武王二十八（六二七）年七月）、武王に璽書（じしょ）を送って和睦し戦争をやめるよう命じた。これに対し、武王は「使者を派遣し、上表文を奉って陳謝したが、表面では（太宗に）順命を称しながら、内実は昔どおりの仇敵関係にあった」という。この『三国史記』の記録に着目すると、この和睦のために、新羅真平王の公主と武王の結婚が行われたと推定できる。しかし和平のための新羅や唐の努力にもかかわらず、武王はその翌年から新羅侵攻を繰り返し、背信行為を行っている。唐の太宗の勅令に従わない行為は、「五事」の中の「言に従わない「言不従」に該当する。「言不従」によって「詩妖」、「訛言」、「童謡」が発生するという「五行」思想に立脚すれば、武王の「好戦攻」や「言不従」の行為によって「薯童謡」という童謡が生じたのは当然の理である。天人感応の理に立脚して解釈すれば、「薯童謡」は天の警告・譴告であったが（現実的には太宗の勅令）、武王は「修省警」せず、その後も新羅侵攻を繰り返したため天罰を受けて滅びたのである（現実は新羅と唐の同盟軍による敗北）。

「薯童謡」は予言の歌であるが、結婚を予言したのではなく、（和睦のための結婚であったにもかかわらず、武王が約束を破ったため）結婚によって国が滅びることを予言した童謡である。結局、唐の太宗が和睦のための勅令を出した武王二十八年七月から約三十三年後、武王の嫡子である義慈王二十（六六〇）年に、百済が滅亡したことを史書は伝えている。

b「亀の背文」

『三国史記』「義慈王」記に、百済の滅亡を予言したという亀の背文が次のように伝えられている。

百済は月輪の如く、新羅は新月の如く

義慈王二十（六六〇）年六月に、一鬼が宮中に入り、百済は亡びる、百済は亡びると叫んで地中に入った。王が怪しく思い、人を使って地を掘ってみると、一亀あり、その背に前掲のような文があった。巫者が満月は欠けていくので、百済は傾いていくだろうと解釈したため、王はその巫者を殺したという(51)。童謡とは記していないが、鬼神といえども宮中で国亡びを予言し叫んだことから童謡と考えられる。とくに鬼と国亡び予言の童謡との関係は、前掲の『論衡』にも記されており、その表れと思われる。

3　後百済

a「完山謡」

『三国遺事』「後百済甄萱」条に次のような童謡が収められている。

憐れな完山の児、父を失って涙流す
（可憐完山児失父涕連洒(52)）

後百済（八九二～九三六年）の甄萱末年に、王位継承をねらう長男神剣らが謀反を起こし、父親を抑留したとき（九三五年）の童謡とされている。この謀反事件の一年後に甄萱は死に、後百済は高麗に統合されてしまう。こうした歴史的事件が背景となっているのが前掲の完山謡で、この童謡の目的は父親を失うことよりも、父親を失うことによって国まで亡びるということを予言することにあったと考えられる。つまり「完山謡」は後百済の滅亡を予言した童謡であり、父を失うという讖告を神剣が悟らなかったため、ついに父が建てた国まで滅びてしまったという意味が込められていたと考えられる。それゆえに「完山謡」は「五行志」でいう童謡であり、『増補文献備考』「象緯考」にも童謡として収められ、後代の鑑戒としているのである。(53)

三国時代の童謡の中で、「薯童謡」、「知理多都波謡」、「完山謡」は、原因を示しながら国亡びを予言する童謡である。これらの童謡は明らかに五行思想や天人感応の理に基づいて作られたものと考えられる。だとすれば、その時代にはすでに五行思想や天人感応の理が中国から伝わっていて、童謡のみならず、多くの異変についても五行思想に基づく解釈が行われていた事例があるはずである。『三国史記』には、次のような断片的な記事が伝わっている。

（高句麗）次大王三（一四八）年秋七月、（白狐について師巫が言う）尤も怪異なものだ。しかし天は言をよくわかるように言できないので、妖怪を示す、人君が恐懼し修省して自ら新しくなるためである。人君が若し徳を修めれば、禍いは転じて福となるという。(54)

（新　羅）炤知麻立干十四（四九二）年春から夏にかけて日照りが続いた。王は自らの責任であると言い、常の食膳を減らした[55]。

高句麗の記事は、前掲した天人感応の理を王に説明しており、新羅の記事は、春と夏に干魃が続いたので、王は自分の責任だと思い、平常時の膳を減らしたという内容である。さらに新羅の記事は、「味鄒尼師今七（二六八）年、春夏に雨が降らなかったため、群臣を南堂に集め、王自ら政治や刑罰の得失をたずねた」[56]とあり、王が干魃の原因は政治や刑罰の得失にあると判断したため、自ら調査したという。このように、異変の原因を王政に求めた理由について『三国史記』や『三国遺事』は言及していないが、これは言うまでもなく、前述した古代中国の天人感応の理・天人相関思想の王政への反映である。新羅の場合、味鄒尼師今七年の記事から三世紀後半には五行思想が体系化されていたと推測される。前掲の百済の童謡「薯童謡」が七世紀初頭に出現したのは、そうした五行思想の発達による結果であろう。ただ百済の「亀の背文」のように、単なる予言の童謡は五行説から離れ、原因が省かれ、予言だけが示されている。これらの童謡は、前述した「木子謡」のように、後漢時代の初期に生まれた童謡の流れを汲むといえるだろう。

社会批判の童謡についても三国時代と高麗時代に存在していたことを確認したが、この童謡の対象は君王でない者に限られている。おそらく童謡の讖告性だけが強調されて発生したものと考えられる。

童謡がなぜ歴史事件の予言となり得たのか、という問題を考えるときに「薯童謡」という童謡と、それに関連する歴史記述は多くの示唆を与えてくれる。百済の国亡びという大きな歴史事件を振り返ってみると、その原因は、百済が新羅の和平への努力を無視したことにある。戦争をやめるようにと勅書を送り（讖告）、娘までも嫁がせ（側室であろう）、和睦を保とうとした新羅としては、侵攻を止めず背信行為を続けた百済を許すことはできなかっただろう。新羅は手段と方法を選ばず、百済に仕返しした。それが唐と同盟を結んで百済を亡ぼした事件である。つまり結果的にみると、勅書は讖告・予言であり、これに従わなかった武王の行為は五事の「言不従」に当たる。また和睦のための結婚をないがしろにし、新羅侵攻を続ける武王の背信行為は五行の「金」を損なう行為に当たる。このように百済滅亡の因果関係を五行論に立脚して説明したものが「薯童謡」という童謡であると考えられる。いずれの童謡も童謡が君王に讖告した内容に相当する歴史事実が存在していたはずであるが、その大部分は歴史記述から省かれているため確認することはできない。しかしどのような歴史事件であれ、事件が起きる前には必ず戒めの言葉（讖告）があったはずである。この戒めの言葉が事件後に讖告・予言の童謡として発生したのだろう。これらの童謡は五行思想と結びつき、童謡の主流をなしていたと考えられる。

三　朝鮮王朝時代の童謡観

異変についての受け止め方は、君王と一般の民とでは大きく異なっていたと思われる。そもそも五行思想や天人感応の理などは、天の子である君主を対象とした軌範であって、一般の民を対象にするものではないからである。

君王の天人感応の理は、朝鮮王朝時代に至っても変わりなく厳格に守られていた。宣祖二十九（一五九六）年丙申六月壬戌（二十六日）の一例を挙げると、王が別殿で大臣たちと天災について話し合う場で、次のような話が交わされている。

金応南曰く、葉遊逆が臣に問ふ、倭賊攻め入りし時、災異現れしか、童謡現れしか。（省略）申渫曰く、（長星が現れたのは）何の災いか知らぬが、大概その変不測ゆえ、膳を減らし、反省し、恐懼を以て仁愛の天に答えるよう願う。金弘微曰く、（省略）上自ら恐懼し修省し、力を尽くせば、則ち天に在る変も消える。(57)

大乱がある前には童謡が現れるはずだという考え方が表れている。そして異変があると、君王は必ず「反省恐懼」をして天に答えるという記述は、高句麗以来、高麗、朝鮮王朝末期まで続いていたことを表している。そのことは『実録』や『書雲観志(58)』（生周徳編　一八一八年刊行）などからも確認できる。異変を起こす天に答えるべき君王の責務については、一九〇八年に刊行された国選の『増補文献備考』にも次のように記されているが、この書物をもって異変に対する天人感応の理による見方が表れている記述は最後となる。

又雨暘霜雹人妖物怪の驚く可く愕く可き者を以て、復た物異編数目を作り、以て天人孚感の妙、皇王修省の則を究め、必ず曰く某政（ぼうせい）は某異を召き、某災は某事に応ずと、（中略）謹んで歴代災祥の東史に見はるる者を以て、掇拾して編を成し庸つて九重の柯則に備ふ。（「象緯考」〈物異〉の序文(59)）

王政が異を召き、災は事に応じるという災異論について、『増補文献備考』に古代中国の天人感応の理（ここでは天人孚感の妙という）が記録された目的は皇王の修省の則を究めるためであり、その歴代の事例として三国事時代からの訛言や童謡などを列挙し、後代の鑑戒の資とするためであるという。

このように「反省恐懼」の語や災異論に代表される天人感応の理は、古代韓国より朝鮮王朝に至るまで、王政の基本理念となっていたといえる。

それでは、朝鮮王朝の宮廷では、童謡をいかに捉えていたのかということについて、その事例を見ながら考えてみたいと思う。

1　『朝鮮王朝実録』の童謡

『実録』の童謡とその解説を時代順に示せば次頁の表のとおりである。

『実録』には十五篇の童謡が収録されている。この中には童謡を「謡言」（⑫「故時有謡言」）や「謡」（⑬「青楼余夢登龍門之謡」）と記した例があるが、これは童謡の異称というよりは、「謡にいう」、「何々の謡」といった説明句として用いられたものであり、童謡という名称には変わりはなかったと考えられる。

①　太宗八（一四〇八）年に黄儼（ファンオム）が明国に処女五名を連れて行き、皇帝に進献したことがあった。そのときにうたわれた童謡を権近が詩をもって解説したもので、「麦が熟すれば当に麦を求むべし、日が曛（くらい）と女児を求める、蝶も猶能（あた）う眼有り、来て未だ開かぬ枝を選ぶ」[60]と解説している。童謡は十六～十七歳の娘を明皇帝に進献すると予言しており、予言の内容は天の譴告を意味している。これは王政批判の童謡である。

	時期	名称	歌詞	意味
①	太宗8（1408）年11月11日	童謡	麦熟当求麦、日曛求女児、蝶猶能有眼、来択未開枝	批判の予言
②	中宗7（1512）年12月19日	童謡	其客也万孫	自作予言
③	明宗21（1566）年7月25日	童謡	蔡蔡改李蔡、鄭鄭鄭鼓蔡、阿弥陀仏、将多仏	批判の予言
④	宣祖25（1592）年4月30日	童謡	此八字彼八字打八字、自利奉事高利僉正、京畿監司雨装直領、大月乙麻其	倭乱の予言
⑤	粛宗1（1675）年6月23日	童謡	許許又所多	批判の予言
⑥	粛宗8（1675）年10月21日	童謡	宜乎清密	反乱予言
⑦	粛宗26（1700）年1月20日	童謡	御賜花耶　金銀花耶	批判の予言
⑧	粛宗35（1709）年10月9日	童謡	禍老張死	党争予言
⑨	粛宗37（1711）年7月9日	童謡	南徽指揮権高騒屑	告発の予言
⑩	英祖4（1728）年6月29日	童謡	観其相則緩、而性則何急也	反乱予言
⑪	英祖4（1728）年6月29日	童謡	韓柳席上一株松	反乱予言
⑫	英祖9（1733）年11月16日	妖言	趙宋乾坤	批判の予言
⑬	英祖10（1734）年4月9日	謡	青楼余夢登龍門	批判の予言
⑭	英祖13（1737）年9月20日	童謡	水桶寡婦	批判の予言
⑮	英祖14（1738）年7月3日	童謡	縛色猛入	反乱予言

②　中宗七（一五一二）年に、自らを王子と称する十七、八歳の男が現れた。そのときにうたわれた「其の客は万孫なり」という童謡である。その男の名前が「万孫」で、童謡の験があったという。六か月にも渡る大掛かりな捜査の結果、中宗八年五月十日に詐称と結論づけられた前代未聞の王孫詐称事件である。野談集の『龍泉談寂記』（金仁老、一五二五年作）には、燕山君の息子襄平君と名乗る者が誅殺されたが、一狂民がどういうわけで謡で讖（予言）されたのか、その理由がわからないと記されている。(61) この童謡は、王孫を名乗る万孫という者が事件を起こす前に作って流布させ、天の声を借りて自分の身分を事実化しようと企てたものだろう。

③　明宗二十一（一五六六）年、中宗の晩年に「蔡よ蔡よ李を改めて蔡としたが、鄭よ鄭よ鄭は蔡を鼓す、阿弥陀仏、将に仏多し」という普雨大師に関する童謡があった。普雨大師は姓を李から蔡と改姓し、鄭万鍾の推挙により登用され、明宗六年六月に判禅宗事都大禅寺奉恩寺（成宗王の陵を守護する寺）の住持となるなど、仏教振興を図った僧である。そのためか、儒林では彼を妖僧呼ばわりしていた。この童謡は朝廷が仏教を保護することを予言したものであり、詞に阿弥陀仏とあるのを見ると、普雨大師に象徴される仏教振興策をやめるよう天が譴告していると解釈されていたことが想像される。仏教の台頭を芳しく思わない儒林側が作った仏教批判の童謡であろう。

④　宣祖二十五（一五九二）年の正月頃に発生し、四月には大いに流行った「此の八字、彼の八字、打八字、自利奉事、高利僉正。京畿監司が雨装と直領を着て、大月乙麻其」という童謡である。此八字、彼八字、打八字とは唐兵が来て朝鮮の女人を姦淫することを意味している。自利、高利とは方言で、臭く穢（きたな）いことを意味し、乱後の納粟軍功を指している。奉事、僉正とは皆卑しく微賤であることを意味

し、大月乙麻其とは大月末を意味している。『燃藜室記述』[62]、『増補文献備考』[63]でも前半部分と後半部分を分けて別個の童謡と記しているように両者は別の童謡だと考えられる。ともに収められた理由は、同時期のものだったからか、あるいは新しい意味を付与するため、ということも考えられる。前半部分の童謡は、苦しい民生と官吏の堕落像を批判しているという見方もあるが[64]、筆者は予言が批判するところは別にあると考える。童謡は、明軍が来て蛮行を行い、乱後には穢いことが起こり、王は播遷（乱を避けて遠くに行くこと）し、惨めな姿になるだろうと予言している。そのような予言があったにもかかわらず、王は反省も懼れもせず、対策も講じなかった。そのため、結果的に倭賊が侵入したことを童謡は表していると考えられる。

⑤　粛宗一（一六七五）年の童謡「許許又所多」は「허허우숩다」の当て字である。同じ時期に許穆が右議政（正一品）に、許積が領議政（正一品）になったのだが、二人がそれぞれの官職につく前に発生した童謡であるという。許穆はとくに官職に対する欲が強く八十歳で右議政になっている。彼のような年寄りに政治を任せることへの讃告であり、そのような意味で王政批判の童謡だといえる。

⑥　粛宗八（一六七五）年に許璽などが謀反を企てようとしたときの文書に「宜乎清密を除去すれば大事は成せる」とあったという。宜乎清密とは、宜豊南斗北、清城金錫冑、密林朴斌の頭文字を合わせた隠語である。当時「宜乎清密」という童謡がうたわれたのは、童謡をもじって新しい意味を付与したからだと考えられる。反乱に童謡を利用した事例である。

⑦　粛宗二十六（一七〇〇）年の童謡「御賜花耶　金銀花耶」は、当時の科挙試験において不正行為が蔓延する前にうたわれた童謡だと記されている。科挙試験の及第者発表の際に賜る「御賜花」が金銀

で買うことのできる「御賜花」になってはならないと譴告している童謡であろう。

⑧　粛宗三十五（一七〇九）年の童謡「禍老張死（ファロチャンサ）」は、禍で老論将に死ぬという意味である。当時の子供たちが、何かうまくいかないときに「火炉匠士（ファロチャンサ）」と言ったので、それをもじって作った童謡である。童謡を党争に利用した事例だが、おそらく「老論」派の反対派である「西論」派が脅迫の意味を込めて作った童謡だと考えられる。

⑨　粛宗三十七（一七一一）年に、童謡「南徽（ナムフィ）が指揮し、権卨（クォンソル）が騒ぐ」から掛書（クェソ）（壁書）の犯人を見つけ出したという。このように童謡から犯人を捜し出した事例は、前掲した新羅時代の「原花謡」にも見られるほどその歴史は古い。

⑩　英祖四（一七二八）年の童謡「其の相を観れば緩い、而し性は何の急ぎぞや」の中で、相は沈相観を、性は李思晟を指し、二人は謀反を起こすためにこの童謡を作ったという。謀反に童謡が利用された事例だが、事前に発覚したため未遂に終わっている。

⑪　この童謡は、⑩の童謡と同じ作者が作ったものである。童謡の内容を見ると、「韓柳の席上に一株の松」の韓は韓游（ハンユ）を、柳は柳徠（ユレ）を、松は青松沈哥（チョンソンシムガ）を指しているという。やはり謀反に童謡が利用された事例である。

⑫　英祖九（一七三三）年の当時、「趙と宋が乾坤だ」という「謡言」が発生したという。趙氏と宋氏に官職者が多く出るという、いわゆる族閥政治を予言した童謡であり、不正への譴告である。このような不正に対しては是正が行われただろう。そのような意味で、この童謡も社会批判の童謡であるといえる。

⑬　英祖十（一七三四）年に趙鎮禧は右副承旨（正三品）に推挙されながらもついに実現しなかったという。その理由は、若い頃に言行が鄙しく娼楼に出入りしていたことを「青楼に余る夢が龍門に登る」と謡でうたわれたからだという。おそらく政敵が作った童謡であろう。

⑭　英祖十三（一七三七）年に礼曹判書（正二品）の金取魯を弾劾した上疏文の中にある童謡である。彼は酒を売って富を成した寡婦と姦淫し、彼女の息子を養子にして将校にしたのだが、その悪事が世に知られ「水桶寡婦」という童謡になったという。高級官吏の不正を讒告する童謡だが、政敵を退かせるための童謡でもあった。

⑮　英祖十四（一七三八）年に起こった李麟佐の反乱事件についての記述に、「縛色が猛入する」という童謡がある。俗に天然痘痕を指して縛というので、おそらく縛るの朝鮮語얽다、얽어매다と痘痕の얽다との語呂合わせによる童謡だと考えられるが、同時に首謀者である李麟佐を指していると思われる。反乱に利用された童謡であるが、告発により未遂に終わった事件である。

以上の『実録』の童謡は、すべて事件が起こる前にうたわれた予言の謡である。これらを分類してみると、A王政に関する事件、B反乱事件、C高級官吏の不正事件、Dその他の事件となる。その中で、A王政に関する事件を予言する童謡が最も多く、六篇ある。王政に関する童謡については天の讒告として受け止め、反省し対応したためか、その後に災異が起こったという記述は見あたらない。ただ④の童謡だけは、予言どおりに倭賊に侵略され、大雨の中で君王が播遷することになる。つまり讒告・予言があったにもかかわらず、宣祖が何の反省も対応も講じなかったため、倭賊の侵略を招いた、と暗に批判しているのである。

このように自国の君主の責任を問う王政批判は、高麗時代の紅巾賊の侵入を予言した童謡「牛吠孔」にも見られるものである。このような童謡が史書に記されたのは、次の君王がこのようなことを繰り返さないための鑑戒とするためだろう。

B反乱事件に関わる予言の童謡は四篇ある。予言が天の讉告である性格を利用し、首謀者がこれから起こそうとする謀反をあたかも天の意志であるかのように見せかけ、正当化するために童謡を作ったと考えられる。作者がわかっている童謡はすべて失敗に終わっている。王孫の詐称に利用された②の童謡は、王孫を詐称した者がその罪で誅されているため、童謡も詐称した者が作ったと推測される。

C高級官吏（正二品、正三品）の不正事件の予言が現れるのは（⑬⑭）十八世紀以後であるが、これは童謡の大きな変化であると言わざるをえない。なぜなら予言の対象は君王（中国の場合は諸侯まで）に限られていたし、社会批判の童謡は、古代韓国の場合、人ではなく事件や問題そのものを対象としていたからである。

Dその他の童謡は、党争に用いられた予言である。⑧の童謡は、相手の党派を脅迫している。朝鮮社会の一つの特徴である党派間の争いに童謡が利用された事例である。そして⑨の童謡は事件の犯人を見つける端緒となるが、このような童謡は、前掲の新羅「原花謡」と軌を一にする。

2 『増補文献備考』の童謡

『増補文献備考』は国選の掌故の類書（一種の百科事典）で、一九〇八年に刊行された。日月と五星の動きを考えるという意味の「象緯考」を設け、「物異三」に三国時代から朝鮮時代までの童謡の中から選んだ十篇を収めている。童謡は「旱蝗」、「癘疫」、「人異」、「火災」などとともに収められているが、その目的は、「物異」の序文に記されているように、「雨暘霜雹人妖物怪の驚く可く愕く可き者を以て、復た物異編数目作りを以て、天人孚感の妙を究める」ためである。つまり天人感応の理を究めるために異変を収録したのである。したがって童謡もその理に基づく解釈が求められる。

	時期	名称	歌詞	意味
⑯	開国初	童謡	彼南山往伐石釘無余矣	予言
⑰	宣祖24（1592）年	童謡	四月大月末　京畿監司雨装直領	予言
⑱	仁祖27（1649）年	僧謡	蛇穴正穴	予言

⑯　建国初期（一三九二年建国）に「彼の南山に生き石を伐り釘余す無し」という童謡が発生した。童謡の発生後しばらくして南誾（ナムン）（一三五四～一三九八年）と鄭道伝（チョンドジョン）（一三四一～一三九八年）が事件のため誅された。(65) 南は南誾を指し、釘は鄭道伝を指している。釘は鄭と同音であり、余という字の解釈は（남은）で南誾と同音である。最後の句は、鄭と南、皆無しといっているのである。

この童謡は、両者が反逆罪で誅されたためか『実録』には収録されていない。文集『龍泉談寂記』や『燃藜室記述』には太宗（一四〇一～一四一九年）のときの童謡として記録されているが、右の『増補文献備考』の開国という時期が正しい（『実録』には太祖七（一三九八）年八月二十六日に誅されるとある）。[66]反逆者に関する予言は、前述したように、謀反を企てる人々によって作られたもので、自らの名前を隠語で示しもした。しかし右の童謡は死ぬ（無し）という句があるので、謀反を企てた側が作ったとは考えにくい。おそらく謀反を起こされる（後の太宗）側が作った童謡であろう。その目的は、予言で反逆行為をすれば死ぬと諷告するためである。しかし反省がなかったので遂に天罰を受けて誅されたと解釈され『増補文献備考』に挿入されたのであろう。君王ではない政治家を諷告する童謡が現れるのは、前掲の童謡の事例からみても十八世紀以後だと思われる。

⑰　この童謡は、前掲の『実録』の童謡の中で唯一『増補文献備考』に収められている童謡である。その理由は、前述したように、予言に気づかず反省しなかったので、予言のとおりに災難が起こったからだろう。これは天人感応の理の典型的な童謡であり、事件である。そして倭賊に侵略され、大雨の中を君主が京を逃げ出すというような恥辱を繰り返さないためにも『増補文献備考』「象緯考」に収め、再度喚起させたと思われる。

⑱　この童謡は『実録』にはなく、『増補文献備考』のみに掲載されている。ただ、英祖七（一七三一）年三月二十九日に長陵（仁祖の陵）に虺（まむし）が現れたことで、英祖が二品以上の文武宗臣と遷陵について話し合ったという記事がある。王陵に関する童謡で、予言があったにもかかわらず、反省しなかったので現実となったという批判を表すために収められたと思われる。

『増補文献備考』に収められている童謡の特徴は、予言・諷告があったにもかかわらず、これを悟らず、反省しなかったため、予言の内容が現実化したということである。こうした歴史を後代の君王が鑑戒とするようにと収めたと思われる。

3　諸文集の童謡観と童謡

儒学者の中には、少数ではあるが、自分の文集に童謡観を記したり、童謡を集めて記載するなど、童謡に関心を持つ人々がいた。列挙すれば次のとおりである。

A　金仁老（一四八一～一五三七年）は『龍泉談寂記』(67)で、古より巷で童謡が興るが、初めから意義なく、実情もないところから出てくるもので、人の操作によってできるのではなく、純粋に自然に発生し、自ら前の定めに感通し、讖に応じるに違わないと記している。六篇の童謡を集め、解読している。

B　金万重（一六三七～一六九二年）は『西浦漫筆』(68)で「古今の讖謡は大部分牽強附会から出たが、これは前史を附会したもので、また主題を失ったようだと記している。

C　李瀷（一六八一～一七六三年）は『星湖僿説』(69)で、童謡は大人の老成の意を童幼が習いうたうのである。余の意見としては、天下が将に乱れようとすると鬼道が盛行する。けだし子供は志慮がなく、利害と関係なく動くため、鬼が憑（のりうつ）り言葉を出させるので、信じるべきである。また、「瞻仰（せんぎょう）人主」(70)では、童謡に根を知る者があって、皆宮内の一時の事を当時の人々が説く話に由来するので、君主は威儀を慎むことであると記している。

D　洪大容（一七三一～一七八三年）は『湛軒書（たんけんしょ）』で、熒惑星（火星）は危亡の国に入るが、先に童謡や訛言をなし、その後に禍罰が行われると記している。

E　李肯翊（一七三六〜一八〇六年）は『燃藜室記述』(71)「天文典故」別集第15巻に災祥・童謡などの条目を設けて十篇の童謡を収めている。「童謡」の序文に、巷で童謡が興るが、初めから意義なく、実情もないところから出てくるもので、人の操作によってできるのではなく、純粋に自然に発生し、自ら前の定めに感通し、讖に応じるに違わないというと記している。

金仁老は、童謡を、自然に発生し讖（予言）に応じるものとみている。この童謡観は約二百五十年後のEの李肯翊に継承されている。李瀷と洪大容の童謡観は、前掲の古代中国の『論衡』の童謡論に、童謡は熒惑星が童子にうたわせるという童謡論や国が亡びる前に鬼が出現するという鬼論を参考にしたものと思われる。この童謡観は黄胤錫（一七二九〜一七九一年）の『頤斎乱藁』にも表れ、実際の童謡の解釈に用いられている。(72)李瀷のもう一つの童謡観は、童謡は宮中の一時の話なので、王は威儀を慎むようにと訴えているが、これは本来、童謡が君王に関係して発生するという童謡論を踏まえた上での見解だと考えられる。そして金万重がいう讖謡とは、古代中国の「桃李子」のように、図讖書に影響を受けた謡を指しており、一般的な朝鮮の童謡を指しているのではないと考えられる。

巷では実際どのような童謡が存在し、儒学者や一般の民は童謡をどのように受け止めていたのか、その実例を時代順に検討してみたい。なお、前掲した『実録』や『増補文献備考』の童謡と重複するものは省いた。

	時期	名称	歌詞	意味
⑲	成宗（1469～1494年）	童謡	望馬多勝瑟於伊羅	廃位予言
⑳	燕山君（1494～1506年）	童謡	見笑矣盧古　仇叱其盧古　敗阿盧古	廃位予言
㉑	燕山君	童謡	毎伊斁可毎伊斁可首墨墨。	廃位予言
㉒	燕山君	童謡	瑟破鯀之謡	未詳
㉓	燕山君	市井歌	忠誠詐謀呼　挙動喬桐乎　興清運平置之何処　乃向荊棘底帰乎	風刺
㉔	万歴壬午癸未（宣祖15年3月）	里謡	乱国者東人　亡国者西人	党争批判
㉕	宣祖22（1589）年以前	童謡	木子亡奠邑興	反乱予言
㉖	同右	童謡	桑生馬鬣。家主為王	反乱予言
㉗	同右	謡	誇着汝立葛巾杉	批判
㉘	壬辰（1592年）以前	童謡	莫佐理平　尽為江水所破　当有白馬将軍　従馬耳山（出）徠	救援予言

㉙	壬辰倭乱の12月	童謡	細雨天街柳色青　東風吹入馬蹄軽　旧時名宦還朝日　奏凱歓声満洛城	凱旋予言
㉚	丁巳年（光海君10年）	市井謡	金者玉者銀耶石耶　錦衣紬衣土耶木耶	風刺
㉛	戊午年（光海君11年）	作謡	城不如野　野不如越	妖言
㉜	光海君11（1619）年	童謡	城内不如城外　城外不如三江　三江不如渡江	妖言
㉝	光海君6（1614）年以前	童謡	金車金車。水底帰歟	禍の予言
㉞	孝宗（1649～1659年）	口謡	亨長乙刑丈冕（하면）冕이免할소냐	告発予言
㉟	孝宗昇遐後	童謡	歳起摂提　以割徳王	即位予言
㊱	粛宗（1674～1720年）	童謡	許積為散炙　許穆為回目　呉始寿食是寿　閔熙瑟熙	党争予言
㊲	粛宗以前	童謡	芹好耶　蘿葍好矣	遜位予言
㊳	同右	童謡	芹則四節　蘿葍則一節	復位予言
㊴	英祖26（1750）年以前		億貴	不足予言

㊵	英祖31（1755）年頃	童謡	木啄啄　高伊陽啊　全羅監司趙哥啊　何処両班死耶　羅州両班死矣	反乱予言
㊶	英祖52（1776）年	童謡	老論謂以在高蔓　少論謂以去高蔓　水原人謂以来高蔓	党争予言
㊷	同右	童謡	既再見之水原客乎	党争予言
㊸	正祖初年頃（1777～1778年）	童謡	紅桃花一節　朕佐飯四節　大明殿大栿上　紅糸網高掛　幼処子尽漏　老処子掛取　龍洞処子出来　都領主之福兮	嬪になる予言
㊹	正祖11年	童謡	清涼橋의　시위나니　니집두　떠나간다	西論没落予言
㊺	正祖12年	童謡	利時無子　紅花奈何	凶作予言
㊻	正祖13（1789）年	童謡	鳥鳥東莱蔚山一年烏、何為子爾国乃朝鮮国、倭書来、胡書来、江界甲山胡書来、金柱銀柱鑰燭　柱、囪子内視、枕各散地、鷄既鳴、忠清道曙明　来、祖母氏績紵、花閣氏製帖裏、千同直我男兒、万金直我男兒、欲送欲送、丈家欲送、前室丈家、若不送、後室丈家、将送之、松花洛綾白羅云云	不詳
㊼	正祖14（1790）年	童謡	来日	誕生予言
㊽	同右	童謡	三十九年　始有好事	同上

4　童謡の異称

童謡以外に使われた名称としては、㉓と㉚の「市井歌」があり、前掲の②「万孫謡」を掲載した『龍泉談寂記』を見ると「一狂民に何の関係があって謡讖に見えるのか」と「謡讖」という名称も用いられている。「市井歌」と称されている謡は、他の童謡と違って風刺や社会批判性が強く、予言性は見られないという特徴がある。「謡讖」という名称は謡における予言を強調するために用いられたと考えられる。

その他に、金万重（一六三七〜一六九二年）の『西浦漫筆』に、讖謡という名称も見られるが、(73)隋末頃の「桃李子」のように図讖書に影響を受けた謡に限られているので、前掲のような多様な童謡には当てはまらないだろう。

近代以降の童謡研究においては、一九三〇年代に「謡讖」という名称が使われたが、(74)一九六〇年代以降は「讖謡」という名称が使われている。(75)民謡集においても一つのジャンルとして「讖謡」という名称が使用されるようになる。(76)しかし三国時代から伝わる、社会批判や告発などの多様な童謡を「讖謡」という名称でひと括りにすることはできないだろう。確かに童謡の中には「讖謡」の性格を持つ童謡も多くあるので、童謡の下位ジャンルとして「讖謡」という名称を用いることは可能である。しかし社会批判の童謡や五行思想・天人感応の理に基づく童謡を考慮すると、やはり童謡は童謡と表現すべきであろう。

5　童謡の解釈

前掲の表の童謡を解釈すれば、次のとおりである。

⑲「望馬多」（망마다）とは俗語で謝絶するという言葉であり、「勝瑟於伊羅」（승실어이라）とは俗語

で嫌だという言葉で、合わせて断絶の意味があるが、この童謡が発生して少し後に成宗の尹妃が廃位[77]になったという。この童謡は廃位になることを予言し、讜告しているが、尹妃はこれを聞き入れず反省恐懼しなかったため、ついに予言どおり廃位になったことを語っている。これは廃位させた側が作った童謡であり、事件の正当性を表す童謡とも見られる。『龍泉談寂記』[78]や『燃藜室記述』[79]などに収められている。

⑳　「見笑矣」（견소의）とは、（燕山君の行動が）道理に外れていて人を笑わせるという意味であり、仇叱其（궂기）とは、方言で、人の穢く淫乱な行動をいい、敗阿（패아）とは、成し遂げたことを壊すという意味で、ひとこと言っては盧古（로고）と結ぶのは最近の言い方だという。この童謡は、燕山君に、放蕩を続ければせっかく手に入れた地位を失うことになると讜告している。しかし、燕山君は淫乱で横暴な振る舞いをやめなかったため、遂に反正が起こって退位させられたと童謡は語っている。『龍泉談寂記』や『燕藜室記述』などに収められている。

㉑　童謡の歌詞を見ると、「毎伊」（매이）とは尊長に申すという意味の言葉であり、「斁可」（역가）とは中宗の名前「斁」と疑問詞の可であり、「首墨墨」とは反正を企てた首（かしら）の朴完宗と成希顔が墨寺洞に住んでいることを指しているという（『龍泉談寂記』や『燃藜室記述』）。燕山君を退位させる反正が起こり、次の王は中宗で、首謀者の住んでいる所まで知らせながら讜告していると解釈すれば、この童謡は燕山君に対する最後の警告ということになる。しかし反省恐懼のない燕山君は、即位十二年目（一五〇六年）の九月二日に反正によって退位させられ、江華島の喬洞に幽閉される。[80]

㉒　「瑟破縣」（슬파곤）の謡を『龍泉談寂記』の編者は「未可解」と記している。どのような事件との

関わりをもつ童謡なのかは記されていないため解釈できない童謡である。

㉓　この謡は現在は童謡として扱われている。「忠誠詐謀（チュンソンサモ）」とは、官吏が被る忠誠という文字の付いた紗帽（サモ）と、同じ発音の騙すという意味の詐謀（サモ）とを掛けたものである。「挙動喬桐（コドンキョドン）」とは、王が四方八方に行かれるという意味の挙動と、幽閉地の喬桐という同じ発音の言葉を繰り返したものである。「興清運平」とは、全国の妓生（芸妓）の中から美人を選び、運平・興清と呼んだ呼び名である。また幽閉地の喬桐には荊棘（カクシ）を巡らせたが、これは妻（각시）と同じ発音であり、底（밑）とは人の陰部をいう。この謡は燕山君が幽閉地に行くときにうたわれた風刺謡であり、筆者はこれを童謡とみなさない。その理由は、この謡は『実録』（「燕山君十二年九月二日」）にも収録されているが、「里歌」と記載されており、『龍泉談寂記』には「市井歌」と記されているからである。つまり予言の謡ではなく、即興的に作られた風刺謡と考えられる。

㉔「万歴壬午癸未」（一五八二年三月）の童謡だという。国を乱す者は東人であり、国を亡ぼす者は西人である。『燃藜室記述』には、「これは東夷と西戎のことを指していると思われていたが、近来の時事を見ると、東人が政権を握って国を乱し、西人は政権を握って国を恥じ入らせるという意味である」と記されている。党争で国が乱れ、亡びると讖告をしている童謡であろうが、この讖告に対してどう対応したのかという関連記事が記されていないため、未詳である。

㉕　この童謡は、鄭汝立が謀反を企てる三十余年前に「木子は亡び、奠邑（鄭）は興じる」と玉版に刻んだ謡だという。宣祖二十二（一五八九）年十月二日に鄭汝立などによる謀反があったと『実録』は記している。結局、鄭汝立は十月十七日に包囲されると自殺してしまう。(81) 破字を使って謀反に利用さ

れているため、童謡である。前掲した「木子謡」と同様、反乱を天命であるかのように見せかけた童謡であろう。この童謡は『混定編録』[82]に収録されている。

㉖「桑から馬の鬣（たてがみ）が出ると、家主は王になる」という童謡で、㉕の童謡が流行ったときに、この謡も流行ったという。鄭汝立が自分の庭園にある桑の木に馬の鬣を埋め込んでおいたのを村人に見せ、流行らせた童謡である（『混定編録』）。これもまた王になるのは天命であるかのように見せかけようとした童謡であろう。

㉗この謡は現在、童謡とされている。㉕㉖の事件と関連があり、李弘老が鄭汝立のことを敬っていたので、「汝立の葛巾杉を着て誇る」という謡があったという（『台泉集』[83]）。童謡という記録もなく、反乱に追従する人物の童謡が発生することは考えられないので、単なる風刺の謡だろう。

㉘「莫佐理平」とは義州の西側にある平野をいい、義州の農地である。馬耳山とは中国側にある山である。つまり、莫佐理の野原が川水で無くなると、白馬の将軍が馬耳山より来て助けてくれる、という意味の童謡である。昔から伝わる童謡であるが、鴨緑江の水が南側に押し寄せ農地を削りとって無くなったとき、提督李如松が白馬に乗って現れ救援してくれたので、童謡の験が現れたという（『燃藜室記述』）。この童謡の場合、農民達の願いが謡に込められているので、讖告ではなく、農民の願いを表した童謡といえる。したがって、その願いが童謡によって実現されたと信じたため、童謡の験が現れたといっているのだろう。

㉙宣祖二十五（一五九二）年十二月の童謡である。「細雨に京の街の柳の色が青い。東風が吹き入ると、馬蹄の音は軽く、旧時の名宦が還って来る日に、凱歌の歓声は京の城に満ちる」と、今は倭賊に追わ

れているが、いつかはソウルに凱旋して戻るという希望と願いが込められた童謡である。こうした希望と願いを表した童謡は、高麗末期に発生した李成桂将軍の童謡（『高麗史』の童謡Ｊ）にも見られるが、新しい童謡観の定着と考えてよいだろう。

㉚ 現在ではこの謡も童謡とされている。光海君の代に朝廷が宮役（宮殿造営）のためにやむを得ず売官した。人々が銀や熟石（人工の磨き石）、絹を売って官職を買った謡だという（『続雑録』一）[84]。「金（を付けた）者、玉（を付けた）者、銀で買ったのか、熟石で買ったのか、錦（の衣を着た）者、絹（の衣を着た）者、土で買ったのか、木で買ったのか」と売官行為を批判、風刺している謡である。童謡とは記さず、市井謡と明記しているが、前掲の高麗史の童謡Ｈ、『実録』の童謡⑦と同様、売官買職の不正を讃告する内容の童謡と考えて間違いないだろう。

㉛ 現在ではこの謡も童謡とされている。許筠（一五六九～一六一八年）が作った謡で、「城は野に及ばず、野は越に及ばぬ」と、城を越えて逃げろと言っている。西の賊は鴨緑江を越えたところ、琉球は海を越えたところに隠れているから、城を越えて逃げろと訛言・妖言で民心を煽っている謡である。この謡が収録されている『続雑録』一には「作謡」と記されているが、㉜の童謡と同種と思われるので、この謡も童謡と見て差し支えないだろう。

㉜ 光海君の代に、「城内は城外に及ばず、城外は三江に及ばず、三江は渡江に及ばぬ」という童謡があったという（『台泉集』[85]）。城内の人々に川を渡って逃げろと煽っている内容で、㉛の謡と内容が似ているので許筠の徒党が作った童謡と考えられる。

㉝ 「金車」とは宰相の金輪を指し、「水底」とは水原を指していて、つまり童謡は「金輪よ、金輪よ、

水原に帰るだろう」という意味になるが、金輪がこの意味を悟らなかったため、竟に禍を被ったという。どういう事件なのかは不明であるが、宰相は讖告の予言があったにもかかわらず、これを悟らなかったので、禍を被ったという意味で、天人感応の理に基づく童謡である。童謡が『芝峰類説』の「徴応」条に収録されているのも天人感応の理を意識したからだと考えられる。一方、金輪という宰相は存在せず、金車は王が乗る車なので、雨の中を播遷する宣祖二十五年の童謡④⑰と同種の童謡だという見解もあるが[86]、事件との関係が究明されなければ説得力がないだろう。この童謡の制作年度を光海君六（一六一四）年以前としたのは、編者である李睟光（一五六三～一六二九年）が『芝峰類説』を脱稿する前にこの童謡に接しただろうと考えられるからである。

㉞　孝宗のとき、申冕が牢屋にいながら李亨長に指示を出し清との間に虚言を広めたため、王は李亨長を処置しようとしたが、そのとき「亨長乙（을）刑丈冕（하면）冕이 免할소냐」という口謡があった。申冕と姻戚関係にあった洪明夏が、李亨長を刑丈し、（申）冕を放免した方がよいと王に進言したが、二人とも死刑を免れることはなかったという（『東渓漫録』[87]）。未来のことをうたっているので童謡である。李亨長と申冕を同じ刑に処すべきだと言っていると解釈でき、申冕を告発する童謡ともみられる。

㉟　己亥年に孝宗が昇遐し、顕宗が即位した（一六五〇年）。このときに童謡が発生したが、当時は意味がわからなかった。甲寅年の秋になって顕宗は晏駕し、今上（粛宗）が嗣いだ。春秋は十四歳だった。けだし攝提（寅年の古い名称）で、徳字を割ってイ（ぎょうにんべん）と心を除けば、則ち十四になり、果たして謡に応じたという（『厚斎先生別集』[88]）。君王に対する童謡で即位する歳を天が讖告

するということは到底考えられない。従来の童謡とは異なり、単なる君王の未来を予言する新しい童謡だと考えられる。

㊱ 粛宗（一六七四～一七二〇年）のときに、「許積は散炙（串肉）になり、許穆は回目（鰰、元に戻る）になり、呉始寿は食是寿（먹이수、死ぬことになる）、閔熙は瑟熙（슬히、싫다、嫌だ）」という童謡があった（『燃藜室記述』）。南人（党派）は内部紛争により結局は皆が没落する。予言をもって讖告をしたにもかかわらず、悟らずに紛争を続けたので、天の罰を受け皆没落した事を表していると考えられる。

㊲㊳ これらは、粛宗の后であった仁顕王后閔氏と張嬉嬪に関する童謡である。「芹が好きか、蘿蔔（大根の一種）が好きだ」という童謡が発生した後に、王后は遜位し張嬉嬪が中宮（王后）になった。㊳の「芹は四節、羅蔔は一節」という童謡は、芹は四節に供食するが、羅蔔は一節だけなので、六年経て仁顕王后は復位し、張嬉嬪は廃位となった。けだし芹は方言で民阿里（민아리）といい、閔（민）の字と発音が似ている。羅蔔は春になると花を咲かせるが、その花を方言で長多里（장다리）というので、それにたとえた謡だという（『頤斎乱藁』[89]）。㊲の童謡は両者の中で択一する謡であり、㊳の童謡は、羅蔔に例え、遜位は一時的なことで、仁顕王后の復位は当然のことだと謡っている。これは讖告ではなく、事必帰正（万事は必ず正しきに帰する）を予言の形で表している童謡といえる。

㊴ 庚午（英祖二十六（一七五〇）年）以前に「億貴」という二文字の童謡があった。庚午に大癘により億万者（多くの人）が死んだ。そして新しい均役法ににより魚と塩の品貴（品薄）現象が起きたが、このことを予言したという（『頤斎乱藁』[90]）。王政に対する讖告であったと思われる。民の生活が苦し

くなり、㊵のような謀反が起こったと思われる。

㊵　尹志と李夏徴が羅州地域で反乱を企てる（英祖三十一（一七五五）年）前に「木啄啄、高伊陽よ、全羅監司趙哥よ、何処で両班が死ぬのか、羅州で両班が死ぬ」という童謡が流行った。最初の「木」とは李夏徴の姓である李を指し、さらに彼を「高伊陽（コイヤン）（고이양）」とたとえている。高伊陽とは方言で猫のことをいう。外は順服だが、内実は陰婫（いんこん）な人を指す。全羅監司趙哥とは趙雲逵を指し、反乱の企てを告げた人である（『頤斎乱藁』[91]）。反乱と関係のある童謡の場合は反乱者が作って流布させる事例が多いのだが、この童謡は捕まえる側が作って流布させたと考えられる。おそらく反乱を企てていることを知っているぞ、やめろという讖告の予言だったと推測される。けれども反乱者はこれを悟らなかったため、予言どおり一網打尽にされている。

㊶㊷　これらは英祖五十二（一七七六）年の童謡である。「老論謂以在高漫（이셔고만）少論以去高漫（갈즉고만）、水原人謂以来高蔓（담즉고만）」とは、少論から老論への政局の変化を意味し、水原に住む宋徳相の去就を謡っている。㊷も老論の宋徳相に関する童謡であるが、「既再見之水原客乎（어차피다시보는　수원손님인가요）」[92]と官職に就くことを予言している。この童謡の対象である宋徳相は礼曹参議（正三品）まで昇るが、童謡の対象が君王からかなり変化していることがわかる。童謡である以上、老論の台頭や宋徳相の去就も王政に対する讖告であると考えられる。

㊸　正祖元年から二年（一七七七～一七七八年）にかけて京城の大小の街で童謡が多く発生した。その中の一つに「紅桃花は一節、朕佐飯は四節、大明殿の大栿の上に紅糸網が高く掛かると、幼処子尽く漏れ、老処子掛取り（選ばれ）、龍洞処子は都領主の福となる」という童謡があった。洪国栄の妹（紅

桃花）が嬪として選ばれたが夭折したので、嬪の歳を十九歳に引き上げ、再度揀択（かんたく）（王室の婚姻相手を選ぶ行事）し、選ばれたのが（老処子）尹嬪である【注】朕佐飯とは海菜のことで、朕は金と音が近く、尹嬪の父の金時默は国舅となり、実家が龍洞にある）（『頤斎乱藁』(93)）。この童謡は尹嬪が選ばれた過程を語っているが、龍洞処子が殯になることは天の意思であることを示していると考えられる。

㊹ 正祖十一（一七八七）年の童謡である。「清涼橋시위나니　니집두　떠나간다」の「시위나니」とは大雨で川が氾濫することを意味するが、当時、清涼の時偉（シウィ）と呼ばれていた少論の趙時偉（チョシウィ）（시위）を指し、「니집두」とは李集斗（イジプトゥ）を指す。少論の趙時偉（시위）の没落により李集斗（니집두）も城西に移住するようになるという（『頤斎乱藁』(94)）。少論領袖の没落を讒告したにもかかわらず反省しなかったので、結局は島流しになったと伝える童謡であろう。

㊺ 正祖十二年の童謡である。昨年の大雨以後、紅藍の花が実を結ばないので、「利事（イシ）（紅藍の方言）子無し、紅花いかん」という童謡が発生し、人々は憂えたという（『頤斎乱藁』(95)）。この童謡について、利事（イシ）を李氏（イシ）（이시と音が同じ）と解釈し、世継ぎがいないことを予言したのではないかと推測する見解もあるが(96)、㊼の童謡のとおり元子（王子）が誕生しているので再考されるべきである。『頤斎乱藁』には大雨による被害で紅藍の花が実らないという記述がある。この異変は染色界に大打撃を与えただろうし、原因は君王の失政のせいだと考えられただろう。つまり天人感応の理による異変だと当時の人々は考えていたと思われる。だとすれば、この予言は王政への讒告となり、何らかの対策を求める童謡としての機能を持っていたと考えられる。

㊻ 正祖十三（一七八九年）年の童謡で、「鳥よ鳥よ、東莱蔚山の一年鳥よ、爾（なんじ）の国は何ぞ、乃ち朝鮮国

の子に為す、倭書が来、胡書が来、江界甲山に胡書が来る、云云」と記されているが、編者もその辞非常に怪しいので、ここに記すという（『頤斎乱藁』[97]）。いまだ意味不明の童謡である。

㊼「来日」二字の童謡は、「来」という字を破字すれば、六十八となる。つまり童謡が流行った庚戌年の六月十八日を意味し、果たしてこの日に王子が誕生したという。そのとき、正祖は三十九歳で、「三十九歳にはじめて好いことがある」㊽という童謡もあったという（『頤斎乱藁』[98]）。㊼と㊽の二つの童謡はともに慶事を予言する童謡であり、天の意思によるものだと示していると考えられる。

そして㊽の童謡が流行った同じ年月日に、水原の人々に供役や徭役などが強いられ、「恨不往生水原」という童謡が発生した。また女性に髢冠の禁止を表した童謡など、生活に密着した童謡も伝わっている。[99]

儒学者たちが巷で流行っていた童謡を文献に記し、またそれらの童謡と結びついた歴史事件を記しているということは、それだけ民の関心が高かったということを意味している。これらの童謡を整理すると、廃位事件に関する童謡は、燕山君の廃位事件（⑳㉑）、成宗の王后だった尹妃の廃妃事件（⑲）、仁顕王后の遜位事件（㊲㊳）などの五篇がある。これに対し、王や王后の即位や復位に関連する童謡が三篇ある（㉟㊳㊸）。

社会批判の童謡は、売官する朝廷を批判したもの（㉚）、党争を批判したもの（㉔㊱㊶㊹）と五篇あり、多く存在する。ただし、「市井歌」（㉓）や「謡」（㉗）、「市井謡」（㉚）と記され、厳密には童謡といえないものもある。

反乱事件を予言した童謡は二篇ある（㉓㉗）。従来は反乱を起こす側が作るものだが、官憲側が作った童謡もあった（㊵）。これは官憲側が反乱の情報を事前に掴んでいたことの表れであろう。ただ民心を混乱させることが目的の妖言的な童謡は二篇ある（㉛㉜）。民の生活に関わる童謡は三篇あり（㉘㊴㊺）、いまだに意味不明な童謡が二篇ある（㉒㊻）。

朝鮮王朝時代の後期（壬辰倭乱以後）になると、本来の童謡の要素である讖告や批判とは違い、明るい未来の到来を予言する童謡も現れる。壬辰倭乱の最中に避難先から凱旋の歌をうたうことを予言する童謡（㉙）、王子誕生を予言する童謡（㉙㊽）などがそれである。

これらの童謡と歴史を照らし合わせてみると、やはりこれらの文集においても天人感応の理に基づく童謡観が見てとれる。予言どおり罰が下った事件は、予言の対象者が讖告を悟らず、反省、驚懼しなかったため、罰を受けたと解釈することができるからである。反正によって廃位させられた燕山君をはじめ、廃妃させられた尹妃、禍に遭った金輪、反乱を企て処罰された李夏徴などは讖告を悟らなかったため罰を受けたのである。

十六世紀の末葉になると、党争批判の童謡が発生し、十七世紀になると、単に君王の即位年を予言する童謡が発生する。また童謡の対象が君王ではなく、宰相、嬪の実父、正二品・正三品の官吏、反逆者などに及ぶなど、童謡の性質の変化が見られる。

そして十八世紀の英祖・正祖代には生活必需品不足の童謡（㊴）や凶作を予言する童謡（㊺）が発生する。これまでの童謡は専ら政治的なことを予言していたのが、経済的なことを予言する童謡が出てきたということは画期的なことである。

むすびに

今までの論述を要約すれば、次のとおりである。

1　『高麗史』「五行志」には、天人感応の理の基本理念の下、自然界に起こるさまざまな異変を記録する中で童謡が収められている。そして、君王が五行の「金」を損なう政治や五事の「言」を修めず、不従する言行を行えば、その逆理によって童謡が生まれる、と童謡の生成論理を記している。また童謡は訛言や妖言と同類のものと示している。これらの童謡が存在する理由は、まず君王の失政を譴告し、反省、驚懼するよう戒めるためであり、失政が招く天災（歴史事件）を予言するためである。

2　君王の失政そのものではなく、朝廷が行う不正腐敗などに対する政治批判の童謡も早くから生まれていた。おそらく史書に「五行志」が確立されてからは、予言は君王に関する童謡、批判は丞相などに関する童謡と分ける考え方があったのではないかと思われる。

3　このような童謡観は古代中国の影響を受けていたと考えられる。天人感応の理が古代韓国の王政に反映されているのは、新羅の場合、味鄒尼師今の記事から三世紀後半と推測される。このことから三世紀には五行思想も体系化されていたと考えられる。ただ百済の「亀の背文」のように、五行思想とは関係なく、後漢時代の初期に生まれた『論衡』の流れを汲む単なる予言の童謡は、七世紀中葉にはすでに伝わっていたことになる。

4　どのような歴史事件であれ、歴史事件が起きる前には必ず戒めの言葉があったはずである。この戒めの言葉が事件後に讖告・予言の童謡となり発生した。五行思想と結びついた童謡は、国亡び（「薯童謡」）、君王の死（元の世祖、忠烈王）などを予言している。これらは天人感応の理に基づく童謡本来の姿だったろう。事の因果関係を儒教的に説明したのが天人感応の理であり、五行説によって説明できるのが童謡であったと思われる。

5　予言の童謡の場合、「験を見る」、「童謡の験」などのように「験」と記されたものは実際に歴史事件が起きたという意味である。同時に考えなければならないのは、讖告・予言をしたにもかかわらず、悟らず、反省驚懼しなかったため事件が起きたという意味も持つということである。こうした童謡が『増補文献備考』に収録されており、収録した理由を、後代の君王が鑑戒とするためであると記している。

6　高麗時代までの童謡の対象は主に君王であったが、朝鮮時代になるとその対象は王后、宰相、高僧、高級官吏（正二品、正三品）、党派の領袖などにまで広がる。関連する事件も、A王政に関わる事件、B反乱事件、C高級官吏の不正事件、D党争事件、E廃位・遜位事件、F洪水による救援事件、G流行病（癘）と品不足事件など、さまざまな事件に関連する童謡が発生する。

7　特異な童謡として、明るい未来の到来を予言する童謡も現れる。壬辰倭乱のとき、避難先から凱旋の歌をうたうことを予言する童謡（㉙）、仁顕王后の復位を予言する童謡（㊳）、尹嬪の揀択（㊸）、王子誕生の予言（㊼㊽）の童謡などがそれである。こうした童謡は朝鮮王朝時代の後期（壬辰倭乱以後の十七世紀の初め頃）から見られる。

8　韓国の童謡史を見ると、三国時代より予言や社会批判や告発の童謡など、多様な童謡が伝わっている。

それにもかかわらず、童謡を讖謡（未来を予言する謡の意）という名称で表すことには賛同できない。確かに童謡の中には讖謡の性格を持つものもあるので、童謡の下位ジャンルの名称として讖謡を用いることは可能である。しかし批判や告発の童謡があることや五行思想・天人感応の理という童謡の本質を考えると、讖謡ではなく童謡と呼ぶべきである。ただし、現代の子供の謡である童謡と区別するために古典童謡という名称は可能だろう。

【注】

（1）『訳註高麗史』参照　東亜大学校出版社　一九七一年

（2）韓国古典翻訳院『朝鮮王朝実録』http://db.itkc.or.kr/itkcdb/ma inln dexIframe.jsp　参照

（3）注（2）と同じサイト　金仁老（一四六九～一五〇三年）編『大東野乗』

（4）注（2）と同じサイト　李肯翊（一七三六～一八〇六）編『燃藜室記述』（原文は『燃藜室記述』（民族文化推進会　1976年修正版参照）

（5）沈慶昊「韓国漢文文献の中の讖謡―特に民衆的対抗言論と政治的擬製に関して―」（『韓国漢文学研究』38集　韓国漢文学会　二〇〇六年）、金ヨンジュ「朝鮮時代の童謡研究」『言論学研究』一五（一）　釜山蔚山言論学会　二〇一一年八月　この中で口伝童謡は除外

（6）任東権「古代人の童謡観」『无涯梁柱東博士華誕紀念論文集』　探求堂　一九六三年

（7）注（1）に同じ　巻5、志巻第7　五行　二二八三頁

（8）注（5）（6）に同じ　そのほか、鄭興教『高麗詩歌遺産研究』一〇七頁（平壌　科学百科典出版社一九八四年）、尹栄玉『高麗詩歌の研究』三八頁（嶺南大学校出版部　一九九一年）、呉相泰「高麗時代の讖謡研究」『ウリマルグル』　一九九六年六月

（9）高麗史の童謡については、すでに拙稿「高麗時代の童謡について」（『東アジア比較文化研究』東アジア比較文化国際会議日本支部　二〇〇九年五月）において言及した。しかし、一部の童謡の解釈に今回の考察と齟齬があるため、この論文で統合し再論する。

（10）注（1）に同じ　第2　二六〇～二六一頁　「丙申、清塞鎮戸長、妄作童謡、欲与龍州、謀叛。兵馬使蔡松年、

按誅之」　巻22世家巻第22　高宗1

(11) 注（1）に同じ　第10　二八五頁「令曰、有能捕童謡及説図讖者、賞以爵貨」巻130　列伝巻第43「林衍、惟茂」

(12) 注（1）に同じ　第8　一六六頁「一日、将赴衙、聞街上童謡、因墜馬帰臥、求免愈切、遂罷相、判秘書省事監修国史、王密遣内侍金安、問於仁存及李寿曰、欲奪資謙権、置散地、如何、皆対曰、上生長外家、恩不可絶、況彼党与満朝、不可軽動、請俟其間、王不聴、及変起、宮闕連焼」巻96　列伝巻第9、「金仁存」

(13) 注（11）に同じ　二一三頁「資謙因十八子之讖」巻127　列伝巻第40「李資謙」

(14) 注（1）に同じ「孔子作春秋、災異必書、天人感応之理、況易言哉、今但拠史氏所書当時之災祥、作五行志」巻53　志巻第7　五行1

(15) 注（1）に同じ「五行、四曰金、従革、金之性也、失其性、為沴、時則冶鋳不成、為変怪者、有之、時則有訛言、時則有蟲之孽、時則有犬禍云々」巻54　志巻第7　五行2

(16) 南基顕解訳『春秋繁露』四〇四～四〇五頁　自由文庫　二〇〇五年

(17) 『漢書』1　三四三頁（汲古書院　一九七二年）、翻訳には吉川忠夫、富谷至訳注『漢書五行志』参照、東洋文庫　平凡社　一九八六年）

(18) 注（17）に同じ

(19) 注（17）に同じ　各童謡については注（9）の拙稿参照要

(20) 注（1）に同じ　四六六～四六九頁

(21) 韓国法制処『大明律直解』三八三頁　一九六四年
(22) 注(1)に同じ　成宗八年九月甲午彗星、見、赦、王、責己修行、耆老弱、恤孤寒、進用動旧、褒賞孝子・節婦、放逋懸、蠲欠負彗、不為灾。「天文一」一一頁
(23) 注(1)に同じ　本文三九頁(省略)、志巻第二　天文二
(24) 注(1)に同じ　二九四頁「有童謡云、瓠之木枝切之、一水(金+善)、陋台木枝切之、一水(金+善)、去兮去兮、遠而去兮彼山之嶺、遠而去兮、霜之不来、磨鎌刈麻去兮」
(25) 注(19)に同じ　二九四頁「童謡云、万寿山烟霧蔽、未幾、世祖皇帝訃、至」
(26) 注(19)に同じ　二九五頁「童謡、有木子得之語、軍民無少老、皆歌之」
(27) 注(8)のチョン・フンギョ
(28) 注(8)の尹栄玉　三六〜三八頁
(29) 注(9)に同じ　八頁
(30) 注(8)の呉相泰　三七四頁
(31) 注(17)に同じ「王莽伝」「有丹書著石、文曰、告安漢公莽為皇帝、符命之起」
(32)『後漢書』第三冊　一三三一頁　列伝三「公孫述」(岩波書店　二〇〇二年)
(33) 注(1)に同じ　二二三頁「先是童謡云、何処是普賢刹随此画同刀殺」巻128　列伝巻第41　叛逆2「鄭仲夫」
(34) 注(1)に同じ　一三八頁「時有童謡云、用綜布作都目、政事真墨冊、我欲油之、今年麻子少、噫不得」列伝巻第37「金之鏡」

（35）注（17）に同じ「翟方進伝」「壊陂誰、翟子威、飯我豆食、羹芋魁、反乎覆、陂当復、誰云者、両黄鵠」
（36）注（1）に同じ　第3　一九六頁「初、宮中、及道路、歌曰、阿也麻古之那従、今去何時来、至是、人解之曰、岳陽亡故之難、今日去、何時還」巻36　世家巻第36
（37）『増補文献備考』一五二頁「忠恵王時童謡云」明文堂　一九八一年
（38）注（1）に同じ　巻124　列伝37　盧英瑞伝（「時京民訛言、王将取民家小児数十埋新宮礎下、云々」）
（39）注（36）に同じ
（40）注（1）に同じ　二三七頁「先是、童謡曰、西京城外火色、安州城外烟光、往来其間、李元帥、願言救済黔蒼」巻137　列伝巻第50　辛禑5
（41）注（1）に同じ　第4　四一頁「十二月壬辰、王至福州、（中略）、乙未、幸映湖楼、遂乗舟遊賞．（中略）、観者如堵、或有反袂興嗟者、或誦讖而嘆曰、忽有一南寇、深入臥牛峯。又云、牛大吼龍離海、浅水弄清波、古聞其言、今見其験」巻39　世家巻39　恭愍王2
（42）注（8）のチョン・フンギョ　一〇四〜一〇五頁。
（43）注（1）に同じ　第5　二九四頁「顕宗五年十一月庚寅、訛言北山諸僧、挙兵来、京城大駭、戒厳」巻54　志巻第8　五行2
（44）山田勝美『論衡』下　一四三〇〜一四三四頁　明治書院　一九八四年
（45）崔南善編『三国遺事』巻三「弥勒仙花　未戸郎　真慈師」一五三頁
（46）注（45）に同じ　八九頁
（47）拙稿「郷歌と天人相関思想」（『大谷森繁博士古稀記念朝鮮文学論叢』白帝社　二〇〇二年

(48) 梁柱東『増訂古歌研究』四三二頁　博文書館　一九六五年
(49) 研究史については、拙稿「薯童謡研究―五行思想を中心にして―」(東方文学　比較研究会二〇一四年冬季企画学術大会発表誌参照)、拙著『韓国古代文学の研究』金寿堂出版　二〇一七年
(50) 注(49)に同じ
(51)『訳註三国史記』二六四頁、「百済本紀第八」義慈王二十年六月　韓国精神文化院　一九九六年
(52) 注(45)『三国遺事』巻二　後百済甄萱
(53) 注(37)に同じ
(54)『三国史記』高句麗次大王三(一四八)年秋七月
(55) 注(54)に同じ　新羅炤知麻立干十四(四九二)年春
(56) 注(49)に同じ　新羅　鄒尼師今七(二六八)年
(57) 注(2)に同じ　宣祖二十九(一五九六)年六月二十六日、頃者葉遊撃問於臣曰:〈倭賊之時、災異有乎、童謡有乎、(省略)〉渫曰:不知某災矣、大概其変不測。請減省恐懼、以答仁愛之天可　矣。(省略)弘微曰(省略)請自上恐懼脩省、致力於方寸之間則在天之変、庶可消矣。
(58) 成周徳編『書雲観志』一八一八年(世宗大王祈念事業会　一九九九年)
(59) 注(37)に同じ『増補文献備考』一三二頁
(60) 注(2)に同じ　太宗実録八年十一月十二日(以下『実録』省略)
(61) 注(3)に同じ「此乃一狂民。顧何所關而亦見於謡讖耶」

(62) 注（2）に同じ

(63) 注（37）に同じ

(64) 注（5）の金ヨンジュ

(65) 太祖の次の王位継承者を指名する問題で、いわゆる第一次王子の乱が起き、李芳遠の勢力に負けた鄭道伝らは殺される。『朝鮮王朝実録』太祖七年八月二十六日の記事に詳細あり

(66) 注（2）に同じ「太祖実録」七（一三九八）年八月二十六日

(67) 注（3）に同じ『龍泉談寂記』

(68) 洪寅杓訳註『西浦漫筆』五六～五七頁　一志社　一九八七年「古今讖謡率出於附会、而是則前史之所以附会者、又似失題也」は、隋の末に「桃李子」という謡を事例にしている。

(69) 注（2）に同じ『星湖僿説』第22巻　経史門「童謡自康衢始然坊坊道理之言殊異乎符讖丈夫老成之意而童幼亦習而歌之也（中略）余意天下将乱鬼道盛行如石言之類憑依作眩無足恠也（中略）盖孩童之身志慮無所主不及　利害作為則鬼憑説出　是於信故必挙童謡不然狂癲胡説何足為準」

(70) 第10巻　人事門〈瞻仰（せんぎょう）人主〉「余聞閭里童謡語無根因播伝一世、或有知根者曰皆由宮内一時之説話也、以此知人主苟操術有要導化風動易俗移風在手分界中也（中略）詩曰、慎厥威儀維民之則。」

(71) 『国訳　燃藜室記述』ＸⅠ　民族文化推進会　１９７６年修正版』六三九頁「天文典故」別集第一五巻

(72) 韓国学歴史情報総合システム　http://yoksa.aks.ac.kr/　『頤斎乱藁』巻四十三己　西潤五月二十四日己西「童謡之験前輿謂以詩妖　天文家又謂　是熒惑星化人下降　教小児播謡　此殆然歟　然無奈必験何頃」

(73) 注(64)に同じ　金万重(一六三七～一六九二年)『西浦漫筆』五七頁　一志社　一九八七年
(74) 村山知順『朝鮮の占卜と予言』「謡讖」朝鮮総督府　一九三三年
李殷相「朝鮮の謡讖」『東亜日報』一九三二年八月四日記事
(75) 注(6)に同じ
尹栄玉『新羅歌謡の研究』蛍雪出版社　一九八一年
金文泰『三国遺事詩歌と叙事文脈の研究』太学社　一九九五年など
(76) 任東権『韓国民謡集』東国文化社　一九六一年
(77) 成宗十(一四七九)年に起きた王后尹氏の廃位事件。尹氏は事件の三年後に賜死する。尹氏は燕山君の生母で、この廃位事件は後に甲子士禍(一五〇四年)が起こる契機となる。
(78) 注(3)に同じ　『龍泉談寂記』
(79) 注(4)に同じ　『燃藜室記述』
(80) 注(2)に同じ　「燕山君十二年目(一五〇六年)九月二日」
(81) 注(2)に同じ　『宣祖実録』二十二(一五八九)年十月二日、十七日記事
(82) 安邦俊(一五七三～一六五四年)『混定編録』五　党論書(『大東野乗』に収録)
(83) 閔仁伯『台泉集』巻二　『韓国文集叢刊』五九
(84) 趙慶南『続雑録一』五二〇頁(『大東野乗』第三〇巻)
(85) 注(83)に同じ　『台泉集』巻五
(86) 注(5)の金ヨンジュ　六三頁

(87) 注(74)の李殷相より再引用、また注(5)の沈慶旲の一覧参照
(88) 『厚斎先生別集』巻二　注(2)と同じサイト「韓国文集叢刊」より
(89) 『頤斎乱藁』巻十四　庚寅三月二十七日(韓国歴史情報統合システム http://yoksa.aks.ac.kr/
(90) 注(89)に同じ
(91) 注(89)に同じ
(92) 注(5)の金ヨンジュ　五六頁
(93) 注(89)に同じ　巻四三　乙酉閏五月二十四日巳酉
(94) 注(89)に同じ　巻四〇　丁未二月二十二日庚申
(95) 注(89)に同じ　巻四一　戊申八月十六日乙巳
(96) 注(5)の沈慶旲　六四頁、金ヨンジュ　五七頁
(97) 注(89)に同じ　巻四六　庚戌八月六日甲寅(不明)注(5)沈慶旲　六五頁より再引用)
(98) 注(89)に同じ　巻四六　庚戌八月六日甲寅(不明)注(5)沈慶旲　六五頁より再引用)
(99) 注(95)に同じ

第12章　韓国の王権神話に表れた祥瑞思想

はじめに

王権の権威は、まず主人公の神異な誕生によって示される。それは凡人とは異なる懐妊、そして卵からの誕生、または天子の降臨や地中からの出現などさまざまで、主に王朝の建国神話に見られる。建国神話を有する韓国の歴代の王朝とその建国者としては、古朝鮮（紀元前二三三三年？）の檀君（王倹）をはじめ、時代順に、高句麗（紀元前三七～六六八年）の東明王（朱蒙）、新羅（紀元前五七～九三五年）の赫居世、駕洛（？～五六二年）の首露王、済州島の耽羅国の三乙那などがいて、その後は後百済（九〇〇～九三六年）の甄萱、高麗（九一八～一三九二年）の太祖（王建）、朝鮮王朝（一三九二～一九一〇年）の太祖（李成桂）へと続く。その他にも、建国者ではないが、建国神話と同様の神異な誕生譚を有する王としては、新羅の脱解王（在位五七～八〇年）や百済の武王（在位六〇〇～六四一年）などがいる。そして王に即位はしなかったが、新羅の金氏王の祖先とされている金閼知（きんあっち）（六五～？年）も神異な誕生譚を有するので、これも王権神話の範疇に入れて考えることにする。

これらの王権神話には、「鶏龍の祥瑞あり」（「新羅始祖　赫居世」）[1]、「古より帝王が興るに徴瑞多い」（「東明王篇[2]」といった記述があり、その中に祥瑞・徴瑞という語が見られることから建国神話に祥瑞思想が入っていることがわかる。

祥瑞という考え方は、元来、古代中国で生まれた天人感応、または天人相関とも呼ばれる思想の一つで、天の子である王者の降誕や王者の徳政に対する賞讃として天が与えるめでたい徴（しるし）である。祥瑞と考えられていたものには、「天・地象」では景星、五緯順軌、甘露など、「動物」では黄龍、青龍、三足烏、白馬など、「植物」では嘉禾、木連理など、「器物・他」では黒丹、明珠などがあり、その数は合わせて百種を超える。[3]

一方で、天人感応思想には、天の子である王者が正道を失い悪政を行えば、天の戒めとしての災難が起こり、究極的には破滅を来すという災異の考え方もある。例として、『漢書』「天文志[4]」には、日食、月食、彗星の現れなどがあり、「五行志」には火災、大干、大雨、地震、蝗などによる災害など、様々な災異が列挙されており、これらの異変はみな政治的な事件と結びついて解釈されている。この災異の考え方と祥瑞の考え方とを合わせて天人感応思想と称するのである。

こうした天人感応思想が古代の新羅に伝来し、王政に取り入れられたのは三世紀のことだと思われる。『三国史記』新羅未鄒（みすう）王七（二六八）年の「春夏に雨降らなかったので、群臣を南堂に集め、王自ら政治や刑罰の得失をたずねた」という記事から三世紀の中頃からだと推定することができる。[5]

これまで、韓国の王朝の建国神話・王権神話に関しては様々な側面から研究が行われてきたが[6]、祥瑞思想との関連に関する研究は、管見によれば、未開拓分野である。

本章では、これらの王権神話に表れる祥瑞思想の実体を明らかにするとともに、王権神話と関係性があると思われる祭祀儀礼についても私見を述べてみたい。

さらに古代の三国時代から高麗時代までの祥瑞思想の展開について検討してみたいと思う。時代を高麗時代までと設定するのは、王権神話の編者が高麗時代の人物であるため、その時代の祥瑞思想についても踏まえておく必要があるからである。

一　王権神話の記述者の祥瑞意識

一然法師（一二〇六〜一二八九年）の『三国遺事』には、「古朝鮮王倹朝鮮」をはじめ、「高句麗」、「新羅始祖　赫居世王」、「第四脱解王」、「金閼知　脱解王代」、「武王」、「後百済　甄萱」、「駕洛国記」の順に古代王朝の始祖神話として王者の神異な誕生譚などが掲載されている。『三国遺事』の冒頭は次のように記されている。

（前略）然し、帝王がまさに興る時には、①符命を膺けたり図録を受けたりして、必ず人と異なるところが有り、そうして後、能く大変に乗じて大器を握って大業を成就するのである。②故に河は図を出し洛は書を出し（祥瑞とともに）聖人も作れてくるのである。（中略）女登が龍に感じ炎を生み、（中略）③簡狄は卵を呑んで契を生み、（中略）（劉媼は）大沢で龍と交わって浦公を生むに至るなど、神異なことが伝えられている。同じような例は、後の時代にも多く、これらすべてをここに書きつくすことなど、到底できない。こんなわけだから、④三国の始祖に、皆神異なことが起こるのは、少しも怪しいことではない。ここに紀異の諸篇をまとめようとする意図も、以上のような理由からである。[7]

（下線と日本語訳は筆者による、以下同じ）

下線部分①の「符命」は天が祥瑞をもって人君に降す命令であり、[8]「図録」は未来の吉凶禍福を予言した記録である。[9]帝王はまずこれらを受けてから国造りという大業を成し遂げたという。天命を受けるときの「図録」をはじめとし、②の伏羲の時代に黄河から現れた龍馬の背に描かれていたという「河図」や、禹（う）が洪水を治めた時、洛水から出てきた神亀（じんき）の背にあったという「洛書」などは、[10]天命を受けた証と意味づけられており、これらはすべてめでたい祥瑞として記されていると考えられる。こうした考えに立つと、「龍馬」や「神亀」は祥瑞の動物と考えられていたことになる。実際、古代中国の祥瑞の動物には「龍馬」と「神亀」（霊亀）が含まれている。[11]そして古代韓国の三国の始祖のような神異な誕生は三国に限らず、古代中国の帝王にも見られる。③の卵を呑んで生まれたとか、大沢で龍と交わって生まれたという事例を出しているのである。帝王は符命によって誕生するという考え方に基づくと、帝王の神異な誕生における「卵」や「龍」の働きも天命によるものとなり、祥瑞思想の表れであるといえる。

したがって、前掲の『三国遺事』の序文は、祥瑞という直接的な表現は用いられていないが、祥瑞思想に基づいて書かれたものであると思われる。

高麗時代に李奎報（一一六八〜一二四一年）が編纂した『東国李相国集』には高句麗の建国神話「東明王篇」が叙事詩として収められている。そこには、古代中国の神異な誕生と祥瑞について次のような事例が記されている。

女節は大星に感応され　　女節感大星
摯を生み、　　乃生大昊摯
女枢は顓頊を生むが　　女枢生顓頊
やはり北斗の光彩に感応による　　亦感瑤光暐
伏羲は犠牲を制し　　伏羲制牲犠
燧人は燧を鑽って始めて火を熾し　　燧人始鑽燧
蓂莢が生えたのは高帝（帝堯）の祥瑞であり　　生蓂高帝祥
穀雨は神農の祥瑞である　　雨粟神農瑞(12)

冒頭の部分で、星に感応し帝王が生まれた事例を挙げているのは、東明王が太陽の光に感応し生まれたことの前例であることを示すためであろう。また「蓂莢」や「粟」（穀物の意）といった祥瑞の記事は中国の故事の引用であるが、これらの記事からも編者の祥瑞思想に関する認識の一端を窺い知ることができる。

「東明王篇」の末尾の部分には編者の李奎報が「東明王」を記述しようとした意図が示されており、ここにはより明確に祥瑞思想が示されていることが確認できる。

思うに創建する君主は　　因思草創君
聖人でなければならない　　非聖即何以

劉媼は大沢で
神人と夢で会い
雷で真っ暗の中
蛟龍と交わる
こうして妊み
誕生したのが劉季
この方が赤帝の子
興る時多くの殊祚
世祖が始めて生まれる時
輝く光りが部屋に満ちる
自ら赤伏符に応じて
黄巾賊を掃蕩した
古より帝王が興る時は、
多くの徵瑞があったが、
後嗣が怠って荒れると
先王の祀りが絶えてしまう
故に今の王君は
寛と仁を以て位を守り

劉媼息大沢
遇神於夢寐
雷電塞晦暝
蛟龍盤怪傀
因之即有娠
乃生聖劉季
是惟赤帝子
其興多殊祚
世祖始生時
満室光炳煒
自応赤伏符
掃除黄巾偽
自古帝王興
徵瑞紛蔚蔚
末嗣多怠荒
共絶先王祀
乃知守成君
守位以寛仁

礼と義より民を教化すれば　　化民由礼義
長く子孫は伝わり　　　　　　永永伝子孫
国は年紀多く統治することができる　　御国多年紀

下線部「古より帝王が興る時には多くの徴瑞があった」の事例として「蛟龍との交わり」によって漢の高祖が誕生（ここでは世祖という）[13]したこと、誕生の時に部屋に「輝く光が満ちていた」ことなどを挙げている。つまり、帝王が興る時には、まず懐妊と誕生の時に祥瑞が現れるという考え方が明記されており、「蛟龍」や「輝く光り」などが祥瑞であることがわかる。漢の高祖の神異な誕生が、東明王が興る時に多くの祥瑞があったことの前例として示されていることはいうまでもない。そして神異な誕生をした、天命による帝王であったとしても「後嗣が怠って荒れると、先王の祀りが絶えてしまう」ので、「寛と仁を以て位を守り、礼と義より民を教化」するようにと戒めている。ここに「東明篇」を編んだ意図が示されているのである。

『三国遺事』序文の「符命」、「図録」、「河図」、「洛書」などの用語から、また『東明王篇』の「帝王が興る時、多くの徴瑞があった」という記述から、当時の神話の記述者たちは、帝王の誕生は天命によるものであり、めでたい証として多くの祥瑞が出現し、国造りという大業が成し遂げられたという考え方に基づいて建国神話を記述したと考えられる。

二　王権神話の展開と祥瑞思想

1 「古朝鮮」

古朝鮮の建国神話は『三国遺事』、『帝王韻記』[14]、『世宗実録』（世宗　在位一四一九〜一四五一年）「地理志」[15]などに記されている。「地理志」の記述は『帝王韻記』を参照したものと考えられるので、ここでは、『三国遺事』と『帝王韻記』を中心に検討してみることにする。まず、『三国遺事』所収の「古朝鮮」[16]条を簡略すれば、次のとおりである。

昔、①桓因（帝釈）の庶子の桓雄は、天下を治めようと志し、人間の世を欲しがっていた。父桓因は桓雄の意図を知り、②天符の印三個を授けて下界へ降ろし、人の世を治めさせようとした。桓雄は③部下三千を率いて太伯山にある神檀樹に降りてきた。ここは神市といわれ、桓雄は桓雄天王と呼ばれた。桓雄は、風、雨、雲を司るものたちを率いて、穀物、生命、病気、刑罰、善悪など、おおよそ人間にとって大切な三百六十に余る一切の事柄を執り行って世を治め人々を導いた。

ときに、一匹の熊と虎が同じ穴に住んでいたが、常日頃、人に生まれ変われるようにと、神である桓雄に祈願していた。あるとき神は霊妙な艾（よもぎ）ひとにぎりと、大蒜（にんにく）二十個を与えて言った「お前たちはこれを食え、そして陽の光を見ないで百日間過ごせ、そうすれば、人の形になることができよう」と。いただいたものを食べ、忌みこもること二十一日目に熊だけは女身となった。虎は忌むことが十分でなかったので、人の身になれなかった。熊女は結婚相手がなかったので、日夜、檀樹のもとで呪願したところ、孕む身となった。これはかりそめの姿となった桓雄が④熊女と結婚して孕ませたのである。熊女はやがてその子を生んだ。⑥この子は後に自らを檀君王倹と唱え、都を平壌城に定め、はじめて⑦朝鮮と称した。後に阿斯達に還ってきて隠れて山神となった。（番号と下線は筆者による、以下同じ）

番号①から⑦は次のような話形である。①天帝の子が降臨するか、もしくは神の子が来臨する。②降臨または来臨するとき、祥瑞の徴を授けるか、または祥瑞が現れる。③部下を率いて降臨する。④王者を懐妊する。⑤王者が卵から生まれる。⑥人として生まれる。⑦建国するか、または即位する。（以下同じ）

『三国遺事』「古朝鮮」条では①天帝の子桓雄が地上に降臨するが、そのとき、②天符の印三個を授かる。天符の印については他に事例がないので今のところ不明であるが、その意味は天の降す祥瑞の印であるという[17]。民俗学では、この天符の印三個を韓国の三種の神器で、鏡、剣、そして鈴・鼓・冠の中の一つであるとする見解がある[18]。それらの神器が天から授けられたものであるという前提があるのなら、そうした見解は有効であろう。日本の場合は、降臨に際して、天の天照大神より「皇孫天津彦彦火瓊瓊杵尊に曲玉および八咫鏡、草薙剣などの三種の宝物を賜わった」という[19]。これら三種の宝物は、ここでいう天符の印三個に相当するもので、序文にあった「符命を膺けた」という意味を持つ。いずれにせよ天符の印は祥瑞思想に基づく表現であることに間違いないだろう。

古代韓国の最初の国の古朝鮮の建国神話であるゆえか、③風・雨や穀物・刑罰などの政（まつりごと）を司る神々を率いて降臨するという特徴がある。そして④天子と熊女との結婚によって⑥檀君が生まれ、⑦朝鮮という国の建国に至る。つまり古朝鮮始祖檀君は天帝の符命を受けた子孫であり、その子孫によって造られた国であることを語り、王権が示されているのである。

檀君神話の異伝である『帝王韻紀』「前朝鮮記」[20]を略述すれば、次のとおりである。

①上帝、桓因には庶子があり、名は雄という。因が雄に言うに「三危太白へ降りて行って、弘く人間のために力を尽くすことができるか」という。こうして②雄が天符印の三個を授かり、③鬼（神）三千を率いて、太白山頂にある神檀樹のもとに降りてきた。この方を檀雄天王と呼んでいた。孫娘をして薬を飲ませ、人間にさせ、④檀樹神と結婚させた。そうして⑥生まれた子が檀君である。⑦朝鮮の地域の王になる。ゆえに尸羅、高礼、南北沃沮、東北扶余、穢、貊などは、みな檀君の子孫である。

前掲の『三国遺事』「古朝鮮」条と大きく異なる点は檀君王者の誕生に関する記述である。『三国遺事』では天の子桓雄と熊女の結婚によって檀君王者が誕生するが、『帝王韻紀』では天子桓雄の孫娘と④檀樹神との結婚によって⑤檀君王者が生まれるので、ここでは檀君の母が天帝の曽孫娘となっている。そして高礼（高句麗）や尸羅（新羅）などを檀君の子孫としている（『李朝実録』地理志では檀君が非西岬河白の娘と結婚し、その息子が東扶余の王夫婁となっていて、[21]より具体的な系図が記されている）。その他の②天符の印三個を授かり、③神々を率いて降臨するという記述は『三国遺事』と類似している。

正史における始祖檀君については、しばしば祭祀儀礼と関連づけ以下のような記事が伝わっている。

A東川王二十一（二四七）年春二月　平壌城を築いて、国民と宗廟・社稷を移した。平壌はむかし仙人王倹の宅があったところである。あるいは王の都ともいう。(22)

B（江華県）摩利山、山頂に塹星壇（ざんせいだん）あり、世に檀君の祭天壇と伝わっている。伝燈山、一名三郎城、世に檀君が三人の子にして築いたと伝わっている。(23)

C（儒州）九月山、三聖祠、檀因、檀雄、檀君の祠ある。(24)

Aは、『三国史記』高句麗本紀、東川王代に伝わる檀君に関する記事である。檀君を歴史的な人物として捉えようとしているのか、それとも檀君を祭る祠堂（礼拝堂）を宅と記したのか明らかではないが、高句麗の時代の檀君に関する記事として注目される。Bの江華県摩利山の檀君の祭天壇と儒州の九月山の記事は『高麗史』地理志に伝わるものであるが、江華の塹星壇の記事は、おそらく高麗の蒙古侵略による江華島遷都の時に檀君の祭壇が新しく造られ命名されたことが伝わっていると考えられることから、元来は地理志の九月山の「三聖祠」のように、九月山を聖地として檀君を祭っていたのであるが、高麗時代には祭神の桓因・桓雄・檀君という三体から「三聖祠」と呼ばれ、また祭りの性格や形態から「塹星檀」とも称されたのであろう。以後、朝鮮王朝時代においても「三聖祠」の祭祀が続いていたことは『世宗実録』「地理志平安道平壌府」(25)や『新増東国輿地勝覧』巻42文化県条によって確認できる。朝鮮王朝時代には、春と秋の祭には国から「香祝」が賜われ、また大雨や干魃のときに祈祷をすれば すぐ応じた(26)と記されている。

このように天帝の子孫とされている檀君が古朝鮮の建国始祖であるとともに「三聖祠」の祭神として祭られていたとすると、建国の初期から祭祀儀礼が始まっていたと考えられる。高麗の時代には、江華への遷都の際も祭祀場が移されるほどであるから、檀君の祭祀儀礼は国家的な規模であったといっていいだろう。また朝鮮王朝においても「三聖祠」は朝廷から「香祝」が賜われるほど朝廷との関係が維持されていたことを正史は語っている。つまり、王権神話が祭祀儀礼と結びつき、王権は神格化され、国を災難から守ってくれる祭神となっていたことを前掲の実録の記事は語っているのである。

2 「高句麗」

高句麗の建国神話は『三国史記』「始祖東明王」（巻第13、高句麗本紀第1）、『三国遺事』「高句麗」条、『東国李相国集』「東明王篇」（一二四一年頃編纂）、そして『世宗実録』24地理志などに伝わっている。『三国史記』「始祖東明王」と『三国遺事』「高句麗」条の記述は酷似しているので、まず『三国遺事』「高句麗」条を簡略すれば次のとおりである。

始祖東明聖帝の姓は高氏であり、その諱（いみな）は朱蒙である。北扶余の金蛙（きんあ）王のとき、金蛙が太白山優渤水で一人の女に出会った。彼女が言うには、私は河伯の娘で名は柳花といい、妹たちと外に出て遊んでいるとき、一人の男が現れて自分は①天帝の息子で解慕漱（かいぼそう）だと言って、私を熊神山のほとりにある家の中に誘い入れ、その後は戻って来なかった、父母は私が仲人なく従ったことを責め、私をここに追い出したという。金蛙は彼女を不思議に思い、部屋の中に閉じ込めておいた。すると④日光が照らした後に妊み、⑤卵を一つ産んだのだが、大きさが五升ほどであった。王はこれを捨て、犬と猪に与えたが誰も食べず、道に捨てると牛馬は避けて通り、野に捨てると鳥と獣が覆い被さってやるのだった。また、王が卵を割ろうとしても割ることができないので、母である柳花に返してやることにした。柳花が卵を物でくるみ暖かい所に置くと、一人の童子が殼を破って出てきた。骨格と容姿が英明で奇異であったが、年が七歳で常人と異なり、自ら矢と弓を作り射れば百発百中であった。俗に良く射る事を朱蒙と言うので、朱蒙という名になった。

金蛙には息子が七人いて、いつも朱蒙を妬み、殺そうとするので、朱蒙は烏伊ら三人を友として旅立った。川岸まで来たが橋がないので渡れなかった。そこで水に向かって、[1]私は天帝の子で、河伯の孫である。追う者が迫ってきているのにどうしたらいいだろうかと言うと、魚と鼈が出てきて橋になった。朱蒙が渡るとすぐに散らばってしまったので追っ手の兵は河を渡ることができなかった。⑦卒本州に着き都を定め国号を高句麗とした。

①天帝の子解慕漱は朱蒙の父にあたり、④日光による懐妊を解慕漱による懐妊と考えるなら、朱蒙は天帝の孫になるはずだが、[1]天帝の子と名乗っている。母は河伯の娘なので、朱蒙が河伯の孫だというのは当たっている。おそらくここでいう天帝の子という表現は子孫という意味も含まれているようである。いずれにせよ、王者朱蒙は天帝の子孫であり、河神の河伯の孫であることは間違いない。誕生については最初から人として生まれるのではなく、先ず⑤卵として生まれたので、棄てられるが、「犬と猪に与えたが誰も食べず、道に捨てると牛馬は避けて通り云々」などの神異なことが起こる。このように主人公が生ま

れてから棄てられ動物などに育てられる話は、世界的に分布している英雄範型の一つのカテゴリーである。捨て子は下賤者あるいは野獣に授乳及び育てられるが、朱蒙のように卵が棄てられるのはその変形であるという。[27] このように生まれた卵・子を不祥と解し捨てるが、神異なことが起こって拾われ、王者になるという話は、朱蒙よりももっと早い中国の周の始祖である棄の誕生において見られる。『史記』巻4「周本紀第4」によれば、周の始祖棄は、母が巨人の足跡を践んで懐妊し生まれるが、「不祥と為し狭い街に棄てるが、馬牛がみな避けて通り践まず、林の中に置くと人々が移し、氷った川の上に棄てると鳥が飛んできてその翼で覆い包み込んだ[28]」とある。棄てられたことが、棄という名の由来にもなっている帝王であるが、生まれたときは卵ではなく、人の姿であったという違いはあるが、棄てられた時に起きる神異な内容は朱蒙の場合と類似していることがわかる。おそらく朱蒙が棄てられて拾われる神異な話は中国の『史記』の影響があっただろう。朱蒙の場合、卵を「祥」のものと判断し拾うのであるから、建国神話の記述者は卵を「祥瑞」のものとして意識していたことがわかる。前掲の「東明王篇」の記述者の「古より帝王が興る時は多くの徴瑞があった」という記述から類推すれば、高句麗の建国神話における「日光」による懐妊、「卵」による出生などは帝王の朱蒙が興るときの祥瑞であったと考えられる。

高句麗の建国神話を前掲の檀君神話と較べると、高句麗の建国神話は②天帝が祥瑞の徴（天符の印）を授けることはなく、③部下を率いて降臨することもない、王者の出生については、結婚によることなく、④日光を受けて王者を妊み、⑤卵を産む違いはあるが、天帝の子による国造りという共通点がある。この天帝の子による君主への君臨こそが祥瑞思想に起因していると思われる。

高句麗の建国神話の異伝としてよく知られている「東明王篇」は長編の叙事詩で、まとめると以下のとおりである。

海東の解慕漱
①真の天の子である
最初、空中より下る時
解慕漱は②五竜の車に乗り
③従者の百余りは
白い鵠（くぐい）に乗り羽衣を着ていた
②清い楽は鳴り響き
①彩雲がもくもく浮いていた
古より天命を受けた君主は
みな天人である
白昼の降臨は
昔より希である
朝には人間の世に居り
暮れには天宮に帰った

海東解慕漱
真是天之子
初従空中下
身乗五竜軌
従者百余人
騎鵠紛襂欐
清楽動鏘洋
彩雲浮旖（い）旎（じ）
自古受命君
何是非天賜
白日下青冥
従者所未視
朝居人世中
暮反天宮裡

以下、本詩と分注を略述すれば次のようになる。

天帝の子解慕漱が猟をするとき、河伯の長女柳花を捕らえて妻とすると、柳花の父である河伯が怒った。解慕漱王は結婚を許してもらうため海宮に入る。河伯は解慕漱の神痛力を試すため変身術を競ったが、解慕漱が勝ったため結婚を許す。が、解慕漱王は一人で天に昇って帰らなかった。柳花は海宮から追放されるが、金蛙王が解慕漱の妃であることを知り、別宮を建てて迎え入れた。④日光によって懐妊し⑤卵を産む。卵から朱蒙が生まれる。王が不祥に思い、牧馬に置いておくと、馬が踏まず、深山に棄てると百獣が擁衛した。母がもらって養い、成長すると王の息子達は、朱蒙を妬忌し、殺そうとしたため、朱蒙は国を造ろうと志し、扶余を脱出する。別れるときに朱蒙は母親から五穀の種を貰う。南に向かう途中、川を渡ろうとするが、橋がなかったので、川に向かって「①私は天帝の息子で、河伯の外孫である、追っ手の兵が近づいて来るがどうしたらいいか」と言うと、魚鼈たちが浮かびあがって橋となってくれたので無事に渡る。沸流国の⑦松譲王は朱蒙に国を譲る。在位十九年に昇天し帰らなかった。[29]

①の天帝の子解慕漱が②五竜の車に乗って降臨するが、そのとき、③の従者は白い鵠に乗り、羽衣(襂（しん）)を着ていたといい、②清い楽は鳴り響き、彩雲があったという。天帝の子が降臨するときの様子であるが、「五竜車」、「白鵠」、「清楽」、「彩雲」などは天帝の子が降りるときの、めでたい徴で「帝王が興る時の徴瑞」とみてよいだろう。この降臨の様子は他の文献には見られないが、祥瑞思想が強く表れている部分である。朱蒙の誕生と国造りに至る過程は前掲の『三国遺事』「高句麗」条と酷似しているので、重複を避けるために④から⑦までの事項については割愛する。

「東明王篇」の記述の特徴として、解慕漱の降臨の時の様子を雄大に語っていること、朱蒙が母との別れ際に「五穀の種」を貰うこと、文末に朱蒙が昇天したことなどを挙げることができる。この中で「五穀の種」を母柳花からもらっていることを、前掲の「東明王篇」の冒頭に「蓂葉(めいよう)が生えたのは高帝の祥瑞であり穀雨は神農の祥瑞である」と記した句と考え合わせると、柳花が朱蒙に渡した「五穀の種」は「祥瑞である」という意味になる。つまり「東明王篇」の編者である李奎報は五穀と祥瑞を結びつけようとする意識があったので、その冒頭に神農氏の故事を示していると考えられるのである。

高句麗の始祖東明王は建国神話にとどまらず早くから祭祀儀礼と結びついて伝わっている。『三国史記』祭祀条は、『北史』の記事を引用しながら、母である「河伯」と「朱蒙」の神廟を立てて祀っていたことを伝えている。[30] 実際、高句麗の記事によると東明王十四年秋八月に、王母柳花の神廟を立てている。そして「新大王三（一六七）年九月に、始祖廟を祀る」という記事がある。このように始祖廟を立てて祭祀を行うことによって、当時の王者の正統性と権威は守られていたのだろう。

3　「新羅始祖　赫居世王」

新羅の始祖については『三国史記』「始祖赫居世居西干」と『三国遺事』の「新羅始祖　赫居世王」条に記述があるが、後者が詳しいので、ここでは「新羅始祖　赫居世王」条の記述に基づいて述べる。その内容を簡略すれば次のとおりである。

六部の祖先たちは子弟をつれて、閼川の岸のほとりに集まって相談し、「我々の上に、民を治める君主というものがない。民が勝手気ままに振舞っている。Ⓐ徳のある人を探し出して、君主とし、国を建て、都を設けたい」と言った。高い所に登り、南の方を眺めてみると、楊山の下の蘿井のそばに、②電光のような気が地面に垂れ下がるような不思議な気配がしているのが見え、そこに一頭の白馬が跪いていて、礼拝するような姿勢をしていた。そこへ行ってみると、一個の⑤紫色の卵があった。馬は人びとを見ると、長くいないてから天に上って行った。その卵を割ってみると、男の子が出てきた。顔だちや姿が端正で美しい。男の子を東泉で沐浴させてやると、②体から光彩を放ち、鳥や獣も一緒に舞い、天地が揺れ動き、日と月が清明であったので、その子を赫居世と名づけた。人びとが、祝い喜んで言うには、①「いま天子が降りてきたのであるから、当然Ａ徳のある女君を探し出して、配偶者を決めねばならない」。この日、沙梁里の閼英のそばに、⑥鶏竜が現れて、左の脇より女の児を一人生んだ。二人の聖児を育てた。男の子は卵から生まれ、卵の形が瓠のようであった。その地方の人は、瓠を朴といったので、男の子の姓を朴と呼んだ。女の児は、彼女が出てきた井戸の名を名前にした。二聖の年が十三歳になると、男は王となり、女は后となって、⑦国号を徐羅伐、または、斯羅ともいった。初め王(ママ)が鶏井から生まれたために、鶏林国ともいうが、2あの鶏竜が祥瑞を表したことによるのである。国を六十一年間治めた後、天に帰って行ったが、七日後、遺体はばらばらと地に落ちてきた。五体を分葬し五陵を造った。

王者の赫居世は、①「いま天子が降りてきた」という文から天の子とされていることがわかるが、降臨したときは⑤「紫色の卵」の形状であった。②「電光（雷光）のような気」が地面に垂れ下がるというめでたい徴によって人々はその降臨がわかる。人々が行ってみると「白馬」が天に上って行ったというのは、天子の「紫色の卵」が白馬によって地上に運ばれたという意味であろう。ちょうど「東明王篇」で天帝の子解慕漱が「五龍車」に乗って降臨するのと同じように、「白馬」は天の子の乗り物として意味づけられているであろう。古代中国の漢の時代の祥瑞の中にも「白馬」が登場しているのを見ると[31]、そうした中国の祥瑞思想の影響が新羅の建国神話に織り込まれたのであろう。そして卵から人として生まれる時も「体から光彩を放ち、鳥や獣も一緒に舞い、天地が揺れ動き、日と月が清明であった」という神異なことが起こるが、これも他ならぬ、天子のめでたい誕生であることを示すための表現であり、祥瑞思想に基づく記述であると考えられる。

王者のみならず、后についても⑥「鶏竜が現れて、左の脇より女の児を一人生んだ」というように神異な誕生を語っているが、この鶏龍について[2]「鶏龍が祥瑞を表した」と明記されている。これは神異な誕生に関わっているモノを祥瑞とする考え方が明確に示されている例であり、建国神話が祥瑞思想に基づいているということを証明するよい事例でもある。

そして⑤「紫色の卵」で初めて神異な誕生に紫という色が関わってくる。この紫色は建国神話にしばしば出てくるが、「紫色の縄が天から垂れて地面についた」（「駕洛国記首露王」条）、「紫色の雲が天から地へ垂れ下がり」（「金閼知」条）、「紫色の衣を着る童子」（「後百済甄萱」条）などがその例である。このように紫の色が天から地へという方向性を持つ色として、天子・王者の誕生の時に現れる徴の色であることを鑑みると、建国神話の記述者はめでたい祥瑞の色として考えていたようである。

以上のような「新羅始祖　赫居世王」条の神異な出来事を李奎報は「東明王篇」で「古より帝王が興る

時は、多くの徴瑞があった」と記したのであろう。

前掲の記述の中でもう一つ注目すべきは、Ⓐ「徳のある人を探し出して、君主とし、国を建てる」という一文である。一見、君主はこうあるべきだという君主論のような意味を持っているように見えるが、同じことを后にも求めていることがⒶ「徳のある女君を探す」という文からもわかる。このように君主に「徳」の備えを求めていた理由は国の豊かさと平穏は王者の徳によってもたらされるものとして捉えられていたからである。それは次の『三国史記』の記事からも確認できる。

（新羅）憲康王六（八八〇）年九月九日　上奏して言うには、今上が即位して以来、陰陽が調和し、風雨も順調で、毎年豊作が続き、民は食に足りています。辺境でも平穏であり、町では歓び楽しんでおります。これは聖徳の致すところです。

陰陽が調和し、豊作で、国が安泰であることは君主の聖徳のためであると解いている代表的な事例である。このように陰陽の調和関係と君主の徳（政）との結びつきは、他ならぬ古代中国の天人感応思想に起因していると考えられる。天人感応思想は人間の行為、といってもそれはもっぱら王者の行為に限られるのだが、その人間の行為に対して天が敏感に反応するという思想であるが、前掲のような君主の徳による陰陽の調和や国の安泰について『漢書』「董仲舒伝」には次のように記されている。王者は天意を承けて政治に従い、それゆえ徳教を用いて刑を用いないと究極的には、陰陽が調和して風雨も季節にかない、生きとし生けるものが和合して万民が植え、五穀が実って草木が茂り、天地の間は潤沢を被って大いに豊かで美わしく、四海のうちは盛徳を伝え聞いて皆来り臣として仕え、もろもろの福物、到すべき祥瑞はことごとく来ないものがなく、かくして王道は完成する。(32)

という考え方である。このような徳治こそが王道であるという考え方が「新羅始祖　赫居世王」条に反映され、徳のある君主や后を求めていたと考えられる。つまりⒶ🄰の記述は天人感応思想の表れなのである。

新羅の始祖、赫居世の建国神話は早くから祭祀儀礼と結びつき、「南解王三（六）年正月に、始祖廟を立てた」とある。そして「儒理王二（二五）年春二月、王親しく始祖廟を祀り、大赦を行った」という記事から「炤知王二（四八〇）年に始祖廟を祀った」という記事まで始祖廟に関する記述があり、炤知王九（四八七）年春二月からは「神宮を奈乙に置いた、奈乙は始祖赫居世が生まれ降りたところである」という神宮に関する記事が記されている。始祖廟から神宮へと替わり祀られるが、祭祀が行われる毎に王者の正統性と王権は示されていたのであろうし、その祭祀儀礼の論理的な拠りどころは始祖神話にあったはずである。

4 「駕洛国記　金首露王」

駕洛、または伽耶ともいう国の始祖首露王については『三国遺事』「駕洛国記　金首露王」条に記述があり、略述すれば、次のとおりである。

天地が開闢した後、ここにまだ国の名前がなく、君臣の称号もなかった。当時は九干という首長達が民を治めていたが、後漢の時の三月の契浴日に北側の亀旨の峰で、何かを呼ぶ奇妙な音がした。人の声のようであるがその姿が見えず、声だけが聞こえてきた。ここに誰かいるのか。九干達は答えた。私達がいると。また、ここはどこだ？　と言う。亀旨だと答えた。また云うには、①皇天が私に命じ、ここに来て国を新しくし、君主になれと言ったのでここに降りてきたのだ。汝らは山の頂上で土を掘りながら歌い踊れば、大王を迎えて歓ぶだろう。九干達はこの言葉どおりにして、皆が喜びながら歌い踊った。しばらくすると、②紫色の縄が天から垂れて地面についた。縄の先を尋ねてみると紅い織物に金の箱が包まれていた。それを開けてみると太陽のような⑤黄金の卵が六つ入っていた。みんな驚いて喜び、拝礼した。我刀干の家に持ち帰り、榻（ながいす）の上に安置して置くと、⑤六つの卵がすべて化けて童子になっていた。日々大きくなり、顔が龍のようであったのは，漢の高祖のようだった。即位したが、世の中に初めて現れたとして、名を首露とした。⑦国を大駕洛と称し、残り五人はそれぞれ五伽耶の君主になった。

首露王は①天帝（ここでは皇天）の命によって、⑤卵の形で降臨しているので、①部下を率いて下降する項目や④子を孕む項目は省かれている。天から子が卵の形状で降りるときはその知らせとして②「紫色の縄が天から垂れて地面についた」といい、地面に降りた卵は「紅い織物（紅幅）に金の箱（金合子）が包まれていた」という。これらは天子の降臨に際して天から示されるめでたい徴として解釈できる。「紫縄」、「紅幅」、「金合子」などは祥瑞と考えることができる。地上に降りてきた⑤卵から童子が生まれ、やがて⑦駕洛の国造りの大業がなし遂げられるのである。

このように「駕洛国記　金首露王」条はまさに李奎報がいう「古より帝王が興るときは、多くの徴瑞があった」と記された由縁になっている。

『三国遺事』によれば、駕洛国においても始祖の廟制を取り入れていた。崩御すると殯宮を建てて王の遺骨を葬り首露王廟と呼び、世嗣の居登王から国が滅びる九代目の仇衡王の世まで、この廟の祭祀は毎年五回にわたって行われた。そして毎年七月二十九日には民衆や小役人らによって始祖を「戯楽思慕」する一種の船祭り的行事があったという(33)。廟祭によって王者の正統性や王権は示されていたし、国の人々による「戯楽思慕」の祭りによって建国神話は甦り、祭りの由来譚として生き続けられていたのであろう。

5 「第四代脱解王」

新羅の第四代王である脱解王（在位五七〜八〇年）は建国の君主ではないが、誕生にまつわる記述の中に、建国神話に見られる「卵生」の記述がある。脱解王は第三代儒理王の娘婿で、昔氏であった。おそらく昔氏である脱解王が新羅の初代から三代まで朴氏の直系が継承していた王位を継ぐためには、その正統性を顕示する必要があったのであろう。また脱解王は昔氏王権の始まりであるため、建国神話のような王権神話が脱解王と結びついて伝わっていると考えられる。脱解王の誕生に関しては『三国史記』と『三国遺事』に記述があるが、『三国遺事』「第四脱解王」条の記述を簡略すれば次のとおりである。

南解王の時、①海上に船がやってきた。②鵲（かささぎ）が集まって鳴くので、見てみると船の中に櫝（ひつ）が一つあった。櫝を開けてみると、中に端正な男の子と②こぼれんばかりの七宝や奴婢が入っていた。男の子が言うには、①我はもと龍城国の人である。龍城国にはかつて二十八の竜王がいた。皆、人の胎内から生まれ、五、六歳で王位を継承した。④我が父王は積女国の王女を迎えて妃としたが、久しく子がないので、祈祷や祭祀を行い、子を授かることを祈願した。七年後に⑤大卵が生まれた。吉祥でないと考えた大王は、櫝を作り、その中に卵を入れて船に載せ、祝いの言葉を口にした。有縁の地に行きつき、国を建て、家を成せと。そして②赤龍が現れ船を護ってくれたので、ここに至ったのだという。後に南解王は脱解が砥石と炭を使って他人の家屋を手に入れたことを知り、一番上の王女の婿にした。因って⑦王位に登る。昔、他人の家を乗っ取ったので昔氏を姓とした、あるいは鵲が知らせて櫝を開けたことに因み、鵲の字の昔を取り姓としたともいわれている。また櫝から解かれ、卵を脱いでこの世に生まれたので脱解と名付けられたという。死後、吐含山の東岳神になったという。

以上のように基本的に①から⑦まで備わっているので、今までの建国神話と何ら変わりはない。ただ建国神話の場合は天子が天から降臨するとされているが、ここでは竜王の子が海の彼方にある「龍城国」（『三国史記』には多婆那国といい、倭国の東北一千里のところにあるという）から来臨する。また建国神話の場合は新しい国造りをして即位するが、ここでは新羅の第四代目の王に君臨するという違いがある。前掲の「新羅始祖　赫居世王」条の「赫居世王」は①天から⑤卵の形状で降臨するので②空を飛ぶ白馬が登場するが、脱解王の場合は海の彼方から⑤卵の形状で生まれて船に乗ってやってくるので、②赤龍が船を護るという役割を担っている。「白馬」を、地上に天子を運んだ祥瑞の動物とみなすなら、竜王の子を載せた船を護ってきた「赤龍」も、同じく祥瑞とみることができるだろう。また、赫居世王の卵の降臨を人々に知らせたのは「電光のような気」であったが、脱解王の来臨を最初に知らせたのは「鵲」であるので、この「鵲」も祥瑞の鳥と判断してよいだろう。鵲は現在も韓国の民間信仰において吉報を知らせてくれる吉鳥と思われている。

さて、「天子が降臨するときに現れる神異な現象・象を祥瑞という」が、脱解王においては、海の彼方から龍王の子が来臨する。これについても祥瑞ということが果たして可能なのかという問題について若干触れておきたいと思う。めでたい徴としての祥瑞が天人感応思想から生まれた概念だとするならば、祥瑞というのは基本的に天子に関わるめでたい徴に意味が限られるだろう。しかし前掲の「東明王篇」では、沢の蛟龍との交わりで生まれた漢の高祖の誕生について祥瑞という言葉が使われている。このことを踏まえると、王者の神異な誕生に関わるめでたい徴についてはすべて祥瑞と称してよいだろう。つまり、王者の誕生に関わる祥瑞は、狭義では天子が降臨する時に現れるめでたい徴に限られるが、広義では天子に限らず、すべての神異な誕生に関わるめでたい徴を指すと定義することができる。したがってここでは広義の意味での祥瑞とする。

前掲の『三国遺事』「第四脱解王」条では、「龍城国」から竜王の子が②「七宝や奴婢」を持って来臨している。『三国史記』「脱解尼師今」条には「奴婢」の記事はなく、「七宝と奴婢」の代わりに「宝物」だけを持ってくる。「七宝」という語は仏教的な用語である。『三国遺事』の編者が僧侶であることを勘案すれば、脱解王が「龍城国」からもたらした「宝物」は七種の宝というよりは貴重な「宝物」だとする『三国史記』の記事が妥当だと考えられる。これが一体どのような「宝物」だったのかについては記されていないが、当時、王者に伝えられた「宝物」の由来を海の彼方の「龍城国」に求めていたのではないだろうかと考えられる。私が「宝物」に注目したいのは、初期新羅の王位継承時に「神器と宝物」が用いられていたからである。『三国史記』には、「脱解曰く、神器や大宝（をもって王位に即くこと）は凡庸な人ではつとめることができません。云々」[34]と記されている。神器や大宝について具体的な記述がないため、その実体はわからないが、神器は「古朝鮮」条の「天符の印三個」のようなもので、「宝物」は脱解王が「龍城国」からもたらした「宝物」である可能性は高い。こういった「神器や宝物」は新羅の王者の古墳である遺跡の特徴から推察すれば、「金冠」・「帯」・「剣」などが含まれていたことは充分に考えられる。一方、高句麗においては初期の頃から三種の神器が確立していたと思われる。『三国史記』によれば、第三代の大武神王四（二一）年十二月「火を焚かなくてもご飯ができる鼎、そして天から与えられたという金璽や兵物」に関する記事があり、これら「鼎」、「金璽」、「兵物」が三種の神器といわれている。大林太良は、それぞれを豊穣、主権、軍事の三機能を表していると分析しているが[35]、妥当な見解だと思われる。古朝鮮をはじめ、三国が独自の神器をもって王権を象徴していたことは間違いないだろう。

脱解王は死後、吐含山の東岳神になったというが、『三国史記』の新羅の「祭祀条」によれば、吐含山の東岳神の祭祀は五岳（吐含山、地理山、鶏龍山、太伯山、父岳）で行う中祀の一つであった。このように脱解王が東岳神として祭られていたことは王権神話と祭祀儀礼との結びつきを意味し、脱解王の王権は衰えることなく続いていたと考えられる。だからこそ脱解王の子孫である昔氏が後に王位継承権を奪回し、第九代目から十二代目まで、そして第十四代目から十六代目の王位に返り咲いたのであろう。自ら持ち込んだと思われる神器の「宝物」の威力もその一翼を担っていたかもしれない。

古代韓国の王権神話において、王者の誕生がいわゆる卵生神話と結びついているのは「高句麗」条の「朱蒙」をはじめ、「新羅始祖　赫居世王」条の「赫居世王」、「駕洛国記　金首露王」条の「金首露王」などがあり、「脱解王」で終わる。このような卵生神話の東アジアにおける初見は、おそらく次のような古代中国の「盤古」の誕生からであろう。

混沌の形状は雞子（卵）のごとし、盤古は混沌の中（卵）から生まれた。生まれて一万八千歳後に上は清く、下は濁り、天地に分かれた。また一万八千歳後の攝提の歳に元気が始め、頭は五岳を為し、膏（あぶら）は海を為し、眼は日月を為し、盤古が死んだ。(36)

このように盤古は鶏子、つまり卵から生まれた宇宙の創世神である。大林太良によれば、本来、卵生神話は宇宙の起源神話で、旧大陸の高文化地域、アメリカ大陸、南米のコロンビアの高文化地域に分布しているという。(37) ところで人間、ことに人類の始原が、卵あるいは卵状のものの中から出現するといったモチーフの卵生神話については三品彰英が詳細な考察を行っている。三品によれば、卵を聖なる容器（依代）として神霊たる始祖の誕生を語る卵生神話は、本来、南方海洋民族間に分布する神話だが、東・東南アジア海洋地帯に広く分布しており、卵が日の神子として降臨する形式の降臨型と卵が人態的女性によって出産される形式の人態的出産型は朝鮮南部に見られるという。さらにこうした卵生神話の背後には、卵が生命のあるものを生み出す生成力を持つことに対する畏敬の念が働いていると考えられるという。(38) そして依田千百子は、北部型創世神話の「天降の虫」から男女が生まれ、結婚して人類の祖になったという、いわゆる人間の「二重誕生」に注目し、朝鮮の王朝起源神話における始祖の天降卵モチーフは、創世神話の人類の起源を範型として、始祖の地上王国への出現を語っているという。[39]説得力のある見解であるが、古代韓国の王朝起源神話と卵生神話が結びついているのは、古代中国の「盤古」の宇宙卵の影響を少なからず受けているためであることは否定できないだろう。しかし古代中国の王朝起源の記述に天降った卵から王者が誕生したという記録はないようである。林明徳がそれについて調査をしているが、それを見ると、中国正史の中の帝王誕生の記述には、殷と秦の始祖は母が玄鳥の卵を食べて生まれたという記述はあっても、卵から王者が出生したと語るものは存在しない。[40]それゆえに、天降った卵から王者が誕生し、その王者によって王朝が興るという古代韓国の王朝の起源は韓国的な特徴として受け止めることができる。おそらく、宇宙の起源のように古くて神聖な王朝であることを示すために天降った卵からの王者の誕生を語ったのだろう。

6　「金閼智　脱解王代」

「金閼智」は新羅の金氏の始まりを語っており、新羅の第十三代王である味鄒王の祖先とされる人物である。彼についての記述は、『三国史記』には「脱解尼師今」九（六五）年三月に、『三国遺事』には「金閼智　脱解王代」条にあるが、ここでは「金閼智　脱解王代」条を略述して以下のとおり示すことにする。

瓠（こ）公が夜、月城の西里に行くとき、始林の中に②大きく輝いている光を見た。紫色の雲が天から地に垂れ下がり、雲の中には木の枝に結ばれた黄金の櫃があった。光は櫃から出ていて、木の下では②

白い鶏が鳴いていた。瓠公はこの状況を王に申し上げた。王が行幸し、櫃のふたを開けてみると、伏せていた⑥童子が起きあがった。これはまるで赫居世の故事のような出来事であった。このような経緯からこの童子は閼智という名で呼ばれるようになった。閼智を抱いて宮城に帰ろうとすると鳥と獣が相随い、その誕生を喜び躍りだすのであった。太子（閼智）は王位を婆娑に譲ったので、王位に即かなかった。金の櫃から出たため姓を金氏とした。（閼智の七代目の子孫が未鄒であり）、⑦未鄒が王位に即く。新羅の金氏は閼智から始まる。

『三国史記』「味鄒尼師今」条によれば、⑦金閼知の七代目の子孫である味鄒王が新羅の第十三代の王位に即いたのは、第十二代の沾解（てんかい）王に子がいなかったためで、第十一代助賁（じょふん）王の婿である味鄒を立てて王にしたという現実的な理由があったのだが、金氏が王位を継承するにあたり、神聖な王権確立のための神話が必要であったのだろう。味鄒王の祖先である金閼知が天から降臨する様子は直接的には語られていないが、②「大光明」や「紫色の雲が天から地に垂れ下がる」という記述から推察するに、「閼智」は天帝の子である。閼智の誕生を世に知らせている「大光明」、「紫雲」、「白鶏」などは降臨に際して出現するめでたい徴であり、祥瑞だといえる。「鳥と獣が相随い、その誕生を喜び躍りだす」というのはまさしく神異なことであり、この記述には、李奎報がいう「古より帝王が興るときは、多くの徴瑞があった」という祥瑞思想があったと考えられる。

金氏王の始祖である味鄒王について、『三国遺事』には、「今俗に、王の陵を称して始祖堂と為すが、おそらく金氏をもって王位に登ったのが始まりであるからで、後代、金氏の諸王は皆、味鄒を始祖と為しているのももっともなことである」とあり、「王の護国神としてのはたらきを過少評価することはできない、そこで邦人はこの王の徳を偲んで、三山と同じようにその陵を祭り、いつまでもすたれるようすもなく、あの五陵よりも上位に置き、大廟と称した[41]」という。ここでいう五陵とは始祖である「赫居世王」の陵を指し、当時、味鄒王の陵が始祖の陵よりも上位だったということは事実かもしれないが、後代の王が公の場で「始祖の廟」に詣でることはあっても[42]「味鄒王の廟」に詣でたという記事は存在しないことから、一時的な事に過ぎなかったのではないかと思われる。しかしここで注目したいのは、味鄒王に関しては、先祖の「金閼智」の誕生神話に止まらず、「始祖堂」や「大廟」などの記事があることと後代に味鄒王に対して祭祀儀礼が行われていたことである。つまり、始祖神話が祭祀儀礼と結びつくことによって王者の正統性や権威が示され、祭祀儀礼を行うごとに王権は回復し、後代に金氏の子孫が新羅の第十七、十九、二十、二十一、二十二代などの王位に即くのであろう。

7　耽羅国　三乙那

耽羅（たんら）国は済州島にあった国で、その歴史は古く、『三国遺事』には諸外国の九韓の中で四番目に記されている「乇羅」が古い名称として知られている。『三国史記』には断片的な記事があるのみだが、百済との関係は文周王二（四七六）年夏四月に「耽羅国初めて朝貢した」という記事が初めて見られる。新羅との関係は文武王二（六六二）年二月に「耽羅の国王、来降した」とあり、高麗時代の太祖二十一（九三八）年十二月に「耽羅国太子末老が来朝した」とあるのを見ると国として存続していたようである。ところが高麗の粛宗十年に「乇羅を改めて耽羅郡と為す[43]」とした記事からみると、この時期に国が滅亡したことがわかる。

耽羅国の始祖に関しては『高麗史』「志、巻第11、地理2」と『新増東国輿地勝覧』「38巻、済州牧」に記されているが、『高麗史』の記述は次のとおりである。

古記によると、太初に人間がいず、地中から①三人の神人が湧き出たという。長男を良乙那、次男を高乙那、三男を夫乙那といった。三人は人気のない荒涼としたところで狩りをし、毛皮の服を着て、肉を食べて生きていた。

ある日、②紫色の泥で封じられた木函が東海の浜に流されているのを見たので行って開けてみると、その中には石函があり、そばには②紅い帯を巻き、紫色の服を着た使者が従っていた。石函を開けてみると、②青い服を着た娘三人と駒（こま）と犢（こうし）、そして五穀の種があった。使者が言うには、我は日本国の使臣です。吾が王はこの三人の娘をもうけました。王は我に[1]西海の嶽神が神の子三人を降誕させ、⑦国を建てようとしている、配偶者がないようなので、三人の娘を連れて行くように命じました。どうかこの三人の王女を配偶者とし、大業をなしてくれと言って使者は忽然と雲に乗って消えてしまった。

三人は歳の順番に従って結婚し、水がよくて土が肥えたところに行き、矢を飛ばし住むところを占った。良乙那が住むところを第一都とし、高乙那が住むところを第二都とし、夫乙那が住むところを第三都とした。初めて五穀の種をまき、駒と犢を飼うようになり、日に日に民が多くなり豊かになっていった。[44]

①と1の記述から、三人は嶽神の命によって地中から湧き出た神人であり、この三人の神人によって⑦耽羅国が建国されたことがわかる。三人の複数による建国は珍しいが、めでたい徴は王者の出現に際しては現れず、むしろ三王女の来臨のときに現れている。祥瑞の色である紫色が、「木函」や「服」などの色に表れている。そして「青い服を着た娘三人」の青色は五行説でいう東の色であり、耽羅から見て東側にある日本を表していると考えられる。このことから「青い服」も祥瑞思想に基づくものとみて差し支えないだろう。このように三人の娘の来臨が祥瑞思想と結びついているのは、この三人の娘の来臨が天の意志であることを表すためだと思われる。物語では、娘の父である王が「三人の娘を連れて行くように命じ」ているが、この王は実在の王というよりは、海の彼方の国と解釈でき、王の命令は神の命令と置き換えることができるからである。

注目すべきなのは、三人の王女によって耽羅の国に「駒と犢、五穀の種」がもたらされたことである。耽羅国における五穀の起源を語っている点で、五穀を祥瑞と考えることができるだろう。本章本節2項「高句麗」（本書336頁）でも筆者は「東明王篇」において柳花が朱蒙に与えた五穀の種は祥瑞の意味を持っていると述べたが、「東明王篇」の編者である李奎報がその冒頭で例示している「穀雨は神農の祥瑞である」という神農氏の故事から、五穀は祥瑞であると解釈できるのである。同じく馬や牛の起原を語っている点で、それらも祥瑞とみなすことができるだろう。以上のことから耽羅の建国神話もやはり「古より帝王が興るときは、多くの徴瑞があった」という祥瑞思想に基づく記述であるといえる。

このようにモノの起源を語っている点で、済州島のボンプリ（叙事巫歌）的要素が色濃く反映されているといえるが、かつて玄容駿は、三神女が祭神となる済州島のボンプリに着目し、前掲の記述は、三神女が漂着して済州島の朝天里、金寧里、温坪里の堂神（守護神）になったという堂神ボンプリに類似していることを指摘している。また三姓神話は本来三姓氏族の祖先ボンプリであり、これらの氏族が崇仰していた堂神ボンプリ的な性格を持っていて、その内容としては地中からの沸出と箱舟漂着の始祖神話が結びつき、それに三神人の身分序列話が融合しているとも述べている。[45] そして大林太良は人類が地中、あるいは洞窟から出現する神話については、農耕民による大地を生命の源泉とする観念、あるいは、世界の四つの洞窟子宮から人類やその他の生物が出現したという神話に見られるように、その根底に女性原理としての大地、あるいは母なる大地という観念を持った神話であると指摘している。[46] また依田千百子はこうした神話は世界の未開農耕民の間に広く分布しており、済州島の神話は、沖縄の八重山からインドネシア、メラネシア、オセアニアに連なる南方系の人類起源神話であると述べている。[47]

このような建国神話がいつから祭祀儀礼と結びついたのかは定かではないが、三乙那が湧き出たという聖地には廟祀が建てられ（三聖殿）三姓の後裔たちによって現在も祭祀儀礼が続けられている。[48] こうした祭祀儀礼は、建国してから間もない時期から始まったと考えられ、耽羅国として百済や新羅と交流があった三国時代にも存続していたとみてよいだろう。こうした祭祀儀礼は王者の正統性や王権の確立を示す場になっていただろうし、一方では氏族の共同体意識を高める場にもなっていたといえるだろう。

8　「武王」

百済の武王（在位六〇〇～六四一年）の出自について、『三国史記』には第二十九代の法王（在位五九九～六〇〇年）の「子であり、法王が即位した翌年に薨死（こうし）したので、子が王位を嗣いだ」と記されているが、『三国遺事』「武王」条には武王の誕生について次のように記述されている。

第三十（代）武王の名は璋である。その母が寡婦となり、都の南の池の辺りに家を建て住んでいたが、その④池の龍と通じ合って生まれた。幼名を薯童といったのだが、早くから度量が大きく推し量ることが困難であった。常に薯を掘り、これを売って生計を立てていたので国の人々は彼を薯童と呼んだ。（中略）⑦薯童はこれによって人心を得て王位に即く。（以下省略）

「池の龍」の子とされる武王の神異な誕生は、前掲の李奎報の「東明王篇」における、蛟龍との交わりによって生まれたという漢の高祖の誕生と酷似しており、この高祖の神異な誕生を「東明王篇」では「古より帝王が興る時は、多くの徴瑞があった」としていることから、武王の神異な誕生も祥瑞思想に基づいていることは明らかであろう。『三国遺事』「武王」条では④池の龍の出現が祥瑞となるのであり、この祥瑞の現れがつまり天命による誕生であることを示していることから、やがて⑦王位に即くという内容になっている。

『三国史記』と『三国遺事』の武王の出自は全く異なっているが、前掲の『三国遺事』「武王」条は一国の始祖となる王者の誕生を語っている神話の形式が備わっている。そして『三国遺事』「武王」条の武王の分注に「古本は武康と作す、非也り、百済に武康は無し」とあることから、早くから「武王」条の武王は果たして誰なのかという議論がなされてきた。新羅の王女のような身分の高い娘が百済の王に嫁いだことに着目し、東城王（在位四七九〜五〇一年）に比定する論者(49)、あるいは薯童の固有の名前や歴史的事項から武寧王に比定する論者[50]もいた。さらに武寧王の比定に賛同しながら、先代の王である東城王と武寧王の血統が牟氏から余氏に替わっていったことに注目し、徐大錫は「武王」条の神異な誕生の記述は武寧王に関するものだと主張している。[51]確かに前掲の記述は二十九代目法王の太子である武王の誕生譚としては適切ではない。けれども『三国遺事』は史書であるため、「武王」条は武王に関する記述として受け止めるべきであろう。筆者は「武王」条に掲載されている「薯童謡」が古代の童謡（言葉や謡による災異の一つ）であることに注目した。「薯童謡」とは百済の滅亡を予言した童謡である。[52]『三国遺事』「武王」の冒頭にある祥瑞が現れる神異な誕生の記述は、王者は天命を受けて生まれるということを表すために挿入されたものであるが、たとえ天命を受けて誕生し、王位に即いたとしても、災異に対する改心がなければ国は滅亡する（武王の太子であった義慈王二十（六六〇）年）というのが「武王」条の全体の記述であると今は考えている。つまり天人感応思想である。災異という童謡の出現が国の滅亡と関係している『漢書』「五行志」の事例を基に類推した考えである。

9 「後百済　甄萱」

後百済（八九二〜九三六年）は統一新羅の末期に甄萱（在位八九二〜九三五年）によって興った国であるが、高麗に滅ぼされる。『三国史記』「列伝、甄萱」条によれば、甄萱は本来李氏であり、父の阿慈介は尚州の人で元は農夫であったという。ところが後百済の始祖王として伝わっている彼の誕生について『三国遺事』「後百済　甄萱」条では次のように記されている。

古記によると、昔一人の金持ちが光州の北村に住んでいた。娘が一人おり、姿が端正であった。ある日、娘が父に、いつも②紫色の衣を着た男が私の寝室に来て関係を持つのだと言った。父が娘に、長い糸を針に通し、その男の服に刺しておくようにと言った。娘はその言葉に従った。夜が明けて糸を辿ってみると、北の塀の下に着き、④大きい蚯蚓(みみず)の脇腹に針が刺さっていた。後に子供を身ごもり、⑥一人の男児を生んだ。年が十五歳になり自らを甄萱と名乗った。(省略)⑦王位に即く。

ここでの甄萱の誕生は、④大きいに蚯蚓よって懐妊した娘が⑥男児を出産したとなっている。そして大蚯蚓が男に化けて寝室に通うとき、②「紫色の衣」を着ていたと記述されている。前に述べたように、「紫」はめでたい祥瑞を表す色だと考えられるので、甄萱の神異な誕生を天命と結びつけようとしている意図がうかがえる。やがて⑦後百済の始祖王となるのだが、祥瑞と考えられる「紫衣」を着た男によって懐妊した母から誕生し、後に王に即位したのだから、「後百済甄萱」条には「古より帝王が興るときは、徴瑞が多くあった」という李奎報の祥瑞思想が含まれているといえる。

前掲の記述は、元来は始祖の父系が水神であり、母系は地神である古代の馬韓の神話であったが、百済の神話となり百済が滅んだ後にも百済の流民の間に持続的に伝承され、甄萱の後百済の時代にまで神話的機能が維持されてきたものであるが、その神話的機能が失われて伝説となり定着したのが、「夜来者」説話であるという見解がある。[53] 日本でいう「三輪山」・「おだまき」型で、大林太良は崇神天皇と結びついている点からその歴史は古く、百済時代の神話で、百済系渡来民によって河内にもたらされたという仮説を打ち出しているが、[54] 後百済よりはもっと古い百済の神話として捉えていて説得力のある見解だと思われる。

古代の後期に王者になった甄萱は父親の苗字や名前まではっきりと伝わっているにもかかわらず、神異な誕生が語られている。この神異な誕生の記述は王者になった後に正統性と王の権威を示すために、既存の説話を取り入れた事例として注目される。

10 「高麗世系」王建

高麗（九一八～一三九二年）の太祖王建（在位九一八～九四三年）の父親は松嶽の人で諱（いみな）は隆であり、母親は韓氏である。(55) 高麗太祖（王建）の場合、後百済の甄萱と同時代の人物であるが、神異な誕生を語る建国神話は存在しない。ただ王建の祖先に関しては七代まで『高麗史』「高麗世系」に記されていて、中心になる祖先は初代の虎景と祖父の作帝建に関する記述である。まず虎景に関する記述を簡略すると次のとおりである。

虎景は自ら聖骨将軍と名乗った。村の人々と狩りに出かけたある日、日が暮れて村に帰れず洞窟で一夜を過ごすことになった。虎が外で鳴くので、虎景が選ばれて退治することになった。外に出ると、虎は見えず、洞窟は崩れ落ち、村人は死んでしまい、一人で村に帰った。葬式のときに、山神に祭祀を行うと、山神が現れて、聖骨将軍と夫婦になって神政を執り行いたいと言って虎景と一緒に身を隠した。村人は虎景を大王に奉じ祀堂を建てて祭祀を行ったという。虎景は旧妻を忘れることができず、毎晩夢の中で交合して康忠という息子が生まれた。(56)

初代の虎景は山神と結婚して山神となり、村の人は祀堂を建てて彼を祭ったとされている。依田千百子によれば、虎景が山神と結婚したというのは、高麗王朝の神聖性の源泉の一つが「山」に求められているということであり、松岳山の「地徳」に高麗王朝の王権の神聖性の根拠を求めているのと合わせて、古代の王権天授説に対して、高麗王朝は、いわば王権地授説に基づいているが、これは高麗王朝起源伝説がすでに歴史時代の所産であり、神話時代と遠く隔たっているからであるという。(57) しかし『高麗史』に伝わっている太祖王建とその祖先に関する記述には次のように天との結びつきを表している箇所がある。

「高麗世系」によれば、虎景の息子である康忠の玄孫が作帝建であるが、西海の龍女と結婚したという記述があり、簡略すれば次のとおりである。

作帝建は幼いときから弓を射れば百発百中であった。作帝建は父を探すため船に乗り唐に行くとき、竜王を助けたため竜王の長女を娶り、七宝と豚をもらって帰国する。

龍女は、松岳山の家に井戸を掘り、その中を通って西海の龍宮まで通っていたが、常に作帝建には、龍宮に戻る姿を見ないでほしい、そうしなければ、再び戻ることができないと言った。しかし、ある日、作帝建は、密かにそれを覗き見てしまった。②龍女は少女と一緒に黄龍となり、五色の雲を起こして井戸に入ったのであった。龍女が戻って怒って言うには、夫婦間の道理は、信義を守ることが重要であるが、約束を破ったので、もうここには住めないという。ついに少女と一緒に龍に化け、井戸に入った後は再び戻って来なかった。作帝建は晩年に長岬寺に住み、常に仏典を読んで過ごし、亡くなった。龍女は四人の子を生んだが、長男を王龍建と言った。龍建（諱は隆）の息子が⑦太祖（王建）

である。

ここでめでたい徴が現れるのは、王建の祖父である作帝建ではなく、むしろ祖母にあたる龍女である。祖母が西海に帰るときは②「黄龍となり、五色の雲を起こして」いたと明らかに祥瑞思想と思われる表現がされている。「黄龍」は古代中国の漢の時代に、すでに祥瑞の動物として認識されている。[58] また「五色の雲」は、前掲の『東国李相国集』「東明王篇」の「彩雲」や『三国遺事』「金閼智　脱解王代」の「紫色の雲」と同じように、祥瑞と解釈できる。こうした考えが有効であるならば、王建の祖母に当たる龍女は天の意志に沿うものとして描かれているのであろう。実は、祖母が西海に帰るときの様子は、王建の誕生のときと類似している。

（太祖が）松嶽の南第で生まれるときには、神光が一日中部屋の中で輝き、紫色の気が庭に充ちていて、まるで蛟龍のようだった。[59]

太祖が誕生したときに「神光」が一日中輝いていたと記述されている。前掲の『東国李相国集』「東明王篇」では漢の高祖が生まれるときに「輝く光が部屋に満ちた」と記述され、編者の李奎報はこの様子を祥瑞と判断している。この李奎報の判断に従うなら、太祖王建の誕生するときに「神光」が一日中輝いていたことも祥瑞となる。その様子を蛟龍にたとえているのが興味深い。漢の高祖の父方が蛟龍であることを意識していたのか、あるいは祖母の龍女（黄龍）を意識していたからこそ、そのような表現が可能であったといえるだろう。かつて高麗時代の李承休の『帝王韻記』の中に太祖（王建）はその家系の奇異さから天命を受けた「受命君」と記してあるが、[60]こうした祥瑞の現れも踏まえてのことだろう。

そして王家と龍蛇との結びつきについて、松前健は、南アジアの諸民族に広く見出されるとし、一種の龍蛇形の水霊祭祀秘儀の縁起譚であり、王家がこれを管掌していたのであろうと指摘している。[61]後に記すが、太祖の宗廟で雨乞い祭を行った記事からも松前の指摘は卓見だと思われる。

高麗始祖の太祖王建の祖先に関する説話や誕生の記述には祥瑞思想が表れているが、そうした神話や祥瑞思想は王者の正統性や王権を示す宗廟の祭祀儀礼においても反映されていただろう。『高麗史』によれば、高麗の宗廟制度は成宗十二（九九三）年の宗廟の完成により始まる。『高麗史』を見ると、大きな災難が起きると、靖宗八（一〇四二）年六月庚辰に宗廟や山川で雨を祈ったという記述があるように、[62]神の子の王権は祭祀儀礼において神格化され、国を災難から守る祭神となっていたことがわかる。

11　朝鮮王朝の太祖李成桂

朝鮮王朝（一三九二〜一九一〇年）を建国した太祖（在位一三九二〜一三九八年）李成桂は、父親の李子春と母親の崔氏の間に生まれた。『朝鮮王朝実録』に李成桂が神異な誕生をしたという記述は見られない。ただ、李成桂が天命を受けて太祖になったという徴として、夢の中で天から金尺を受け取ったとされている。この金尺については、王朝創業の頌詠歌である『龍飛御天歌』82番歌[63]（一四四五年）や宮廷音楽集である『楽学軌範』（一四九三年）、そして民間説話などに伝わっている。『楽学軌範』「金尺」の中から一部を引用すると次のとおりである。

金尺の夢は受命の祥瑞であります。太祖が潜邸にいるとき、夢で神人が金尺を奉って天から降りてきて言うには、慶侍中は清く徳があるが、既に老いている、崔三司は正直で名望があるが、愚かであると、そして太祖に、資質は文武を重ね具え、徳も識もあって、民から嘱望を受けているといって金尺を授けました。(64)

これは「金尺」という宮廷楽（歌舞）の途中で「奉金尺人」が詠み上げる讃え言である。そして十二人が踊りながら唱する「金尺詞」においても金尺を「受命の祥」とする句があるが、金尺は「古朝鮮」条の檀君神話でいう「天符の印」のようなもので、天命を受けた証と認識されていたのであろう。明らかに祥瑞思想の表れである。ここでは太祖が潜邸の時に金尺の夢を見たと記述されているが、民間説話では李成桂が生まれる前の父親の夢として語られている。(65)

太祖の王権は宗廟の創建によって顕示された。『朝鮮王朝実録』によれば、宗廟は太祖四（一三九五）年十月五日に創建される。宗廟で祭祀を行うことによって、当時の王者の正統性と権威が示されていたであろう。一九一〇年の日韓併合まで宗廟での祭祀儀礼は続けられていた。

三　三国時代と高麗時代における祥瑞思想の展開

1　三国時代

ここまで、古代韓国の王朝から朝鮮王朝に至るまでの王権神話に表れた祥瑞思想を検討した。三節では王権神話以外の、歴史書の中の祥瑞思想はどのように表れていたのかをみてみたい。そのような事例を調べることは、祥瑞思想の実体を把握する上で重要だと思われる。『三国史記』をもとにして実体を把握したいと思う。

古代中国の天人感応思想は古代韓国の三国にも影響を及ぼした。『三国史記』の三国に関する記録を見ると、高句麗は、「大祖大王二十五（七七）年冬一月に、扶余の使者が来て、三本の角のある鹿と尾の長い兎を献上した。王は瑞物として大赦を行った」という記事があることから、建国初期の段階から王政に天人感応思想を反映させていたことがわかる。百済は、「肖古王四十八（二一三）年秋七月、西部の人茴会が白鹿を獲て、これを献上した。王は瑞とし、穀物百石を賜った」という記事から、やはり王政に天人感応思想を反映させていたことがわかる。新羅では、すでに本章二節6項「金閼智　脱解王代」（本書352頁）で述べたように、天人感応思想は三世紀の中頃から王政に反映されていた。また三国を統一した新羅の最後の王である「敬順王八（九三四）年秋九月に老人星が見る」という記事があるが、この老人星は、見た者は長寿になるといい、天下太平のときにのみ見える[66]という祥瑞の星で、この記事から、祥瑞思想・天人感応思想は新羅末まで存続していたことがわかる。このようにそれぞれの国が天人感応思想を王政に取り入れ反映させていたことが確認できるだろう。

2　『三国史記』の祥瑞記事

従来の研究を見ると、申瀅植の『三国史記の研究』(67)では、天変地変の記事に関し、天変と地変の二大別に分類していて、祥瑞と災異の区分はしていない。最近、金一権の『高麗史の自然科学と五行志の訳注』(68)においても異変についての災異と祥瑞の区分はなく、災異と祥瑞をともに事件として扱っている。次に『三国史記』の祥瑞の記事として挙げているのは筆者の任意によるが、その選定の基準は『三国史記』に祥瑞だと明記されている記事の中から次の基準に沿って抽出してみた。①王に「献じる」、「進める」、あるいは王が「得る」、「獲る」などの動詞が使われているモノ、②その中から色や形態などが異様なモノ、③王権神話の中で祥瑞と認めているモノ、④中国の故事で祥瑞とされているモノなどである。

『三国史記』に表されている祥瑞の種類は動物、植物、天象・地象に分けることができる。

A《動物》

新羅に関する記録には、献上した動物を祥瑞だと明記した事例は見られない。ただ、「訥祇(とつぎ)王二十五(四四一)年春二月に白雉が進呈され、王は喜び件の役人に穀物を賜った」という記事があり、これはまさしく王が祥瑞と判断したということになる。新羅の建国神話に出てくる白馬と同様に白い動物はほぼ祥瑞と解釈して差し支えないだろう。また古代中国の漢の時代の事例からも「白雉」は祥瑞の動物とみなされている(69)。三国の祥瑞の動物を列挙すれば次のとおりである。

【新羅】

奈勿（なこつ）王三（三五八）年春二月　神雀が廟庭に集まった。

訥祇王二十五（四四一）年春二月　史勿県から長尾の白雉を進上されたので、王は是を嘉しとし、県の役人に穀物を賜った。

炤知王十（四八八）年夏六月　東陽から六眼の亀を献じられた。腹の下に文字があった。

同十八（四九六）年春二月　加耶国から白雉を送ってきた、尾の長さは五尺であった。

太宗武烈王六（六五九）年九月　何瑟羅州から白鳥を進上された。

文武王十七（六七七）年春三月　所夫里州から白鷹を献じられた。

同十八（六七八）年五月　北原から異鳥を献じられた、羽翮（つばさ）に文が有り、脛に毛があった。

神文王十一（六九二）年春三月　沙火州から白雀を献じられた。

聖徳王八（七〇九）年春三月　菁州から白鷹を献じられた。

同十四（七一五）年夏四月　菁州から白雀を進上された。

孝成王三（七三九）年秋九月　完山州から白鵲を献じられた。

景徳王十二（七五三）年秋八月　武珍州から白雉を献じられた。

同十五（七五六）年夏四月　大永郎が白狐を献じた。

元聖王六（七九〇）年春正月　熊川州から赤鳥を進上された。

同九（七九三）年秋八月　奈麻の金惱が白雉を献じた。

同十（七九四）年秋七月　漢山州から白鳥を進上された。

昭聖王元（七九九）年	冷井県令の廉哲が白鹿を進上した。
同八月	漢山州から白烏を献じられた。
哀荘王二（八〇一）年秋九月	武珍州から赤烏を、牛頭州からは白雉を進上された。
同三（八〇二）年八月	歃良(そうりょう)州から赤烏を進上された。
同五（八〇四）年秋七月	歃良州から白鵲を進上された。
憲徳王二（八一〇）年	河西州から赤烏を進上された。
同年秋七月	西原京から白雉を進上された。
【高句麗】	
東明聖王三（前三五）年春三月	鶻嶺(こつれい)において龍が見れた。
同六（前三二）年秋八月	宮庭に神雀が集まった。
琉璃王二（前一八）年九月	（王）西に狩に行って白獐(のろ)を獲た。
同冬一月	神雀が王庭に集まった。
三（前一七）年春三月	黄龍が鶻嶺に見られた。
大武神王三（二〇）年冬一月	扶余王の帯素が赤烏を送ってきた、一頭二身だった。
同三年秋九月	王が骨句川で狩りをして神馬を得た。
閔中王三（四六）年秋七月	王が東に狩に行って白獐を獲た。
同四（四七）年九月	東海人の高朱利が鯨を献じた。魚の目は夜に光った。

大祖大王七（五九）年夏四月	王が狐岸淵に行って魚釣をした、赤翅の白魚を得た。
同十（六二）年秋八月	東に猟に行って白鹿を得た。
同二十五（七七）年冬一月	扶余の使者が来て、三本の角のある鹿と尾の長い兎を献じた。（三角鹿、長尾兎）
同四十六（九八）年春三月	王が柵城の西の罽山に至って白鹿を得た
同五十三（一〇五）年春正月	扶余の使者が来て虎を献じた、長さは二丈で、毛色は甚だ明るく尾はなかった。
同五十六（一〇八）年秋九月	王が質山陽に狩に行って紫獐を獲た。
同冬十月	東海の谷守が朱豹を献じた、尾の長は九尺だった。
中川王十五（二六二）年秋七月	王が箕丘に猟に行って白獐を獲た。
西川王七（二七六）年夏四月	王が新城に猟に行って白鹿を獲た。
同九月	神雀が宮庭に集まった。
同十九（二八八）年夏四月	海谷の太守が鯨を献じた、魚の目は夜に光った。
同秋八月	王が東に狩に行って白鹿を獲た。
長寿王二（四一四）年冬一月	王が蛇川の原で狩りをして白獐を獲た。

【百済】

温祚王五（前一四）年冬一月	北辺に巡撫し猟に行って神鹿を獲た。

同十（前九）年秋九月　王が猟に出て神鹿を獲た。

同二十一（二）年春二月　異鳥が五羽翔んで来た。

同四十三（二五）年九月　＊鴻鴈（こうがん）百余が王宮に集まった。

蓋婁（がいる）王四十八（一一三）年秋七月　西部人の茴会が白鹿を獲てこれを献じた。王は為瑞と為し、穀物百石を賜った。

比流王十三（三一六）年夏四月　王都に井水が溢れてその中から黒龍が見れた。

毗（ひゆう）有王八（四三四）年秋九月　（新羅に）白鷹を送った。

東城王五（四八三）年夏四月　王が熊津の北に狩に行って神鹿を獲た。


以上が三国で祥瑞として考えられている動物である。この中で、百済の比流王十三（三一六）年夏四月の黒龍を祥瑞と判断したのは、温祚王二十五（七）年春二月に「日者いうに、井の水がにわかに溢れることは、大王の勃興の兆である」という記述があり、その中から現れたのが黒龍だからである。同じように、温祚王四十三年九月条の鴻鴈についても、「日者いうに、鴻鴈は民の象である、将に遠くの人が来て投降するだろう」という記述から民を象徴する鴻鴈は祥瑞であると判断した。これらの動物の中で、白狐については、新羅では景徳王十五年（七五六）夏四月に白狐を献上したと、白狐を祥瑞とみなしているが、高句麗では次大王三年七月に「白狐は妖怪で、白色であるからさらに怪異である」と、祥瑞ではない災異とみなされている違いがある。しかし、漢の時代には白狐が祥瑞の動物であった(70)ことを考えると、高句麗の事例は高句麗の特徴として解釈するのが妥当だろう。

前掲の動物が出てくる頻度を示せば次のとおりである。

鳥類―神雀（四）、白雉（六）、白烏（二）、白鷹（三）、白雀（二）、白鵲（二）、白烏（一）、赤烏（四）、赤鳥（一）、鴻鴈（一）、異鳥（二）。

獣類―白鹿（六）、（三角の）鹿（一）、神鹿（三）、神馬（一）、白獐（四）、紫獐（一）、（長二丈、毛色甚明而無尾）虎（一）、朱豹（一）、白狐（一）、（長尾の）兎（一）。

魚類―白魚（一）、（六眼の）亀（一）、（目夜有光）鯨（二）。

その他―龍（一）、黒龍（一）、黄龍（一）。

B《植物》

【新羅】

奈勿王七（三六二）年夏四月　始祖廟の庭の二本の木が枝を一つに連ねた（木連理）

訥祇王三十六（四五二）年秋七月　大山郡からめでたい稲（嘉禾）を進上された

孝昭王六（六九七）年秋七月　完山州から苗は異なるが穂先一つになった嘉禾を進上された。

聖徳王三（七〇四）年春正月　熊川州から金芝を進上された。

同二十三（七二四）年春　熊川州から瑞芝を進上された。

景徳王十三（七五四）年五月　牛頭州から瑞芝を献じられた。

憲康王六（八八〇）年秋八月　熊州から嘉禾を献じられた。

同九月九日　有年で民の食が足りた。

【高句麗】

長寿王十二（四二四）年秋九月　大豊作で（大有年）、王は君臣と宮殿で祝宴を行った。

陽原王一（五四五）年春二月　王都の梨樹が連理だった。

同四（五四八）年秋九月　丸都から嘉禾を進上された。

【百済】

東城王十一（四八九）年秋　大有年であり、国の南海の村人が穂先の合わさった稲を献じた（合穎禾(えいか)）

豊作（有年）を《植物》に入れたのは、穀物が豊作であることからである。この豊作の例は三例であるが、国ごとに一例ずつある。新羅の憲康王六年の記事は、「陰陽が和合し、風雨が順調で、毎年有年が続き、民の食糧が足りており、また辺境は安静し、市井(まち)では歓び楽しんでいる。これは聖徳の致すところです」といった臣下の上奏文である。有年は王の聖徳のおかげであるとしている。これは前にも述べたように、祥瑞が現れる理由を明記した例として注目されよう。前掲の植物の出てくる頻度を示せば次のとおりである。

木連理（二）、嘉禾（四）、金芝（一）、瑞芝（二）

C《天・地象》

【新羅】

奈勿王三（三五八）年春二月　紫雲が廟上をめぐった。

敬順王八（九三四）年秋九月　老人星（南極星）が見る。

【高句麗】

東明聖王三（紀元前三五）年秋七月　慶雲が鶻嶺の南に見る。その色は青と赤だった。

【百済】

温祚王二十五（七）年春二月　王宮の井の水がにわかに溢れた。

古尓王二十六（二五九）年秋九月　青紫雲が宮殿の東から湧き上がり、楼閣のようだった。

比流王十三（三一六）年夏四月　王都の井の水が溢れた。

新羅の奈勿王三年春二月の記事は「王親しく始祖廟を祀ると、紫雲が廟上をめぐった」となっている。始祖廟を祀ったことに対して紫雲が現れたのであるから祥瑞と判断できる。ところが、敬順王八年秋九月の「老人星が見る」という記事の老人星は、単なる祥瑞とは思えない節がある。同じ月の記事に「運州地方の三十余りの郡県が（高麗の）太祖に降伏した」という記事があり、二つの記事が関連していることが考えられる。翌年の十一月に新羅が高麗に併合されることを勘案すれば、老人星の出現は新羅が高麗に降伏することとの予兆だったのかもしれない。本来なら、新羅にとってめでたいはずの老人星の出現が、新羅の滅亡を予兆しているのは、時がすでに高麗の統一が固まった頃であったためであろう。

百済の温祚王と比流王のときに、「井の水が溢れた」ことを「大王の勃興の兆しなり」と臣下が奏上している記事では、「井の水が溢れた」ことを祥瑞と考えていたことがわかる。上の記事をまとめると次のようになる。

天候―紫雲（一）、慶雲（一）、青紫雲（一）
天文―老人星（一）
水変―井の水が溢れでる（二）

以上のように、三国は祥瑞思想を取り入れ、その思想を政治に反映させていた。新羅の訥祇王二十五年の記事や百済の蓋婁王四十八年の記事のように、祥瑞のものが進上されると、その「県の役人に穀物を賜った」。その理由は、記されているのを見ると、前掲の憲康王六年の記事にもあるように、「聖徳の致すところ」だからであろう。つまり、祥瑞の現れは他ならぬ君主の有徳が証明されたことになるからである。

ところが、時には災異を祥瑞だと偽って君主を喜ばした例もある。高句麗の「次大王四（一四九）年五月、星が東方に集まった、日者は畏王の怒りを畏れ、偽って言うには、これは君主の徳で国の福だというので、王は喜んだ」とあるのがその例である。

『三国遺事』序文や『東明王篇』を見ると、帝王が興る時に「符命」・「河図」など、多くの瑞徴があったと記されている。これは天人感応の理でいう「同類相動」という考え方である。つまり美しいことは美しいものを召き、悪事は悪いものを召き、物事は相応して起きるという考え方である。そして、まさに滅びようとするときには、先に妖しい禍が見られるという。[71]

このように古代韓国では、君王の誕生の際に、白馬・白鵠・白鶏・黄龍・鶏龍・赤龍・彩雲・日光・五色雲・五穀の種・卵などの祥瑞が見られると考えられていた。そして紫色の卵・縄・雲・衣など、瑞徴の色の中には紫色がしばしば見られるのだが、これは古代より紫色が崇高な色として考えられていたからであろう。

また君王が天から権威を保証されたことを表すめでたい徴としての「符命」には、天符印三個・神器と宝物・鼎・金璽・兵物・金尺などがあると記されている。

さらに新羅では徳を具えた君王・王后を望んでいたと記されているが、これは受け入れる側の民の理想であろう。徳を具えた君王の徳政こそが、あらゆる災異を治める方法だという考え方は、天人感応の理の根幹を成すものであり、新羅に限らず、他の国々においても、徳のある君王を望んでいたのは同じことだろう。

祥瑞は、君王の降臨や誕生に限らず、君王が徳政を行ったときにも現れる。これはおそらく徳政に対する天の認知・褒美と考えられる。記録には、動物では神雀・朱豹・黄龍など、植物では瑞芝・連理木など、天・地象では老人星・慶雲・金亀などが現れたと記されている。

韓国の王権神話は、建国や即位の神話としても意味づけられているが、単なる建国神話ではなく、始祖廟と関連づけられた祭祀儀礼の神話としての機能を果たしていたのである。神話は、祭祀儀礼と結びついて甦り、神聖な王朝の由来譚として生き続けることができる。そして後裔の王たちは神話によって君王としての正統性や神聖さを示し、また王の権威を表そうとしたのであろう。後代の高麗や朝鮮王朝になると、始祖廟は王朝の宗廟にまで発展し、王朝の正統性を強調するものとなる。

しかし、神異な誕生をし、天の受命をうけた君王であっても、「後嗣が怠って荒れると、先王の祀りが絶えてしまう」から、君王は「寛と仁を以て位を守り、礼と義により民を教化」するようにと「東明篇」は戒めている。ここに神話を編んだもう一つの意図があったと思われる。

3　高麗時代の祥瑞思想

高麗（九一八〜一三九二年）では、始祖の太祖以来、歴代王の「実録」が編纂されたが、兵火によりほとんどが遺失し、現代に伝わっているのは『高麗史』[72]と『高麗史節要』[73]のみである。そして『高麗史』だけが韓国の正史の中で唯一「天文志」や「五行志」を有する。これは天文や五行に関する考え方が確立され、天文や五行を取り扱う専門機関ができたことを意味していると考えられる。異変を実際に観察・解釈する専門家や専門機関について、韓国歴史上、最初に言及しているのは高麗の「書雲観」である。

A「書雲観」の解釈

異変が現れると、まずそれを書き記し、吉か凶かを判断し、その理由や意味などの解釈を行っていた専門家や専門機関は、古代三国時代より存在していたであろう。しかし記録が残されていないため、その実体は明らかではない。断片的ではあるが、高句麗では専門家としての「日者」が、百済では専門機関としての「日官部」が存在し、新羅では専門家としての「日官」が異変を治めていた(74)。高麗時代の後半になると「書雲観」という官制の専門機関が設置され、天文をはじめ歴や測候なども観察するようになる。『高麗史』「百官志」一「書雲観」条には次のように記されている。

書雲観は天文、暦数、測候、刻漏の事を掌る。国の初には、太卜監と太史局に分かれていた。太卜監には監・小監・四官正・丞・卜博士・卜正が有り、太史局には令・丞・雲臺郎・保章正・挈壷正・司辰・司暦・監候があった。（中略）忠烈王三十四年に忠宣（王）が太史局を併せて書雲観と為す。云々(75)

国の初めに「書雲観」の前身である「太卜監」と「太史局」があったというが、それがいつからなのかは定かでない。ただ「天文志」太祖十五年に「大星が東方にあらわれ、俄に変わって白気と為す(76)」という記事があることから、太祖の建国時より太卜監や太史局が存在したことが推測される。太卜監には「卜博士」や「卜正」などが所属していた。その名称から、異変に対する天意を卜っていた者であったと推察される。「太卜監」と「太史局」の両局を併せて書雲観としたのは忠烈王三十四（一三〇八）年（忠宣王の即位年でもある）となっている。書雲観では、異変が生じた時にいかに卜い、対処していたのか、次の事例から検討してみたいと思う。

①献宗元（一〇九四）年正月戊戌に日に暈あり、両傍らに彗星ある。太陽に彗星あれば、近臣が乱れ、

諸侯の中で謀反を起こそうとする者があると太史が奏した。(77)

②仁宗八（一一三〇）年八月乙未初更に火影のような朱気が坎方から発生して北斗魁中に覆って入り、起滅が常ではなく、三更に至って乃ち滅びた。日者が天地瑞祥誌に云うには、赤気が火影のようにあらわれるのは、臣がその君を叛すことなので、徳を修めて異変を消すようにと伏して望むと奏した。(78)

③明宗七（一一七七）年（三月、（中略）二月十二日より三月九日まで霧気が昏濁し、日月に光りが無いので旧の諸占（文）を調べたが譴告が詳しくわからない。少しの祷禳では能く消去することはできないので、当に聖祖の遺訓に従って、身を慎み、徳を修めた後にこそ能く災変を休ませることができると太史が奏した。(79)

④辛禑元（一三七五）年十一月甲戌に日に珥あり、日に背いて、白虹が日を貫く。近頃、日に珥あり、日に背いて、白虹が日を貫くことがあった。本文を以てこれを考えるに、女楽を釈し、賢良を入れるべしと書雲観が奏した。(80)

天の異変に対して、①と②は「謀反」の予兆と捉えている。③は諸々の占書を調べてみても天の譴告の意味がよくわからないので、とりあえず身を慎み、徳を修めることで災変は収まると奏している。④は君王が女楽に耽っていることをやめて賢良な人を官吏に登用すべきだと奏している。そして様々な異変の意味やそれを消滅させる方法について王に奏する者を「太史」や「書雲観」や「日者」と記している。また明宗三（一一七三）年の記事にも「日官」と記されているのを見ることができる。(81) これらの名称は、前に述べたように三国時代にも見られるものであり、天文官の総称として使われていたと考えられる。

このように天文や地上の異変などと王政とを関連づけて捉えようとする考えが、天人感応の理や五行論に基づいていることは、異変を集め記録した「天文志」と「五行志」序文によって確認できる。「天文志」には「天が象を垂れて吉凶をあらわし、聖人これに象る。故に、高麗の四百七十五年間に、日食、月食、星辰の淩犯、及び星変もまた多く採録しているため、その史にあらわれたもので天文志を作る(82)」とあり、「五行志」の序文には「孔子が春秋を作るとき、災異を必ず書き、天人感応の理をたやすくはいえないが、今ただ史氏が当時の災祥を記した所に拠って五行志を作る(83)」とある。このような考え方は『高麗史』固有のものではない。『高麗史』「天文志」や「五行志」の序文は、中国の『元史』の「天文志」や「五行志」を参考にして作成されたといわれるほど(84)、中国の影響を強く受けている。そして中国の史書の中で最初に「天文志」や「五行志」を設けたのは『漢書』であるから、「天文志」や「五行志」の基本的な考え方や体裁の枠組みについては『漢書』に求めるべきであろう。「天文志」や「五行志」の根幹を成している天人感応の理は、天人合一・天人感応思想ともいわれているが、この思想を論理的に集大成した学者は董仲舒（紀元前一七六〜紀元前一〇四年）である。それゆえに『漢書』「五行志」の序文で「董仲舒は『春秋公羊伝』を研究し、はじめて陰陽の原理を追究し、学者の第一人者となった(85)」と彼の考え方を褒めている。おそらく『三国史記』の祥瑞や災異に関する記事は、そうした古代中国の天人感応の理の反映であると考えて間違いないだろう。

ところで、異変に対する天人感応の理による解釈といっても二通りある。前掲①の彗星出現は謀叛者が現れる兆しであると解釈しているが、③の日月に光がないことは何に関する譴告なのかわからないと、過去の王政に原因があると解釈している。こうした二通りの考え方は、すでに『漢書』においても現れている。「荘公十一（紀元前六八三）年の秋、宋に洪水があった」ことに対して、董仲舒は、戦争によって民衆は悲嘆と不満をつのらせ、陰の気が盛んとなって洪水が起こったとみているが、劉向（紀元前七七～紀元前六年）は、洪水記事は翌年に起こった宋万が公を殺した事件を予見していると解釈している。[86] つまり異変について、前者は事件の結果と解釈し、後者は事件の予見と解釈している。このような違いはあるものの、異変は地上での出来事に感応したものという共通点がある。したがって筆者は、両者の意味を含むものとして天人感応の理という語を用いる。

高麗時代に異変を解釈する専門家は、②の「天地瑞祥誌」や「開元占」[87]、③の「旧の諸占（文）」などを参考にしていたと思われる。次に祥瑞と解釈されていたものについて考えてみたい。

B 諸祥瑞の現れと天人感応思想

『高麗史』の「五行志」に掲載されている記事の抽出については、李熙徳や金一権らの詳細な脚註があるので[88]、それを参考にした。「天文志」の訳注はいまだ行われていないため、「天文志」の記事の抽出については、前掲の『三国史記』で示した祥瑞記事を基準に行った。具体的には次のものを祥瑞とみなす。①神・瑞・祥などの接頭語がついているモノ、②王に「献じる」、「進める」、あるいは王が「得る」、「獲る」、「喜ぶ」などの動詞が使われているモノ、③その中から色や形態などが異様なモノで、前述の王権神話の中で祥瑞と認めているモノ、④中国の故事で祥瑞とされているモノ。そして祥瑞の種類は、動物、植物、天象・地象に大別する。

C《動物》

①太祖八（九二五）年三月丙辰、蚯蚓が宮城に出れる、長さ七十尺になる。（五行三）
②定宗七（九五二）年、臨津県から白雉を献じられた。（五行二）
③景宗元（九七六）年五月壬辰、京山府から白鵲を献じられた。（五行二）
④顕宗二（一〇一一）年五月、西京の人が兎を献じたが、一首二頭である。（五行二）
⑤顕宗二十（一〇二九）年二月丙戌、白鶴が神鳳楼の鴟吻に来て巣を作った（五行二）
⑥毅宗二十四（一一七〇）年五月壬辰、（中略）内侍黄文荘は水鳥を指し玄鶴と為し、詩を作って王を褒め讃えた。王は久しく感嘆して自ら詩を作って答えた。（世家、巻第十九、毅宗三）
⑦辛禑二（一三七六）年十一月丁未、西北面の万戸の金得斉が白獐を献じた。（五行二）

①の記事は、その後に「渤海国が来て投降する兆しだという」記事が続くので、蚯蚓の出現を祥瑞と見てよいだろう。前掲の、後百済の始祖甄萱の誕生譚においても蚯蚓は娘を懐妊させる霊物として語られている。長い蚯蚓は祥瑞と考えられていたようである。定宗七年以後の白雉・白鵲・白獐などの白い動物が献じられたという記事から、これらの動物は祥瑞だと考えられる。④以外はすべて三国時代にも祥瑞の動物に含まれていたことを考え合わせると、基本的には三国時代の祥瑞思想が高麗時代にも踏襲されていたと見て間違いないだろう。⑤の白鶴に関しては、三国時代の前例が見あたらないが、古代中国では祥瑞の動物として考えられていたので[89]、『高麗史』でもめでたい徴として史書に書き留められたものと推測される。

⑥の記事は、事実を偽って奏していると暗に批判しているようである。しかし、当時、玄鳥が祥瑞の動物と考えられていたことがわかる。前掲の祥瑞の動物の種類や記述されている頻度をまとめると次のとおりである。

鳥類―白雉（一）、白鵲（一）、白鶴（一）、玄鳥（一）
獣類―白獐（一）、兎（一）
その他―蚯蚓（一）

『三国史記』における祥瑞の動物と比べると、『高麗史』の方が種類や頻度においても圧倒的に少ない。『三国史記』には二十七種類が合計五十五回も出現するが、『高麗史』は六種類が合計六回出現するのみである。

D《植物》

①太祖元（九一八）年六月戊辰、一吉粲の能允の家園で瑞芝が生えた。一本に九茎であったが、三本が秀れたので王に献じた。王は内倉の穀を賜った。（五行一）
②太祖二十一（九三八）年八月、大内の柳院の槐（えんじゅ）の木が僵（たお）れたが、自ら起きた。（五行二）
③光宗二十四（九七三）年二月壬寅、連理木が京城の徳瑞里で生えた。（五行二）
④成宗六（九八七）年、連理木が忠州で生えた。（五行二）

⑤成宗十一（九九二）年九月、登州で稲穂の長さ七寸、麦穂の長さ一尺四寸のものがあった。（五行三）
⑥顕宗三（一〇一二）年八月、東北の州鎮は有年であった。（五行三）
⑦顕宗十六（一〇二五）年七月庚子、宝光郡より珊瑚樹を献じられたが、高さが八尺で、枝が八十一である。（五行二）
⑧（同）十八年十一月甲申、宝城郡より珊瑚樹二株を献じられた。（五行二）
⑨文宗十六（一〇六二）年五月、朱草が重光殿に叢生した。王が詞臣に賦詩を命じた。（五行一）
⑩粛宗（しゅくそう）三（一〇九八）年十月、霊光郡、及び管内の郡県の稲の一種が再び熟した。（五行三）
⑪睿宗（えいそう）十一（一一二一）年六月丙子、尚州から瑞麦を献じられた、一茎に四穂あった。（五行三）
⑫（同）十二（一一二二）年六月丙寅、尚州より瑞麦を献じられた、両岐で三穂あった。上表を以て賀した。（五行三）
⑬毅宗（きそう）二十四（一一七〇）年五月壬辰に延福亭に行幸した。群臣は皆見せる物をもってきて嘉しみの祥瑞となす。蓬艾（よもぎ）三茎が亭の側に生えているのを瑞草とし（世家巻第十九　毅宗三）
⑭恭愍王（きょうびんおう）五（一三六六）年十月壬子、全羅道の都巡問使の金庾が十節の稲を献じた。（五行二）
⑮辛禑九（一三八三）年五月甲子、慶尚道の晋州で大麦あり、一茎・一穂に三四岐あった。上表以て賀した。（五行三）

①は瑞芝という名称からも祥瑞の芝草であることがわかる。古代中国では、君主が仁慈のときに生えるといい(90)、三国時代には新羅の二例が見られる。そして⑨の朱草は「朱草が生え、君主の徳が鳥獣にも至る」

（『白虎通』「封禅条」）と解釈されていたように[91]、古代中国では祥瑞として扱われていた。ただ、三国時代にはその事例が見あたらず、『高麗史』が初出である。そして③と④の木連理とは別々の根をもつ二本の木の枝が途中から一本になったものを指すが、木が連理することは君主の徳が広く潤って八方を一つに統一させる瑞兆として古代中国では考えられていたという[92]。三国時代には既に二例が見られる。

⑦と⑧の珊瑚樹は済州島のような暖かい南の地方で自生しいていた常緑樹であるという[93]。五行志に掲載され、さらに献上されたものであるから、めでたい瑞樹として扱われたと思われる。

⑤の稲穂の長さ七寸、麦穂の長さ一尺四寸は単なる長さだけではなく、穂も多く実っていたから『高麗史』に祥瑞として掲載されたのであろう。⑥の有年（豊作）の記事は民にとってめでたいことであり、君王にとっても現実味のあるめでたい祥瑞であったに違いない。不思議なことにこの有年という記事は、三国時代においても国ごとに各一例しか見当たらないが、高麗時代においてもこの一例しか見られない。その他、「十節の稲」、大麦、瑞麦などの記録があり、みな祥瑞として扱われていたと考えられる。

注目すべき点は、⑨朱草、⑫瑞麦、⑮大麦、前掲の《動物》⑥のように、瑞草や瑞麦、瑞鳥が現れると「王が詞臣に賦詩を命じた」、「上表をもって祝った」、「詩を以て賛美した」、「王も親しく詩を以て和答した」ということである。瑞物を王に献上するとともに詩をもって賛美していたのであるから、一種の儀式のようなものと考えられる。おそらく太平の御世をうたっていたであろう。祥瑞が現れると詩や歌をもって賛美したことは古くからあったらしく、古代中国の『春秋運斗枢』に「王政和平ならば現れるという老人星が出現すると、万民以て歌う」とある[94]。こうした古代中国の慣わしが高麗にも伝わって、詩や上表をもってめでたいことを祝賀していたのである。

植物のめでたい徴には、⑩の記事のように、稲が再び実ることがあり、また②の記事のように、倒れた槐の木が自ら起きあがったということも含めてよいだろう。前掲の祥瑞の植物の種類と記述されている頻度をまとめると次のとおりである。

草類―瑞芝（一）、朱草（一）、瑞草（一）
木類―連理木（一）、珊瑚樹（二）
稲麦類―稲穂（一）、瑞麦（一）、大麦（一）、十節の稲（一）
その他―有年（一）槐の木の自起（一）、稲の再熟（一）

『三国史記』における植物の祥瑞と比べると、高麗時代には朱草、珊瑚樹、瑞麦などのように新しく加えられたものがある。『三国史記』には五種類が合計十二回出現したが、『高麗史』は十二種類が合計十三回出現している。

E《天・地象》

①太祖十七（九三四）年九月丁巳、老人星が出（あらわ）れた。（天文一）
②穆宗（ぼくそう）十（一〇〇七）年、耽羅、瑞山が海中より湧き出た。大学博士田拱之を派遣して視察させた。（五行三）
③顕宗十一（一〇二〇）年十一月壬戌、卿雲が見（あらわ）れる。（五行二）

④仁宗元（一一二三）年壬寅、西京の留守は老人星が見れたと奏した。（天文一）
⑤毅宗二十四（一一七〇）年二月甲申、狼星が南極に見れた。西海道の按察使の朴純嘏が老人星と為し、駅馬を馳せ（王に）聞かせた。（天文二）
⑥同年四月甲申、忠州牧副使の崔光鈞が、先月二十八日に竹杖寺で老人星を祭ると、その日の夕方に寿星が見れ、三献に至って没したと奏した。王は大喜びし、百官は称賀した。（天文二）
⑦同年四月乙巳、寿星が再見した。（世家　巻第十九　毅宗三）
⑧同年五月丁亥、寿星がまた見れた。（世家　巻第十九　毅宗三）
⑨同年八月戊午、水州の民が耕田の時、金の一錠を得たが、長さは二寸位、頭と尾が尖っていて形状が亀のようだった。（省略）王が左右に見せると、万歳を唱え、天が金亀を降ろしたのは、聖人の徳の感応であると言って、群臣が祝って挨拶した。（世家　巻第十九　毅宗三）
⑩恭愍（きょうびん）王十五（一三六六）年十一月癸未、鵠峯上に白雲があるが、宮中では瑞気だという。（五行二）

①の老人星出現の記事は、新羅末期の「敬順王八（九三四）年秋九月に老人星が現れた」という記事と年月とが重なり、おそらく『三国史記』からの引用であると思われる。②の耽羅（現在の済州島）の記事は、火山活動によって海中から新しい山ができたことをめでたい「瑞山」と記したのであろう。③の「卿雲」は、古代中国では喜気を意味し、天から零（お）ちる甘露、または五色の雲とも解されていて、慶雲は卿雲ともいうが、天下太平の時に現れるという祥瑞の徴と考えられていたという。[95] ④⑤の老人星の出現をはじめとして、⑥⑦⑧の寿星出現の記事は「天文志」や「世家」などに掲載されているが、老人星・寿星の出現は事実と

は考えにくい。老人星は前述のように、寿星ともいわれる南極星を指し、天下太平のときに見られる星である。老人星を見れば長寿になると考えられていたため、この星も寿星ともいう。しかし、老人星は西海や忠州辺りでは見られない星なのである。[96] 実際、⑤の記事は「狼星（シリウス）を老人星と為した」ことは誤認であると指摘している。これは、老人星の出現を奏している人は専門家である太史や日者ではなく、「留守」、「按察使」、「牧副使」などの政治家であることから、老人星・寿星の出現が事実であることよりも、君主を喜ばせるための政治的な意図が隠れた政治家の任意的な解釈なのではないかと考えられる。そして、こうした政治家の任意的な解釈による祥瑞の現れは⑨の「金亀」事件を最後に、毅宗は鄭仲夫の乱により毅宗二十四（一一七〇）年十月に弑虐される。祥瑞思想を装い毅宗を安心させておいて反乱を企てた記事だと解釈できるだろう。しかし、祥瑞思想が政治的に利用されたとしても、老人星・寿星と金亀は当時の祥瑞の徴だったことを表している。

そして⑩の白雲が宮中で瑞気と解釈されたという記事は、本来は祥瑞ではないのに宮中では誤った判断をしていると訴えているように受け止められる。実際、仁宗八年十一月壬子に四方に白雲が現れたことについて、兵乱が起こる兆しと解釈されているのもある。[97]

ここまで多くの祥瑞の象とそれに関連する記事を取り上げてきたが、祥瑞の象が現れる原因について説明している高麗の記事は見あたらない。唯一、⑨の記事は、「天が金亀を降ろしたのは、聖人の徳の感応である」と、聖人・君主の徳の感応によって金亀という祥瑞が現れたと明記している。つまり祥瑞は天人感応の理によって生ずるというのである。

前掲の天・地象の種類や記述されている頻度をまとめると次のとおりである。

星―老人星・寿星（6）
雲―卿雲（1）、白雲（1）
地上―瑞山（1）、金亀（1）

『三国史記』に現れている「天・地象」の祥瑞と較べると、『高麗史』には老人星を寿星とも表している点、火山活動によってできた島を瑞山としている点、そして金亀を祥瑞と考えていた点などが加えられているが、紫雲や井戸の水が溢れる象などは三国時代に限るものになっているといえよう。『三国史記』には五種類が合計六回出現するが、『高麗史』は五種類が合計十回出現する。

高麗の太祖王建（在位九一八～九四三年）には神異的な誕生物語はなく、ただ誕生時に「神光・紫気」、蛟竜といった祥瑞表現があるのみである。十世紀の人物なので天による神話的な誕生物語を必要としなかったのかもしれない。しかし祖先の神異的な物語（虎景や作帝建）が『高麗史』に組み込まれ、また成宗十二（九九三）年春三月には宗廟が完成している。後裔の君王は宗廟儀礼を行うことで王権の神聖さや正統性を示したのであろう。

そして高麗の君王の歴史の中には祥瑞がしばしば現れているが、これは徳政に対する天の認知・褒美と考えられ、動物では白鵲・白獐など、植物では瑞芝・連理木など、天・地象では老人星・慶雲・金亀などが記されている。これらの祥瑞の現れは、五行論によれば、君王が五行の順理を守れば、その恩が五行に及び、木の順理として朱草が生え、火の順理として甘露が降り、黄鵠や鳳凰が見え、土の順理として嘉禾(かか)

が興じ、仙人が降り、金の順理として麒麟が至り、水の順理として醴泉が湧き出て、霊亀などが出るという。(98) しかし君王が五行の順理に逆らって悪事を行えば、人間や動物に様々な災難が起こり、洪水や火災などが起こるという。こうした五行論に基づいて『高麗史』に祥瑞や災異を記したのであろう。

君王が五行の順理を守れば五行に順理する祥瑞が現れるという五行論の意図は、王道の完成を目指すところにあると、『漢書』「董仲舒伝」には次のように記されている。

> 人君たる者は、心を正して朝廷を正し、朝廷を正して百官を正し、百官を正して万民を正し、万民を正して四方を正す。四方が正しければ、遠近を問わずあえて正に一致しようとしないものがなく、その間を犯す邪気などはなくなる。そこで陰陽が調和して風雨も季節にかない、生きとし生けるものが和合して万民が植え、五穀が実って草木が茂り、天地の間は潤沢を被って大いに豊かで美わしく、四海のうちは盛徳を伝え聞いて皆来り臣として仕え、もろもろの福物、到すべき瑞祥はことごとく来ないものがなく、かくて王道は完成する」という。(「董仲舒伝第二十六」二八七頁)

君王自ら心を正すことから始まる王道が完成すれば、豊かな国になり、諸々の祥瑞が現れるという。つまり祥瑞思想は君王に王道の完成を促すためのものだといえる。

しかし一方では、災異思想もあり、王道から離れる失政を続ければ、天の恐ろしさも現れるとして「董仲舒伝」には次のように記されている。

国家がまさに政道を失い、頽廃に陥ろうとするとき、天はまず災害を出してこれを譴(とが)め告げ、それでもみずから省みることを知らなければ、さらにまた怪異を現わしてこれを警め懼れさせ、それでもなお異変をさとらなければ、破滅を来すのである。こうしたことで天の心は人君を仁愛してその乱れを止めようとすることがわかるのである。大無道の世でないかぎり、天はことごとく人君を支持し保全しようとする。(「董仲舒伝第二十六」二八五頁)

君王の失政に対して、天が感応して譴め告げ、警め懼れさせるのが災異であり、災異を現すのは君王に失政を悟らせるためである。しかし悟らなければ窮極的には破滅を来すという。これらは天が君王を仁愛し、保全しようとするが、それには限界があるという考え方である。『高麗史』の「天文志」や「五行志」は、そうした天人感応の理の理念に基づいて諸々の異変を収めた記録だといえる。

むすびに

以上、本考で述べてきたところをまとめると次のようになる。

1　韓国における王権神話は基本的に次のような話形を持つ。①天帝の子が降臨するか、若しくは神の子が来臨する。②降臨または来臨するとき、祥瑞の徴を授けるか、または祥瑞が現れる。③部下を率いて降臨する。④王者を懐妊するか、⑤王者が卵から生まれる。⑥人として生まれる。⑦建国するか、または即位する。

2　王権神話において帝王が興る時に「符命」・「河図」など、多くの瑞徴があったと記されている。これは天人感応の理でいう「同類相動」という考え方である。つまり美しいことは美しいものを召き、悪事は悪いものを召き、物事は相応して起きるという考え方である。

3　王権神話では君王の誕生の際に、白馬・白鵠・白鶏・黄龍・鶏龍・赤龍・彩雲・日光・五色雲・五穀の種・卵などの祥瑞が見られると考えられていた。そして紫色の卵・縄・雲・衣など、瑞徴の色の中には紫色がしばしば見られるのだが、これは古代より紫色が崇高な色として考えられていたからであろう。また君王が天から権威を保証されたことを表すめでたい徴としての「符命」には、天符印三個・神器と宝物・鼎・金璽・兵物・金尺などがあると記されている。

4　新羅では徳を具えた君王・王后を望んでいたと記されているが、これは受け入れる側の民の理想であろう。徳を具えた君王の徳政こそが、あらゆる災異を治める方法だという考え方は、天人感応の理の根幹を成すものであり、新羅に限らず、他の国々においても、徳のある君王を望んでいたのは同じことだろう。

5　祥瑞は、君王の降臨や誕生に限らず、君王が徳政を行ったときにも現れる。これは徳政に対する天の認知・褒美と考えられる。記録には、動物では神雀・朱豹・黄龍など、植物では瑞芝・連理木など、天・地象では老人星・慶雲・金亀などが現れたと記されている。

6　韓国の王権神話は、建国や即位の神話としても意味づけられているが、単なる建国神話ではなく、始祖廟と関連づけられた祭祀儀礼の神話としての機能を果たしていたのである。神話は、祭祀儀礼と結びついて甦り、神聖な王朝の由来譚として生き続けることができる。そして後裔の王たちは神話によって君王としての正統性や神聖さを示し、また王の権威を表そうとしたのであろう。後代の高麗や朝鮮王朝になると、始祖廟は王朝の宗廟にまで発展し、王朝の正統性を強調するものとなる。

7　瑞物が現れると王に献上すると、ともに詩をもって賛美していた。おそらく太平の御世をうたっていたであろうが、これは古くからあったらしく、古代中国の『春秋運斗枢』にもみえる。古代中国の慣わしが高麗にも伝わって、祥瑞が現れると詩や上表をもってめでたいことを祝賀していたのである。

【注】

（1）崔南善編『三国遺事』四五頁　民衆書館　一九七三年版
（2）『東明王篇・帝王韻記』一三二頁　乙西文化社　一九八〇年再版
（3）田中有「漢墓画像石・壁画に見える瑞祥図について」六八〜六九頁（安井香山編『讖緯思想の総合的研究』図書刊行会　昭和五十九年）
（4）小竹武夫訳『漢書』上巻「天文志」と「五行志」筑摩書房　一九七七年
（5）拙稿「郷歌と天人相関思想」（大谷森繁博士古稀記念刊行委員会『朝鮮文学論叢』白帝社　二〇〇二年）
（6）三品彰英『神話と文化史』論文集第三巻
『古代祭政と穀霊信仰』論文集第五三巻　平凡社　一九七三年
依田千百子『朝鮮神話伝説の研究』瑠璃書房　一九九一年
金杜珍『韓国古代の建国神話の祭儀』徐大錫『韓国神話の研究』集文堂　二〇〇一年
などが代表的な研究として挙げられる
（7）注（1）に同じ　三三頁　日本語訳に際しては、三品彰英遺撰『三国遺事考証』上　二九六頁参照　塙書房　一九七五年
（8）諸橋轍次『大漢和辞典』八　七五七頁参照、大修館書店　一九八五年修訂版
（9）注（7）に同じ、『三国遺事考証』上　二九六頁注解参照
（10）注（9）に同じ　二九六頁注解参照　塙書房　一九七五年
（11）出石誠彦『支那神話伝説の研究』六九〇〜六九一頁参照　中央公論社　一九七八年版

(12) 注（2）に同じ　二二四頁　日本語訳は筆者によるが、訳に際しては『東国李相国集』（民族文化推進会　1989年版）を参考にした。以下同じ
(13) 注（2）に同じ　八五頁
(14) 注（2）に同じ、李承休（一二二四～一三〇〇年）の『帝王韻記』は上下二巻からなり、上巻は中国の盤古の出生から始まり、三皇・五帝から南宋に至るまでの国の興亡を記し、下巻は檀君朝鮮から新羅、高句麗などを経て高麗時代の明宗に至るまでの歴史を簡略に記したものである。
(15) 『李朝実録』第11冊　二八三頁　学習院東洋文化研究所　一九五七年
(16) 注（1）に同じ　三三～三四頁
(17) 注（8）に同じ『大漢和辞典』三　五〇九頁
(18) 李杜鉉、張籌根など『韓国民俗学概説』三四七頁　学研社　一九八六年改訂版
(19) 『日本書紀』上　一四八頁　日本古典文学大系　岩波書店　一九八一年版
(20) 注（2）に同じ　ハングル訳一六一～一六二頁　原文二四九頁
(21) 注（15）に同じ　二八三頁
(22) 『三国史記』「高句麗本紀第五」（『訳註三国史記』1　一七四頁　韓国精神文化研究院　二〇〇二年版西暦は魚允迪の『増補東史年表』（東国文化社　一九五九年）による。以下『三国史記』の出処は省略する
(23) 『高麗史』「志、巻第10　地理1」（『訳註高麗史』五　三一九頁　東亜大学校出版社　一九六五年）
(24) 注（23）に同じ「志、巻第12、地理3」三八二頁

(25) 注（15）に同じ　二八二頁
(26) 『新増東国輿地勝覧』巻42　文化県　社廟（『国訳新増東国輿地勝覧』V　一一九頁　民族文化推進会　一九七三年）
(27) 金烈圭『韓国民間伝承と民話の研究』学生社　一九七八年
(28) 『史記』「以為不祥、棄之隘巷、馬牛過者皆避不践、徙置之林中、適会山林多人、遷之、而棄渠中氷上、飛鳥以其翼覆薦之」（司馬遷『史記』影印本　二八頁　景仁文化社）
(29) 注（2）に同じ　四九〜八五頁
(30) 注（22）に同じ　三二四頁
(31) 注（3）に同じ
(32) 注（4）に同じ　中巻「董仲舒伝」二八六〜二八七頁参照
(33) 注（1）に同じ　一一五頁　巻第3「駕洛国記」
(34) 注（22）に同じ　二〇頁「脱解曰、神器大宝、非庸人所堪」（『三国史記』「新羅本紀第1　儒理尼師今」）
(35) 注（7）に同じ　大林太良　二七四頁
(36) 注（2）に同じ『帝王韻記』上巻　二三四頁
(37) 大林太良『神話学入門』八一〜八二頁　中公新書　一九七四年
(38) 三品彰英論文集第三巻『神話と文化史』（平凡社　一九七一年）
注（7）に同じ　三品彰英遺撰『三国遺事考証』中　三二六〜三二七頁参照
(39) 注（6）に同じ　依田千百子　六四頁

(40) 林明徳「三国遺事と中国正史中の帝王神話―誕生以前の奇蹟と徴兆を中心にして―」(『三国遺事の総合的検討』韓国精神文化研究院　一九八七年)
(41) 注(1)に同じ　五〇頁、巻第1「未鄒王　竹葉軍」
(42) 始祖廟を祀る記事は、南解王三(六)年正月をはじめとして炤知二(四八〇)年二月までに続き、その後は知証王三(五〇二)年二月から景哀王元(九二四)年十月まで、神宮を祀るという記事があるのみである。
(43) 注(26)に同じ　二九頁(『新増東国輿地勝覧』第38巻「済州牧」)
(44) 注(23)に同じ　三七三~三七四頁(『高麗史』巻57「志、地理志2」)
(45) 玄容駿『巫俗神話と文献神話』一八〇~二二〇頁　集文堂　一九九二年
(46) 注(6)に同じ　大林太良　一〇三頁
(47) 注(6)に同じ　依田千百子　六四頁
(48) 「三姓穴」のサイト参照
(49) 李丙燾『韓国古代史』「薯童説話に対する新考察」学生社　一九七〇年
(50) 史在東「薯童説話研究」(『池憲英先生回甲論文集』一九七一年)
(51) 注(6)に同じ　徐大錫　二一九頁
(52) 拙稿「郷歌「薯童謡」とその歴史記述について」(二〇〇四年「朝鮮学会大会」発表要旨)
(53) 韓国の民間説話の事例と類型については日韓比較文学研究会『日韓比較文学研究』(三一~三二頁、二〇一一年一月)参照用

(54) 注（6）に同じ　大林太良　三二八頁
(55) 注（23）に同じ　原文四頁『高麗史』「高麗世系」
(56) 注（55）に同じ　原文一頁
(57) 注（6）に同じ　依田千百子　一五四頁
(58) 注（3）に同じ
(59) 注（23）に同じ　原文一頁「生於松嶽南第、神光紫気、輝室充庭、竟日盤施、状若蛟龍」（『高麗史』世家巻第1、太祖1）
(60) 注（2）に同じ「自古受命君孰不非常類惟、我皇家系於此尤奇異」（『帝王韻記』下巻、二五七頁）「自古受命君不非常類惟、我皇家系於此尤奇異」
(61) 注（6）に同じ『松前健著作集』第7巻　一七八頁
(62) 注（23）に同じ　原文一一四頁「庚辰、祷雨于宗廟山川」（「世家、巻第6　靖宗」）
(63)『龍飛御天歌』第82章（『韓国古典叢書』影印本　大提閣）
(64)『楽学軌範』一七五～一七六頁（『楽学軌範・楽章歌詞・教坊歌謡』亜細亜文化社　一九七五年）
(65) 日韓比較文学研究会『日韓比較文学研究』1号、一六～一九頁　二〇一一年
(66) 野尻抱影『星の民俗学』七四頁　講談社学術文庫　一九七八年
(67) 申瀅植『三国史記の研究』一潮閣　一九八一年
(68) 金一権『高麗史の自然科学と五行志訳注』韓国学中央研究院出版部　二〇一一年
(69) 注（3）に同じ。本章における祥瑞の種類の分け方は、注（3）による。

(70) 注（3）に同じ
(71) 南基顕解訳『春秋繁露』第五七「同類相動」一八四頁　自由文庫　二〇〇五年
(72) 『高麗史』は朝鮮王朝の端宗二（一四五四）年に刊行されたもので、紀伝体で歴史を叙述している。全一三七巻から成る。巻一から巻四六までは歴代王の記述を編年体で記録している。巻四七から巻八五までは各種の志を設け、記録している。「天文志」（巻四七～巻四九）、「暦志」（巻五〇～巻五二）、「五行志」（巻五三～巻五五）、「地理志」（巻五六～五八）、「刑法志」（巻八五～巻八六）などがある。その他に「年表」（巻八七～巻八九）と「列伝」（巻八八～巻一三七）がある。注釈本としては『訳注高麗史』注（23）に同じと『高麗史』（科学院古典研究所、一九六二年）があるが、テキストとしては『訳注高麗史』を用いた。
(73) 『高麗史節要』は端宗元（一四五四）年刊行されたもの、全三十五巻からなり、歴代王の記述を編年体で叙述している。『高麗史節要』　亜細亜文化社　一九七三年
(74) 高句麗：日者（次大王四年五月記事）、百済：日者（温祚王四十三年九月の記事）、『三国史記』より。『周書』「百済伝」には「日官部」とあり、専門機関の名称であろう。新羅：日官（処容郎・望海寺条、『三国遺事』）とある。
(75) 訳注『高麗史』第七巻、「志巻第三十　百官一」本文一〇一頁。以下本文省略し出処のみ示す。（東亜大学校出版社　一九七一年）
(76) 注（23）に同じ　志巻第一　天文一（第五巻　本文一一頁）
(77) 注（23）に同じ　志巻第一　天文一（第五巻　本文二頁）
(78) 注（23）に同じ　志巻第七　五行一（第五巻　本文二六九頁）

(79) 注(23)に同じ　志巻第二　天文二(第五巻　本文三九頁)
(80) 注(23)に同じ　志巻第七　五行一(第五巻　本文一〇頁)
(81) 注(23)に同じ　志巻第七　五行一(第五巻　本文二七〇頁)
(82) 注(23)に同じ「易曰、天垂象見吉凶、聖人象之、故孔子、因魯史、作春秋、於日食星変、悉存而不削、所以慎之也、高麗、四百七十五年間、日食、一百三十二、月五、星凌犯、及諸星変、亦多、今採其見於史者、作天文志」(第五巻　本文一頁)
(83) 注(23)に同じ(第五巻　本文二三八頁)「孔子作春秋、災異必書、天人感応之理、況易言哉、今但拠史氏所書当時之災祥、作五行志」
(84) 邊太燮『高麗史の研究』六三頁　三英社　一九八二年
(85) 吉川忠夫訳『漢書五行志』三〇頁　東洋文庫　平凡社　一九八六年
(86) 注(85)に同じ　八三頁参照
(87)『天地瑞祥誌』は唐の高宗のとき、太史の薩守真によって書かれたと推定。一部欠巻で現存する(注(68)の金一権　三二六～三二七頁)。
『開元占経』(唐の玄宗のとき、七一八年にできた星占書)　金一権　四六八頁参照
(88) 注(88)の李熙徳　注(13)の金一権
(89) 注(3)に同じ　六八～六九頁の「祥瑞表」による
(90) 金一権　注(68)に同じ　三一九頁
(91) 金一権　注(68)に同じ　再引用　三一九頁

(92) 金一権　注(68)に同じ　再引用　三五七頁
(93) 金一権　注(68)に同じ　三一九頁　李熙徳　注(88)の二六四頁　一潮閣　二〇〇〇年
(94) 安居香山『緯書』八九頁より再引用　明徳出版社　一九六九年
(95) 注(68)に同じ　金一権　三八六頁
(96) 李瀷『星湖僿説』第二巻「天地門」　韓国古典翻訳院　http://db.itkc.or.kr/itkcdb/mainIndexIframe.jsp 参照
(97) 注(23)に同じ　第五巻　本文三〇〇頁（志巻第二　天文二）
(98) 注(71)に同じ　「五行順逆第六十」四〇〇〜四〇六頁参照

第13章　居陁知と八岐大蛇の比較研究

はじめに

本章では、韓国と日本の説話の中で、主たる人物があるモノを退治し、その退治の褒美として娘を娶るという内容の説話の中で、韓国の『三国遺事』の「居陁知（コタチ）譚」を、日本の記紀の「八岐大蛇譚」を、それぞれの国での最古の譚として比較検討する。その際、両譚の形成、変遷、そして発展を探り、そこから両譚の深層に宿る本質をみきわめたい。

一　居陁知譚の形成

『三国遺事』巻二の「真聖女大王・居陁知」条に収録されている居陁知譚は次のごとくである。(1)

真聖女大王のとき、阿飡の良貝（ラベ）は王の末っ子であったが、唐に使臣として行くことになった。百済の海賊が津鳧という所で通行を邪魔しているという話を聞き、弓士五十人を選んで連れて行った。船が鵠島〔新羅語で骨大島という〕に着いたとき、海が大変しけて十日あまりもそこに泊らなければならなかった。公（良貝）が心配して人に占わせると、「島に神池があり、それを祭ればよい」というのであった。そこで池に供物をそなえると、池の水が一丈以上も湧き上がった。その夜の夢に一人の老人が現れ、公に「矢をよく射るもの一人をこの島に留めておけば順風を得るであろう」と言った。公が夢から醒めて左右の者に、「誰を留めておけばよいか」と聞いた。皆の者が「木簡五十片に、われわれの名前を書いて水の中に入れ（沈んだものを当りにする）籤引きをしよう」と言った。公がそのとおりやった。兵士の居陁知というものの名前が水に沈んでいたので、そこでその人を留めておいた。すると順風が急に起こり、滞りなく船を進めることができた。

居陁知が愁いにつつまれて一人、島に立っていると、突然一人の老人が池の中から出てきて「私は西海の若（海神）であるが、いつも朝日が昇るとき、一人の坊主が天から降りてきて、陁羅尼（ダラニ）を唱えながら池のまわりをまわる。すると私ら夫婦と子供が皆、水の上に浮かぶ。坊主は私の子供らの肝腸を取って食べ、いまはわれわれ夫婦と娘一人だけが残っている。明日の朝も必ず来るはずである。どうかそなたは矢を射てくれないか」と言う。居陁知が「矢を射るのは私の特技であるから、言われるとおりに致しましょう」と言うと、老人は感謝して水の中に入り、居陁知は隠れて待っていた。翌日東から日が昇ると、はたして坊主が来て、前と同じように呪文を唱えながら、老竜の肝を取ろうとした。そのとき居陁知が矢を射て当てると、坊主はたちまち老狐と化し、地に落ちて死んでしまった。そこへ老人が出て来て感謝しながら「公のお蔭で命を安全に保つことができました。私の娘を娶ってくれませんか」と言った。居陁知が、「くださるというなら有難く頂戴しましょう」と答えると、老人は娘を一枝の花に変えてくれたので、それを懐の中に入れた。また二頭の竜に命じて居陁知をかかえて使臣の船に追いつかせ、またその船を護衛して唐につかせた。唐人が見ると、新羅の船を二頭の竜が抱えていたので、そのことを帝に申し上げると、帝は、「新羅の使者はきっと並みのものではないだろう」と言って、宴をはり、群臣たちの上席に坐らせ、たくさんの金や帛を与えた。（あとで）本国に戻ってから、居陁知は懐の中から花の枝を取り出して女に変え、一緒に暮らしたのである。

この記録は、居陁知が竜神の要請を受けて、竜神の子供らを食べていた老狐を弓矢で退治し、その褒美として竜女を娶ったことと、竜神の護船を受けたことを語っている。舞台が鵠島（今の白翎島）であり、神池を祀り、竜神の言われた言葉どおり従ったので、船は順風を得て進んだという記録などから考えると、この記録は、海人の安全航海に関わる竜神信仰を背景にしており、それにまつわる譚であると推定できよう。現在も白翎島付近は江華湾から吹く風によって灘があり、『東国歳時記』には、その風は高麗の王に殺された船人孫石（ソントル）の怨気とされているほどで、[2] 乱航海地域としてよく知られたところである。『三国遺事』にも鵠島は対唐貿易の航海の重要要塞であったと早くから記している。これらから察すれば、居陁知譚の形成地は鵠島であることが推定できる。

居陁知に関する記録は他のどのような文献にも見当たらないから、その人となりについては、実際にどのような人物であったかは不明である。が、竜女を娶ったという点から考えると、彼は王位に匹敵する位の人物であったとみなしてもよい。というのも、韓国の歴史上、竜女を娶ったとされるのは、新羅の朴赫居世王、高麗の太祖の祖先などであり、竜の子孫とされているのは、新羅の脱解王、百済の武王である。

王位レヴェルの人物でなければ、そういう竜女との結合はまず考えられないからである。一方、「二頭の竜に命じて居陋知をかかえて使臣の船に追いつかせ、また、その船を護衛して唐につかせた」という記録から、彼は安全航海と関わる竜神信仰にも深い関わりを持っていたことが察せられる。

居陋知譚について、説話的側面から注意を払うようになったのは、パンソリ系小説「沈清伝」の根源説話の追究からである。「沈清伝」において、印塘水（白翎島の附近）の竜王に娘（沈清）を供物に捧げるという人身供犠モチーフの根源を居陋知譚に求めている。それ以来、居陋知譚は、人身供犠説話と退治説話、そして結婚と関係する英雄説話として定着していったのである。[3] 居陋知譚において、老狐が竜神の子供らを食べていたことを人身供犠的な話として解釈していたのは、ギリシャの「ペルセウス・アンドロメダ」神話に表われている人身供犠のモチーフにこだわったためであると考えてよい。しかし、いかなる供犠・犠牲であれ、これにはある目的があり、この目的達成のための手段として犠牲が払われるのである。それゆえに、宗教学では、人身供犠とは、人と神霊との結束を維持し保証するための贈物、食べもの、契約であり、宗数的行事であるがゆえに定期性がなければならないと意味づけられている。[4] また、神話学の側面からは、荒ぶるモノガミを守り神に変換する仕掛けとして供犠をとらえている。[5] こうした側面からみると、居陋知譚における竜神の子供らの死は人身供犠とは無関係であることがわかる。竜神にとっては何の目的もない死であり、ただ老狐の食べものであった。要するに、竜神の子供らの死は、老狐による単なる殺害であり、竜神にとっては一方的に被った被害なのである。これ以上の意味を見出そうとすることは論者の恣意的解釈にすぎないだろう。

居陋知譚に語られている船の泊り、竜神の子供らの死、退治、竜女の娶りと竜神の護船などの事柄の展開は、譚の起承転結に当る。換言すれば、①居陁知が、②度重なる殺害を与えている老狐を退治して、③被害を受けている竜神を助けてやる、④その恩返しとして竜女を娶り、竜神と親縁関係を結ぶ、という基本構成が居陁知なのである。ここにおいて、譚の深層構造を見出せば、①主たる人物が、②あるモノを退治して③第三者を助けてやる、という三者関係が基本軸となる。

①から④までの基本構成は、『高麗史』収録の「作帝建譚」[6]にも表われている。この譚は高麗の太祖王建の始祖譚として記録されているものであるが、話の発端は、居陁知のごとく、渡唐の際の出来事として設定されている。やはり船が進まないことから、①作帝建は選ばれて竜宮に入り、②竜王を苦しめていた老狐を弓矢で退治して、③竜王を助けてあげる。④その褒美として竜女を娶り、七宝と豚などを貰ってくる。そして、竜女との間に生まれた子が高麗の太祖王建の父であるという話の内容を持っている。作帝建譚は居陁知譚と同じく、主人公は弓矢の名人なのである。韓国において、弓矢の名人が英雄的存在として登場するのは、高句麗開祖の東明聖王朱蒙から始まる。『三国遺事』によれば、高句麗の風俗では、矢をよく射る者を朱蒙と称したという[7]。東明聖王と弓矢の話は中国にもよく知られていたらしく、『捜神記』三四二「夫餘王東明」の話にも記されている[8]。弓矢の名人と王の話は朝鮮朝の太祖李成桂にも受け継がれて、李成桂にも弓矢にまつわる話が多くある。このように弓矢の話も普通の人物に結びつくことは考えられないことなのである。作帝建譚と居陁知譚との関係を考える時、それらを伝えている『高麗史』(一四五四年)と『三国遺事』(一二八一〜一二八九年)の編纂年代の差があることと、作帝建、王建は後代の人物であることから、作帝建譚は居陁知譚の変形であることは確かであろう。作帝建譚は、始祖譚において、男の方のみならず女性の方についても、人類始源譚のようなものが結合されているというまれな始祖譚である

ので、それについても廻り道になるであろうが、検討してみたいと思う。作帝建譚は大別すると二つの話が結合されている。前半は母親の辰義（貞和王后）が夢を買う話であり、それによって作帝建という天子の子を生む話につながる。後半は前述したように、竜女を娶る話である。前者が挿入されているのは王后になる必然性を与えるためであると考えてよい。それは、夢買う話が『三国遺事』収録の新羅の太宗大王王姫（文明皇后）にまつわる記録と酷似しているからである。これを要約すれば次のごとくである。[9]

文姫の姉が西岳に登り小便をしたために、都中が小便で満ち溢れる夢を見た。翌朝、姉が夢の話をしたところ、妹の文姫がその夢を買うと言い出した。結局、錦の裾でもって姉の夢を買った文姫は後に皇后となる。

作帝建譚における夢買う話も、姉の夢を妹が買って王后となるところや、また、その内容までも『三国遺事』の記録と一致している。夢を神のお告げとして考えれば、そのお告げを正しく知り得るものが富と栄位を得、時には危機から脱することもできる。彼女らは神のお告げを正しく知り得たので夢を買い、結局王后となったのである。小便が都中に満ちたことを大洪水譚と受け止めることができるならば、それは「ノアの箱舟」、韓国の「大洪水と人類」[10]譚のように、人類始祖譚になり得る。ここに新しい王朝、高麗の国祖譚に小便による大洪水譚が挿入された意味があると思う。滅亡による新しい人類の始まりは、新しい国高麗の国母・王后の始まりを象徴するという意味から作帝建譚に挿入されたのであろう。

これによって、作帝建譚は、古代韓国の王族レヴェルの人物に伝わっていた竜神との親縁関係を語る譚と人類始源を語る譚を取り入れたものであることがわかってくる。両方とも『三国遺事』からの転載であると容易に判断できる。しかし、居陁知譚は竜女を娶る所で話は終わっているが、作帝建譚は、竜女から生まれた二代目の子孫が高麗の太祖であることを語っている。つまり、作帝建譚は始祖譚にさえもなっているのである。居陁知譚が竜女を娶る話であるから、根源は始祖譚の性格を持つものであったのかも知れない。居陁知譚が高麗太祖の始祖伝承に取り入れられたのは、彼の海上活動と深い関係にあったからなのであろう。太祖王建は松岳地方の豪族出身であるが、浿江鎮・穴口鎮などの武力を背景に社会進出をはかった人で、錦城・珍島などを占領して後百済の中国・日本との海上通路をふさぐなど、初期の主な活動舞台は海上であったようである。(11) こうした海上活動から、当時西海の白翎島付近で海竜信仰を背景に伝承されていた居陁知譚を後に自分の始祖伝承に取り入れたと思われる。居陁知譚の信仰性は次の済州島の巫歌「軍雄（クンウン）ポンプリ」(12)からも確認できよう。

軍雄祖父は天皇帝釈なり。軍雄祖母は地皇帝釈、軍雄父は王太祖王将軍、軍雄母は姫淑義娘、長男は王建、次男は王賓、末子は王史郎なり。軍雄父王将軍は鰥暮しにて、木を伐り、売りて暮したるが、或日草笠童来りて話すやう、「我は東海龍王の子なり。東海龍王と西海龍王と戦ひ居るも、我国は常に敗戦する故、将軍を招聘せんとて参りぬ」といふ。王将軍のいはく「我は世に恐しきもの無きも、唯海の水のみこそ恐しけれ、いかで行き得ん」と。「我と共に行かば苦しからず」といひて、王将軍を背負ひて水の中に入り行くに、海水に路生じて、龍王国に入り行きぬ。東海龍王喜びていふやう、「明日は西海龍王と戦ふ手筈なるが、其時に我は故らに負けたる風して、水の中に入り行くを、西海龍王は水の上にて意気揚々たるべければ、其時矢を射て殺せ」と約束し、翌くる日接戦起りて、東海龍王負けたる如く水の中に入れば、西海龍王水上に意気揚々たる時、矢を射て殺せば、東海龍王出で来りて大いに喜び、「汝に如何なる賞をか与へん」といふに、草笠童なる龍王の子は、将軍を見て密かにいふやう、「何物も好まず、硯箱を給へといはれよ。さすれば硯箱の中に我が姉上の居る故、万事安らかにならむ」といふに、王将軍にその希望を話せば、詮方なく硯箱を出し与ふるに、人間界に持ち来り、夜になれば硯箱の中より、月宮仙女の如き美人出で来て共に同衾し、衣服と飲食を望むまゝに持ち来りて捧げ暮す時、三年を過ぎて男の子を産みしが、長男は王建、次男を産みて王賓、三番目の子息を産みて王史郎と名付け、いと富裕に暮す時、龍王の娘のいふやう、「御身等はこれより富裕に暮らし得む」といひ、「妾は人間にあらねば、今より龍王国に入り行けども、御身等は軍雄となりて暮し給へ」。江南は天子軍雄遊び、日本は孝子軍雄遊び、朝鮮は逆臣軍雄遊び、禁曹自慢・兵曹自慢・戸曹自慢、御営大将・三政丞・六判書・八道都監・十大臣、各邑守令両班の家にては祠堂位牌に遊び、中人の家にてはコルヨンスナク、霊板燭火日月に遊び、巫の家にては堂主位牌蕨米醤油に遊び、船造る家にては船王日月に遊び、猟をなす家にては山神日月に遊び、商売をなす家にては魂牌日月に遊び、科挙せる家にては三月暮し、紅牌日月と、御賜花・妃賜花・御印・打印・金印・玉印、青袍双紬・紅袍双紬・瑁帯・角帯に遊ぶなり。（改行は筆者による）

①王将軍が、②弓矢で西海竜王を退治し、③東海竜王を助けてあげる、④その褒美として硯箱と竜女を娶る。三人の息子と王将軍は軍雄となるという基本構成である。軍雄とは、武神として外部から入って来

る邪神を退治してくれる神であり、[13]氏族の守護神でもある。[14]そしてポンプリ（本解）とは、神のいわれを解く生きた神話であるとともに、神を和悦させる呪力をも兼ね備えたものである。[15]秋葉本の済州島の軍雄ポンプリ（以下軍雄ポンプリとする）は、竜女が最後に竜王国に帰る話があるので、居陁知譚よりは作帝建譚に近いものといえる。実際、ポンプリの中でも、「軍雄父は王太祖王将軍、軍雄母は姫淑義娘、長男は王建、次男は王賓、末子は王史郎なり」と高麗太祖の家族の名が用いられている。こうしたことなどから張籌根氏は、「軍雄本解」は祖先の徳を讃美する一つの象徴として、あるいは古くから高麗王室の祖先神話がこれに作用し「軍雄本解」として形成され、伝承されていたものではないかと述べている。[16]確かに、言葉の表層的な面から考えると、高麗時代以後に形成されたものといえるが、作帝建譚そのものは居陁知譚の異伝であることを簡単には見過すことはできない。なぜそういう譚が語られるようになったのか、という譚の深層的な面を考える必要があるだろう。

松村武雄は、神話の発生起源の一つとして、超自然的存在を動かそうとする心的態度の動機が存在することをあげ、その中に呪文・託宣・祷詞などに語られる神話を含ませた。さらに、これは霊格を動かそうとする呪的機能を持つものであって、しばしば儀礼を伴なったり、儀礼の一部として唱したりすることが多いという。[17]ポンプリは神々の神話的素性を明らかにすることにより、神々を呼び寄せる意味の呪的機能を持つものであることはよく知られている。しかし、各ポンプリが持つ神話的構成原理についてはあまり論究されていないようである。軍雄ポンプリにおいて、軍雄はなぜ守護神たり得るのか。軍堆ポンプリが呪的機能を持つ神話たり得たのは何故なのか、という問題を踏まえることによって、軍雄ポンプリの本質的性格も明らかになるだろう。二つの問題点を軍雄ポンプリの基本構成に基づいて考えてみたい。

軍雄の原古の出来事として、西海竜王を退治し、東海竜王を助けてあげて東海竜王と親縁関係を結んだ、ということこそ軍雄が守護神たり得る意味があると思う。東海竜王も恐れていた西海竜王を退治した軍雄であるがゆえに、邪神にとって軍雄は最も恐しい神になるのである。すなわち、高位の神霊をもってきて下位の神霊を鎮めようとする仕掛けであるといえる。さらに、軍雄は東海竜王と親縁関係にあるがゆえに、高位性はなお保証されるのである。ここに軍雄が守護神たり得る呪的機能があり、その子孫らも守護神として顕現し得るのであると思う。このように、原古の出来事を表わして、最も恐しい高位の神霊をもってきて下位の神霊を鎮めようとするものは、『三国遺事』所載の「鼻荊郎」呪詞、『延喜式』の祝詞「鎮火祭」などにもみられる。[18] また、韓国民俗においても、邪神の侵入を防ぐために、村の入口に立てられた「天下大将軍」「地下女将軍」像の長栍（チャンスン）も同じレヴェルのものと考えられる。軍雄ポンプリの深層構造は、①軍雄が②西海竜王を退治し、③東海竜王を助けてあげたということである。つまり、軍雄が東海竜王を助けてあげたことに重点が置かれているのが軍雄ポンプリである。換言すれば、東海竜王は軍雄に恩があることを語っているのである。ここに軍雄ポンプリが神霊を動かそうとする呪的機能が内在しているのではなかろうか。恩を与えたという原古の出来事を思い出させて、竜王の力を制御しようとする意味の呪術的神話が軍雄ポンプリでもあると思う。日本のフォークロアにおける蛇よけ呪文やマムシに咬まれた時の呪文にも、「チガヤ畑に昼寝して、ワラビの恩を忘るな」などというものがある。その由来譚として、マムシが昼寝をしたら、チガヤが芽を出し、マムシの身を突き刺したが、ワラビが生えて来て、これを抜いてやったというのがあって、その呪文の中で思い出させるのだという。[19] これは軍雄ポンプリの呪的意味と軌を一にするものである。

このような両義の呪術的機能を基層にして形成されたものが軍雄ポンプリである。王将軍などの特定の名が入っているからといってそこから形成年代を推定するのは危険であろう。軍雄ポンプリの起源は当然居陁知譚に求めるべきである。このように信仰・呪的機能をも同様に居陁知譚から受け継いだものとしてみなすべきである。このように信仰・呪的機能の面から考察を巡らせていけば、居陁知譚の持つ深層の本質は、古代韓国の海人らの海上安全に関わる信仰から生まれたものであることがわかる。その性格は、軍雄ポンプリのように、原古の出来事を語って竜神の力を制御しようとする呪的機能を持っていた神話であり、ポンプリであったと推定できる。とすれば、居陁知は、海人らが信奉していた神の人格化された名であり、あるいはこのような神に仕えていたシャーマン的人物であったのではなかろうかと考えられてくる。居陁知譚に語られている竜神の護船による居陁知の渡唐は、居陁知の神性をよく表わしているのである。居陁知譚に結婚の話があることから、高麗の太祖はその結果譚として自分の始祖伝承に併合させ得ることができたのではないかと考えられるのである。

二　居陁知譚の変遷

神話・ポンプリであった居陁知譚が信仰の場を離れて、昔話、伝説化されて説話文学として定着するときは、その原意を離れて様々の変異を起こすことになる。勿論この場合も①②③という三者の関係と事柄の深層構造を維持させながら、表層的内容のみが変化していく。

変形A

基本構成（①〜④）が居陁知譚と一致しており、内容的に若干の添削が行われたものは前掲の作帝建譚と軍雄ポンプリである。居陁知譚をモデルにして三者の譚の添削関係を調査してみよう。作帝建譚と軍雄ポンプリに語られている子孫の話は、居陁知譚の結婚話があるから、その結果として子孫の話が可能になってくるのである。また、竜女は地上の人にはなれず、竜王国に帰るが、作帝建譚はその因果関係としてタブーを破る話が設定されている。このように内容が加えられることは、譚に内在している事柄に対する因果関係の敷衍から起こる現象である。また、その道の過程として省略もある。この循環によって、譚は重層化されて同系の譚が形成されて行くのである。このような観点に立って注意深く譚の本質をひもといていくとき、居陁知譚において、唯一、原因・結果の説明が不足している所が見出されてくる。それは竜王の子供たちが何故老狐に殺されたのかという一点である。その理由は前掲の二つの譚においても不思議なことにまったく説明されていない。この説明を補足してくれて余りあると考えられる譚は次の変形Bに表われる。

変形B

「金寧窟の青大蛇[20]」という済州島の伝説を要約すれば次のごとくである。

金寧海岸にある大きな窟に青大蛇が棲んでいた。年毎に処女を捧げて祀り、これを怠ると風災・水災が起こるといわれた。ある年徐憐という牧使が赴任して、その話を聞いて部下達をつれて窟に行った。前のように、処女を供えると、青大蛇が現われたのでこれを斬り殺した。牧使の帰途、一片の紅色のものが後を追い、牧使は斃れた。爾来、処女を捧げる風習はなくなったという。

①主たる人物が②あるモノを退治して③娘を助けてあげたという深層構造は、居陁知譚と同じである。ここで注目すべきところは、退治されるモノに対する原因説明である。前掲の三つの譚では、単なる殺害を行なったのであり、あるいは第三者を苦しめていたのであったが、なぜそうした行動を行ったのかということに対する理由説明はなかったのである。しかし、ここにおいて、初めてその理由として人身供犠が設定されている。主たる人物は要請を受けて退治したのではなく、志願しての行為であるがゆえ、褒美として受ける結婚の話も削除されている。退治の結果として人身供犠の風俗がなくなったところで話は終わっている。

更に、退治者の設定を人間ではなく、動物にしている譚が今一つある。「百足山（チネ）」とか「百足とヒキガエル」[21]などと呼ばれる昔話がそれである。「百足とヒキガエル」を要約すれば次のごとくである。

昔、ある貧しい家にただ一人の娘が母と住んでいた。ある雨の日、一匹のヒキガエルが台所へ入ってきた。娘はかわいそうに思って、ヒキガエルに自分の飯を食器から取って与えた。その後毎日、自分の飯を分けてヒキガエルに与えていた。ヒキガエルの大きくなるに従って娘の食い前は減っていったけれども、娘はいやな顔一つせずヒキガエルを養っていた。その村には大蛇が一匹いて、村の人たちは毎年一人の処女を犠牲にして大蛇に捧げなければならなかった。そうしないと村に災乱が起こる。

その年の犠牲として選ばれたのが、ヒキガエルを養ったその娘である。その日が来たので、娘は大蛇の前にひき出された。大蛇が娘を呑もうとするとき、ヒキガエルが現われて、猛烈な毒気を蛇に向って吐きながら戦う。娘が目を開いてみると、自分が養ったヒキガエルと大蛇は斃れていた。死んだヒキガエルを背負って家に帰り、それを丁寧に埋めてやった。それからは娘を犠牲にする悪風がたえた。

①ヒキガエルが、②人身供犠を要求していた大蛇を退治し、③娘を助けてやったという深層構造は前の「金寧窟の青大蛇」と同じである。動物同士の対決は、最初居陁知譚などの竜と老狐の設定が身近な動物に代替されたのであり、動物の登場の原因説明として手飼いという因果関係が設定されたのである。退治者としてヒキガエルが登場したのは、福の神として崇められている民間信仰の反映であろう。このような動物報恩譚への発展は、犬が主人を助けたという「義狗伝説[22]」のような他の動物報恩譚の結びつきからではない。本来、居陁知譚などにみられるように、護船、竜女娶り、宝物の取得ということが退治に対する恩返しであるために、その報恩譚は、ここでは飼い主への恩返しという別の形で昔話にも引き継がれているものであると思われる。

従来、変形Bの譚も人身供犠説話として意味づけられていた。果たしてそういえるのであろうか、筆者としてはいささか疑問なのである。居陁知譚などと比較してみると、いわゆる人身供犠の話は、あるモノが何故退治されるのか、その原因説明にすぎないものであることがわかる。話の発端として人身供犠の話が単に設定されているだけであり、この点は、決して重要モチーフたり得ないと考えられる。人身供犠説話といえるものは、前述のようなものでなく、堤を作るときに人を犠牲にしたという人柱説話[23]をはじめとして、息子を殺して肝を取り出して病の母親にあげたという山参童子譚(24)、そして鐘を作る時に人を犠牲にしたというエミㇽレ鐘の縁起譚などがそれにあたるのである。これらは、ある目的達成のための手段として犠牲が払われる真の人身供犠を主題とする譚である。

三　八岐大蛇譚

『日本書紀』の八岐大蛇譚は次のごとくである。(25)

素戔鳴尊、天より出雲国の簸の川上に降到ります。時に川上に啼哭く声有るを聞く。故、声を尋ねて覓ぎ往ししかば、一の老公と老婆と有りて、中間に一の少女を置ゑて、撫でつつ哭く。素戔鳴尊問ひて曰はく、「汝等は誰ぞ。何為ぞ如此哭く」とのたまふ。対へて曰さく、「吾は是国神なり。号は脚摩乳。我が妻の号は手摩乳。此の童女は是吾が児なり。号は奇稲田姫。哭く所以は、往時に吾が児、八箇の少女有りき。年毎に八岐大蛇の為に呑まれき。今此の少童、且臨被呑むとす。脱免るるに由無し。故哀傷む」とまうす。素戔鳴尊、勅して曰はく、「若し然らば、汝、当に女を以て吾に奉れむや」とのたまふ。対へて曰さく「勅の随に奉る」とまうす。

故、素戔鳴尊、立ら奇稲田姫を、湯津爪櫛に化為して、御髻に挿したまふ。乃ち脚摩乳・手摩乳をして八醞の酒を醸み、併せて仮庪八間を作ひ、各一口の槽置きて、酒を盛れしめて待ちたまふ。期に至りて果して大蛇有り。頭尾各八岐有り。眼は赤酸醤の如し。松柏、背上に生ひて、八丘八谷の間に蔓延れり。酒を得るに及至りて、頭を各一の槽におとしいれて飲む。酔ひて睡る。時に素戔嗚尊、乃ち所帯かせる十握剣を抜きて、寸に其の蛇を斬る。尾に至りて剣の刃少しき欠けぬ。故、其の尾を割裂きて視せば、中に一の剣有り。此所謂草薙剣なり。素戔嗚尊の曰はく、「是神しき剣なり。吾何ぞ敢へて私に安けらむや」とのたまひて、天神に上献ぐ。

然して後に、行きつつ婚せむ処を覓ぐ。遂に出雲の清地に到ります。乃ち言ひて曰はく、「吾が心清清し」とのたまふ。彼処に宮を建つ。乃ち相與に遘合して、児大己貴神を生む。因りて勅して曰はく、「吾が児の宮の首は、即ち脚摩乳・手摩乳なり」とのたまふ。故、号を二の神に賜ひて、稲田宮主神と曰ふ。已にして素戔嗚尊、遂に根国に就でましぬ。

（本文注の省略は筆者による）

八岐大蛇譚は、A竜蛇が民衆に災禍を与えること、B竜蛇が年毎に犠牲を要求すること、C犠牲は常に一人の処女であること、Dある勇者が現われ、竜蛇を屠って処女を救うこと、E勇者と処女とが結婚することを話根として成立している、いわゆる「ペルセウス・アンドロメダ型」譚に属していることは早くから指摘されてきた。[26] そして儀礼から神話へという観点から、八岐大蛇譚において、最も重視するところは娘と大蛇との関連であった。「往時に吾が児、八箇の少女有りき、年毎に八岐大蛇の為に呑まれき、今此の少童、且臨被呑むとす」ところをBとCにあてて、犠牲を要求する大蛇と犠牲の処女との関連と意味づけられていた。娘の名のクシイナダ・クシナダ（『記』）というのは霊妙な稲田の女神の意であり、大蛇は水神・農耕神と係わりあうことから、両者の関係をほぼ農耕儀礼における人身供犠的に説かれていた。そのためか、八岐大蛇譚は、日本的豊饒儀礼に発するとされることもある。松村武雄は、大蛇をスサノヲが「畏き神」と呼び、「敢へて饗（みあへ）せざらむや」といって神酒を醸もし、これを迎える準備をさせたという一書の第二の記録から、この譚の以前の段階においては、水の神・作物の神としての竜蛇の神を招き寄せ、饗応する儀礼を母体とする「招（お）ぎ斎（いつ）き型」の神話であり、それが儀礼の原義の忘却とともに、招ぎ斎かれる神が邪霊視され、招ぎ斎く者が邪霊の犠牲と考えるようになって、退治型の神話となった[27]としているのもその代表的見解である。更に人身供犠のモチーフに重点を置き、周囲の諸民族に分布されている同系説話を詳しく比較検討された大林太良も、F・クレープナの説を引用して、それらの説話は、農耕に基づく高い文化の産物であり、また、刀剣の登場は、鉄文化がこれに結びついたことを示すのであると説いた[28]。大蛇の尾から刀剣の出現を語ることは、出雲が古代鉄・名剣の産地である事実と関係を持っているという説も早くから出されていた。こうした立場から、吉野裕[29]が八岐大蛇譚を製鉄集団の始祖伝承であるとしているのもその代表的見解である。

以上のように、八岐大蛇譚は、表層的記録に基づいて儀礼的要素を見出すことや、背景文化の論究が最も多かった。その原因は、八岐大蛇譚が神々の世界を語っているからである。神話の表層的記録から文化的要素を取り出し、その文化的背景から神話の本質的意味ないし生成過程を追究することは、神話研究において欠かせない作業である。他方、神話を創作物語の原型の一つ[30]としてみた場合、神話の物語的研究も可能になってくる。原型的物語が時代と地域を異にすることによって、重層化されてゆくことを考えると、神話といっても、まず物語としての基本構成・深層構造の究明も必要であると考えられる。特に民族を異にする説話を比較検討するときは、神話・伝説・昔話といった説話の表層的性格は乗り越えなければならない。ここに「譚」という語を用いた理由がある。

八岐大蛇の基本構成は、①主たる人物スサノヲが、②国神(くにつかみ)の娘らを呑んでいた大蛇を退治し、③クシナダ姫を助けてあげて、④その褒美として姫を娶るということである。その外延として結婚によってオホアナムチの神を生むという話まで続いている。この構成は、韓国の居陁知譚、作帝建譚と一致していることがわかる。八岐大蛇譚においても、姫と大蛇との関連を示す②の部分は、ほぼ人身供犠的な話として意味づけられていたし、譚の核心的部分としてとらえられていた。実際、八岐大蛇譚と儀礼との結びつきが可能であったのも、この②のところを人身供犠とみなしたことにある。また、説話の比較研究においても、②のところを人身供犠と解釈し、最も重要モチーフとして取り扱ってきたのである。しかし、果して姫と大蛇との関係が人身供犠的な話なのであろうか、譚の根本に戻って再考すべきと本考では考えるのである。

前述のごとく、供犠は必ず目的ある行為であったはずであり、その目的達成のための手段として犠牲が払われるのである。八岐大蛇譚はそれに対して何も触れていない。記紀ともに「年毎に七岐大蛇のために呑まれき」と記されているだけで、犠牲とみなせる必然的要素が欠けていると考えられる。また、八岐大蛇の異伝である『紀』・の一書の第二・三・四の記録においても、大蛇と姫の関係を供犠とみなせるものは何一つない。一書の第二は、「我(やつかれ)が生める児多(さは)にありと雖(いへど)も、生むたび毎(ごと)に輙(すなは)ち八岐大蛇有りて来りて呑む」、第四は、「時に彼処に人を呑む大蛇有り、素戔嗚尊、乃ち天蠅斫剣(あまのははきりのつるぎ)を以て、彼の大蛇を斬りたまふ」であって、大蛇は一方的な殺害を行っていたことを示している。これらの記録からも確認できるように、姫らの死は供犠によるものではなく、度重なる被害を表すのみであると思う。クシイナダ姫も供犠に捧げられたのではないことはいうまでもない。その度重なる被害を与えた大蛇を退治することによって、スサノヲの勇猛性は強調されるし、国神は厚く恩を受けることになる。その恩返しが娘をスサノヲに捧げることである。すなわち、八岐大蛇譚は人身供犠と無関係のものであることがわかる。スサノヲとクシイナダ姫との結婚は、オホアナムチの神が生まれる話になっていて、神裔を語る始祖伝承にもなっているが、実は、譚の基本構成からも明らかになっているように、スサノヲが国神を助けてあげて国神と親縁関係を結ぶということに重点が置かれているものと考えられる。大蛇に酒を飲ませるという記録は、「酔ひて眠る。時に素戔嗚尊、乃ち所帯かせる十握剣を抜きて、寸に其の蛇を斬る」というように、スサノヲが大蛇を退治するための計略である。換言すれば、酒の力を借りて、大蛇を退治することと考えられる。そして、蛇体から刀剣の出現を語ることは、一書第二の「即ち、熱田(あつた)の祝部(はふり)の掌(つかさど)りまつる神是(これ)なり」と記されているごとく、霊剣の縁起伝承が八岐大蛇譚と結合されたためであろう。

韓国の居陁知譚などと較べると、酒の力を借りて退治する話や、刀剣の出現を語る部分など、内容的には異なるところがあるが、両譚は、①から④までの話の基本構成が全く一致している。

四　八岐大蛇譚の変遷

変形A

八岐大蛇譚と最も近いものとしては『今昔物語集』二六—八の「飛作国神依猟師謀止生贄語」[31]と、昔話では「猿の経立」（関・二五七話[32]）などがあると考えられる。ともに譚としては、①主たる人物が、②イケニヘを要求する村の鎮守の神を退治して、③娘を助けてあげる、そして、④主たる人物と娘は結婚する、という基本構成をなしている。これらには、退治者は武士・猟師などであり、退治されるモノの素性は、猿・蛇などである。ここにおいて、初めてイケニへの話が登場するが、イケニへを要求する村の鎮守の神を退治することは実際にはあり得ない空想の話であるから、譚におけるイケニへの話は、退治されるモノの原因説明にすぎないとみてとれる。とすれば、これらのイケニへの話は、八岐大蛇譚において、姫らの死の原因不明に対する説明補足から生まれたものであると考えられる。八岐大蛇譚のような、退治されるモノに酒を飲ませる話とか、剣が出現する話などはみられない。後掲する諸譚においても、これらの話はみられないことから考えると、酒や剣の話は八岐大蛇譚の本質的な部分ではないことが確認できよう。

変形B

退治者が人間に代って、動物（多くは犬）になってくる譚がある。これには二種類の話があって、動物単独で退治する譚と人間と動物が協力して退治する譚がある。

イケニへとされる処女を救ったのは、手飼いの一匹の犬である。この犬はイケニへを要求していた神（古貉）と格闘して、ともに血だらけになって死んでいく。という丹波国多紀郡の大歳神社の縁起伝承[33]がその代表的な譚である。このような犬が、寺や神社の縁起譚に多く用いられていることは、寺・神社の入口に立てられている狛犬の縁起的なものと重なっていると考えてもよいだろう。動物による退治は、本来動物報恩譚的性格を持つのでもあるが、その性格が仏僧によって強く表わされたのが蟹報恩譚である。その代表的なものは『日本霊異記』中巻第十二話[34]と『平家物語』巻十六の十六[35]に収録されている山城国の「蟹満（多）寺」の縁起譚である。蛇が蟹を呑もうとするとき、蟹を放してやれば、蛇の妻になると処女が約束したため、蛇は蟹を放す。後に蛇が娘を迎えに来たとき、①蟹が現われて②蛇を殺して③処女を救い恩を返す。それより後は、山川の大蟹を尊んで、供養して放生することになったという蟹の放生縁起譚にもなっているのをみると、蟹が退治者として登場するのは、木津川辺にある蟹満寺の地域的特徴から生まれた話であろう。黒沢幸三によれば、原蟹満寺を建てたのは高句麗人であるという。そして、蟹満寺縁起は、蛇聟入り譚と蟹報恩譚が唱導僧などの関与のもとに結合され、伝説化して生じたものと述べている。[36]だが、蟹満寺縁起を蛇聟り譚の派生とする見解には、筆者は賛同できない。いわゆる三輪山式の蛇聟筆入り譚で、蛇と女が結ばれなかったという話は存在しないし、現に韓国では前掲した「百足とヒキガエル」のように、蟹満寺縁起譚と同じ構成を持つ譚が存在している。蟹満寺縁起譚は、イケニへの話は欠けているが、八岐大蛇譚の検討で確認したように、この系統の譚はもともとイケニへの話とは無関係である。①②③の構成は八岐大蛇譚の深層構造と一致している故に、この縁起譚も八岐大蛇譚の一変形とみてよい。退治するものが蟹であるから、その因果関係を説明するために、処女が蟹を助けてやったという事柄が譚の序の部分に付加されているのである。動物の退治であるがゆえに結婚話は除かれているのである。動物は結婚などはしないのである。

他方、人と犬が協力して退治する譚がある。

『今昔物語集』二十六の七「美作国神依猟師謀止生贄語」[37]と、昔話「猿神退治」[38]（関・二五六）などがそれである。①主たる人物が、処女の身代りになって行くとき、猿神が最も嫌う「しっぺ太郎」という犬を連れて長持に入り、②猿神を退治して③処女を救うという話である。これらは犬猿の仲の由来を語る話にもなっている譚であろう。『今昔物語集』のように結婚の話があるものがあり、欠けているものもある。

このような譚を論ずるときには必ずといっていいほど『捜神記』十九の「大蛇を退治した娘(39)」が引用される。寄という娘が犬を連れて行って蛇神を退治する話である。日本において、イケニヘに応募する娘の話とか、その娘が犬の協力を得て退治するという話はみられない。ただ協力による退治が共通しているのみである。中国の影響によって日本の協力型の譚が形成されたというよりは、「猿の経立」と「猿神の退治」との結合によるものとみるべきであろう。こうした協力型が形成し得たのも、八岐大蛇譚そのものが、酒の力を借りて大蛇を退治したという協力の話があったからであろう。このような協力型は現在のところ韓国ではみられない。

変形C

前掲した『今昔物語集』の蟠満寺の縁起譚において、蛇が退治されたのは、「我、終夜、観音品(ホン)ヲ誦ジ奉ツル……此レ偏(ヒトヘ)ニ観音ノ加護ニ依テ、此ノ難ヲ免レヌ也」とも記されている。蟹による退治も観音の加護による結果とされている。このような退治譚と仏教との習合は、退治者を仏法とする譚も出現する。近江の竹生島弁才天の本地物語「さよひめ(40)」と『御伽草子』収録の「法妙童子(41)」などがそれである。①長者の娘の身代わりになってイケニヘにされるが、法華経を誦し念じたので、その功力により②大蛇は退治(成仏得脱)される。③娘は救われて④国司と結婚する。法妙童子の場合は、王位を譲られる。要するに、これらの譚は退治者を仏法に代替させたものである。仏教的要素が多くあるが、基本構成は前掲の諸譚と同じである。このように、退治法として法力が登場する話は現在のところ韓国ではみられない。しかし、金台俊の『朝鮮小説史(42)』以来、韓国のパンソリ系小説「沈清伝」の根源説話研究に、「さよひめ」と「法妙童子」が度々引用されている。主人公が身を売るとか、開眼の話など、両者はいくつかの共通点がある。が、「沈清伝」は、退治の話が欠けているもので、「さよひめ」などとは基本構成が違うものであり、居陁知譚とも軌を一にするとはいえないものである。

五　居陁知譚と八岐大蛇譚の比較

譚は、譚そのものに内在する目的があるはずである。同系の譚を設定する際も、その目的と目的を導く過程とが同一線上にあるものに限定しなければならないと思う。本章では、そのために、モデルの譚から基本構成を見出し、その基本構成を有するものをまず同系の譚として認めた。さらに、その基本構成を支えている深層構造を見出し、その深層構造を有するもののみが、同系の譚たり得るとみなしたのである。それゆえに、本章の対象の譚の基本構成の外延にあると思われる「二人兄弟・竜退治」[43]譚は、退治による結婚の要素はあっても、事柄の展開・深層構造が異なるので、今は触れない。

このような観点から、韓国の居陁知譚と日本の八岐大蛇譚とを検討してみた結果、両譚は、地域・文化、及び文献記録の意図などの相違によって、表層的表現は異なるが、①主たる人物が、②あるモノを退治して、③被害を受けていた者を助けてやる、そして、④その褒美として娘を娶って、被害を受けていた者と親縁関係を結ぶという基本構成が一致していることがわかった。さらに、両譚を源として、それぞれの国で独自の変遷過程をたどって形成された同系の譚を検討することによって、両譚の本質的性格・意味なども一層明確になってきた。

まず、居陁知譚と八岐大蛇譚は、人身供犠とは無縁のものであることが確認できた。従来、譚の形成及び性格究明に最も重視されてきた、退治されるモノと娘らとの関連は、人身供犠ではなく、単なる被害関係を表していると思う。それは、目的のない供犠はまず考えられないからである。また、人身供犠的性格のものとして譚に初めて登場するのが、韓国では「百足とヒキガエル」などの昔話であり、日本では『今昔物語集』以後のものに限るからである。しかも、その人身供犠の話も、譚そのものに内在する目的ではなく、退治されるモノに関する一つの原因説明にすぎないからである。同系の話におけるその原因説明はいろいろあって、単なる殺害の行為、娘とは関係なく要請する者に頭痛や戦いの苦しみを与えていたこと、あるいは妻問いなどの形で表されているのがそれを立証していると思う。要するに、両譚の主眼とするところは、退治や結婚ということではなく、主たる人物がある者を助けてやったということにあると思う。褒美として物を貰うことや娘を娶ること、そして親縁関係を結んだということも、その外延の事柄とし存在するのである。これらは譚の深層構造とその外延までをも含めた基本構成との関係から見ても明らかである。主たる人物が、ある者を助けてやったという事柄が譚の主眼であるがゆえ、主たる人物は信仰の対象になり得たのである。その主眼が、居陁知譚では、恩を与えたという原古の出来事を思い出させて、海竜神の力を制御しようとする意味を有する呪術的神話・ポンプリとしての機能を果たしているのであると思う。そして、助けられた者が現世の人間になるとき、退治者はまた新たなる信仰の対象として現われることができるのである。退治者として登場した蟹・犬・ヒキガエルなどが信仰の対象になり得たのも、人間を助けてくれたという原古の出来事が譚によって保証されているからであろう。という事は、八岐大蛇譚も本来スサノヲが神たり得る神性を保証するものであったと考えられる。譚の基本構成と、ある者（国神）を助けてやって親縁関係を結ぶという譚の主眼はそれを立証していると思う。そういう八岐大蛇譚であるがゆえに、記紀には、出雲の神々の祖神譚となり得たのであり、譚に内在する呪的意味（対象に原古の出来事を思い出させて力を制御しようとする）は、記紀においても、天神（あまつかみ）と国神との関係に巧みに用いられているのではなかろうか。天神の一神であるスサノヲが天降って、初めて国神との結合を語るのが八岐大蛇譚とされているのも、正に神系を確立するためには都合のよい譚であっただろう。

スサノヲ信仰の実体を調べる過程において、原来のスサノヲ信仰は、浮宝を作り、船舶の航海に関わったものであったという松前健の論述(44)は本章の居陁知信仰と重なるので興味深い。この関係は今後さらに考えていきたいと思っている。

むすびに

居陁知譚と八岐大蛇譚は、譚が但う性格・意味は異なるが、譚の深層を探ってみると、両者の、本質的構成・性格が一致していることが確認できた。そして両譚はもともと人身供犠とは無関係のものであり、主たる人物の神性を保証するものであったことも知り得た。さらに、両譚の変遷・発展過程を探ってみると、ほぼ同じ過程をたどりながら同系の譚が形成されていったが、仏教との習合によって形成された日本の変型Cの譚は今のところ韓国にはみられなかった。

【注】

（1）『三国遺事』金思燁訳参照　六興出版　一九八〇年
（2）「東国歳時記」『朝鮮歳時記』姜在彦訳注　東洋文庫　平凡社　一九七一年
（3）張徳順「人身供犠説話と沈清伝」『説話文学概説』ソウル宣明文化社
（4）M・モース、H・ユベル『供犠』小関藤一郎訳　法政大学出版局　一九八三年
（5）拙稿「供犠のトポロジー」広川勝美編『伝承の神話学』人文書院　一九八四年
（6）『完訳高麗史』金鍾権訳　ソウル凡潮社
（7）注（1）に同じ
（8）『捜神記』竹田晃訳　東洋文庫　平凡社　一九六四年
（9）注（1）に同じ
（10）孫晋泰『朝鮮民譚集』郷土研究社　一九三〇年
（11）李基白『韓国史新論』武田幸男他訳　学生社　一九七九年
（12）秋葉隆・赤松智城『朝鮮巫俗の研究』上　五二五〜五二九頁　大阪屋号書店　一九三七年
（13）金泰坤『韓国巫歌集』I　ソウル集文堂　一九七一年
（14）張籌根『韓国の民間信仰』論考篇　金花舎　一九七四年
（15）注（14）に同じ
（16）注（14）に同じ
（17）松村武雄『神話学原論』上　培風館　一九三〇年

(18) 拙稿「亀旨歌伝承の一考察」『朝鮮学報』百十九・百二十　朝鮮学会　一九八六年
(19) 井之口章次『日本の俗神』　弘文堂　一九七五年
(20) 崔常寿『韓国民間伝説集』　一七五〜一七六頁参照　ソウル通文館　一九五八年
(21) 注(10)に同じ　二七話
(22) 注(10)に同じ　三十六・七話
(23) 崔来沃『韓国口碑伝説の研究』　三三四〜三三八頁　ソウル一潮閣　一九八一年
(24) 注(20)に同じ　三七四〜三七五頁
(25)『日本書紀』　日本古典文学大系　岩波書店　一九六七年
(26) 白鳥庫吉『神代史の研究』　岩波書店　一九五四年　白鳥庫吉以来から始まる。
(27) 松村武雄『日本神話の研究』三　培風館　一九五五年
(28) 大林太良「ペルセウスとアンドロメダ型神話」『民俗文学講座』四　弘文堂　一九五九年
(29) 吉野裕「スサノヲ神話外伝」『文学』四十二の六　一九七四年六月
(30) 土橋寛『古代歌謡の研究』　塙書房　一九六八年
(31)『今昔物語集』　日本古典文学大系　岩波書店　一九六〇年
(32) 関敬吾『日本昔話集成』二　角川書店　一九五〇年
(33) 加藤咄堂『日本風俗志』　下　二一六〜二一七頁　一九一九年
(34)『日本霊異記』　日本古典文学全集　小学館　一九七五年
(35)『平家物語』　日本古典文学大系　岩波書店　一九六〇年

(36) 黒沢幸三「蟠満寺縁起の源流とその成立」『国語と国文学』　東京大国語国文学会　一九六八年九月
(37) 注(31)に同じ
(38) 注(32)に同じ
(39) 注(8)に同じ
(40) 島津久基『近古小説新纂』初輯　中興館　一九三七年
(41) 横山重・太田武夫校訂『室町時代物語集』四　井上書店　一九六二年
(42) 金台俊『朝鮮小説史』安字植訳　東洋文庫　平凡社　一九七五年
(43) S・トンプソン『民間説話』上　現代教養文庫　一九七七年
関敬吾「八岐大蛇の系譜と展開」(『日本の民族の南方文化』金関丈夫博士古稀記念委員会編　平凡社　一九六八年)とくに関敬吾は八岐大蛇との関係について詳述している。
(44) 松前健『日本神話の形成』塙書房　一九七〇年

第14章　処容伝承と三輪山伝承

始原的な伝承は、それぞれのパースペクティヴからするところの神と人の関係を語り、それにかかわる人のアイデンティティを保証する仕掛けとなっている。神の迎え方はそれぞれの民族あるいは集団、とりわけ祭祀共同体のもつ伝承において、表層的な差異を見せている。

それぞれの仕掛けにおいて、人は神を迎えることでさまざまなサチを求めることができた。その際、祭祀共同体のアイデソティティのありかた、ひいてはその願うサチの違いによって、おのずと祀られる神とその迎え方は異なってくる。だが、そのような仕掛けは、始原的であればあるほど共通性を示している。神と神を迎える人の関係についての伝承も、その基層において、ことにその共時的構造においては、共通性が認められるにちがいない。そのようなパースペクティヴにおいて、人と神の関係のありかたの一つであり、しかも、聖と俗を、両義的にというよりも、循環的に変換する媒介的、仲介的なトポスにおけるペルソナとしての祟り神、あるいはモノについて、表層から基層に至る位相をみておきたい。その際、日・韓両国の伝承、とくにいわゆる三輪山伝承と並行することが予想される処容(チョヨン)伝承についてとりあげたい。

『古事記』の崇神天皇の条に、オオモノヌシの顕現にかかわる伝承が記されている。崇神天皇の世に疫病が流行して「人民(たみくさ)」が死に絶えようとしたので、天皇は愁い歎いて神床に臥す。すると夢にオオモノヌシの大神が現れて、オホタタネコをもって我を祀れば、疫病も去り、国安らかに平らぐであろうと告げた。すなわち、オホモノヌシの霊威の顕現として疫病があり、それが神裔オホタタネコの祭祀によって終息し、オホモノヌシは国家の守護神に転じたとするのである。そのことは、モノという霊魂・鬼神などを意味する語(1)を神名として負うこととも重なるところである。オホモノヌシの荒ぶる神性は、記紀が一貫して語あう。古事記の国造り伝承において、この神はオホクニヌシ、オホナムチのサキミタマ（幸魂）、クシミタマ（奇魂）として顕れ、「能く我が前を治めば、吾能くともに相作り成さむ。若し然らずば国造り難けむ」ともいう。アシハラノナカツクニを固めなすオホクニヌシにとって、これを祀らねば国造りを実現することのできない荒ぶる神として語られるのである。さらに「筑前国風土記逸文」によれば、神功皇后の新羅出兵に際して、大三輪の神が祟りをなしたので、皇后は三輪の社を立てることによって新羅を討つことができたという。

このように強大な霊威を有する神として顕現するオホモノヌシは、どこからやってくるのか。記紀によればその出現は「光海に照して、忽然に浮かびくる者あり」、「これ大三輪の神なり」と語られる。そして、この神は国造りののち大和の青垣の東の山、三輪山に斎き祀られる。つまりオホモノヌシのトポスは、俗なる正のトポスであるナカツクニから俗なる負のトポスであるミワへ、さらに聖なるトポスである海彼のトコヨへの三極を循環する構造においてとらえることができる。これは、記紀の神学体系にあって、他の多くの異教の神々が有するトポスと位相を同じくしている。

オホモノヌシの神は蛇体として顕れることによって異教の神であることを徴しづけられ、俗なるトポスにおける負の価値を担っている。そのことによって、聖なる価値を担う天つ神の聖性を媒介する。すなわち、荒ぶるモノガミとしてのオホモノヌシは、負の位相において古代天皇制神学に組みこまれるのである。モノガミたるオホモノヌシの、俗なる負の極における顕れは、蛇神たる形姿にある。一般に、蛇、竜神は水をつかさどる豊饒性のレヴェルでのみとらえられているが、それによってこれらの神の本質がすべて説明されるわけではない。とくに、古代天皇制神学に組みこまれたモノガミの位相において、このことは強調されなければならない。古代における竜蛇神は、荒ぶるモノガミの形姿であることが多く、また、オホモノヌシが水神・農耕神として機能する伝承は記紀、『風土記』などには見あたらない。ヤマタノオロチは人身の供犠を求めるモノガミであり、神功皇后摂政前紀によると住吉大神も竜蛇神であった。とくに住吉大神は、アラミタマとして軍船を導くとあるように、その荒ぶる性格によって新羅侵攻の勝敗を左右するはたらきをしている。「備後国風土記逸文」の蘇民将来伝承でも、疫神たる武塔神は北海に住んでおり、竜蛇の形姿をもつと考えられるのである。(2)

このようなモノガミの位相は、あくまでも俗なる負の極におけるものである。このトポスにおいて、祟り神たるモノガミは、祀られ鎮められることにより強力な守り神に転じるのであり、その変換の回路を語るところにモノガミ伝承の仕掛けを読みとるべきであろう。

もともと個別の祭祀共同体に祀られていた神についての伝承が古代天皇制の神学に基づく記紀・のテクストの中に織りなおされるとき、神は必然的にその位相を変えられる。個別の祭祀共同体を訪れサチをもたらす神は、本来の位相からより下位の位相に転じさせられてくると考えられる。そこに、異教の神を誕生させるシステムがある。それぞれの祭祀共同体の神々を統合することは、スメロキを至高の存在として確立するうえで不可欠の要件である。このようにして、古代天皇制の神学体系にくみこまれる神々は、天つ神に従属し、これを支えることにおいて護教の神たりうるのである。異教の神に転じさせられた神は、その霊威の強大なることをもってこそ、より有力な護教の神たりうるのだといえよう。モノガミたる祟り神を守り神に転換ざせる仕掛けを語る記紀の伝承の一つとして、オホモノヌシの伝承をみとめることができる。疫病を蔓延ざせ、国家を危機に陥しいれる力をもって顕現するオホモノヌシの神が、祀られ鎮魂されることによって、逆に国家を鎮護する神に転じる。このような過程を経ることにおいて、荒ぶる神としてのオホモノヌシが三輪山に鎮まりうるのである。崇神記ではオホモノヌシの三輪山への鎮座とともに、宇陀の墨坂の神や大坂の神、坂の御尾の神、川の瀬の神などの四方の境の神をも祀ることによって、アメノシタたるトポスが平安になったと語っており、ヤマトノクニの守り神として、三輪の神が位置づけられたことを示している。

このような位相を有するオホモノヌシの記紀におけるありように対して、元来この神の三輪の祭祀共同体におけるありようはどのようなものであったか。古事記テクストの崇神天皇条のいわゆる三輪山型の伝承は、記紀以前の三輪の祭祀共同体レヴュルのフルコトを組み込んでいると考えることができる。これは、古事記によれば次のように要約できる。

美しい姫のもとに夜ごとにやってくる男がある。やがて、姫が妊娠する。父母が男の素性をつきとめるために、糸を通した針を男の衣の裾に刺すように教える。翌朝見ると、糸は鍵穴から抜けて三輪山の神の社に留まっていた。それによって生まれた子の裔、オホタタネコが三輪のオホモノヌシの子孫であることがわかった。

ここには、オホモノヌシがイクタマヨリヒメに通い来て子を妊ませ、その子孫にオホタタネコが生まれることが語られている。この伝承をとおして、祭祀共同体を訪れてくるものたる神の姿を抽出することは可能であろう。オホモノヌシは神のトポスである三輪山から人のトポスである里に来訪し、イクタマヨリヒメに憑依する。オホモノヌシがイクタマヨリヒメに憑依することば、神体山から来訪する神をイワクラの下において神迎えし、神と人とが出会うことを表現している。訪れる男の衣の裾に刺した糸が、戸の鍵穴より通じていたと語ることは、オホモノヌシの蛇神としての形姿をあらわす。また、日本書紀、崇神天皇条のいわゆる箸墓伝承によれば、オホモノヌシは櫛笥に入っていて、モモソヒメがこれを開くと小さな蛇の姿をとっている。これらにおいて、人のトポスに訪れる神のペルソナはモノとしての位相にある。それが聖なる神として顕現する三極循環の構造に基づいているのである。

三輪の神の基層的神格が荒ぶる神であったことは大神神社の祭儀からも推定することができる。『令義解』によれば、疫神祭たる鎮花祭は大神神社と摂社狭井神社二座で行われるが、祭神はオホモノヌシのアラミタマである。(3) このことは、祟り神としてのオホモノヌシの神格をよく表している。だが、問題は、いかなる仕掛けによって守り神に変換するのかである。三輪山型伝承において、荒ぶる神は男の姿で夜ごとに女のもとにやってくる。この伝承のもつ意味について、肥後和男は農耕神、水神たる蛇神への処女献供とみなし、(4) 中山太郎は異族婚の痕跡を指摘し、(5) 松村武雄はトーテム的婚姻の表現として捉えている。(6) また、志田諄一は天皇と巫女の祭祀関係の結合を意味している、(7) と解釈する。いずれにせよ、神と人間との関係における婚姻は、神を迎え入れることである。これは、荒ぶる神を迎え入れて鎮めることを表しており、三輪の祭祀共同体における鎮めの祭祀は、荒ぶる神の神裔のみがその主宰者になりうることを示しているのである。こうして荒ぶる神たるオホモノヌシは三輪の祭祀共同体を鎮護する神に変換する。しかし、ここで注意しなければならないのは、この神が荒ぶる神として表出されながらも、三輪の祭祀共同体におけるレヴェルと古代天皇制神学に組みこまれたレヴェルにおける位相は異なるということである。前者におけるこの神の変相と顕現によってもたらされる災いをなす荒ぶる神を鎮める呪力が、後者においてはもっぱら、古代天皇の言向けにかかわる守護神としてであったことは、明らかであろう。

このことを確認したうえで、荒ぶるモノガミを守り神に変換する仕掛けが始原における神と人の関係を語る基層的な伝承の意味であったことを認めておきたい。

韓国における荒ぶる神を語るものに、疫神伝承としての処容伝承がある。『三国遺事』によれば次のようである。

第四十九代憲康大王の時代には、風と雨が四季を通じて順調であった。しかし大王が開雲浦に遊幸したとき、帰途、海辺で休んでいると、にわかに雲と霧がたちこめて道さえ見わけられないほどになった。王が不思議に思い、左右のものに聞くと、天文を司る日官が「これは東海の竜の祟りであるから、何かよいことを行なってこれを払うべきであります」と申し上げた。そこで役人に、竜のために近くに望海寺を建てるように命じた。王の命令が下ると、雲は晴れ霧は散った。東海の竜が喜んで子供七人を従えて王の前に顕れ、王の威徳を讃称し歓びの舞楽を奏した。そのうちの一人の子は王に連れられて都にのぼり、政事を補佐した。名前を処容といった。王は美しい女を彼に聚らせて留めおき、官職を与えた。

さて処容の妻があまりにも美しかったために、疫神が恋慕し、人の姿に化して、夜その家に行き共寝した。処容が家に戻ってきたとき、二人が寝ているのを見たが、歌舞を演じ、そこから出て行った。そのとき疫神がもとの姿を顕して、処容の前にひざまずいて言った。「私は公の妻に恋慕して過ちを犯してしまいました。だが公は怒ろうとしない。今後は決して、公の形容を描いたものを見れば、その門の中には入りません」。その後、人々は処容の形容画を門頭に貼って、疫神を追い払い、安楽な生活にたちもどることができたのである。

また大王が鮑石亭に遊幸したとき、南山の神が姿を顕して舞ったけれども、王の側近たちには見えず、王だけにその姿が見えた。また王が金剛嶺に遊草したときにも、北岳の神が顕れて舞いを奏した。山神の献舞のとき、歌をうたったが、その歌詞は「智理多都波都彼等者」というものであった。その言葉の意味は未詳であるが、国家が滅びるということを予兆するものであったと推定される。山神、地神などは、将来国が滅ぶことを知っていて、歌舞をもって警告したのに、国の人はそれを悟らず、かえってめでたい兆しが表れたものだとして、ますます耽楽にのみおぼれていったので、ついに国は滅んでしまったのである。

以上が処容伝承の骨格であるが、ここにはさまざまな伝承が織りこまれている。モノガミの歌舞、竜子処容と疫神の交渉、処容の歌舞、および王政補佐などから、処容伝承が巫覡と深い関係をもっていたということが考えられる。つまり、この伝承は、国家と家の興亡が神の存在を認知するか否か、換言すれば荒ぶる神を祀るか否かにかかわっていることを人々に語ろうとしている。

最初、神は東海からソブル（徐伐、徐羅伐）の国に来臨する。ソブルとは新羅の古名で、神霊の光り来臨するところを意味する。(8) そして開雲浦で、大王の前に現れる。これはハマにおける神人の出会いの表出である。そしてこのことはウミにいます神が、ハマにおける神人の出会いをなすということにおいてクニ、ハマ、ウミというトポスの構造のうちに示すことができる。

三国遺事によれば、新羅の時代において早くから神のクニが東海にも求められていた。脱解王は元来東海の人であるとされ、また、文武王は死後護国の竜となるが、その葬地が東海の水中岩とされる。こうした伝承は、東海に神のクニをみとめていたことを示している。

大王が遊幸のとき起きた天地晦冥の異変は、日蝕現象であるという見解もあるが[9]、国家的異変であり、危機の前兆であったことには違いない。この異変が東海に住む荒ぶる神、竜神の行為によるものであると知った大王は、勝事を行ってその危機を回避する。勝事とは、竜神のために寺を建立することである。荒ぶる神を鎮めることによって、祟りから逃れることができるということがそこに示されている。ここにおいて荒ぶる神の鎮座地は望海寺に設定される。しかしハマにあるべき望海寺は、実際、山麓に建てられている。これは、海の神が山の神になりうるということを示している。こうした意味から処容伝承における山神、地神は竜神と同一の位相を示しているといえる。

東海の竜神の荒ぶる神としての性格を最もよく表しているものに、文武王伝承がある。『三国遺事』の文虎（武）王伝承によれば、王が死後に東海の竜神となって、倭兵の侵攻を防ぐ武力神として国を守ったとされる。文武王の死霊と竜神との結合は後代において結びつけられたものと考えられるが、元来韓国においてもそうした荒ぶる神を祭祀共同体の境界の彼方に祀ることによってこれを守り神に転ずる伝承があったことを示している。ここにおいても荒ぶる神としての竜神が鎮まるところとして、この神の祀りを行うトポスとしての感恩寺が設定されている。これも、モノガミを鎮めて守護神とする仕掛けを表している。感恩寺の階下には竜穴があり、東海の竜神の出入口であると伝えられている。この往復の道は、東海の荒ぶる神を祭祀共同体の内に鎮めて守護神とするために、神迎えするときの神の経路であり、神送りの道でもあることを示しているのであろう。こうした荒ぶる神、竜神が祭祀共同体の内に顕れるときは、天地晦冥の異変のときであり、また、三国遺事の駕洛国記伝承に見られるように、王陵を侵犯した者を殺すときである。文武王伝承で、王の死霊が竜神となったという伝承は、竜神とタマ（霊魂）との深い関係を示しているのではないだろうか。このような伝承は、説文の「瓏」字の条に早を祷るの玉なり、龍の文あり」とあるタマと無関係ではないだろう。

竜神というモノガミは東海のカミとして顕れる。こうしたカミの形姿はトポスの移行によって変換する。山神・地神は歌舞をもって国の滅びる危機を警告するが、人々は享楽にふけり神を認知することができず、神の警告であるワザウタも誰ひとり悟る者がなかったので、結局国家は滅びることになる。こうした意味で処容伝承に登場するさまざまなモノガミ、竜神、疫神、山神、地神はみな荒ぶる神であり、元来同一の位相にあるべき神であったが、ペルソナの変相がそれぞれ異なる神格として捉えられていると考えられる。荒ぶる神として顕れたときには竜神であるが、その荒ぶる神が家々に顕れたときには疫神である。実際、竜神が疫神として顕れた伝承は、三国遺事の恵通降竜伝承にも認められる。これによると、公主の病気は蛟竜によってもたらされたのである。

処容伝承において、大王は開雲浦、鮑石亭、金剛嶺、同礼殿などを巡幸している。これが単なる遊幸ではなく、祭祀を行なうための巡幸であることは、巡幸のたびに荒ぶる神が顕れることからもうらづけられる。大王は開雲浦に巡幸して荒ぶる竜神を望海寺に鎮座させる。直接には語られていないが、その他の巡幸地も荒ぶる神を鎮座させたところであろうという推測は可能である。こうした意味で、鮑石亭、金剛嶺、同礼殿は望海寺のように、荒ぶる神の寵る行為を可能にならしめるトポスである。このコモリクの位相を経過することによって、荒ぶる神は守りの神に変換するのである。山神、地神が歌舞をもって国の亡びを警告することは国家を守ろうとするワザであり、守護神の顕現である。すなわち神のミアレを示しているのである。しかし、この神が結局祟りをなすのは、人々が享楽にふけり神を祀らず、神の警告も悟る者がなかったので、負なる祟り神に復帰したためである。また、疫神は家に入り処容の妻を犯す。そこには荒ぶる神の威容はなく、人妻を犯すというヤツシ身だけがある。ここにおける家はコモリクのトポスであると考えることができる。

疫神は、もともとは堕落した都市を象徴しており[10]、国を滅亡させる祟りの神であることを示している。竜神の子として登場する処容によって、その荒ぶる神は鎮まるが、鎮める仕掛けとして歌舞のワザが大きな意味を持ってくる。この歌舞は疫神へ奉納されるべきワザであり、献舞は処容の歓待を表している。この歓待を受けた疫神はその返礼に、処容の「形容画」を門頭に貼ることを教える。それによって疫神は顕れなくなる。歌舞によって疫神は鎮まり、人々は幸福になったのである。このように処容の伝承の中で、荒ぶる神が変相するのである。

処容の歌舞はこうした国家的次元でその働きが認められる歌舞であるために、四夷率服を意味する五方舞として舞われるのであろう[11]。現存する処容の五方舞は、仮面舞である。

処容伝承において、なぜ大王は巡幸するのであろうか。巡幸地ごとに大王と神との出会いが語られ、とくに鮑石亭では南山神、金剛嶺では北岳神が顕れることが重要である。李基白によれば、この南山神、北岳神の登場は、元来新羅の中心部である慶州平野をかこむ五岳神崇拝を表しており、こうした巡幸は、それぞれの祭祀共同体の政治的力を鎮圧するという象徴的意味を持っているという[12]。そこに荒ぶる神を鎮める仕掛けとしての大王の巡ることとの意味がみえてくるのである。

このように巡ることによって荒ぶる神を鎮めて、祭祀共同体の守り神に変換させる仕掛けは、処容伝承において明確に現れている。さらにこうした巡幸によって荒ぶる神を鎮める仕掛けは、韓国の宗教儀礼にもみてとることができる。慶尚北道慶尚郡慈仁面の端午祭で、巫覡らと村民が村の周囲を回ることによって疫神は鎮まるとされる。[13]この巡りによって荒ぶる神の祟りから祭祀共同体を守ることができるのである。

こうして、大王の巡幸と処容の歌舞は、荒ぶる神を鎮めるということにおいて同一の位相を示している。この二つの祭祀には花が用いられたことが考えられ、それは荒ぶる神を鎮める呪具であったと考えられる。処容歌舞における仮面には、紗帽の部分に丹花、桃実、桃枝、耳環が挿してある。また、「花枝圧頭」という記録も見え、[14]荒ぶる神・疫神を鎮める歌舞に、古代から花が用いられたことを示している。このように除疫祭のときに花冠をかぶって舞う祭祀は、民間にも伝承されている。慈仁面の端午祭のとき、巫覡がかぶる「女円花舞」の花冠がそれである。数十本の花枝をつけた花冠をかぶった巫覡が舞う。この花の一片にはマラリヤを全治させる効能があると信じられているので見物人はその花が風に吹かれて飛び散るのを拾おうとする。また、巫覡に近づいてこれを剥がそうとする。[15]その他、恩山の疫病祭たる別神（ピョルシン）祭、平安道照川の城隍（ソンフワン）祭などにも花が用いられている。[16]これらの花が持つ意味については、『三国遺事』の月明師兜率歌伝承が示しているように、荒ぶる神を鎮める呪具であると考えられる。そのような意味あいは「二日並現」、つまり太陽が二つ並んで現れるという怪変を払ったという花の歌にも見出すことができる。

三国遺事テクストにおける処容伝承のありように対して、この伝承の開雲浦の祭祀集団における基層的なありようはどのようなものであったか。

処容は荒ぶる竜神の子である。父神である竜神とともにウミから来臨する子神である。開雲浦の沖には処容岩と呼ばれる岩があり、処容の出所を語る伝承もある。[17] 開雲浦というハマで大王と出会い、大王に連れられて入城する処容とは、開雲浦地方の伝承が国家的レヴュルの伝承に組みこまれていったことを語っているのであろう。

世の人としての処容は、疫神に妻を犯されることにおいて犠牲を強いられる。そこで彼はモノに転換する。疫神に妻が犯されても処容は怒らず、ただ歌舞を演じるのは、自分がハフラレモノになっていることを認知したからである。このときの歌舞は、妻が疫神に犯されたことと同じ意味を持つ。それは犯された妻も処容の歌舞もともに疫神への捧げものであるからである。そして処容の歌舞は、処容の形容画として象徴的に表れる。さらに、神の歌舞であるゆえに仮面を用意させるのである。したがって処容の形容画と仮面は同じ意味を持つものだといえる。

『京都雑志』、『東国歳時記』などに見える処容・ゼウン伝承では、処容は日蝕神である羅睺神として登場する。[18] 処容の父神は祟り神であり、処容もその眷属として祟り神の性格を帯びる。この伝承における処容は災厄神、祟り神であり、人が最も忌みきらう神であるゆえに、人は処容に銭を捧げて祟りから逃れようとする。このような処容の祟り神としての顕現は、元来処容が荒ぶる神、竜神の子であったことから説明できるのである。こうした荒ぶる神、処容を歓待するために美人をもって神の妻として聚らせる。これによって処容はこの世にとどまるのである。この歓待は荒ぶる神を和らげ、鎮めるためである。美女を得ることによって処容は守り神に変換し、家々を守る門神としてミアレすることになるのである。

こうした祟り神に女を捧げて鎮める仕掛けは、疫神と処容の妻との関係において明確に現れている。疫神は妻問いをし、処容の妻を犯すのである。このようにして、犯ざれる妻は犠牲の意味をもっている。

この疫神と処容の妻のまじわりがもつ意味についてはさまざまな論議がなされている。金東旭は、異客歓待の遺風であると論じている[19]。金烈圭は、巫俗的考察から医巫【medicne-shaman】の疫神との交媾とみている[20]。趙東一は、演劇的側面から、疫神は冬、処容は夏の象徴であり、この二者の対立は冬と夏の争いを表わしている豊農祭の典型的構成であると説いている[21]。李相斐は、熱病の伝達と見ている[22]。疫神と処容妻の交婚は、歓待によって災厄を除こうとする僻邪観念を表しているとみとめられる[23]。こうした僻邪伝承は三国遺事の水路夫人伝承にも見ることができる。水路夫人は海竜に掠奪されて海中に入り、深山大沢を通るときには神々に奪われる。ここでは神と夫人の関係は直接的には語られていないが、荒ぶる神への捧げものとして夫人が意味づけられていることが推定できる。それゆえに純貞公は海辺と深山を無事に通過することができたのである[24]。とくに処容の妻は、竜神の子処容の意を留めるために大王が結婚させたのであるから、最初から捧げものにすぎなかった。この処容の妻の供犠によって疫神は鎮められる。疫神が鎮まったことを象徴するのが、門頭にかける処容の形容画である。一方、女も捧げものになることによって俗の極から聖の極への変換をとげる。聖なる者、神の妻として顕現するのである。だから処容の妻が巫女であったという金烈圭の見解は正しい[25]。このような神の妻問いは、韓国の巫女社会においては重要視されている。神の妻となることは巫女の入社式の原理の残滓ないし遺風であるとされている。神の妻になることによって女は神女となり、彼女の神性が保証されるのである[26]。巫女の聖山である開城の徳積山における祭神と巫女との交婚伝承なども[27]、荒ぶる神を歓待し、守り神に変換させる仕掛けを内在させており、それが韓国の古代からのものであったことを示している。

このようにして、荒ぶる神、疫神を鎮める仕掛けとしての供犠がある一方で、もう一つの仕掛けとして処容の歌舞がある。これは国家的レヴェルの歌舞と重なりあうが、開雲浦における処容の歌舞とは形態が異なる。世の人としての処容は疫神の前で歌舞を演じる。歌舞は処容が門神へのペルソナの変相を果たす仕掛けともなっている。疫神はこの歌舞に感服して、処容に除疫の方法を教える。この歌舞も供犠と同一の位相を示しているが、家の次元での処容歌舞は一人舞である。この処容舞は朝鮮朝末期まで伝承されたらしい。[28] 処容歌舞は高麗時代に仏教の僧侶によって伝承されたり、[29] 儺（おにはらい）の祭儀に習合されたり、[30] さまざまに変遷するが、いずれにしても祭儀の歌舞であったことには変わりがない。特に儺の祭儀の歌舞であったことは、荒ぶる神を鎮める歌舞の性格が後代にもひきつがれていたことを示している。このように歌舞による荒ぶる神を鎮める仕掛けは、巫俗においても強く表れている。玄容駿によれば、済州島の巫俗で医巫の祭儀には必ず歌舞が演じられるのである。[31]

処容伝承は、祭祀共同体に力の強い荒ぶる神・竜神を迎え入れることによって、これをサチをもたらす神、国家の平安を鎮護する神に変換させるトポロジカルな構造をもっている。すなわち、荒ぶるモノガミが供犠を受けることによって守りの神に変換する仕掛けを認めることができる。その際、供犠としての女性がモノガミによって犯されると表出されること、また、荒ぶる神が歌舞を受けることによって守り神に変換するとされるように、歌舞が荒ぶる神の変換を導くニへとして位置づけられることが、処容伝承における特徴として認められよう。この歌舞は古代から韓国社会において巫覡の活動が活発であったことと関係が深いものであることは、いうまでもない。また、神を迎える王が、祭祀共同体の中を巡ることによってこれらの神を祀るという仕掛けが、伝承においてだけではなく、民俗的儀礼の段階においても実修されていたことが予想される。これは、国家が、その祭祀を通じて地方の祭祀共同体の神々を編成していくことの象徴的意味を持つといえるのである。巡るという行為が、韓国のモノガミ伝承の仕掛けとして不可欠な要因であったことも確認される。

このようにして、日・韓両国の始原の伝承たる霊威のモノガミ伝承をトポロジカルな分析を通してみてくると、その基層における同位相と、当然のことながら民族や祭祀共同体の差異に基づく表層的な差違が明らかとなる。影響や伝播といった視点からでなく、その共時性をトポロジカルな方法によってみることこそが伝承の位相を解明する有効な方法と考えられる。

【注】

（1）阿部真司『蛇神伝承論序説』伝統と現代社　一九八一年
（2）『伊呂波字類抄』風間書房　一九六五年
（3）『新釈令義解上巻』汲古書院　一九七四年
（4）肥後和男「ミワ神話について」『神道史研究』一九五二年六月号
（5）中山太郎『日本民俗志』総葉社　一九二六年
（6）松村武雄『日本神話の研究3』培風館　一九五五年
（7）志田諄一「古代氏族の性格と伝承」『大神神社史料4』吉川弘文館　一九七九年
（8）三品彰英『建国神話の諸問題』平凡社　一九七一年
（9）安自山「処容歌に就いて」『朝鮮日報』一九三二年七月二十八日号
（10）李佑成「三国遺事所載処容説話の一分析」『金載元博士回甲記念論叢』一潮閣　ソウル　一九六九年
（11）拙稿『処容と道祖神の比較研究』延世大学大学院修士論文　一九八三年
（12）李基白「新羅五岳の成立とその意義」『震檀学報』ソウル　一九七二年六月号
（13）村山智順『部落祭』朝鮮総督府　一九三八年
（14）『牧隠集』韓国名著大全集　ソウル大洋書籍　一九七八年
（15）村山智順『釈奠、祀雨、安宅』朝鮮総督府　一九三八年
（16）注（14）に同じ
（17）『世宗実録地理誌』巻一五一　ソウル景文社　一九七四年

(18)『京都雑志』『東国歳時記』韓国名著大全集　ソウル大洋書籍　一九七八年
(19)金東旭『韓国歌謡の研究』ソウル乙酉文化社　一九六一年
(20)金烈圭『韓国民俗と文学研究』ソウル一潮閣　一九七一年
(21)趙東一『タルチュムの歴史と原理』ソウル一志社　一九七九年
(22)李相斐「処容説話の綜合的考察」『国語国文学研究1』円光大学　一九七四年十月号
(23)注(11)に同じ
(24)注(11)に同じ
(25)注(22)に同じ
(26)注(22)に同じ
(27)赤松智城・秋葉隆『朝鮮巫俗の研究』下　大阪屋号書店　一九三八年
(28)李能和『朝鮮巫俗考』ソウル啓明　一九二七年
(29)『高麗史』巻三六　ソウル亜細亜文化社　一九七二年
(30)注(15)に同じ
(31)玄容駿「処容説話考」『国語国文学』韓国国語国文学会　一九六八年五月号

第15章　カンガンスォルレ考
―韓国の歌垣的行事―

はじめに

カンガンスォルレ【kangkangsuwolle】とは、上元（陰暦一月十五日）や秋夕（陰暦八月十五日）の月夜に婦女子たちが音頭取りの歌に合わせて「カンガンスォルレ」という囃子言葉を斉唱しながら円舞する全羅道の民俗行事である。単調過ぎる輪舞に変化を添えるためか、全羅南道海南郡や珍島郡のカンガンスォルレでは「亀ノリ」「鼠取り」「ワラビ取り」「瓦踏み」など、数々のノリ（遊戯）を取り混ぜて興を添える地域もある。これが無形文化財第八号に指定されているカンガンスォルレの現在の姿である。

カンガンスォルレに関する文献は、最近発見された鄭万朝（一八五八～一九三六年）の『恩波濡筆』が最も古いものであるが[1]、最初にカンガンスォルレの分布地や歌の一部などを採録したのは一九四一年に『朝鮮の郷土娯楽』が刊行されてからである[2]。その後、一九六五年の韓国の文化財管理局による『無形文化財調査報告書』[3]や『韓国民謡集』[4]、『韓国口碑文学大系』[5]（一九八五～八八年、以下『大系』とする）などの刊行によって、カンガンスォルレの歌や踊りの実体がほぼ完全に把握できるようになった。とりわけ『大系』は、全羅道の十五の各地域で口伝されているカンガンスォルレの歌が網羅されているので、カンガンスォルレの歌の研究を可能にした資料集である。

カンガンスォルレに関する既往の論述は、起源や囃子言葉の意味[6]、踊りの意味[7]、あるいは踊りと遊戯の関係[8]などの追求に重点を置いていたので、各地域の歌の検討は行われず、歌は、一定の決まっている歌はなく、音数律が四、四調の歌であればどんな歌でもうたわれるものと認識されていた[9]。そして、カンガンスォルレは女性だけが行う民俗行事とされている。唯一、カンガンスォルレの歌の考察は丁益燮によって行われてはいるが、丁はストーリー性がある長編の歌だけを取り上げたうえで、内容の分析を行っている。そして、歌は即興的なものとし、更に一定の歌がないのは、カンガンスォルレに変化をもたらし、多彩で興味ある遊戯となる長所を持つに至っていると述べているが[10]、各地域でうたわれている歌を網羅した比較検討した上での結論ではない。

カンガンスォルレの歌のすべてが即興的であるとする通念は、各地域でうたわれている歌の比較検討が必要であり、これらのない結論には賛同しかねる。一般的に考えても、しばしば百年いや千年ともいわれる昔から伝わっている歌と踊りの民俗行事に、一定の歌がなく、ただ一定の踊りだけが伝わることはあり得ることなのか、疑問に思う。踊りと歌が合致している場合、歌は踊り場の目的や雰囲気にそぐうもので、両者は不可分の関係にあるからである。踊り場の雰囲気が変化しても、一定の踊りが伝わっている以上、その踊りを支えてきた始原的な歌は残っているはずである。そして、カンガンスォルレは婦女子だけの民俗行事といわれているが、最初から婦女子だけで、満月のときとはいえ、夜に山上に登ってうたって踊る民俗行事があり得ただろうか。これらの疑問点を解く手掛かりとして、本考察では、まず各地域でうたわれているカンガンスォルレの歌の内容検討から始め、その実体把握をし、併せてカンガンスォルレの始原的な姿を追究してみたいと思う。

一　歌い方と囃子言葉についての再検討

音頭取りの歌にあわせて踊り手たちが「カンガンスォルレ」の囃子言葉を斉唱するのが、現在のカンガンスォルレであるが、地域によっては決まった音頭取りはなく、参加者皆が輪唱でうたう所もある。例えば、咸平郡厳多面は輪唱の形を取っている。歌の最後に「終わった、受け取ってくれ」とうたうと、次の人がうたい出していくという次第である（『大系』六―二巻、三三七〜三四六頁、以下『大系』は省略する）。また、歌の中に「カンガンスォルレ」の一節を入れるときに限って次の人がうたい出す地域もある（六―二巻、三四六〜三五七頁）。後者の場合は、珍島郡義新面でもほぼ同じ形を取るものが残っている（六―一巻、七一八〜七二六頁）。最初からカンガンスォルレの歌が音頭取りによって伝わっていたならば、歌の形式は決まっていたと思われる。上記のような多様化は考え得べくもない。そして、カンガンスォルレとかという囃子言葉を入れるそれ自体がもう既に輪唱性を表していると考えられよう。つまり、皆が囃子言葉をうたうのは、うたう人に次の歌を考える間を与える役割をもつからである。カンガンスォルレの歌とよく似ている「ケジナチンチンナーネ」という歌は明らかに輪唱である。したがって、私は、音頭取りによって歌が進められる形よりは、輪唱形のカンガンスォルレが古い形ではないかと思う。カンガンスォルレが踊りに趣をおいて発展していく過程で音頭取りが登場するようになったと考えられる。未だ輪唱の形を取っている地域のカンガンスォルレこそは歌と踊りの合致する始原的な形態を保っているものと思われる。

「カンガンスォルレ」と斉唱する囃子言葉が踊りや歌の名称に用いられているが、従来からこのカンガンスォルレの語意をめぐっていろいろな解釈が出されている。カンガンスォルレという語意の解釈は、カンガンスォルレの発生時期や目的などにまで深く関わっていると考えられているからである。例えば、カンガンスォルレを「強羌水越来」の音読で、「強敵が海を越えて攻めて来る」という意味で捉えた場合、民間に流布されているカンガンスォルレの起源伝説（後掲）と一致していることから、強羌とは、壬辰倭乱（一五九二〜一五九八年、文禄・慶長の役）のときに攻めて来た日本軍を指す。[11] したがって、こういう見方は、カンガンスォルレがときに、日本軍を退ける手段として生まれたことになる。

カンガンスォルレの語意に関するその他の論述はおおむね次の三つに分けられる。①単に原始時代からあった歌の余音であり、[12] ②【kangkang】は円を表す全羅道地方の方言で、【sulle】は【sulla 巡羅】がなまった語で、【kangkangsulle】とは〈周りを警戒せよ〉という意味であり、[13] ③【kangkang】は打楽器の擬声語で、【sulle】は【sule 輪】、【sulwi 円い、回る】の変形で、【kangkangsulle】とは、【kangkang という楽器の音に合わせて円く】という意味であるという。[14] これらの論拠として用いられている【kangkangsuwolle】と【kangkangsulle】が囃子言葉の代表的なものになるかも知れないが、実は、これら以外にも囃子言葉はいくつかうたわれている。すなわち、『大系』によれば、各地域でうたわれている囃子言葉は次のとおりである。珍島、咸平、海南、新安地方などでは【kangkangsulle】、珍島、咸平、高興、昇州、海南、新安地方などでは【kangkangsuwolle】が見られるが、他にも咸平地方は【kangkangdosulle】、高興地方は【kangkangsuwolle】、そして、単に【sulle】とうたう海南地方もある。ここでいう地方は行政区域単位の郡であるが、同一地域の同一人物の歌であっても、珍島郡義新面のように、【kangkangsulle】と【kangkangsuwolle】が一緒にうたわれたり、あるいは咸平郡厳多面のように、【kangkangsulle】と【kangkangdosulle】が区別なく一緒にうたわれている地域もある。こうした現象は高興郡都陽邑や海南郡門内面の歌にもみられる。そして最初の現地調査報告書である前掲の『朝鮮の郷土娯楽』では、全羅南道の十五地域のカンガンスォルレの名称は、「水越来踊り」や「水越来遊び」、あるいは「スーレー踊り」となっていて、カンガンスォルレという地域は見られない。

カンガンスォルレを「強羌水越来」の音読で、「強敵が海を越えて攻めて来る」という意味で捉えようとする場合、カンガンスォルレの踊りや歌の中で、語意と一致する動作や歌の例証がない限り説得力を持たない。カンガンスォルレの踊りは手を繋いで踊る円舞であって、その中から戦闘的な動作は見出せないし、服装においても同様である。そして、後述する歌においても、敵を退けようとか日本軍に関するものは存在しない。そしてカンガンスォルレに関する最も古い資料として知られている『恩波濡筆』（一八九六年）には〈強強須来〉と表記されている。[15] したがって、カンガンスォルレという囃子言葉と〈強羌水越来〉の意味とは無関係で、両者は単なる音写の関係しか持たないことがわかる。その他の語学的なアプローチについても、現に囃子言葉は【kamkamsule】、【kangkangswille】、【kangkangdosuwolle】など地域によって異なっていることを勘案すれば、カンガンスォルレと他の囃子言葉との相互関連の音韻論的論及が行われない限り、カンガンスォルレだけの語意の説明は当を得ていない。

多くの論者が、カンガンスォルレの起源や目的を明らかにすることから、カンガンスォルレの語意を探ろうとしているが、カンガンスォルレの類語を他の歌や言葉に見出せない現在において、語意の追及は論者の恣意的な解釈に過ぎないものとなることは必然である。囃子言葉は単なる調子や拍子をとる囃子の意味しか持たない。私は、むしろうたわれている種々の歌こそがカンガンスォルレの本質に関わるものであり、論究の対象にすべきであると思う。

二　歌の再検討

カンガンスォルレの歌を採録したものはいろいろあるが、部分的なものや『大系』本と重なるものがあるので[16]、ここで用いる歌の基本資料は、珍島地域の最も古い資料である前掲の任東権の『無形文化財調査報告書』と『大系』である。『大系』には全羅道、珍島郡の三地域の歌（6—1巻）、咸平郡の三地域の歌（6—2巻）など、合計十五地域の歌が八冊に採録されている[17]。

カンガンスォルレの歌は基本的に民謡としてみなすべきである。歌を民謡として扱うときは、まず、創作詩のように自己表現を目的とすることはまれであり、歌の場や共同体の生活に関する何らかの現実的な目的を持ってうたわれるものが大部分であることを踏まえておかなければならない[18]。つまり、カンガンスォルレの歌を考察するとき、抒情詩的な解釈ではなく、歌の意図ないし機能をも考慮に入れなければならないということである。

各地域でうたわれているカンガンスォルレの歌は、内容と主題、そして形態によって大別すれば、1父母を思う歌、2ニム（愛する人）に関する歌、3問答形の歌、4盛り上げる歌、5その他の歌と区別できよう。

1　父母を思う歌

満月を描写しながら両親と一緒に暮らしたいという内容の歌は、広い地域でうたわれている。

月よ月よ　明るい月よ　カンガンスォルレ
李太白が　遊んだ月よ　カンガンスォルレ
あのあの　あの月に　カンガンスォルレ
桂の木　生えている　カンガンスォルレ
……（省略）……
両親を　迎えてきて　カンガンスォルレ
千年万年　暮らしたい　カンガンスォルレ（任、二七一頁）

（以降引用する歌は、紙面の関係上囃子言葉の句は省略し、行は筆者任意によって変え、一句ごとに句読点を付ける。（　）の「任」は任東権本で、以下同じ。）

同じ内容の歌が珍島郡に三例、咸平郡に二例、高興郡に一例、昇州郡に一例残っている。珍島那智山面の歌のように両親に関する句が省かれている場合もある(6―1巻、五二一―五二二頁)。この類の歌は、『韓国民謡集』では童謡の中に「月謡」に分類されており、[19]京畿道、慶尚道、江原道などで広くうたわれている。

上の歌は、「月よ、月よ」と月に呼び掛ける句があるので、もともと満月の下で月を讃える歌であったと考えられる。歌の最後の部分の「両親と一緒に暮らしたい云々」という句は、親孝行を教える教育的な意味からか、あるいは嫁に行った娘が実家の両親を思う単なる抒情の句なのかの判別は難しいものの、月を描写する句と両親云々の句は異質的なものであるから、恐らく後で加えられたものであると考えられる。この類の歌はカンガンスォルレの歌の場に限らず、普段のときにも愛唱されている歌である。

両親を思う内容の歌は、「西山に沈む太陽は明日の朝に見られるが、一度去った私の母は、いつまた会えるだろうか」（6—2巻、三三四—三三五頁）のように抒情的な歌もある。このような歌は、内容に多少違いがあるが、（任、二七〇頁、二七二頁）や（6—2巻、二三七頁。6—5巻、五九八—五九九頁）などに多く見られる。おそらく、「打令」（韓国民謡の曲名の一つ）に見られる抒情的な歌がカンガンスォルレに取り入れられたものであろう。

一方、両親を思う歌の中には、嫁が姑や夫の妹らに苛められ、実家の両親を思う内容のものもある。また単に嫁のつとめの苦しさをうたったものも残っている。

悲しい物思い、すべてを入れて、涙で封筒を作って、実家に送ると、父は嬉しく、……（省略）……母は私を撫でるよう、……（省略）……兄は勉強をやめて、私を迎えに来る（6—2巻、三四二～三四三頁）。

この歌は嫁のつとめの苦しさをうたうものであるが、苦しさのあまりに、現実から逃避してしまって実家へ帰ってしまう内容の歌もある（6—5巻、六二四～六二五頁）。このような叙述形の歌がうたわれているのは、姑・舅と嫁の関係が悪いことや嫁のつとめが苦しいという内容の歌に女性が共感していると解釈するより[20]、あまり嫁を苛めたら、嫁の実家の人が迎えに来るとか、嫁は実家に帰ってしまうよ、だから嫁を苛めないでという意味での教訓的なところにあると考えられる。嫁を苛めるのは舅や姑だけではなく、夫の妹も登場する（6―2巻、三四三頁。6―5巻、六一三頁、六二六～六二七頁など）。そして、嫁と姑や舅に関する歌の中ではストーリーを持つ長編の歌がいくつか伝わっているが（6―3巻、三七九～三八〇頁。6―5巻、六一三～六一五頁など）、やはり舅や姑に嫁を苛めないでという教訓的な意味を持つ歌として読み取るべきであろう。これらの歌は皆、嫁の立場でうたわれていて、嫁に対する悪口などは皆無であることは注目していい。嫁という弱い立場の人を擁護する歌であるから民の謡としての機能も考えていい。

父母を思う歌の中では、再婚した母へ思いを寄せている歌もある。

……私が成長しているのを知らないのかな、あなたが成長しているのは知っているが、再婚したくて私が行ったのではないのよ、あまりに悲しくて、私が行ったのですよ（6―5巻、五八四頁）。

歌は、母が再婚したのはそれなりに理由があるとうたっているが、子供には再婚した母を思う辛さがあるという内容である。この歌が自己の感情を表現する詩的なものであるならば、子供の辛さと再婚した母の気持ちを代弁する歌になる。しかし、こうした歌がうたわれている社会の現実を念頭に置くと、前掲の歌は、再婚する母の気持ちはよくわかるが、子供がかわいそうだよ、と訴えているものと理解されよう。

次の歌は、この子供の立場を明確に表しているものである。

……小さい葉のような私を生んで、子供に愛情もあるだろうが、その人の愛情より少ないのよね（6—5巻、五九七頁）。

この類の歌は（6—5巻、五八四頁、六一五～六一六頁）などにも見られる。母の再婚によって家に残されている子供はかわいそうな立場になることを訴えている内容である。これらの歌が、『韓国民謡集』では「情愛謡」の中の「再婚謡」に分類されている[21]のをみると、母の再婚に対する教訓的な歌として広くうたわれていたものと考えることができよう。

2　ニム（愛する人）に関する歌

まだ独りであることを嘆いたり、別れた人を慕うなどの内容を持つ歌が最も多い。地域的には珍島郡、咸平郡、昇州郡などに多く残るが、代表的な歌を挙げると次のごとくである。

あの月は、遠い月、私の人を、見ているが、私には（その人が）どうして、見えないだろうか（6—1巻、二二五頁）。

娘の歌であるが、民謡であるから、独りであることを嘆くためにうたっているのではなく、自分はまだ独りであることを暗に表すためにうたっているものと考えられる。

……月も実り、太陽も実る、太陽は昇って、畳を照らし、月は昇って、夜を照らし、私の人は、どこに行って、私の体を、照してくれないのかしら（6—1巻、二二〇～二二一頁）。

〈どこに行って〉という表現は、相手はどこかに行ってしまったのか、相手がいないことをそう言っているのか、はっきりわからないが、いずれにしても今独りであることを表している。こういう歌をうたう意図は自分を照らしてくれる人、つまり、相手を求めているところにある。〈どこに行って〉という句は、「月が昇る、月が昇る、……（省略）……私の人は、どこに行って、端午の季節を、知らないのか」（6—2巻、五四三頁）などの歌にも見られるが、やはりまだ相手がいなくて一人で過ごしていることを言わんとするための歌であると考えられる。

これらの歌は比較的短いものであるが、次の歌は、相手がいないことを一月から十二月までの月にたとえてうたう〈月令体〉の長編の歌である。この歌は珍島郡に伝わっている。

正月の、満月に、他人の家の、若い人達は、桐の木に、高く座って、月見をしているけれど、私の人は、いつ来て、月見を、するのかしら、二月の……（省略）……（6—1巻、二三二～二三七頁）。

このように独りであることを〈月令体〉の歌で綴っているのはこの一例しか見当らないので、おそらくカンガンスォルレの場に即して作られた創作詩的な歌ではないかと考えられる。ただ、ニムの歌を〈月令体〉の形式で綴った歌は、高麗時代の歌「動動」にも見られて、韓国の歌謡史において古い伝統を持つものである。

ニムに関する歌は娘の歌が大部分であるが、男の歌と推定される歌もないではない。

花よ花よ、俺の花よ、俺はお前が、幼いから、手も握らなかったのに、我が国の、王様が、俺の花を、折って持って行く、金をやろうか、銀をやろうか、銀も金も、俺はいやだよ、俺の花だけを、返してくれよ（6―5巻、六〇一頁）。

これは海南郡に伝わっている歌であるが、同じ内容の歌が珍島郡にも二例伝わっている。（6―1巻、二二一頁）の歌は、最後の句が「俺の人だけを、返してよ」となっていることからわかるように、ここでいう花とは娘で、愛する人を花にたとえた男の歌である。そして、（6―1巻、二二九頁）の歌は、花を折って持って行く人は、我が家に来ていたお客さんとなっている違いがあるが、要するに、これらの歌は、愛する人を他人に取られた内容である。取られた理由は、「手も握らなかったのに」という表現から察すれば、娘に恋心を表現しなかったことにある。したがって、前掲の歌は、男が愛する人を他人に取られた悲しみをうたっているのではなく、恋心を表現しなければ、他人のものになるんだよ、という教訓的なところに意味があることがわかる。

このように、男に対する恋の教訓的な意味を持つ歌があれば、娘に対する歌もある。

小さな、つるべのつるは、藁葺の家を、覆い被さるのに、小さな、私のニムは、私を覆い被さることを、知らないのかな、一時間に、ヤツの話聞いて、二時間で、私を捨てる（6—2巻、三三三頁）。

この歌は、「覆い被さる」ことや「私を捨てる」という表現から、娘の方が積極的で男に簡単に身を委ねると捨てられるもんだよ、という意味を持つ。明らかに娘に対する恋の教訓的な歌である。

3　問答形の歌

ここでいう問答形の歌とは、男女が歌を掛け合う形式の歌を指す。採録される際は女性がうたったが、形式を見ると男女の問答形になっているので、問答形に分類する。

月が出る、月が出る、東海東川に、月が出る、
あの娘は、誰の娘かな、
方ホバンの娘だよ、
方ホバンは、どこに行って、月が出てるのを、わからないのか、
月が出てるのは、わかってるが、呆れて、行けない、
呆れてるときに、来いと言ってないよ、良き日を、選んで、俺に合いに、来いと言ってるのさ（任、二七三頁）。

娘の父である「方ホバン」に「良き日を選んで、俺に会いに来い」というのは、結婚式の日を決めて来いということで、自分が娘と結婚したいという気持ちを、娘が求めるかのように反対に表現しているのである。つまり、この歌は、結婚したいという意志を娘に直接的に言っているのではなく、その場にいない娘の父に言っているのである。「月が出る」という表現からわかるように、この歌の元来の歌の場は、若い男女が月夜の下で集まっているときのものであるのに間違いないし、結婚しようという意味の歌であるから娘を誘う歌でもある。さらに、この歌は珍島郡に三例（6—1巻、二二一～二二二頁、七一四～七一五頁など）、海南郡に一例（6—5巻、五九七～五九八頁）、新安郡に一例（6—7巻、一四二頁）というふうに、広範囲に残っている。『大系』に採録されている歌は後ろの部分が省かれたり、〈娘〉の部分が〈月〉になっている歌もある。恐らく〈ダル、月〉と〈タル、娘〉の類似音から転訛されたものであろうが、いずれにしても、月夜の誘い歌としての性格には変わりはない。

次に多く見られるのは、「ササゲをとるあの娘よ」と始まる次のような歌である。

ササゲをとる、あの娘よ、前を向いて、前の姿を見よう、後ろを向いて、後ろの姿を見よう、前の姿、後ろの姿、きれいだが、髪に結んだリボン、絹なのか、錦なのか、絹ならどうする、錦ならどうする（6—2巻、六一二頁）。

海南郡に伝わる歌であるが、歌の内容は、娘に呼び掛けて、きれいな姿であることをほめ、何で作ったリボンなのかと尋ねると、娘は何で作ったものであろうが、あなたとは関係ないよとはねのけているのである。珍島郡（6―1巻、五二二頁）、咸平郡（6―2巻、三三七頁）などに伝わる歌は、娘の返し歌は省かれているし、任東権本には、娘の返し歌のかわりに男が「絹綿、きれいだが、あなたのリボン、俺におくれ」とうたっている。これらの歌に、娘をほめたり、リボンの材料を尋ねたりするのは、娘に関心のあることをいう恋心の表現である。つまり、娘を誘うための歌である。ササゲを採る娘に呼び掛ける内容があるから、この歌はカンガンスォルレが歌本来の場ではなかったかもしれないが、娘がササゲをとる仕事をよくやっていたとか、あるいはササゲをとっている姿を男がよく見かけていたならば、名前の代わりに呼び掛けることはあると考えられるので、カンガンスォルレの歌とみて差し支えない。したがって、上のような歌における呼び掛けの句は、必ずしも歌の場を表すとは限らず、名前を知らない人に呼び掛けるときに用いる場合もある。仕事をしている娘に呼び掛ける句がある歌は（6―1巻、七一五～七一六頁）の歌にも見られるし、次の歌も同様である。

遠い、蓮の池で、蓮の種を採る、あの娘よ、あなたの家は、どこかな、太陽が沈んでも、帰らないのか、私の家を、知りたければ、向こうの、松林の中の、墓場に、……（省略）……（6―2巻、三二七頁）。

この歌は、恋心を抱いていて、「家がどこかな」と家を尋ねている。蓮の種を採る娘に呼び掛けて家を尋ねる歌は海南郡にも伝わっている（6―5巻、六〇〇～六〇一頁）。この類の民謡は、娘の家を尋ねると、松林の中の墓場にあるとか、山を越え河を渡ると霧の中に家があるとか、と言って適当に答えるのが常である。[22]相手の家を尋ねることは、言うまでもなく相手に関心のあること、恋心の表現である。それに対して返し歌を巧みに交わしている。歌に「太陽が沈んでも帰らないのか」という句があるから、本来カンガンスォルレでは相応しくないものであろうが、といって単に即興歌と決めつけることもできない。前掲の歌のように、カンガンスォルレの根幹には誘いの歌があるからである。

前掲の歌のように、娘のリボンが歌の素材になっているのは、他の歌にも見られる。

……隣の家の、申チョンガよ、私のリボン、拾ったの、
拾いは、したけれど、あなたの家の、ご両親、俺の両親に、なれば、あげるよ（6―2巻、三四〇頁）。

「あなたのご両親が俺の両親になれば」とは結婚してくれればという意味であるので、この歌も誘い歌である。高晶玉はこの類の民謡を「リボンの金通引の謡」と名付けている[23]が、これらは、娘が落としたリボンを男が拾い、娘が返してよとうたうと男は夫婦になるとき返してやるというストーリーを持つ長編の歌である。

朝鮮の民謡で「情恋謡」の中の問答体の歌はいくつかのパターンがあって、①ある条件を出して願望をうたう歌、②モノを請う形の歌、③家を尋ねる歌、④婿にしてくれと頼む歌、⑤拾った娘のリボンの歌、⑥破れた「快子」の歌、⑦ポケットの値段の歌、⑧その他の歌と分類される。⑥の歌を除いては皆、歌い手が一緒になってほしいと願う誘いの歌である。返し歌は、色々な表現をもって巧みに交わしている。そして、男が娘を誘うときには、希望・願望をうたうものが多い。具体的にはあるものをおくれとか、頼むこととか、あるいは家を尋ねることが多く用いられている。[24]

この中で、カンガンスォルレでは、情恋謡の問答体の中で、④婿にしてくれと頼むという歌を除いて皆うたわれている。比較的に長編の歌である、⑥破れた「快子」の歌は、珍島郡に二つ伝わっている（6―1巻、二一九～二二〇、二三二頁）。この歌の内容は、男が密かに娘に会いに行くため塀を越えるとき、〈快子〉という大切な服が破けた、母あるいは妻に詰問されると何と答えたらいいのかと心配していると、娘が色々な弁解の知恵を教えるのであるが、それでも信じてくれなければ、次の機会に自分が直してあげるというストーリーを持つ歌である。民謡としてうたわれる目的がよくわからない歌である。⑦ポケットの値段の歌は、高興郡都陽邑一箇所で伝わっている（6―3巻、一三二～一三三頁）。ここでは、娘が不可解な樹の実で作ったポケットを男が見てお金がないから買えないという内容になっているが、元来この類の歌は、たいがいお金は要らないから私を連れてっておくれという内容の長編の歌である。[25]ポケットを素材にした誘いの歌とみて大過ない。

娘が男を誘う歌も結構うたわれている。

……あそこに行く、あの人は、花を見て、黙って行くのかしら、
花は、きれいだが、他人の花に、手を出せるか、
見て折れない、その花に、名前でも、付けて行ったら、
その花の名前は、断腸の花（6―2巻、三四〇～三四一頁）。

男はすでに他人の女になっていると思っているから、近づけることはできないという内容であるが、娘

が男を誘っているので、実際に娘はまだ独りであることがわかる。こうした歌がうたわれている目的は、娘は他人の女だと思わせないように普段の身の振る舞いに気をつけておかねばならない、さもなければ、本当に好きな相手とは一緒になれないよ、という教訓にあると考えられる。このような、娘に対する恋の教訓的な歌においては「あまり鼻が高ければ男は寄り付かないよ、だから適当なところで決めなければ、いつまでたっても結婚できなくなるよ」という意味の歌もある（6―2巻、三一四頁）。

ニムよニムよ、若いニムよ、枕が高くて、眠れなければ、私の腕枕で、眠ってね、こう見えても、大丈夫だよ、お前の腕の中で、眠れるか、えいっ、このアマ、お前の好きな、ところに行け、俺の行くべきところへ、俺は行くよ（6―2巻、三五〇～三五一頁）。

娘の積極的な誘いに対して、こう見えても男なのにお前の誘いには乗らないよと男はつっぱねているし、悪口まで言っている内容の歌である。このような歌がうたわれている意図は、娘の方から男を積極的に誘ってはいけないよ、という恋の教訓にあると考えられる。

このような恋の教訓的な歌は、女ばかりではなく男に対してのものもある。「ニムよニムよ、恋しいニムよ、情が移ってしまった、何かしよう、別れる運が来たのか、言えないことがないわね」（6―1巻、七二二～七二三頁）のように、あまり露骨に誘うとだめだよ、という恋の教訓の歌も残っている。

4 盛り上げるための歌

踊りや歌を盛り上げるための歌も相当うたわれている。最も多く見られるのは、「遊ぼう遊ぼう、若いときに遊ぼう、老いたら遊べないよ……（省略）……」（6—3巻、一二八～一二九頁）のような内容を持つ歌と、「走って行こう、走って行こう」（6—1巻、二二六頁）や「気持ちよく、走ってみよう」（6—1巻、五二五頁）などである。カンガンスォルレの円舞は、ゆっくりした調子から走るような調子まであるので、「走ろ走ろ」（6—3、六一二頁）という歌もある。

5 その他の歌

ここで取り上げる歌は最低二つ以上の地域でうたわれているものに限って述べる。「鳥よ鳥よ、青い鳥よ、緑豆畑にとまらないで……（省略）……」は珍島郡（任、一七三真）と咸平郡（6—2巻、三三五頁）で見られる。これはよく知られた民謡で、即興的に取り入れた歌であろう。パンソリ（唱劇）の「沈清歌」の一部が珍島郡（6—1巻、七二三～七二六頁）と海南郡（6—5巻、六二五頁）でうたわれているが、カンガンスォルレとは全く無関係である。全羅道であるからパンソリを憶えたことのある人が即興的にカンガンスォルレに合わせた歌と考えていい。他にも「妻と妾の歌」（6—2巻、三三〇～三三一頁）や身の上話のような叙述形の歌は紙面の関係上今は省略する。

本来、民謡には歌の場があったはずであるから、月に呼び掛ける句がある歌や歌の中で月を素材にしてうたっている歌は、基本的にカンガンスォルレで生成され、カンガンスォルレが本来の歌の場であると見て差し支えない。「父母を思う歌」の中で最も代表的なものは「月よ、月よ」と月に呼び掛けて始まる歌である。この歌は全国的にうたわれている民謡であるが、元来カンガンスォルレでうたわれた歌が全国的に伝播したのであろう。「ニムに関する歌」にも「あの月は、遠い月」や「月は昇って、夜を照らし」などの歌もカンガンスォルレの雰囲気に適合した歌で、各地のカンガンスォルレでうたわれている点からみて、これらの歌も元来はカンガンスォルレの歌であると考えられる。そして、これらの歌が独りであることを暗に表明することを目的としてうたわれているから、少なくとも歌の場に男たちがいることが前提になる。だから、若い娘のみならず男に対する恋の教訓の歌もうたわれているのである。こうしたカンガンスォルレの歌の場は、「問答形の歌」の検討によって、より明確になる。「月が出る、月が出る」と始まるいわゆる「方ホバンの歌」は、広範囲にわたってうたわれていて、元来カンガンスォルレの歌であると思われる。この類の歌は明らかな誘いの歌である。ということはカンガンスォルレの歌の場というものは男女が誘い合う場であったということになる。他にも多くの誘いの歌がうたわれているのは、それを物語っていると判断できよう。これによって、歌はただ踊りに合わせるための即興的なものではないことがわかる。

実際、一九四一年に刊行された『朝鮮の郷土娯楽』には、全羅南道の潭陽、慶尚北道の義城などの地域では男女共に参加するカンガンスォルレであったと記している。このことはカンガンスォルレが男女の誘いの場であったという私の主張と合致する。従来カンガンスォルレの参加者は婦女子だけであるという先入観をもって、男が入っているのは変化によるものであり、あるいは妨害しようとする悪戯と判断していたとされてきた。[26] 私は、むしろ婦女子だけで集まって行うカンガンスォルレは変化したもので、男女が一緒に行った地域のカンガンスォルレこそが始原的なものであると考えている。
以上のことを補う意味で、次節では、男女が群集してうたい舞う、他の行事について考えてみたいと思う。

三　朝鮮における男女群集と歌舞の民俗行事

朝鮮において、男女が群集して歌舞を行う行事に関する記録は非常に乏しい。古代に関しては中国側の資料に次のような記録が見える。『三国志』「魏書東夷伝」の「高句麗条」には「その民歌舞を喜び、国中の邑落、暮夜男女群聚し、相就いて歌戯す[27]」とあり、『北史』にもこの群戯のことを記した後に、「婚嫁は男女相い悦ぶを取って、即ち之を為す[28]」という。こういう記録から、秋葉隆は、男女恋愛の機会となり得たとし、古代朝鮮の恋愛婚の存在を認めている[29]。また、『梁書』には「其の俗、淫を好み、男女多く相奔誘す[30]」と、男女が誘い合うことに関する記録がある。歌舞や歌戯が行われたことから察すれば、そうした男女の集いは祭りや年中行事のときであったのであろうが、最も詳しく伝えているのは『三国志』「魏書東夷伝」の「馬韓条」の記録である。

常に五月を以て種を下し訖って鬼神を祭る、群聚歌舞し酒を飲み、昼夜休するを無し、其の舞数十人、倶に起きて相随い地を踏みて低昂し、手足相応じ、節奏鐸舞に似ること有り、十月農功畢って亦之の如く復す、云々[31]。

古代朝鮮の三韓時代（馬韓、辰韓、弁韓）の祭りの時期や歌舞を行うときの様子を詳しく記しているが、ここでいう群聚とは男女の群集とみて差し支えない。カンガンスォルレの起源を論ずるとき、しばしば引用される記録でもある。カンガンスォルレの起源を前述の「馬韓条」の記録に求める場合は、馬韓がカンガンスォルレの中心地である今の全羅道である点や、踊りに関する記述がカンガンスォルレと類似している点などである。(32) 一方、カンガンスォルレの起源との関係を否定する論者は、八月に行われるカンガンスォルレとは時期が一致していない点や、女性のみ集まって行われるカンガンスォルレと比較して、「馬韓条」の記録は男女群集の歌舞である点などを取り上げている。(33) あるいはカンガンスォルレとは結びつけず、「鐸舞に似る」というのは、木鐸のような楽器を用いることなので、現在行われている朝鮮の〈農楽隊〉の原始形として推測している論者もいる。(34) 男女が群集して行った古代の歌舞が、なぜ女性だけが参加するカンガンスォルレになったのか、これについて説明がないかぎり、前述の記録を直ちにカンガンスォルレと結びつけるのは困難である。そして、前述の記録のような農閑期に大々的に行われる朝鮮の歌舞の儀式は現在見られない以上、歌舞が行われる時期について云々するのは当を得ていない。前述の記録とカンガンスォルレとの関連性は、今のところ論者の推論にとどまるだろう。

中国側の諸記録から確実にいえるのは、古代朝鮮で男女が群集して歌舞を行っていたことと、男女が誘い合っていたことである。

ところで、朝鮮側の文献においては、高句麗の国祖神話において媒酌結婚の話が出るほどであるから、(35) 一般の男女が誘い合う機会や場に関する直接な記録がないのも当然であるかもしれない。ただ幸いなことに、朝鮮王朝時代に編纂された『新増東国輿地勝覧』（一五三〇年編纂）にその片鱗を伝えてくれる箇所がある。耽羅国（済州島）の「風俗条」の記録である。

毎歳、八月十五日、男女共に聚って歌舞し、分けて左右隊を作し、大索の両端を曳き、以て勝負を決める、索若し中絶し、両隊地に仆れれば、観者大いに笑う、以て照里戯を作す、是日又鞦韆及び捕鶏の戯を作す。(36)

済州島では、毎年八月十五日（陰暦）、男女が集まってうたい舞い、綱引きをする行事を「照里戯」ということである。朝鮮では普通正月の十五日前後に、豊作の予祝行事として綱引きが行われているが、「照里戯」での綱引きが八月十五日に行われることは、他の綱引きとは異なる意味合いがあったのではないかと考えられる。つまり、「照里戯」の綱引きにおいて、綱の中央が絶えることがあるということから、この綱引きには雄綱と雌綱を用いていたことがわかる。これは、性的結合を意味するものであるから、「照里戯」の綱引きは男女の結合を助長する模擬的な行事であったと十分に考えられる。とすれば、済州島の「照里戯」は、男女がうたい舞うとともに誘い合う、求婚の行事であったといえるのではないか。

「照里戯」のように男女が綱引きするのは決して珍しくない。秋葉隆の報告によれば、「全羅道金提の綱引きは、毎年正月の十五日に、村内の若者達と女共達とが索戦をして、勝は必ず女組みにゆずり、綱を立石に捲いたものである。これについては、立石の形が頭部が太く、男子の性器に似ているので、これが隣村から見えると、女子の風儀が乱れるといって、石を倒される恐れがあるから、綱を捲いて置くといわれている。この綱引をしないと村に疫病が流行するといわれ、前年の綱は、今年の新綱を捲くときに解いて焼いてしまう。以てこの行事が呪術宗教的であると共に性生活と関係が深いことを見る」[37]という。例え疫病を退治する呪術的な風俗であったとしても、男女が雄綱と雌綱を結ばせて行う綱引きには、彼ら自身の結合をも助長する意味合いもあったはずである。風儀が乱れるのを防ぐためというのは当時の人の話であって、逆にいえば、男女が行う綱引きの行事は風儀を乱れさせる場であったことを示しているのである。

男女の集団で行われる歌舞や綱引きなどの行事は、地域社会が積極的に設けた男女の誘いの場、求婚の場であるといえるが、「照里戯」のような習俗は他の文献では見られない。早い時期から儒教文化が定着した朝鮮において、特に朝鮮王朝時代は、後述するように、男女が群集する行事は、例え宗教的な行事であっても、風儀を乱すものとして指弾され管制によって禁圧されていた。しかし、前掲した中国側の古文献に見られるような男女が群集して歌舞をする行事が古代から朝鮮王朝まで脈々と続いていたことは「照里戯」によって立証できる。そして、「虎夫人」という民話は、男女の出会いが、月夜の野原に戯れ遊び、男女共に手を組んで舞い踊る場である。[38]この話は一九一〇年代に採集されたものであるが、話の報告者自身が実際に行ったものだと言っている。彼の話から、民話の採録者である鄭寅燮は、それを日本の盆踊りのようなものと推測している。[39]報告者の話が事実であれば、二十世紀の初め頃まで男女が群集して歌舞をする行事は伝わっていたことになる。

こうした習俗は朝鮮に限ることではなく、中国の南方地域をはじめとして、東南アジア、沖縄、日本本土にかけて伝わっていた。かつて土橋寛は、これらの地域を東アジアの「歌掛け文化圏」と称し、歌掛けの方法と対立様式が共通的に見られることを明らかにした。[40]中国南方地域の多くの少数民族では現在も歌舞による求婚儀礼は盛んに行われている。東アジアの諸民族において、男女が群集し、歌舞を通じて異性を誘う習俗が共通的に見られるのは､元来焼畑耕作民文化に属するもので､焼畑耕作の伝播に伴って拡がったと考えられている。[41] 民族によってさまざまなときに行われているけれども、本来は秋の収穫後の結婚のための春の婚約祭であって、元来は若者たちに婚姻の権利を与える集団的成年式から発達したものであるという。[42]

四　カンガンスォルレの変遷

カンガンスォルレは男女が共に参加する歌舞の行事であり、誘い合う、求婚の場であったことは歌の検討から明らかになったと思われるが、いつから、主に婦女子が参加するものに変わったのか、またその理由は何であったのかについても考えを巡らせてみたい。この問題を考える際、一つの手掛かりになるのはカンガンスォルレの起源伝説である。起源伝説の話を要約すれば次のごとくである。

（今から約四百年前の）壬辰倭乱（文禄、慶長の役）のときに、李舜臣将軍が兵士が少ないことを偽装するために、各島嶼と南海岸一帯の婦女子を山上に集めて、強羌水越来（カンガンスォルレ）をさせて、ようやく日本軍の逆襲を免れたという。それから以後、その戦跡地付近の婦女子らがその当時を記念するために、陰暦の八月十五日を擇んで、このカンガンスォルレをうたいながら躍り回るのである。[43]

李舜臣将軍が〈擬兵術〉のために創案したのがカンガンスォルレだという。ところが前述のように、現在のカンガンスォルレの踊りや歌、そして踊り手の服装などから、そうした兵術や将軍との関連性は見出せないのは確かである。だからといって、起源伝説をカンガンスォルレとは無関係のものに一蹴してしまうことはできないであろう。少なくとも何らかの理由があったので、カンガンスォルレと壬辰倭乱との結びつきができたのである。この理由について「婦女子らが遊戯としてやっていたカンガンスォルレが李舜臣将軍によって、国乱を防ぐための擬兵術に取り入られたので(44)」、あるいは「壬辰倭乱という歴史的事件により、豊穣祭の呪術的意味が歴史的意味に転換されて新しい伝承力を確保したので(45)」などと説明している。カンガンスォルレの歌、踊り、服装などから壬辰倭乱との関係を見出せない限り〈擬兵術〉云々は説得力に乏しい。また、カンガンスォルレのいわゆるノリ（遊戯）の部分には呪術的な意味合いがあるかも知れないが、元来のカンガンスォルレに豊穣祭的な要素があったならば、歌のどこかに祭祀の要素が残っているはずである。しかし、歌の中にそうした祭祀の残影を見つけ出すことはできない。

カンガンスォルレの起源伝説において、壬辰倭乱のときの起源が否定される以上、話の要点は、婦女子だけが参加するところに力点があると考えていいであろう。つまり、上の起源伝説は、壬辰倭乱以降は婦女子だけによってカンガンスォルレが行われていたことを物語っているのだと読み取るのである。

実際に壬辰倭乱を契機に、民俗行事が中断されたり形態が変わったものの中で、最も代表的なものに「踏橋ノリ」がある。「踏橋ノリ」とは、上元の日の夜に橋を踏めば、その一年間脚が健康で、足の病にかかることなく、かつ年中の厄除けができるということで、橋を渡る民俗行事である。『芝峯類説』（一六一四年編纂）によると、「平時に在るも甚だ盛に、士女駢闐し夜に達して止まず、法官は禁捕するに至れり、……(省略)……壬辰乱後に此俗無し」という。[46]しかし「踏橋ノリ」はなくなったのではない。『京都雑志』(十八世紀刊)、『東国歳時記』(一八四九年)などによれば、「今の俗、婦女また踏橋する者無し」と記されているのであるから、[47]継続されていたことがわかる。そして婦女子の参加はなくなったというが、都や各市では、男子は十五日、婦女子は十六日にして継続されていた。[48]このように男女が時差をつけても民俗行事は続けられるのであるが、カンガンスォルレも例外ではなかったことは『恩波濡筆』(鄭万朝、一八五八〜一九三六年)によって確認できよう。編者である鄭万朝が珍島に流配されていた一八九六年と一八九七年にカンガンスォルレを見て、「娘の心にはただ郎が来るのを待つ、強強須来(カンガンスレ)のとき、亦郎が来る」と記されている。[49]始まりは女性だけであっても、結局は男女群集のカンガンスォルレになってしまうことがわかる。だから、前述のようなニムの歌や誘いの歌が現在もカンガンスォルレでうたい続けられているのである。

七年間の壬辰倭乱の惨状は、戦争が起こって二年後の記録に「諸道大に飢ゆ京畿と下三通尤甚し、人相殺して食む」(宣祖二十七年正月、『李朝実録』は『李朝実録風俗関係撮要』[50]より引用する)とあるほど、想像を絶するものであった。戦乱が終わって約十六年経って、やっと宮廷で端午の行事の再開や〈耆老所〉で毎年行われていた年老宰臣のための宴会が兵乱により中断されていたことが挙論されるようになる(宣祖三十六年五月)。宮廷ですら十六年くらい経って年中行事の再開を挙論するのであるから、一般民衆の社会において年中行事の再開までにはもっと期日がかかったと推測できよう。こうした社会の状況であったので、壬辰倭乱を契機に年中行事の中断や形態の変化が起こってきたものと思われる。これと併せて考えなければならないのは、朝鮮王朝の男女が群集する行事への禁圧政策である。『李朝実録風俗関係撮要』

をかいつまんでみると、祭りのときに「歌舞往来男女の別なし」と問題になり（世宗十一年九月）、ソウルで男女が群集する〈燃燈会〉を禁じさせたが（世宗三十二年正月）、後には参加する者に罪を科したりした（文宗元年五月）。殊に、全羅道の風俗は度々宮廷で問題とされ禁圧の対象になっていた。例えば、「全羅ハ古ノ百済ノ風アリ、其俗鬼神ヲ尚ビ岡蛮林薮皆神号アリ、……（省略）……音楽酒飲、男女群集露宿夫婦相失スル者アリ。弟ハ兄ノ妾ヲ蒸シ奴ハ主母ヲ奸ス」と、淫祀・淫風が指摘された（成宗十九年三月）。このような全羅道に関する記事は、成宗二十二年九月や同年十月にも見られる。カンガンスォルレは全羅道が中心地域であり、男女が群集し、それも誘い合う場であったから、禁圧の対象になったはずである。済州島の〈照理戯〉はこうした禁圧政策によって失ってしまった風俗となった。幸い管制が届かない地域では男女が共に行ったり、または集まる時間をずらすことによって、結果的にカンガンスォルレは綿々と伝わったのである。

むすびに

『大系』に収録されている十五地域と、任東権の二地域のカンガンスォルレの歌を比較検討して見た結果、月夜を素材にした種々の歌が多くの地域でうたわれており、しかも同じ内容の歌が各地に残っていることがわかった。これを踏まえると次の二点が確認できる。

一つは、これらの歌こそが本来のカンガンスォルレの場で生成されたもので、殊に、月夜で異性を誘う歌や男に対する恋の教訓的な歌などがうたわれているのは、始原的なカンガンスォルレは男女が共同に参加して誘い合う求婚の場であったことを物語っている点である。二つは、歌は即興的なものもあるが、本来カンガンスォルレの場でうたわれていたと思われる恋の教訓歌やニムに関する歌、そして問答歌などの一定の歌があったので、現在のように婦女子だけのカンガンスォルレになっても類は友を呼びながらうたい続けられている点である。

男女が群集して行う始原的なカンガンスォルレは、古代より存続していた男女群集の歌舞の民俗行事と軌を一にする。これが朝鮮王朝時代に入ると、男女群集の行事は禁圧されたり、壬辰倭乱によって中断されたりするが、この影響で主に女性の歌舞に重きをおいて変貌していったのである。ところが、一部の地域で男が後に合流するとか、男女がともに行っている事例があることは、その場で誘い合うことがあったのか否かの確認はできないが、始原的なカンガンスォルレの残存とみなしていいと思われる。

【記】

（1）鄭万朝の『恩波濡筆』は最近発見されたが、いまだ資料は入手できず、本稿での資料の引用は、林在海（「カンガンスォルレとノッタリバルキの地域的な伝承様相と文化的状況」『民俗研究』2　安東大学校民俗学研究所　一九九二年）の論文による。

（2）『朝鮮の郷土娯楽』　朝鮮総督府　一九四一年

（3）任東権「カンガンスレ」『無形文化財調査報告書』7　一九六五年

（4）任東権『韓国民謡集』全6巻　東国文化社　一九六一年

（5）韓国精神文化院『韓国口碑文学大系』6―1、6―2、6―3、6―4、6―5、6―6、6―7、6―9、6―12　高麗苑　一九八五～一九八八年

（6）咸和鎮『朝鮮音楽通論』　乙酉文化社　一九四八年、李秉岐『国文学概論』　一志社　一九六五年、宋錫夏『韓国民俗考』三三頁　日新社　一九六〇年、崔常寿「カンガンスォルレの民俗考」『学術界』1―1　ソウル　一九五六年、『韓国民俗ノリの研究』成文閣　一九八五年に再録、任東権『韓国民俗学論攷』集文堂　一九七一年、丁益燮『韓国詩歌文学論攷』全南大学校出版部　一九八九年、朴淳浩「カンガンスォルレの由来と語源について」『全羅文化研究』全北郷土文化研究会　一九七五年などがある。

（7）鄭炳浩「民俗芸術」『韓国民俗大観』5　高麗大民族文化研究所　一九八二年
李京和「民俗舞踊の内容と性格分析」『韓国の民俗芸術』　文学と知性社　一九八八年

（8）崔徳源（『南道民俗考』　三星出版社　一九九〇年）、林在海（前掲書）などがある

（9）任東権　注（4）に同じ　二六七頁

(10) 丁益燮　注（6）に同じ　七六二頁

(11) 〈強羌随月来〉とも表記する場合もある（鄭寅燮「朝鮮の郷土舞踊」『民俗芸術』1―9、民俗芸術の会、一九二八年五月）。起源説話に基づく解釈である。あるいは当て字は海の彼方からやって来る来訪者を迎える観念の表れとして考えている論者もいる（依田千百子『朝鮮民俗文化の研究』瑠璃書房一九八五年）。

(12) 李秉岐　注（6）に同じ　一一頁

(13) 崔常寿　注（6）に同じ　二一六頁

(14) 丁益燮「全南地方のカンガンスォルレ攷」『染柱東博士古希記念論文集』同刊行会　一九七三年三三五頁

(15) 林在海　注（1）に同じ　八七頁から再引用

(16) 丁益燮　前掲書　七四九～七六三頁、七九四～八〇七頁
崔徳源　前掲書など

(17) 韓国精神文化院　前掲書　6―1、6―2、6―3、6―4、6―5、6―6、6―7、6―9、6―12

(18) 土橋寛『古代歌謡の世界』八二〇～八二一頁　塙書房　一九六八年

(19) 任東権　注（4）に同じ　四〇六～四〇八頁

(20) 丁益燮　注（14）に同じ　三三八頁

(21) 任東権　注（4）に同じ　一八五～一八六頁

(22) 拙稿「朝鮮の「情恋謡」について」一三五～一四〇頁『大谷森繁博士還暦記念朝鮮文学論叢』杉山書

店　一九九二年
(23) 高晶玉『朝鮮民謡研究』二六四頁　首善社　一九四八年
(24) 拙稿　注（22）に同じ　一三六～一三八頁
(25) 注（22）に同じ　一三九頁
(26) 任東権　注（3）に同じ　二六二頁
(27) 延世大学校国学研究院編『高句麗史研究Ⅱ資料篇』三三四頁　延世大学校出版部　一九八八年
(28) 注（27）に同じ　五二五頁
(29) 秋葉隆『朝鮮民俗誌』八二頁　六三書院　一九五四年
(30) 注（27）に同じ　二九九頁
(31) 天理大学図書館『三国志』魏書30
(32) 丁益燮　注（6）に同じ
(33) 林在海　注（1）に同じ
(34) 震檀学会『韓国史』古代篇　三〇八～三〇九頁　乙酉文化社　一九五九年
(35) 李奎報『東明王篇』、朴斗抱訳『東明王篇・帝王韻紀』六〇頁　乙酉文庫１６０　一九七四年
天帝の息子である解慕漱と河伯の娘との結婚が媒酌結婚ではなかったので、河伯が怒鳴る場面。
(36)『新増東国輿地勝覧』5　三一頁　古典国訳双書44　民族文化推進会　一九七六年
(37) 秋葉隆　注（29）に同じ　四五頁
(38) 鄭寅燮『温突夜話』二四七頁　日本書院　一九二七年

(39) 鄭寅燮　注(38)に同じ　五七頁
(40) 土橋寛「歌掛け文化圏の中の南島」『文学』52巻　一九八四年六月
(41) 大林太良『稲作の神話』一二～一三頁　弘文堂　一九七三年
(42) プアニチェリの論述を大林太良　前掲書　一二頁から再引用
(43) 任東権　注(3)に同じ　二六三～二六四頁　『大系』6―5巻の起源伝説も同様である。
(44) 注(43)に同じ　二六七頁
(45) 林在海　注(1)に同じ　一三五頁
(46) 李晬光『芝峯類説』上輯　一九頁　朝鮮研究会　一九一六年
(47) 李錫浩訳『朝鮮歳時記』五〇頁・二一六～二一七頁　東文選　一九九一年
(48) 崔南善『朝鮮常識問答』一〇〇頁　三星文化文庫16　三星美術文化財団　一九七二年
(49) 林在海　注(1)に同じ　八八頁から再引用
(50) 朝鮮総督府中枢院『李朝実録風俗関係資料撮要』一三九頁　一九三九年

第16章　韓国の情恋謡

はじめに

朝鮮の古文献に収められた歌謡においては、異性を誘うために誘い謡をうたい、これに謡でもって応えるといった問答体のようなものは存在しないというのが従来の基本的な考え方であった。[1]したがって、謡の掛け合いが行事の最も重要な部分をなす日本の歌垣でうたわれた歌掛けのようなものについて朝鮮では今まで論じられたことはない。[2]そして歌掛け文化圏の地域を論じた場合、朝鮮は含まれない。[3]このようなことを成り立たせた最大の原因は、朝鮮における歌掛けの実態が知られてなかったことによる。しかしながら『韓国民謡集』[4]を調査していく中で、その中の「情恋謡」に歌掛けの素朴な形式のあることを発見した。そこで、この「情恋謡」を実際に検討することによって、朝鮮における歌掛けの存在を追ってみたい。これによって、朝鮮に歌掛けが存在し、歌掛け文化圏にあることを確認したいと思うのである。

一　「情恋謡」における問答体の謡

「情恋謡」という名称は、任東権が『韓国民謡集』で、民謡の分類項目の名称として初めて用いたものである。[5]任は情恋謡を、さらに①問答謡、②情愛謡、③情謡と細分化している。『韓国民謡研究』で、分類方法について、「情恋謡」は恋と恋情をうたった民謡一切を含めたものであり、その中で、問答謡は男女間で問答式でうたわれた謡であり、情愛謡は浪漫的な愛をうたった民謡であり、情謡は愛を俗っぽくうたった短編的な情歌であると説明している。[6]

細分化している各項目に収められている民謡の題目と内容はおおよそ次のようである。①問答謡は、「綿花を採る娘の謡」、「蓮花を採る娘の謡」、「桑花を採る娘の謡」など、娘の仕事の場、換言すれば、歌の場を中心にして集められており（男女の問答の区別は明示されていない）、内容は、男が女を誘うと、これと巧みに言葉を交わす女の謡である。②情愛謡は、「相手を慕う謡」、「怨情謡」、「痴情謡」、「リボン謡」、「愛女謡」などであるが、内容は主に男女の恋の謡か、恋の煩いに対する嘆きの謡が大半を占めている。しかし、「リボン謡」は厳密にいえば問答謡に属する謡であると思われるが、どういう歌の場でうたわれていたのか明らかにされていない。そして「愛女謡」は愛する娘に対する親の謡であるので、この項目に入れるのは適当でないと思う。③情謡の場合、題目はなく、男女の間のからかいの謡、片思いの謡、美しい娘を讃める謡、恋人の便りを待つ謡など、様々な内容を持つ謡が集められている。これらの謡の内容からみて、情恋謡に分類されている民謡は、愛女謡を除いては、男女間の恋心に関わる謡であるといえる。

任東権の『韓国民謡集』は、それ以前に発行された九種類の民謡集を網羅しているので[7]、朝鮮民謡の総集成ともいえる。だが、分類方法においては既存の分類方法とは違うので、情恋謡の意味づけは他の民謡集とは異なっている。たとえば、韓国民謡を最初に論理的に集大成した高晶玉の『朝鮮民謡研究』の分類では、情恋謡の中の問答謡は「童男童女問答体謡」に当たる[8]。ここでいう童男童女は未婚の男女を指すが、「童男童女問答体謡」は、さらに①蓮の実を採る娘の謡、②リボンと金通引の謡、③破れた快子の謡、④汝の家と我が家の謡、⑤ポケットの謡、⑥怨情の謡、⑦片思いの謡に細分化されている。この細分化は問答体形式の謡を主題と内容別に分けているが、任東権の情愛謡と情謡に細分化されている謡は、高晶玉の「童男童女問答体謡」に含まれるものが多いことがわかる。実際、情愛謡の中のリボン謡、ポケット謡は問答体の謡であり、情愛謡の中の不貞謡の中には問答体の謡もある（1―643）。そして情謡においても（1―649）の謡は問答体の謡である。また、情愛謡に分類しているリボン謡がⅣ巻では問答謡に、ポケット謡がⅡ巻では問答謡に入っている場合もあるので、男女間の恋に関わる問答体の謡をいうときは、情恋謡の中の問答謡だけでは不十分で、高晶玉が分類している「童男童女問答体謡」も合わせて考えなければならない。

二　問答体の謡の類型

『韓国民謡集』の情恋謡に収められている問答体の謡は二百首余りである。それを内容別に分ければ、おおむね次のとおりである（謡の男女区別及び改行と日本語訳は筆者による）。

①　ある条件を出して願望をうたう謡

あそこの蓮の池で蓮の実を採るあの娘よ、蓮の実は俺が採ってあげるから、俺の胸の中で眠っておくれ。（男）
眠るのは遅くならないが、蓮の実採るのが遅くなる。（女）（1―595）

男が蓮の池で実を採る娘を見てうたっている民謡と考えられる。歌詞において、仕事を代わりにしてあげるというのは、胸の中で眠ってくれという願望・目的の達成のための手段として用いた、いわゆる甘言である。換言すれば、願望達成の手段としてある条件を出している謡であるといえる。うたう目的は、願望・目的句の表現どおりとみるよりは、付き合いを願うことにあろう。つまり誘い歌としての機能を持つ謡である。

このような誘い歌は、娘の仕事の場が異なることによって様々な条件と願望の句が表れてくる。娘の仕事の場は、すなわち歌の場でもあるが、その場において、綿花を採る娘、桑の葉を採る娘などに呼び掛けて、前掲の謡のように、仕事を代わりにやってあげるからとか、あるいはかんざしをあげる（1―613）という条件などを出している。これらの条件句に対して願望・目的の句は、一緒に暮らそう（1―613）とか、婚礼服を作ってくれ（1―600）という表現などもある。この類の謡は全巻を合わせて三十首近くある。

高晶玉のいう「蓮の実を採る娘の謡」系統の謡であるが、この類の謡は田植えのときもうたわれていた。[9] 歌詞の呼び掛けの句に表れているように、本来は、娘の仕事の場が歌の場であったが、労働の場において楽しみの謡に転じられたのであろう。

② モノを請う形の謡

白菜を洗うあの娘よ、外側の葉っぱはみな捨てて、内側の葉っぱは俺におくれ（男）
いつ見たの、内側の葉っぱを俺にくれというのさ（女）（1―608）
綿花採る娘よ、破れた俺のポケット直しておくれ（男）
直すのは簡単だけと糸がないわ……（女）（2―1180）

これらの謡がうたわれるのは、謡の願望・目的の句で示されているような、白菜の葉っぱをおくれとか、ポケットを直しておくれということではなく、恋心を抱いたことの表現であり、心を俺に寄せてくれという誘いのためである。これは〈サニーレタスの葉っぱは他人にあげても、心だけは俺におくれ〉（1―611）という謡によく表れている。これらの謡においても歌詞の内容とうたう目的とは直接的には関係のないことがわかる。他の願望・目的の句としては、物を貸しておくれ（1―610）という表現もある。この類の謡は全巻を通じて三十余首収められている。注目すべきことは、白菜の葉っぱ云々の謡が「春川アリラン」の謡の一部をなしていることである。[10] 歌の場から離れた謡が別の謡に意味づけられて変わっていったよい例である。「アリラン」の謡は全国的に分布されているが、恋心に関する謡が多いので、そうした誘い歌が結びついたものと考えていい。

③　家を尋ねる謡

黄海道の蓬山、九月山の下で薬草を採るその娘よ、あなたの家はどこでしょう、太陽が沈んでも帰らないのか（男）

私の家を知りたければ、山越えて川を渡って行けば、濃い霧の中に藁葺の家屋がある、それが私の家さ、気に入ったならついて来て、気に入らなければやめておくれ（女）（1―599）

この謡は、綿花畑、蓮の池などで、夜遅くまで仕事をする娘を心配しながら、娘の家を尋ねると、〈……霧の中に入れば、雲の中が私の家である……〉とうたっているように、適当に教えている。こういうふうにうたって、今度は娘の方から逆に男の家を尋ねると、男も負けずに〈松林が我が家である〉と応酬するものもある（1―590）。また、娘が男に家を尋ねる謡にもなっている（2―1231）。相手の家を尋ねることは、関心のあること、あるいは恋心の表現であり、この類の謡は全巻を通じて三十首近く収められている。

この謡は京畿道牙山地方の「薬草を採る娘の謡」と題されているものであるが、謡の冒頭に黄海道蓬山という他地域の有名な山を出している点を考えてみると、民謡に用いられている固有名詞はその地域に限らず、象徴的なものをも含めているのがわかる。高晶玉の言う「我が家汝の家」（謡番号185）がこの類の謡である。

④　**婿にしてくれと頼む謡**

綿花の畑で綿花採るあのお婆ちゃん、半月のような娘あれば、満月のような（私を）婿にしてくれよ（男）

娘はいるが、まだ幼いから駄目だ……（婆）（3—751）

謡ではおばあちゃんになっているが、実際は娘の母に呼び掛ける謡である。他の誘い歌は、娘に直接うたうのが通例であるが、第三者である母に、娘を貰いたいと誘う謡である。誘いの歌の中で、第三者に誘い歌をうたうのは、この類の謡が唯一のものであり、全巻を合わせると二十首近くある。

⑤　**拾った娘のリボンの謡**

姉のリボンは絹リボン、私のリボンは紡糸リボン、……拾ったなら私に返しておくれ（女）

拾ったけれどもただでは返さない、……一緒に暮らすとき、あなたにあげる……（男）（1—627）

任東権が「情愛謡」に分類（巻Ⅳでは問答謡）した謡であるが、謡は明らかに問答体であるので、問答体の謡としてみなすべきである。高晶玉は、「リボンの金通引の謡」（謡番号183）と題している謡である。高晶玉が採集したとき、謡に登場する娘は大概慶尚監司の末娘で、例外なく、前後に別の謡が付いていたらしい[11]。この類の謡は、娘が落としたリボンを金通引という男が拾い、娘が返してとうたうと男は夫婦になるとき返してやるというストーリーを持つ長編の謡である。五十余首収められており、最も数の多い謡である。

⑥　破れた快子の謡

……李先達の娘に会いに行くため、塀を越えるとき、五十両の快子が破けた。唐辛のような内の女房にばれたら何と云ったらいいのか（男）

大の男が何を心配しているの、川辺で弓を射るとき破れたと云いなさい（女）

……そう云っても信じてくれなければ（男）……

私が元どおりそっくり直してあげるわ（女）（1―624）

任東権が「情愛謡」に分類した謡であるが、やはり問答体の謡である。妻のある男が密かに他の女に会いに行くため塀を越えるとき、快子という大切な服が破けた、妻に詰問されると何と答えたらいいのかと心配していると、女が色々な弁解の知恵を教えるのであるが、それでも奥さんが信じてくれなければ、次の機会に自分が直してあげるというストーリーを持つ謡である。この類の謡は二十首近く収められている。

⑦　ポケットの値段の謡

植樹しよう、植樹しよう、洛東江に植樹しよう、その樹大きくなって、一個の実を結んだ、どんな実かな、太陽と月が実ったね、……（この実で）ポケットを作って樹に掛ける。……すばらしいあのポケットは誰が作ったのか、銀をあげようか、金をあげようか、（男）

銀もいや、金もいや、水絹タオルを私の腰に巻いておくれ。（女）（1―635）

他の謡においては、海に根のない樹を植え、その樹に太陽と月が実るなど、不可解な樹の実で作ったポケットを見て男が値段をつけている。そのとき、女の方が、〈千両でも安いけれども百両にしましょう〉（1―636）とか、〈三千両が値段ですよ〉（2―1342）という場合もあるが、たいがいは前掲の謡のように、私を連れてってくださいと娘の方が積極的に言っている。あるいは、男の方が、〈見物はしたいけれどもお金がなくてできないね〉（2―1344）という場合もある。この類の謡は四十首近くある。

⑧ その他の謡

あなた一人で綿花を採るのかい、（男）
私の母は全国遊覧に出掛けているよ、（女）
いつ帰って来るのかい、（男）
銅皿に竹を植え……この竹に花が咲いたとき帰ってくるわ（女）（2―1179）

七首ほど収められている謡であるが、娘の仕事の場で、今日は母がそばに付いていないことを確認し合う謡であろう。その他、〈一人でとれば退屈だから二人でとったらどうか〉と、男がうたうと、〈私の兄ちゃんが怖くてだめよ〉（2―1185）とか、娘が私の姉ちゃんはもっときれいだよ（2―1186）と姉に譲る謡もある。

以上、主な男女の掛け合う問答体の謡を検討してみたが、謡の中で、歌の場が確認できないのは⑤の「拾った娘のリボン」、⑥の「破れた快子」、⑦の「ポケットの値段」の謡である。これらは一定のストーリーを持つ抒事的な謡であるが、問答の部分が幾つも出ているのを見たら、単に、娘のある仕事の場で掛け合う性質のものではなく、歌詞が長いので、おそらく、歌宴のようなところでうたわれたものではないかと考えられる。

三　「カンガンスォルレ」の謡との比較

歌宴として考えられるのは「カンガンスォルレ」である。「カンガンスォルレ」とは、婦女子たちが満月の下で手をつないで円形で踊りながら、中の一人が音頭をとり、他の者は「カンガンスォルレ」と囃子言葉を言いながら歩き回ったり走ったりしながら回る遊戯である。これは現在の姿であるが、最初に「カンガンスォルレ」の分布地、行う時期、参加者、歌詞の一部を採録した『朝鮮の郷土娯楽』(一九四一年刊行)によれば、婦女子だけではなく、潭陽、義城地域などでは男たちも参加していた。(13)「カンガンスォルレ」に男も参加していたことを問題視したいのは、歌詞には、女性の謡のみならず、男性の謡もあれば、明らかに誘い歌もあるからである。後に述べるように、「カンガンスォルレ」が元来婦女子だけの歌舞であったならば、女性を慕う謡とか、男女の掛け歌がうたわれるはずはない。「カンガンスォルレ」に関する資料は口承によるもので、謡そのものは即興的なものが多いから、謡の研究は等閑視されてきたのが現状である。(14)

「カンガンスォルレ」の謡の基本的な詞形は四・四調であり、この四・四調の謡がうたわれると「カンガンスォルレ」と答える形式の民謡であるから、四・四調に合うものであれば、どんなものでもうたえるのであり、性格としては即興性が強いものとなっている。だからといってすべての謡がそうであるのではなく、ある程度枠が決まっているものであるという。[15] 即興的な謡を歌い手がうたい易くするためには、間が必要であり、この間がとりもなおさず「カンガンスォルレ」と皆がうたう囃子言葉である。囃子言葉を皆がうたうことによって、歌い手の作詞の時間ができ、参加者全員の共同のものにもなるのである。現在「カンガンスォルレ」の謡は音頭をとる人が決まっているが、本来は「カンガンスォルレ」の場に参加した人は誰でもうたえたのである。実際、同じ形式の謡である「ケジナチンチンナネ」は参加者が順番にうたっていくもので、私もソウルでうたった経験がある。

「カンガンスォルレ」が行われているのは、現在では全羅道地域に限られているが、任東権によって、[16] 珍島郡の謡が二篇、崔徳源氏などによって[17]新安郡、高興郡、珍島郡、海南郡の謡が採録されている。そこで、これを元に謡を検討していってみたいと思う。これらの謡は短編的なものを寄り集めたものが多くあるが、謡の内容からみて、問答体の謡、男の謡、女の謡と区別できよう。(任東権本は(任)に、崔徳源本は(崔)とする)

《問答体の謡》

前掲の謡③「家を尋ねるもの」と⑥「破れた快子」が歌詞に若干の出入りはあるものの、ほぼ同じ謡がうたわれている(崔)。

トムボ（?）とる娘よ、前の姿を見せてくれよ、後ろの姿も見せてくれよ、……リボンは絹かな錦なのかな……絹ならどうする、錦ならどうする、……（任）

トムボが何を言ったものなのかを正確に記せないが、娘に呼び掛けて前の姿を見せてくれとか、リボンに対する応酬をみてわかるように、この謡も問答体であることに間違いはない。問答体の謡の中で特に注目すべき謡は、前掲の謡⑥「破れた快子」がうたわれていることである。多数の人が円形で踊りうたうのであるから、長編の謡がうたわれるのは不思議ではないが、これは⑤の「拾った娘のリボン」や⑦「ポケットの値段」の謡も歌の場が「カンガンスォルレ」であった可能性を示しているのであろう。現在採録された謡の中には見当たらないが、⑤と⑦の謡は、歌の場から離れて単独でうたわれたものが採録されているので、これらの謡が『韓国民謡集』の問答体の謡の中にも最も多くあるのも、集団の場でうたわれていたことを物語っているのであろう。

《男の謡》

トムボとる娘よ、……あなたのリボン俺におくれ（任）

俺はお前さんが若いから一度も手を握ったことがないのに、わが国の宰相がやって来て、俺の花を折って持って行く、……（崔）

これらは男の謡であると考えるが、右の謡は、前掲②の謡「モノを請う形のもの」と同系統で誘い歌である。次の謡は一緒になれなかった理由を宰相に取られたとたとえてうたい、男の悲しみを訴えているようである。

《女の謡》

私の両親が尋ねて来たら、鷹に取られて行ったと云わないで、文章力に惚れて行ったと言っておくれ（任）

チョンガがかんざしをやるからおいでって、……五銭で私の体を売れるもんか（崔）

右は駆け落ちする娘の謡であろう。下の謡はかんざし程度では簡単に行かないよという娘の心が表われている。

男の謡、女の謡と考えられるものが、「カンガンスォルレ」の場での出来事を即興的にうたったものが伝わっているのか、それとも別の場での謡が転用されたものなのかは今のところ確認できない。だが、「カンガンスォルレ」の謡の中では、男女の問答体の謡、誘い歌がうたわれることは、現在では女性専用の歌舞の場でのみ行われるものであったとしても、もともとの「カンガンスォルレ」は男女共有の歌舞の場であったことを立証していると思われる。古文献では「カンガンスォルレ」についでは言及がないようであるが、「新羅の王都、慶州では、昔毎年二月十二日ごろになると、男女共に野原に集まって、夜が更けるまで月光を浴びながら、踊ったりうたったりしたとのことである」と実際行われた風習であるという[18]。

儒教の理念が確立された朝鮮王朝時代では、宮廷歌楽が、鄙俚・淫詞・妄誕の理由で改撰・排除されたり、「男女相悦之詞」と指弾されたものが多い。[19] 私も小さいとき、「男女七才不同席」という話はよく耳にしたものであるが、儒教文化の名残だったと思う。こうした環境の中で、「カンガンスォルレ」の場で男女が一緒に歌舞とともに誘い合うことは、指弾の対象になったものと簡単に想像がつく。それで共同の歌舞の場が多くの地域で女性専用のものに変わっていったのであるが、管制が届かない田舎では昔のままで男女の歌舞の場として残っていたと考えられる。男女が満月の下で歌舞をする目的の一つは、現存する問答体の謡や男の誘い歌から推測すれば、若い男女が誘い合うことであったと考えられる。朝鮮においても男女が誘い合う風習は古くからあったらしく、『梁書』諸夷伝、高句麗条に見える。[20]

「カンガンスォルレ」の起源説話は、ほぼ十六世紀末頃の文禄・慶長の役のときに活躍した朝鮮の李舜臣将軍の擬兵述から始まったという。[21] これは「カンガンスォルレ」の音漢字表記の「強羌水越来」の意味とも相通じるところもあるが、当て字以外には何の意味もない。踊りにおいて戦闘的なものはないし、実際、謡の中でもそれらしきものは何一つ存在しないからである。ということは、起源説話にも女性だけが円舞をしたと語っているように、男女共同の歌舞から女性だけの「カンガンスォルレ」に変わって行った時期が十六世紀末頃であったことを物語っているのであろう。

多くの地域で婦女子だけの「カンガンスォルレ」を行っていたので、やはり女性特有の謡が最も多く伝わっている。

月よ月よ明るい月よ、李太白が遊んだ月よ……両親と一緒に暮らしたい。……何時になったら私の両親に会えるだろうか。(任)

二首ともお嫁に行った若い婦人が実家の両親を思う謡である。また、〈十五歳でお嫁に行って十八歳でやもめになるとは……〉のように自分の不幸な運命を嘆く謡もあり、〈あの月は私の人を見ているだろうか、私にはどうして見えないのだろうか〉と恋人のいない娘が嘆く謡もある。抒情的な謡もあれば、〈遊ぼう遊ぼう、若い時に遊ぼう、老いたら遊べないよ、……〉と遊びに誘う謡もある。これらの謡は誘い謡とは関係なく、女性の感情を述べる謡である。

四　古代歌謡との比較

朝鮮の古代歌謡（郷歌を含む範囲）には問答体の謡は見あたらない。しかし、問答体の謡の断片と思われる謡はある。[22] 郷歌「献花歌」がそれである。

　紫の岩の所に牽いて来た牝牛を放させてくださって
　吾をはずかしいとお思いでなければ
　花を手折って献じましょう

『三国遺事』によると、新羅の聖徳王のとき、牝牛を引っ張って通りがかった老翁が水路夫人に花と共に捧げた謡となっている。背景譚は、「献花歌」を花を献じる謡として意味づけられているが、花を捧げる謡とみなすには背景譚と謡の内容との話のつじつまが合わない。すなわち、歌詞では（献じましょう）

と未来形になっているが、背景譚では花とともに捧げた謡になっている。この一致しない点は、「献花歌」の本来の意味を変えたために生じたのか、謡と背景譚が元来別のものであったのを結びつけたのかであるが、背景譚と謡のなかで、牝牛や花が共通のものとしてあるから、前者であろうと思われる。「献花歌」と前掲①の「ある条件を出して願望をうたうもの」と比較すれば、以下の点が類似する。すなわち、「献花歌」は牛を引っ張って行く人がうたったのであるが、これは、第一句と第二句に示されており、歌の場を表しているのでもある。①の誘い歌は、娘の仕事の場が歌の場でもあるから、謡の冒頭に歌の場が示されているのは両者が一致している。「献花歌」の第三句と第四句とを置き変えれば、「花を手折って献じるから、吾をはずかしいと思わないでくれ」になる。これは、花を献じることは、吾をはずかしく思わないでくれという願望。目的達成の手段であるのがわかる。つまり「献花歌」は①の条件を出して願望・目的を述べる男の誘い謡と軌を一にするものである。ということは、「献花歌」は本来、問答体の謡に属するもので、男の誘い謡であったことになる。背景譚の述作者によって、女性の謡は省かれてしまい、花を捧げる謡として意味づけられて『三国遺事』に収められたのであると思われる。[23]

むすびに

以上、「情恋謡」の中の問答体の謡のあり方をその実態に即して述べてきたわけであるが、この問答体の謡は、研究の対象から外されてきた歌掛けそのものであるといっていいと思われる。

本章では、ただ「情恋謡」の中の問答体の謡を取り扱ったが、これ以外にも歌掛けの要素を含む多くの歌謡が存在することと思われる。

【注】

（1）ただし、歌謡ではなく、個人の抒情詩ともいえる朝鮮王朝の「時調」（日本においては和歌）にはいくつかみられるが、歌謡の口唱性と単なる個人の抒情的な感情を述べる詩歌とは区別して考えるべきであるから、時調は例外とする。

（2）民俗学の側面から、依田千百子（『朝鮮民俗文化の研究』　瑠璃書房　一九八五年）、崔徳源氏（『南道民俗考』三星出版社　一九九〇年）などによって歌垣の日韓の比較研究は行われているが、歌謡について言及はない。

（3）歌掛けの習俗を持つ地域は日本本土のほか、南島、中国東南部の少数民族、インドネシアなどが挙げられている（土橋寛「〟歌掛け〟文化圏の中の南島」『文学』52巻　一九八四年六月）。

（4）任東権『韓国民謡集』（Ⅰ～Ⅵ）、集文堂　一九六一年

（5）任東権の民謡分類を大別すれば次のようである。

1．民謡―労動謡、信仰性謡、内房謡、情恋謡、輓歌、打令、説話謡

2．童謡―動物謡、植物謡、恋母謡、愛撫と子守り謡、情緒謡、自然謡、諷笑謡、語戯謡、数謡、遊戯語、其の他の童謡

3．古代民謡―三国時代の民謡、高麗時代の民謡、李朝時代の民謡

（6）任東権『韓国民謡研究』四四～四五頁　二友出版社　一九七四年

（7）注（4）に同じ。序文によれば、金素雲の『朝鮮口伝民謡集』、林和の『朝鮮民謡選』など既存の民謡集を網羅しているという。

（8）高晶玉『朝鮮民謡研究』（首善社　一九四八年）の分類は次のとおりである。
1．男謡―①労動謡　②打令　③両班謡　④道徳歌　⑤酔楽歌　⑥近代謡　⑦民間信仰歌　⑧輓歌　⑨警世歌　⑩生活謡　⑪政治謡　⑫伝説謡　⑬語戯謡　⑭遊戯謡　⑮情歌　⑯童男童女問答体謡
2．婦謡―①嫁入り暮らし謡　②作業謡　③母女愛恋歌　④女歎歌　⑤烈女歌　⑥花謡　⑦童女謡

（9）注（8）に同じ　一一二頁

（10）『開闢』第4巻12号　九九頁　1923年12月号

（11）注（8）に同じ　二六四頁

（12）注（8）に同じ　二七〇頁

（13）『朝鮮の郷土娯楽』朝鮮総督府　一九四一年

（14）鄭益燮『改稿　湖南歌壇研究』民文　一九八九年　崔徳源　注（2）に同じ　などがある

（15）崔徳源　注（2）に同じ

（16）任東権『韓国民俗学論攷』二六八～二七三頁

（17）崔徳源　注（2）に同じ　二五五～二八九頁　ここに収録されている謡は『韓国口碑文学大系』新安郡篇、珍島篇、海南篇にもある。韓国精神文化院　一九八五年

（18）「虎美人」の話の冒頭の部分、鄭寅燮『温突夜話』二四七頁　一九二七年　話者の話については、鄭寅燮「朝鮮の郷土舞踊」『民俗芸術』1～9号　民俗芸術の会　一九二八年

（19）『世宗実録』元年正月、「後殿真勺」が淫詞として問題になる。同十六年八月には「無得」が仏家語が専用されているといって妄誕であると排除されるのもその例である。

（20）「其俗好淫、男女多奔誘」

（21）倭軍の侵攻で男子は皆戦死したので、李舜臣将軍は婦女子を動員して男装をさせ、山を巡らせ「カンガンスォルレ」をさせた。これを見た倭軍は兵力が多いと思い撤退したという。任東権　注（16）に同じ二六四頁

（22）『三国遺事』崔南善編　巻2　水路夫人条　うたの日本語訳は筆者による。

（23）詳論は拙稿「郷歌「献花歌」考」参照『天理大学学報』169輯　大谷森繁先生還暦記念論文集　天理大学　一九九二年

第17章　日本におけるアリランの受容

はじめに

現在、学会で把握されている朝鮮半島の各地域のアリランは四十編余りにのぼる。アリランは海外に暮らす韓国・朝鮮の人々にうたわれている海外アリランも伝えられているほど、韓国の民謡の中で最も広く知られ、愛唱されている。

このようなアリランが一躍世界の表舞台に立ったのは、二〇〇二年九月にシドニーで開催されたオリンピックの開会式で、韓国と北朝鮮の統一チームの入場歌として鳴り響いたときであろう。アリランという名称は民謡の曲名のみならず、韓国と北朝鮮を各々象徴する名称としても用いられている。例えば、その事例として韓国の人工衛星〈アリラン号〉や、北朝鮮の〈アリラン祭〉（二〇〇二年から開催）などが挙げられる。また、アリランは韓国同様に日本社会においても広く知られていると言えるであろう。韓国系・北朝鮮系を問わず、アリランは商号名として最も多用され、民謡アリランに関しては、この曲を知らない日本人はいないほどである。実際に現在日本で発売されている「世界愛唱名曲アルバム」全十巻のＣＤには韓国の唯一の曲としてアリランが収録されている。

このようなアリランの民謡がいつから日本語に翻訳され、日本社会に知れ渡り、愛唱されるに至ったのか。また、アリランはどのように日本社会に受け入れられ、研究されてきたのか、その受容と研究の実体を探ることがこの研究の目的である。

以上の目的に伴い、本研究の対象は日本語で記述されているものに限定した。

さらに筆者は、アリランといえば「哀調を帯びた寂しい唄」という日本での一般的なイメージに納得がいかなかった。何故ならば、筆者にとってアリランのイメージとは、その曲調に合わせて女人達が長鼓を打ちながら踊る姿なのである。それゆえにアリランの本質についても考えを巡らせてみた。

一　日本語によるアリランの研究

日本語による韓国民謡についての本格的な研究は、一九二七年に発行された『朝鮮民謡の研究』に始まる（以下漢字は旧字を使わず常用漢字を用いる）。編者である市山盛雄は「例言」で民謡研究の必要性を次のように記している。

> 真実の朝鮮を知る上に於ては、どうしてもこの国の民族の民族性を知らねばならぬ、素朴な民衆の時代的な心理を如実に表現してゐる民謡から民族性を覗くことは、もつとも有力な資料となるであらう。(1)

この一文からは民謡から民族性を窺おうとする市山の姿勢が読み取れる。この本には市山盛雄をはじめとして十四人の論述文が掲載されている（朝鮮側は崔南善、李光洙、李殷相の論述文を記載した）。市山盛雄の「朝鮮の民謡に関する雑記」では、同じ歌詞の民謡でさえ各地により歌詞が異なっていることが多い。その理由に各々の特徴を挙げ、一例として次のような江原道〈アララン〉（アリランを当時の日本語表記としてはほぼアラランとしている）と京畿道〈アララン〉を列挙している。

Aアララン、アラリーヨー、アララン、オルシゴアラリーヨー、アラランの坂に、停車場建てて、愛するあなたを、待つているよ。

アララン、アラリーヨー、アララン、オルシゴアラリーヨー、アラランの歌は、誰が出した、百尺谷の、ソンダリー（官位）の俺が出した。

また、論者は江原道〈アララン〉の場合、その調べは緩やかで哀韻むせぶがごとく、京畿道〈アララン〉の調べは緩急が迫るようにうたう(2)という。アリランの地域的な特徴を最初に指摘した論述として特筆する。

このように民謡に関する論述の中でアリランを挙論しているが、一九二七年当時においてもアリランは日本の社会に周知されていたようである。それは『朝鮮民謡の研究』(3)に掲載されている井上収の「叙情詩芸術としての民謡」に、誰にもよく知られている、かの阿羅蘭（アララン）、云々という句節があることからもわかる。掲載されているアリランは妓生などが宴席でうたう歌とし、その一部を掲載したようである（後掲）。

今村螺炎の「朝鮮の民謡」では〈アララン〉は比較的新しく制作されたもので、その数も最も多いようである(4)とし、次のようなアリランを紹介している。

Ｂ人間一度死んだら、二度とは花が咲くで無し、アララン、アララン、アラリヨー、アララン唄ふて遊びよしやう（以下後掲）

論者はこのアリランの歌詞と調べこそ、最も朝鮮のカラーと民族心理を投影したものだとみており、掲載した〈アララン〉を比較的新しく制作された民謡として捉えている。新民謡とした理由を言及していないのは、おそらく同本収録の崔南善「朝鮮民謡の概観」に記載された指摘に影響を受けていたためだと推測される。その指摘とは、〈アララン〉は高宗帝（李太王）のときに宮中で新曲として作られたか、あるいは高宗帝が幼いときに聞いた景福宮復興の労作民謡だったかもしれない[5]というものである。このような景福宮復興の労作民謡説は当時流行っていた民謡アリランの起源伝説をそのまま写したと考えられる。

難波専太郎は「朝鮮民謡の特質」で、朝鮮民謡に接して何よりもまず感じたことは、彼らが何ら飾るところなく、率直に切実なる純情を表現している点であり、涙ぐましいまでに正直にその意欲をうたっている点であったという[6]。三編のアリランを紹介しているが、最初の一編を掲載すると次のとおりである。句と行を重視した表記をしているのでそのまま記す。

Ｃ山で貴いものは、山ぶどう
人間で貴いものは、情深い恋人
アロン　アロン　アラリヨ　アリロンテヨロ
遊んで行かう。（以下後掲）

清水兵三は「朝鮮の郷土と民謡」で、民謡を京畿地方、南鮮地方、西鮮地方、北鮮地方に分け、〈アララン〉を京畿地方の民謡に分類した。更に、大院君の景福宮復興と高宗の民謡愛好を取り上げて、前掲の崔南善の指摘と同様に新しい時代の民謡としている。そして〈アララン〉の中には、時代に対する反感、怨情をうたい込んだもの、極めて下品な、野鄙な、強いて劣情挑発せしめるようなものもあるが、民衆歌として、また労働歌として、まさにまた宣伝用の歌としてこれぐらい民間に徹底したものは他にないであろう[7]として、十二編の歌を紹介しているが、その中から一編を掲載する。

Dアラランの阪にへ家建てて、可愛いそなたを待つてゐる、아리랑아리랑아라리오（アリランアリラアラリヨ）、아리랑（アリラン）、띄여라노다가세（テヨラノダカセ）。（以下後掲）

この〈アララン〉は現存する「アリラン打令[8]」と類似している唄である。

このようなアリランの唄は一九二七年に収集されたものであるが、本書の発行元が東京であるものの、執筆者たちの経歴を辿るとほぼ朝鮮半島に居住する人々である。よって、掲載されたアリランの唄は朝鮮半島でうたわれていたものだとみて間違いないだろう。

『朝鮮民謡の研究』の発行から二年経った一九二九年には、京城帝国大学教授である高橋亨によって済州島民謡の調査が着手される。こうした韓国民謡の現地調査と研究成果として一九三二年の「朝鮮の民謡」（『朝鮮』二〇一号）をはじめとして、「民謡に現れた済州の女」（『朝鮮』二一二号　一九三三年）「嶺南の民謡に現れた女性生活の二筋道」（『創立十周年記念論文集文学会編』京城帝国大学文学会論纂六一九三六年)、「朝鮮の民謡」(『朝鮮文化の研究』京城帝国大学文学会編　一九三七年)など九編の論述文が発表されるが、[9]日本への帰国後、これらの論述文がまとめて編集され、一九六八年には『済州島の民謡』(天理大学おやさと研究所)として発行される。この本には題名のとおり、済州島民謡に力点を置いた特徴がある。「朝鮮民謡の特色」という項目で、朝鮮民謡の形は四言一句二聯四句を原型とし、朝鮮の歌謡と日本の歌謡は、その坐してうたうこと、その発声法、その伴奏楽器の種類などは皆、日本の歌謡とただ紙一重の差異である。それゆえに、日本人は朝鮮の桔梗打令(トラジタリョン)や愁心歌やアリラン節を聞けば直ちにその音楽的意義を理解して実に面白い、とアリランについての言及がある。[10]

韓国民謡の研究史において本格的に民謡を採集し、最初に著したのは金素雲の『朝鮮民謡集』(一九二九年　(東京)泰文堂)であり、ハングルの本では『諺文朝鮮口伝民謡集』(一九三三年　(東京)第一書房)である。このハングル本の一部を日本語に意訳して『朝鮮童謡選』と『朝鮮民謡選』(一九三三年　岩波書店)を著しているが、この『朝鮮民謡選』に収録されている〈アリラン峠〉は咸鏡北道の唄とされている。[11]金素雲は早くからアリランに関心を寄せており、一九二九年の『民俗芸術』二月号に掲載の「アリランの旋律」という論述文(未確認)、一九三二年の『東京朝日新聞』(七月二十三日、二十四日、二十六日)では「アリラン峠」を連載している。[12]とくに二十三日の記事で金素雲は、東京の上野、大塚、新宿、渋谷などで日本語歌詞のアリランレコードが回っているといい、その歌詞も掲載している。この記事から、少なくとも一九三一年七月には日本語に編曲されたアリランが東京で流行っていたことがわかる。そして金素雲の朝鮮民謡の律調論は、四・四調を基本とし、労作民謡の中にはその基調から離れていくつかの異なった形を作りあげているものが存在するという。そして時には三・五、または四・六となる場合があり、必ずしも数は統一されない。その上、派生して六・五音となったり、三・三・二・二になる六・四音があるが、これはアリランを中心に発達していたという[13]。

この他にアリランに対する言及として崔栄翰の「朝鮮民謡と社会相」(一九三八年六月号『満蒙』)などがあるが、前の諸論述と類似しているので省略する。

現在、日本ではアリランに関する代表的な研究者は草野妙子と宮塚利雄である。草野妙子の『アリランの歌』はアリランの音楽的研究書であるが、アジアの民族音楽な視野からアリランを論じている特徴を持つ。とくに先唱と繰り返しがあるアリランは元来労働歌としての音楽的な特徴を持っていると定義している。他のアリランと違い、後斂(リフレイン)を歌の後半でうたっている慶尚道の密陽アリランは、労働歌としての機能をまったく擁さなくなり、娯楽や楽しみのためにうたわれる民謡に変貌したことを意味しているという[14]点は説得力のある主張である。

宮塚利雄の一九八九年七月から一九九二年四月までの『韓国文化』(自由社)に連載された「民衆史としてのアリラン」は経済学者の観点から多方面にかけてアリランを追跡したものである。さらにこれを添削し訂正を加え『アリランの誕生』(創知社　一九九五年)ではアリランのレコードの発売状況、映画やラジオにおけるアリランの行跡を追跡するなど、経済学者ならではの研究成果は刮目に値する。

アリランを日帝時代の抗日意識を反映している歌とみる金奉鉉は各種アリランについて解説を加えているが[15]、韓国古典詩歌をすべて民謡とする見解は再考しなければならないだろう。

この他、アリランに関連する研究としては、朴春麗の「峠―朝鮮詩歌文学にみる境界線―朝鮮時調と民謡「アリラン」を中心に―」[16]と山内文登の「アリランに託された歴史―特攻と革命―」[17]などがある。前者は朝鮮歌謡文学に表現されている峠を境界線と見て、その意味を論じているし、後者は光山文博こと卓庚鉉が日本の特攻隊員として出撃する前日にうたったとするアリランと、中国革命に祖国朝鮮の解放を重ねた革命家金山こと張志楽のアリラン[18]を通じて韓国近代史におけるアリランの意味を論じている。

二　アリランの受容

前述したように一九二七年には『朝鮮民謡の研究』においてアリランを挙論するほどであるので、それ以前にすでにアリランが受容されていたとみるべきであろう。『朝鮮民謡の研究』に収録されているアリランを転掲すると、以下のとおりである。

E月日の流れは、早いもの、去年の春また、廻り来た、アラランﾞ、アラランﾞ、アラリーヨ　アラランﾞ唄つて遊びませう。（井上収「叙情詩としての民謡」四三頁より）

F月日の経つのは早いもの、去年の春は二度と来ぬ、アラランﾞ、アラランﾞ、アラリヨーアラランﾞ唄ふて遊びょしやう。

友達や素より他人であれと、何でコンナに無情だろ……

人の世は二つも三つもありはせぬ、さう云ふ此の身は誰一つ、果敢反き夢の世の中に、人と生まれた身を持ち乍ら生涯悲しい事計り……

遊びが仕たい、凍てつく冬の寒空に真絹がほしいほど、されど喰いに追はれて、遊ぶ事も儘ならぬ……（今村螺炎「朝鮮の民謡」八九～九〇頁より）

Gなれなれと思ふ、
小豆や、大豆はならないで、
なつてならない　柏の実よ
何ぜになるのか
アロン　アロン　アラリヨ　アリロンテヨロ
遊んで行かう。

木冬柏の実よ
なって呉れるな、
田舎の娘が浮いて来る
（後斂省略）　　（難波専太郎「朝鮮民謡の特質」七九頁より）

H松の実よ、日麻子の実よ、実がなるな、田舎娘が、売れて行く（注、省略）なって
呉れたい、大豆や小豆や、なぜになっらずに、松の実ばかり、やたらになつてくれたのか。
山で珍しいのは山葡萄よ、人で珍しいのはうぶな恋人、

山で赤いのはあけびの実、村で赤いのは娘さんの頬べた、
遊んでみたい遊んでみたい、凍り付く様な冬空に、真絹がほしい様に遊んでみたいが、食ふに追はれで遊ばれぬ、
月日の立つのは早やいもの、去年の春は二度来ない。
泣くな泣くなよ泣くことやめよ、死んだ婿との帰りやせぬ。
行くよ、行くよ、俺は行く、今日行つたらば何時帰る、戻って来る日を告げなされ。
沖の大船一寸碇を下せ、君にききたいことがある。
開慶鳥嶺の樫の木は、みんな洗濯棒に切り出される。
わしは好きだよ、わしは好き、心の合ふた、友がすき。
友は元より他人ぢやけれど、何んでこんなにつれな無情ないか、嫁入りのあつた三日前に、
赤児の声とは何事か。

（清水兵三「朝鮮の郷土と民謡」一三四～一三五頁より）

　Gのアリランは現存する江原道アリランと類似しており、Hのアリランの一部は前掲した任東権の『韓国民謡集』「アリラン打令」にある唄である。その他の唄は、ほぼ即興的にうたわれたアリランであるようだ。次のアリランも即興性が強く表れている。
　一九三一年に京城で発行された定期刊行物『金融組合』に日本語と朝鮮語が並記された「アリラン漫画」が掲載されているが[(19)]、その全文を以下紹介する。

Ⅰ

其の三

아리랑아리랑　아라리오　아리랑고개로　너머간다
열두살먹어서　술잔을드니　위지공론이　갈보라한다
아리랑아리랑　아라리오　아리랑고개로　너머간다
アリランアリランアラリヨ　アリランコゲルルノモカンダ
年が十二でお酌をすれば　人様おっしゃるカルボーと
アリランアリランアラリヨ　アリランコゲルルノモカンダ

其の四

아리랑아리랑　아라리오　아리랑고개로　너머간다
물동이여다노코　그림자보니　촌갈보노릇하기　이아니원통한가
아리랑아리랑　아라리오　아리랑고개로　너머간다
アリランアリランアラリヨ　アリランコゲルルノモカンダ
甕にうつつた我影眺め　田舎カルボた情けない
アリランアリランアラリヨ　アリランコゲルルノモカンダ

其の五

아리랑아리랑　아라리오　아리랑고개로　너머간다
청텬하늘엔　별도만코　요내가슴엔　수심도　만타
아리랑아리랑　아라리오　아리랑고개로　너머간다

アリランアリランアラリヨ　アリランコゲルルノモカンダ
青い空には星影しげく　わしの胸には愁ひも多い
アリランアリランアラリヨ　アリランコゲルルノモカンダ

其の六
아리랑아리랑　아라리오　아리랑고개로　너머간다
부자　잡고간에　쌀도만코　거리거리에　거지도　만타
아리랑아리랑　아라리오　아리랑고개로　너머간다
アリランアリランアラリヨ　アリランコゲルルノモカンダ
金持蔵には　お米も多く　街にや乞食も　多う御座る
アリランアリランアラリヨ　アリランコゲルルノモカンダ

女人の絵とともに掲載されているアリラン漫画は、「杯」や「カルボー」などの用語、そしてうたの内容からみると、妓生らが即興的にうたったうたを紹介したもので、歌詞の文学の価値というよりはアリランのメロディーに共感を抱き掲載したのであろう。

その他、雑誌の余白を埋めるために掲載された次のようなアリランがある。

①アリラン　アリラン　アラリヨ
アリラン　峠を超えて行く

④ありらん　ありらん　あらりよ
ありらん　ちーやら　べつちやー

妾を捨てて去る君は
一里も行けず足を傷める
②アリラン　アリラン　アラリヨ
アリラン　峠を超えて行く
野山の草木は若返り
人の青春は薄れ行く
③アリラン　アリラン　アラリヨ
アリラン　峠を超えて行く
空にはまたたく星がある
浮世には口説が多くある。

妾を捨てて去る君は
一里も行かずに御足がいたむ
⑤ありらん　ありらん　あらりよ
ありらん　ちーやら　べつちやー
豊年だ満作だ
国中何処でも豊年だ
⑥ありらん　ありらん　あらりよ
ありらん　ちーやら　べつちやー
野山の草木は若返り
人の青春は薄れ行く

（『朝鮮研究』第九巻　五月号　五七頁（右）六二頁（左）一九三六年五月『口碑』一七九二〜一七九三頁）

ところでアリランは、日本社会において、大人だけではなく子供たちにも童謡としてうたわれていたようである。次の短歌はそうした様子を伝えている。

アリランをいつかおぼえて唄ふ吾子子供と思へぬ節廻しなり。[20]

自分の子供がいつの間にかアリランを憶えてうたっている様子を記している。そして祝部弘子の手記によれば、九歳のときの一九四六年、咸鏡南道富坪の収容所から脱走してソウルを目指している途中、飢えを凌ぐために農家に入り農作物を盗むことになるが、朝鮮語はよくわからないが、アリランはうたえるという父の言葉に従って、あるハルモニの前でアリランをうたったことで助かり、食べ物ももらって無事帰国できたと回顧している。[21] 筆者の経験でも、天理市の日本人女医が、幼少期を過ごした北朝鮮の新義州で習った歌だと「アリラン」「半島三千里」をうたってくれたことがあった。これは断片的ではあるが、日本人の童謡としてもアリランがうたわれていたことを示している。アリランの唄の内容よりは、おそらく旋律が日本人の子供らの情緒にも合い、違和感なく受け入れられていたのであろう。[22]

半島だけではなく、日本国内においてもアリランは流行っていたようである。宮塚利雄によれば、アリランを日本語で初めてレコーディングしたのは「ビクター」で、一九三二年六月であり、一九三二年八月には「コロムビア」でデュエット曲のアリランを出したという。[23] 前述のように、金素雲が一九三一年の七月に東京の町を歩いていたときにあちこちでアリランが聴こえてきたと記した―無論新歌謡曲としてのアリランであるが、金素雲は東京で聴いたアリランについては、変な気がするものだと述べている。しかし、昨今の言葉を借りると「韓流現象」の元祖ともいえるだろう。一九三一年の東京でのアリランの流行は、その背景にある文化的情緒、とくに音楽的情緒が追い風となったといえるだろう。

アリランに対する日本社会の受容は決して一時的なものではなく、現在に至っても、新しい日本社会の国民に受容され愛唱されている。この論文のはじめに示したように、アリランは日本では世界の名曲の一つに数えられている。これは単なる受容の段階を超えて日本化されている意味としても受け止めることができよう。

そして現代の日本社会において、とくに在日韓国人におけるアリランは韓国・朝鮮を象徴する意味として、時には在日同胞の喜怒哀楽を包み込む意味としても使われている。在日韓国人の作家だった金達寿は自身の伝記の題名を『わがアリランの歌』（一九七七年、中公新書四七〇）とし、金吉浩は韓国人と在日同胞間の葛藤意識を描いた小説を『生野アリラン』（磯谷治良、黒古一夫編『在日文学全集』一五二〇〇六年　勉誠出版）とし、李正子は「アリランの唄」（磯谷治良、黒古一夫編『在日文学全集』一八二〇〇六年　勉誠出版）で在日朝鮮人の苦悩の体験をうたっている。これらの事例は民族を代表する民謡として根を下ろしたアリランがまた新しい意味をも持ったことを意味している。

三　アリランの本質

民謡は本来うたわれるとき、歌としての現実的な機能を持っているだろう。言い換えれば、民謡は社会生活の共同体の中で何らかの目的を担いうたわれるのであろう。しかし民謡が本来うたわれていた場から離れ、歌い手（芸能人も含む）の趣向によってうたわれるとき、歌は歌い手の心情を表すものになり、単純な流行歌としての意味しか持たなくなる。初期のアリラン研究の対象になった歌は、本来アリランがうたわれていた場から離れ、巷でうたわれていた唄であり、流行歌のように歌詞だけが重視され論者の恣意的解釈を可能にしたのである。

日本でこのような研究を止揚して本来の民謡アリランを研究したのは、前掲の草野妙子の『アリランのれない。

歌』に始まる。草野によれば、先唱と繰り返しの後斂がある民謡はアジアの典型的な労働歌で、力を合わせて作業をするときに有効にうたわれるという。それゆえに先唱者の即興性が要求される歌だったかも知れない。

アリランと労働歌との関係を最初に指摘した論述は前掲した崔南善の「景福宮復興の労作民謡」説である。これはアリランの起源に関する伝説に基づく説であり、その後、多くの論者によってアリランの景福宮復興伝説が紹介されてきたが、京畿アリラン・ソウルアリランの場合、景福宮復興に関連する労作民謡の伝説は単なる伝説ではなく、実際に行われた出来事であったので、事実として受け止めてもよいだろう。このようにアリランが労働と密接な関係にあった民謡だと考えると、労働のテンポに従って、歌の曲調を合わせていくのがアリランであっただろう。遅いテンポの労働には遅い曲調のアリランを、テンポの速い労働には速い曲調のアリランをうたっていただろう。速い曲調のアリランの場合は、労働の成果を上げるための歌としても適したのであろう。

労働とアリランとの関連性は景福宮復興に限らず、畑で草取りをする女人の唄としても採集されている。金素雲によれば、草取りの唄の中には6字伯(ユクチャバキ)と阿羅蘭がうたわれていたという。[24]畑で草を取る仕事はゆっくりとした作業なので遅い曲調だろう。朴敏一によれば、「火田民アリラン」はある火田民が草取り鎌で草を取りながらうたった哀しい歌の中に入っていたという。[25]作業をしていない人には哀しい歌として聞こえただろうが、効率よく仕事をするための歌であって、決して哀しい気分で仕事をし、歌をうたっていたのではないだろう。

そしてアリランの中には筏を漕ぐ人々によって伝承されたものもある。主に江原道隣蹄、華川の筏を漕ぐ人々によってうたわれていたのが、「筏アリラン」・江原道アリランであり、旌善の筏師は主に旌善アリランをうたったという[26]。かの有名な旌善アリランも筏師らによって伝承されていたことは注目すべき点である。櫓を漕ぐ筏はゆっくり流れていくように、江原道アリランや旌善アリランは櫓を漕ぐようにゆっくりした曲調でうたわなければならないだろう。このようなアリランについて哀調を帯び、寂しいアリランとみて、その歌詞に対する解釈も曲調のように哀しいものとみてきたのが従来の見解であった。しかし、仕事の場と民謡アリランを結びつけて考えると、決して哀調とか寂しいものではなく、仕事のテンポに合わせ、効率よく仕事を進めるための歌と解される。

このような見地から、アリランの「私を捨てて行けば、十里も行かず足が痛む」という一句節は次のように解されよう。もし私を捨てて行けば、足が痛む病気になるので、あなたは私から去っていくことはできない存在。つまり私のそばにずっといてくれる人としてうたっているのである。決して相手を呪ったり、誹ったりする唄ではなく、歌い手自身を慰める唄としてうたわれていたに違いないだろう。

その他の地域のアリランが労働謡から出発したのか否かはもっと精密な検討が必要であろう。各アリランの伝承の担い手はどういう社会的集団だったのか、これを明らかにする作業が今後の課題であると思われる。

むすびに

今までの論述を集約すれば次のとおりである。

1　アリランは一九二七年以前にすでに日本人社会に広く知られており、『朝鮮民謡の研究』ではじめてアリランの実体が明らかになった。

2　アリランは日本社会において大人のみならず、子供達においても童謡として広く愛唱されていた。これはアリランの文学的価値よりは、曲調の音楽的情緒が似ていたことを物語っているだろう。

3　先唱と繰り返しのを持つ歌は元々即興性が要求される歌なので、初期に採集されたアリランは当時の社会相をうたったものが多く見られる。

4　民謡は本来うたわれていた場を念頭に置いて解釈しなければならない。草取りのアリラン、筏師のアリランは、その仕事のテンポに合わせ、ゆっくりうたわなければならないだろう。民謡を流行歌のように、歌詞を歌い手の心情として考えると、民謡の正しい解釈は望めないだろう。労働謡として作業のテンポに合わせて早くにも遅くにもうたうことができるのがアリランであり、これがアリランの大きな特徴でもある。

5　日本社会においてアリランは一九二〇年後半から現在に至るまで変わりなく受容され、韓国を代表する音楽として受け止められており、在日同胞社会においては民族を象徴する名称として用いられている。

【注】

（1）市山盛雄『朝鮮民謡の研究』五頁（東京）坂本書店　一九二七年
（2）注（1）に同じ　一一七頁
（3）注（1）に同じ　四三頁
（4）注（1）に同じ　八六頁
（5）注（1）に同じ　一〇頁参照
（6）注（1）に同じ　七八頁
（7）注（1）に同じ　一三三頁
（8）任東権『韓国民謡集』Ⅱ　六〇八～六〇九頁　集文堂
（9）高橋亨の朝鮮民謡の研究は京城大学の朝鮮語学文学科の学生らに影響を与えるようになり、金在喆の『朝鮮演劇死』（一九三三年）、金台俊の『朝鮮歌謡集成第一輯古歌編』（一九三四年）、趙潤済『朝鮮詩歌史綱』（一九三七年）、金思燁の『朝鮮民謡研究』（一九三七年）が発行、高晶玉『朝鮮の民謡に就いて』（一九三八年）卒業論文を著す。
（10）『東方学紀要』別冊二　一四～一五頁参照　天理大学おやさと研究所　一九六八年九月
（11）金素雲『朝鮮民謡選』一一三頁　岩波書店　一九三三年
（12）宮塚利雄「民衆史としてのアリラン考」『韓国文化』1990年5月号　四二頁　自由社
（13）注（11）に同じ　一九二～一九五頁参照
（14）草野妙子『アリランの歌—韓国伝統音楽の魅力をさぐる—』白水社　一九八四年

(15) 金奉鉉『朝鮮民謡史―庶民の心の唄―』国書刊行会　一九九〇年
(16)『比較社会文化研究』２００２年12号　九州大学大学院
(17)『国文学』解釈と教材の研究　２００９年２月号
(18) Ｎｙｍ Ｗａｌｅｓ『アリランの歌』の主人公である金山のことである。（一九六五年の翻訳本　みすず書房）
(19) 田島泰秀「アリラン漫画」『金融組合』三三号　一三八～一三九頁　一九三一年七月。この資料は檀国大学校付設東洋学研究所編『口碑文学関連資料集』一七　一二〇三～一二〇四頁に収録されている。民俗苑　二〇〇七年
(20) 朴敏一『アリラン』資料集Ｉ　八三頁影印　江原大学校出版部　一九九一年
(21) 当時、満州や朝鮮半島に居住していた日本人達はソウルを目指して避難していた。ソウル駅で汽車に乗れば安全に釜山まで行くことができ、釜山では日本に行く帰国船があったからである。
(22) 祝部弘子「極寒の朝鮮半島、『アリラン』を歌って死地を抜け出す」『婦人公論』２００７年３月号　五〇～五二頁
(23) 注（12）に同じ。『韓国文化』１９８９年10月号　四六頁
(24) 金素雲「朝鮮の労作民謡」『東洋学』三八頁　一九二八年一〇号
(25) 注（20）に同じ　三〇〇頁
(26) 注（20）に同じ　二九頁

第18章　日本における韓国古典文学研究の現況と展望

はじめに

おおよそ文学とは「民族性と言語の結晶」といわれているように、民族と言語を研究するうえで必ず必要となるのが文学研究である。とくに古典文学は、一個人の作品であることを超え、民族によって精選された不滅の作品であり、その民族を理解し研究するうえで典籍となるものである。このような意味で古典文学は、ただ単に昔の文学であるというよりも民族文学の法典ということができる。そして韓国文学史における古典文学の時期設定については、新小説が登場する以前の文学を古典文学、それ以後の文学を近現代文学と区分しているのが一般的である。

筆者は二〇〇六年に「日本における韓国文学研究の現況と展望」という論述[1]で、日本における韓国文学研究の現況を全国の大学の研究者と専攻分野を対象に集計したことがある。本章では、韓国・朝鮮の古典文学に限った研究の現況と主な研究論文および作品翻訳の歴史を明らかにし、将来の展望についても考えてみたい。

そのことが、日本における韓国古典文学の位相を把握するうえで役立つと同時に、韓国古典文学の特徴を知る契機にもなるものと考える。

一　韓国・朝鮮の古典文学研究と日本の大学

日本の四年制大学に韓国・朝鮮を冠する学科ができたのは、一九五〇年に天理大学で朝鮮文学朝鮮語学科が設置されたのが始まりである（前身は一九二五年に創立された天理外国語学校）。京城帝国大学名誉教授だった高橋亨（一八七八〜一九六七年）が赴任し、「朝鮮文学」や「朝鮮思想史」などの講義を行った。高橋亨の著書には、『朝鮮の物語集』（付俚諺）（京城　日韓書房　一九一〇年）、『李朝仏教』（宝文館一九二九年）、遺稿となる『済州島の民謡』（天理おやさと研究所　一九六八年）などがある。『朝鮮の物語集』には「興夫伝」、「春香伝」、「長花紅蓮伝」などが収録されている。残された多くの論文の中には民謡に関するものも多く、「朝鮮民謡総説」（『済州島の民謡』掲載）はその代表的な論文であると言える。高橋亨は一九六四年三月に八十七歳で天理大学を退任した。

一九五五年に天理大学を卒業した大谷森繁（一九三二〜二〇一五年）は、一九五六年から同大学で助手として勤務しながら、高橋亨の学問を継承することになる。彼は後進が大学で在職することになる一九八〇年代まで日本人として韓国・朝鮮の古典文学を研究した独歩的な存在であった。彼の著書には『朝鮮後期読者研究』（高麗大学校民族文化研究所　一九八五年）、日本語論文を韓国語に翻訳・編集した『韓国古小説研究』（景仁文化社　二〇一〇年）などがある。一方で、韓国人として一九六〇年に来日した金思燁（一九一二〜一九九二年）は、天理大学を経て一九六三年四月から一九八二年までの約二十年間、大阪外国語大学客員教授として日本における韓国古典文学教育および研究に寄与した。彼は朝鮮学会をはじめとする日本国内の韓国学関係の学会や学術誌における韓国古典文学に関する研究活動を行っている。講師として天理大学に籍を置いていたときには『朝鮮学報』に論文を投稿し、大阪外国語大学に赴任した当時には外大学術誌『槿域』創刊号にも論文を掲載しているが、その数は多くない。しかし彼の業績としては、日本語による『朝鮮文学史』(北望社　一九七一年)『朝鮮のこころ—民族の詩と真実』(講談社　一九七二年)が挙げられる。金思燁は主に新聞雑誌を通じ論評活動をした。また韓国古代語と日本の古代歌謡にも深い関心を示し、韓国帰国後に『韓訳万葉集』(成甲書房　一九八四〜一九九一年)を刊行している。[2]大阪外国語大学では、金思燁の退任後は、文学の担当者が選任されることなく今日に至っている。

一九七〇年代になると、一九七四年に九州大学に朝鮮史学研究室が設置され、朝鮮現代文学の若い研究者たちが助手として活動するようになる。一九七七年には富山大学に朝鮮語朝鮮文学コースが設置され、梶井陟(一九二七〜一九八八年)が文学(近現代文学)を担当することになる。そして同年、東京外国語大学朝鮮語学科では長璋吉(一九四一〜一九八八年)が現代文学を担当することになる。[3]

その後、一九八七年に関東地方に創立された神田外国語大学に韓国語学科が設置され、韓国学研究と教育の新しい拠点となるが、これは括目すべき点である。当時、拓殖大学韓国古典文学科で中国古典文学との比較研究をしていた成澤勝(一九四九年〜)と韓国の神話・説話研究をしていた松原孝俊(一九五〇年〜、現在九州大学韓国研究センター)が神田外国語大学に赴任する。成澤勝の韓国古典文学関係の代表的な著書としては『高麗・朝鮮時代叙事文学発展の研究』(高麗大学民族文化研究所　一九九三年)がある。松原孝俊の韓国古典文学関連論文としては「比較説話学からみた興夫伝」(『大谷森繁博士還暦記念朝鮮文学論叢』東京　杉山書店　一九九二年）があるが、その間、松原は韓国古典文学研究よりも日韓文化史に関心を持っていたようである。一九八五年には天理大学朝鮮学科に筆者が助手として赴任し、日本の韓国古典文学の教育及び研究の一翼を担うことになる。

一九九〇年代になると大阪市立大学に野崎充彦が専任講師として赴任する。また長年、ソウルの世宗大学で日本学を担当してきた西岡建治（一九四五年〜）が帰国し、福岡県立大学に赴任する。ここで韓国古典文学研究者に新しい世代が形成される。これらの研究者が集まり、一九九二年に刊行したのが『大谷森繁博士還暦記念朝鮮文学論叢』（前掲）である。この論文集は当時の主な韓国文学研究者を知ることができる資料でもある。野崎充彦の代表的な著書には『朝鮮の物語』（大修館書店　一九九八年）、『洪吉童伝』（訳註　東洋文庫　二〇一〇年）があり、西岡建治は春香伝の研究を一貫して続けている。翻訳書に『春香伝の世界』（薛盛璟著　法政大学出版局　二〇〇二年）がある。そして留学生であった朴美子が熊本大学に専任講師として赴任し、日中韓の比較文学を精力的に行っている。その成果は『韓国高麗時代における陶淵明観』（白帝社　二〇〇〇年）という著書に集約されている。

前掲の研究者は主に朝鮮学会を中心に韓国古典文学の研究活動を行っている。朝鮮学会会員で、同志社大学などで非常勤講師として勤務するかたわら韓国古典文学の研究を続けてきた邊恩田の『語り物の比較研究』（翰林書房　二〇〇二年）は、日韓比較文学の本格的な研究物として注目されている。

この他にも日本の大学で活動している韓国古典文学関係の研究者が相当数いる。二〇一〇年に「日韓文化交流基金」が調査した『日本における韓国・朝鮮研究者ディレクトリ』で、自身の研究分野または研究領域を「韓国・朝鮮文学」と答えている研究者名とその主要な論著及び大学を次に記す。

〈北海道地方〉
○北星学園大学経済学部　高島淑郎（一九五〇年～）
「『日東壮遊歌』：ハングルでつづる朝鮮通信史の記録」　平凡社　一九九九年
〈東北地方〉
◎東北大学高等教育開発推進センター　金鉉哲（一九六九年～）
「韓国芸能における「神明プリ」の特徴に関する研究」『国際文化研究』　東北大学国際文化学会　二〇〇九年三月
〈関東地方〉
○専修大学ネットワーク情報学部　厳基珠
「『三綱行実図』類の変化に表れた十七世紀朝鮮の社会相―兄弟対立譚解釈のための試論―」専修大学人文科学年報　専修大学人文科学研究所　二〇〇〇年三月
『古小説の史的展開と文学的指向』共著　宝庫社　二〇〇〇年
◎デジタルハリウッド大学デジタルコミュニケーション学部　李泰文（一九六五年～）
「李成桂伝説の人物認識とその特徴」『口碑文学研究』4　韓国口碑文学会　一九九七年
◎関東学院大学人間環境学部　岸正尚（一九四三年～）
「『三国遺事』における韻文の扱い：漢訳歌からみた収録時の意識について」『神話・宗教・巫俗：日韓比較文化の試み』　風響社　二〇〇〇年

○立教大学非常勤講師　矢野百合子
「沈清伝」変容とサヨヒメ説話との比較」『口承文芸研究』22　日本口承文芸学会　一九九九年

〈東海地方〉
◎愛知淑徳大学交流文化学部　曺述燮
「龍の危難とその説話的展開」『愛知淑徳大学論集　文化創造学部篇』5　二〇〇五年三月

〈新越地方〉
○新潟産業大学経済学部　金光林（一九六三年〜）
業績は比較文化、韓国・朝鮮史が中心

〈近畿地方〉
○天理大学名誉教授　大谷森繁（一九三二年〜）（前掲）
○天理大学国際学部韓国・朝鮮語専攻　岡山善一郎（前掲）
「新羅時代の詩歌に表れた対唐・対日本関係の意識について」『山東大学校外国語大学朝鮮（韓国）学研究叢書』二〇一〇年
「高麗俗楽「動動」の新考察：日本の「翁」舞「十二月往来」との比較的視点から」『語文論集』50　高麗大学校民族語文学会　二〇〇四年
○大阪市立大学大学院文学研究科アジア都市文化学専攻　野崎充彦（前掲）
『コリアの不思議世界』平凡社新書　二〇〇三年
『朝鮮の物語』大修館書店　一九九八年六月

◎近畿大学法学部　山田恭子
「明治期以降の朝鮮古典文学作品の和訳状況」『近畿大学法学』第61巻第2・3号　大崎隆彦教授退任記念号
「朝鮮文学の花・妓女（妓生）―日朝遊女比較論の前提として」『日本近世文学と朝鮮』
「『玩月会綱盟』における継母の葛藤」『大谷森繁博士古稀記念朝鮮文学論叢』　二〇〇二年
○龍谷大学国際文化学部　朴炫国（一九六一年～）
「日本・韓国・バリの獅子舞い」『国際社会文化研究所紀要』5　龍谷大学　二〇〇三年
○同志社大学非常勤講師　邊恩田（前掲）
「和刻本『金鰲新話』諸本（続）『同志社大学国文学』72　同志社大学国文学会　二〇一〇年
「『金鰲新話と林羅山』『大谷森繁博士古稀記念朝鮮文学論叢』　白帝社　二〇〇二年
○桃山学院大学国際教養学部　梅山秀幸（一九五〇年～）
『恨のものがたり：朝鮮宮廷女流小説集』　総和社　二〇〇一年
『後宮の物語り：古典文学のレクイエム』　丸善　一九九三年
◎島根大学外国語教育センター　崔在佑（一九六一年～）
「南道の文化パンソリと春香伝：異本間に見える補助人物の性格の差を中心として」『韓国朝鮮の文化と社会』9　韓国・朝鮮文化研究会　二〇一〇年
〈中国地方〉

〈九州地方〉

○九州大学大学院比較社会文化学科韓国研究センター　松原孝俊（一九五〇年〜）

「台湾・朝鮮・満州に設立された日本植民地期各種図書館所蔵日本語古典籍の書誌的研究」　九州大学　二〇〇一年三月

○福岡県立大学名誉教授　西岡健治（一九四五年〜）（前掲）

「完板八十四張本『列女春香守節歌』に見る非妓生的表現の考察」『大谷森繁博士古稀記念朝鮮文学論叢』　白帝社　二〇〇二年

○熊本大学文学部　朴美子（前掲）

「高麗時代の詩における「蓮」の一考察」『東アジア比較文化』1　石室出版社　二〇〇〇年

※　◎印は、二〇〇六年度の調査で集計されなかった大学及び研究者のディレクトリである。

この他に、日本古典文学の研究者で、韓国文学との比較研究に力点を置いている研究者は次のとおりである。

○明治大学文学部名誉教授　日向一雅（一九四二年〜）

「浄土教の文化と巫俗の日韓比較」『東アジア古代学』　東アジア古代学会　二〇〇一年

「浄土教文化の日韓比較」『神話・宗教・巫俗：日韓比較文化の試み』　風響社　二〇〇〇年

○同志社大学文学部　廣田收

「『宇治拾遺物語』「猿神退治の特質—日本昔話・韓国昔話の比較を基に—」『日韓比較文学研究』1

日韓比較文学研究会　二〇一一年一月
「日韓比較文学研究の可能性」『日韓比較文学研究』2　日韓比較文学研究会　二〇一一年十一月
○立命館アジア太平洋大学アジア太平洋マネジメント学部　金賛会
「東アジア文化とお伽草子：韓国語り物との関連」『お伽草子百花繚乱』　笠間書院　二〇〇八年
「韓国「門前本解」と「炭焼長者」『昔話：研究と資料』24　日本昔話学会　一九九六年

筆者が二〇〇六年に行った調査(4)によると、日本国内の三十五大学で韓国文学研究者が専任の教員として勤務しており、その中で古典文学研究者は十二大学で活躍していた。またその他には非常勤講師の研究者が三人いた。今回の調査で明らかになったのは、専任の韓国古典文学研究者が十七大学の十七人、名誉教授が二人、その他非常勤講師が二人の合計二十一人で二〇〇六年より増加しているということである（日本文学研究者は除く）(5)。

また韓国で活躍している日本人研究者として、二〇〇六年度に名前が挙がっていた田阪正則、中嶋弘美、矢野尊義、児玉仁夫などは韓国古典文学と関連のある研究者であるが、現在、矢野尊義は啓明大学で、児玉仁夫は京畿大学で活躍している。その他に所在のわからない若い研究者が二～三人いる。

二　韓国古典文学の翻訳

一八八一年　　外務省『林慶業伝』諺文体（東京外国語学校朝鮮語学科設置　教科書）

一八八四年　『金鰲新話』上下　東京大塚彦太郎蔵版（一九二七年『啓明』19　崔南善載録）
一九一〇年　高橋亨『朝鮮の物語集「附俚諺」』　京城　日韓書房　【「興夫伝」、「長花紅蓮伝」、「春香伝」など】
一九一七年　『満古烈女日鮮文春香伝』　漢城書館
一九二一〜一九二二年　細井肇『通俗朝鮮文庫』　京城　自由討究社　【第1輯『牧民心書』、第2輯『荘陵試、謝氏南征記』、第3輯『明党士禍の検討、九雲夢』、第4輯『朝鮮歳時記、広寒楼記』、第5輯『懲毖録、南薫太平歌』、第6輯『丙子日記』、第7輯『洪吉童伝』、第8輯『八域誌、秋風感別曲』、第9輯『瀋陽日記、沈清伝』、第10輯『雅言覚非、善花紅蓮伝』、第11輯『大亜遊記』、第12輯『李朝の文臣、各種の朝鮮評論』】
一九二三年　細井肇『朝鮮文学傑作集』　京城　奉公会　【「春香伝」、「沈清伝」、「燕の足」、「謝氏南征記」、「秋風感別曲」、「善花紅蓮伝」、「九雲夢」、「南薫太平歌」、「淑香伝」、「雲英伝」[6]】
一九三八年　張赫宙『春香伝』　新潮社、演劇用に脚色
一九七五年　洪相圭『韓国古典文学選書第1巻—沈清伝・興夫伝』　高麗書林、『韓国古典文学選書第2巻—九雲夢』　高麗書林、『韓国古典文学選書第3巻—春香伝・秋風感別曲・洪吉童伝』　高麗書林
一九七七年〜一九八九年　宇野秀彌『朝鮮文学試訳』全70巻（うち古典文学は四十巻分ある）[7]　【『洪吉童伝』、『沈清伝』、『烈女春香守節歌・京板春香伝』、『於于野談』、『要路院夜話記』、『雲英伝』、『壬辰録・日東壮遊歌』、『九雲夢』、『仁顕王后伝』、『謝氏南征記』、『淑英娘子伝』『癸

丑日記』、『閑中録』、『淑香伝』、『金鰲新話』、『時調』、『彰善感義録』、『劉忠烈伝・洪桂月伝』など】

一九七九年　若松実『韓国の古時調』四五〇首を対訳注解

一九八二年　姜漢永・田中明訳注『パンソリ』東洋文庫　平凡社【「春香歌」、「沈晴歌」、「兎鼈歌」、「朴打令」】

一九八六年　裵成煥『韓国の古典短歌』国書刊行会

一九九〇年　鴻農映二編訳『韓国古典文学選—金鰲新話ほか』第三文明社【「金鰲新話」、「壬辰録」、「九雲夢」、「裵裨将伝」、「南允伝」】

一九九七年　瀬尾文子『時調四四三首選』育英出版社

一九九八年　野崎充彦『朝鮮の物語』大修館書店

一九九九年　高島淑郎編訳『日東壮遊歌』東洋文庫　平凡社

二〇〇〇年　野崎充彦訳『青邱野談—李朝世俗譚』東洋文庫　平凡社

二〇〇一年　梅山秀幸訳『恨のものがたり　朝鮮宮廷女流小説集』総和社【「癸丑日記」、「仁顕王后伝」、「閑中録」】

二〇〇三年　瀬尾文子『春恨秋思—コレア漢詩鑑賞』角川書店

二〇〇三年　崔碩義『金笠詩選』東洋文庫　平凡社

二〇〇六年　梅山秀幸訳『於于野譚』作品社

二〇〇九年　梅山秀幸訳『太平閑話滑稽伝』作品社

二〇〇九年　早川智美『金鰲新話　訳注と研究』和泉書院
二〇一〇年　野崎充彦訳『洪吉童伝』東洋文庫　平凡社
二〇一〇年　仲村修編オリニ翻訳会『韓国古典文学の愉しみ』上下　白水社【「春香伝」、「沈清伝」、「洪吉童伝」、「両班伝」など】
二〇一一年　梅山秀幸訳『櫟翁稗説・筆苑雑記』作品社
二〇一一年　小峯和明ほか訳『新羅殊異伝』東洋文庫　平凡社
二〇一七年　西岡健治『九雲夢』東洋文庫　平凡社（刊行予定）

一九一〇年に高橋亨により古典小説である「興夫伝」、「薔花紅蓮伝」、「春香伝」が紹介されているが、春香伝はこれより二十八年前に既に新聞紙上を通じ知られていた。一八八三年六月二十五日から七月二十三日まで「大阪朝日新聞」に半井桃水が『鶏林情話春香伝』という題名で連載している。西岡健治によれば、半井桃水の春香伝は初めて外国語に翻訳されたものだという。[8] このことからもわかるように、韓国の古典小説が日本語に翻訳された歴史は百三十年以上になる。[9] 翻訳者の個人的な好みもあるが、韓国古典文学の精髄と言われる作品はだいたい日本語に翻訳されていることがわかる。しかし小説類の翻訳に使われた底本を明確にしているのは宇野秀彌『朝鮮文学試訳』、姜漢永・田中明訳注『パンソリ』、野崎充彦訳『洪吉童伝』、梅山秀幸訳『於于野譚』など、ごく少数である。このように韓国古典文学の翻訳の歴史は長いが、学問的な水準の翻訳はまだ初期段階だと言えるだろう。古典文学は、その多くがハングル本と漢文本の両方があるため、外国語に翻訳する場合には、古語だけでなく漢文についても相当な知識が要求される。このような困難を乗り越え、前掲のような翻訳書が出版されているのは、ひとえに翻訳者個人の努力の賜物であり、百三十年間の蓄積の歴史があったことを忘れてはならないだろう。

前掲の翻訳者の中で六十歳以下は野崎充彦と早川智美だけである。野崎充彦は前掲のように現在、大阪市立大学の教授として在職中であり、これからも古典文学の翻訳が期待される。早川智美は中国文学専攻者（非常勤講師）だが、韓国・朝鮮文学との比較研究の産物としての翻訳と研究が期待される。

第一線を退いた研究者が名誉教授となり、これまで蓄積された知識を翻訳や研究に注いでいる例としては、西岡健治の『九雲夢』（刊行予定）が挙げられる。

三　古典文学研究書および文学史類

一九七三年　金思燁『朝鮮文学史』　金沢文庫
一九七四年　金東旭『朝鮮文学史』　日本放送出版局
一九七八年　金学俊『時調―朝鮮の詩心』　創樹社
一九八五年　卞季洙『朝鮮文学史』　青木書店
一九八七年　金允浩『物語朝鮮詩歌史』　彩流社
一九九〇年　金奉鉉『朝鮮民謡史』　国書刊行会（翻訳と詩歌史）
二〇〇〇年　朴美子『韓国高麗時代における陶淵明観』　白帝社（前掲）
二〇〇二年　邊恩田の『語り物の比較研究』　翰林書房（前掲）

二〇〇二年　『大谷森繁博士古稀記念朝鮮文学論叢』　白帝社
二〇〇八年　中西進、辰巳正明訳注『郷歌―注解と研究』　新典社
二〇〇八年　染谷智幸・鄭炳説編『韓国の古典小説』　ペリカン社
二〇〇九年　早川智美『金鰲新話　訳注と研究』　和泉書院（前掲）
二〇一二年　鄭美京『日本における韓国古典小説の受容』（一九三〇年代まで）　花書院

「金台俊『朝鮮小説史』」安宇植訳　東洋文庫　平凡社　一九七五年）といった日本居住者による韓国古典文学関連の研究書の翻訳書籍はここでは除外した。筆者は教壇で韓国文学概論の講義をしているが、これまで教科書として使用してきた『韓国古典文学史』（天理大学岡山研究室編油印本）を来年刊行する予定であり、またこれまで発表した論文をまとめた『韓国古代文学の研究』を刊行する予定である。

また古典文学の領域である説話文学の関係書としては、次の研究書及び資料が挙げられる。

一九二五年　市山盛雄『朝鮮民謡の研究』　坂本書店
一九二七年　鄭寅燮『温突夜話』　日本書院（一九八三年に三弥井書店から増補再版される）
一九三〇年　孫晋泰『朝鮮民譚集』　郷土研究社（一九六六年『朝鮮の民話』（岩崎美術社）として再版される）
一九六八年　高橋亨『済州島の民謡』『東方学紀要』別冊２　天理大学おやさと研究所
一九七六年　崔仁鶴『韓国昔話の研究』　弘文堂

一九八四年　草野妙子『アリランの歌』　
一九八五年　依田千百子『朝鮮民俗文化の研究』　瑠璃書房
一九九一年　依田千百子『朝鮮神話伝承の研究』　瑠璃書房

四　研究会と定期刊行物

管見によれば、韓国古典文学の研究・翻訳研究会で、会誌を定期的に刊行している研究会は、同志社大学が中心となって活動している「日韓比較文学研究会」のみである。この研究会は、日本古典文学研究者である同大学の廣田收教授と韓国古典文学研究者である筆者が本格的な日韓比較文学と後進育成のために、二〇一〇年四月に発足した研究会で、日本・韓国古典文学を専攻している大学院生が積極的に参加している。二〇一一年一月にこれまでの研究と翻訳をまとめた『日韓比較文学研究』創刊号を発行し、これまで四号（二〇一四年五月）が刊行されている。（現在は、前掲の研究者ディレクトリで言及した邊恩田と近畿大学の山田恭子が加わり、本格的な研究と翻訳活動を行っている。研究会はこれまでに『韓国口碑文学大系』類型番号111番から332番までの百話を選定、翻訳した（「翻訳『韓国口碑文学大系』1」金寿堂出版　二〇一六年）。翻訳活動はこれからも続けられ、三百話までを目処に終了する予定である。

むすびに（日本での韓国古典文学の展望）

最後にこれからの展望を述べ、むすびの言葉に代えたいと思う。今回の調査と八年前（二〇〇六年）に行った調査とを比較すると、日本における韓国古典文学研究者は十余名増加している。増加の要因はいくつかあるだろう。一つの要因として、現在、日本の大学では、韓国文学史や韓国文学講論などの科目が高等学校の韓国語教員免許取得の必修科目となっているのだが、この制度が韓国文学研究者の職を確保していることが考えられる。

経済が発展すればするほど、人間の問題が重要視され、人間の内面世界への追及がさらに深まるだろう。そして人間の内面的世界を見せてくれるのが文学作品である。とくに古典文学は、民族を表現した典型的なテクストとして価値が高い。韓国古典文学作品が日本語に翻訳・紹介されて百三十年が過ぎるが、国や民族が違うからこそ日本の読者に新鮮な感動を与えることができるのであり、そのような意味で日本での韓国古典文学の必要性はさらに増すだろう。とくに韓国は、日本と似た社会構造と経済構造を持っているため、日本での韓国文学の受容はさらに進むと思われる。

これらの古典文学作品を外国文学という観点で注視・考察することで、さらに新しい解釈を生み出すことができるだろう。そして、このような解釈こそ韓国古典文学の国際化に寄与するものと考えられる。日本における韓国古典文学研究者は、韓国古典文学の国際化の一翼を担っているのである。

【参考文献】

拙稿「日本での韓国文学研究現況と展望」『語文論集』34　中央語文学会　二〇〇六年
清渓金思燁博士追慕記念事業会『清渓金思燁追慕文集』朴イジョン　二〇〇二年
『日本における韓国・朝鮮研究者ディレクトリ』日韓文化交流基金２０１０～２０１１年
大村益夫「日本での南北韓文学の研究及び翻訳状況」『尹東柱と韓国文学』昭明出版　二〇〇一年
櫻井義之『朝鮮研究文献誌　明治大正篇』龍渓書舎　一九七九年
山田恭子「明治期以降の朝鮮古典文学作品の和訳状況」『近畿大学法学』第61巻第2・3号大崎隆彦教授退任記念号　近畿大学　二〇一二年
西岡健治「桃水野史訳「鶏林情話春香伝」の原テクストについて」『大谷森繁博士還暦記念朝鮮文学論叢』同刊行委員会編　杉山書店　一九九二年
渡辺直紀「韓国・朝鮮文学研究・教育のための文献解題」『韓国語教育論講座』第4巻　野間秀樹編著　くろしお出版　二〇〇八年
西岡健治「日本への韓国文学の伝来について（戦前編）」『韓国の古典小説』染谷智幸・鄭炳説編　ペリカン社　二〇〇八年
渡辺直紀「日本での韓国文学翻訳動向（二〇〇五～二〇一〇年）」『韓日出版交流シンポジウム発表文』二〇一一年

【注】

（1）拙稿「日本における韓国文学研究の現況と展望」『語文論集』34　中央語文学会　二〇〇六年

（2）金思燁の略歴と論著については清渓金思燁博士追慕記念事業会『清渓金思燁追慕文集』朴イジョン二〇〇二年参照

（3）詳細な内容は注（1）参照

（4）これ以前には一九九二年に大村益夫による調査がある（大村益夫「日本での南北文学研究及び翻訳状況」、『尹東柱と韓国文学』ソミョン出版　二〇〇一年に収録）。

（5）『日本における韓国・朝鮮研究研究者ディレクトリ』日韓文化交流基金2011に登録されている韓国学研究者の総数は約七百五十人である。

（6）櫻井義之『朝鮮研究文献誌明治大正篇』龍渓書舎　一九七九年

（7）宇野秀彌『朝鮮文学試訳』については山田恭子「明治期以降の朝鮮古典文学作品の和訳状況」『近畿大学法学』第61巻第2・3号大崎隆彦教授退任記念号　近畿大学　二〇一二年　表2作品表一〜七頁参照

（8）西岡健治「桃水野史訳『鶏林情話春香伝』の原テクストについて」『大谷森繁博士還暦記念朝鮮文学論叢』同刊行委員会編　杉山書店　一九九二年

（9）日本語翻訳書についての近年の論述文としては、渡辺直紀「韓国・朝鮮文学研究・教育のための文献解題」『韓国語教育論講座』第4巻　野間秀樹編著　くろしお出版　二〇〇八年、西岡健治「日本への韓国文学の伝来について（戦前編）」『韓国の古典小説』染谷智幸・鄭炳説編　ペリカン社　二〇〇八年、山田恭子の前掲論文、渡辺直紀「日本における韓国文学翻訳の動向（二〇〇五〜二〇一〇年）」『韓日出版交流シンポジウム発表文』二〇一一年などがある。

あとがき

私の頭の中では常に日本語と韓国語が衝突している。日々、上手く表現できないもどかしさを抱えながら教壇に立ち、韓国語や韓国文学の授業に携わりながら、専ら関心事の古代文学に思いを寄せて研究を続けてきた。そして研究したものをまとめて書く段階になると、できあがった論文の何十倍もの原稿を捨てるのが常であった。私の研究生活はそのような行為の連続であった。それでも諦めずにやってきて、やっとこれまでの研究の成果を本として出版するところまで、なんとか漕ぎ着けた。今回は時間が間に合わず、収録を断念した論文がいくつかあるが、それらについては次の機会に世に問うことにした。

これでやっと、及ばないながらも研究者の仲間入りができたような気がする。これからも新しい目標に向かって更に邁進するつもりである。ここに収めた論文にはまだまだ明らかにすべき問題が多く残されており、生涯をかけてやり続けなければならない仕事だと思っている。

研究生活の中で、私に最も大きな影響を及ぼし、読書の悦びと思索する機会を与えてくれたのは、『漢書』「五行志」であり、董仲舒（とうちゅうじょ）の『春秋繁露（しゅんじゅうはんろ）』であった。これらの本との出会いは、「彗星歌」などでうたわれている歌の内容を予兆とみる考え方を追究する過程においてであった。童謡を五行思想に基づいて解釈している『漢書』「五行志」は、私の考え方を根本から揺さぶるほどの衝撃を与えてくれた。また、郷歌の解明に大きな示唆を与えてくれた書物でもある。『漢書』との出会いがなければ、この本は存在しなかっただろう。

本書は日本における韓国・朝鮮の古代文学に関する初めての専門研究書である。その意味で本書が出版される意義は大きく、この本がこれからの日本における韓国古代文学研究の礎になればと思っている。この書が、研究者にとって古代文学の研究方法やこれまでの研究状況を把握するための参考書となることを、また一般の読者には古代の韓国・朝鮮の人々の考え方や価値観・世界観に触れる機会となることを願っている。さらに、韓国古代文学研究者のみならず、日本文学研究者にとっても比較研究の道標になれば幸いである。

そして、私を研究者として育ててくださった先生方、一から研究の手ほどきをしてくださった大谷森繁先生、大海のような心でいつも私を温かく包み込んでくださった朴湧植先生。両先生との出会いがなければ、今日の私もまた存在しなかっただろう。残念なことに、お二方とも昨年亡くなられたが、両先生の御霊前に感謝の気持ちを込めてこの本を献げたい。

最後に、本書の出版を欣快に引き受けてくださった金壽堂出版の吉村始社長に衷心より感謝申し上げる。なお本書の出版にあたっては、天理大学学術図書出版助成費（平成二十八年度）の交付を受けたことを付記する。

二〇一六年十一月二十一日

天理市中山町の書斎にて

岡山善一郎

初出一覧

①処容伝承と三輪三伝承（元題、「供犠のトポロジー」） 『伝承の神話学―アイデンティティのトポロジー』人文書院、1984年10月
②亀旨歌伝承の一考察 『朝鮮学報』119・120、朝鮮学会、1986年7月
③居陀知と八岐大蛇 『天理大学報』150輯、1988年2月
④朝鮮の「情恋謡」についてー問答謡を中心にー 『大谷森繁博士還暦記念朝鮮文学論叢』杉山書店、1992年2月
⑤郷歌「献花歌」 『天理大学学報』169輯、1992年3月
⑥カンガンスオレ考―韓国の歌垣的行事― 『総合研究所紀要』2別冊、仏教大学、1995年3月
⑦「兜率歌」と歴史記述 『朝鮮学報』176・177輯、朝鮮学会、2000年10月
⑧郷歌と天人相関思想 『大谷森繁博士古稀記念朝鮮文学論叢』白帝社、2002年6月
⑨朝鮮文学史における時代区分―古代を中心に― 『仁川語文研究』(韓国）仁川大学校
⑩郷歌「彗星歌」と歴史記述 『朝鮮学報』176・177輯、朝鮮学会、2003年4月
⑪奈良豆比古神社の翁舞と高麗「動動」について 『奈良市民間説話調査報告書』奈良教育大学、2004年3月
⑫郷歌「薯童謡」とその歴史的記述について 第56回 朝鮮学会大会発表、天理大学、2005年10月2日
⑬高麗俗楽「動動」の新考察―日本の「翁」舞「十二月往来」との比較の視点から― 『語文論集』50輯、高麗大学校、2009年5月
⑭高麗時代の童謡について 『東アジア比較文化研究』8、東アジア比較文化国際会議日本支部、2009年5月
⑮新羅時代の詩歌に表れた対唐・対日本関係の意識について 『近・現代東アジア関係の変化と人本主義』（中国） 山東大学校外国語大学朝鮮(韓国）学研究叢書1、2010年4月
⑯日本における「アリラン」の受容 『韓国文芸と芸術』7号、崇実大学校韓国文芸研究所、2011年3月
⑰韓国の王権神話に表れた祥瑞思想 『日韓比較文学研究』3号、日韓比較文学研究会、2013年2月
⑱日本における韓国古典文学の研究現況と展望 『東アジア古代学』35集、東アジア古代学会、2014年9月
⑲韓国の史書に表れた童謡観（14「高麗時代の童謡について」の内容も含む） 第67回朝鮮学会大会公開講演、天理大学、2016年10月1日

宮廷楽 365
宮廷歌舞 247, 255, 256
魚允迪（어윤적）140, 141, 188, 212
姜恵善（강혜선）114
郷札 9, 27, 37, 59, 82, 128, 138
『享禄三年二月奥書能伝書』223
キル・キテ（길기태）118
金一権（김일권） 116, 367, 381, 398, 400, 401
金雲学（김운학）81, 168
金栄洙（김영수）117, 118
金暎泰（김영태）113
金応南（김응남）288
金学成（김학성） 37, 54, 80, 81, 168, 169
金孝錫（김효석）166
金思燁（김사엽）428, 521, 525, 535
金鐘雨（김종우）81, 114
金承璨（김승찬） 140, 142, 143, 148, 165, 168
金仁老（김인로）291, 298, 299, 317
金錫夏（김석하）3, 11, 12
金善琪（김선기） 80, 83, 121, 140, 143, 214
金相鉉（김상현）117
金素雲（김소운） 500, 508, 516, 518, 521, 522
金大淑（김대숙）113
金台俊（김태준） 194, 212, 424, 430, 521, 536
金宅圭（김택규）45, 56, 80, 81
金哲埈（김철준）6, 29
金東旭（김동욱）3, 37, 81, 162, 169
金杜珍（김두진）394
金文泰（김문태）115, 323
金奉鉉（김봉현）522
金万重（김만중） 193, 194, 212, 298, 299, 303, 322
金ヨンジュ（김영준）317, 322, 323, 324
金烈圭（김열규） 37, 54, 165, 189, 244, 396, 447

く

草野妙子 509, 517, 521
具滋均（구자균）3, 11, 12
串田久治 97, 116
「国欘由来記」252, 261
Ｆ・クレープナ 419
軍雄ポンプリ 409, 411, 412, 413, 414

け

熒惑星 279, 298, 299, 322
「鶏林謡」115, 281
「月明師兜率歌」 142, 147, 151, 158, 163, 179, 197
「献花歌」59, 63, 71, 79, 80, 161, 497
「原花謡」275, 280, 293, 295
建国始祖 88, 336
『元史』102, 264, 380
玄容駿（현용준） 148, 165, 189, 356, 397, 444, 447

こ

黄胤錫（황윤석）299
洪寅杓（홍인표）212, 322
洪起三（홍기삼）140, 148, 165
紅巾賊 277, 295
高恵卿（고혜경）140, 214
洪国栄（홍국영）310
『厚斎先生別集』308, 324
黄寿永（황수영）114, 118
高晶玉（고정옥） 73, 83, 242, 464, 486, 489, 521
洪大容（홍대용）298, 299
『皇年代記』239, 245
『口碑文学関連資料集』522
興福寺 218, 219, 221, 222, 239, 241, 245, 249
『高麗史節要』273, 274, 377, 399
『五音三曲』222, 223
「五行」98, 106, 176, 268, 283
「五行志」 23, 33, 85, 96, 99, 100, 123, 155, 181, 264, 275, 326, 359, 394, 399
『国語』97
五穀の種 340, 341, 355, 356, 376, 392
護国仏教 186, 200

索　引

岡山 善一郎（おかやま　ぜんいちろう）

1950年　ソウル出生
天理大学　朝鮮学科　卒業
延世大学校大学院　国語国文学科　碩士（韓国政府招請留学生）
同志社大学大学院国文学専攻　修士

天理大学おやさと研究所嘱託研究員
天理大学教授
佛教大学、同志社大学、龍谷大学等で非常勤講師、ＮＨＫ文化センターハングル講座講師
朝鮮学会、東アジア古代学、東方文学比較研究会、韓国文芸研究所、説話伝承学会、日韓比較文学研究会
【論　著】
『朝鮮語辞典』（小学館、民俗語担当）、『世界神話伝説大辞典』（勉誠出版、韓国説話担当）、『朝鮮語を学ぶ』（白帝社）、『韓国語を学ぶ 2』（共著、白帝社）、『李泰俊の小説文学』（白帝社）、『名著で見る朝鮮文化史』（共訳）、『日韓詩集』（共訳）、「翻訳『韓国口碑文学大系』１」（共訳、金壽堂出版）
その他、韓国古代歌謡・郷歌に関する研究論文多数

韓国古代文学の研究

発行日	2017年1月27日
著　者	岡山 善一郎
発行者	吉 村　始
発行所	金壽堂出版有限会社 〒639-2101　奈良県葛城市疋田 379 電話：0745-69-7590　ＦＡＸ：0745-69-7590 E-mail：book@kinjudo.com Homepage：http://www.kinjudo.com/
印　刷	橋本印刷株式会社

ISBN 978-4-903762-15-9 C3098